U0126517

文學視域

殷善培 主編

臺灣 學生書局 印行

序

殷善培

淡江大學中國文學系

「社會與文化」及「文學與美學」是淡江大學中國文學系常態型的國際學術研討會，廣邀海內外專家學者，以文會友，深受學界肯定。2008 年適逢本系中文所碩士班創設二十周年，二十年前，本所首開中文學界風氣，在研究所開設了「文藝政策與文藝行政」、「文學的斷代研究」、「文學社會學」等課程做為「社會與文化」的課程架構，往後歷屆的「社會與文化」國際學術研討會就在這一理念下，將教學、課程與議題相結合，分別探討過文學與宗教、區域文化與文學史、戰爭與文學、武俠小說、女性書寫、經典教育、經典詮釋等主題，會議成果也都結集出版，提供各界參考。

二十年來學界對文學與社會文化現象的探討多元並進，早已不限於簡單地將文學視為社會現象的反映而已，而是漸從各專業領域來和文學對話、交流，繁衍出許許多多的新興學科，如文學人類學、文學治療學、文學法律學……，文學的功能與意義得到前所未有的開展。為回應二十年來此一領域的進展，第十二屆的「社會與文化」國際學術研討會，我們就以「文學的社會文化解讀」做為研

討會的主題，以期廣納中文學界對這一問題的最新探討，傳承二十年來本系所持續推動此一議題的努力。

　　公開徵稿後來稿之踴躍遠超出我們的預期，然而兩天的會議及經費實在無法容納過多的場次；經大會籌備小組討論再三，不得不割愛了近二十篇論文。雖已如此，會議論文仍是由最初預設的二十篇增加到三十六篇，原本的預算已不足支付，承蒙系上同人慷慨捐助。會議得於 2008 年 5 月 23、24 日兩天順利舉行。

　　兩天的會議共有來自中國大陸、日本、韓國、馬來西亞，美國等地的十一位外賓，以及台灣師大、台北教育大學、暨南大學、成功大學、中正大學、佛光大學、南華大學、華梵大學、台東大學、花蓮教育大學、聯合大學及本系等十二所大學相關系所學者發表論文，彼此切磋琢磨，獲益良多，尤其是韓國中央大學李康範教授甫出院即抱病與會，盛情可感。

　　因會議經費已用罄，原本印行會議論文集的計劃只好暫緩。崔成宗主任深覺可惜，多方奔走，募集經費，今日方能將經修改審查後的會議論文呈現給學界參考。唯因考量著作權及作者意願，已另行或將行發表的徐興無、王幼華、郭澤寬、毛文芳、謝靜國、黃錦樹、周慶華、李嘉瑜、江淑君、蘇偉貞、何金蘭、羅雅純等十二位老師論文無法收入在論文集中，特此說明。

　　全體動員幕前幕後支援會議已是淡江中文系師生優良的傳統，本次會議在中文系主任崔成宗教授的領導下，全體教師、碩博士班研究生，全心全力投入會議的籌備與進行，尤其要感謝陳瑩真助理，雖是初次承接會議事務，總攬庶務，鉅細靡遺，她才是會議真正的推手。

文 學 視 域

目 次

論朱熹之詩學及其禮樂論的總體關係

陳貞竹

日本廣島大學文學研究所博士生

壹、前言

到目前為止，朱熹的詩與禮不論在台灣、中國或者是日本，均累積了豐富的研究成果。相對於此，朱熹的樂則是較少被人注意到的一個部分，而朱熹為詩、禮、樂所付予的關聯性解釋則更是容易為人所忽略的一環❶。然而如果我們將朱熹的此一關聯性解釋做更

---

❶ 關於朱熹的詩，圍繞著《詩集傳》的經典解釋問題，以及美學問題，不論在台灣、日本、中國均有著諸多討論。在這裏可以舉出日本的石本道明〈蘇轍《詩集傳》と朱熹《詩集傳》〉（《國學院雜誌》通号 1134、國學院大學綜合企画部、2001 年）、台灣的林慶彰〈朱子對傳統經說的態度—以朱子《詩經》著述為例—〉（《國際朱子學會議論文集》中央研究院中國文哲研究所籌備處、1993 年）、中國的檀作文《朱熹詩經學研究》（學苑出版社、2003

年）及鄺其昌《朱熹詩經詮釋學美學研究》（商務印書館、2004 年）等。關於朱熹的「禮」在台灣或中國都累積了相當厚實的成果，限於篇幅，這裏就不一一列出。而在日本，在文獻方面的基礎研究有上山春平〈朱子の禮學──《儀禮經傳通解》研究序說──〉《人文學報》（41 号、京都大學人文科學研究所、1976 年。後收錄於〈朱子の《家禮》と《儀禮經傳通解》〉《上山春平著作集第七卷　佛教と儒教》法藏館、1995 年）、吾妻重二《朱子學の新研究》（創文社、2004 年）等等。此外，在 90 年代以後，在如何捕捉中國近代思惟之特質的這一問題上，或者是該如何理解中國在宋代以後的鄉村秩序形成的這一脈絡中，也有溝口雄三等的《中國という視座》（平凡社、1995 年）、小島毅《宋學の形成と展開》（創文社、1999 年）及《中國近世における禮の言說》（東京大學出版會、1996 年）等等研究。另外，與日本社會狀況相關聯，以朱熹禮學對日本的影響狀況為中心的檢討也有著渡邊浩《近世日本社會と宋學》（東京大學出版會、1985 年）、田尻祐一郎「儒學の日本化──闇齋學派の論爭から」（賴祺一編《日本の近世十三　儒學・國學・洋學》中央公論社、1993 年）等研究。

朱熹的樂，則有以馬克斯主義來進行評價的楊蔭瀏〈朱熹的『中和』音樂觀〉（《中國古代音樂史稿（上）》人民音樂出版社、1981 年）、蔡仲德〈朱熹的音樂美學思想〉（《中國音樂美學史》人民音樂出版社、1995 年）及鄭錦揚〈朱熹音樂思想論稿〉（《中國音樂學》1992 年 3 期、文化藝術出版社、1992 年）。近年則有潘立勇《朱子理學美學》（東方出版社、1999 年）以審美教育的觀點來進行討論，還有注意到朱熹之禮與樂關係的蔣義斌〈朱熹的樂論〉（《國際朱子學會議論文集》中央研究院中國文哲研究所籌備處、1993 年）。而在日本，朱熹的樂論研究則偏重於樂律方面，如山寺三知〈朱熹〈琴律說〉における調弦法について〉（《國學院雜誌》通號 1183、國學院大學綜合企画部、2005 年）、兒玉憲明〈律呂新書研究序說──朱熹の書簡を資料に成立の經緯を概觀する〉（《人文科學研究》第 80 輯、新潟大學人文學部、1992 年）、堀池信夫〈中國音律學の展開と儒教〉（《中國──社會と文化》第 6 號、東大中國學會、1991 年）等。從以上的整理，我們可以看出除了少部分的論文外，朱熹的詩、禮、樂是在不同的脈絡中分別被給予考察的，這裏缺乏了對其詩、禮、樂的總體評價，並且整體而言音樂方面的研究相對不足。

深入的檢討時，會發現這一解釋，事實上正反映了朱熹詩學、禮學、樂學的獨特性，其對後世並且有著深刻的影響，而構成這一解釋的，則是以理氣論的言說所表現出來的朱熹對個人修身與天下治平的關心。

本稿將以朱熹對《論語》的「興於詩，立於禮，成於樂」（泰伯篇第八章）這一文所給予的解釋為線索，來探討朱熹詩學、禮學、樂學的總體關係。首先，將確認《論語》這一文朱注之立場及特徵，繼而將討論構成這一立場與特徵的思想背景，最後將解明朱熹思想中詩、禮、樂各自的功能及其相互關係。

貳、關於「興於詩，立於禮，成於樂」 之朱注立場

在《論語》論及樂的文章中，「興於詩，立於禮，成於樂」是特別有意義的一文❷，其對詩、禮、樂的綜合的關係做了概觀性的

---

❷ 《論語》當中，與樂相關的文章並不是這麼多，相對來說有著比較深的言及的是，討論樂的內容及美的問題的「子曰：『關雎，樂而不淫，哀而不傷』」（八佾篇第二十章），「子語魯大師樂曰：『樂其可知已，始作翕如也，從之純如也，皦如也，繹如也，以成。』」（八佾篇第二十三章），「子謂韶：『盡美矣，又盡善也。』。謂武：『盡美矣，未盡善也。』」（八佾篇第二十五章），做為「成人」的要件之一而討論禮樂修養的「子路問成人。子曰『若臧武仲之知，公綽之不欲，卞莊子之勇，冉求之藝，文之以禮樂，亦可以為成人矣。』」（憲問篇第十三章），從政治秩序的維持來對禮樂功能進行討論的「名不正則言不順，言不順則事不成，事不成則禮樂不興，禮樂不興則刑罰不中，刑罰不中則民無所措手足」（子路篇第三

把握，並通過「興」、「立」、「成」等字來表現詩、禮、樂各自的功能。也就是說在理解詩、禮、樂的總體關係及各自的功能時，關於這一文的檢討是極為有效的。而另一方面，由於其使用的語彙相當簡潔，再加上主語的省略，使得這一文蘊含了許多解釋上的可能性，而這些不同的解釋也正可以反映賦予解釋的人，其對於詩、禮、樂之理解與立場。換言之，檢討這一文的相關解釋，我們可以對注釋者的認識進行一個把握。本章，首先將概觀此一文的重要解釋，並且透過對比於皇侃的解釋，以確認朱熹對詩、禮、樂的基本想法與立場。

關於《論語》此文，朱熹是以涵養人內在的成熟與發展這一視點來進行注釋的，然而由這一方向來對這一文進行思索的，並非始於朱熹，其發端可以追溯到有著做為「古注」的權威的魏晉何晏的《論語集解》❸中被舉出的後漢包咸之說。包咸之說對於「興於詩」賦予了「興，起也。言脩身當先學詩」（泰伯篇第八章）這一解釋，對於「立於禮」則說道「禮者，所以立身」（同），對於「成於樂」則說道「樂所以成性」（同）❹。在這些解釋中，詩、

章），從與仁的關聯來進行討論的「子曰：『人而不仁，如禮何？人而不仁，如樂何？』」（八佾篇第三章）等等。然而，將樂的功能與詩、禮並置而把握了其總體關係的僅有「子曰：『興於詩，立於禮，成於樂』」這一文。

❸ 關於《論語集解》的成立事由及其做為古注的權威請參看室谷邦行〈何晏《論語集解》──魏晉の時代精神──〉（收於松川健二編《論語の思想史》汲古書院、1994 年）。

❹ 《十三經注疏·論語、孝經、爾雅、孟子》藍燈文化事業公司印行、出版年不詳。

禮、樂所作用的場域，是人這一存在。其作用簡單的來說，就是人之教化與成長，修身以學詩為始，學禮以立身，學樂以成性。而這一想法，變成了在朱熹以前的，做為重要注釋書的南朝皇侃（488-545 年）的《論語集解義疏》（以下略稱為《論語義疏》或《義疏》）、宋代邢昺（932-1010 年）的《論語正義》（又稱為《論語注疏解經》）的前提❺。

然而這一態度並不是解釋此文唯一的方法。例如《論語集解》的編輯者何晏，其親友王弼，便是以為政的角度對此文進行解釋的。

> 王弼曰：「言有為政之次序也。夫喜、懼、哀、樂，民之自然應感而動則發乎聲歌。所以陳詩採謠以知民志風，既見其風則損益焉，故因俗立制以達其禮也，矯俗檢刑，民心未化，故又感以聲樂以和神也。若不採民詩則無以觀風，風乖俗異則禮無所立，禮若不設則樂無所樂，樂非禮則功無所濟。故三體相扶而用有先後也。」（《論語集解義疏》所引）

對於王弼而言，此一文所表示的是為政之次序，「興於詩」是收集表現出了地方風俗及人民志向的詩，以此得以了解民心；「立於

---

❺ 在《論語集解義疏》（廣文書局、1977 年）及《論語正義》（收於《十三經注疏·論語、孝經、爾雅、孟子》（前揭書））中，此一文的解釋皆以《集解》之注做為前提，傾向於以人之教化與成長來解釋此文。

禮」則是和以風俗設立制度；「成於樂」則是通過音樂感化人心，「以和神也」。王弼的關心並不在於個人之教化與成長這一問題上，而是在於設立一國制度之時，詩、禮、樂各自所有的功能。然而這樣一種解釋，卻在這一文的注釋史中趨於式微，《論語集解》以後，以人的教化成長來看待此一文，成了一種主流。

而在這樣的風潮中，朱熹讓我們看到了另一種新意。如果我們將朱熹的新解釋，對照於例如同樣的以人的教化成長為出發來解釋這一文，然而對於既存解釋給予了相當的重視，對於存在於《論語》此文的與《禮記》〈內則〉記載的矛盾，試著予以調整的皇侃《論語義疏》的話，就會變得更加清楚。以下將透過比較檢討皇侃與朱熹的解釋，以明確出朱注之獨特性。

由〈論語義疏敘〉我們可以知道，《論語義疏》作成之際，皇侃是以何晏的《論語注疏》為基礎，並一併記載了其他也值得參考的解釋❻。那麼，「興於詩，立於禮，成於樂」又是怎樣的情形呢？其開頭處記著：

> 此章明人學須次第也。興，起也。言人學先從《詩》起，後乃次諸典也。…中略…學《詩》已明，次又學禮也。…中略…學禮若畢，次宜學樂也。（《論語集解義疏》泰伯篇第八章）

---

❻ 「侃今之講，先通何集，若江集中諸人有可採者，亦附而申之。其又別有通儒解釋於何集無好者，亦引取為說，以示廣聞也。」（〈論語義疏敘〉《論語集解義疏》）

皇侃的疏是沿著包咸之說以來的傳統，以人的教化成長來對於詩、禮、樂的功能進行思考的。可是說明的力點，卻有所不同。在包咸之說中，對於學習順序，僅僅如「言脩身當先學詩也」這樣的給予簡單說明，其議論的中心始終是停留在關於人的教化成長的這一課題上，詩、禮、樂所具有的功效。相對於此，在皇侃中，詩、禮、樂的排列順序被理解為學習的順序，並且作為解釋的重點成為了新的問題點。

而這樣明確的以學習順序來理解詩、禮、樂的排列順序，以先前所述的《論語義疏》的作成方法來看的話，當不是皇侃自身的特殊解釋，應是以包咸之說為前提，混雜了當時皇侃所能看到的解釋而開展出來的東西。於是，在這裡進一步成為問題的是，在《禮記》〈內則〉中已有著「十有三年學樂、誦《詩》，舞「勺」。成童舞「象」，學射御。二十而冠，始學禮❼」這樣關於詩、禮、樂之學習順序的記載，以此一文來說的話，則成了十三歲先學樂而讀《詩》，爾後才學禮。如此，則出現了〈內則〉與《論語》這一文的矛盾，以禮的研究與注釋為南朝梁的學界所重視的皇侃❽，當然熟知此一文，也因此，對於此一矛盾，皇侃不得不給予一些辨明，他說道：

---

❼　十三經注疏整理委員會整理‧李學勤主編《十三經注疏‧禮記正義》北京大學出版社、1999 年、869 頁。

❽　參照《南史》列傳第六十二（李延壽《和刻本正史　南史（影印本）（二）》古典研究會、汲古書院（發行）、1972 年）與《梁書》列傳第四十二（姚思廉《和刻本正史　梁書（影印本）（二）》古典研究會、汲古書院（發行）、1970 年）中關於皇侃的記述。

且案〈內則〉明學次第。十三舞「勺」，十五舞「象」，二
十始學禮，惇行孝悌。是先學樂，後乃學禮也。若欲申此
注，則當云先學舞「勺」、舞「象」皆是舞《詩》耳。
（《論語集解義疏》泰伯篇第八章）

在這裡，皇侃一邊援引著〈內則〉之說，一邊將先學舞「勺」與
「象」，解釋為乃是學舞《詩》，以消解《論語》與〈內則〉間的
矛盾。當然在〈內則〉中所有的十三歲學樂的這一記述，並不因為
皇侃的這一解釋而在意義上有所變化，因此可以說對於《論語》與
〈內則〉間的矛盾，皇侃所作出的努力並沒有起到相應的作用。然
而皇侃這樣的企圖消解矛盾的努力，卻反映了皇侃的態度。也就是
說在消解儒學重要經典間的矛盾時，會在思考上或說明上進行不超
過限度的努力，然而即使這樣一種有限度的說明與思考並不能完全
消解這一矛盾，卻也不會給予超過這一限度的說明與思考。

如果我們將這一皇侃的做法與朱熹的做一個比較的話，會發現
朱熹的解釋所呈現的是另一種樣態。在朱熹的《論語精義》中記載
了與皇侃相同的，將這一文視為學習順序的解釋。然而在其後的
《論語集注》《論語或問》（以下將《論語集注》略記為《集
注》，《論語或問》略記為《或問》）《朱子語類》中則是一貫的
如：

如云「興於詩，立於禮，成於樂」，非是初學有許多次第，
乃是到後來方能如此。不是說用工夫次第，乃是得效次第如
此。（《朱子語類》卷三五、興於詩章、葉賀孫錄）

所記，將此一文做為學習成就的三階段來理解❾。也就是說，《集注》《或問》以降，在朱熹的理解中，〈內則〉與《論語》的記述變得不再矛盾。在〈內則〉中所記的是學習順序，即樂、詩、禮；在《論語》中所記則為學習成就的順序，即詩、禮、樂。雖然在《集注》《或問》中，並沒有明記這一理解究竟依據著哪一部經典，然而關於何以先學樂而樂的成就卻在最後的這一點，《或問》中錄著以下的朱熹理解：

> 至於樂，則聲音之高下，舞蹈之疾徐，尤不可以旦暮而精，其所以養其耳目，和其心志，使人淪肌浹髓，而安於仁義禮智之實，又有非思勉之所及者。必其甚安且久，然後有以成其德焉。所以學之最早，而其見效反在詩、禮之後也。（《論語或問》泰伯篇）

對朱熹而言，之所以先學樂，是因為樂不是在短時間可以精通的。同時，樂又有著思考所不能達到的涵養教化功能，因此有著花費充

---

❾　《論語精義》為朱熹以二程論及《論語》之處為中心，並加以張載、范祖禹等的言說編輯而成的。關於此文，其記了許多伊川之言。其中有著「古之學者，必先學《詩》，《書》則誦讀，其善惡是非勸戒，有以起發其意，故曰「興」」（《論語精義》第四下泰伯篇）這樣主張先學《詩》的程伊川之思考及尹焞的「三者學之序也」（《論語精義》第四下泰伯篇）。卻未見以這一文為學習成就三階段的解釋。然而，《論語或問》《論語集注》《朱子語類》當中，朱熹卻將此一文解釋為學習成就的三階段，特別是在《論語或問》與《論語集注》中關於此一文的解釋，雖在語彙的使用上有所變化，然而其要旨卻是相同的。

分的時間來學習的必要，也因此，學樂最早其成就卻在詩、禮之後。在這裏我們可以看到，朱熹的解釋並不是以儒學既有的經典為依據，而是以自己對音樂的理解來創發出新的理解的。

朱熹與皇侃皆是從學習或者是人之教育成長的觀點，來對《論語》的這一文進行解釋的，然而二者的姿態卻是相當不同。皇侃專注於此一文與〈內則〉上的既存說法的矛盾，並且，對於經典的矛盾採取了：即使無法完全消解這一矛盾，但對於經典上既存的解釋、說法，仍採取忠實的態度。與此相對，朱熹以自身對詩、禮、樂的理解，將〈內則〉記述之順序做為學習之順序，而在《集注》《或問》以後，將《論語》中的此一文中的詩、禮、樂的排列順序做為學習成就的順序。在這裡，對於展示了詩、禮、樂的綜合關係與其各自功能的「興於詩、立於禮、成於樂」這一文，皇侃的解釋終究是以儒學的經典、古注為憑據，朱熹則是以自身對於樂的理解來出發，發展出了具有獨特性的見解。我們可以說，朱熹在一方面繼承了以人之教化成長這一立場來看待這一文的包咸之說，在另一方面則是以自己的見解給予了這一文富有特色的新解釋。

叁、朱熹解釋根底處之思惟

通過以上的檢討，我們可以知道朱熹對於「興於詩、立於禮、成於樂」給予了具獨特性之解釋。而對於學習成就的最後階段的「成於樂」，朱熹說道了「樂者，能動盪人之血氣，使人有些小不善之意都著不得，便純是天理，此所謂『成於樂』。」（《朱子語類》卷 35、興於詩章、潘時舉錄）。從這一敘述來說，我們可以

知道在朱熹來說，做為學習成就的最後階段，是被理解為未存一絲的不善之意而與理相合的純然狀態。也因此，在本章之中，將以這樣一種與理相關的理解做為線索，來追索構成朱熹新解的思想基礎。

在朱熹來說，理是足以對應於宇宙萬物的生成、自然界之諸相以及人類與社會的各種樣態，為能夠用以說明所有存在的存在法則、秩序以及其存在根據的一種具有統一性的說明原理❿。並且在這一理解當中，理與氣相協動而成立了這個世界⓫。氣形成了人及萬物的形態⓬，具有給予多樣而相異特質的功能⓭，與此相對，理是超越了氣所招致的差異性而先天的存在於人與萬物間的共同要素⓮。

在另一方面，朱熹的理蘊藏著修身與天下治平的問題。朱熹倡導著透過自他關係中的屬於我的這一行動主體的理的實踐，具體的

---

❿ 「若無此理，便亦無天地，無人無物，都無該載了。有理，便有氣流行，發育萬物。」（《朱子語類》卷 1、理氣上、陳淳錄）、「合天地萬物而言，只是一箇理。及在人，則又各自有一箇理。」（《朱子語類》卷 1、理氣上、林夔孫錄）、「至於天下之物，則必各有所以然之故，與其所當然之則，所謂理也，人莫不知，而或不能使其精粗隱顯」（《大學或問》）」。

⓫ 參照前注《朱子語類》卷 1、理氣上、陳淳錄的引用。

⓬ 「若理，則只是箇淨潔空闊底世界，無形迹，他卻不會造作。氣則能醞釀凝聚生物也。但有此氣，則理便在其中。」（《朱子語類》卷 1、理氣上、沈僩錄）

⓭ 「然而二氣五行，交感萬變，故人物之生，有精粗之不同。」（《朱子語類》卷 4、性理一、沈僩錄）

⓮ 「人物之生，天賦之以此理，未嘗不同」（《朱子語類》卷 4、性理一、沈僩錄）。

來說也就是透過開展親子、兄弟、君臣、師友等諸關係的仁義禮智❿的實踐⓰，來使自我與他者之間的關係得以朝向於某種合於「理」的狀態來發展。而這一關係則由「孝以事親，而使一家之人皆孝。弟以事長，而使一家之人皆弟。慈以使眾，而使一家之人皆慈，是乃成教於國者也。」（《朱子語類》卷 16、傳九章釋家齊國治、萬人傑錄）這樣一種形式，由個人推展於一家，然後再如「此道理皆是我家裏做成了，天下人看著自能如此，不是我推之於國。」（《朱子語類》卷 16、傳九章釋家齊國治、胡泳錄）所說的那樣，透過自身的實踐而得以推展於一國。如此這樣，朱熹以內在於人與萬物的先天性的理的存在為出發，透過個個的個體的實踐，從而擴散於家、國、天下的這一形式，來完成修身與天下治平的可能性，以此構築了一個與理相協的調和社會。

　　不過在此一論理中，對朱熹來說，問題即在，雖說所有的人均內在著理，均在先天上即有著實踐仁義禮智的能力，然而依據氣之性質的不同，在不同的人身上，這些德目並沒有辦法得到相同的發揮。關於這一點朱熹說道「稟得精英之氣，便為聖、為賢，便是得理之全，得理之正。…中略…稟得衰頹薄濁者，便為愚、不肖」

---

❿　「只是這箇理，分做四段，又分做八段，又細碎分將去。四段者，意其為仁義禮智。當時亦因言文路子之說而及此。節。」（《朱子語類》卷 6、性理三、甘節錄）。並且相關於理與仁義禮智的詳細內容則可參看《朱子語類》卷 6、性理三的「仁義禮智等名義」。

⓰　「如仁是『親親而仁民、仁民而愛物』，義是長長、貴貴、尊賢。然在家時，未便到仁民愛物。未事君時，未到貴貴。未從師友時，未到尊賢，且須先從事親從兄上做將去，這箇便是仁義之實。」（《朱子語類》卷 56、仁之實章、胡泳錄）

（《朱子語類》卷 4、性理一、徐寓錄）。由於氣之性質的差異，有得以為聖人、賢者者，他們能夠對理有著深刻的理解，其行為與理是一致的。也有無法對理有所理解，其行為與理相違，而為愚與不肖之人。也就是說雖然所有的人均在先天上內在著理，然而由於氣的差異而產生了無法理解理，無法實踐理的狀況。

　　於是為了使所有的人得以發揮先天所具有的理，朱熹如「人之為學，却是要變化氣稟」（《朱子語類》卷 4、性理一、滕璘錄）所說的那樣，強調了學習的重要性，探求了如何透過學習，使人變化氣質而實踐內在已具有之理的問題。並且進一步對於心的樣態進行了細膩的觀察，透過解明心所具有的性與情這兩種樣態來深刻了問題。朱熹以水為喻做了如下的說明：

> 心如水，性猶水之靜，情則水之流，欲則水之波瀾。但波瀾有好底，有不好底。欲之好底，如『我欲仁』之類…中略…大段不好底欲，則滅卻天理。（《朱子語類》卷 5、性理二、董銖錄）

　　以水為喻，朱熹說明了並不是在心之外別有性與情，性與情是心本身所變化出來的樣態，水為心，水靜止的狀態為性，水流動的狀態為情，而由水之流動所蔓延開的波紋乃是欲。從情可以衍生出對善（例如仁）之欲，也能衍生出滅卻理之欲。也就是說從心的變化來說，人的內在之理無法得以充分發揮，是由於情所生過份擴張的欲所衍生出的問題。於是，為了解決這一問題朱熹主張了「心為之宰，則其動也無不中節矣。何人欲之有。」（《晦庵先生朱文公

文集》卷 32、〈問張敬夫〉）。也就是說從朱熹的想法來說，人先天所具有的內在著的理解理、實踐理的能力，雖然由於情所衍生出的過份擴張的欲而無法發揮，然而人心所具有的主宰的這一功能，若能好好的發揮其作用，則去除這一過份擴張的欲則為可能，而以此，非聖非賢者也可以自然的理解理、實踐理了。

朱熹透過了理的言說，肯定了人實踐仁義禮智的能力。並將仁義禮智的無法實踐歸結於氣之性質的問題，而倡導了變化氣質的學習。並透過對心之樣態的敏銳觀察，透過去除過份擴張的欲，使得在先天上非聖非賢之人也有實踐理的可能性。而這一修身的問題，並不只是停留在個人的完善，以透過個個的個體之實踐從而擴散於家、國、天下的這一形式，朱熹完成了修身與天下治平的可能性。「興於詩，立於禮，成於樂」便是以這一思想做為前提而被賦予了以理的實踐為目標的新解釋。「興於詩」、「立於禮」、「成於樂」成了以理為目標的學習成就三階段。

肆、詩、禮、樂的功能

那麼學習成就的三個階段——「興於詩」、「立於禮」、「成於樂」其具體的內容又為何？為了使人人都能理解理、實踐理，朱熹在詩、禮、樂當中看出了什麼樣的功能呢？以下將分立詩、禮、樂各節以進行討論。

(一) 詩

首先是詩。做為有益於人的學習成就，這裡所說的詩並不是一

般的詩而是《詩經》的詩。在朱熹來說，詩的起源是與欲相關的：

> 夫既有欲矣，則不能無思。既有思矣，則不能無言。既有言
> 矣，則言之所不能盡，而發於咨嗟詠嘆之餘者，必有自然之
> 音響節奏而不能已焉。此詩之所以作也。（《晦庵先生朱文
> 公文集》卷 76、詩集傳序）

欲之所生時，自然也伴隨著思想的產生，有了思想則必然要化
為語言，而語言所不能盡者，則發而為咨嗟詠嘆，而咨嗟詠嘆中必
有著自然的聲響與節奏，這便是詩。詩是由於這樣無法遏止的思緒
而產生，是根源於欲而無法用言語完全表現的各樣心情的展現。

而如先前所提到的，在朱熹的理解中，欲當中既存在著渴望仁
的這一向善部分，卻也有著毀滅著理的因子，因此，以欲為起源的
詩，便如同「詩本性情，有邪有正」（《論語集注》泰伯篇第八
章）所說的那樣，自然同時表現了欲之善惡的兩個不同面向。

然而，問題是如此兼備著善惡的詩，何以有著學習的價值而得
以成為學習成就的第一階段呢？關於這一點，朱熹通過了《詩經》
的詩為聖人所編集的這一事，來說明了詩具有啟發仁義之良心的這
一功能。

在朱熹來說，聖人是唯一不具私欲，而能夠自然的理解理、實
踐理的存在，聖人之心皆為善的表現❶。也因此聖人之所產皆含有

---

❶　關於聖人之心，朱熹說道：「心之全體湛然虛明，萬理具足，無一毫私欲之
間。其流行該編，貫乎動靜，而妙用又無不在焉。故以其未發而全體者言

某種善的意義，即使為不善的表現，卻可以透過此一不善的表現而引起讀者的羞恥之念⓱，而對於人來說有著學習意義⓲。

於是如同《論語或問》中：

> 詩本於人之情性，有美刺諷喻之旨。其言近而易曉，而從容詠嘆之間，所以漸漬感動於人者，又為易入。故學之所得，必先於此，而有以發起其仁義之良心也。（《論語或問》泰伯篇）

所說的那樣，對於朱熹來說，詩有著易於感動人心，引起人之共鳴的利點，通過這一利點做為學習成就的第一階段，仁義之良心自然的得以啟發。

於是，透過直接閱讀《詩經》的經驗，對於孕藏於詩中的豐富內容，如同自身所做一般加以深入的體會與了解⓳，並透過長期的

之，則性也。以其已發而妙用者言之，則情也。」（《朱子語類》卷 5、性理二、程端蒙錄）。

⓱ 「詩本性情，有邪有正，其為言既易知，而吟詠之間，抑揚反復，其感人又易入。故學者之初，所以興起其好善惡惡之心，而不能自已者，必於是而得之。」（《論語集注》泰伯篇第八章）

⓲ 「曰：『然則其所以教者何也。』曰：『詩者，人心之感物而形於言之餘也。心之所感，有邪正。故言之所形，有是非。惟聖人在上，則其所感者無不正，而其言皆足以為教。』」（《晦庵先生朱文公文集》卷 76、詩集傳序）

⓳ 「讀詩正在於吟詠諷誦，觀其委曲折旋之意，如吾自作此詩，自然足以感發善心。」（《朱子語類》卷 80、論讀詩、沈僩錄）

浸淫以體會詩意❷❶，則自然能夠對於內在於自身之內的欲的樣態有所理解，與此同時，如仁義那樣原本內在於人之「理」，則自然的從心中湧出❷❷。

這裡，由聖人編輯的《詩》所含藏的感化力被予以肯定，以欲為起源的詩，充分的展現了人心之性與情的種種面貌，透過對詩的吟詠與諷誦，人們對於前述的那樣妨礙理的實現的欲望有了深深的理解，進而觸發了內在的善的本質，於是在學習成就的第一階段裡，心的主宰這一功能得到了活化。

(二) 禮

接下來是禮。朱熹對於禮的把握，與詩同樣的是站在對欲的理解這一基礎上來進行的。在學習成就的第二階段，朱熹透過禮所要予以教化的是身體的這一存在，如「人有是身，則耳目口體之間，不能無私欲之累」（《論語或問》卷 12）所說的那樣，人既然有了這一肉體則不能不為私欲所擾，因此有著克制私欲並將行為引導於所當行的必要❷❸。於是有著簡約、收斂、恭敬❷❹這些特徵的禮，

---

❷❶ 「學者當『興於詩』。須先去了小序，只將本文熟讀玩味，仍不可先看諸家注解。看得久之，自然認得此詩是說箇甚事。」（《朱子語類》卷 80、論讀詩、萬人傑錄）

❷❷ 「讀詩之法、只是熟讀涵味、自然和氣從胸中流出、其妙處不可得而言。」（《朱子語類》卷 80、論讀詩、沈僴錄）

❷❸ 「蓋欲其克去有己之私欲，而復於規矩之本然」（《論語或問》卷 12）。

❷❹ 在〈樂記〉中關於禮與樂的特徵有著「禮主其減，樂主其盈。禮減而進，以進為文。樂盈而反，以反為文。」（前揭書、1142 頁）這一句話。對於這一文的禮，朱熹說道：「禮，如凡事儉約，如收斂恭敬，便是減。須當著力向

正可以用於這一所當然之行為的習得上。禮於是被界定為有著將被
私欲所擾的人們，在行為的這一層次上，導引至自律自重的功能。

不過這裡必需一提的是，朱熹的禮，在一方面是人們行為的規
範，在另一方面卻被置於與前述的理相關的一個位置上來被理解。
而這一與理的關係，在朱熹來說是有著重要意義的。朱熹說道：

> 禮者，天理之節文，人事之儀則也。（《論語集注》學而篇
> 第十二章）

在這裏，禮並不只是與人或社會相關，而只是制度或者個人行為的
規定而已，是與理或天理相結合，在一個更高的抽象次元上被理解
的。

將禮進一步與理或天理那樣，相對於單只是制度本身而言較為
高次元的東西做結合，從而得以把握禮的本質的這一做法，決不是
朱熹獨自的創見，在儒家的重要經典〈樂記〉中，禮一方面被用以
區分君臣、貴賤等身分之不同，另一方面則是作為日月星辰而顯現
的天上之秩序，做為山河動植物而顯現的地上的秩序㉕來被理解
的。

前去做，便是進，故以進為文。」（《朱子語類》卷 95、程子之書一、陳淳
錄）、「《禮主其減》者，禮主於撙節、退遜、檢束。然以其難行，故須勇
猛力進始得，故以進為文。」（《朱子語類》卷 95、程子之書一、程端蒙
錄）從這裡我們可以知道，朱熹所理解的禮是帶有著檢約、收斂、恭敬、撙
節、退遜、檢束等這些特徵的。
㉕　「在天成象，在地成形。如此，則禮者天地之別也。」（前揭書、1095 頁）

可是在〈樂記〉中，天地秩序與禮的關係，是如「天尊地卑，君臣定矣。卑高已陳，貴賤位矣。動靜有常，小大殊矣。方以類聚，物以群分，則性命不同矣。」（前揭書、1094-1095 頁）那樣，透過將禮與更高次元的存在相結合的這一形式，將例如尊卑、貴賤等這一些透過禮來規定的事情正當化的。相對於此，在朱熹來說，將禮與理相結合，是意味著禮包含了構成這一制度或行為的理由或道理。在朱熹來說，禮不單是由外在的規制而施迫於人的強制力量，或者是欠缺著根據的不合理的規定，因為與理相即，禮有著所以然所當然自然的得以被實踐的力量。因此如「蓋禮之為體雖嚴，而皆出於自然之理，故其為用，必從容而不迫」（《論語集注》學而篇第一二章）。或者是「只是說行得自然如此，無那牽強底意思，便是從容不迫。那禮中自然箇從容不迫」（《朱子語類》卷 22、禮之用和為貴章、黃義剛錄）所說的一般，朱熹強調著行禮的自然而然與從容不迫，並以「如人入神廟，自然肅敬，不是強為之。禮之用，自然有和意。」（《朱子語類》卷 22、禮之用和為貴章、沈僩錄）這樣一個在神廟當中所具有的氛圍如何引領人有著肅敬的心情的例子進行了說明。在這裏的肅敬並不是由外力所強制出來的，而是在那樣的氛圍當中自然產生的。

由於禮當中有著構成這一制度或行為的理由及道理，因此禮不單只是外在的強制規範，禮有著將人們自然的導向所當然之行為的力量。於是透過禮，那些沒有辦法與聖人有著同樣行為的人，能得以自然的養成同於聖人之行為❷。在這裏禮的學習，做為學習成就

---

❷ 「言躬行以率之，則民固有所觀感而興起矣。而其淺深厚薄之不一者，又有

的第二階段，可以說是由《詩》所培養起來的對善惡的理解力，化為具體行為的實踐問題。通過詩，養成了對欲的自省能力的人們，進一步透過禮，有了「故學者之中，所以能卓然自立而不為事物之所搖奪者，必於此而得之。」（《論語集注》泰伯篇第八章）的這一成長。在實現理的這一課題裏，欠缺了精英之氣的人們，透過了對欲的理解，還有去除了在行為實踐上的私欲，進一步的得以實現內在所具有理。

(三) 樂

接下來是學習成就的最後階段——「成於樂」。理想的音樂，在朱熹的理解來說，是多種樂器及五音十二律的組合而有著自然和氣的東西❷。並且，做為理想的音樂並不是同時代的俗樂，而是先王中正平和的音樂❷。總結的來說，朱熹認為音樂的功能在於使人保持和樂狀態❷、「成於樂」則是人們自然的體得仁義而和順於道

禮以一之，則民恥於不善，而又有以至於善也。」（《論語集注》為政篇第三章）

❷ 「如金石絲竹，匏土革木，雖是有許多，却打成一片。清濁高下、長短大小、更唱迭和，皆相應，渾成一片，有自然底和氣」（《朱子語類》卷35、興於詩章、徐㝢錄）。「人以五聲十二律為樂之末，若不是五聲十二律，如何見得這樂，便是無樂了。五聲十二律，皆有自然之和氣。」（《朱子語類》卷35、興於詩章、徐㝢錄）

❷ 「而今作俗樂聒人，也聒得人動。況先王之樂，中正平和，想得足以感動人。」（《朱子語類》卷35、興於詩章、呂燾錄）

❷ 「涵養德性，無斯須不和不樂，直恁地和平，便是『成於樂』之功。」（《朱子語類》卷35、興於詩章、徐㝢錄）

德的境地❸。換言之，在朱熹來說完成學習成就的最後階段，即達到自然的體得仁義和順道德的這一境界，是有賴於使人保持著和樂狀態的音樂。

那麼為什麼朱熹將給予人喜怒哀樂影響的音樂的學習，做為學習成就的最終階段呢？對於理的實現，喜怒哀樂有著非常重要的契機，以下將一邊注意著這一點，進而討論音樂在朱熹學習成就三階段中所佔有的位置。

朱熹是將喜怒哀樂與第二章曾敘述的心、性、情做了一個關聯來進行把握的。心未生喜怒哀樂之時為性，此一狀態稱為「中」，有了喜怒哀樂之時為情，適當的情稱為「和」。

> 喜怒哀樂，情也。其未發，則性也。無所偏倚，故謂之中。
> 發皆中節，情之正也，無所乖戾，故謂之和。（《中庸章
> 句》）

「中」是面對於外界的活動狀態，為了達到適切反應的一種內在的準備狀態，並且這一準備狀態被要求了保持一種得以對各種狀況提出適切反應的能動狀態❸。「和」是喜怒哀樂沒有不適切的樣

---

❸ 「故學者之終，所以至於義精仁熟而自和順於道德者，必於此而得之。是學之成也。」（《論語集注》泰伯篇第八章）

❸ 關於此一「中」的狀態，參照了市來氏的說明（市來津由彥〈朱熹的「知覺」說〉《中國思想における身體‧自然‧信仰──坂出祥伸先生退休記念論集》東方書店、2004 年、106 頁）。

態❸。並且以「又問：『和』。曰：『⋯中略⋯如這事合喜五分，自家喜七八分，便是過其節。喜三四分，便是不及其節。』」（《朱子語類》卷 62、中庸一、林夔孫錄）這一朱熹的想法來說，「和」這一情的適切狀態，指得是對應於每一個不同的狀況，被表現出適切的喜怒哀樂。

關於適切的喜怒哀樂的重要性，朱熹如下說著：

> 世間何事不係在喜怒哀樂上。如人君喜一人而賞之而千萬人勸⋯⋯以至君臣、父子、夫婦、兄弟、朋友、長幼相處相接，無不是這箇。即這喜怒中節處，便是實理流行。（《朱子語類》卷 62、中庸一第一章、林子蒙錄）

也就是說對於朱熹來說，喜怒哀樂在君臣、父子等的關係上有著決定性的影響力，適切的喜怒哀樂的表達，也就是因應不同場合、不同狀況的適切的喜怒哀樂的表現，在引導這些關係朝向好的方向發展上起著重要的作用，這些在君臣、父子諸關係上所展現的適切的喜怒哀樂的表現，即是理的表現。換言之，前述的理的實現，即以親子兄弟的關係為始也包含了君臣、師友等的諸關係中，展現在自身的仁義禮智的的實踐，不單只是外在行為的問題。在孝順雙親敬愛年長這一仁義禮智的實踐上，保持和樂的心情是更為重要的。並且這一和樂的心情，進一步的成為理得以被長久實踐的基礎。朱熹

---

❸ 「喜怒哀樂之發，無所乖戾，此之謂和。」（《朱子語類》卷 62、中庸一、程端蒙錄）

說道：

> 若是為善底人，又須觀其意之所從來。若是本意以為己事所
> 當為，無所為而為之，乃為己。若以為可以求知於人而為
> 之，則是其所從來處已不善了。若是所從來處既善，又須察
> 其中心樂與不樂。若是中心樂為善，自無厭倦之意，而有日
> 進之益。（《朱子語類》卷24、視其所以章、鄭南升錄）

也就是說，即使有了善的行為，更為重要的是實踐這一行為的想
法，而實踐此一行為的想法，即時在並無其他的目的僅只是為了自
身內在的理的實現的情況下也是，最重要的是實踐時的愉悅。因為
唯有有著心的愉悅，善的行為才自然的得以被持續，而自我修養也
才得以自然的被實踐。在這裏，朱熹認識到了，心的愉悅是促使善
的行為與自我修養的貫徹最重要的原動力。而這一認識，正是朱熹
將音樂的學習視為學習成就最後階段的理由。也就是說，以理的實
現為目標的學習成就，不單只是對於自身的內在有著深刻的了解，
及有著與理一致的行為實踐而已。即使思想的原點與坐落在行為上
的實踐是善的，沒有了心的愉悅，善的行為就沒有辦法自然而然的
持續，自我修養也沒有辦法長期積累。這樣，做為理的實現則是不
完全的。透過《詩》了解了心的存在樣態，透過禮修正了行為的人
們，在最後是以由心所生出來的和樂的喜悅，來以理的實現做為目
標的。也因此，朱熹將能使人養成和樂狀態的音樂做為學習成就的
最後階段。在朱熹來說由詩、禮、樂所構成的這一學習成就的完
成，終究是如「『興於詩、立於禮、成於樂』，聖人做出這一件物

事來，使學者聞之，自然懽喜，情願上這一條路去」（《朱子語類》卷 35、興於詩章、輔廣錄）所表現出的那樣，是以歡喜愉悅的心情為出發的。

總而言之，朱熹的理的實現，不只是停留在智識層次的理解或者是行為層次的實踐，而是以自我這一存在能自然而然的隨順於理的這一狀態，也就是自然的體得仁義和順道德的這一狀態的達成為目標的。於是透過音樂的學習而保持了的愉悅的心情被放置於學習成就之最終階段。為了達成理的實現，通過《詩》的學習除去了私欲，通過禮的學習被私欲所煩擾的屬於身體的這一層次的行為被引導於自重自律，最後是進一步透過音樂的學習以愉悅的的心情來自然完成理的實現。

伍、結語

對於《論語》的「興於詩，立於禮，成於樂」，朱熹一方面繼承了有著古注權威的包咸的說法，而從《集注》《或問》開始則以自身對於音樂所抱持的理解做出發，提出了將「興於詩」、「立於禮」、「成於樂」做為學習成就三階段的這一具有獨創性的看法。而形成這一解釋的基礎，是以理的言說所構成的朱熹的修身與天下治平論。朱熹透過了理的言說，肯定了人實現理的能力，並倡導了變化氣質的學習理論，同時對於存在於心的欲之樣態有著深深的觀察，主張了透過去除過分擴張的欲，來構築非聖非賢者，其實踐理的可能性。而這一修身的問題，並不只是停留在個人的完善，個體的實踐是與天下的治平相連的。於是以這樣一個認識出發，朱熹將

「興於詩，立於禮，成於樂」做了一個新的詮釋，將其做為以實現人內在普遍所具有的理為目標的學習成就的三個階段。由於詩有著對於欲之善惡樣態的詳盡描寫，詩的功能在養成人們對善惡的判斷能力，用以啟發人們仁義的良心；由於禮當中含有構成制度與行為的理由及道理，其功能便在於使人自然而然的養成所當然之行為；由於樂有著使人保持著和樂狀態的功能，其功能則是使人能愉悅而自然的實踐仁義遵循著內在的理。在這裏，人們通過詩以養成對於自我內在所有的欲的樣態的反省能力，通過禮而得以引導出自律自重的行為，通過樂則得以保持和樂的心情，達到自然而然實踐仁義遵從於理的境地。最後，透過了個體的自我完善，這樣一種完善將擴散於家、國乃至於天下，在此一個以理相協的社會理想圖被朱熹描繪開來了。

朱熹對於詩、禮、樂所構想出的世界，以今天的眼光來看有著狹隘的一面，然而他所提出的看法卻對爾後的東亞之詩、禮、樂論的開展有著深遠的影響。以日本來說，如果我們抽出日本江戶時代的儒學者的關於此一文的注釋㉝，會發現這些都是以朱熹的新解做為前提來進行議論的。因此從別的角度來說，檢討了朱熹的詩、

㉝ 這一現象，以朱熹的文本為底本進行訓讀或給以解說的藤原惺窩『鼇頭四書大全』（內閣文庫藏）、林羅山『四書集註』（內閣文庫藏、寬文四年刊本）（林羅山另有『論語集註諺解』，然而僅有《學而篇》到《里仁篇》）、山崎闇齋『倭板四書』（林家（大學頭藏））等是不用說的，就連獨自敷衍了《論語》之意的山鹿素行『四書句讀大全』（國民書院、大正九年）與伊藤仁齋的『論語古義』（收於『日本名家四書註釈全書　論語古義』東洋圖書刊行会、昭和三年）中，也可以看到朱熹的這一新解的影響。

禮、樂關係的本稿，正提示了思索東亞藝術觀之問題的一個可能的
切入點。做為今後的課題，筆者將對於江戶前期的禮樂論的發展做
更進一步的探討。

· 關於朱熹的引用文，用得是黎靖德編《朱子語類》（中華書局、
1994 年）及朱傑人、嚴佐之、劉永翔主編的《朱子全書》（上海
古籍出版社、2002 年）。

〈觀世音菩薩普門品〉
的譯經語言初探*

高婉瑜

淡江大學中文系助理教授

一、問題的提出

　　鳩摩羅什（Kumārajīva，344-413），天竺人，自幼出家學習佛法，弘始三年（西元 401 年）被姚興迎入長安，奉為國師，於西明閣及逍遙園翻譯佛經，總共譯出 74 部 384 卷佛經，其中，許多譯經後來成為普及本（如《金剛般若波羅蜜經》、《妙法蓮華經》、《佛說阿彌陀經》等等），為漢文佛經「譯經四大家」之一。

---

*　　本文初稿〈試論〈觀世音菩薩普門品〉的譯經語言〉，曾發表於「第十二屆社會與文化國際學術研討會」（淡江大學中文系主辦，2008 年 5 月 23 日－24 日）。又，本文曾受到圓貌法師、王三慶教授、盧國屏教授、楊晉龍教授、王青教授的指正，在此特為致謝。

梁啟超（1981：292-309）將佛典翻譯分為三期，分別是：第一期東漢至西晉；第二期東晉南北朝，其中，東晉二秦為前期，劉宋元魏迄秦為後期；第三期唐貞觀至貞元。鳩摩羅什是第二期（姚秦）的譯經大師。身為譯經大師，羅什的翻譯有什麼特色嗎？《出三藏記集》僧肇的〈維摩詰經序〉（T55，p0058a17）說：

> 羅什法師重譯正本，什以高世之量，冥心真境，既盡環中，又善方言。時手執胡文，口自宣譯，道俗虔虔，一言三復，陶冶精求，務存聖意。其文約而詣，其旨婉而彰，微遠之言，於茲顯然。

又，《金剛經纂要刊定記》卷一的評價是：「然此一經，羅什所譯，句偈清潤，令人樂聞。」（T33，p0170a23）梁啟超（1981：297）也極為推崇羅什譯經：

> 什嫻漢言，音譯流便，即覽舊經，義多紕繆，皆由先譯失旨，不與梵本相應，乃更出大品，什執梵本，與執舊經以相讎校，其新文異舊，義皆圓通，眾心愜伏。什所譯經，什九現存，襄譯諸賢，皆成碩學，大乘確立，什公最高。

依照我們對三段評論的理解，前人對羅什譯本的評價可歸納為「忠於原意」、「簡潔優雅」、「辭理兼暢」、「深入淺出」。

話雖如此，仍有人提出批評。任繼愈（1987：388）指出羅什的中文造詣不夠精深，翻譯時需要借重助手，所以，他的翻譯會受

到助手的影響。❶翻譯當中若遭遇困難，必須順從時尚。因此，雖然他的意譯相當成功，但是有一些佛經不免走了樣。由上可知，任認為羅什的翻譯受助手中文素養的影響，有些翻譯不甚理想（走樣）。

行文至此，不難發現不管是讚揚或批評，都屬於文字的抒發，評語看似清楚，卻不免流於抽象，因此，我們想問的是：後人在脫離當時的背景下，如何可能有效理解評語之意？❷換句話說，我們怎麼知道自己所理解的「簡潔優雅」、「辭理兼暢」，是否相當於或接近於僧叡等人的評價？或者，我們如何確定任繼愈所說的「走了樣」所指為何？是故，抽象評語難以避免「各自臆測」與「各自表述」的窘境。

語言學是一門求真的學問，不論是何種性質的語料，語言研究者都是極力要描述、解釋其間的語言現象，秉持「有一分證據說一分話」的態度。針對上述的疑惑，本文希望透過語言上的分析，將羅什譯本的優點如實描述，讓後人能多一份語言的證據來理解古人的評論。

---

❶ 梁慧皎《高僧傳》卷六：「什所翻經，叡並參正，昔竺法護出正法華經受決品云：天見人人見天。什譯經至此乃言：此語與西域義同，但在言過質。叡曰：將非人天交接兩得相見。什喜曰：實然！其領悟標出皆此類也。」（T50，p0364a14）

❷ 竺家寧提到傳統的風格研究有幾個特徵：第一，重視綜合的印象，而不是分析性的；第二，重主觀的直覺，認為能客觀的、知覺的描繪出來，往往已脫離了「美」；第三，傾向以高度抽象的形容詞來區分風格；第四，重視體裁風格。請參見竺家寧：《語言風格與文學韻律》（臺北：五南出版公司，2001年），頁1-2。

由於羅什所譯經典卷帙浩繁，遍及各部，本文先以最為人喜愛的〈觀世音菩薩普門品〉為研究範疇，〈普門品〉屬《妙法蓮華經》第二十五品，後來獨立為單行品，❸就結構來看，〈普門品〉分為長行和偈頌，長行是羅什所譯，重頌則非羅什所譯。❹該品記載了無盡意菩薩向佛陀請問觀世音菩薩得名由來，為何來娑婆世界，如何現身演說妙法，以及菩薩的方便之力。佛陀宣說觀世音菩薩廣大無邊的慈悲心，拔苦救難的妙智力，眾生應以何身得度，菩薩便以何身示現說法。

---

❸　《法華經》是初期大乘經典，所謂「唯有一乘法，無二亦無三」，顯示此經為開權顯實、暢顯究竟一乘的殊勝法，是「攝末歸本法輪」。依天台的說法，《法華經》分為兩大部分，前十四品為迹門，後十四品為本門，其中，迹門的〈方便品〉、〈安樂行品〉和本門的〈如來壽量品〉、〈觀世音菩薩普門品〉，合稱「法華四要品」。妙樂大師認為在修行佛法的過程中，此四品凸顯出發心、修行、證果、涅槃的次第。請參見森下大圓：《觀世音菩薩普門品講話》（臺北：佛光文化，1995 年，二版），頁 6-9。釋演培：《觀世音菩薩普門品講記》（臺北：佛陀教育基金會，2007 年），頁 24。

❹　唐道宣《續高僧傳·闍那崛多傳》認為〈普門品〉的偈頌為闍那崛多所譯，梁啟超提到〈渡品序〉：「正法護翻妙法、什譯檢驗，二本文皆有闕，護所闕者，普門品偈也，什所闕者，藥草喻品之牛，富樓那及法師第二品之初，提婆達多品、普門品偈也。」梁沒有進一步說明偈頌的譯者。請參見梁啟超：〈佛典之翻譯〉，《佛典翻譯史論》（臺北：大乘文化出版社，1981年），頁 339。

二、翻譯底本與翻譯理論

㈠ 翻譯底本

目前保留的漢譯《法華經》有三種，第一譯為太康七年（288年）竺法護的《正法華經》十卷二十七品；第二譯為弘始八年鳩摩羅什的《妙法蓮華經》七卷二十八品❺；第三譯為仁壽元年闍那崛多和笈多的《添品妙法蓮華經》七卷三十七品。三譯之中，以羅什譯本流傳最廣。❻

雖然都是翻譯《法華經》，法護和羅什所依據的底本是否相同？基本上，研究漢譯佛典往往會遇到底本來源的問題，但是，這個問題十分複雜。

水野弘元（2003：75-101）認為漢譯佛經的語言來源幾乎無法得知，大概是南北朝以前翻譯的佛典中含有譯自西域語和印度俗語的佛典，南北朝以後的譯經原典大部分是以梵語書寫。因為南北朝以後譯出的佛典屬於大乘或小乘有部，雖然大乘最初使用 Prakrit（俗語），但後來使用梵語；有部最早也不用純粹的梵語，用的是通俗梵語（通常稱為佛教梵語，或混淆梵語，或偈頌方言）。因此，大乘和有部典籍都是以梵語書寫。將印度、西域語漢譯是非常

---

❺ 姚秦弘始八年（西元 406 年），羅什譯的《法華經》只有二十七品，齊永明八年（西元 490 年）達摩摩提和法顯加入〈提婆達多品〉，成為二十八品。

❻ 辛島靜志認為羅什重譯《法華經》是因為至少從文字表面的理解來看。竺法護的對原 Prakrit 的文法瞭解有錯誤。他的翻譯團隊中有「胡人」──操吐火羅與的中亞人，這些人對 Prakrit 的理解也有問題。

難的事情，如果所表示的事物和概念中國沒有的話，往往用音譯法，如比丘、菩薩摩訶薩、般若波羅蜜。三國之後，意譯風氣興起，如除饉男、開士、明度無極。

呂澂（1982：42）談到佛經翻譯所據常常不是梵文原本，而是轉譯的西域文本，轉譯有兩種，一種是轉寫，用西域文字寫梵本；一種是轉譯，將梵文譯成西域文。這些本子通稱為「胡本」。

辛島靜志（2007：294-305）認為有相當多的以（佛教）梵語書寫的現存主流佛教經、律以及早期大乘佛教著作，原來是以中世印度語流傳，而後逐漸「翻譯」成（佛教）梵語。（佛教）梵語典籍是若干世紀以來持續不斷的梵語化的結果。如果試圖重構較早的和更加原始的佛教經典的面貌或追溯其傳播時，應該更加重視公元二至六世紀的翻譯。

回歸到《法華經》的底本來看，根據崛多和笈多的〈添品妙法華經序〉（T9，p0134b27）：

> 昔燉煌沙門竺法護，於晉武之世，譯正法華，後秦姚興，更請羅什，譯妙法蓮華。考驗二譯，定非一本。護似多羅之葉，什似龜茲之文。余撿經藏。備見二本。多羅則與正法符會，龜茲則共妙法允同。護葉尚有所遺，什文寧無其漏。

他們認為，竺法護《正法華經》和羅什《妙法蓮華經》的底本不同，而且，法護本尚有遺漏。

呂澂（1982：45）說過羅什的《法華經》有些地方借用竺法護的譯文，可見，羅什十分看重法護本。

　　藍吉富（1997：264）進一步說《法華經》原典有四：中亞本、西北印度本、尼泊爾本、西藏本。竺法護本出自尼泊爾本，羅什本屬中亞本，《添品》主要根據羅什本，並參考竺法護本而來。❼

　　經詳細比對發現，儘管兩個譯本的底本不同，可是內容方面出入不大。本文的比對工作限於兩種漢譯本，透過兩種漢譯本，凸顯羅什「漢譯」經典的語言特色。

　　就結構上看，竺法護〈光世音普門品〉（下文簡稱為法護本）和羅什〈觀世音菩薩普門品〉（下文簡稱為羅什本）均有長行，但羅什還多出偈頌，此部分非他所譯。因此，分析時排除偈頌，只比對長行。下表是兩種〈普門品〉的對應，共切分為二十一段，分段原則以經義完足為準。

	鳩摩羅什〈觀世音菩薩普門品〉 （T9，No262）	竺法護〈光世音普門品〉 （T9，No263）
1	爾時，無盡意菩薩即從座起，偏袒右肩，合掌向佛，而作是言：「世尊！觀世音菩薩，以何因緣名觀世音？」佛告無盡意菩薩：「善男子！若有無量百千萬億眾生受諸苦	於是無盡意菩薩，即從座起偏露右臂長跪叉手，前白佛言：唯然世尊，所以名之光世音乎？義何所趣耶？佛告無盡意曰：「此族姓子，若有眾生，遭億百千姟困厄患難苦

---

❼　法華經底本另有一說，目前可見三種底本：尼泊爾本（Nepalese Manuscripts）、基爾基特本（Gilgit Manuscripts）、喀什寫本（Central Asian Manuscripts），每一版本尚有各種異寫本，日本戶田宏文曾做過三種版本的文獻校定。

	惱，聞是**觀世音菩薩**，一心稱名，**觀世音菩薩**即時觀其音聲，皆得解脫。」	毒無量，適聞光世音菩薩名者，輒得解脫無有眾惱，故名光世音。」
2	若有持是**觀世音菩薩**名者，設入大火，火不能燒，由是菩薩威神力故。	若有持名執在心懷，設遇大火然其山野，燒百草木叢林屋宅，身墮火中，得聞光世音名，火即尋滅。
3	若為大水所漂，稱其名號，即得淺處。	若入大水，江河駛流，心中恐怖，稱光世音菩薩，一心自歸，則威神護令不見溺，使出安隱。
4	若有百千萬億眾生，為求金、銀、琉璃、車磲、馬瑙、珊瑚、虎珀、真珠等寶，入於大海，假使黑風吹其船舫，飄墮羅剎鬼國，其中若有，乃至一人，稱**觀世音菩薩**名者，是諸人等皆得解脫羅剎之難。以是因緣，名**觀世音**。	若入大海，百千億姟眾生豪賤，處海深淵無底之源，採致金、銀、雜珠、明月、如意、寶珠、水精、琉璃、車磲、馬磶、珊瑚、虎魄，載滿船寶，假使風吹其船流墮黑山迴波，若經鬼界值魔竭魚，眾中一人，竊獨心念，光世音菩薩功德威神，而稱名號，皆得解脫一切眾患。及其伴侶眾得濟渡，不遇諸魔邪鬼之厄，故名光世音。
5	若復有人臨當被害，稱**觀世音菩薩**名者，彼所執刀杖，尋段段壞，而得解脫。	佛言：「族姓子，若見怨賊欲來危害，即稱光世音菩薩名號，而自歸命，賊所持刀杖，尋段段壞，手不得舉，自然慈心。」
6	若三千大千國土，滿中夜叉、羅剎，欲來惱人，聞其稱**觀世音菩薩**名者，是諸惡鬼，尚不能以惡眼視之，況復加害。	設族姓子，此三千大千世界滿中諸鬼神，眾邪逆魅欲來嬈人，一心稱呼光世音名，自然為伏不能妄犯，惡心不生不得邪觀。
7	設復有人，若有罪、若無罪，杻械、枷鎖檢繫其身，稱**觀世音菩薩**名者，皆悉斷壞，即得解脫。	若人犯罪，若無有罪，若為惡人縣官所錄，縛束其身，杻械在體，若枷鎖之，閉在牢獄，拷治苦毒，一

		心自歸,稱光世音名號,疾得解脫,開獄門出無能拘制。故名光世音。
8		佛言:「如是族姓子,光世音境界,威神功德難可限量,光光若斯,故號光世音。」
9	若三千大千國土,滿中怨賊,有一商主,將諸商人,齎持重寶、經過嶮路,其中一人作是唱言:『諸善男子!勿得恐怖,汝等應當一心稱觀世音菩薩名號。是菩薩能以無畏施於眾生,汝等若稱名者,於此怨賊當得解脫。』眾商人聞,俱發聲言:『南無觀世音菩薩。』稱其名故,即得解脫。	佛告無盡意:「假使族姓子,此三千大千世界滿中眾逆盜賊怨害,執持兵杖刀刃矛戟,欲殺萬民,一部賈客,獨自經過在於其路,齎持重寶,導師恐怖心自念言:此間多賊,將無危我劫奪財寶,當設權計脫此眾難,不見危害。謂眾賈人不宜恐畏,等共一心俱同發聲,稱光世音菩薩威神,輒來擁護令無恐懼,普心自歸便脫眾難,不遇賊害。眾賈人聞悉共受教,咸俱同聲稱光世音,身命自歸願脫此畏難,適稱其名,賊便退卻不敢觸犯,眾賈解脫永無恐怖。」
10	無盡意!觀世音菩薩摩訶薩,威神之力巍巍如是。	光世音菩薩,威德境界巍巍如是,故曰光世音。
11	若有眾生多於婬欲,常念恭敬觀世音菩薩,便得離欲。若多瞋恚,常念恭敬觀世音菩薩,便得離瞋。若多愚癡,常念恭敬觀世音菩薩,便得離癡。	佛復告無盡意菩薩:「若有學人,婬怒癡盛,稽首歸命光世音菩薩,婬怒癡休,觀於無常苦空非身,一心得定。」
12	無盡意!觀世音菩薩、有如是等大威神力,多所饒益,是故眾生常應心念。	

13	若有女人，設欲求男，禮拜供養觀世音菩薩，便生福德智慧之男，設欲求女，便生端正有相之女，宿殖德本，眾人愛敬。	若有女人，無有子姓，求男求女，歸光世音，輒得男女。一心精進自歸命者，世世端正顏貌無比，見莫不歡。所生子姓而有威相，眾人所愛願樂欲見，殖眾德本不為罪業。
14	無盡意！觀世音菩薩有如是力，若有眾生，恭敬禮拜觀世音菩薩，福不唐捐，是故眾生皆應受持觀世音菩薩名號。	其光世音威神功德，智慧境界，巍巍如是，其聞名者，所至到處終不虛妄，不遇邪害。致得無上道德果實，常遇諸佛真人菩薩高德正士。不與逆人，無反復會。若聞名執持懷抱，功德無量，不可稱載。
15	「無盡意！若有人受持六十二億恒河沙菩薩名字，復盡形供養飲食、衣服、臥具、醫藥。於汝意云何？是善男子、善女人，功德多不？」無盡意言：「甚多，世尊！」佛言：「若復有人受持觀世音菩薩名號，乃至一時禮拜、供養，是二人福，正等無異，於百千萬億劫不可窮盡。無盡意！受持觀世音菩薩名號，得如是無量無邊福德之利。」	若有供養六十二億江河沙諸菩薩等，是諸菩薩，皆使現在等行慈心，若族姓子女，盡其形壽，供養衣、被、飲食、床、臥具、病瘦醫藥一切所安，福寧多不？無盡意曰：多矣！世尊，不可限量。所以者何？是諸菩薩，無央數億不可譬喻。佛言：雖供養此無限菩薩，不如一歸光世音，稽首作禮，執持名號，福過於彼。況復供養？雖復供養六十二億恒河沙數諸菩薩等執持名號，計此二福，億百千劫不可盡極，終不相比。是故名曰光世音。
16	無盡意菩薩白佛言：「世尊！觀世音菩薩，云何遊此娑婆世界？云何而為眾生說法？方便之力，其事云何？」	於是，無盡意前白佛言：「光世音，以何因緣遊忍世界？云何說法？何謂志願？所行至法善權方便境界云何？」
17	佛告無盡意菩薩：「善男子！若有國土眾生，應以佛身得度者，觀世	佛言：「族姓子，光世音菩薩所遊世界，或現佛身而班宣法，或現菩

音菩薩即現佛身而為說法；應以辟支佛身得度者，即現辟支佛身而為說法；應以聲聞身得度者，即現聲聞身而為說法；應以梵王身得度者，即現梵王身而為說法；應以帝釋身得度者，即現帝釋身而為說法；應以自在天身得度者，即現自在天身而為說法；應以大自在天身得度者，即現大自在天身而為說法；應以天大將軍身得度者，即現天大將軍身而為說法；應以毗沙門身得度者，即現毗沙門身而為說法；應以小王身得度者，即現小王身而為說法；應以長者身得度者，即現長者身而為說法；應以居士身得度者，即現居士身而為說法；應以宰官身得度者，即現宰官身而為說法；應以婆羅門身得度者，即現婆羅門身而為說法；應以比丘、比丘尼、優婆塞、優婆夷身得度者，即現比丘、比丘尼、優婆塞、優婆夷身而為說法；應以長者、居士、宰官、婆羅門婦女身得度者，即現婦女身而為說法；應以童男、童女身得度者，即現童男、童女身而為說法；應以天、龍、夜叉、乾闥婆、阿修羅、迦樓羅、緊那羅、摩睺羅伽、人非人等身得度者，即皆現之而為說法；應以執金剛身得度者，即現執金剛身而為說法。」	薩形像色貌，說經開化。或現緣覺或現聲聞，或現梵天帝像而說經道，或揵沓和像，欲度鬼神現鬼神像，欲度豪尊現豪尊像，或復示現大神妙天像，或轉輪聖王化四域像，或殊特像，或復反足羅剎形像，或將軍像，或現沙門梵志之像，或金剛神隱士獨處仙人僮儒像。光世音菩薩，遊諸佛土。而普示現若干種形，在所變化開度一切。」

18	「無盡意！是觀世音菩薩成就如是功德，以種種形，遊諸國土，度脫眾生。是故汝等，應當一心供養觀世音菩薩。是觀世音菩薩摩訶薩，於怖畏急難之中能施無畏，是故此娑婆世界，皆號之為施無畏者。」	是故族姓子，一切眾生咸當供養光世音，其族姓子，所可周旋有恐懼者，令無所畏，已致無畏使普安隱，各自欣慶，故遊忍界。
19	無盡意菩薩白佛言：「世尊！我今當供養觀世音菩薩。」即解頸眾寶珠、瓔珞，價直百千兩金，而以與之，作是言：「仁者！受此法施珍寶瓔珞。」時觀世音菩薩不肯受之。無盡意復白觀世音菩薩言：「仁者！愍我等故，受此瓔珞。」爾時佛告觀世音菩薩：「當愍此無盡意菩薩及四眾，天、龍、夜叉、乾闥婆、阿修羅、迦樓羅、緊那羅、摩睺羅伽、人非人等故，受是瓔珞。」即時觀世音菩薩愍諸四眾，及於天、龍、人非人等，受其瓔珞，分作二分，一分奉釋迦牟尼佛，一分奉多寶佛塔。	於是，無盡意菩薩即解己身百千寶瓔，以用貢上於光世音：「惟願正士，受此法供己身所有殊異寶瓔，」而不肯受。時無盡意復謂光世音：「唯見愍念以時納受，願勿拒逆。」時光世音心自計念：「不用是寶」。無盡意言：「唯復垂愍諸天、龍神、揵沓和、阿須倫、迦留羅、真陀羅、摩睺勒、人及非人。」受其寶瓔，輒作兩分。一分奉上能仁如來，一分供養眾寶如來至真等正覺貢上寶寺。
20		其族姓子，普為一切，以是之故，神足變化遊忍世界，無所不濟。
21	爾時持地菩薩即從座起，前白佛言：「世尊！若有眾生，聞是觀世音菩薩品自在之業，普門示現神通力者，當知是人功德不少。」佛說是普門品時，眾中八萬四千眾生，皆發無等等阿耨多羅三藐三菩提心。	於是，持地菩薩即從座起前白佛言：「假使有人聞光世音所行德本，終不虛妄，世世安隱至無極慧。其光世音，神足變化，普至道門，所顯威神而無窮極。」佛說是普門道品，彼時會中八萬四千人，至無等倫，尋發無上正真道意。

㈡ 翻譯理論

羅什身為翻譯大家，對翻譯理論有一套見解，根據《高僧傳》的記載，羅什和僧叡討論西方辭體時，提到：

> 甚重文製，其宮商體韻，以入絃為善，凡覲國王，必有讚德，見佛之儀，以歌歎為貴，經中偈頌，皆其式也。但改梵為秦，失其藻蔚，有似嚼飯與人，非徒失味，乃令嘔穢也。（T50，p0330a11）

羅什認為梵語和漢語是不同的語言，梵文佛經重視文製，中國人好簡，喜歡簡潔的表達，如果，翻譯時將梵語直譯成漢語，是很糟糕的，此處透露了羅什不贊成直譯法。梁啟超（1981）進一步指出羅什偏重意譯。羅根澤（1981：368）認為羅什有時會增削原文，以求達旨。王文顏（1984：219）歸納羅什三個譯經理論，第一、重視文飾；第二、刪略增補經典；第三、訂正名實。王認為此三點都有關連。

首先，重視文飾表現在僧肇助譯百論時，「使質而不野，簡而必詣」（〈出三藏記集·百論序〉，T55，p0077b11）；其次，刪補經典有三個原則，即「使譯本更合乎原典形式」、「斟酌漢地的需要程度」、「使譯文更流利顯達」。

所謂訂正名實，是因為佛經翻譯曾經歷「格義」過程，所以需要訂正名實，《高僧傳》卷四竺法雅傳：「法雅……時依門徒，並世典有功，未善佛理，雅乃與康法朗等，以經中事數擬配外書，為

生解之例，謂之『格義』。」（T50，p0347a18）格義，指借用儒道的術語詮釋佛法的概念，例如，用道家的「本無」解釋「般若性空」的思想。然而，佛教的「性空」和道家「無」的概念並不對等，初學者若以「無」來理解「空」，必會產生誤解，但囿於沒有更好的詞語，只能姑且用之。換句話說，「格義」是權宜之計，長期採「格義」法，將不利於佛法的開展。因此，羅什有意識地訂正詞語的名實，《出三藏記集》卷八，僧叡〈大品經序〉云：「胡音失者，正之以天竺。秦名謬者，定之以字義。不可變者，即而書之。是以異名斌然，胡音殆半，斯實匠者之公謹，筆受之重慎也。」（T55，p0052c28）呂澂（1982）解釋為：「西域本音譯不正確的，用天竺語加以訂正漢譯有錯誤的，另找恰當的語言加以釐定。有許多術語不能用意譯的，則大半採取音譯。」簡言之，在意譯上求名實正確，在音譯上以天竺為正。

下一節，我們將進行語言分析，檢驗「羅什主意譯說」以及上述理論的確切性。

三、詞彙比較

本節要討論的是詞彙的特點，我們依照詞彙出現的順序說明，前例為羅什譯詞，後例為法護譯詞。

1. 觀世音－光世音

觀世音（Avalokiteśvara），完整音譯是「阿縛盧枳多伊濕伐羅」，另作 āryāvalokiteśvara，āryā 意為「聖」。後漢支曜《佛說成具光明定意經》翻成「觀音」，竺法護翻成「光世音」，羅什翻

成「觀世音」,玄奘翻成「觀自在」。❽《佛學大辭典》的解釋是:「觀世音者,觀世人稱彼菩薩名之音而垂救,故云觀世音,觀世自在者,觀世界而自在拔苦與樂。」

玄奘以為觀世音、光世音、觀世自在是訛謬,澄觀則認為梵文原典本身就有兩種不同名稱,1927 年新疆發現五世紀末的古抄本,出現五次的 avalokitasvara,所以,翻成「觀音」不是傳抄的錯誤。❾法藏《華嚴經探玄記》云:「觀世音者,有名光世音,有名觀自在,梵名逋盧羯底攝伐羅,逋盧羯底此云觀,毘盧此云光,以聲字相近是以有翻為光。攝伐羅此云自在,攝多此云音,勘梵本諸經中有作攝多,有攝伐羅,是以翻譯不同也。」(T35,p0471c02)

日本荻原雲來認為 avalokita 即「觀」,是 avalokitr 的轉訛,光世音的「光」是從語根 ruc(光)生語根 lok(觀),再加 ava 而成,如果參照藏文 spyan-rasgzigs dban-phyug,也有「觀」之意。觀世音和光世音大致同義,並無訛謬(藍吉富 1994)。

後藤大用(1995:43-64)引用玄應《一切經音義》卷五:「舊譯云觀世音或言光世音,並訛也。又尋天竺多羅葉本,皆云舍婆羅,則譯為自在。雪山已來經本,皆云娑婆羅,則譯為音。當以舍、娑兩聲相近,遂招訛失也。」說明譯為自在是根據天竺本,譯為音是根據龜茲本。後藤從梵文來分析,avalokitasvara 出自雪山

---

❽　關於各家所用譯名,請詳見後藤大用:〈觀世音菩薩の研究〉,《觀世音菩薩聖德新編》(臺北:迦陵出版社,1995 年),頁 46-48。

❾　請參見鄭僧一:《觀音──半個亞洲的信仰》(臺北:慧炬出版社,1987年)。

龜茲本，avalokiteśvara 出自天竺多羅葉本。avalokiteśvara 是 avalokita 加上 iśvara 合成的名詞，avalokita 是由語根 lok 加上接頭語 ava，表示過去被動分詞。然而，lok 有觀、闚、世間、光之意，svara 有音之意，śvara 有自在、神妙之意。所以，有觀音、觀世音（即日本明覺《悉曇要訣》的「增字翻」）、光世音（「增字翻」）、觀自在等譯語，其中，觀音和觀自在是最純正之譯語，而龜茲本 avalokitasvara 比天竺本 avalokiteśvara 古老。

綜合上述，不同的譯名是因為版本有別造成的。羅什譯「觀世音」和法護譯「光世音」，突出經文強調的「聞聲拔苦」特徵，就漢語而言，觀為見母桓韻字，光為見母唐韻字，均為合口，兩者只有韻尾的發音部位稍有不同，語音十分接近，都是意譯。

另外，根據法護譯的經文，光世音解救枷鎖難時，「開獄門出無能拘制。故名光世音。」又「佛言。如是族姓子。光世音境界。威神功德難可限量。光光若斯。故號光世音。」「佛言」一段羅什本無，此段應是法護譯為「光世音」的憑據之一，「光世音」的「光」還帶有光明無窮的意義。

關於觀世音菩薩的種種事蹟，有以下經文為證：《悲華經·諸菩薩本授記品》記載觀世音菩薩在因地時，曾為無諍念王第一太子，他發願：「若有眾生受諸苦惱恐怖等事，退失正法，墮大闇處，憂愁孤窮，無有救護，無依無舍，若能念我，稱我名字，若其為我天耳所聞，天眼所見，是眾生等，若不免斯苦惱者，我終不成阿耨多羅三藐三菩提。」（T3，p0185c02）《首楞嚴義疏注》強調「觀其音聲，即得解脫。」（T39，p0905c11）在〈普門品〉裡，佛陀說：「善男子！若有無量百千萬億眾生受諸苦惱，聞是觀世音

菩薩，一心稱名，觀世音菩薩即時觀其音聲，皆得解脫。」上述諸文一致反映了觀世音菩薩的耳根圓通、拔苦救難的慈悲精神，羅什翻為「觀世音菩薩」，十分吻合諸種經證所描述的觀音特質。❿

2.爾時一於是

〈普門品〉是承接〈妙音菩薩品〉或〈妙吼菩薩品〉而來，因此，經文初始羅什本即說「爾時」，即「這時」或「那時」之意，具有前文說畢，接著轉入後文的提示意。羅什本出現三次「爾時」，沒有「於是」，三次「爾時」意義皆同，語法位置均在句首。

法護本譯作「於是」，即「於此時」之意。法護本的「於是」和連詞「於是」不同，現在常用的「於是」是承上啟下的連詞，前面要有句子才可使用「於是」，語意才能上下銜接。

法護本「於是」是短語，古漢語有這種用法，例如《呂氏春秋・任地》：「冬至後五旬七日，菖始生。菖者，百草之先生者也，於是始耕。」因為〈普門品〉承前一品而來，該品開頭說「於是無盡意菩薩，即從座起偏露右臂長跪叉手。」指佛陀說完〈妙音菩薩品〉時，大眾還想聽佛陀說觀世音菩薩的事蹟，因此接著說「於是」（於此時）。法護本共出現四次「於是」，沒有「爾時」，語法位置均在句首。

---

❿ 後藤大用認為僅僅依據〈普門品〉推究觀世音的語義，可說是不合理的。依據《首楞嚴經》，觀世音菩薩有兩種殊勝，觀世音名號的重點，在於在一心稱名的眾生（觀者），至心所發的音聲與三昧的一念中，觀音及能顯現。請參見後藤大用：〈觀世音菩薩の研究〉，《觀世音菩薩聖德新編》（臺北：迦陵出版社，1995 年），頁 58-62。

3. 合掌－叉手

合掌（Añjali），《佛學大辭典》：「然竺土之法，叉手之禮，合掌交叉中指者，單曰叉手，亦曰合掌叉手。」所以，「合掌」和「叉手」是著眼點的不同，「合掌」著眼於手掌的動作，「叉手」著眼於手指的動作。⓫

4. 善男子、善女人－族姓子女

佛經常出現「善男子」和「善女人」，《佛學大辭典》：「佛稱在家出家之男女，曰善男子善女人。善者，美其信佛聞法也。」「善」有稱讚意，佛教徒對於能信受奉行佛法者，以讚嘆歡喜心對待，如果翻作「族姓子」、「族姓女」，就失去這層深意。

5. 羅刹鬼國－鬼界

羅刹（rākṣasa），《慧琳音義》記載「羅刹」是喜歡食人血肉的惡鬼，神通廣大，會飛空遁地，捷疾可畏。「羅刹」是音譯詞，節縮為雙音節。法護則翻成「鬼界」，沒有指明是哪種鬼所管轄的疆界。

6. 國土－世界

佛教常說「三千大千世界」，羅什翻為「三千大千國土」，純以空間來論，世界的概念比國土廣大，一國再如何強盛，終究有邊界，佛教言「三千大千」，表達無可窮盡、廣大無邊之意，就此點而言，「世界」比「國土」合適。

比較羅刹鬼國、國土和鬼界、世界，表示某一個領域時，羅什

⓫　《妙法蓮華經》經常出現「合掌」，但也有「合十指爪」，例如〈藥王菩薩本事品〉：「頭面禮足，合十指爪。」

和法護有不同的喜好，羅什用「國」，法護則用「界」。

7.瞋－怒

瞋（pratigha），《佛學大辭典》：「於苦與苦具憎恚，為之瞋，使身心熱惱，起諸惡業者。」瞋表生氣、憤怒之意，為意譯詞。古漢語中，瞋本義是睜大眼睛，引伸為發怒意，羅什將三毒翻成婬慾、瞋恚、愚癡，法護翻成婬、怒、癡。瞋、怒皆為意譯，都是漢語本有的詞彙。

8.諸商人、商主－一部賈客、導師

做生意的人，羅什譯為「商人」，法護譯為「賈客」、「賈人」，若要表達多數的概念，羅什則用「諸」、「眾」，法護用「一部」、「眾」，「一部」相當於「一群」之意，量詞「部」後面所接的名詞十分有限，通常是含有〔大〕意的名詞，例如古漢語「部」多是「經書」的量詞。上古的典籍和魏晉南北朝的《世說新語》、《搜神記》、《齊民要術》、《洛陽伽藍記》、《顏氏家訓》中，「部」不當「多數人」的量詞，換言之，法護的「一部賈客」是很新穎的用法，提供我們一個訊息：當時的「部」可用來計量多數人。

羅什的「商主」對應法護本的「導師」（nāyaka），觀其經意，「商主」指的是「領頭者」，帶領一群商人的領袖。那麼，「導師」又是何意？《佛學大辭典》：「導師，導人入佛道者，佛菩薩之通稱。」藍吉富（1994）提出兩解，第一，又譯導首，即引導眾生令入佛道之師，亦係對佛、菩薩的敬稱。第二，主導法會之僧人，又稱唱導師。

羅什〈化城喻品〉提到「導師」：「譬如五百由旬險難惡道，

曠絕無人、怖畏之處。若有多眾,欲過此道至珍寶處。有一導師,聰慧明達,善知險道通塞之相,將導眾人欲過此難。」這段譬喻故事前言「導師」,後言「導眾人欲過此難」,「導師」可能只是短語,原意也非「佛菩薩通稱」或「唱導師」,〈化城喻品〉又提到:「諸比丘!如來亦復如是,今為汝等作大導師,知諸生死煩惱惡道險難長遠,應去應度。」「大導師」用的是「佛菩薩通稱」之意。可見「佛菩薩通稱」是「引導者」的引伸。

因此,法護本的「導師」和「佛菩薩通稱」的概念不完全相當,前者還是短語。

9. 無量－無央數

「無量」和「無央數」都表極數,不可窮盡之意,羅什本均用「無量」,共出現兩次,法護譯本「無量」出現兩次,「無央數」一次。胡湘榮(1994:78)指出「無央數」是舊譯,後來被新譯「無量」取代,轉折點在東晉。根據我們的統計,《正法華經》「無數」和「無央數」出現次數為 113:80,《妙法蓮華經》中兩者的次數是 214:1,可見得「無央數」在羅什時代數量銳減,幾乎消失了。

10. 娑婆世界－忍世界

娑婆(sahā),意為「堪忍」。《佛學大辭典》解釋「忍土」:「此界眾生安忍於十界而不肯出離,故名為忍……此為三千大千世界之總名。」羅什採音譯,法護採意譯。

11. 方便之力－善權方便

「方便」(upāya),音譯作漚波耶。有巧妙地接近、施設、安排之意,指一切利益眾生的方法。「善權」(kausalya),《佛

學大辭典》：「善巧之權謀，猶言方便……文句私記三末曰：舊譯以方便並為善權，若唐三藏翻為善巧。」兩詞意義相近，都是意譯詞。

胡湘榮（1994：77）說舊譯（指支謙、法護等人之譯）譯為「善權方便」、「權方便」，新譯（指羅什之譯）譯為「方便」，而且，專指佛巧妙說法，引人悟道，是褒義。

按羅什的原文「云何而為眾生說法？方便之力，其事云何？」法護的原文「所行至法善權方便境界云何？」「方便」和「善權方便」是無盡意菩薩詢問觀世音菩薩度化眾生的情形，確為褒義詞。⓬

12.辟支佛－緣覺

緣覺（pratyekabuddha），《佛學大辭典》：「緣覺，舊稱辟支佛，又曰辟支迦羅。新稱鉢剌翳迦佛陀，舊譯曰緣覺，新譯曰獨覺。緣覺者，一、觀十二因緣之理而斷惑證理，一因飛花落葉之外緣而自覺悟無常，斷惑證理……。」

羅什翻成辟支佛，是節縮後的音譯詞，由三音節的 Pratyeka 節縮為辟支，雙音節的 buddha 節縮為佛。法護翻成緣覺，因緣覺是不需透過聞法而可覺悟的人，屬於意譯詞。

⓬ 古正美在「佛教政治傳統與佛教藝術──從天王傳統到佛王傳統」講座中（地點：龍山寺文化廣場，2008.6.29），提到「善權」和「方便」是複合名詞，「善權」指大菩薩的修行成就和救濟方法，大菩薩具備神通已達，已逮總持等力量，可以救濟眾生，如〈普門品〉記載觀世音菩薩有能力聞聲救苦，「方便」指眾生的種種執著，觀世音菩薩總是滿足眾生的欲求，佛教的教化是以毒攻毒，以眾生的執著為方便而救濟之。

13.乾闥婆－捷沓和

乾闥婆（gandharva），《佛學大辭典》：「又作健達婆……乾沓和……。譯曰香神，嗅香、香陰、尋香行，樂人之稱。又八部眾之一，樂神名。」

乾闥婆是天龍八部之一，羅什和法護均採音譯，音譯詞容許用不同的文字記載。

14.供養－貢上

儒家的「供養」是「奉養」之意，對象是父母，供養物不外乎飲食、衣服、財物。佛教的「供養」有「資養」之意，對象是三寶，根據不同的經典，可分為二種供養、三種供養，甚至是十種供養，供養物涵蓋了花、香、瓔珞、抹香、塗香、燒香、繒蓋幢幡、衣服、妓樂、合掌。不管是儒家的「供養」，還是佛教的「供養」，基本意義是相近的，只有細部的差異。

羅什都譯成「供養」，竺法護有時譯成「供養」（七次），有時稱「貢上」（兩次）、「奉上」（一次），「貢上」和「奉上」更強調下侍上的意思。

15.菩薩－正士

菩薩（bodhisattva），或譯作菩提薩埵，或譯作開士、大士、高士，菩提，有覺、智、道之意；薩埵，有眾生、有情之意。簡單的說，菩提薩埵的意義是「覺有情」。

羅什譯成「菩薩」，是音譯詞，為了合乎漢語的習慣，縮譯為雙音節。法護譯為「正士」，是意譯詞，意指離卻迷執邪見，正見法理而求正道之大士。

有趣的是，法護本出現廿一次「菩薩」，只有兩次稱「正

士」，可見，法護還是比較常用「菩薩」一詞。

16.釋迦牟尼佛－能仁如來

釋迦牟尼（śākyamuni），音譯詞，舊譯為能仁，釋迦為姓，牟尼是聖者德號，意譯是寂默。

佛（Buddha），完整音譯是「佛陀」，「佛」是節縮詞。

如來（tathāgata），完整音譯是「多陀阿伽陀」，「如來」為意譯詞，佛的十大名號之一。《佛學大辭典》：「如者，真如也，乘真如之道從因來果而成正覺之故，名為如來，是真身如來也。又乘真如之道來三屆垂化之故，故謂之如來，是應身如來。又，如諸佛而來，故名如來。」

羅什譯作「釋迦牟尼佛」，是兩個音譯詞的結合，即「音譯詞＋縮略音譯詞」。法護採用意譯，「能仁如來」是「意譯詞＋意譯詞」。

17.多寶佛塔－眾寶如來至真等正覺貢上寶寺

所謂「多寶佛塔」，指多寶佛的塔。《法華經·見寶塔品》提到多寶菩薩發願成佛滅度後，十方國土若有說法華經處，我的塔廟會湧現其前為作證明。

塔（stūpa），《慧琳音義》記載：「梵云窣堵波，此云高顯。制多，此云靈廟。律云塔婆，無舍利云支提。」（T54，p0483b22）「塔」是節縮後的音譯詞，《說文》無此字，因為佛教的盛行，促使「塔」成為活潑的語素。

法護譯成「眾寶如來至真等正覺貢上寶寺」，「眾寶」即「多寶」，「如來」、「至真」、「正覺」都是佛的名號，換言之，法護在「眾寶」後面疊加許多名號，然後再加上動詞「貢上」和貢上

的對象「寶寺」，此處原文是「一分供養眾寶如來至真等正覺貢上寶寺」，「供養」已是動詞，後面又加動詞「貢上」，句意不通順，而且，此句音節過長，不利誦記。反觀羅什的「多寶佛塔」僅四音節，表意清晰，合乎漢語的韻律習慣。

18.神通力－神足變化

觀世音菩薩能變化諸身度化眾人，因此，羅什用「神通力」或「自在神力」來說明，法護本是「神足變化」。

演培法師（2007）舉出法華經序品：『盡諸有結，心得自在』，是心自在義；唯識演秘中說：『施為無擁，名為自在』，是身自在義。所謂自在神力，是指前文所說現三十三應身，作十九說法，教化救度各類不同眾生而言。准此，「神通力」和「神足變化」應是指三十七道品的「四神足」（catvāra-rddhipādāh）。

查《佛學大辭典》：「四神足，集定斷行具神足，心定斷行具神足，精進斷行具神足，我定斷行具神足。」《佛光大辭典》：「四神足，又作四如意分、四如意足。係由欲求（欲）、心念（心）、精進（勤）、觀照（觀）四法之力，引發種種神用而產生之三摩地（定）。……大毘婆沙論卷一四一載，思求諸所欲願，一切如意，故稱為神，引發於神，故稱神足。即依欲、勤等力而引發等持，再依止等持而引發種種神用，故稱四神足。」

19.普門品－普門道品

羅什全文都稱〈普門品〉，術語前後一致。法護本題為〈光世音菩薩普門品〉，文末則出現「佛說是普門道品」。《佛學大辭典》說「道」有能通之意，分為有漏道、無漏道、無礙自在。又，佛教有「三十七道品」，「道」指涅槃之道法，「品」指品類差

別。佛教用「道」說明修行的種種方法，和儒家、道家的「道」不同。

20.無等等阿耨多羅三藐三菩提心－無上正真道意、無上道德果實

無等等，《佛學大辭典》：「梵語 asamasama，佛道及佛之尊號，佛道超絕無與等者，故云無等，唯佛與佛等，故曰等。」無等等為意譯詞。無上正等正覺，《佛學大辭典》：「阿耨多羅三藐三菩提之新譯。」又，《佛學大辭典》：「阿耨多羅三藐三菩提的舊譯是無上正遍知，無上正遍道，……新譯曰無上正等正覺，真正平等覺知一切真理之無上智慧也。」是故，阿耨多羅三藐三菩提（anuttara-samyak-sambodhi）為音譯詞，「無上正等正覺」是意譯詞。

羅什的「無等等阿耨多羅三藐三菩提」是「意譯詞＋音譯詞」，形容諸佛菩薩的智慧至高無上，無與倫比，佛佛道同。法護的「無上正真道意」是意譯詞，為了更清楚表達「因果」之理，因此將諸佛菩薩所證得的智慧和境界，形象化為「無上道德果實」。顯然，此處的「道」、「道德」，和儒、道的「道」、「道德」指涉的概念不同。

如果從記憶的角度來看，「阿耨多羅三藐三菩提」已達人類最佳記憶七個（正負 2）單位的臨界點，再加上「無等等」三個音節，這一長串的詞語被記住的難度較高，但是，為何後人不選擇較短的「無上正真道意」或「無上道德果實」？很顯然，音節的優勢並非勝出關鍵，而是在「意義」方面，「無上正真道意」與「無上道德果實」和中國的儒、道概念有所衝突，中國的「道」是抽象的

術語，即便飽讀詩書的士人也不必然能掌握其義，何況是一般的百姓，該如何區隔儒、道的「道」和佛教的「道」？因此，後人寧可捨棄音節較少的意譯，取十個音節的音譯詞。

21.即時

羅什本出現兩次「即時」，法護本在相同的段落處沒有出現對應的詞語。第一次「即時」是「觀世音菩薩即時觀其音聲，皆得解脫」，「即時」表立即、即刻之意，有時也作「即」。這種「即時」和動詞的關係比較緊密，必須緊鄰於動詞之前。

第二次「即時」是「即時觀世音菩薩愍諸四眾」，「即時」表此時，此句是觀世音菩薩聽了佛陀勸告所做出的反應，「即時」限定後面的句子，和動詞「愍」的關係不密，不能移動到動詞之前。所以，兩次「即時」的意義和功能都不同。

法護本沒有「即時」，而用「即」表立即、即刻，並且，只能緊鄰於動詞之前，如「即解己身百千寶瓔，以用貢上於光世音。」

另外，法護本某些詞語不見於羅什本，例如「豪賤」、「魔竭魚」、「學人」、「歸命」、「真人」、「志願」。「豪賤」無法確定意義，暫時存疑。「魔竭魚」指摩伽、摩竭，是海中的鯨魚或大鱉。「學人」，相對於羅什的「眾生」，僅出現一次。「歸命」出現三次，有時作「自歸」，即「皈依」之意。「真人」，原文是「常遇諸佛真人菩薩高德正士」，以「真人」稱佛。「志願」，即所發之願，「何謂志願」即觀世音菩薩發了什麼願？

我們認為梁啟超（1981）的「羅什偏重意譯」有待商榷。今天我們敘述羅什的詞彙特色時，不能籠統地說他是「意譯」或「音譯」，而應該就不同的詞彙類型，做出更細緻的評論。根據前面的

分析，我們可從專有名詞（術語）和一般詞語兩方面看羅什的詞彙特色。

首先，在專有名詞、術語方面，羅什傾向用「音譯」，如果原是雙音節，則保留原貌；如果是多音節，便盡量節縮為偶數音節，如「羅剎」、「娑婆」，「菩薩」、「釋迦牟尼」。但是，有些專有名詞選擇了「意譯」，如「觀世音」。

其次，在一般詞語方面，盡量使用中國人固有，但不會混淆原意的詞彙，例如「商主」、「國土」、「供養」。

羅什的翻譯時會避免格義，例如不用「道」、「真人」、「道德」，反之，這些「格義」的詞彙常出現於法護本。由此可證，僧叡、呂澂（1982）、王文顏（1984）提到羅什「訂正名實」是可信的。

四、篇章比較

本節要討論篇章的特點。⓭首先，我們仍依照文句出現的順序，揀擇一些例句作為討論的對象，擺放在前的是羅什本，後為法

⓭　許多佛經譯自梵文本，反映了印度人說話和思維習慣，梵文本經常有重複敘述某件事的情形（或體例）。翻譯不是一字一句單純的符號轉換工作，它是一種認知過程。換句話說，雖然底本的語法或敘述方式可能是很複沓的，但是，為了符合漢語習慣，讓中國人可以看得懂佛經，翻譯者勢必得考量中國的習慣。基於這個觀點，漢譯佛經的樣貌不可能等同底本的樣貌，因為每一次的譯經均反映了譯經者的認知思維，這也是有些佛經一再被翻譯的一個原因。所以，本文設立「篇章」一節，從此處突顯羅什及法護不同的認知和抉擇。

護本。第二部份是從較高的層面進行段落分析。

㈠ 文句分析

1.觀世音菩薩，以何因緣名觀世音－所以名之光世音乎？義何所趣耶？

此例是無盡意菩薩問佛陀觀世音菩薩得名由來。羅什本用趨近白話的疑問句來表示，「觀世音菩薩」是主題，「以何因緣名觀世音」是疑問句當述題，法護則採兩個問句來提問，句末搭配語氣詞「乎」、「耶」。比較特別是「所以名之光世音乎」，此處的「所以」應是詞，通常，成詞的「所以」出現位置是複句的後一分句，表示前一分句的結果。但此句的「所以」出現在單句句首，具有疑問代詞的功能。

2.若有無量百千萬億眾生受諸苦惱－若有眾生，遭億百千姟困厄患難苦毒無量

此例是佛陀利用假設的情境說明觀世音菩薩的慈悲心。羅什翻成「若有無量百千萬億眾生受諸苦惱」，「若」是假設連詞，「無量百千萬億眾生」是苦惱的對象，也就是無數的眾生在眾多煩惱之中。

法護本經文和羅什本有點出入，「億百千姟」修飾「困厄患難」，接著又說「苦毒無量」，語意上也是眾生在無數的苦惱當中。不難發現，法護習慣重複疊加某些意思相近的詞語，例如前一節提到的「眾寶如來至真等正覺貢上寶寺」，「如來」、「至真」、「正覺」都是佛的名號，「億百千姟困厄患難」和「苦毒無量」意思接近，相似語意緊鄰重複，而且，兩個短語的組合後音節

過長，給人一種冗長感。

再比較兩者的數詞，羅什用「百千萬億」，法護用「億百千姟❶」，依照數詞的大小順序，應該是「百千萬億……姟」，羅什的翻譯依循邏輯順序，符合漢語的順序象似性（sequencing iconcity），法護的翻譯不合邏輯順序，❶不論是誦持或是記憶，羅什的翻譯比較順口易記。

3.若有罪、若無罪－若無有罪

此例是假設有人遇到枷鎖難，稱觀世音菩薩名者即得解脫。羅什的原文是「設復有人，<u>若有罪</u>、<u>若無罪</u>，杻械、枷鎖檢繫其身。」羅什用兩個有無短句表示假設的情境，換言之，此人可能是有罪被縛，或者無罪被縛。

法護的原文是「若人犯罪<u>若無有罪</u>，若為惡人縣官所錄，縛束其身，杻械在體，若枷鎖之。」假設此人犯罪的情況下遇到惡縣官，此處的「若無有罪」可能當連動句，或者當有無句。

如果是連動，動詞「無」、「有」共用賓語「罪」，文意是若有人犯罪了，若是無罪，若是有罪，若是遇到惡縣官束縛……。如果當有無句，動詞是「有」，「無」是否定「有」的副詞，那麼，本段要表達的是，此人的犯罪可能是一場誤會，若遇到惡縣官束縛。參照同品的「若有女人，無有子姓」，「無」是否定副詞，

---

❶　《國語》韋昭注「行姟極」：「姟，備也。數極於姟也，萬萬兆曰姟。」「億百千姟」曾出現在三國支謙《菩薩本業經》。

❶　支謙曾使用「億百千姟」，《菩薩本業經》：「於此佛土，國殊別者，億百千姟。」（T10，p0447a07）有時候，竺法護也用合乎順序象似性的敘述，例如《正法華經‧往古品》：「無央數人，八十億姟。」（T09，p0093a01）

「無有子姓」指沒有子嗣。所以，「若無有罪」很可能是「若沒有罪」之意，屬有無句。

如此一來，羅什本和法護本的文意有些出入。羅什本指的是有人因為犯罪或被冤枉而受縛，法護本指的是有人被誤會犯罪了而受縛。造成這種些微出入，也許和翻譯所憑的底本有關。

(二) 段落分析

觀世音菩薩慈悲為懷，拔苦救難，以冥益和顯益濟眾。〈普門品〉的冥益分成救七難、解三毒、應二求（森下大圓 1995，演培法師 2007）。

1. 救七難

七難，即本文表中的第二、三、四、五、六、七、九段。羅什本和法護本均描述「七難」。羅什本七難的描述方式有些差異，「水難」、「刀杖難」、「枷鎖難」的敘述邏輯是：

假設遇難→稱念觀世音菩薩名號→免難→即得解脫

「黑風難」、「羅剎難」、「怨賊難」則或長或短地加入情景描述，敘述的邏輯是：

假設遇難→描述情景→稱念觀世音菩薩名號→免難→即得解脫

「火難」的敘述邏輯是：持名→假設遇難→免難。

由上可知，除了火難先說「持名」，再「假設遇難」、「免難」以外，其餘六難皆遵守事情發展先後的「順序象似性」。

姑且不論篇幅詳略，除了枷鎖難以「設復有人」開頭，七難的行文有文句重複的情形，即：「若有人（遇難）……稱觀世音菩薩

名者……即得解脫（而得解脫）」。

如果，再考慮篇幅詳略的安排，描述災難時，加入某些情景、情節的描寫，便歸為詳細；反之為簡略。那麼，七難的詳略依序為：

　　略、略、詳、略、詳、略、詳

綜合上述，在「敘述邏輯」、「行文方式」、「篇幅詳略」三方面均顯現出羅什譯經的高明。眾所周知，長行是以口語、散文方式鋪陳經文，又，羅什是「翻譯」佛經，非「創作」佛經，古來高僧大德因信仰的關係，抱持畢恭畢敬、小心戒慎的態度譯經，翻譯時，譯經師必須做到「信」與「達」，至於「雅」的要求，端賴個人漢語的功力或團隊的共同努力。在種種限制下，如何兼具「信達雅」？如何呈現長行的美感？這不是件容易的事。然而，羅什卻能有所突破，採取「相似的行文方式」、「相同的敘述邏輯」，鋪述觀世音菩薩的大慈大悲，並且，在篇幅上巧妙安排「詳說」、「略說」穿插出現，形成一種獨特的暗律，保持閱讀的節奏感。

現在，我們再來看看法護對於七難的處理。

就行文方式而言，七段敘述相同處僅在「若有人（遇難）」，其餘部分沒有固定行文方式，例如寫到「稱名號」時，有時作「聞光世音名」，有時作「稱光世音菩薩名號」、「稱光世音菩薩威神」，反觀羅什本多作「稱念觀世音菩薩名號」，文末多傾向以「即得解脫」結尾。

就敘述邏輯而言，法護本鋪敘的順序分為兩類，其一，「刀杖難」和「羅剎難」是：假設遇難→稱名號→免難。其二，「火難」、「水難」、「黑風難」、「枷鎖難」、「怨賊難」是：假設

遇難→描述情景→稱名號→免難。

就篇幅詳略而言,法護本詳述情景的段落較多,七難的詳略安排是:詳、詳、詳、略、略、詳、詳。

另外,有些文字略顯生澀,例如「若有持名執在心懷」、「燒百草木叢林屋宅」、「若入大水江河駛流心中恐怖」、「處海深淵無底之源」、「一部賈客。獨自經過在於其路」。其中,「燒百草木叢林屋宅」、「處海深淵」似乎是為了滿足韻律需求,寫出了「百草木」、「海深淵」三音節結構。「獨自經過在於其路」流於直(硬)譯,不合於漢語語法。

2.解三毒

解三毒,在表中的第十一段。此段談到觀世音菩薩能幫助眾生遠離三毒煩惱。

羅什本以整齊的句式分述三毒,即:「若有眾生多於 X,常念恭敬觀世音菩薩,便得離 X」,就修辭而言,這三段文字是「排比」格,句式相同,營造一種整齊的美感,容易閱讀記誦。

法護本將三毒合在一起敘述,敘述方式和七難相似,先是假設有人三毒欲盛,歸命菩薩名號後,即可平息三毒。

3.應二求

應二求,在表中的第十三段。此段描述女人向觀世音菩薩提出子嗣的請求,菩薩會如其所願。

羅什本以相同的句式處理,即:「設欲求 X,……,便生 X,設欲求 Y,便生 Y」。「宿殖德本,眾人愛敬」談的是因果之道。在文意上,森下大圓(1995:78)、演培法師(2007:102-103)認為談男孩時說福德智慧,談女孩時說端正有相,因為世間對男孩

的期許偏向福德智慧,對女孩期許是端正有相,並非男孩不需要端正有相,女孩不需要福德智慧,因此,實際上是「便生福德智慧、端正有相之男,便生端正有相、福德智慧之女」。準此,經意要表達的是「福智」與「有相」同樣重要,但行文時有所省略,屬「錯綜」格。

法護本的二求和三毒一樣,都是合併說明,針對所求得的子嗣,描述莊嚴相貌,平鋪直述,缺乏羅什本句式上的整齊和文意上的錯綜變化。

4.三十三身

三十三身是觀世音菩薩示現的顯益,是〈普門品〉篇幅最長的段落,說明觀世音菩薩濟度眾生的種種方便。

羅什處理三十三身時,一律使用相同句式來表現,即:「應以 X 身得度者,即現 X 身而為說法」,分別示現三聖身、六天身、五人身、四眾身、四女身、二童身、八部身、執金剛身。同樣的句式接續出現十九次,營造長篇整齊和諧的美感。

〈妙音菩薩品〉也有類似的文意出現,該品談到妙音菩薩曾經隨類現身,宣說法華,「或現梵王身,或現帝釋身,或現自在天身,或現大自在天身,或現天大將軍身……」,四聖身的句式是「應以 X 形得度者,現 X 形而為說法」,保持一貫的句式鋪陳,可見,羅什喜好以相同的句式鋪陳經文,創造整齊美。

法護本的三十三身的句式是「或現…或現…或現…或現…或…現…現…或復示現…或…或…或復…或…或現…或」,乍看之下,也是整齊的句式,但,並非所有的句子都以選擇連詞「或現」、「或」開端,而且,每一身的謂語也有所變化,依序是:現佛身時

「班宣法」，現菩薩像時「說經開化」，現緣覺身、聲聞身時，省略謂語，現梵天帝像時「說經道」，之後的揵沓和像、鬼神、豪尊、大神妙天、轉輪聖王、殊特、反足羅剎、將軍、沙門梵志、金剛神隱士獨處仙人僮儒像，全部省略謂語。由此可知，開頭的選擇連詞和謂語的隱現與否，排列上缺乏規律。

綜合來看，兩種譯本在「文句」、「段落」方面存在明顯的差異。雖然都是翻譯〈普門品〉，可是，在「文句」上，羅什本遵守漢語語法習慣，文字表達順暢，法護本有偏離漢語習慣，流於冗長的問題。在「段落」上，羅什本習慣用整齊的句式鋪敘經文，行文有一定的模式，偶爾運用錯綜格製造語意上變化，並且，巧妙營造富有節奏的暗律，方便讀者閱讀、記憶。所以，羅什不僅體會到以往翻譯有「改梵為秦，失其藻蔚，雖得大意，殊隔文體」的缺點，還付之實踐，在其翻譯中做了很大的改變，利用微調經典達到「使譯文流利顯達」的目標，這些都是法護本所沒有的。道安評竺法護「凡所譯經，雖不辯妙婉顯」，造成這種印象的原因主要就是文句、段落平鋪直述，不合慣例的關係。

僧叡、呂澂（1982）、王文顏（1984）提到羅什「重視文飾」，依據本節的分析，羅什的翻譯不是硬梆梆的直譯，所謂的「重視文飾」，並非一般印象中的風格濃豔，或者運用許多的修辭技巧，而是羅什掌握了語法習慣和節奏韻律，讓散文式的長行更容易閱讀。⓰

⓰ 徐時儀談到漢譯佛經的語言從整體上看是一種既非純粹口語又非一般文言的特殊語言變體，既非散文，又非韻文，然而富有節奏感。佛典採用的基本上

五、語法比較

本節觀察三種詞類的變化,說明語法的特點。

1.假設連詞

羅什本運用的假設連詞有「若」、「設」、「假使」。「若」出現二十次,例如:

(1)<u>若</u>有無量百千萬億眾生受諸苦惱。

(2)其中<u>若</u>有,乃至一人。

(3)汝等<u>若</u>稱名者,於此怨賊當得解脫。

就語法位置而言,「若」多居於句首,只有兩次(例 2、例 3)出現在句中。假設的情境通常用短語或簡單句表示。

「設」出現四次,例如:

(4)<u>設</u>入大火,火不能燒。

「設」都位居句首,後面是短語或簡單句。

「假使」出現一次,即:

(5)<u>假使</u>黑風吹其船舫。

「假使」居於句首,後面是簡單的主謂句。

法護本假設連詞「若」出現十五次,「設」出現兩次,「假使」出現三次。「若」的數量最多。雖然數量上有懸殊的差異,但語法位置和功能是一致的,假設連詞「若」和「設」、「假使」都

是一種便於記誦的講求語言節拍字數但不押韻的特殊文體。請參見徐時儀《漢語白話發展史》,北京:北京大學出版社,2007,頁 32-33。

婉瑜按:這個觀察不見得適用於所有的譯經師,但可以用來說明羅什譯的〈普門品〉風格。

放在句首，可接短語或簡單句。

由法護本和羅什本得知，「若」是常用的假設連詞，功能上和「設」、「假使」沒有明顯差異。

2.疑問詞「云何」

羅什本「云何」出現四次，如下：

　　(1)若有人受持六十二億恒河沙菩薩名字，復盡形供養飲食、衣服、臥具、醫藥。於汝意云何？

　　(2)世尊！觀世音菩薩，云何遊此娑婆世界？云何而為眾生說法？方便之力，其事云何？

例1「云何」當謂語，例2前兩個「云何」當主語，最後一個當謂語。四次都當疑問詞，表如何之意。如果刪除「云何」，就不成疑問句。

法護本「云何」出現兩次，如下：

　　(3)以何因緣遊忍世界？云何說法？

　　(4)所行至法善權方便境界云何？

例3「云何說法」自成一個疑問句，「云何」當主語，例4「云何」當謂語。兩個「云何」都是疑問詞，刪除了就不成疑問句。

「云何」在上古漢語出現頻率不高，而且是當謂語用，兩種譯本出現了「云何」當主語的情形，這是魏晉以後才產生的新語法功能。❼

曹廣順、遇笑容（2006：73-78）談到「云何」經常出現在佛

---

❼　關於「何」的演變，請參見盧烈紅：〈佛教文獻中「何」系疑問代詞的興替演變〉，《語言學論叢》第31輯，2005年，頁242-264。

經裡，有兩種使用狀況，一種是承擔疑問功能，一種是不承擔疑問功能，兩者都來自梵文的疑問代詞 kim ⓲。羅什本和法護本的「云何」是第一種情形。

3.指示詞「是」、「此」

羅什本經常出現指示詞「是」，共有三十次，例如：

(1)無盡意菩薩即從座起，偏袒右肩，合掌向佛，而作是言。

(2)若有無量百千萬億眾生受諸苦惱，聞是觀世音菩薩，一心稱名，觀世音菩薩即時觀其音聲，皆得解脫。

(3)觀世音菩薩，有如是等大威神力，多所饒益，是故眾生常應心念。

以上諸「是」都表近指。除了後面皆簡單的名詞以外，還有像例 3 的情形，作「如是」、「是故」，「是」為指示代詞，「如是」的「是」若被刪除，會造成語意不通，「是故」的「是」具有篇章功能，回指前面複雜的話題，「故」具有連接句子或語段的功能。羅什本「是故」僅出現四次。

羅什本用指示詞「此」，共六次，例如：

(4)是菩薩能以無畏施於眾生，汝等若稱名者，於此怨賊當得解脫。

(5)觀世音菩薩，云何遊此娑婆世界？

「此」有近指的功用，沒有回指的用法。

法護本的「是」出現十四次，例如：

(6)佛言：「如是族姓子，光世音境界，威神功德難可限量，

⓲ 梵文 kim 經常用來表示 who, what, why, whether。

光光若斯，故號光世音。」

(7)光世音菩薩。威德境界巍巍如是。

(8)若有供養六十二億江河沙諸菩薩等，是諸菩薩。皆使現在等行慈心。

這兩種「是」都是近指代詞。

法護本的「此」出現九次，例如：

(9)設族姓子，此三千大千世界滿中諸鬼神，眾邪逆魅欲來嬈人。

(10)是諸菩薩，無央數億不可譬喻。佛言：「雖供養此無限菩薩，不如一歸光世音，稽首作禮，執持名號，福過於彼。」

「此」都是近指代詞。

大致上，指示代詞「是」功能沒有太大的變化，除了指代功能以外，還具有篇章回指複雜話題的功能。而且，使用頻率比「此」高。

綜合上述，在「詞類」方面，兩種譯本差異不大。因為語法的演變是很緩慢的過程，有時較難以察覺其中細微的改變。法護本和羅什本翻譯時間相距約百年，就假設連詞「若」、「設」、「假使」、疑問詞「云何」、指示詞「是」、「此」的功能而言，承續大於改變。

六、結語

要評論一件作品，就免不了評論者主觀感受的影響，但是，我們不能忽視過去常見的抽象式評語所帶來的困境。本文藉由語言分

析，發現羅什譯經如下的特色：

1.詞彙方面：羅什傾向用「音譯」來譯專有名詞、術語，如果原語言是雙音節，便保留原貌；如果是多音節，便盡量節縮為中國人習慣的偶數音節。面對一般詞語，盡量使用中國已有，且不會混淆原意的詞彙。另外，羅什翻譯時會避免用格義，法護較常用格義法。

2.篇章方面：「文句」上，羅什本遵守了漢語語法習慣，文字表達順暢。「段落」上，羅什本常用整齊的句式、一定的行文模式，巧妙營造富有節奏的暗律，便於閱讀、記憶、流傳，追求整齊美之外，偶爾會運用錯綜格製造語意變化。

3.語法方面：從假設連詞「若」、「設」、「假使」、疑問詞「云何」、指示詞「是」、「此」的考察發現，兩種譯本差別微小，繼承大於變化。

本文僅以〈普門品〉比較法護譯經和羅什譯經的差異，就文本數來說，自然還不夠充足，但是，〈普門品〉是《法華經》最受歡迎、最具代表性的一品，探索〈普門品〉的兩種譯本，讓我們對法護和羅什的譯經風格有概括的認識。雖然我們目前不敢論斷羅什譯經的風格是「不免走了樣」，還是「忠於原意」、「簡潔優雅」，不過，僧叡、呂澂（1982）、王文顏（1984）對羅什譯經的評論，如「重視文飾」、「訂正名實」、「音譯法」、「刪補經典使譯文流暢」在〈普門品〉中都可以找到證據。

經過本文詳細檢驗後，發現羅什譯的〈普門品〉在語言層面略勝法護一籌，所以，〈觀世音菩薩普門品〉能成為後世定本，確實有其道理。

引用書目

丁福保，《佛學大辭典》，臺北：佛陀教育基金會，2005

中華佛典電子協會，CBETA 電子佛典集成，臺北：中華佛典電子
　　協會，2007

水野弘元著，許洋主譯，《佛教文獻研究——水野弘元著作選集
　　（一）》，臺北：法鼓文化，2003

王文顏，《佛典漢譯之研究》，臺北：天華出版社，1984

任繼愈，〈佛經的翻譯〉，《佛典翻譯史論》，臺北：大乘文化出
　　版社，1981，頁 287-395

呂澂，《中國佛學思想概論》，臺北：天華出版公司，1982

李惠玲，〈鳩摩羅什與中國早期佛經翻譯〉，《中山大學學報論
　　叢》第廿四卷第二期，2004，頁 166-168

辛島靜志（Karashima Seishi），許文堪譯，〈早期漢譯佛教典籍
　　所依據的語言〉，《漢語史研究集刊第十輯》，成都：巴蜀
　　書社，2007，頁 294-305

竺家寧，《語言風格與文學韻律》，臺北：五南出版公司，2001

侯迺文，〈竺法護的翻譯初探〉，《中華佛學學報》第九期，
　　1996，頁 49-64

後藤大用著，釋依觀譯，〈觀世音菩薩の研究〉，《觀世音菩薩聖
　　德新編》，臺北：迦陵出版社，1995

胡湘榮，〈鳩摩羅什同支謙、竺法護譯經中語詞的比較〉，《古漢
　　語研究》第二期，1994，頁 75-29、21

徐時儀，《漢語白話發展史》，北京：北京大學出版社，2007

涂艷秋，〈鳩摩羅什譯經方法的探討——以《注維摩詰經》為
　　例〉，《玄奘人文學報》第四期，2005，頁 121-155

張火慶導讀，《觀世音普門品》，臺北：金楓出版社，1987

曹逢甫，《從語言學看文學——唐宋近體詩三論》，臺北：中央研
　　究院語言學研究所，2004

曹廣順、遇笑容，《中古漢語語法史研究》，成都：巴蜀書社，
　　2006

梁啟超，〈佛典之翻譯〉，《佛典翻譯史論》，臺北：大乘文化出
　　版社，1981，頁 283-361

森下大圓著，釋星雲譯，《觀世音菩薩普門品講話》，二版，臺
　　北：佛光文化，1995

黃國清，〈《觀世音菩薩普門品》偈頌的解讀——漢梵本對讀所見
　　的問題〉，《圓光佛學學報》第五期，2000，頁 141-152

鄭僧一，《觀音——半個亞洲的信仰》，臺北：慧炬出版社，1987

盧烈紅，〈佛教文獻中「何」系疑問代詞的興替演變〉，《語言學
　　論叢》第卅一輯，2005，頁 242-264

謝之君，《隱喻認知功能探索》，上海：復旦大學出版社，2007

藍吉富，《佛教史料學》，臺北：東大圖書，1997

藍吉富主編，《中華佛教百科全書》，臺南：中華佛教百科文獻基
　　金會，1994

羅根澤，〈佛經翻譯論〉，《佛典翻譯史論》，臺北：大乘文化出
　　版社，1981，頁 363-385

釋性梵，《大乘妙法蓮華經講義》，臺北：世樺印刷公司，1991

釋宣化講述，《妙法蓮華經觀世音菩薩普門品第二十五淺釋》，加

州：法界佛教總會，1997

釋慈怡主編，《佛光大辭典》，高雄：佛光文化，1988

釋聖嚴，《觀世音菩薩普門品》，臺北：法鼓文化出版社，1999

釋演培，《觀世音菩薩普門品講記》，臺北：佛陀教育基金會，
2007

Capeller's Sanskrit-English Dictionary. 1891. http://www.uni-koeln.de/
phil-fak/indologie/tamil/cap_search.html（2008.5.1.上網）

The Practical Sanskrit-English Dictionary, http://aa2411s.aa.tufs.ac.jp/
~tjun/sktdic/（2008.5.1.上網）

〈人間世〉：生活的智慧

——莊子的風神

趙衛民

淡江大學中文系教授

　　活的智慧，是深刻的生活體驗所得到的智慧。❶真理是遲到的
真理，智慧是晚熟的智慧，只能是結論。真理或智慧，當然是融入
了道家的特殊實踐方式，借用〈應帝王〉的話說「體盡无窮，而游
无朕」。對人生有無窮的體驗而優游於沒有朕兆、形跡的地方。這
句話可表達〈人間世〉的總綱，但這是如何可能的呢？何謂生活體
驗？似乎應該給予哲學的說明。如果比配於〈養生主〉中日常操
作、專門技術、技藝的三層次，日常操作「習焉而不察」，自無待
論，莊子似展示專門技術的規則，即說明何謂生活體驗，而更展示
技藝，即生活的智慧。

---

❶　愛比米修斯（技術之神）原則即是指通過對過去失誤的反思獲得的經驗積
　　累。貝爾納·斯蒂格勒，裴程譯：《技術與時間》（南京：譯林，1998
　　年），頁216。

現在面對的不是善於養生的文惠君，而是代表暴力的政治權力，可否施展宰牛的「必殺絕技」呢？莊子顯然對於國家體制無論是由聖君或暴人統治，是持保留態度的。

壹、道德與名實

顏淵想要拯救衛國，顯然是懷抱著文化理想。

> 回聞衛君，其年壯，其行獨，輕用其國，而不見其過。輕用民死，死者以國量乎澤若焦。

衛君正值壯年，行為專制獨裁，結果是輕率地濫用人民去送死，遍死溝野如草芥。衛君看不見自己的過失，什麼是過失呢？「所有對別人造成物質上的或精神上的損失，而且還有對他人的辱罵，就構成了對他人的過錯」。❷濫用人民送死，這過失是很大的，顏淵如何讓衛君看見自己的過失呢？

孔子顯然不贊成顏淵，道德教化對於一個暴人是可能的嗎？

> 古之至人先存諸己，而後存諸人。所存與己者未定，何暇於暴人之所行？

---

❷ 埃馬紐埃爾·勒維納斯，關寶艷譯：《塔木德四講》（北京：商務，2002年），頁19。

　　古時候所謂的至人，道德修養是存之於自己，才能夠存之於別人。如果存之於自己的還不能確定，怎麼能讓暴人看見他自己的過失呢？為什麼以顏淵的道德修養，還不能確定什麼「存之於自己」？孔子提出道德修養艱難的問題，就是道德與名實的問題。

> 德蕩乎名，知出乎爭。名也者，相札者也；知也者爭之器者也。二者凶器，非所以盡行者也。且德厚信矼，未達人氣；名聞不爭，未達人心。
>
> 而強以仁義繩墨之言術暴人之前者，是以人惡有其美也，命之曰菑人。
>
> 菑人者，人必反菑之。

　　道德為什麼被名聲敗壞？儒家把道德視為人類社會最高的價值，這道德理想的價值必要爭取別人的承認，「君子疾沒世而名不稱焉。」在死後名聲要相稱於他的道德理想。即使在世時不求名，道德求的是一生的名聲，就孔子而言，在世時，名聲是在道德「之外」的。那麼在世時，道德與美名俱有，如為求美名而行道德，道德就被美名所敗壞。這是種「形象與自我的異化的話，我稱這種現象為『物化』，形象的物化。」❸換言之，美名是道德的異化或物化。而「知」是由「聞」所規定，即所謂見多識廣的見聞之知。有美名的，彼此相傾軋，見聞的多少也產生了競爭。福柯（Michel

---

❸　詹明信，唐小兵譯：《後現代主義與文化理論》（台北：合志，1979 年），頁 210。

Foucalt, 1926-1984）認為：「人們並不是為了知識而認識，也不是為了遍求純粹真理，而是為了獲取權力，排除他者。」❹人間社會的爭端就由此開始，莊子把此二者視為「凶器」，看來戰爭並非只如老子所說的：「佳兵者，不祥之器。」《老子·三十一章》是在戰場上。求美名，多見聞，不可以用來處身行事。如果道德純厚，信用實在，卻不通人情；不爭美名與多見聞，卻不解人心。強要以道德理想在暴人前面表現（術）的話，這是想要用道德理想約束盲目的衝動與暴力，人家就討厭你的美德，這是害人，害人的人必被人反來加害。這多少呼應老子：「代大匠斲者，希有不傷其手矣。」（《老子·七十四章》）

> 若唯無詔，王公必將乘人而鬥其捷。而目將熒之，而色將平之，口將營之，容將形之，心且成之……若殆以不信厚言，必死於暴人之前矣！

你如果不說話而保持沈默，王公必欺壓你而騁其敏捷的才思。你的眼睛被眩惑，你的臉色和順了，你的口也揣摩衛君的心意，心裡就想成就他的意思。所以沈默無言還是不行，慢慢就變成順從衛君的心意了。如果衛君逐漸不信任你道德的提醒，你就會死在暴君之前了。如果一種擁有政治權力型態的暴力，卻又有敏捷的才思，光憑道德就很難處理其中複雜的糾葛了。

---

❹ 布勞耶爾、洛依施、默施，葉雋等譯：《法意哲學家圓桌》（北京：華夏，2004年），頁108。

　　人間世就是人類的生活世界，生活體驗在生活世界中。如果把
胡塞爾（Edmunt Husserl, 1859-1938）的思想定位在意識主體的意
向性活動，很容易錯過他試圖闡述生活經驗的內在結構的企圖。
「這裡對象是像它們出現那樣，這樣說，像它們在生活經驗的脈絡
裡作用那樣。我們在我們的活動中所回應的並非『只是表象』，而
是在經驗裡出現的實在。」❺意識到對象，對象就是在經驗裡出現
的實在。衛君作為一暴人，就如實地站在那裡，而被經驗到。那麼
莊子如何構想這種具體經驗的呢？「為了把握住本質，我們設想一
具體經驗，然後在思想中使它變化，想在想像它在所有方面有效地
修改。通過這些變化而不可改變的，是追問中心現象本質。」❻這
種具體經驗是設想的，譬如說：可以經由對與嚴父相處的經驗出，
揣摩與暴君相處的經驗，再設想各種可能的變化，通過這種變化而
不可改變的，是「經驗的模式（mode）」，一個有道德理想如顏
淵與暴君相處各種可能的經驗中最本質的經驗。

　　　　且昔者桀殺關龍逢，紂殺王子比干，是皆修其身以下傴拊人
　　　　之民，以下拂其上者也，故其君因其修以擠之，是好名者
　　　　也。且昔者堯攻叢枝、胥敖、禹攻有扈，國為虛厲，身為刑
　　　　戮，其用兵不止，其求實無止。……名實者，聖人之所不能
　　　　勝也，而況若乎！

---

❺　Erazin Kohák, "Idea and Experience" (Chicago: Chicago Univ, 1978), P.51.
❻　Merleau-party, "The Primacy of Perception" (USA, Northwestern Univ, 1964),
　　P.70.

桀、紂是暴君，關龍逄和王子比干都修養德性，未居君位而能愛護百姓，以下位觸犯君王而遭殺身之禍，這兩位暴君無實卻好名。但是堯和禹是聖君，攻打的叢枝、胥敖、有扈三小國，燒殺而成一片廢墟，國君也被刑戮，用兵不止，求「實」無已。這裡的實是什麼意思呢？福柯說：「戰爭實際上是歷史話語真理的子宮。『歷史話語真理的子宮』的意思是：真理或哲學或法律同使人相信的那樣相反，真理或邏各斯在暴力停止的地方就不存在。」❼堯和禹已有聖名，故要求文明教化廣被之實，將三小國視為野蠻，故征伐之，卻使其亡國。兩暴君是好名，兩聖君是已有美名（對莊子而言，可能他們的美名超過了道德理想），造成的一樣是殺戮。道德所隱含的暴力，已被明確的提出，莊子認為儒家聖人所不能勝過的就是名實問題。莊子有沒有勝過的方法呢？其實在〈逍遙遊〉中，假託為道家聖人的許由已說出「名者，實之賓也。」換言之，實為主，不需要名，這節是說明「聖人無名」。老子說：「道常無名。」（《老子‧第三十二章》）莊子自可說得道者「聖人無名」。

貳、心齋

在這裡，出現了類似〈齊物論〉中南郭子綦的「喪我」功夫。

---

❼　米歇爾‧福柯，錢翰譯：《必須保衛社會》（上海：上海人民，1999 年），頁 155。

然則我內直而外曲，成而上比。內直者，與天為徒。與天為
徒者，知天子之與己皆天之所子，而獨以己言蘄乎而人善
之，蘄乎而人不善之邪？若然者，人謂之童子，是之謂與天
為徒。外曲者，與人之為徒也。擎跽曲拳，人臣之禮也，人
皆為之，吾敢不為邪，為人之所為者，人亦無疵焉，是之謂
與人為徒。成而上比者，與古為徒。其言雖教，讁之實也。
古之有也，非吾有也。若然者，雖直不為病，是之謂與古之
徒。

　　顏淵想出向自然、向人、向古人的學習方式，看是否可與暴君
相處。學自然，內心保持天然的正直，就認為國君和自己都是天的
兒子，還求什麼人家稱道為善或指責不善的呢？這樣似可避開名的
干擾。這樣的話，回復了天真的童子。學人，執笏、長跪、鞠躬都
是人臣之禮，大家都這樣做，我也這樣做，人也不會指責我了，對
人要表現得能變通。內外既成，就向古人學習，教化的言語，也實
際是諷責他。古時人也是這樣，不是我獨有的。這樣，雖然保持正
直，也不會被人怪罪了。顏淵分內、分外、分歷史，主要還是內心
保持天然的正直，但對外是另一套，要有禮數，而教化的語言則是
古己有之。主要在歷史文化的脈絡中試圖擺脫名的干擾，行人臣之
禮，化己言為古之教言，看能否行教化之實！

　　太多政，法而不諜，雖固亦無罪。雖然，止是耳矣！夫胡可
以及化！猶師心者也。

　　孔子批評他太多方法而沒有條理，也只能做到無罪，因為他仍效法自己的成心。換言之，顏淵的天然的正直，在孔子看來仍是成心。內心保持的天然的正直，對外有禮數，卻假託古人之言，好像自己免於承擔話語指責暴君的重量。保持在內的天然的正直就是成心，因為它樹立了一套道德標準。福柯說：「如此描述的『前概念』……不是呈現一個來自歷史深處並貫穿著歷史的範圍，恰恰相反，它是在最『表面』的層次上實際應用的規律整體……在我們提出的這種分析中，形成的規律不存在於『思想』或個體的意識中，而在於話語本身。因此，它們以一種統一的匿名形式，強加給所有試圖在這說話場中說話的個體身上。」❽福柯的意思是：說話的個體在「說話場」中所形成的話語，形成的規律是一種統一的匿名形式；不是我說，而是「我們說」。雖然傅柯所探討的「前概念」是當代的話語，不是來自歷史深處，但以莊子時代的「古人說」卻一直貫穿到當代，並且形成「我們說」。傅柯說不存在於「思想」，前概念是在概念以前發生；不在個體的意識中，因為話語的規律不是個別的，而是共同的「說話場」。成心當然不是個別的，而是共同形成的價值標準，就有在於話語的規律中。

> 若一志，無聽之心耳而聽之以心，無聽之以心而聽之以氣！聽止於耳，心止於符。氣之者，虛而待物者也。唯道集虛，虛者心齋也。

---

❽　米歇爾·福柯，謝強、馬月譯：《知識考古學》（北京：三聯，1998 年），頁 78。

　　這是孔子教顏淵「心齋」的妙道，心齋就是齋戒掉成心。若一志，只是「好像」專心一致的注意，其實並非如此。不要用耳朵（感覺器官）去傾聽，而是用心（專心一致）去傾聽，但用心去傾聽，也止於符合。❾談話時用耳朵聽是閒談（idle talk），在談話中所說的被理解，所談及的只是被近似地和表面地理解❿，是日常談話。那麼用心聽，是意向性：胡塞爾……是去顯露意識的意向性洞見：我們的認知有一意識到某物的基本性格，在反省現象出現的是意向對象，我對它有思想、有知覺、有害怕，等等。⓫意向性指向某物的意識，那麼是意識與意向對象的符合。但這樣的專心一致無法避免成心，「主體性並不包含偶然的特殊性，而也有一超級性的層次……（超越）主體作為人格，包含了一些主體性層次。」⓬這正是孔子批評顏淵的「猶師心者也」，仍想行教化暴君之事。所以不要用心去傾聽，而用氣去傾聽。

　　孔子說要「虛而待物」，虛是虛其成心，虛其自己。心齋就是忘我、喪我，才能等待事物向我們顯現。「在斷片50中，logos 和『傾聽』中的聯結是直接地表達了：『如果你聽到的不是我而是 logos，那麼聰明的當然是說：一切是一。』這裏 logos 確然視為某

❾　郭慶藩：《莊子集釋》（台北：河洛，1974 年），頁 174。
❿　Martin Heidegger, "Being and Time". trans by John Macquarrie and Edward Robinson" (USA: Harper & Row, 1962), P.212.
⓫　Alfred Schutz, "On phenomenology and Social Relations." (USA, Chicago Univ, 1970).
⓬　同註❹，頁 175。

些可聽的。」⓭不是聽到說者的意向，而是聽到一，聽到道的聲音，那不是人為的聲響，是萬物與我為一的氣化之聲，恰正是實質的意向性所不是的。所以道集合於一片虛空當中。

如果把談話的三層次，比配於〈養生主〉中庖丁解牛的三層次，似乎有一對應。日常操作＝閒聊，專門技術＝意向性，技藝＝聽之以氣。那麼庖丁「臣以神遇」的「神」相當於氣化，文惠君的「養生」則相當於「心齋」了。即虛見氣，即氣化神，仍是莊子哲學的總綱。

為明〈人間世〉以上的概念關係，試以一表明之，並可與〈養生主〉的概念比較。

日常操作	專門技術	技藝
聽之以耳	聽之以心	聽之以氣
閒談	意向性	虛而待物
耳目	心知	物化
坐馳	師心	心齋
常人	儒家聖人	神人

由此可知，〈人間世〉是要展現神人的實踐工夫入路。〈養生主〉中，文惠君「得養生焉」是得到養生或養神的要旨。但在〈人間世〉中，卻表現出在暴君前如何養神的實踐工夫了。庖丁的神乎其技，對養神只是小成之道，如能在濁世中面對暴君，時有生殺之

⓭　Martin Heidegger, "An Introduction to Metaphysics" trans by Ralph Manhein, (USA: Henry Regnery, 1967), P.108.

危，仍能養神，這就是神人。

> 若能入遊其樊而無感其名，入則鳴，不入則止。無門無毒，
> 一宅而寓於不得已，則幾矣。絕跡易，無行地難。為人使易
> 以偽，為天使難以偽。聞以有翼飛者矣，未聞以無翼飛者
> 也；聞以有知知者矣，未聞以無知知者也。瞻彼闋者，虛室
> 生白，吉祥止止。夫且不止，是之謂坐馳。夫徇耳目內通而
> 外於心知，鬼神將來舍，而況人乎！是萬物之化也。

如果你能像游戲一樣進去衛國，不要被名聲影響。如果進去
了，就像鳥聲天然鳴叫一樣，不進去的話就停止。不要空門大開，
給人毒害的餘地。不出門，應事是出於不得已，這樣就差不多了。
人不留下形跡很容易，但不走路卻是困難的。出自於人為，容易產
生虛假；出自於天然，就難產生虛假。聽說有翅膀的才能飛，沒有
聽說過沒翅膀的也能飛。聽說有智慧的才能知道，沒聽說無智慧的
也能知道。你看那空缺的地方，正如空虛的房間發出白光，吉祥就
棲息在那地方。

「正見到是認知的本質，在『見到』中常有某些比視覺過程的
完成更多的在作用……『見到是關聯到在場自己發光，見不是由眼
睛，而是由存有的亮光決定……知識是存有的記憶，這是為何記憶
（女神）是謬思之母。』」**⑭** 知識是道的記憶，有智慧才能有知

---

⑭　Martin Heidegger, "Early Greek Thinking" trans by David Farrel Krell and Franx
　　A Capuzzi, (USA: Harper and Row, 1975), P.36.

識，認知的本質正是見證到道，「見到」不是視覺感官的見到，而是道的出現，存有之光聚集在空虛的地方。如果心不保持虛靜，意念就向外飛馳，這叫「坐馳」。如果使耳朵、眼睛的感覺向內通達而離開心智的機巧，鬼神都來聚集，這是神秘化，何況是人呢？這是萬物的變化，即是物化。道而物化。「這凝聚、聚集，讓－停留是物的物化（thinging），這天和地，必死者和神性統一的四元，停留在物的物化，我們稱『世界』。」⓯道凝聚在物化中，物化即天地，即自然，自然也是道的別名，天和地，凡人與得道者是統一的四元。物化，形成了世界，世界也世界化，即天地，即自然。

參、命運與義務

前文展現心齋之妙道，多少順承庖丁解牛之神乎其技，「玄談」與暴君相處之道，與道德教化對比。但如落實到日常生活實踐，又如何與事君的忠、事父的孝來對比呢？

葉公子高將出使齊國，任務繁重，而齊國官員對使者相當敬重，但辦事拖拖拉拉。出使事務艱難，內心焦熱。孔子說：

> 凡事若小若大，寡不道以懽成。事若不成，則必有人道之
> 患；事若成，則必有陰陽之患。若成若不成而無後患者，唯
> 有德者能之。

⓯　轉引自 James Edward, "The Authority of Language" (Tampa: South Florida Univ,1990), P.92.

　　凡事不管大小，很少不說事成為快。事情若不成功，難免有刑罰之災，事情若成功，喜懼交集，也有成疾之災。不論成或不成，而無後來之災患者，只有得道的人吧！

> 天下有大戒二：其一，命也；其一，義也。子之事親命也，不可解於心；臣之事君，義也，無適而非君也，無可逃於天地之間，是之謂大戒。是以夫事其親者，不擇地而安之，孝之至也；夫事其君者，不擇事而安之，忠之盛也。自事其心者，哀樂不易施乎前，知其不可奈何而安之若命，德之至也。為人臣子者，固有所不得已，行事之情而忘其身，何暇至於悅生而惡死。

　　道家的語脈，天地指自然，天下指社會、人間。我早已辨之❶❻。此為義理的大關鍵，不可不察。道家批判儒家往往認定仁心是成心，禮義是外在的形式。禮不是從心而發，義也非社會正義。孝心被成心化了，便成為命運。所以兒子愛父親，是命運，這是心無法解開的牽繫；做臣子的事奉國君，這是義務，無論時地都以其君為主。無所逃逸於天地之間，此天地要由前面的天下為定準，這是大大要警戒的。所以事奉雙親的，不擇地也要安他的心，這是孝的極至。事奉君王的，不擇事也要安之，這是忠的極至。能避開社會的成心而自己修養的，就不易造成悲哀與快樂，知道無奈而把命運和義務安心地當作自己的命運，這表示命運和忠的義務不是屬己的

---

❶❻　趙衛民：《老子的道》（台北：名田，2003年），頁173-176。

命運。屬己的命運，只是屬己的德，唯道是依。為命運和義務行事而忘記安危，又那有閒暇去喜悅生命而討厭死亡。

人沒有不為人子、不為人臣的，人的命運和義務是不擇地而安親長的心和不擇事而安君王的心，人間顯得何等悽涼。看來對莊子，忠與孝是沒有內在價值的，只是外在的命運與義務。內在的，只有「德」，道家式的。

肆、言語和行為

在日常生活中，〈齊物論〉可說已將人的世界轉而為語言－世界，一種語言學的轉向，神人實踐工夫的起點，當然在言語和行為上。

> 夫傳兩喜兩怒之言，天下之難者也。夫兩喜多溢美之言，兩怒必多溢惡之言，凡溢之類妄，妄則信之也莫，莫則傳言者殃。故法言曰：「傳其常情，無傳其溢言，則幾乎全。」且比巧鬥力者，始乎陽，卒於陰，大至則多奇巧；以禮飲酒者，始乎治，常卒乎亂，大至則多奇樂。凡事亦然。始乎諒，常卒乎鄙；其作始也簡，其將畢也巨。

人間生活的說話與行事，都有其艱難。在說話上，最艱難的是傳達兩人互相喜愛的言語和兩人互相厭惡的言語，前者必多溢美之言，後者必多溢惡之言。「兩怒必多溢惡之言」也可以與老子「和大怨必有餘怨」（《老子・七十九章》）相比較，不過莊子是傳達

兩人互相厭惡的言語，遭致災殃；老子則是調和兩人互相怨恨，遭致餘怨。超出實情的話虛妄，虛妄則兩邊沒人信你，沒人信你則傳話的人就遭殃了。所以格言說：「要傳達平實的話，不要傳達虛妄的話，就多能保全自己。」傳話是生活中的現象，在複雜的生活體驗中，一些重複出現的現象，在反省經驗中，被歸納為一個模式。法言即格言，彷彿在提出一個生活實踐的模式：在互喜或互惡的兩人間如何傳話。「格言還有一種強化關係……體驗狀態在本質上不是主觀的，至少不能肯定是主觀的。而且它不是個人的。它是綿綿不斷的流動，是混亂的流動，肯定有一個聯結點和傳遞點。這潛藏於符碼之下，是對所有符碼的逃避。」❶❼格言有來自生活混亂的外部力量，不（或者不只）屬於個人主觀經驗，而是體驗到生活混亂中的一股能量流，與能量流扭纏時產產生推進式的強化感，與另一體驗的強化感發生關係，強化感彼此的聯結點，逃避了國家、社會、文化的定形符碼化，它是混亂不定形的。

　　以巧勁爭鬥力量的人，從光明開始，到陰險結束，到極點就多奇詭的巧術。以禮來喝酒的，從規矩開始，到混亂結束，到極點就多奇詭的淫樂。一切事情都是如此。從諒解開始，到鄙視結束。剛開始時簡單，快結束時影響就巨大了。無論光明、規矩、諒解都是正面的力量，往反方面的力量偏移，最後成為陰險、淫樂、鄙視。力量爭鬥的勝過，慾望放鬆到散亂，人間無論是力量的衝突，還是欲望的衝動，都由秩序走向混亂。

---

❶❼　吉爾‧德勒茲，汪民安譯：〈游牧思想〉，收入汪民安、陳永國編：《尼采的幽靈》（北京：社會科學文獻社，2001 年），頁 163。

> 言者，風波也；行者，實喪也。夫風波易以動，實喪易以危。故忿設無由，巧言偏辭。獸死不擇音，氣息茀然，於是並生心厲。剋核太至，必有不肖之心應之，而不知其然也。

言語造成風波，行事喪失了實質。老子曰：「聖人處無為之事，行不言之教。」《老子‧第二章》是莊子以上敘述的反面。言語造成傳話，混亂的流動；行事有所作為，離道的根源越來越遠。風波容易動盪，喪失根源容易危險。忿怒發作是無來由的，巧妙的言語、偏激的言辭。在〈齊物論〉中，莊子曾區分語言的五個層次：道、論、議、辯、爭，我將之分別歸屬自然、社會、政治、言語、行為五項。在「辯」中，有「分」──區分就產生「辯」──辯論，這是言語一項。在「爭」中，有「競」──競爭就產生「爭」──衝突，這是行為一項。這就是日常生活，眾人的世界。野獸死時情急亂吼，氣息可怕，準備拼死一搏。太過苛刻計較，就會有不善心回應，而自己還不知為何如此。

顏闔將去擔任衛靈公太子的師傅，但太子德行惡劣，隨他去做無道的事，就危害自己的國家，隨他去做有道的事，就是及自身。他的智慧是以心知別人之過，不是以知自己之過。

> 形莫若就，心莫若和。之二者有患，就不欲入，和不欲出。行就而入，且為顛為滅，為崩為蹶。心和而出，且為聲為名，為妖為孽。彼且為嬰兒，亦與之為嬰兒；彼且為無町畦，亦與之為無町畦；彼且為無崖，亦與之為無崖。
> 達之，入於無疵。

　　形體莫如屈就，內心保持和氣。但這兩者還有問題，屈就不能受他影響，和氣不能表現出來。屈就如受他影響，就顛倒絕滅、崩壞蹶倒；和氣表現出來。屈就如受他影響，就顛倒滅絕、崩壞蹶倒；和氣表現出來，就爭奪聲名、奸險造孽。他像嬰兒一樣，你也跟他像嬰兒一樣。他漫無邊界，你也漫無邊界。他漫無涯際，你也漫無涯際。能夠做到，就不會被抓住毛病了。此節呼應首節，如何面對帶有政治權力的暴力型態，首節顏淵欲入衛國，孔子教示以道德與名實的哲學問題，說顏淵「未達人氣」、「未達人心」。此節從生活體驗說明如何實踐。首節提出「心齋」，空虛其心，這節則是心齋工夫所呈現的型態──嬰兒。

　　嬰兒在這裡出現兩種型態。太子其德天殺，智足以知人之過，他的嬰兒型態是權力的核心、賊心，用心刺探別人的過錯，刺探到「就而入」、「知而出」。權力的詭詐多麼深刻。心齋工夫達到的嬰兒型態是如老子的「我獨泊兮其未兆，如嬰兒之未孩。」《老子・第二十章》我獨自漂泊在無朕兆的地方，好像尚未成為孩童的嬰兒。成為孩童，就正帶著「虛構的理想自我」。拉岡（Jacques Lacan, 1901-1981）說到嬰兒大約在六個月到八個月的「鏡像階段」。「在先語言的鏡子階段，嬰兒從這『想像的』存有狀態中，投射了特定統一到鏡中的斷片化的自我──意象（並不需要是實際的鏡子），他產生了虛構的理想自我。」⓲簡言之，進入社會象徵界前的自我形象，學習要變成主體，成為孩童。嬰兒被老子、莊子

⓲　Raman Selden and Peter Widdowson, "Contemporary Litterary Theory"(Great Britain: Biddles Ltd,1993).

喻為忘我、喪我以至於無我的狀態。

尼采（Firedrich Wilhelm Nietzsche, 1844-1900）說：「嬰兒是天真和遺忘，新的開始，一個遊戲，一個自轉之輪，第一個運動，神聖的『肯定』（yes）。」❶天真和遺忘，面對激變的生活是神聖的肯定，自我變化、自我運動，這自我正是自我遺忘、忘我、喪我，逃避了成心的價值觀，成為自我變化的遊戲。這就可以了解莊子在「顏闔將傅衛靈公太子」一段前所說的「乘物以遊心，託不得已以養中」，超然於物之上，是隨萬物一起變化，應事只是不得已，而養神。

伍、用與不用

無論「顏淵將之衛」或「葉公子高將使於齊」、「顏闔將傅衛靈公太子」，都是見用於當世。在日常生活中，工作就是有用；而遊戲則是無用。嬰兒只遊戲，當然也是無用的人。

> 櫟社見夢曰：「夫柤梨橘柚，果蓏之屬，實熟則剝，剝則辱；大枝折，小枝泄。此以其能苦其生者也，故不終其天年而中道夭，自掊擊於世俗者也。物莫不若是。且予求無所可用久矣，幾死，乃今得之，為予大用。使予也而有用，且得有此大也邪？且也若與予也皆物也，奈何哉其相物也？而幾

---

❶ Walter Kaufman edited, "The portable Nietzsche"(USA, Princeton Univ,1963), P.139.

死之散人，又烏知散木！」

　　社祀的櫟樹之大，樹枝可以用做造船的材料就有十幾枝。木匠看櫟樹的紋理支離，木材造船則易沉，很容易腐爛，故說是「散木」，才能如此長壽。既是社祀，又可說是神木。散木可以為神木嗎？柤、梨、橘、柚能結果實，果熟則剝，剝則折枝；大枝折斷、小枝扯斷。這是一生因有用而苦，所以不能過完自然的壽命而中道夭折，自招世俗的擊打。事物莫不如此。我求無用已經很久了，也曾瀕臨死亡，現在成為神木，成為我的大用。如果我有用，可能成就如此之大嗎？

　　散木無用，無用之用乃成其大用。不但是大用，社祀之用，故成為神木。也因無用，才能自我保存如此長久。以此呼應〈逍遙遊〉中大而無用的樗樹，莊子說可以「樹之於無何有之鄉，廣莫之野，彷徨乎無為其側，逍遙乎寢臥其下」，已暗示了日常生活世界即人間是以有用來設想一切事物，無用則在人間以外。相應於無用的是無為，無為故逍遙。無用是合乎道的，無用始可成其大。「吾不知其名，字之曰道。強為之名曰大。」《老子·第二十五章》，大是道之異名。故櫟樹之大，是得道的意思。社祀之大用，是祭拜櫟樹神，樹而神化，見於夢中。夢亦使我們離開了日常生活的有用性。「在由工具引導的實踐中，客觀世界是給定的。但在這種實踐中，使用工具的人自己卻成為了工具，他就像一個對象那樣自己成

為了一個對象。」❷夢亦是無用的，夢中走出了人人相似的實用世界，夢即逍遙。

> 此果不材之木也，以至於此其大也。嗟乎神人，以此不材……而中道夭於斧斤，此材之患也。故解之以牛之白顙者與豚之亢鼻者，與人有痔病者不可以適河。此皆巫祝以知之矣，所以為不祥也。此乃神人之所以為大祥也。

不材之木，是散木，成為大木，是神木。不材之人，是散人，逍遙散人無用故無功，自是神人，〈逍遙遊〉中說「神人無功」。白額牛、高鼻豬及有痔瘡的人不可以用來祭拜河神，巫祝知道這些是不吉祥的。但神人因其無用，不能有祭祀之用，故能過完自然的年壽，這正是大大的吉祥。

> 支離疏者，頤隱於齊，肩高於頂，會撮指天，五管在上，兩髀為脅。挫鍼治癬，足以餬口；鼓筴播精，足以食十人。上徵武士，則支離攘臂於其間；上有大役，則支離以有常疾不受功；上與病者粟，則受三鍾與十束薪。夫支離其形者，猶足以養其身，終其天年，又況支離其德者乎！

散人無用，成為神人。現在如果比照散木的紋理支離，人的形

---

❷ 喬治・巴塔耶：〈我對主權的理解〉，收入汪民安編：《喬治・巴塔耶文選》（長春：吉林人民，2003 年），頁 227。

體支離，是否也可以成為神人呢？就有這麼一個形體支離的人，面頰隱在肚臍之下，髮髻指向天，肩膀比頭頂高，五臟脈管突露，胯股快到肋骨的位置。說他形體支離，無用之人，其實他縫衣洗衣可以養家餬口，算命占卜還可以養十個人，徵兵徵不到他，政府要徵召勞役，也常因疾病而不必去。政府救濟病人米糧時，它可以三鍾米十束柴。用途可以說多多，但是不是大用呢？莊子沒有說明支離疏是神人，那就不是，形體支離的人可以養活自己，過完自己的年壽。其德支離的人，是離開了道的根源，往而不返，莊子認為他們也應該可以達到像支離疏那樣養活自己，並終其天年。此處支離疏只是伏筆，對政府說來無用，但卻有多種用途，並未說其為神人。

但形體支離的人，的確開出了日常實用世界不同的異質世界。形體支離就是醜怪，醜怪到了令人觸目驚心，以超出我們所能思議的醜怪。這些在政府眼中無用的低下階層，在莊子筆下煥發出一種超世俗的美感。

陸、狂人之歌

莊子在此篇中借用孔子說道家「心齋」之旨，在篇末當然要索回道家意旨的所有權。孔子到了楚國，有個職業是接車的人，也算是社會的低下階層，卻是狂人。狂人的狂，是超越日常世俗的實用世界，他的狂當然也是驚世駭俗，他的狂歌正是要啟示孔子，這不是聖人教化的時代！

鳳兮鳳兮，何如德之衰也！來世不可待，往世不可追也。天

> 下有道，聖人成焉；天下無道，聖人生焉。方今之時，僅免
> 刑焉。福輕於羽，莫之知載；禍重乎地，莫之知避。已乎已
> 乎，臨人以德，殆乎殆乎，畫地而趨！迷陽迷陽，無傷吾
> 行！郤曲郤曲，無傷吾是！

　　先楚民族被迫視為鳳凰後代，㉑鳳凰是楚國的圖騰，也可說是
神鳥。鳳凰啊！鳳凰啊！又可奈何德性的衰敗啊！未來無法期待，
過去也追不回來。歷史之線斷了，時間上只剩下斷片一般的現在。
天下光明之時，成就了聖人；天下黑暗之時，也有聖人誕生。這種
光明與黑暗的對比，已拉至極端的可能性。方今之時，超越了這對
比，不是光明中的光明，是黑暗中的黑暗，只能求免於刑戮。既然
天下黑暗時還有聖人誕生，那麼現在只有這卑微的訴求，連黑暗也
說不上。此句最見時代的悲劇意識，一種無奈的蒼涼。鳳凰猶如只
剩下空中飄零的一支羽毛，但幸福比羽毛還輕，羽毛不知如何能承
載幸福。災禍卻又比大地沉重，人能不行走於大地上嗎？所謂「無
行地難」，也不知道如何逃避。幸福抓不到，災禍逃不掉。算了
吧！你還要用德性面對人。危險啊！危險啊！還畫地讓人行走。荊
棘啊！荊棘啊！不要讓我難走，彎曲的小路啊！不要傷了我的腳。
　　顯見的，在「天下有道」與「天下無道」這二元邏輯中，聖人
不過是從「成」到「生」的轉換，聖人仍是存在的。「方今之時」
的特殊時間性被標識出來，如果孔子是聖人，那麼「孔子適楚」的
楚國的特殊地域性也被標識出來。如果我們憑藉二元邏輯來認識思

㉑　李誠：《楚辭文心管窺》（台北：文津，1995年），頁543。

考一切，那麼「僅免刑焉」的這種痛苦只在二元邏輯的認識、思考以外，直接是身體上的痛苦。「我所說的殘酷，是指生的欲望、宇宙嚴峻及無法改變的必然性，是指吞沒黑暗的、神秘的生命旋風，是指無情的必然性之外的痛苦，而沒有痛苦，生命就無法施展。」❷沒有聖人！只有刑戮的殘酷，在嚴峻的必然性下，生之慾望所忍受的痛苦，想走到無情的必然性之外。而無情的必然性像到處叢立的荊棘，只能尋索彎曲的小徑，而不小心走，連彎曲的小徑也會傷腳。身體（生命）的求生存，成為第一義，如何保存生命的實踐智慧成為最高律令！楚狂人的「狂」，是因這樣的痛苦而瘋狂，面對生命直面的殘酷，嚴峻而無情的必然性，粉碎一切價值的標榜的瘋狂。這是莊子直面的「人間世」。

> 山木自寇也，膏火自煎也。桂可食，故伐之；漆可用，故割之。人皆知有用之用，而莫知無用之用也。

山木被利用做成斧柄來砍伐自己，油膏引燃火苗來自我煎燒。「人世間」為何成為如此殘酷的生命戲劇？這是人自我招致的後果。人為何自我招致如此悲慘的後果？桂可食用，就砍伐了，漆樹的汁液有用途，就用刀割。一個「用」的觀念，人類用以設想他的家園，甚至是日常生活的根本觀念，如何導致悲慘世界的後果？對物的占有、占用，導致對資源的掠奪，國家間的爭戰。

---

❷ 安托南・阿爾托，桂裕芳譯：《殘酷戲劇》（北京：中國戲劇，1993 年），頁 101。

　　有用是人所知道的，大家都不知道「無用」之「用」。對莊子來說，無用故逍遙，這是生命的殘酷中唯一自我保存之道，甚至為求「免刑」，是生活實踐的智慧。

　　現在可以回答本篇開始的問題。以〈養生主〉的「庖丁解牛」與〈人間世〉的「神人面對暴君」作為對比，前者是神乎其技，後者是養神以處世。直到結尾「鳳兮！鳳兮」一段，始顯出暴君的政治權力和集團暴力，即使是神人擁有如庖丁的神乎其技般的養生工夫，也無法「崩解」集團的暴力。這是蒼涼的時代，某種神人型態在看似無用的「接輿」行業中，表現出在世俗價值「以外」的狂人模式，求的只是在「天羅地網」的行戮中「免刑」！

　　〈人間世〉是關鍵性轉折的一篇，從「庖丁解牛」的神完氣足到「福輕乎羽」和「禍重乎地」，就知道其中差別的劇烈。「庖丁解牛」是依賴身體－技藝的，形體對庖丁有積極的意義，完整的身體方能操持解牛的技藝。庖丁必須「用」其身體，方能神（刀）游於物（牛）之虛。支離疏已毀形、喪形的身體，卻是以消極來成就積極的意義，是因為殘缺（無用或不用）而無法徵召去當兵，而能自我保存，成其多種用途。殘缺的身體無法成為任何豪傑、英雄的象徵，竟然成為避開集團暴力互相對抗的「巧門」，毀形、喪形甚至肉體的猙獰扭曲竟成為對戰爭－暴力最有利的控訴！

　　無論如何，身體－技藝（身體藝術家）只成為小成之道，這是因為戰爭，集團暴力的對抗。那麼真正的層次是在形體以上，也就是「游心於德之和」了。這是下篇〈德充符〉的意旨了。

美術表現之文學性

——從雕刻作品看文學的世界

上原一明

日本國立山口大學副教授

前　言

　　現今、保有文化價值的建築物、繪畫、雕刻存在於世界各地，可以從中看出人類偉大的文明。人類自古對於生活、民族、甚至於國家的繁榮抱著希望，以各式各樣美術表現的方式或是象徵性的手法表現出來。在原始時代，洞窟壁畫上以動物姿態描繪出巫術的拉斯考壁畫、還有從維倫多夫維納斯雕刻等可以看出當時的人們把五穀豐收、多子多孫的祈求寄託於豐滿的石雕女神像身上。在古代西方的埃及、希臘羅馬時代建造了巨大的神殿，壁畫及石像以表示神威；東方的中國像秦始皇的帝陵以製作大規模的陶塑群像來誇示出上位者的權力。而且不論是東、西方，佛教及基督教皆以製作大量的宗教畫及宗教雕刻來傳播教義。禁止偶像崇拜的回教則以阿拉伯

文字及巨大的清真寺建築物來建構他們的世界觀。不論是對於各個民族、各個國家的人民而言，這些都是為了生存而持續不斷創造出的美的表現。

近代以後，除了宗教美術以外，以宣傳政治為導向的作品、純粹以創作為目的的藝術及反映現代社會議題的作品等等，也被漸漸的創作出來。美術作品，可以說是證明人類存在於歷史中的遺跡。因此，這樣的美術作品在創作之餘，不是論及作品的的平面或者是立體性，而是以要表現出什麼樣的內容以及議題為切要。此外，美術作品除了富有巫術性及象徵性之外，把文學的故事性、思想性及哲學性等等具體的表現出來有非常之必要性。所以，在這裡想提出來探討的是與其相關之美術作品的文學性。

本文所要提出的論點是，以世界的文化遺跡為具體實例，探討美術與文學表現方式相異之領域間的關聯性、表現方式的互換性、歷史的變遷以及現狀。以雕刻表現的方式來思考文學如何透過美術表現而具體化。本文以下四章來進行討論。第一章為文學的雕刻表現之歷史變遷；第二章為雕刻素材之分類及表現內容；第三章印度教的佛教遺跡及修辭法；第四章為雕刻與文學的廢墟之相關的共通性。

一、文學之雕刻表現的歷史變遷

㈠ 作為書寫材料的石

這裡的文學廣泛的說，是指使用言語來表現藝術作品。文學的

內容包括詩歌、小說、戲曲、隨筆、評論等，而文藝學、語言學、哲學、心理學、史學等等則為文學的總稱。所謂「文字」是為藝術表現的媒介。以表現文字的書寫材料來說，現今以手機及以電腦的液晶螢幕為媒介經由網路傳遞電子文字為普及的現象，它的便利性擴展了世界的交流。以紙這樣的媒介而言，從古代中國漢朝時代製紙技術的發明開始直到現在還被廣泛的使用。它的使用程度及重要性還是比使用電子文字還是高出許多的。追溯到更早之前，黏土板和紙草、甲骨、銅、羊皮、絹布、竹木等也被使用❶。這些材料雖有方便攜帶好移動等便利性，但在自然環境中卻不好保存。石材為攜帶性佳、特殊場合中保有特殊意義及價值，並且為有耐久性等特性之書寫材料，在上古時代就經常使用。石材經歷上千年的歷練，雖然還是會被自然環境給風化，但是與其他材料相較之下有顯著的耐久性。

　　古代的埃及王朝，把神明、國王、王妃等的姿態以浮雕及聖書體（埃及象形文字）刻成石壁。聖書體指的是以人、鳥、獸等圖案來表達的象形文字；而以神殿、墓、金字塔所使用的聖刻文字也被廣為人知，羅賽塔石就是以解讀聖書體而聞名。除了文字表現以外，印度中部的城市桑奇佛塔石門，把佛陀成佛的故事、本生經刻於石碑上，而印度教的濕婆神（Shiva）及毗濕奴神（Vishnu）及各式各樣神明剛開始的世界以浮雕的方式刻畫在石碑上。

　　此外，世界各地均無例外的是歷史上重要的人物及其出生地、

---

❶　張秀民：《中國印刷的發明及其影響》（台北：文史哲出版社，1988 年），頁 1、10。

活躍的場所皆以建立石碑以作為紀念。石材除了能將名人的名字、事蹟以及名言刻在石碑上,更重要的是它記錄了精神的象徵。當然歷史事件還有古戰場遺蹟也是透過建立石碑留下痕跡。以上是以文字及書寫材料而言對於石材的共通點,此外可以作為文學雕刻表現的發展來進一步作探討。但是以墓石這主題來說以安置遺體或者是骨灰等為目的就與先前說的石碑的紀念性質有所不同。

(二) 石碑與文學

元祿 2 年(1689 年)俳句詩人松尾芭蕉在旅途中造訪山形縣的立石寺歌詠的有名之俳句「寂靜阿滲入岩石蟬之聲」,它的俳句碑(俳句刻於石碑上,「奧之細道」被歌頌之俳句設置於當地各處)設置在參拜的道路上。在寺廟之中也許較體驗不到,是在這些往寺廟參拜的路上,比起用輕鬆愉快的步伐觀賞到這些俳句碑,反而能夠感受到俳句碑之中的意境以及與芭蕉站在同一場所湧現出的親切感更具意義。的確,俳句在當地產生重要的意義,不是因為俳句碑的石材經歷長年風雨的暴曬卻依然挺立這件事,更具意義的是它表現出強烈的存在感。因此,芭蕉這樣的俳句詩人除了表現出文學之精神,也從這些石碑之中瞭解石材這種媒材的存在。藉由文字刻於石碑這樣的文學表現及透過石材的雕刻表現,可知兩者皆同樣地持有物理耐久性的共同點。

石材比起其他媒材保有了靈魂的特質。原本岩漿從地表噴出冷卻後固體化,依據不同種類的岩石,其質感及表面的樣貌也跟著千變萬化。本體為無機質卻是有機的樣貌,從前以「神住在石中」來形容。因此,透過石材,刻在石碑上的文字與內容,把當時代的精

神注入在其中。文學的內容可以透過實體表現出來。

　　文學由其內容可得知它是文藝學、語言學、哲學、心理學、史學等的總稱，理所當然的它是人類經由長年累積下來的，對於人類來說這是生存重要的指標。文學的內容是藉由語言及文字，以書籍、戲劇、電影等視覺語言為媒介來傳達。石碑的文字帶有視覺語言的要素同時包含了視覺藝術的要素。石這樣的素材，是以視覺語言文字所表達之抽象精神帶入視覺藝術之中。

🖃 石碑特性的具象雕刻與文學之轉換性

　　在街頭和公園可以看見紀念碑或者英雄偉人銅像的地方，這是其石碑特性轉換為雕刻表現的實例，同時它也是做為記念歷史事實的產物。文字刻於石碑上之表現轉換為以人物像之具象雕刻。這裡提到石碑特性的具象雕刻不是指古代埃及文明及西元前希臘、羅馬的眾多雕刻品及佛教世界的被神格化的佛像，而是持有讚頌偉人的事蹟及精神的特質的肖像雕刻。古代西方各個石像作品和佛像雕刻是以崇拜或者是信仰為目的，與人民期望留下之偉人事蹟而產生的紀念碑之精神性有所不同。

　　在日本，以知名度高的銅像來說，馬上聯想到的是東京上野的西鄉隆像、仙台的伊達正宗騎馬像以及北海道羊之丘展望台的克拉克博士（Dr. William Smith Clark）像等，這些青銅像可以反映出當時代的人物性格及時代背景。比起石碑的文字說明，人物石像可再現當時人物的樣貌以及把偉人的精神充分地表現出來。同時，偉人的思想及哲學經由視覺效果被表達出來。人物的表情、威風凜凜或者是勇猛的姿態，映照出當時時代的服裝、和人物相關連的物品

甚至於動物等，具體的視覺作用可以使觀者感受到帶有史學性、哲學性之文學內容的精神。因此可看出雕刻與文學有其轉換性之關係。

然而在這些肖像雕刻中，相對於以信仰為目的的神像、誇耀民族性的英雄像、及建立偉業對社會有貢獻的偉人肖像，有著另一種以宣揚政治勢力為目的的肖像。這種宣揚勢力的肖像與前文所敘述肖像之特性有相異之處。前文敘述的諸肖像是以讚頌偉人的事蹟、是國民期望國家製作的肖像，是人民所希望留下永久保存的肖像。然而宣揚政治勢力的肖像則是為政者想要炫耀自身為優秀的領導者或者是為了豎立自己英雄的形象，不能反映民意。不可否認的美軍也有參與並扮演著推翻政治肖像的一角，然而它主要也隨著政權的崩壞而遭受被破壞的命運。有個顯著的例子，在 2003 年 4 月美國與伊拉克的戰爭中薩達姆‧侯賽因（Saddam Hussein）的銅像被人民推倒了。它象徵著薩達姆政權的結束。這個例子可以說明薩達姆的肖像不是因為國民希望而被製作出來的，與真正石碑的精神並不相符；換言之，這樣形式的肖像遺留下來也不會以正面的形象被保留著。

二、雕刻素材的分類與表現內容

㈠ 歷史文化遺產所使用之材料

古代埃及、希臘、羅馬、中國、柬埔寨、印度尼西亞等歷史悠久的文化古蹟，很多已經隨著時代的變遷而失去它的機能性，也因

被破壞而成為無作用的廢棄物。古埃及時代，神殿雖被視為神聖的場所，卻面臨了因 1960 年代的水庫建造計畫而有淹沒的危機。以這為起首，1972 年的聯合國教科文組織（UNESCO）通過了「世界的文化遺產及自然遺產的保護之相關條約」（世界遺產條約）等條約。依照此國際條約，文化遺產保護活動得以落實，全世界各地許多富有歷史性之美術文化遺產的重要性大大的提升了也因此受到全球人的關注。所謂危機遺產是文化遺產經由殘酷的自然環境之風化，或者人為戰爭與開發而被大肆破壞。想當然爾，世界遺產有許多都是由石材製作而得以保存下來。

有史以來，人類使用各式各樣的材料來表現立體造型。以周邊的自然素材來說石材的使用率占了大多數。其最大的理由為石材是在戶外經過大自然環境的洗禮而富有耐久性的材料，是最適合建築有紀念性的造型作品。以古埃及、希臘、羅馬、印度的雕刻表現來說石材是使用最為頻繁，是其他陶土、青銅、木材等材料有所不及的。首先，舉有良質性石材之建設場所為例。以建築物而言因為要以石為建材，在相關的生產線上浮雕的部分也使用石材，而且雕刻的部分想當然爾也使用石材。石材加工技術與建築業有共同點是為合理的，它的架構、視覺性與建築物融合裝飾後透露出一體的美感。古代希臘雅典的伊瑞克提翁神殿（愛奧尼亞式神殿）等，是以人體表現石柱的雕刻建築。

以建築素材與其關連性來探討可以舉另一個有趣的例子。日本因為有質地很好的木材，已經在 5000 年前的繩文時代，使用木材高度加工法製成三內丸山遺跡之六本柱建築物。並且用木材以高床式建築居住場所，神社佛堂的建造也以木材為主。為了使用木材建

築佛教寺院，佛像也以木雕居多。飛鳥時代及奈良前期的白鳳時代（6 世紀後期～8 世紀前半），遣唐使及留學僧雖從中國帶回許多的佛經，但當時代佛像的製作多半以青銅像為主。奈良時代後期的天平時代（8 世紀中期），使用從中國學習到之塑造與脫活乾漆技法，但至 9 世紀末遣唐使制度廢除直到平安時代後期的藤原時代之後，漸漸地以濃色調的純日式技法為主。比起製作大型的佛像，從定朝的阿彌陀如來佛像作品開始確立了以寄木造法製作一丈 6 尺高的佛像製作樣式❷。

從這時期開始，日本獨特木雕技術發展的同時，雕刻材料與建築材料的關係性可見而知。為了加深木造加工技術與建築的關係，木造建築技術運用了木雕技術。楯接工法的活用為一例。至鐮倉時代（12 世紀），木材的製作手法更進一步。當時青銅像、塑像、乾漆及石像等等製作技法已漸漸成為少數。東大寺南大門之八公尺運慶製成之仁王像是以寄木造法建成建築物的柱子，使之構造一體化。

以中國西安的秦始皇帝陵的兵馬俑來說，是埋設於地底之中的地下宮殿的一部份。理所當然的它的建築的構造材料以土為主，在那片土地中採取優質的黏土作為陶製雕刻的材料。燒製成的陶土在地底中埋放也不會被腐蝕，因此可以完成秦始皇保護及捍衛自己帝陵的任務。

以世界分佈的作品為實例，以下為各個材料比照有文化價值之

---

❷　一丈六尺高的佛像，約 4.8 公尺。

遺產的資料❸。一般的雕刻製作所使用的材料不外乎是石材、陶土、青銅、木等四種材質。上述的材料以外的有金和銀、象牙等素材，但因其作品以工藝性較為濃厚，在此不舉例。關於石材以下本文做了分類。

    1.石

      ⑴玉：

        ①玉琮（中國 殷～周代 紀元前 16 世紀～3 世紀）

      ⑵石灰岩：

        ①《拉何帖普與娜芙雷特夫妻的座像》（埃及 紀元前 2600 年左右）

      ⑶御影石：

        ①法老王像（埃及 紀元前 3000～1 世紀）

        ②釋迦像（巴基斯坦 犍陀羅 紀元前 1 世紀～1 世紀）

      ⑷大理石：

        ①米羅的維納斯 雕像（the Venus of Milo）（希臘 紀元前 2 世紀）

        ②大衛像 米開朗基羅（義大利 16 世紀）

      ⑸玄武岩：

        ①佛教、印度教石窟寺院（印度 愛羅拉 5～10 世紀）

      ⑹砂岩：

        ①密多那佛像（印度 卡朱拉 5～10 世紀）

    2.陶土

---

❸　《世界文明史》，16 全卷（地球出版社，1977 年）。

　　　　①遮光器土偶（日本‧繩文時代 紀元前 10 世紀以前）

　　　　②兵馬俑（中國‧秦朝 紀元前 3 世紀）

　　　　③唐三彩（中國‧唐朝 8 世紀）

　　3.青銅

　　　　①銅鏡（中國‧周朝 紀元前 5 世紀）

　　　　②波賽冬像（希臘 紀元前 5 世紀）

　　　　③東大寺盧舍那佛像（日本‧奈良 8 世紀）

　　4.木

　　　　①卡阿培爾立像，通稱「村長像」（埃及 紀元前 2475 年
　　　　　左右）

　　　　②阿彌陀佛如來座像（日本‧平安時代 11 世紀）

　　　　③抹大拉的瑪麗亞 唐納太羅（義大利‧翡冷翠 15 世
　　　　　紀）

　　上述所舉的只不過是無數歷史文化遺產中的一部份。然而這些
與宗教的教義合而為一，國王以神為自居，表現出統治者（國王、
皇帝、天皇）以治理國家為目的的一面以及統治者為祈求其後世安
泰的一面。還誇示出對國家富產有影響力之大富豪也想誇示其偉大
的一面，卻也透露出為了留下人類生存的遺跡而突顯出豐富的創作
性。然而，大部分作家的名字並無保留下來。這是因為作家不是以
個人的表現為主，而是把詮釋的對象忠實的表現出來。以前比起作
家的大名，統治者或者是買家的名稱被遺留下來的情況較為多。

㈡ 近代以後純粹藝術之文學性雕刻表現

　　到目前為止，雕刻作品的製作雖以持續前述公共紀念碑式的雕

刻方式為主，近代以後同樣地，繪畫作家在表現美術創作的同時是以作家中心主義來進行創作，因此作品產生了獨創性。同時作品的創作作家明確，作家詮釋的對象也被作品化，它的思想與哲學上的原創性是被受重視的。因此，為了證明作品的獨特性作家會在其上方賦予簽名以表獨創性。

確實在中世紀以前的作家是很明確的，可於 7 世紀日本的鞍之止利和 11～12 世紀的定朝及運慶・快慶、15～16 世紀的義大利的唐納太羅及米開朗基羅等表現突出的雕刻家身上看的到；然而比起羅丹以後近代雕刻題材之創造性及純粹藝術的觀點來看，前述作家的創作題材較為受限制。定朝及運慶・快慶是以表現佛教世界為主題，而從唐納太羅及米開朗基羅的神話世界之表現至麥第奇家族期望的世界題材為主。因此，依照買主的要求創作的題材有其限制性。姑且不論作家表現的題材被受限制，卻能依照買主的需求創造出富有精神性及創造性的作品，這些作品依然展現耀眼的光輝。然而從純粹藝術的觀點來探討，理所當然的以羅丹以後的近代雕刻揭開了純粹藝術的序幕，同時因個人被賦予表現自由，而使文學的雕刻表現以多元化的姿態拓展開來。純粹藝術的轉變與文學世界之純文字的成長同時在這時代中展開了。

文學的內容以雕刻的方式而表現出的作品通常以紀念碑居多。19 世紀羅丹尚未完成的一件大作「地獄之門」是以但丁創作的的敘事詩「神曲」為題材。「神曲」地獄篇第 3 章登場的是以地獄門之入口的主題為主，作品最上方中央的三個人是有重疊性之一體化的雕像，表現出三位一體（神、耶穌、聖靈）。這是羅丹以獨創性的雕刻形式表現文學內容的例子。

　　21 世紀的今天，現代美術的多樣化正在進行當中，雕刻化的文學作品在北京如火如荼地展開。在北京由 10 位雕刻家將一位詩人的作品以浮雕的方式表現出詩中世界意境的計畫正在執行當中。被挑選上的雕刻家以自身慣用的石材、青銅、鐵等媒材，將詩中意境以感性方式捕捉下來，再以具體印象將詩的意境抽取出來，並以抽象形體創作作品。對於文學作品中的意境，每個人取捨的角度與觀點不同，就會有不一樣的詮釋方式，透過藝術家將詩中境界以浮雕方式表現出來，並且能夠拓展詩的意境，產生更巨大的力量與效果。文學的雕刻表現與單純文學世界是不同的次元，即以空間感和物體的存在感表現世界觀。

　　以上，第二章是以雕刻素材分類及表現內容，介紹歷史文化遺產所使用之媒材以及論述近代以後之純粹藝術的文學雕刻表現。下一章要介紹如何以雕刻表現文學中的修辭法。

三、印度的佛教遺跡與修辭法

㈠ 桑奇佛塔的卒婆塔、塔門的浮雕

　　很久以前的人類為了把含有宗教文學性的故事及思想與哲學具體化，以建造巨大的建築物，並以視覺化之繪畫及雕刻的內部裝潢來表現他們的世界觀。以西方來說有希臘、羅馬美術及基督教等教會；而東方與之相當的是印度教的佛教寺院，這就是以宗教畫、宗教雕刻將神及佛的故事以視覺化傳遞給世人。因為當時的識字率很低，因此宗教團體以能夠傳遞教義給一般民眾知道的觀點來考慮傳

教方式，這其中隱含了宗教領袖以宗教力量為由誇示其威嚴以及統治者利用宗教以好順利統治人民等層面。佛教是從古印度婆羅門教的世界開始，是由迦毘羅衛國王子喬達摩·悉達多佛陀（覺者）創造的，他是佛教的開宗始祖，並拓展佛教從印度開始至東亞及東南亞。因此佛教與基督教及回教並列為世界三大宗教。佛教的發祥地——印度其佛教之全盛期時，雖從印度亞洲大陸擴展至西方的阿富汗，現在在印度的佛教遺跡卻僅僅遺留下一部份，而印度教與回教卻在這些地區成為人民主要的信仰。

現在在印度遺留下來世界有名的佛教遺跡是艾姜塔的石窟寺院群。在寺院群裡有壁畫描繪出佛陀前世的故事·Jataka（本生經），其畫像與色彩到現在仍依舊清晰可見。其他在印度西部愛羅拉（Ellora）也有大規模的石窟群寺院。佛教寺院與印度教寺院與耆那教寺院等混在一起，不論是哪一教的教義都很明確的被描述出來。換句話說就是文學內容的視覺化。艾姜塔與愛羅拉的其他被重視的地方是位於印度中央位置的桑奇城，而其中有卒婆塔。現存有三大塔，第一個卒婆塔「大塔」是最大規模的。可說是舉辦佛教舍利祭典的大塔，高 16 公尺、直徑 36 公尺的半圓球型塔，而周圍圍繞著近高 3 公尺的石護欄。塔的東西南北有著類似鳥居建築的石塔門，這個門通過卒婆塔的周圍而成環繞狀❹。塔門的表面除了有佛傳圖及本生經圖的浮雕以外，還有以豐富、多產為象徵的女夜叉像及神的乘坐物——大象的浮雕作品，其裝飾的效果給予觀者優美的印象。

---

❹ 渡邊照宏：《佛教》（東京：岩波書局，1974 年），頁 17。

㈡ 塔門的浮雕與擬人法

　　塔門的兩隻柱子及三層楣的表面上完全沒有文字，全部以浮雕圖像來表現，佛傳圖及本生經圖都以纖細的浮雕方式刻於其上。這些圖樣完整的述說佛陀前世的故事——本生經，把文學故事性的內容表露無遺。在那個時代還尚未以人體的型態表現佛陀的形象。用擬人法表現佛陀、菩提樹、法輪及佛塔等形象，因此佛陀在眾人面前展現出神聖的姿態。菩提樹是佛陀開悟的象徵地；法輪是古代印度用輪當作戰爭時戰車所使用的武器；它富有打破惡性與煩惱的特性，是拓展並守護佛教的象徵；佛塔是為了供養及報恩，擺放舍利子及遺物的建築物，是佛教樣式的象徵。這些都是以擬人法表現佛陀姿態的象徵物。

　　擬人法是修辭法中的一種，在文學作品中經常被使用。日本的民間故事「蟹猴相爭」，是聰明的猴子騙了螃蟹也殺了螃蟹，而螃蟹的子子孫孫們為仇恨替祖先報仇的故事，以因果循環為主題。螃蟹的子孫團結起來，而其中也以擬人法塑造栗、蜂、牛糞、臼等登場人物。這些物體本身不具任何意義，是以合力幫忙螃蟹報仇的助手為角色而登場。

　　中島敦的短篇小說「山月記」也是一個例子。而清朝的說話集「唐人說薈」中的「人虎傳」，是對詩作成就的執著心，是變身成為失去人性和人形而變身為虎的故事。他放棄了作為人的權利，以擬人化來表現這隻變身的虎。

　　桑奇佛塔的卒婆塔內的四個門，以浮雕將本生經的內容刻於塔門之上。這樣的浮雕是運用文學的修辭法表現出技術的美，並且表

現出生動活潑的內容。

　　以上是第三章印度的佛教遺跡與修辭法的表現。將桑奇佛塔的卒婆塔及刻於塔門上之本生經的浮雕與擬人法之關係作個闡述，並說明將文學的修辭技法以雕刻方式表現出來的實際情況。下一章將同樣以廢墟為題材的雕刻和文學之間的共同點作論述。

四、雕刻與文學關於廢墟題材之共通性

　　現代雕刻包含著歷史性雕刻的理念及傳統技術，並且有最先端的技術和素材使其表現形式多樣化。以往使用自然素材來表現造型，至近代使用後開發出之不同素材，像不銹鋼、鋁等；運用風、海浪等自然的力量以及電動發電器發出的電力作出可活動的作品；磁力及氦氣瓦斯等的氣體被運用；使用光和電腦等創作的作品也陸續登場。近年除了繪畫與雕刻等形式概念之外，表演藝術及裝置藝術等表現型態也顯露頭角，作品的表現形式逐漸多樣化。這些和現代文學的處境是相同的。現代文學基於歷史理念與傳統的文脈的基礎上，並且以現今社會的種種問題和對象為題材，以各式各樣的表現形式描繪出現狀，這與現代藝術之多樣化形式背景有其相同性。

　　雕刻表現與繪畫表現、映像等平面性的光的作用，以及音樂、表演、裝置等稍縱即逝性質的表現形式有所不同，它是用素材將物體的存在感及空間感表現出來，可看出其在自然環境下所持有的耐久性。建築和雕刻一樣，以廢墟來說它是永存的。廢墟是在高度文明時期所興建，隨著全盛期的結束而荒廢，到最後被毀滅，而其街道及建築物崩壞到無人居住的的狀態稱之為廢墟。說到廢墟是因為

19 世紀後半浪漫主義在英國、德國流行起來，大家開始關心和收集有關古希臘及羅馬廢墟的資訊。當時的文人身體力行，置身於廢墟，得到許多文學上的靈感寫出許多有關廢墟題材生動的小說作品。

　　以文學的觀點來論述廢墟這個題材，雖有涉及到上述實體的廢墟，卻也提出腐敗社會及人類行為等層面。1972 年諾貝爾文學獎得獎的德國小說家亨利希‧伯爾，以對於在上位之權力者的諷刺，以及描繪腐敗的社會現狀，被稱為廢墟文學作家而聞名。從日本的谷川渥著作的「廢墟大全」及「廢墟的美學」可看出有以廢墟為題材寫作的作家。

　　關於繪畫表現，18 世紀末羅貝爾的作品「羅浮宮大廳廢墟想像圖」，與其說是暗示羅浮宮長廊的破滅，不如說是以浪漫主義的觀點來讚揚古希臘、羅馬偉大的文明。羅浮宮長廊也許幾千年後也會成為廢墟，而幾千年後的人們也像 18 世紀末的人一樣，看到古希臘、羅馬的廢墟有著同樣喜愛的心情，換言之這是作者再現內心期待的畫面。

　　以廢墟為題材的雕刻表現作品，和羅貝爾的理念許多有所吻合。以造型來說，像是柱子、壁面的破壞，或者是製作已風化的狀態；甚至刻意表現人類活動的文明產物經過長時間而呈現出的狀態，像是頭部和兩腕已斷去的樣子類似於軀幹雕像等的製作❺。這種浪漫主義的造型表現方式，是一種對以前文明的憧憬而產生的結

---

❺　軀幹雕像也有直接以軀幹表現出肢體動作、四肢或者頭部非自然斷裂的表現作品，與本文中之軀幹雕像作品的性質不同。

果，對於古文明尚未成為廢墟前繁榮景象的一種憧憬，而感懷生活充裕的人們，並感受社會的富裕且又虛幻。並且反批判近代個人主義的基本、秩序及倫理，追求自我尊重、想激起感性解放的表現，這不是只有文學及美術，而是無限制之藝術表現，以及表現出人類社會活動的重要意義。

結　論

本文是透過雕刻表現方式，探討美術和文學之間成立的相關性、什麼是表現樣式的轉換性、歷史的變遷和現狀，以及文學如何透過美術表現的方式加以具體化等。藝術表現是從作品的製作動機來加以分析，人類和自然如何互動並且示意人類社會的理想生存型態及生活目標。這不是單一的，而是經由各式各樣的表現並以各個不同的角度去傳達所有的可能性。本文雖沒有論及無關美術與文學表現的內容，像是用音響及人體動作表現音樂甚至舞蹈等型態表現的轉換性。然而其中關於音樂的轉換性，在這裡可以舉個實例。西方音樂用的五線譜是在五線上用音符記號來表現樂譜中的音樂，這樣的五線譜在用音樂記號表現的同時，與視覺性的美感相輔相成。從中可看出表現樣式的轉換性。

基督教在象徵「愛」之精神的莊嚴教會中掛上聖經畫像，並放置雕刻作品配上音樂，唱誦聖歌以及讀誦聖經。佛教在象徵「慈悲」之精神的莊嚴寺院中掛上佛像，放置佛像雕刻，在香的煙霧中

以木魚誦經❻。回教從象徵「神的依歸」之精神的清真寺上，在朝拜前以喚拜（adhan）號召各地信徒，在滿是阿拉伯藤蔓花紋的裝飾圖案之廣大空間中讀誦古蘭經。像這些的世界的宗教活動，用各種表現去傳達人類以信仰為目的的教義世界。

　　人類活動不只限於宗教，為了能拓展生存的目標，社會系統進行複雜之建構、執行、解體以至於再建構。因此，藉由語言與文字，以近代的技術用更多新的表現手法，以表面性來說進步了不少。而且，這樣的手法不管是政治、軍事、經濟等活動，可用於全人類之社會活動當中。以人類活動之藝術表現來而言，文學作品富有人類生存之永久價值性且能持續其精神，美術作品除了可證明人類歷史的存在，也能不斷記錄新的未來而留下永久的痕跡。然而，以人來說它的本質卻是永久不變的。

---

❻　宇野哲人：《中國思想》（東京：講談社，1980 年），頁 60。

漢唐之際海上歷險故事的宗教文化功能*

王　青

南京師範大學中文系教授

　　與陸地交通、農業生產相比，海洋環境、海上交通與漁業生產充滿了冒險與不確定性，能夠更多地遇上平凡農業生活所不常見的奇異經歷，因而也產生了許多具有傳奇色彩的故事，海上生活的經歷是中外傳奇產生的最豐厚的土壤之一。在西方小說中，早期的故事很多都是海外見聞與歷險，如世界上最早的小說之一，屬於埃及中王國時期的《遇難水手的故事》就是一位水手講述他早年在海上歷險的奇異經歷；在希臘小說中，類似情節也屢見不鮮，由此形成了西方早期的烏托邦（Utopia）❶小說和傳奇小說兩大系列。中國

---

*　本文為國家社科專案《海洋文化影響下的中國神話與小說》（06BZW018）的一部分。

❶　湯瑪斯·莫爾（St. Thomas More）虛構的國家。原詞來自兩個希臘語的詞根，「ou」是「沒有」，「topos」是「地方」，合在一起的意思就是「烏有之鄉」。通常用來比喻無法實現的理想或空想的美好社會。

是以內陸農業文化為主導的社會，中國的神異志怪小說大多數產生於內陸地區，海洋生活的故事不像希臘、南印度等瀕海地區那樣豐富；不過，中國畢竟有著漫長的海岸線，作為內陸農業文化的補充，海洋文化在中國文化中同樣佔有一定地位，並出現了許多海洋題材的神異志怪故事。此類故事不僅在小說母題類型中具有重要地位，對小說發展有著很大作用，同時也承載其他重要的文化功能。漁民、僧人、使者的海上歷險是當時接觸海外異質文化的直接途徑，他們的所見所聞是海外知識體系的重要組成部分；而佛道二教利用此類故事宣傳各自的宗教理念，這些故事在不同的宗教體系中具有各異的性質，其內容和主題呈現出完全不同的風貌。本文擬對漢唐之際海上歷險型故事的發展軌跡與文化功能作初步的探討。

一

　　早期的海上交通與漁業，所駕馭的船隻主要靠人力驅動，同時依靠風力與海流，因此，受氣候的影響極大，在很多時候，人們無法主動控制航線，也就不能每次都順利到達目的地，因此，在海上交通、出海捕撈過程中，常常會出現被迫的漂流現象。在漂流的過程中，很多人因此死亡、失蹤，一去不返；但也有人足夠幸運，能夠進入到以往從未經歷的社會單元與人文空間，並安全返回。這些倖存者的見聞往往成為海外知識體系的重要來源。在《山海經》、《淮南子》、《十洲記》、《神異經》等許多文獻中，有許多有關殊方異域、怪物奇事的記載，我們可以相信，在這些記載中，有一些是出自於漂流者的見聞之辭，當然，也附加上了很多想像，應該

說，這些殊方異聞乃是在不充分的事實基礎上通過想像對海外世界的重新構建。

東漢以後，出現了一種新的趨勢，海上漂流者或旅行者的冒險親歷開始進入正史，成為官方知識體系的一個重要組成部分。如東漢末年，國人對沃沮以東地區居民情況的片斷瞭解就出自於漁民漂流後的所見所聞。據《三國志》卷三〇《魏書‧東夷傳》載：

> 王頎別遣追討宮，盡其東界。問其耆老「海東復有人不」，耆老言國人嘗乘船捕魚，遭風見吹數十日，東得一島，上有人，言語不相曉，其俗常以七月取童女沈海。又言有一國亦在海中，純女無男。又說得一布衣，從海中浮出，其身如中（國）人衣，其兩袖長三丈。又得一破船，隨波出在海岸邊，有一人項中復有面，生得之，與語不相通，不食而死。其域皆在沃沮東大海中❷。

同樣，齊梁時期，對扶桑國及以東地區的知識也來自於僧人慧深和漁民的旅行、漂流經歷。據《南史》卷七九《夷貊下‧扶桑傳》載：

> 慧深又云：「扶桑東千餘里有女國，容貌端正，色甚潔白，身體有毛，髮長委地。至二三月競入水則任娠，六七月產

---

❷ 〔晉〕陳壽撰，〔劉宋〕裴松之注：《三國志》卷三〇（北京：中華書局 1959 年），頁 846。

子。女人胸前無乳,項後生毛,根白,毛中有汁以乳子。百日能行,三四年則成人矣。見人驚避,偏畏丈夫。食鹹草如禽獸。鹹草葉似邪蒿,而氣香味鹹。梁天監六年,有晉安人度海,為風所飄至一島,登岸,有人居止,女則如中國,而言語不可曉。男則人身而狗頭,其聲如吠。其食有小豆,其衣如布。築土為牆,其形圓,其戶如竇云。」❸

　　漁民、僧人、使者的海上歷險是當時接觸海外異質文化的最直接的途徑,他們的所見所聞構成了對海外萬千世界想像的事實基礎,由於這些故事的驚險性和傳奇性,除了成為古代海外知識體系的直接來源之外,也同樣在民間盛傳,成為漢唐志怪傳奇小說的重要故事類型。這一類型的故事尤其為宗教界人士所喜愛,而且不同的宗教對此類故事的改造與利用表現出不同的趨向。佛教徒利用此類故事宣揚因果報應、法術靈驗等宗教觀念,而道教徒則利用此類故事論證仙境實有,由此形成了海上漂流型故事的兩個系統。

二

　　在中土傳說中,很早就把海上遇難後轉危為安視之為平生積善所報,據《三國志》卷一一一《魏書·管寧傳》裴注引《傅子》記載,東漢末年,管寧避難遼東十九年之後回到山東:

---

❸　〔唐〕李延壽撰:《南史》卷七九(北京:中華書局,1976 年),頁 1976-1977。

寧之歸也，海中遇暴風，船皆沒，唯寧乘船自若。時夜風晦
冥，船人盡惑，莫知所泊。望見有火光，輒趣之，得島。島
無居人，又無火燼，行人咸異焉，以為神光之祐也。皇甫謐
曰：「積善之應也。」❹

　　在這些記載中，尚無佛教影響的痕跡，但這一類型故事在以後
的發展中，基本上演變為傳播信仰的宗教故事。事實上，除了漁民
之外，僧人是海上漂流故事的主要創作者與熱心傳播者。佛教傳入
中國，海上通道是主要的途徑之一。在原始的航海條件下，「長截
洪溟，似山之濤橫海；敘通巨壑，如雲之浪滔天。」❺僧人所遇到
的危難可想而知。所以，很多取海道出入的中外僧侶，都留下了海
上歷險的經歷。最著名的例子是東晉法顯的回歸。法顯從陸路進入
印度以後，於義熙七年（411）八月，坐上商人的大舶，循海東
歸。舶行不久，即遇暴風，船破水入。幸遇一島，補好漏處又前
行。在危難中漂流了一百多天，到達了耶婆提國❻。法顯在這裏住
了五個月，又轉乘另一條商船向廣州進發。不料行程中又遇大風，
船失方向，隨風飄流。船上糧水將盡之時，忽然到了岸邊。法顯上

❹　《三國志》，頁 358。管寧海上遇難故事在各種小說中均有記載，如《藝文
　　類聚》卷八引周景式《孝子傳》、《殷芸小說》卷五「魏世人」、《太平廣
　　記》卷一六一引《獨異志》等，情節有詳略之異，並互有出入。按《獨異
　　志》，乃管寧之柩歸葬時遇險，然管寧並非死於遼東，此說不可從。

❺　〔唐〕義淨著，王邦維校注：《大唐西域求法高僧傳》卷下（北京：中華書
　　局 1988 年），頁 152。

❻　在今印尼的蘇門答臘，一說在爪哇島。

岸詢問獵人，方知此地是青州長廣郡（山東即墨）的勞山，時為東晉義熙八年（412）七月十四日。法顯的經歷，乃是循海路而行的商人與僧侶的通常經歷，除了狂風巨浪以及其他惡劣氣象之外，海上航行還必須面對船舶漏水、斷水斷糧、迷失方向、遭遇海盜、疾病傷痛等一系列的危險。義淨在《大唐西域求法高僧傳》中記載了數十位由海路前往印度、南洋的僧人，大部分死於途中，像法顯、義淨這樣能夠全身而歸的完全稱得上是奇跡。也正是海上航行的危險性，使得海上脫險具有了傳奇色彩，令人記憶深刻，成為僧人津津樂道的話題。在這些故事中，有的是通過海上脫險宣傳高僧的神奇能力，如《高僧傳》卷二《佛馱跋陀羅傳》記載了佛陀跋陀羅經海路來到中土時所顯示的預知能力：

> 至交趾，乃附舶循海而行，經一島下，賢以手指山曰：「可止於此。」舶主曰：「客行惜日，調風難遇，不可停也。」行二百餘里，忽風轉吹，舶還向島下，眾人方悟其神，咸師事之，聽其進止。後遇便風，同侶皆發。賢曰：「不可動。」舶主乃止，既而有先發者，一時覆敗。後於闇夜之中，忽令眾舶俱發，無肯從者，賢自起收纜，一舶獨發，俄爾賊至，留者悉被抄害❼。

但更多的則是宣揚信仰所帶來的神異效果。《高僧傳》卷三

---

❼ 〔梁〕釋慧皎撰，湯用彤校注：《高僧傳》卷二（北京：中華書局 1992年），頁 70。

《求那跋陀羅傳》載求那跋陀羅前往師子國時遇到的危難：

> 跋陀前到師子諸國，皆傳送資供。既有緣東方，乃隨舶泛海。中途風止，淡水復竭，舉舶憂惶。跋陀曰：「可可同心並力念十方佛，稱觀世音，何往不感？」乃密誦咒經，懇到禮懺。俄而，信風暴至，密雲降雨，一舶蒙濟❽。

大致從唐麟德（664-665）年間之後，海上絲綢之路開始取代草原絲綢之路成為中西交往的主要通道，取海道來往於中印、南海之間的商人、僧人明顯增加，因此，海上歷險故事也開始不斷豐富。《宋高僧傳》卷一《譯經篇·不空傳》載不空於開元二十九年（741）十二月乘坐昆侖舶，離南海至訶陵（今爪哇）國界，「遇大黑風。眾商惶怖，各作本國法禳之，無驗……（不空）遂右手執五股菩提心杵，左手持《般若佛母經》夾，作法誦《大隨求》一遍，即時風偃海澄。又遇大鯨出水，噴浪若山，甚於前患。眾商甘心委命，空同前作法……逡巡，眾難俱息。既達師子國，王遣使迎之。」卷二《譯經篇·善無畏傳》載善無畏寄身商船，沿海路往遊諸國，「密修禪誦，口放白光。無風三日，舟行萬里。屬商人遇盜，危於並命。畏恤其徒侶，默諷真言，七俱胝尊全現身相，群盜果為他寇所殲。寇乃露罪歸依，指蹤夷險。」同卷《譯經篇·唐洛京智慧傳》載北天竺迦畢試國僧人釋智慧，泛海來中國傳播佛教，第一次已經接近廣州，卻為風浪所漂，結果抵達師子國（今斯里蘭

---

❽ 　《高僧傳》卷三，頁131。

卡）之東，遍歷南海各國。二十二年後，也就是在德宗建中（780-805）初年再次來到番禺，風濤遽作，舶破人沒，只有他獨自得存，所帶經籍不知去向。等到智慧脫險登岸，才發現他原藏於大竹筒內的經論已經漂在岸上。這些宗教傳說一方面顯示了海上航行的危難與艱險，但更多地表現出佛教信仰的靈驗與法術的神奇。

在此類宗教傳說中，宣傳觀世音信仰的數量最多，佔有極其重要的地位。這是因為觀世音信仰起源於南印度濱海地區，本是具有海上救護神品格的菩薩。在後來有關它的傳說中，有不少海上救護的故事。據《妙法蓮華經・觀世音菩薩普門品》記載，觀世音所救七難中，包括了「大水所漂」與「滿中怨賊」，其云：

> 若為大水所漂，稱其名號，即得淺處。若有百千萬億眾生，為求金、銀、琉璃、車磲、馬瑙、珊瑚、虎珀、真珠等寶，入於大海，假使黑風吹其船舫，飄墮羅剎鬼國，其中若有乃至一人，稱觀世音菩薩名者，是諸人等皆得解脫羅剎之難。以是因緣，名觀世音……若三千大千國土，滿中怨賊，有一商主，將諸商人，齎持重寶、經過險路，其中一人作是唱言：「諸善男子！勿得恐怖，汝等應當一心稱觀世音菩薩名號。是菩薩能以無畏施於眾生，汝等若稱名者，於此怨賊當得解脫。」眾商人聞，俱發聲言：「南無觀世音菩薩。」稱其名故，即得解脫❾。

---

❾　《大正藏》第 9 冊（臺北：新文豐出版公司影印本），頁 56c。

　　所以在法顯、求那跋陀羅海上遇難時，均稱念觀世音，而他們最後的安全抵達，則證明了觀音信仰的神奇效力。

　　隨著觀世音信仰在中土的興盛，水上遇難稱引觀世音獲救的故事在信徒中盛傳，如《辨正論》八引《宣驗記》即云：「俞文載鹽於南海，值黑風，默念觀音，風停浪靜，於是獲安。」有些信徒將記錄、傳播觀世音神驗故事當作是積累功德的大事，因此，劉宋以後，出現了好幾本《觀世音應驗記》，在這些著作中，記載的全都是稱念觀音而產生的種種奇跡，其中一個重要的類型就是水上救難。據傅亮《光世音應驗記》載：

> 始豐南溪中，流急岸峭，回曲如縈，又多大石。白日行者，
> 猶懷危懼。呂竦字茂高……自說其父嘗行溪中，去家十許
> 里，日向暮，天忽風雨，晦冥如柒，不復知東西。自分覆
> 溺，唯歸心光世音，且誦且念。須臾，有火光夾岸，如人捉
> 炬者，照見溪中了了，徑得歸家。火常在前導，去船十餘步
> ❿。

> 徐榮者，琅琊人。常至東陽，還經定山。舟人不貫，誤墮廻
> 復中，旋舞濤波之間，垂欲沉沒。榮無復計，唯至心呼光世
> 音。斯須間，如有數十人齊力掣船者，湧出復中，還得平
> 流，沿江還還下。日已向暮，天大陰暗。風雨甚駛，不知所

---

❿　董志翹譯注：《觀世音應驗記三種譯注》（南京：江蘇古籍出版社，2002年），頁19。

向，而濤浪轉盛。榮誦經不輟口。有頃，望見山頭有火光赫然，回舵趣之，徑得還浦，舉船安穩。既至，亦不復見光。同旅異之，疑非人火。明旦，問浦中人：「昨夜山上是何火光？」眾皆愕然曰：「昨風雨如此，豈有火理？吾等並不見。」然後了其為神光矣❶。

在張演《續光世音應驗記》有平原人韓當中流舟溺，稱光世音而獲救濟之事蹟。在陸杲《系觀世音應驗記》中，類似故事則有海鹽人、劉澄母、釋道冏、伏萬壽、竺法純、梁聲、欒苟、釋道明等多條，情節大同小異。除此之外，《冥祥記》中載有竺慧慶故事❷，《卓異記》則有「成珪」條❸，所記載的都是長江遇險後，稱名觀世音而轉危為安的事蹟。有趣的是，在印度傳說中，觀世音是海上救難為主，就在《系觀世音應驗記》中，一個來自於外國的故事就是海上遇惡鬼故事：

外國有百餘人，從師子國泛海向扶南。忽遇惡鬼，便欲盡殺一舶人。諸人獨怖，共稱觀世音。中有一小乘沙門不信觀世音，獨不肯稱，惡鬼便索此沙門。沙門狼狽學人稱名，遂俱得免❹。

---

❶ 同註❾，頁 21-22。

❷ 《法苑珠林》卷六五《流水部‧感應緣》引。

❸ 《太平廣記》卷一一一引，明抄本作出《廣異記》。

❹ 同註❷，第 80 頁。

　　但在中土故事中，無一例外地變成了在江湖中遇難。這說明，海上交通與漁業生產在中土的地位遠沒有南印度那樣重要，所以海洋背景均演變成了內陸環境。

　　相對於這些觀音靈驗事蹟，有些宣傳僧人神通的故事則更有傳奇色彩，因而具有更強的文學性。如《高僧傳》卷一○《杯度傳》所載朱靈期事蹟就充滿了奇幻色彩：

> 時吳郡民朱靈期使高驪還❶，值風舶飄，經九日至一洲邊。洲上有山，山甚高大。入山采薪，見有人路，靈期乃將數人隨路告乞。行十餘里，聞磬聲香煙，於是共稱佛禮拜。須臾，見一寺甚光麗，多是七寶莊嚴，見有十餘僧，皆是石人，不動不搖，乃共禮拜。還反，行步少許，聞唱導聲。還往更看，猶是石人……更往，乃見真人，為期等設食。食味是菜，而香美不同世。食竟，共叩頭禮拜，乞速還至鄉。有一僧云：「此間去都乃二十餘萬里，但令至心，不憂不速也。」因問期云：「識杯度道人不？」答言：「甚識。」因指北壁，有一囊掛錫杖及缽云：「此是杯度許，今因君以缽與之。」並作書著函中。別有一青竹杖，語言：「但擲此杖置舫前水中，閉船靜坐，不假勞力，必令速至。」於是辭別……唯聞舫從山頂樹木上過，都不見水。經三日，至石頭

❶　釋道宣撰《神州三寶感通錄》卷下、《法苑珠林》卷三九「感應緣」引《高僧傳》均作「朱齡石」。

淮而住，亦不復見竹杖所在❶。

而被稱之為「海東華嚴初祖」的新羅國僧人朴義湘的事蹟也充滿了奇幻色彩。義湘以總章二年（669）附商船達登州岸：

> 有少女麗服靚妝，名曰善妙，巧媚誨之。湘之心石不可轉也。女調不見答，頓發道心於前……便慕商船，遽巡解纜。其女善妙預為湘辦集法服並諸什器，可盈篋笥，運臨海岸。湘船已遠，其女咒之曰：「我本實心供養法師，願是衣篋跳入前船！」言訖，投篋於駭浪。有頃，疾風吹之若鴻毛耳，遙望徑跳入船矣。其女復誓之：「我願是身化為大龍，扶翼舳艫，到國傳法。」於是攘袂投身於海，將知願力難屈，至誠感神，果然伸形天矯或躍，蜿蜒其舟底，宵達於彼岸❷。

在上述兩個傳說中，一個是幻想通過竹杖騎行飛越海洋，另一個則是想像信女化身大龍護航，使海船安全順利抵達，均反映出僧人遠道傳教過程中海行的艱難險阻，以及人們試圖通過法術和信仰克服這些險阻的強烈願望。

---

❶　《高僧傳》卷一〇，頁 382-383。

❷　〔宋〕贊寧撰，范祥雍點校：《宋高僧傳》卷四（北京：中華書局，1987年），頁 75-76。

三

　　與佛教徒利用海上歷險來宣傳因果報應與法術靈驗不同，道教徒有意識地利用海上漂流這一模式來描繪神仙境界，通過仙境實有來證明昇仙得道之可能。由於異人的引領或者一個偶然的機會，通過一段艱險通道（或洞穴、或橋樑、或溪流或高山）得以進入洞天或壺天仙境，乃是中國神奇小說中的常見主題。到了唐朝，這個偶然的機會可以是風暴或其他險象，而艱險通道則演變成海上漂流，海上漂流由此成為通往仙境之路，這樣中土海上漂流故事開始與仙境想像密切聯繫，形成了一系列的海上烏托邦小說。此一類型故事的最早淵源，可以追溯到張華《博物志》，即著名的乘槎泛海傳說，其云：

　　舊說云天河與海通，近世有人居海渚者，年年八月有浮槎去來，不失期。人有奇志，立飛閣於查上，多齎糧，乘槎而去。十餘日中猶觀星月日辰，自後茫茫忽忽亦不覺晝夜。去十餘日，奄至一處，有城郭狀，屋舍甚嚴，遙望宮中多織婦，見一丈夫牽牛渚次飲之，牽牛人乃驚問曰：「何由至此？」此人具說來意，並問此是何處？答曰：「君還至蜀郡訪嚴君平則知之。」竟不上岸，因還如期。後至蜀，問君平，曰：「某年月日有客星犯牽牛宿。」計年月，正是此人

到天河時也❶❽。

很明顯，這是一個出自於瀕海地區的神異故事，瀕海地區水天相接的自然景觀會形成海與天通的想像，乘槎泛海也是海濱地區居民的常見行為，揭開此一故事的神幻面紗，實際上就是一個海上歷險故事。在十六國時期王嘉所作的《拾遺記》中，記述雖然有了相當大的改變，但瀕海特點卻依然保持，其載：

> 堯登位三十年，有巨查浮於西海。查上有光，夜明晝滅。海人望其光，乍大乍小，若星月之出入矣。查常浮繞四海，十二年一周天，周而復始，名曰貫月查，亦謂掛星查。羽人棲息其上，群仙含露以漱，日月之光則如暝矣。虞、夏之季，不復記其出沒。遊海之人，猶傳其神偉也❶❾。

在這一記載中，一個海上歷險故事演變為純粹的天國仙鄉的想像，只是將所泛之海具體化為西海。也正是由於這一具化，使得後世由海洋傳奇朝著大河傳奇演變。此一類型的故事在唐朝時開始迅速增多，如《太平廣記》卷一八引《杜陽編》載元藏幾故事：隋煬帝時，元藏幾擔任奉信郎，於大業九年（613）為過海使判官。在一次航行中，風浪壞船，同行者均遇難，惟有元藏幾為破木所載，

---

❶❽ 〔晉〕張華撰，范寧校證：《博物志校證》卷一〇（北京：中華書局，1980年），頁 111。

❶❾ 〔晉〕王嘉撰，〔梁〕蕭綺錄，齊治平校注：《拾遺記》卷一（北京：中華書局，1981 年），頁 23。

漂流半月後，忽達於洲島間：

> 洲人問其從來，則瞽然具以事告。洲人曰：「此滄洲，去中
> 國已數萬里。」乃出菖蒲花桃花酒飲之，而神氣清爽。其洲
> 方千里，花木常如二月，地土宜五穀，人多不死，出鳳凰、
> 孔雀、靈牛、神馬之屬；更產分蒂瓜，長二尺，其色如椹，
> 二顆二蒂；有碧棗丹栗，皆大如梨。其洲人多衣縫掖衣，戴
> 遠遊冠，與之話中國事，則歷歷如在目前。所居或金闕銀
> 台，玉樓紫閣，奏簫韶之樂，飲香露之醑。洲上有久視之
> 山，山下出澄水泉，其泉闊一百步，亦謂之流渠，雖投之金
> 石，終不沉沒，故洲人以瓦鐵為船舫。更有金池，方十數
> 里，水石泥沙，皆如金色，其中有四足魚……又有金蓮花，
> 洲人研之如泥，以間彩繪，光輝煥爛，與真無異，但不能拒
> 火而已。更有金莖花，如蝶，每微風至，則搖盪如飛，婦人
> 競采之以為首飾，且有語曰：「不戴金莖花，不得在仙
> 家。」更以強木造船，其上多飾珠玉，以為遊戲。強木，不
> 沉木也，方一尺，重八百斤，巨石縋之，終不沒。藏幾淹留
> 既久，忽念中國，洲人遂制凌風舸以送焉。激水如箭，不旬
> 即達於東萊。問其國，乃皇唐也；詢其年號，即貞元也。訪
> 其鄉里，榛蕪也；追其子孫，疏屬也❷。

---

❷ 〔宋〕李昉等編：《太平廣記》卷一八（北京：中華書局，1961 年），頁
124。

可以看出，此一類型的故事往往是早期殊方異域傳說的一種變異形式，即以主人公親歷的方式敘述異域環境與風俗。此一故事的情節框架與山洞遇仙類故事完全一致，通過一偶然的機會進入仙境，然後以「洞中方一日，世上已千年」相對性時間系統來營構仙境的奇幻效果㉑，只不過「洞中」改變為「島上」而已。其中的仙境想像顯然是以蓬萊系統神話中有關殊方異物的描寫作為想像的資源，洲島居住者為中土遺民這一情節則顯示出陶淵明的《桃花源記》與徐福傳說產生的影響。類似這樣的漂泊型仙道故事並不少見，如《太平廣記》卷二一引《續仙傳》中的「司馬承禎」條、卷二五引《傳奇》的「元柳二公」條、卷三九引《廣異記》中的「慈心仙人」條、卷四六引《逸史》中的「白樂天」條、《北夢瑣言》卷一三「張建章泛海遇仙」條等等㉒，雖然側重點有所不同，但都是在出海漂流這一由頭下引出基本故事情節，並配合於傳統仙道小說的會見仙真情節，所以，可以視之為同一類型。

在這一類型故事中，對於海外世界的想像並不局限於洲島仙境，同樣也有海上漂泊而進入海底水府的情節。《太平廣記》卷四六引《博異志》中的「白幽求」故事記載了白幽求因海上漂泊，偶然進入水府，為海神通使之事。唐貞元十一年（795），秀才白幽

㉑ 參見拙作《西域文化影響下的中古小說》（北京：中國社會科學出版社，2006年），頁 152-156。

㉒ 張建章曾任幽州盧龍節度押奚、契丹兩蕃副史，攝薊州刺史、正議大夫兼御史大夫等職。唐文宗太和七年（833）奉命出使渤海國，回國後著有《渤海國記》三卷，《新唐書·渤海傳》的內容有很多取自於此書。海上遇仙傳奇當是出自於他出使渤海的經歷。

求隨從新羅王子過海，在大謝公島遭風後隨流漂泊，南馳二日二夜，不知幾千萬里：

> 風稍定，徐行，見有山林，乃整棹望之。及前到，山高萬仞，南面半腹，有城壁，台閣門宇甚壯麗。維舟而昇，至城一二里，皆龍虎列坐於道兩邊，見幽求，乃耽耽而視幽求。幽求進路甚恐懼……俄有朱衣人自城門而出，傳敕曰：「西嶽真君來遊。」……門中數十人出，龍虎奔走，人皆乘之下山。幽求亦隨之，至維舟處，諸騎龍虎人皆履海面而行，須臾沒於遠碧中……忽見從西旗節隊伍，僅千人；鸞鶴青鳥，飛引于路；騎龍控虎，乘龜乘魚。有乘朱鬣馬人，衣紫雲日月衣，上張翠蓋，如風而至……食頃，朱衣人持一牒出，謂龍虎曰：「使水府真君。」龍虎未前，朱衣人乃顧幽求授牒，幽求未知所適。朱衣曰：「使水府。」以手指之，幽求隨指，而身如乘風，下山入海底。雖入水而不知為水，朦朧如日中行。亦有樹木花卉，觸之珊珊然有聲。須臾至一城，宮室甚偉，門人驚顧，俯伏于路。俄而有數十人，皆龍頭鱗身，執旗仗，引幽求入水府。真君于殿下北面授符牒，拜起，乃出門，已有龍虎騎從，儼然遂行，瞬息到舊所。幽求至門，又不敢入。雖未食，亦不覺餒。少頃，有覓水府使者，幽求應唯而入，殿前拜，引於西廊下，接諸使下坐，飯食非人間之味……須臾，童兒玉女三十餘人，或坐空虛，或行海面，笙簫眾樂，更唱迭和……諸真君亦各下山，並自有龍虎鸞鳳，朱鬣馬龜魚，幡節羽旄等。每真君有千餘人，履

海面而行❷。

此篇小說文詞華麗，並附之多段仙真們的詩歌唱和，具有較高的文學價值。不過，更值得珍視的價值在於對水府世界的想像與描寫。在唐以前的早期文獻中，中土對水底世界的想像集中在河伯和其他一些河神神話與傳說中，相關的類型故事主要有河伯娶婦、為河神傳信等等，唐朝以後在西域傳說、佛教故事影響的基礎上出現了柳毅傳書、煮海索寶等新的類型故事❷，但在這些類型故事中，對海底世界的想像大多比較簡略。《博異志》的「白幽求」故事是較早詳述海底水府環境與仙真生活的小說，從它的描寫中我們可以看到，對海底世界的想像秉承了中土對彼岸世界想像的一貫傳統，其中的晉見禮儀與仙真排場顯然是人間官府的折射，在這一點上，海底世界與地下冥府完全一致。此小說同時吸收了六朝志怪中為河伯傳書的情節框架，而對仙真生活的描寫則取材於此前眾多仙真傳記中的相關內容。小說中仙人之間的詩歌唱和並非是情節本身所必須。中唐貞元以後，傳奇小說往往作為行卷使用，需要全面體現作者的史才、詩筆與議論，所以，小說中眾多的詩歌乃是作者炫耀詩才的工具。總之，此篇小說的想像尚未受到外來文化的影響，基本上綜合了中土對於水域世界和仙真生活的傳統想像，並通過繁文麗詞加以進一步的美化與渲染，從而造成華美、神異的效果。

海上漂泊所遇到的不僅僅是神仙境界，同樣也會遭遇鬼國、羅

❷　《太平廣記》卷四六，頁 285-287。
❷　《西域文化影響下的中古小說》，頁 216-239。

刹、大人國、女人國、狗國等或奇特或恐怖的各種經歷❷，類似故事一方面反映了此一時期對海外世界的基本認知，另一方面也受到了佛教相關傳說的影響，我們擬專文論述，在此就不詳細討論了。

綜上所述，海上歷險故事既海外知識的主要來源之一，更是神奇小說和宗教故事中的重要類型。它在不同的宗教體系中呈現出不同的面貌；佛教徒利用此類故事宣揚因果報應、法術靈驗；而道教徒則利用此類故事論證神仙可求、仙境實有。海上歷險這一情節框架與中土殊方異域的傳聞一起，構成了海上烏托邦故事，成為新的時代條件下的彼岸想像，對後世小說的主題內容產生重大影響。

---

❷ 見《太平廣記》卷三一四引《稽神錄》「朱廷禹」條、卷三五三引《稽神錄》「青州客」條、卷四五七引《廣異記》「張騎士」條、卷四六六引《紀聞》「新羅」條、卷四八三《嶺表錄異》「狗國」條等等。

重估王鐸在中國書法史上的
意義與價值

馬銘浩

淡江大學中文系副教授

一、前言

　　晚明書壇籠罩在董其昌所帶領的書法氛圍中，其末流競尚柔媚
書風，呈現出缺乏書家意志的臺閣書風。雖有徐渭倡導思想改革於
前，黃道周、倪元璐、王鐸等人以激切的創作實踐於後，然而卻因
為明代的覆亡，黃道周、倪元璐相繼殉國，終未能在書法史上產生
強而有力的改革。其中王鐸從明入清為二臣，官拜禮部尚書，追太
子太傅，是最有可能將晚明書法改革思潮帶入有清一代，並積極影
響清代書法發展的關鍵性人物，可是觀諸於眾多書法史的論述，明
末清初大多在其董其昌之後就直接跨越到清初碑刻之學的興盛，鮮
少論及朝代交替時書風轉換的因由。若有介紹書家則也是簡介其書
風的概況，不僅抹煞明末書壇曾表現出的反思創作，更無法對書法

史的建構做縱向的研析。王鐸之所以被忽視或許和其降清不被傳統論述接受有關，但更重要的是書法史研究者對明末清初書風轉換的漠視。因此，本文試著從王鐸入手，透過其詩、文、書法討論其書法創作的中心思想，再進一步將王鐸放在書法史上衡論其傳承和影響的可能性。

二、晚明書家對董其昌書風的反動

　　董其昌的書法成就及其影響歷來已有多人論述，其「少好書畫，臨摹真跡，至忘寢食，中年悟入微際，遂自名家。行楷之妙，跨絕一代」❶，是晚明一代書法宗師，完全宰制著當時的書法潮流，甚至到了清代的康熙、雍正、乾隆三代的百餘年間也都風靡一時，無人可望其項背，幾乎已經達到了獨尊的地步。也因為所學者眾，末流沒有董其昌的書學功力，只一味學其形體，遂淪為庸俗的媚體，往上反省之後，有人認為董其昌雖得書法天下之善，有其一定的成就和貢獻，但卻是存在著「軟媚無骨」的問題。姑不論董其昌書法風格與評價問題，然其所帶出明人「尚態」❷的發展面向是不爭的事實。這樣的書法創作以強化怡情養性的修身為基礎，再以姿媚俊逸的書風，營造出平淡天真的旨趣，目的在傳達文人閒逸淡雅的生活情趣❸，與明代浪漫主義和文人旨趣盛行的時代氛圍相呼

---

❶　《松江志》卷 54〈古今人傳〉6。

❷　語出清·梁巘《評書帖》。

❸　有關董其昌創作論的相關論述，酌參拙著〈莊子的藝術精神與董其昌禪筆之比較〉，《中華文化學報》創刊號。

應。但也就在這樣的時代氛圍下，大明王朝的覆亡讓所有文人幾乎束手無策，動亂的社會，將傾的社稷有識之文人重新反省根本的文化問題，表現在書法上更是出現了脫離既有美感潮流的作品，進一步以反潮流的書風來表達自我的想法，和對流行美感的不同思考。其中黃道周的生拗橫肆、倪元璐的凝澀激越、王鐸的雄暢奇異都是具有典範作用的新書風。

黃道周、倪元璐與王鐸三人在晚明素有三狂人之稱，以其年輕激越的生命，挑戰當時的風潮，雖面臨亡國之危機，卻也因此展現出他們獨特而不合時流的書法美感。其中黃道周的書法取法於鍾繇，由蘇東坡等宋代名家為取徑之資，並上溯篆、隸之法，呈現出以樸拙為基本美感的書法美學特徵，其以樸拙沉厚的為基石，搭配以行氣錯落的變化，使得行書作品表現出剛猛挺直卻又靈動巧妙的意境；其悠游於正、奇之間，富涵線條變化的內蘊，尤其大字行草，更加氣勢磅礴。結體形式迥然不同於董其昌及松江派的四平八穩，其字勢慣往右上方仰側，重心偏下，採扁平型態表現，隱然跨越元、明以來所建構的書法基本美感，上法魏晉鍾繇的樸實厚重，再變化以流暢奔放的筆勢。而其書法線條在渾厚與滯澀之間交錯，更是帶出了晚明書法美學新的美感思維。另一大家倪元璐則是取資於宋代名家之法，尤其特別著重於蘇東坡、米芾二人，取勢仍慣於向右上方傾側，點、線之間常具有強烈的粗細變化。或是肥厚，或是輕捷，用迅速變化的輕重線條，突顯出極端的視覺效果，但其肥厚中聚墨處卻不落於板滯；輕捷中提筆處卻不落於浮滑，使得二者在行氣變化中得到錯落的統一。節奏密時處緊致而有張力，充滿了絕對的力感。行間空白處疏拓而空靈，襯現出線條實體的厚度。這

樣的書法作品與董氏末流相比，實充滿了強烈的藝術感染力，也更表現出書家激越高亢的生命力。其它諸如陳洪綬，以瘦勁的點畫、疏散的結體、修長的字型等，違反當時書法潮流的美感思維，卻又奇特而自然的書法作品，相當程度的都是對晚明書法美學風尚的反動。這一些書家不滿足於甜美而穩重的書法風尚，要求以作家性情為跟砥，寫出具有書家各人特色的文人書法，以矯正千篇一律討好時尚的公式化作品，已是對晚明董其昌所引導而來的書風的反動。只是時值明朝覆亡之際，黃道周、倪元璐分別在 60 歲和 52 時相繼殉國，他們所主張並力行，以書家個人生命美感為特質的浪漫主義文人書風，並沒有得到當時太大的回應，在書法史上也無法產生時代性美感思維的具體改變和積極的作用，所以當書法史研究者論及晚明書法時，粗觀者在南董（董其昌）北米（米萬鍾）之後就跳到有清一代，並論說北碑南帖❹的現象；細觀者也只是將上述諸家的書法提出說明，以昭告晚明曾經有過這些書家存在。

　　和黃道周、倪元璐相較之下，王鐸是最有可能將晚明這些浪漫主義文人書風帶往清朝，並鼓吹成為新一代書風的關鍵性人物，因為王鐸並未隨著明亡而殉國，相反的，其與錢謙益因在南明朝開城降清，相繼在清朝任官，成為由明入清的重要書家，當然也就有可能影響到清初書法藝術的風潮。但也因其降清為「貳臣」，故不見容於傳統價值體系，先不論其書法成就為何，在中國傳統書論中對貳臣、叛國的行為者，其書藝成就都不容易得到正面的肯定，趙孟頫如是，王鐸也是一樣，所以書法史上對王鐸的論述更是鳳毛麟角

❹　　清·阮元所提出。

了。相對的，書論上以「顏魯公有忠義之氣」❺、柳公權筆正管直則人正心直為論述的正面態度，也適度的強化了中國傳統書論對書法作品和文人品格一致性的要求。只是書法史的研究並不能只囿於書論的既定臧否，或許我們應該試著回到歷史的原點，重新釐清書家在歷史洪流中所扮演的角色，比較能闊清書法發展的脈絡。

三、王鐸的書學特色

王鐸早年與黃道周、倪元璐並稱為「三狂生」，明・天啟二年（1622）考中進士，當時明朝內政混亂，閹黨與東林黨爭勢同水火，王鐸屢次上奏廢禁東廠，認為「國賊不可再加，太監不可典兵，富民不可借貸，淑女不可送，東廠宜罷，地糧宜觸」❻。至崇禎即位，王鐸亦竭力於朝政，但本來充滿熱情與希望的熱血，非但沒能救回大明王朝，還讓自己身陷黨爭之中，讓自己的壯志情懷，陷於無奈和心寒絕境，他曾在崇禎四年（1631），四十歲時自寫詩道：

> 頗覺寒為烈，疏燈夜氣殘。讀書空自苦，把劍向誰彈。涕泗憐身遠，功名歎菊園，開門問病僕，星色暗長安。❼

---

❺　見董其昌：〈畫禪室隨筆〉。
❻　王鐸：《擬山園文集》。
❼　王鐸：《擬山園選集》，〈寒〉。

崇禎十一年（1638）清軍攻到北京城下，京師戒嚴五十餘日，王鐸兩個女兒也病死，其思想遂轉向為消極，並上書乞歸。這一年河南大旱盜賊蜂起，百姓流離顛沛，慘不忍睹，王鐸寫下了如〈紀庚辰辛巳〉、〈庚辰大饑津人食子〉❽等風格類似杜甫三吏三別的詩作，〈近緒〉一詩則出「宦情增感慨，吾道半蹉跎，弟妹分離久，江山戰伐多」，對自己的生平多有感慨。隔年其再返北京述職，然終不敵黨爭，一年後又被調到南京冷凍。及崇禎自縊於煤山，福王朱由菘即帝位於南京，建立南明小朝廷，王鐸因曾崇禎十四年（1641）時李自成攻佔洛陽，福王出逃到河南，得到王鐸兄弟保護而有恩於福王，所以王鐸尚未抵南京，就被封為禮部尚書、東閣大學士，旋又升為少保、少傅。但南明朝廷仍是腐敗昏聵，馬士英、阮大鋮等人專權，排斥史可法、王鐸等人，弘光二年（1645）5月清軍進逼南京城，福王及馬阮等人倉皇出逃，王鐸亦無力回天，遂與趙之龍、錢謙益等人開城門投降清軍。滿清入關便極力拉攏漢族知識份子，王鐸也因而被送往北京，任為禮部尚書，掌弘文院，後又任太宗實錄副總裁，加太子少保。從以上可知：王鐸早年就向大部分的儒家知識份子一樣胸懷大志，力圖報效家國，以濟天下之將傾，但卻是蹉跎歲月讓人心寒❾，被迫選擇投降異族為官，而縱酒荒淫，聊以度日的生活。

　　王鐸早年與黃道周、倪元璐同舉進士後，就在翰苑館相約共同

---

❽　王鐸：《擬山園選集》。

❾　王鐸：〈今日〉一詩道：「今日又云暮，此生能幾何，詩情病後健，勳業夢中多。」

深研書法，以書法作為終生的志業。王鐸「自定字課，一日臨帖，一日應請索，以此相間，終身不易」❿自述「予於書、於詩、於文、於字沉心驅智，割情斷慾，直思致彼堂奧，恨古人不見我，故飲食夢寐以之。」又云「予此道將五十年，輒強項不肯屈服」⓫。可知王鐸對書法的重視與契而不捨的態度，已經將書法做為他終身奮鬥的目標，而不是單純的求情緒的發洩，更不是如明人怡情玩賞所用。綜觀王鐸書法作品，雖兼備各體，但卻是以行、草書為主。清·張庚的《國朝畫徵錄》說道：「鐸工書法，有擬山園石刻，諸體悉備。」然所存留作品中純粹的篆、隸書並不多見，絕大部分都是以行、草書的方式呈現。他的書法主要由臨古和法帖兩條道路入手，尤其得力於《淳化閣帖》處最多，其它如〈大觀帖〉、〈寶晉齋帖〉、〈太清樓帖〉等也都見得到王鐸著力之處。王鐸曾自己說道：

> 予從事此道（書法）數十年，皆本古人不敢妄為，故書古帖如登霍華，自覺力有不逮。⓬

又說：

> 擬（古）者正為世多不肯學古，轉相詬語耳，不以規矩，何

---

❿　馬宗霍：《書林紀事》卷二。

⓫　同註❽。

⓬　同註❽。

以方圓。❸

學古當然是王鐸書學的最基本概念，而著力於《淳化閣帖》則繼承了宋代以來的傳統書風。據王鐸自己的說法其自幼學書，入門的範本是帖學重要的典範唐·懷仁的集字〈王羲之聖教序〉他提到「聖教之斷者，余年十五，鑽精習之」❹，而王鐸現有大量墨跡傳世，現存資料中的確有相當部分就是臨寫集王字的〈聖教序〉，而王鐸現存最早的墨跡，也是他在明·天啟五年（1625）34 歲時所摹寫的〈為景圭先生臨聖教序策〉。甚至在〈跋聖教序四則〉中提到了對此一法帖書寫及審美時的快感，他說：

> 每煩疲一披矖，輒有清氣拂人，似遊海外奇山，風恬浪靜，
> 天光水像，空蕩無岸。

王鐸以〈集字聖教序〉為基石，向上追摹王羲之的其它作品如〈蘭亭集序〉、〈十七帖〉等，也都有相當不錯的成果。如前述《淳化閣帖》自宋到晚明一直是學書者的範本，但多數晚明書家臨寫都偏失於柔弱，未見古帖風韻，王鐸臨寫《淳化閣帖》則直取其中的東晉風韻，尤其是二王的遺風。他在〈臨淳化閣帖并畫山水卷〉裡說：「予書獨宗羲、獻，即唐、宋諸家皆發源羲、獻」。同時在評論歷代書家時也都是以二王為典範。如：

---

❸ 王鐸：〈臨閣帖并畫山水卷〉。
❹ 王鐸：〈跋聖教序〉。

> 米芾書本義、獻，縱橫飄忽，飛仙哉！深得蘭亭法，不規規摹擬，予為焚香臥其下❶。

> （趙孟頫作）此卷審觀數日，驚飛蛟舞，得二王神機者，……信是至寶❶。

二王書法自唐代以來，本來就有其無法取代的典範價值，所建構而來的帖學概念也主導了書壇的發展。只是元、明以來所學者多將其寫成纖秀柔媚之態，無法表現二王的東晉風韻，是以王鐸所謂的學古，則是以二王為主軸，延伸而下的書學傳統。其對二王的推崇亦是無與倫比。他在臨寫《淳化閣帖》時說：

> 予書獨宗羲、獻，即唐、宋諸家皆發緣於羲、獻，人自不察耳。動曰某學米、某學蔡，又溯而上之曰某虞、某柳、某歐。予此道將五十年，輒強項不肯屈服。❶

可知在書學的系統中，王鐸所主張的是直接回歸帖學最高典範的二王，因為其中或許曾出現過一些書法有所成的書家，但王鐸認為一切還都是源出於二王典範，無法超越或取代二王的價值。因此守古法是絕對重要的觀念，其更進一步說道：

---

❶　王鐸：〈題吳江舟中詩〉。
❶　王鐸：〈跋趙孟頫洛神賦〉。
❶　王鐸：〈臨淳化閣帖跋〉。

> 予書何足重，但從事此道數十年，皆本古人，不敢妄為。故
> 書古帖，瞻彼在前，忽焉在後，瞠乎自惕。⓳

又，

> 吾學書之四十年，頗有所從來，必有深於愛吾書者。不知者
> 則謂為高閑、張旭、懷素野道，吾不服，不服，不服。⓴

雖然在書法發展的過程中東晉到晚明，中間跨越了唐、宋、元千年
左右，其中亦有多位有所成的書家，但王鐸不尋脈流而上，卻直取
二王為學習對象，當有其在帖學洪流中，對當時書學環境的回應。
當然，每位書家所認知的古法自有可討論之處，王鐸學習二王古法
捨其姿媚之態，而取其雄強之勁，追求筆力的渾厚和結體的奧奇，
他說道：

> 書法貴得古人結構，近觀學書者，動效時流，古難今易，古
> 深奧奇變，今嫩弱俗稚，易學故也，嗚呼！㉑

古今相比，王鐸在宗法兩晉書風時，所醉心的是雄強勁道、深奧奇
變一路的審美感受，而非妍美型態的美感。只是他在學二王的過程

⓳　王鐸：〈琅華館學古帖跋〉。
⓴　王鐸：〈跋杜詩長卷〉。
㉑　王鐸：〈臨古法帖卷·後跋〉。

中，必也無法迴避唐、宋諸家的成就。中年後王鐸改變了「如燈取影，不失毫法」的臨古帖之法，也不完全以二王為唯一的習字軌範，甚至提出了「學書不參通古碑，書法終不古，為俗筆多也」❷的說法。這裡所說的古碑應是指唐碑，因為和法帖的翻刻相比較，唐碑又更接近二王的時代與原跡，臨習者更能掌握古法之妙。這裡王鐸也體悟了習古人之法，也不可完全漠視近代名家的看法，其中，他對於宋代米芾不僅多有讚揚，還從對其臨習中讓自我的書法有另一風貌的表現。他認為米芾的好在於能學得二王的精神，是「如飛仙御風，得〈蘭亭〉、〈聖教〉遺意，邁宋一代」❷。所以讓王鐸深入其中而得其神髓，並逐漸擺落了只有二王的唯一習書之道。他說：

> 予經見內府米真跡書約千餘字，灑落自得，解脫二王，莊周夢中，不知孰是真蝶，覬之令人醉心於此。❷

又，

> （米芾）矯矯沉雄，變化於獻之、柳、虞，自為伸縮，觀之不忍去。❷

---

❷　同註❽。
❷　王鐸：〈跋米元章告夢帖〉。
❷　同上註。
❷　王鐸：〈題米芾天馬賦〉。

又，

> 米芾書本義、獻，縱橫飄忽，飛仙哉！深得蘭亭法，不規規
> 摹擬，予為焚香臥其下。㉕

所謂的「解脫二王」、「自為伸縮」、「不規規摹擬」都是對米芾從二王入手而變化二王之法，而自成一家的肯定。王鐸中年之後從米芾處悟得習古而不泥古的真諦，實踐在自己的書作上，使的其書法成就與日俱進。清・梁巘認為「王鐸書得執筆法，學米南宮，蒼老勁健，全以力勝」㉖。

縱觀王鐸書藝由二王入，由米芾出而自成一家；以臨古帖為基石，以沉渾老健為風格。和晚明董其昌松江一派的雍正平穩、千人一字的美感自不相同，也使所謂帖學的發展有另一種思考的可能性。

四、學古與創新的折衝

學古是學書的基礎，創新則是自成一家必然的道路。王鐸在傳統帖學的基礎上致力於二王，在從宋代米芾處尋得翻新的契機，終而卓然成家。傳統書學論及書法在各朝代的發展面向時，喜歡用

㉕　同註⓯。

㉖　同註❷。

「晉尚韻，唐尚法，宋尚意，元明尚態」❷的說法，其中各有不同的論述，卻也無法將書史各家的精髓攏括其中。晚明黃道周的生硬橫出、倪元璐的凝澀激越、王鐸的雄暢奇異等都自成一家而不在俗流之中。王鐸從二王入，繼承二王以行、草書為主要表現的方式，其早期「行書有精緊穩健一路的純行書面貌，也有縱於行而斂於草的行、草書風，純行書常用於書寫尺牘信札、詩文卷冊，主要受《集王聖教序》的影響，用筆穩重沉著，點畫瘦勁勻稱，結字工整緊密，體勢俊巧古雅，在保持二王瀟灑結體的同時，也略帶渾厚凝重的面貌。」❷待後期融入米芾筆法之後，其立軸作品又較為大器，「行筆較為迅疾，又收得住筆；點畫粗細頓挫，時見拗勁折鋒，結體有所錯落，亦多奇側之字，整體風格於流美中見生拙，沈穩中見硬倔」❷，呈現出更多自我的風格與特色。也就是說二王的行、草小字為王鐸的書法打下的厚實的根基，而米芾的變化則提供王鐸邁向大家的養份。雖然都是在傳統書學的道路上發展，但晉人的風韻讓王鐸緊守家法，甚至連其楷字都還是以兩晉的鍾繇為學習標的，姜紹書《無聲詩史》所謂：「（王鐸）正書出於鍾元常，雖模範鍾、王，亦能自出胸臆」。兩晉風韻已是傳統帖學學書者最重要的依歸，在中國尚古的觀念中，求古、習古一直是最重要的基本思維，只是在帖學系統中所謂的學古大概就上溯到兩晉為止了。王鐸在此一帖學洪流中，其所謂的學古一樣溯到兩晉為止，雖偶有

---

❷　同註❷。

❷　參見單國強：〈王鐸的生平與書藝〉，《王鐸全集》。

❷　同註❷。

篆、隸之作，卻也難有驚豔之處。目前所見其隸書墨跡僅其書於五十三歲時的〈隸書三潭詩卷〉，但多楷體概念，與漢隸相去甚遠，更無法論說其特色處，即如《清人書評》中所說：「（王鐸）隸書僅明人之書，未能入漢」❸⓿。

晚明時盛行的超長立軸書寫風氣，也為王鐸在米芾字體上的創新提供機會，長幅大書和尺牘小字的書寫方式和美感迥然有異，大字更需要有矯健的筆力和氣勢的變化。王鐸在這方面完全展現出他深厚的臨古功力，及創新的創造性作品，其自謂：「凡作草書，須有登吾嵩山絕頂之意。」❸❶其大字行、草書主要以米芾的中鋒筆法為根柢，在圓筆中迴鋒不斷，增加其連綿筆意；在提頓誇其意趣，表現其顫動筆畫；大量運用墨色枯淡的變化，提升豐富的層次感。他所吸收的米芾特色，主要在於用筆、用墨和氣勢三方面，加以古質的本色，讓他的書法作品表現出異於晚明纖弱，兩晉穩順的書法風格。董其昌的學生倪後瞻為了詮釋王鐸字之所以不同於學二王而為末流的晚明書家，而提出了王鐸這種磅礴大氣的行、草書是屬於地理上的北方之學，與傳統二王南方文化秀美之感有所不同的意見。他認為：

> 學二王草書，其字以力為主，淋漓滿志，所謂能解章法者是也。北京及山東、西、秦、豫五省，凡學書者，以為宗主。

---

❸⓿　《歷代書法論文選續編》。

❸❶　同註❶⓿。

這種以地理環境為基礎分南北二宗，並論書學風格的說法當然還可以再討論，但也看出了王鐸行、草書根於二王，卻和時流所領悟二王遺意的不同。其晚年所臨做的古帖，大都已經在古意中創造出王鐸自我的風格，臨〈蘭亭〉則多處用暈墨的表現方法，增加其苦澀的趣味；臨王獻之〈安和帖〉則連筆飛動，墨色渾厚，滲入狂草的筆意；臨〈十七帖〉則多折筆取帶圓潤的筆法。這種作法似乎已脫離了單純的學古意念，而是取資古典而創新。是以清·戴鳴皋跋其狂草書長卷時說「怪詭放誕至孟津極矣，不拘古法，專以野戰勝，筆力能收而不可不觀此也。即如王鐸自己所說：「書法之始也，難以入帖；繼也，難以出帖」❷，從入帖到出帖的過程，也就是「技進於道」中國基本藝術精神，更是書家所追求的極致。略晚於王鐸的傅山說道：

> 寫字無奇巧，及成字後，與意之結構全乖，亦可以知中天倪
> 造作不得矣。手熟為能，遒言道破。王鐸四十年前字極力造
> 作，四十年後無意合拍，遂成大家。❸

通過師古所得，配合以自我的思維與性情，將法度融於自我生命性情中的藝術創作，才有可能成為大家。王鐸書法在學古與創新之間折衝，既不拘泥於古法，又不胡亂野禪之道，遂總合而成為明末清出的大書法家。

---

❷　同註❿。

❸　傅山：《霜紅龕集》。

五、書學的性情表現

　　與黃道周、倪元璐並稱晚明「三狂人」的王鐸，降清而造成晚節不保，乾隆編纂《四庫全書》亦銷毀其書並列入「貳臣傳」，使王鐸終不能得到歷史上較全面的評價，尤其在他自己最在乎的書法上，亦不如傅山來的被史論重視。雖說「字如其人」一直是中國傳統書論的重要核心，但過度依賴書品即人品的品評方式，也有可能讓一些優秀的藝術創作煙滅不彰。若是在回到書品即人品的觀念上來看，我們似乎也不可盡依傳統史論的說法。王鐸降清已是不爭的事實，在傳統漢賊不兩立的觀念下，殉國好像是唯一可以得到史論正面評價的做法。王鐸在政政上當然得不到史論家的肯定。縱使晚明時王鐸為了家國社稷曾數次得罪皇室重臣，甚至直接面折崇禎皇帝，此一忠貞愛國、嫉惡如仇、憂懷百姓甚且不亞於杜甫的形象，在降清之後就蕩然無存。王鐸在以節氣自持的遺民中是貳臣；在清朝官僚體系中又備受猜疑，其矛盾與痛苦的生命型態始終沒有改變過。我們並不打算為王鐸翻案，但從他在晚明時的困頓和降清後的荒誕生活行徑，已為他書法藝術創作背後的生命特質埋下了重要的誘因。

　　在王鐸諸多臨古的書法作品中，除了書法技巧的創新表現之外，尚有各人生命情境的滲透。所見〈蘭亭序〉的臨寫，一反王羲之秀麗春景，文人閒散的風格，而代之以苦澀的審美趣味。原本悠雅自然的露鋒、筆意相連的寫法，也以藏鋒和漲墨給取代。若要用文藝心理學的角度來說，王鐸所臨寫的已是各人苦澀美感經驗下的〈蘭亭〉，而非原本的雅致〈蘭亭〉，王鐸是用他的豐富厚實的書

學技巧在書寫各人苦澀的生命美感。而他五十四到六十一歲降清後的這段生活，是他生活最為安逸逍遙的時間，也是書法創作量最大的高峰期，但錢謙益說他此時「既入北庭，頹然自投，粉黛橫陳，二八遞處，按舊曲，度新歡，宵旦不分，悲歡間作」❸❹，這和他早期積極而具開創性的反叛精神已有很大的落差，入清後反而呈現出來的是失意、落漠又淒涼的心境，其自撰聯說道「林屋暮煙，樵歸路遠。荒城落日，宮冷懷高」。在書法創作的形式上，大幅長卷已然少見，述說心情的詩文手札偏多；大量的枯墨線條和蒼勁老練的用筆，隨意而自然的成為美感主軸。其書法風格的轉變也正隨著人生際遇而起伏。觀王鐸書法作品，其實也就是查個性本質與生命的波瀾。

六、結語：書史地位再評估

王鐸的降清使得他在中國書法史上無法被全面肯定，但在晚明不僅和黃道周、倪元璐齊名，甚至部分評論還不下於所謂的晚明第一大家董其昌。清·張庚認為：

> 余于睢州蔣郎中泰家，見所藏覺斯為袁石愚寫大楷一卷，法兼篆隸，筆筆可喜。明季工書者推董文敏，文敏之風神瀟灑，一時固無有及者，若據此卷之險勁沉著，有錐沙印泥之

---

❸❹　錢謙益：〈王鐸墓誌銘〉。

妙，文敏當遜一籌。㉟

康有為在《廣藝舟雙楫》中認為王鐸的書法遠勝過董其昌；吳昌碩則說王鐸「有明書法推第一，屈指匹敵空坤維」㊱。清·吳德旋說：

> 王斯覺人品頹喪，而作字居然有北宋大家之風，豈得以其人而廢之。㊲

姑不論誰的書法較佳，王鐸書法的高成就應該是要被肯定的。他並沒有如董其昌一般以其身份地位及交遊為基礎，興起全面性的學董字風潮，也沒有大批的跟隨者附庸風雅，但作品成就了作家的歷史地位，是我們要面對的事實。

晚明承襲前朝，書學攏罩在帖學與尊王的氛圍中，呼應著明朝臺閣文體和泥古的風潮，使得書學末流將書學推向纖弱柔媚，甜俗無骨的審美型態，王鐸標舉著復古的大旗，竟不同於時尚，以高古為旨趣，進行前所未有的書法革新，終能別出一格卓然成家，清·郭尚先說：

> 京居數載，頻見孟津相國書，其合作者，蒼鬱雄暢，兼有雙

㉟　清·張庚：《國朝畫徵錄》。

㊱　清·吳昌碩：《缶廬集·孟津王文安草書卷詩》。

㊲　清·吳德旋：《初月樓論書隨筆》。

井、中天之勝。❸

清·秦祖永謂：

> 王覺斯魄力沉雄，邱壑峻偉，筆墨外別有一種英姿卓犖之
> 慨，殆力勝於韻者，觀其所為書，用鋒險勁沉著，有錐沙印
> 泥之妙。❸

清·梁巘謂：

> 王鐸書得執筆法，學米南宮，蒼老勁健，全以力勝，然體格
> 近怪，只為名家。❹

這些評論所說的「蒼鬱雄暢」、「險勁沉著」、「蒼老勁健」等風
格，都不是晚明的書學時尚，更不是明人觀念中的二王風神，因此
乃有評論者準此而認為王鐸不懂古法❹。概觀王鐸一生，早年所書
或許還在尋找古法的精神，學古仍是他的基本理念，晚年以表現自
我情志為主，融古法於新意中。一樣是在明朝的帖學氛圍中成長，
相當程度的也繼承了二王以來的傳統，故說其成舊有之傳統，開新
生之格局也不為過。

---

❸　清·郭尚先：〈芳堅館題跋〉。

❸　清·秦祖永：《桐蔭論畫》。

❹　清·梁巘：《評書帖》。

❹　翁方網認為「觀此卷，乃知王覺斯於書法亦專騁己意，而不知古法也。」

　　而晚明這些重要的書法家能將其意志傳到清代的大概就是王鐸和傅山了。其他人或是殉國、或是隱遁，縱使其書作在晚明亦有燦爛的一面，但就書史的意義上而言，就比較缺少啟後的價值。只是提到清初書家好像傅山的重要性都大於王鐸，主因在還是在於王鐸的「貳臣」和傅山的「遺民」身份，而不是書法成就及影響力的問題。清初康熙、雍正、乾隆三朝基於對漢文化的欣羨和攏絡，特別喜好並提倡董其昌和趙孟頫書法的風格，對王鐸這樣在晚明興起的反思並不重視，所以王鐸書法在清初也沒得到正面的重視。但王鐸書法在清初最大的意義卻是對書法觀念的新啟發。嘉慶、道光年間之後帖學衰微而碑學興起，其中重大的意義就在於對帖學中只上溯到二王的復古論的不足，帖學以二王及唐碑為主，若再反省復古的價值，則魏碑更具有高古的價值。而魏碑的生動多變化，也正是學古再求創新的觀念。清人臨碑幾乎不求其形，但求神韻和自我情志的表達方式，已完全不同於傳統的書學觀。甚至我們可以大膽的推估，碑學興起後的書學觀念，與王鐸所傳達的書學理念具有相當程度的一致性。清初王鐸雖有部分的追隨者，如魏象樞、許友本等人，卻難以為繼，沒有直接證據證明碑學理念與王鐸有絕對必然的關係，但在書法史的宏觀觀察上來說，他的書作和創新理念，也確實開啟了清代後世書家走出董其昌帖學的可能性。所以，王鐸作為跨明入清的重要書法家，雖然因為政治現實和不同的主客觀因素，使得書史未能正面解構其價值，然而，其承先再加以變化，以開啟後代新的書學觀念的理念與作品，都是值得我們在細翫並重估的。

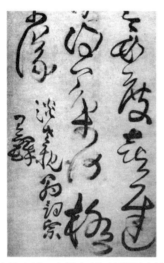

〈草書臨王羲之遠嘉興帖軸〉

〈行書臨聖教序帖冊〉

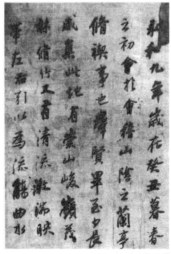

〈行書臨聖教序帖冊〉　　　〈行書臨蘭亭序并律詩帖冊〉

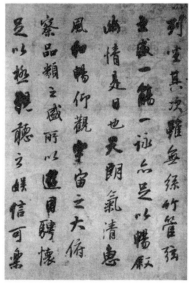

〈行書臨蘭亭序并律詩帖冊〉

〈行書秋興詩扇面〉

〈隸書三潭詩卷〉

〈隸書三潭詩卷〉

〈隸書三潭詩卷〉

〈隸書三潭詩卷〉

〈隸書三潭詩卷〉

〈隸書三潭詩卷〉

〈隸書三潭詩卷〉

〈隸書三潭詩卷〉

〈隸書三潭詩卷〉

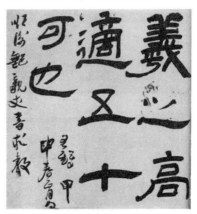

〈隸書三潭詩卷〉

丙戌春過北海齋觀米海嶽天馬賦矯〻沉雄變化于獻〻柳慮自
為伸縮觀之不忍去噫兵燹〻餘一時文獻凋剝乃僅存此卷光怪陸
離不減沒於瓦礫物之遭際寒遇亨可勝歎耶北海孫公雅嗜古博
通海岳何不幸嘉書經戎行何辛出〻象頫佞韓筌〻君子之堂逢北海
為異代知已也天下事盛衰顯晦靡〻不有數存鳶其間予哉予不意今年
復見北海又復觀海岳戊諸家字畫疇謂予頹沛後非幸歟 孟津王鐸

〈米芾行書天馬賦跋〉

〈草書杜律卷〉

〈行草書自書詩扇面〉

〈臨淳化閣帖卷〉

情感支撐的詩意世界
——東南亞華文詩歌中的聲情

胡月霞

馬來西亞新紀元學院中文系講師兼系主任

一、文化孺慕與自豪

現實存在的不如意往往容易激發一個人去追尋傳統的蹤跡、尋找過去的輝煌，藉以安慰本身現實受創的悸動情感。因此對於過去的追尋不純粹是一種對失去事物的緬懷、對喪失的遠古遺產期望復原的心理，而是在尋索如何擷取祖宗的文化秘笈，藉以轉化為詮釋自我與現實的紛擾，化為直接對抗現實的經驗。

文化鄉愁可以說是一個民族離開了自己的文化故鄉與童年成長的土地後所會產生的微妙情結，在東南亞華人的內心中一直是盤旋不去的桃源思緒。從老一輩的華人對故鄉的山山水水以及親人的思念緬懷，到新生代華人對中國古典文化與中國符碼的遙思與執著，民族與文化一直和他們有著一種相連牽繫的臍帶。

　　小說家陳若曦也提到：「不管是自願還是被迫流放，作家對故土都有一份濃厚的懷戀，甚至一份歉疚感。許多作家承認，僅僅為了排解鄉愁，不得不提筆寫作。」於是泥土、倫理、舊情、懷鄉、懷人、懷古就成了詩人對於「故鄉」意念上所採取不同的思念物件、不同面貌以及不同的情感，惟這股濃郁的情感皆一一化成字裏行間的情愫。

　　從中國來到南洋的詩人，因為剛離開家鄉來到陌生的國度，難免有著濃郁的思鄉之情。他們多數以旅客自居，希望在南洋掙錢後衣錦還鄉，因此他們是強烈的盼望迅速踏上歸途。獨在他鄉為異客，南洋，最初在他們的心中也許只是一個驛站；那麼，旅客的心情就如失鈎所說的「迢遞雲山家萬里，訴情只有一張紙。」（〈旅客〉，1923）。初到異地，內心中的情感依然牽掛著故鄉。在「蒼茫茫秋色裏／一片愁慘底景致／有個孤獨底旅客／在那邊放歌籲氣」。思鄉的情懷日以繼夜地縈繞在詩人的心底深處。曾聖提〈秋晚〉（1929）有如此柔韌而緻密的詩行，詩裏傾訴了思念故土與親友的感情：

　　　落日模擬伊人的微笑／紅霞潮泛於蒼穹
　　　林鳥模擬伊人的聲音／引動我的愁思無際
　　　秋葉紛紛劃渡一泓之小湫了／我的歸駒在哪裡？
　　　秋風把夜間的旅夢撕破了／幽靈啊！將向何處投落？

　　詩裏伊人的微笑與聲音只能是午夜夢回時出現的情景，因為南

來者的歸駒不知道落在何處，旅夢也被現實狀態撕破了！❶〈秋晚〉盈滿了秋色，詩裏更隱藏了作者對故國母土的依戀。曾聖提這首詩意蘊甚美，❷因為身居異鄉的孤獨與寂寞，而有所感觸，於是在詩歌裏儘是對故鄉的濃厚思念，這種在南洋失落的情懷成為當時詩人們在漂泊旅途上的最大慰藉。

1938 年，中國現代文人郁達夫流寓到新加坡，初抵達新加坡時，郁達夫也曾經訴說著自己的鄉愁，因此，那時候有了著名的〈星洲旅次有夢而作〉，「錢塘江上聽鳴榔，夜夢依稀返故鄉。醒後乎忘身是客，蠻歌似哭斷人腸。」❸ 1939 年，郁達夫在檳城旅遊時，也曾寫下：「故國歸去已無家，傳舍名流炎海涯。一夜鄉愁消未得，隔窗猶唱後庭花。」❹「夢裏不知身是客」式的憂傷，讓郁達夫毫無保留地體現了內心深處的「流寓」與「漂泊」在異鄉的感觸，詩句表達了郁達夫身處在他鄉，心繫故國家園的依戀，可見思鄉之愁當時充塞著郁達夫的心靈。

詩歌是人類文化的重要形態，它不單以文學藝術的一種「固

---

❶ 鄭文泉編：《絕代英華——馬來（西）亞英殖民時期華裔文人與學人研究〈蘇燕婷：南洋無太陽——戰前馬華新詩裏的南洋繪圖〉》（新紀元學院出版，2007 年），頁 27。

❷ 郭惠芬對這首詩的評語是：「詩中優美的想像，使這首抒發羈旅之愁的小詩籠罩在雖略帶憂傷，卻充滿浪漫情調的氣氛中。」郭惠芬著：《中國南來作者與新馬華文文學》（廈門大學出版社，1999 年），頁 246。

❸ 浙江文藝出版社編：《郁達夫詩全編》（浙江文藝出版社，1990 年），頁 222。

❹ 浙江文藝出版社編：《郁達夫詩全編》（浙江文藝出版社，1990 年），頁 226。

體」文本存在，而且深入人的精神內部，形成較為穩定的作用於人類心理與行為的詩歌意識。❺而語言則是最具有原生色彩的東西，因為語言是思想者的家園，無論如何，語言本身就是意義的攜帶者。❻

文學批評理所當然地認為，「作品永遠有一種意義，作家說話是為了說出某些東西，作品的效能就在於它說的能力之中。」❼華人對華人文化的掌握不只是因人而異，也是變動的。❽以語言文字來說，我們可以看到不少優秀出色的文學作者並不採用中文進行寫作，不過，在其作品中卻具有濃郁又強烈的華人文化意識與屬性。套用旅台馬華作家張錦忠的言語：「中國傳統文化在南洋沒落，只是華人文化本質的演變或中華文化離開中國情境後的命運，並不表示華裔東南亞人從此就沒有了文化。」❾

事實上，任何語言文字，背後自有其文學與文化傳統。中文背後的大傳統為先秦諸子、四書五經以及一大堆的文學遺產，如：詩經、楚辭、漢賦、唐詩、宋詞、元曲、及諸如紅樓夢、水滸傳等傳

❺ 馮毓雲、羅振亞等著：《文藝學：世紀之交的沉思》（北京：社會科學文獻出版社，2002 年），頁 279。

❻ 徐岱著：《基礎詩學──後形而上學藝術原理》（浙江大學出版社，2005 年），頁 161。

❼ 〔法〕米蓋爾·杜夫海納著：《美學與哲學》（北京：中國社會科學出版社，1985 年），頁 163。

❽ 何國忠：《馬來西亞華人：身份認同、文化與族群政治》（馬來西亞：華社研究中心出版，2002 年），頁 229。

❾ 張錦忠：〈南洋論述／本土知識：他者的局限〉，張京媛編：《後殖民理論與文化認同》（台北：麥田出版，1995 年），頁 94。

統小說，讀了這些作品，更對「尋根」有一個清楚的認識，這是文化生活中的一種需要，也是一個理所當然的觀念。❿

　　除了文化鄉愁外，在東南亞華文詩人的血液裏，中華文化無疑是他們精神的源頭，因此，在他們的文學作品裏，對傳統的孺慕也自然成為一種常見的心態，對具有悠久歷史的文化自豪感也是一種普通的現象。這種孺慕抑或自豪，其實，都是詩人心裏的「中國情結」的一種投射。馬來西亞稻田詩人何乃健借用「海棠」明確地道出了心情。詩人堅持種植「不吃香」而且似乎也不適合「國際市場」的海棠，〈海棠〉的詩句在馬來西亞華人心中喚起的，竟類似立體主義的畫面：

> 你問我為什麼還種海棠／在赤道上，這種盆栽已不吃香
>
> 多種些高貴的薔薇吧你看／這種花卉最有價值
>
> 適合國際市場／他來勸我把海棠拋棄
>
> 說農業部正在鼓勵種植胡姬
>
> 海棠原自異地，不准蒔在公園裏／這盆栽很難處理，遲早要受病蟲侵襲
>
> 我微笑著答說薔薇不容易服侍／種得太密可要擔心莖上的鉤刺
>
> 胡姬的根太淺，不能在土壤裏扎實
>
> 弱莖必須依賴支柱的扶持／唯有海棠令我嗅到五千年的芬芳

---

❿　何國忠：《馬來西亞華人：身份認同、文化與族群政治》（馬來西亞：華社研究中心出版，2002年），頁222。

她的莖挺著屈原的傲岸／花瓣含蓄著陶淵明的悠然
葉脈洋溢著李白、蘇東坡的奔放
風姿蘊涵著顏回的淡泊／神貌煥發出司馬遷、文天祥的坦蕩
她的生態招引我熱愛中庸的煦照！❶

臺灣作家余光中說鄉愁於他來說是擺脫不了的影子，而時代與環境的變遷則讓每個人心中都存有一份鄉愁。在〈鄉愁四韻〉詩裏採用極具中國特色和個性風格的意象來抒發詩人久積於心、耿耿難忘的鄉愁情結。「給我一張海棠紅啊海棠紅／那血一樣的海棠紅／沸血的燒痛／是鄉愁的燒痛／給我一張海棠紅啊海棠紅。」詩中的「海棠紅」極富古典韻味，易引發人們對於中國古典詩詞的相似聯想，也含蓄而形象地表達了詩人對中國傳統文化的依戀與孺慕。

反觀何乃健的〈海棠〉則運用了非常多的中國符碼。「五千年」、「屈原」、「陶淵明」、「李白」、「蘇東坡」、「顏回」、「司馬遷」、「文天祥」、「中庸」等符碼令人發思古之幽情，沉醉於古典的想像中。可是在馬來西亞的國情，在他者經常猜疑的情況下，華人清楚地知道作為馬來西亞華人主體性的分裂構成所呈現的兩種欲望的症狀。在「中國文化」意象群的對立面，有著「本土文化／馬來文化」的叫囂，從政治角度看來，兩者似乎是矛盾的，因為一個是中國，而另一個是馬來西亞的，然而從文化角度看來，兩者又是統一的。於是詩人說：「多種些高貴的薔薇吧／你

---

❶ 何乃健：〈海棠〉，吳岸編：《馬華七家詩選》（吉隆坡：千秋事業社，1994年），頁70。

看這種花卉最有價值，適合國際市場」以及直接的鄙視：「胡姬的根太淺（馬來文化歷史底蘊太淺）／不能在土壤裏扎實弱莖必須依賴支柱的扶持」。仿佛有意貶抑這屬於官方意識形態組成因素的文化。相反的，詩人對中華文化賦予完美無瑕的想像，把中國文化的意象群賦予神聖的光環：五千年的芬芳、屈原的傲岸、陶淵明的悠然、李白、蘇東坡的奔放、顏回的淡泊、司馬遷、文天翔的坦蕩、中庸的煦照等。詩人的中國文化優越感非常清晰地從此詩的組詞用語中洞察出來，而詩人對異族文化的鄙視顯然是不願意讓自己掉入官方意識形態之中。為了保持自己的純淨性，絕不輕易讓自己的民族文化特徵被吞噬殆盡，於是想方設法尋找一種合理的說法拒絕異質的東西，以免使自己的文化糅合其他毫無相關的雜質。

字裏行間盈滿詩人的民族文化優越感，在「海棠」讓詩人嗅到的不僅僅是「芬芳」，同時還帶有長達「五千年」悠久文化的芬芳。詩人著重強調「五千年」，直接表達對自身文化源遠流長的自豪感。不論是「海棠」的「莖」、「花瓣」、「葉脈」、「丰姿」、「神貌」抑或「生態」，都讓詩人感覺到古典中國的情懷，可見詩人在自豪的同時，更對中國文化充滿了無限的孺慕與景仰。何乃健的〈粽子〉裏也有同樣的情愫：

> 龍的精神盡在粽子裏包容／這淵源的手藝一旦失傳後／忘了屈原，忘了端午的龍種
> 有一天會退化成膽怯的壁虎／只能窩囊地活在牆角的隙縫

中⑫

「海棠」的丰姿既是中國古典的情懷，「粽子」所包的當然就不是「懦弱的米」（溫任平〈端午〉詩語），包裹著的乃是「龍的精神」和「龍種」。傳統精神的失落對於詩人而言，是一種「退化」的現象。如果不能堅持成龍，就會變成「膽怯」、「窩囊」的壁虎了。

游川的〈金馬侖橙〉則明顯表露出一種因為對傳統持有濃郁厚愛而拒絕任何變化的心態：

> 朋友告訴我／金馬侖的橙子
> 雖然皮厚肉幹汁酸／原本可是潮州柳橙的品種
> 移植來此，不知道是陽光太烈，雨水太淫
> 參種變奀，還是水土不好／才落得這副模樣
> 唉！好在皮厚，還能賴在世上
> 只是不知道下一代成何體統／往後的日子是啥味道⑬

詩思的充盈，意象的豐腴，「原本可是潮州柳橙的品種」讓詩人不禁流露出自覺或不自覺的對於中國傳統文化的孺慕。詩人認為，這種文化一旦被「移植」到他處，或混了種，都成了「奀」事，變成

---

⑫　何乃健：〈海棠〉，吳岸編：《馬華七家詩選》（吉隆坡：千秋事業社，1994 年），頁 70。

⑬　游川著：《游川詩全集》（馬來西亞：大將出版社，2007 年），頁 184。

又「厚」又「幹」又「酸」的模樣與味道，心中不會不深有所感。

在構成身份或文化危機的時代背景沒有獲得改善的情況下，失落感無以遁逃，類似文化鄉愁的陰影一直在延續。

在何乃健的〈海棠〉裏，除了海棠之外，還提及另外兩種「最有價值，適合國際市場」的「薔薇」——西方文化的象徵，和「農業部正在鼓勵種植」的「胡姬」——馬來文化的象徵。不少人勸詩人放棄培植那「不准蒔在公園裏」的海棠，其實即勸他別再執著於那不被納入國家文化主流的中華文化，從這個思路上看詩人以下的詩句：

> 我微笑著答說薔薇不容易服侍／種得太密可要擔心莖上鉤刺
> 胡姬根淺，不能在土壤裏扎實／弱莖必須信賴支柱的扶持❹

在想像的策略的具體運用上，詩人充分運用中國的文化觀念和中國文化意象來隱喻現實，〈海棠〉則隱喻了中華文化對華裔文化「如影隨同」般的影響，以及詩人對現實生活中華裔遭遇不平等待遇心態的詮釋。因為當地馬來民族的歷史文化較為短淺，所以詩人認為其文化的根是「淺」的，是必須依賴其他東西的「扶持」。由此看來，詩人對馬來文化似乎也有一絲輕視之意。

一個民族的詩，從民族的語言中獲取它的生命，並且相對的賦予民族的語言以生命；同時也表現出該民族之自覺的最高點，該民

---

❹ 何乃健：〈海棠〉，吳岸編：《馬華七家詩選》（吉隆坡：千秋事業社，1994年），頁70。

族之最大的能力及最靈敏的感受性。⓯無論是民族文化的召喚，或是對古典素材的轉化，東南亞華裔詩人均盼望借詩歌文字回歸自然——回歸中國文化的血源。詩人的文化鄉愁，對中國文化情意結的無限追思。文化鄉愁的召喚，文化傳統的回歸，都同樣追憶著一個不存在的精神國度。

　　文化傳統回歸以及中國情意結始終牢牢繫著游川、何乃健等人的思考方向，他們一味對古典文學、神話原型、古詩詞的處理和追尋，對抽象心理的文化傳統表現出無限深摯的傾慕。詩人不但向唐詩宋詞文化傳統轉化或承襲語言情境，同時對田園家土發出概念化情緒化的語言，而感情畢竟遙繫著古中國文化。

二、意以象言，情以象抒

　　一個詩人的詩觀，深受個人天賦稟性、成長過程、環境和時代的影響。在〈鞋子〉後記裏，游川清楚的闡發：「我認為，只有用大家用的、大家講的、大家懂的、活生生的語文，用活生生的手法，寫生活中活生生的東西，才能夠寫出活生生的作品。它不一定『美』，也不一定『善』，但是，『真』。」⓰求真是創作的至理，藝術縱使因表現目的和手法而產生虛構的成分，最終仍是透過協調與真實結合；而真實，源自內心，也源自生活。游川在〈嘔

⓯　蔡英俊著：《興七千古詩——中國古典詩歌中的歷史（總序）》（台北：故鄉出版社，1980年）。

⓰　游川著：《游川詩全集》（馬來西亞：大將出版社，2007年），頁18。

吐〉卷首提出的理念：「什麼生活寫什麼詩」，也是從求真的角度出發，成為他創作的座右銘。

　　沒有豐富深刻的人生體悟，絕對不易寫出充實和動人的內容，憑空的想像，必然無法發掘內容的深度。生活經驗以及情感對於任何文學創作者來說，固然是必要且需要的；也只有經過長期的生活的磨練，經過思想的鍛烤、情感的提升，並在日常生活中長期地做到藝術化及美化，才可能提高作品的可讀性以及作者人格的優質性，真正優秀且富有生命活力與藝術魅力的詩歌作品才足以產生。東南亞各區域的華裔詩人對於生活經驗的提煉以及從古典藝術中所擷取的意圖，充分表現在其詩歌作品中；嫻熟的運用了古典詩歌講究情景交融的意境，卻不被局限於古典詩歌之固定形式與節奏中，極具一種對中國傳統新詩的變革精神和創造性的繼承性；且極具時代和社會現實的深邃性，深入到時代和社會現實的最深層次。

　　如果說生活在東南亞這一事實本身就使東南亞華人必然會和居住國發生文化和情感的密切交融的話，那麼也意味著他們對故國母土文化和情感的深情流露，這主要是通過華文書寫的方式得以實現。而現實中的族群移民身份和語言弱勢形態，在某種程度上強化了東南亞華人對故國母土的文化想像和情感寄託，以從中獲取精神上的支撐。於是，用故國的語言抒發對故國母土的思念，就成了東南亞華文詩歌中的重要母題。

　　「根」，可以視為一種文化故鄉的象徵，在馬來西亞詩人的作品裏偶爾也會出現類似這樣的一種「尋根」的意識。作家一直執著於把自己的「根」深深地種植在中國文化的土壤上，因此，在他的自我意識裏就會有作為「落葉」——作為一個離了「根」的飄零體

的感慨。這些「落葉」對「根」的尋覓愈執著,「歸根」的欲望愈強烈,那麼就愈容易感慨自己的飄零,所以也就愈容易「憂鬱」起來。

不妨舉出馬來西亞砂拉越詩人田思在〈燈籠〉一詩裏極其明顯地道出了自己的文化鄉愁,以為明證:

> 用祖先的神秘／籠一盞旖旎的古典
> 讓熠熠的燭火／點燃文化的鄉愁
> 鄉愁,總是好的／每當月圓的時候
> 我們就多了一份／溫馨的期盼❶

詩人對文化故鄉可謂「苦苦」地思念著,以致即使為之「發愁」也覺得是「好的」,即使是「愁」也是「溫馨」的。

新加坡詩人郭永秀的詩則通過傳統文化的象徵意象寄託自己的文化尋根意識,〈筷子的故事〉讓詩人名聲鵲起。詩人紮根於現實生活,以細小角度入手捕捉詩意,並從現實中提升詩意的美。郭永秀處理意象時避免採用純形式主義的經營,而是賦予意象濃郁的象徵意味和抒情色彩,具有東方故國母土意象的「筷子」,在郭永秀的詩歌境界中成為一種民族命運的象徵。詩的開端是這樣寫的:

> 五指微攏,輕輕／夾起五千年的芬芳

---

❶ 田思著:《給我一片天空》(馬來西亞:千秋事業社出版,1995 年),頁109。

精緻，如慢磨細琢的象牙雕刻

輕靈，如伸縮自如的關節

簡單而實用——

是手中兩支等長的平衡 ⓲

　　多層次的象徵、暗喻，水乳交融地被組織在獨特又豐富的感性呈現中，「微攏」、「輕輕」的動作，「慢磨細琢」、「精緻」的質地，「輕靈」、「伸縮自如」的舉止都彌漫出東方人的生活氣質、情調和趣味，同時也暗喻了東方文化的品質、歷史和命運。可貴的是，詩的從容舒緩的節奏，更是增添了筷子的東方文化象徵色彩。

　　「筷子」以交替有序的節奏展開了東南亞華人移民的命運史跡。「那時，我們的祖先／從長江黃河翻滾的急流中／湍湍湧出／湧向無人的海岸」，「以兩支竹筷／徐徐插下，一則拓荒的血淚史」，「一支擎著，辛勤與智慧／一支擎著，和平與友愛／兩支，便擎起／整個民族的歷史與文化／底下，根須開始蔓延／且慢慢深入／島上每一寸土」。離鄉的無奈、急切和創業的艱苦、強悍，新生命的蔓延。歷史「蛻變」中的家園重建……這一切都與「竹筷」這一意象的內涵意味絲絲入扣。而「竹筷」所包含的智慧也轉化為一種民族生存的歷史力量：「祖先在歷史中告訴我們：／一支易折，兩支／才有摧敵的力量／合起來便可——頂天立地威武不懼／不能分，一分／根須腐爛，枝椏斷裂／子孫也找不到族譜」，「單

⓲　郭永秀著：《筷子的故事》（新加坡：七洋出版社，1989 年），頁 2-4。

筷易折」的民族「典故」負載移居他鄉生存的「族譜」。所以,當「愛好時髦的下一代／爭著拿刀叉的時候」,詩人重提「這平凡而真實的──／筷子的故事」就是意在「尋根」了。「竹筷」始終與故鄉生活習俗、情趣緊緊聯繫在一起的意象,是更容易讓東南亞華人的下一代子孫們尋回他們共同的根。

〈筷子的故事〉的故事包含著「邊緣」漂泊安身立命的歷史敘事、生命記憶轉換成的文化認同、民族尋根中的中國想像,並且充分體現出「筷子」的文化母體「意味」。當故國母土的意象出現在東南亞華人詩人筆下時,首先得以呈現的正是母體歸依、生命傳承的文化意義。❶

游川的〈中國茶〉特意冠上「中國」之名,詩裏的「茶」自然也成了「母土」的象徵:

> 這一小撮茶葉／蘊含著母性的芳香
>
> 隱藏著生命的脈絡／迴響著嘿一聲翻山越嶺
>
> 嘿一聲飄洋過海的辛勞山歌／起伏浮沉流離飄泊
>
> 漸漸地緩緩地在我杯裏沉落／一如往事沉沒心底不能翻起微波
>
> 這裏有異國香鬱的咖啡把我誘惑／這兒有洋氣十足的可樂將我奚落
>
> 更有甜膩膩的玫瑰糖漿加以壓迫／我仍然心平氣和烹茗沏茶

---

❶ 黃萬華:〈母體歸依、生命傳承中的故土意象〉,《中國海洋大學學報》(社會科學版),2007 年第 1 期,頁 66。

> 將騰波鼓浪的沸水如洪流沖下／把一滴滴苦難的淚
> 熬成一口口甘美的茶❷

在面臨「異國香鬱的咖啡把我誘惑／洋氣十足的可樂將我奚落／甜膩膩的玫瑰糖漿加以壓迫」關頭，詩人「仍然心平氣和烹茗沏茶／將騰波鼓浪的沸水如洪流沖下／把一滴滴苦難的淚／熬成一口口甘美的茶」。這一口口的茶之所以會「甘美」，是因為它「蘊含著母親的芳香」，激起了詩人對於文化母體的依戀情懷；此外，它也同時「隱藏著生命的脈絡」，一口中國茶，就仿佛提醒詩人自己身上還跳動著民族的脈搏。外來的「誘惑」、「奚落」等等壓迫，和內在淵源上的「芳香」、「脈絡」構成了歷史與現實之間的張力。雖然華人已經「翻山越嶺」，已經「漂洋過海」，可是詩人顯然還是念念不忘山的那一邊，海的那一頭的土地。此詩借「中國茶」及採茶山歌敘述華人飄洋過海的歷史，同時道出詩人對中國茶的特殊情感。

游川不是憂鬱的行吟詩人，他縱有偶發的情緒低潮，也會透過逆轉手法，揚起信心和活力。游川擅用和喜用歷史的背景，或渲染氣氛、或製造懸宕、或聲東擊西，來帶出他作品的中心思想。舉例說，他在另一首詩〈看史十六行〉留下大量的痕跡：

> 在心中澎湃衝擊的
> 莫非就是血管奔騰的

---

❷　游川著：《游川詩全集》（馬來西亞：大將出版社，2007年），頁176。

長江黃河❷

在單純的中文語境裏，游川的詩句總是那麼精警、挺拔、富有
穿透力。雖然「漂洋過海」的歷史已經是「沉沒」了的「往事」，
可是文化故鄉的召喚，在詩人的血管中卻依然還是「澎湃沸騰」
的。正因為這股強烈的文化鄉愁，導致詩人在泡茶的「沸水」也不
得不是「騰波鼓浪」、「如洪流」似的。

游川的〈中國茶〉有所寄託，泰國詩人嶺南人也同樣將「茶」
視為中國文化的一種象徵。他在〈鄉愁是一杯濃濃的工夫茶〉中寫
道：

> 鄉愁／是一杯／濃濃的工夫茶
> 又苦／又澀
> 過癮，不如可樂
> 爽快，不如烏涼
> 明知，啜後歸來
> 就會失眠，又要換／一個漫漫長夜
> 在我，總是戒不了／還是忍不住，啜
> 一杯接一杯／又苦又澀的
> 鄉愁。❷

---

❷ 游川詩集《蓬萊米飯中國茶》（馬來西亞：紫藤有限公司出版，1989 年），
頁 6。

❷ 馬相武、金戈主編：《五洲華人文學概況》（山西教育出版社，2001 年），
頁 130。

　　鄉愁如斯，讓人感懷。詩人的詩歌裏，總是有一對糾纏不清的「結」：鄉愁之「結」和原鄉之「結」，都是海外華人的共同情結；而喝茶的習慣則代表著中華民族的優秀傳統是代代相傳，自然也成為傳統文化命運的一種象徵了。

　　鄉思鄉愁幾乎是海外華人文學的共同題材。菲律賓華文詩歌中的綿綿鄉愁雖然從某種意義上承傳了中華傳統文化。但又有所不同，傳統文學中對故鄉的懷念更多表現出一種對實物的懷念，其中的鄉愁則是對文化的懷想，這也就是所謂的「文化鄉愁」。其二，華文作家對文化的接受表現出多元化，既有傳統的一面，又有南洋色彩，是兩種文化的混合，在交互混合下，造成了他們作品裏具有濃厚的南洋風情。

　　作為菲律賓少數民族之一的華人，尤其從中國大陸、港臺地區移民至菲的華人，從文化傳統到心理記憶上都與居住國有著相當的隔閡，為了排遣心理的陌生、焦慮、飄移不定，他們以極大的熱情投入對「鄉土中國」的歌唱，即以詩歌的形式抒寫「鄉愁」。作家通過意象的隧道，與祖輩對話，重新聯結個體與民族的血脈紐帶。

　　在華文寫作中形成一個「思念故國」的母題，在母題的書寫中張揚、留存、延續對故國的情思並使之永恆化，是菲華詩歌的一個重要特點。於是，懷鄉情結借助這種華文寫作得以實現和抒解，而華文寫作本身又成為懷鄉情結的一個重要體現。❷對異鄉漂泊者命運的思考及濃厚的思鄉情懷的敘述，在菲華詩人的作品中屢見不

---

❷　劉俊著：《跨界整合──世界華文文學綜論》（北京：新星出版社，2005年），頁229-230。

鮮。

詩人無法消解的故國情結,主要原因在於:一方面是自己在異鄉受苦,一方面是苦苦的縈念故鄉,後者更是菲華現代詩作中最為普遍性的主題,幾乎觸目可見。雲鶴有首膾炙人口的短詩〈野生植物〉:

　　有葉╱卻沒有莖

　　有莖╱卻沒有根

　　有根╱卻沒有泥土

　　那是一種野生植物

　　名字叫

　　華僑。

「華僑」或作「遊子」,二者意旨相近。此詩僅有短短 32 個字,卻讓詩人從平凡的物象中提煉出不平凡的詩意。雲鶴以野生為比喻,借助「野生植物」對華僑的命運作了概括又透徹的解剖。一方面說華僑處境之可悲,自生自滅;另一方面卻也同時指出其生命力之堅韌。傾訴了海外華僑的不安全感和危機感,一種浪跡天涯寄人籬下的遊思,喚起海外赤子的共鳴,成為描寫華僑著名詩篇之一。

無論以什麼標準來看,〈野生植物〉都可以算作雲鶴最好的詩之一。詩歌具有高度的概括力,用語淺近簡單,可是涵義卻非常深沉;將多少海外華僑漂泊無定的血淚生活與無所憑依的心理失重凝鑄其中,簡約精練到了極致,沈鬱深邃也同樣到了極致,若是沒

有豐富的人生體悟是絕對顯現不出這樣的藝術功力。

　　雲鶴的詩歌既有鮮明華人文化傳統的因襲，表現在羈旅鄉愁之思，也帶有詩人自身人生歷程的明晰印記，作為一代移民，在異國他鄉為生存而做的掙扎，自然環境的適應，與所在國的政治、經濟、文化、民族心理的碰撞，留下累累的傷痕，浸濕著血與淚。自強不息的開拓，為事業打拼的篳路藍縷，都滲進他的生命，構成詩人生命的一部分。

　　通過詩的創造，彌合心理上的文化斷層，重建古典諧和的精神家園，也是菲律賓華裔詩人的理想。可是詩人畢竟逃離現實的生存邊界，當下的環境不斷與他們的夢想摩擦與交鋒，他們本能地想要留住屬於自己的文化與傳統，但在移居國度的社會中，他們又難以抵禦被同化的趨勢，在他們的下一代身上，這種趨勢越發明顯。令詩人焦慮與痛心的是，中華古國的燦爛文化，正被下一代海外移民冷落與淡忘。詩人柯清淡的〈居家猛驚〉這樣寫道：

　　　偶從媒體和口頭／帶來神州的鄉訊、國事
　　　把它傳譯給兒女／卻換來茫然、冷漠
　　　我不禁心寒自問：黃帝的族譜上
　　　還能有我一家人的名字？❷

　　再看柯清淡在〈兩代人〉中，通過「我」訴說的對「兒子」的

---

❷　馬相武、金戈主編：《五洲華人文學概況》（山西教育出版社，2001 年），頁 152-153。

社會角色與文化角色的憂慮，典型地代表著當代華文作家的共同憂慮。從這個角度出發，漢字與漢語，具有了的特殊的非凡的意義——延續了漢字、漢語，就傳承了「自我」、傳承了中華文化。故而，對中華文化、對「自我」有可能被強勢文化淹沒的焦慮，就被具象化為對「漢字」、「漢語」的焦慮。

一個家庭兩代人有著不同的文化觀念，似乎已成為東南亞華文文學最常見的主題。另一位菲華詩人月曲了的《考試前夕——教兒子讀〈滿江紅〉》一詩，也是如此。父親在「撼醒課本上／辭源內的每一個字／為兒子竟夕解釋／古人的憂愁與豪語」，而兒子卻毫不用心，「盡在書桌旁頑強著」，只有西洋壁鐘「一聲敲一聲，敲落滿室邊城的睡意」。於是，父親無奈了！「忽聞戶外蟲聲四野／漸似金兵又犯境／猛推窗／手在前塵裏／月在塞外／而門前的圍牆已朦朧／朦朧如國界／欄杆處／陌生的枝葉擾人／盆盆的外國花窺探／風鈴搖痛著／寒露中的一則故事／憑窗望遠／山外無山／鉛筆短短指千里／兒子看不見／閒停當時／激烈的天色。」㉕歷史的金戈鐵馬與今天的文化隱憂迭印在一起，文化傳承中的潛在悲劇，是詩人為之扼腕歎息的主題。考試前夕教兒子讀滿江紅的時候，必須面臨兒子的「頑抗」，中國古詩詞之於西洋壁鐘與外國花卉，以及其對抗的結果顯然非常清楚，所謂「兒子看不見／雨停當時激烈的天色」，無非是指教讀無中效，兒子無法體會古詩詞之意。

透過詩歌，我們理解詩人月曲了的擔憂與恐慌，他的憂慮並不

㉕　馬相武、金戈主編：《五洲華人文學概況》（山西教育出版社，2001 年），頁 153。

是來自某個具體的朝代,而是中華傳統文化是否能在菲律賓繼續承傳,是否能在華人家庭代代相傳。

在鄉愁與尋根主題之外,東南亞華文詩人所創造的中國形象是通過祖輩的言傳身教,通過華人社會及華人的中國觀念、中國習慣的表現,特別是通過祖輩所敘述的中國故事(包含中國歷史、文學、民間傳說等),以及祖輩們非正式檔案而想像的。借用被人們反復引用的安德森關於「民族」的概念——「它是一種想像的政治共同體」❷❻——來定義東南亞華文詩人對中國的敘事是最為合適,因為詩人以「想像」來構築自己華人文化的「框架」,同時更以「想像」來進入「花繁葉茂」的中華文化裏,這同時也表明了詩人憑藉中國文化資源——神話故事、歷史傳說、文學經典等賦予詩作裏的意義,而中國想像,實際上就是創造詩人的觀念意圖的新圖景。

對於詩人而言,鄉愁是一條永遠剪不斷,理還亂的思緒;但借著故鄉的風土人情以及母性精神的發揮,詩人努力連結自身內部意念與外面世界的現實,將之轉換成心靈深處的慰藉力量。對於故鄉的深厚情感,藉由詩歌中所散發出的「鄉愁之思」將自己心中那股無法釋懷卻又難以釐清的情愫,悠然的加以抒發。印尼詩人犁青擅長以意象的構造來追尋對中華文化的歸屬感,他的抒情詩〈我在家鄉山水間飛翔〉:

---

❷❻ 〔美〕本尼迪克特・安德森著,吳睿人譯:《想像的共同體——民族主義的起源與散佈》(上海:上海人民出版社,2003 年),頁 9。

親人帶來了家鄉的喜訊／我的心在家鄉的山水間飛翔

啊！我離別了十年的故鄉／我描述不出你今日的模樣

那青翠的茶山披上了新裝／當年的採茶姑娘成為了社長

那層層彎彎的梯田平步青雲／當年戴雲山的好漢戰鬥在農莊

那羊腸小路變成康莊大道／卡車來到了僻遠的山鄉

那山腳是一片新建的房屋／臭塘發了電，沼氣閃青光

啊！又窮又白的家鄉成為富裕的天堂／理想實現了！但我卻不在家鄉

我的心在家鄉的山水間飛翔／我一手捧著鐵觀音

一手捧起了鐵礦石／啊！這就是我的家鄉，我的希望❷

詩裏有詩人對故鄉的無盡緬懷，同時也對居住國充滿著期待，雙重身份而產生複雜情懷同樣流淌於詩人的筆端。當詩人把印尼當成祖國，歌頌她的美麗，心疼她的醜陋，其「落地生根的家園情結」得到自然的流露。〈我在家鄉山水間飛翔〉顯示出詩人既善於假借想像營造新穎的意象，又善於用這些意象傳達出詩人的感情流動。

三、「都從故國夢中出發」❷

---

❷ 馬相武、金戈主編：《五洲華人文學概況》（山西教育出版社，2001 年），頁 189-190。

❷ 引用陳慧樺分析林幸謙散文，說馬華作家的創作都是從故國的夢中出發，但是他們所編織的與中華民族相關的大夢，「跟一個純粹根植與本土的人所能

在祖輩父輩心中，故鄉是殘留在心中簡化了的象徵與記憶，失去了它，就失去了根，因為中國腐朽的政治，使「這些早年從民不聊生的土地上走到南洋賣苦力，嘗盡「豬仔」辛酸的祖先們，在錫礦場和膠林裏流下他們的血淚，卻終究沒有重回那塊遙遠的土地。」❷❾無法回到中國，亦無法產生對異地文化的認同，夾處於兩塊地域的縫隙中，老輩海外華人的情感歸屬自然擺向熟悉的中國。

於是東南亞華文詩歌就陸陸續續地出現了許多以婉約清麗的詩詞餘韻勾畫了一個美麗辭藻的中國，由此可見東南亞華文詩人對故國的描繪不是以寫實的「再現」，從未在作品裏表現政治、經濟的現實社會的故國，而是超越現實的一種想像。而文化在這裏體現了「思維的共同構架使某一群體或類別的成員與另一群體或類別的成員區分開來」的內涵與意義。❸❶這也是安德森「想像共同體」的準確意義的體現。

在馬來西亞砂拉越詩人吳岸的詩歌裏，經常可看到我們熟悉的唐詩、宋詞、元曲的古典韻味與情致，看到那些熟悉的字句與意象。

孕育出來的已是不可能，因為他已是移民的第二代，他的意識／無意識中已植入熱帶雨林的記憶，植入太多元多元種族社會的矛盾、狐疑、猜忌和衝突」。林幸謙散文集《狂歡與破碎——邊陲人生與顛覆書寫·代序》（台北：三民書局，1995 年）。

❷❾　鍾怡雯：〈門〉，收入鍾怡雯主編：《馬華當代散文選》（1990-1995）（台北：文史哲出版社，1996 年），頁 287。

❸❶　〔荷〕萊恩·Ｔ·塞格爾斯著：〈「文化身份」的重要性——文學研究中的新視角〉，樂黛雲、張輝主編：《文學傳遞與文學形象》（北京大學出版社，1999 年 1 月版），頁 332。

1966 年，因參加獨立鬥爭，吳岸在內安法令下被扣留，在集中營的歲月中，詩人寫下不少想念家鄉山水的詩篇，10 鐵窗生活的詩篇，給詩人留下難以磨滅的記憶。請看〈靜夜〉：

十年無音訊／萬里江山／夜夜入夢來
夢回／燈殘／牆高／門深鎖
我不眠／夜亦不眠
聽牆外風雨／有萬馬奔騰

從詩裏的字句與意象，我們看到詩人的創作風格、意象都與中國古典詩詞有著十分密切的關係。吳岸對現代中國文化的態度，集中體現在對艾青的推崇和追隨上：「一個赤道歌者／在風雨中追尋你的蘆笛」（〈致艾青〉），當艾青逝世後，詩人如此說：「留給我們的／依舊是一管蘆笛／一支火把／一個戰勝死亡的詩魂／一個永遠綠在大地上的野草的名字」（〈悼艾青〉）。

吳岸的另一首詩〈祖國〉直接反映了上世紀 50 年代華人社會年輕一代劃時代的思想變革，是吳岸在文學創作上對當時處於萌芽狀態的鄉土觀念與愛國思想的落實。吳岸說：「我則嘗試以敘事的手法，通過描寫兒子送別老母親（而不是母親送別兒子）北歸的一幕，來深一層來詮釋祖國的含義。」❸

---

❸ 1951 年，吳岸首次接觸艾青的詩歌，讓他感受到詩歌的奇妙和魅力，在他心裏播下詩的種子。參見高鴻：《跨文化的中國敘事——以賽珍珠、林語堂、湯婷婷為中心的討論》（上海：三聯書店，2005 年），頁 182。

> 你的祖國曾是我夢裏的天堂
>
> 你一次又一次的要我記住
>
> 那裏的泥土埋著祖宗的枯骨
>
> 我永遠記得——可是母親，再見了
>
> 我的祖國也在向我呼喚
>
> 她在我腳下，不在彼岸
>
> 這蕉風椰雨的炎熱的土地呵
>
> 這狂濤衝擊著的陰暗的海島呵❷

如果說，〈祖國〉所表達的是對砂拉越作為祖國的認可。「她在我腳下，不在彼岸」，那麼《南中國海》則表達了詩人「腳下的土地」與「彼岸」的關係的認識。這是一篇形象生動、氣勢磅礴的史詩式的作品。

> 雄渾的海洋呵，南中國海
>
> 你以你的滔滔滾滾的狂浪
>
> 把北方的大陸和南方的島嶼衝開
>
> 你以你的滔滔滾滾的狂浪
>
> 把北方的大陸和南方的島嶼連接起來

詩裏充滿著壯觀，這種地理上的描繪又何等生動地表現故國母土中

---

❷ 甄供著：《生命的延續——吳岸及其作品研究》（馬來西亞：新紀元學院學術研究中心出版，2004年），頁20。

國和南洋華人在血緣上和文化上的不可分割的關係。在敘述第一代南來華人艱苦拓荒創業的歷史畫面中，詩人不斷地重申「我們的祖先漂流在你的洪濤裏」這一永世不能忘記的記憶。❸❸

「真正的文化中國是活在我們內心，而不活在世界上的任何角落，任何土地上。」❸❹作為少數民族之一的東南亞華人，從文化傳統到心理記憶上都與居住國有著相當的隔閡，為了排遣心理的陌生、焦慮、漂移不定，他們以極大的熱情投入對「原鄉故土」的歌唱，通過意象的隧道，與祖先對話，重新聯結個體和民族的血脈紐帶。

詩人對遙遠祖邦和故土的追尋、眷戀是自然的。一行古文，一幅書法，一幅繪畫，一曲音樂，一折戲曲，一項武術，一種民俗，一品茶酒，一具陶瓷，一方園林，乃至一盆花卉……常常都會引發詩人的精神觸覺，化作不絕的詩情。有些詩人，迄今自稱走的是精神放逐之路，心目中不時飄著孔子、孟子的叮嚀和老莊的吊詭，睡在一種飄渺的夢裏，如林幸謙的《幻象》，出現了這樣的意象：

在流浪中漂泊／被我裝進莊子的夢中

在夢中修，養浩然之／借放逐供養中國的夢

如觀音，供養世人的命運❸❺

❸❸ 甄供著：《生命的延續——吳岸及其作品研究》（馬來西亞：新紀元學院學術研究中心出版，2004 年），頁 21。

❸❹ 陳湘琳：〈卻顧所來徑〉，《南洋商報／南洋文藝》，2003 年 4 月 11 日。

❸❺ 林幸謙：〈幻象〉，載《蕉風》總 469 期，1995 年 11-12 月號。

詩人對異鄉漂泊者命運的思考及濃厚的思鄉情懷。

海外華人對故國母土無法消解的情結，即成為文化上的」鄉愁」，同時對中華燦爛文化有著渴望與嚮往。打開菲華詩人的詩集，經常可看到中國茶、長城、長江或黃河等中華文化的象徵意象。信手拈來的歷史掌故，精心化用的唐詩宋詞，更讓詩人的想像超越時空，回到永恆的古典。謝馨也是這一文化主題的出色歌手。詩人的《絲綿被》，以一條普通的被子為起點，在想像中重構了整個地方溫柔旖旎的文明：

> 當然我無意／重複抽絲剝繭的過程：由蛹至蝶
>
> 遠溯至老莊的夢境／我只沿著絲路，尋覓
>
> 溫柔鄉的位置：彩繡的地圖
>
> 在被面／勾勒出東方
>
> 旖旎的經緯／綿織的羅盤
>
> 由纖細的花針／指向古典
>
> 琴瑟的一絲一弦㊱

這首詩，想像恣肆，境界遠大，棉絲被恍然成為一具「織錦的羅盤」，讓詩人從蠶絲想到破蛹而出的蝶以及莊周的蝶夢，又想到古老的絲路，想到純古典的「絲弦琴瑟」……思接千古，慮通萬里，一種現代生活中極常見的生活用具，卻儼然成為東方文化「溫

㊱　馬相武、金戈主編：《五洲華人文學概況》（山西教育出版社，2001 年），
　　頁 152。

柔鄉」的代名詞。

在赤道炎炎的南中國海追尋蓮根，在共處卻又相異的族類中不忌憚一種生死相交的文字和笑淚相融的性情，並不和作為東南亞公民的國家意識相抵。詩歌中「泛中華文化」精神向度，既是對一種優秀的傳統文化（超越國界）的孺慕，又結合了當地的現實和詩人的機智，形成根性與變貌兼俱的自我風格。再看看游川的〈粽子〉，他的心中，本來就有一個深深的「情結」：

> 媽媽是沒讀過書的農婦／不懂離騷不識三閭大夫
> 只一心一意將自己投入／用寬大的竹葉
> 將疏散散的糯米以實包住
> 蘭心細細地裹／巧手實實地縛
> 一投不投入江河／投入沸騰大鍋
> 在水深火熱裏／熬煉出成熟的我們
> 團團結結的粽子㊲

游川的「粽子」是母親的心願，是經歷磨難困苦華人的心願。不識字的母親只用行動來表現她對粽子所包含的「團員」意義。母親用竹葉將疏散的糯米包裹成形，「投入沸騰大鍋／在水深火熱裏／熬煉出成熟的我們／團團結結的粽子」。粽子作為中華文化象徵的意象顯而易見且意味深長，「粽子」與三閭大夫就是一種與文化之根的關係，華人移民的文化之根在中國。詩由即物而達至物我同

㊲ 游川著：《游川詩全集》（馬來西亞：大將出版社，2007 年），頁 173。

一，以熬煉為征喻，以擬聲揭題旨，把母性的情態和當下的命脈膠結起來。

游川詩作中經常出現的兩大主題，即現實困境與文化憂患意識，透露了詩人生命中念茲在茲的心理焦慮所在：本土／現實精神與文化／中國性的反復辯證。一邊是紮根本土，以現實生活中的環境為本，另一邊是民族文化身分的追尋，以中國性的文化憂患意識為源頭，表現在詩句中就成了感時憂國、文化憂思的矛盾焦慮。❸

由於中華文化已深深植根於主體心裏中，因此，東南亞華文作家以漢字書寫的作品不僅僅是體現文學的範疇，同時也折視整個華人文化命運的觀照：是華人中國情意結的守護者。

華人在生活的多個層面上繼承了文化傳統，可是身體卻遠離文化母體──中國大陸，因此，難免萌生一股濃郁且化不開的文化鄉愁。這一個層面投射在東南亞華文詩歌中是極為普遍的，而這種所謂的「情感現象」經常體現在東南亞華文詩歌作品裏。泰華詩人子帆在〈根〉如此抒發了個人對原鄉的濃郁情懷：

> 這一邊／那一邊
> 一水之隔／萬水、千山、遙遠、遙遠……
> 心連心／地連地
> 一水之隔／把綿延的大地
> 隔成遙遙相峙的兩岸／隔斷了萬水千山

---

❸　傳承得、劉藝婉編：《游川式：評論與紀念文集》（馬來西亞：大將出版社，2007 年），頁 119。

　　隔不斷兩岸的鄉心／隔不斷地連地，心連心……㊴

這首詩清新自然，惟卻充滿著詩人對原鄉的深情召喚。
　　嶺南人的另一首名作〈回到故鄉的月亮胖子〉：

　　離開曼谷／正是八月初
　　窗外的月亮，瘦瘦的／像湄南河畔的象牙香蕉
　　悄悄地，跟著我／來到香江，回到珠江
　　又回到北京／抬頭一看
　　回到故鄉的月亮／胖了！圓圓的臉蛋
　　正如陶陶居的月餅／餅圓，月更圓。

詩人用月亮的「胖」和「瘦」進行了對比，表現了無限思鄉之情。
　　著眼於詩，泰華詩歌中也存有大量的「湄南」意象。湄南河不
僅是泰國的一條主要河流的名字，而且也是象徵泰國人民文化精神
情感的「母親之河」。在泰華詩人的內心深處，湄南河與黃河、長
江、珠江、汨羅江、北國的江南等融合在一起，極其表現了泰華詩
人那種獨特的思想感情：「跨海橫空，從湄河／到黃河，眾人一條
心／架起一座友誼的橋／如雨後天邊的彩虹／七彩繽紛的光芒
／……／兩條母親的河，不捨晝夜／奔流在我們的心窩」（嶺南
人：《一道彩虹》）。另一詩人黃水遙在《湄水永無乾涸時》一詩

㊴　馬相武、金戈主編：《五洲華人文學概況》（山西教育出版社，2001 年），
　　頁 134。

裏，對湄南河所孕育的泰華文化，有一段十分意象性的敘述，他強調湄南河化為永恆的甘泉來哺育象的傳人（泰國人）和龍的傳人，「把象的傳人與龍的傳人／結成一對孿生兄弟／幾千年來同根苗長／守護著這片聖潔的淨土」。透過「慈母」和「哺育」的意象運用，可以清楚地讀到泰華詩人潛意識裏的湄江角色。在林太深的《夢韓江》裏，作者分不清身在佛國還是在潮州，「為什麼，夢裏韓江總有湄南河的影子／……／今晨醒來我頓覺迷惘／一個是我的生母／一個是我的奶娘／韓江和湄南河兩個母親的形象／我中有你你中有我／兩個母親的乳汁／一樣的白膩甜香」。詩裏的闡述，既表達了泰華詩人對故土的眷戀，對本土的衷情，也表現了泰華作家的雙重文化認同。泰國和中國、僑鄉和故鄉在泰華作家身上是統一的，就像發源於中國而注入泰國的湄公河一樣，是割捨不斷的；而詩歌中的本土性也深入挖掘了詩人寫作中所顯現的華族文化之根。

　　儘管認同於本土文化，且大多數已經擁有所在國的國籍，但是在每個海外華人身上永遠不可能完全割捨其身上的華人屬性。無論與中國文學有多大差別，東南亞華文詩歌裏總是有著與中國文學共同的文化淵源，共同的文化之根。因此，在大多數華人詩人筆下，對故國母土的懷戀理所當然地成了詩人歌吟的最普遍的主題，華人懷鄉的母題也得到進一步的深化。於是，華人與母國文化的聯繫、華人在異域他鄉的處境也自然成了詩人們共通的文化主題，如此深厚的情感內蘊也使得這些華文詩歌呈現了獨特的華人美學。

四、結語

　　東南亞華文詩歌深受中國傳統文化觀念和文學傳統的影響，所有描寫，都是民族意識、民族感情和民族認同的體現。由於受中國傳統文化觀念和中國文學傳統的影響，在東南亞華文詩歌中，字裏行間除存在著因民族的血緣關係而產生的「鄉愁」外，同時也含有大量的描寫中華民族傳統思想、倫理道德、價值觀念，以及民族生活習俗文化。

　　「『故鄉』的召喚也可視為一有效的政治文化神話，不斷激盪左右著我們的文學想像。」❹泰華詩人嶺南人〈回到故鄉的月亮胖子〉中的「故鄉」就是一種激發想像的力量，它啟動著詩人的故鄉情懷，塑造了詩人記憶裏所沉澱的故國形象。這種屬於父祖輩的記憶圖像，馬來西亞華人新生代將之謂為原鄉神話，而所謂原鄉神話者，則不過「在本質上意味著樂園形式的家鄉。」❹

　　中華五千年的文明與文化，給予海外華人、華僑及他們的後代不只是苦難的背景。而燦爛的文化給予華裔作家豐富的創作資源。許多華文詩人的作品表現出了對中華文化的理解和闡釋，這些理解和闡釋也實際成為中外文化交流的一種形式而存在，東南亞華裔詩人的中國敘事裏，顯示了中華文化強大的生命力。在詩人的筆下，一個雜糅著後輩理解與父輩記憶的中國文化形象，總是在他們生活

---

❹　王德威：〈原鄉神話的追逐者〉，《想像中國的方法》（北京：生活·讀書·新知三聯書店，1998年），頁225。

❹　黃錦樹：〈身世、背景與斯文（華太平家傳）與中國現代性（摘刊）〉（聯合報／39版／聯合副刊2003年3月22日）。

的每一個細節中體現。「中國形象」、「中國想像」和華人的歷史記憶，永遠成為激發東南亞華裔作家、詩人的最重要源泉。

此外東南亞華文詩歌中還表現了華族飄泊南洋、紮根本土的奮鬥史和創業史。這些作品仿佛是一幅幅歷史畫卷，對華族子孫後代尋根，對他們「落地生根」而不忘其祖。進而繼承老一輩華人的優良傳統和民族美德，具有很好的教益。東南亞華人雖已在居住國定居多年，但中國大陸仍然是精神原鄉，基於中華民族安土重遷的本性和民族的、血統的身份，產生了許多懷鄉文學和鄉愁文學。可以說，遊子思鄉是東南亞華文詩歌的主旋律，是扯不斷理還亂的離愁別緒。

從各區域的詩作中，我們可以看到東南亞華文詩人的赤子之心，也輕易看到他們對故鄉和民族的歸依之情。無根的悲哀在早期東南亞華文詩作中也有所體現，詩人常常以「浮萍」自喻，在大量的「無根」吟詠的同時，表現了對中華文化的認同。

自我文化的需求，與自我文化的歸屬感是緊密聯繫的，霍爾在談及文化時說：「文化即涉及概念和觀念，也涉及感情、歸屬感和情緒」。[42]所以自我文化的歸屬感更多體現在對某一文化心理的歸屬，文化身份所指的就是對某一群體文化的認知與認同。同時文化身份也是「他者」緊密相關的一個概念，「文化身份的形成以對他者的價值、特性、生活方式的區分。」[43]「只要不同文化的碰撞中

---

[42] 〔英〕斯圖爾特·霍爾編：《表徵導言》，周憲、許鈞主編文化和傳播叢書（商務印書館，2003 年 11 月版），頁 2。

[43] Jorge Larrain 著，戴從容譯：《意識形態與文化身份：現代性和第三世界的在場》（上海：上海教育出版社，2005 年 1 月版），頁 194。

存在著衝突和不對稱，文化身份的問題就會出現。在相對孤立、繁榮和穩定的環境裏，通常不會產生文化身份問題。身份要成為問題，需要有個動盪和危機的時期，既有的方式受到威脅。這種動盪和危機產生源於其他文化的形成，或與其他文化有關時，更加如此。正如科伯納‧麥爾塞所說：只要面臨危機，身份才成為問題。那時一向認為固定不變、連貫穩定的東西被破壞和不確定的經歷取代。」❹

　　原鄉情結和故國文化傳統對海外華人的影響根深蒂固，這種影響主要來源自家庭與祖輩的言傳身教，從中國飄洋過海而來的祖輩們把深摯的「中國」的記憶傳遞給下一代，並且一代接一代地傳遞下去。因此，他們在審視周遭的人和事時，會自覺不自覺地按照中國傳統的價值觀和道德觀去權衡，他們對題材文化底蘊的挖掘，必然會烙上中國傳統文化的印記。

　　其實我們每個人心中都有一份趕不走的鄉愁，它將籠罩我們的餘生。余光中說「你問我現在鄉愁是什麼？鄉愁是一座橋樑，你在這邊，我在那邊。」

---

❹　Jorge Larrain 著，戴從容譯：《意識形態與文化身份：現代性和第三世界的在場》（上海：上海教育出版社，2005 年 1 月版），頁 194-195。

從薛地到矽谷：

地理、歷史對文化、文學的影響

林中明

張敬文教基金會

前　言

　　我們的物質宇宙，不僅多維，甚至還有所謂的「暗物質」，存在於人類可見的物質世界之外，越探討，就越複雜。真是應了《莊子》所說的「至大無外，至小無內。」而人類本身的思維活動，也不止於 C.P. Snow 在 1956 年所提出的「兩種文化（*Two Cultures*）」。中國古人看世界，以「天、地、人」三才「三者互為手足（《春秋繁露》）」的互動，作為思考人世間主要活動的指導。但是中華主流的儒家文化始終以人為中心，「天地之性以人為貴」（《漢書·董仲舒傳》），異於西方以物質掛帥的「人地觀」所演化出來的「地理環境決定論」。所以即使屈平（屈平字原）在〈天問〉裏已經提出具有樸素科學思想的「大哉問」，張衡（張衡

字平子）又發明了「混天、地動說」，然而中華科技文化裏由於缺乏幾何邏輯為基礎的數理學❶，所以科學長期不能升級發達，以致地理學的觀測和推理，也長時期不能超出「地方如棋局」與不重視透視學的平面觀。但是畫家卻早已受到道家的神仙駕雲飛天的幻想，試著從空中觀看大地山川，演化出一種特殊的鳥瞰深視的繪畫風格❷。

　　一些傑出的中華文士和哲人，對於人與天地互動的關係，早就加以注意。例如《周易・繫辭上傳》就首先提出「地理」這個名詞曰：「易與天地準，故能彌綸天地之道。（哲人）仰以觀於天文，俯以察於地理，是故知幽明之故」。《周易・繫辭下傳》則點明「包犧氏」就是那位「仰則觀象於天文，俯則觀法於地」的哲人。「觀法於地」，顯然包括地上的山川形狀和人事活動的規律。其後南北朝的劉勰論文學，在《文心雕龍・原道篇》裏以「文之為德也大矣，與天地並生者何哉？」開章，就是沿襲著天地人三才的思維模式。但是把歷史、地理和人文相聯繫，恐怕司馬遷是領先的人物，而拈出地理二字和人文作較大量的聯繫和一些討論，則可能是首次以「地理」為書名，寫《漢書・地理志》的班固。

　　儒家文化，以「立德、立功、立言」三達德，作為人生努力的三大目標。西方古希臘思想家則以「真、善、美」為人生值得分別

---

❶　林中明〈變與不變：魏晉南北朝儒道文化的返顧與迴視〉，臺北・師範大學：第三屆魏晉南北朝儒國際學術研討會・論文・2007 年 4 月 14、15 日。

❷　林中明〈道教文化對科技、創新與管理、藝術的影響〉，高雄・中山大學：第一屆道教仙道文化國際學術研討會論文集・2006 年 11 月 11、12 日。《文與哲》第九期，高雄・中山大學・中文系印行。2006 年 12 月。

追求的目標和不同的次序。他們有系統地探討數學、科學、生物學、人類學的「真」，或發展社會學、宗教、哲學、法律所欲維持的「善」，與同時或單獨自由地追求和表現文學、美術、音樂的「美」。在文藝復興之後的幾個世紀裏，西方智士融會了科學和文學，推展出有科學基礎、有系統的社會文化學、人類學等學科，大大領先了中國因思想保守而無甚新見的人文社會學科。然而在 21世紀，我們若能綜合東西兩大思維範疇用以探討和開發新的文藝研究，譬如以《文心雕龍》的文學分析加上《孫子兵法》的奇正辯證與虛實轉化來思考更深刻的智術活動，則不僅思想內容得以豐富，維度更為多元，新的研究方向也能更加明確，而且在認知上，有時也能較前更有深度和別具活力❸。

　　這次淡江大學中文系舉辦「第十二屆社會與文化國際學術研討會」，以文學、文化為中心，與人類學、社會學、和法律學的互動聯繫為研討的主題❹，其開放性固已與世界研究文化與社會關係的

❸　林中明〈由《文心》、《孫子》看中國古典文論的源流和發揚〉〈古代文論研究的回顧與前瞻〉，復旦大學 2000 年國際學術會議論文集，上海·復旦大學出版社，2002 年 8 月，第 77-105 頁。

❹　Jeffrey C. Alexander, 《分析性的爭辯：了解文化相對的自主性》李家沂譯，*Culture and Society* , edited by Jeffrey C. Alexander, Cambridge University Press, 1990. 中譯本《文化與社會》，吳潛誠總編譯，立緒文化事業有限公司，1997。p. 34.「研究文化的方法間有著許多分歧，之所以必須尊重這些差異，乃是因為文化和社會間的關係異常複雜。文化這個現象無法只放在一個特定的學派架構裡去理解，也無法只在一個特定的學科領域裡去研究。人類學、歷史、政治科學、社會學、哲學、語言學、文學分析等等這些殊異的學科，都能在文化研究上有特殊的貢獻和發揚。……希望能有更普遍的觀點出現，得以讓不同的現實層面互相產生聯繫，彼此組織起來。……俾便有助於形成

主流方向接軌,而在中華文化圈裏,也有其一定的前瞻性意圖。劉勰在《文心雕龍·序志篇》裡說:「宇宙綿邈,黎獻紛雜,拔萃出類,智術而已。」其研究著述的方法和胸襟,可以說已經在這次研討題目的方向上早著先鞭。劉勰在《文心雕龍》的〈時序篇〉裏又說:「文變染乎世情,興衰繫乎時序」,可見劉勰早於馬克思一千四百年,就已經明確地指出了文學的變化起伏,不是一組特定意識形態的人閉門封塔,主觀地私想獨運就能創造,而是繼承了前人的文化,發揮了自己學識所得、經歷所感,趣味所向,並與社會、政治、法律、科技等世間的變化互動而致。譬如 19 世紀新興的社會學,就是文學和科學互動而形成的學科❺。馬克思在他後期作品中提出唯物論,以之解釋歷史的發展、政經秩序及文化現象,以為「下層結構」的物質基礎,能制約「上層結構」的意識活動。馬克思的意見,固然擴大了我們對社會整體的了解,但是馬克思信徒們,由於過份主觀地強調物質對社會和文化的作用,反而變成了意識形態的唯心主義,失去了「一陰一陽之為道」的平衡。在人類社會的思想活動中,世情、時序、文化、文學等事互為關聯,它們雖然都是人類活動中一些重要的變數,但誰也不是唯一和單向的主導因素。

　　若以當代科技術語而言,歷史與社會、文化、文學間的互動,就像互聯網裏的訊息轉換;而地理對社會、文化及、文學❻的影

更具普遍性的觀點。」

❺ Wolf Lepenies, *Between Literature and Science: The Rise of Sociology* (English Translation), Cambridge University Press, 1988.

❻ 劉克襄〈打開(臺灣)地誌文學的窗口〉,《聯合文學》,2008/05/30。「作

響，除了不可預測和控制的自然災害變動外❼，就多半單向而消極，但因歲月累積而能影響一方社會的心智活動。<u>本篇論文就是選擇地理和歷史，也就是空間與時間，對社會、文化和文學的影響加以探討，並一反歷史重於地理的研究慣例，特別以較少掛帥的「地理」為主打的前鋒</u>。為了避免探討方向的分散，乃以東西古今的文學為中心，但不止於 80 年代以來中國學者對中國古代文學和地域、地理關係的探討❽，把一些可見的影響，從大到小加以論析。文中並佐以一些古今中外的事例和文學作品，對「文人學者的多樣性❾❿」與「智術一也⓫」這兩個辯證而互補大題，繼續加以探討。以下的討論分為八章，每章盡量前後呼應，而各章裏的小節，有<u>些</u>也可以獨立看待。

家在長年的生活歲月裡，以家園山川做為背景，展開生命悸動的書寫，描繪自己的成長，往往是一塊土地，最深沉感人的文字記錄和生活刻劃。以山川地理和風物文化為素材的文學地誌，經由作家的文字詮釋，每個時代也都會呈現不同的美學符號和標誌。土地會變遷，但他們以文字做為見證，展現地理景觀另一面的心靈風景，跟土地做微妙互動。」

❼ 按：譬如 2008.5.12 在中國四川汶川縣發生的 8.0 級，數百年罕見的大地震；以及臺灣 921 大地震等自然災害。

❽ 黃霖〈《（梅新林）中國古代文學地理形態與演變》·序〉，上海·復旦大學出版社，2006年。序·第 4 頁。

❾ 林中明〈陶淵明的多樣性和辯證性及名字別考〉，第五屆昭明文選國際研討會論文集，學苑出版社，2003 年。第 591-511 頁。

❿ 林中明〈漢學的多樣性與現代化：兼說梁啟超、王國維治學二三事〉，臺灣·師範大學·國文系成立六十週年·國際學術研討會·論文集，2006 年 4 月 8-9 日。

⓫ 林中明《斌心雕龍·（自序）智術一也》，臺北·學生書局，2003 年。

一、社會、政治、法律、科技 與文化、文學的互動

文化是眾人的事：政治、法律、基因、科技對文學的影響

　　創建中華民國的國父——孫中山先生，曾有許多言簡意賅的名言。其中之一就是「政治是管理眾人的事」。但這句話沒有說是誰管理眾人。人類的社會，到目前為止，在許多國家和大多時候，政治的主導權操縱於極少部份人，但是其結果，包括惡果，卻是要支持和反對的眾人，在相當的時間裡，一起概括承受。而政治的體制，無論君主還是所謂的各類民主，主流文學必然受到當權派的政策及法律的影響。在「帝力或權力」所及的環境和壓力下，大部份的文人難免自覺或半自覺地轉變了方向。這可以說是「一代有一代之（文）學」的負面情況之一。

影響文化與文學的短期和長期因素：法律、政治、歷史、地理、科技、基因

　　好在政治力的存在，常繫於「一小撮」領導人的存在，所以暴政和善政都有其時間的限制。在政治引導下，大部份的成文法律，可以在短期內強制文學的方向，如避諱律對文字的制約、文字獄❷壓力下清代考據（文）學的興起、割肉賠金的法律和約定所帶給莎

---

❷　王有立主編，《清代文字獄檔》（一、二），民國二十三年鉛印本影印，華文書局。

士比亞寫《威尼斯商人》故事等等。但是自古以來，人去政亡，權落法喪，所以「成文法律」對文藝的影響到最後終不及「非成文法律」所形成的風俗，以及宗教思想引發的文藝來得長遠。與此相較，一個國家或地區的歷史經驗所帶來的思想，對文化和文學的影響是長期的。而在交通不發達的時代，地理環境直接影響到當地人民的生活方式，自然「一方水土養一方人文」❸。所以在古代沒有輪船和飛機時，地理對文化和文學的影響最直接，常常比地方上的領導人還更能影響一個地區的思想及行為。譬如日本人因應付地理環境裡天氣的善變，而在文化和行為上形成一個所謂的「九十日之民族。正如清少納言所說的那樣：「瞬間即逝之物、揚帆之舟、人之年齡、春夏秋冬」❹」。日本全國上下在初春醉心於方開方謝的櫻花（圖 1. 櫻花樹下的老人與少女），就是一個明顯的例子。地理的影響到了近代又急速地為航空、隧道❺和網絡等所降低，而歷史的影響又因為資訊的容易取得而相對顯得重要。

---

❸ 松本一男《日本人與中國人》〈序言〉X 頁：「人類本來的性格沒有什麼差別，民族性和國民性也沒有根本的差異。但由於居住環境和歷史境遇的不同，在長時間內衍生了若干的差異。」

❹ 以賽亞·本達桑《日本人與猶太人》〈第三章：思時神的牙與顎〉，王新生譯，錦繡出版事業有限公司，1994 年。第 30-39 頁。

❺ 林中明〈利涉大川：從「黑水溝」到「銀絲路」〉，海峽兩岸經濟區域發展論壇論文集，中國社會科學院經濟所·福州，2005.5.21&22。註：此文中也建議和討論修建海峽隧道的區域經濟及社會心理問題，並以「地無恆連，則無恆情」為此計劃的重要性作總結。

人類學與物類原始：大小人國、君子國和「馬」國

在簡略地討論了社會、經濟、政法、史地、科技對文化和文學的影響之後，我們就不得不向什麼是更基本的「基本盤」再推一步。這就可能發現種族的基因，對人類的文化傾向，有時候更具潛在、直接與長期的影響。這個敏感而棘手的問題，從前曾不時引起對人權和政治不敏感的研究者的重視，以及受到意識形態下民粹政客的不仁操縱與不法歧視。但是若要認真研究人類的根本行為性向，對此終究還是不能避而不談。非洲黑人對於音樂舞蹈熱情而且擅長，但是對抽象的數學邏輯相對地不感興趣；西伯利亞居民堅忍而且勤奮❶，但是對休閒文藝可能完全不在行。所以我們在儒家「性相近，習相遠❶」理論之外，應該還要考慮人類學的因素。譬如充滿神話故事的《山海經》裏就有一個「貫胸國」，它的國民可以用一根棍子穿過胸洞扛著走，省去了轎子的裝備！「君子國」的人，竟然好以「不利己而利人」為爭執和「打拚」的目標！（《鏡花緣》裏令人神往而感慨的君子國，其實是借用了《山海經》的創意，加以發揮）……以及大小人國等等的描寫。對於現代人來說，這類的神話，其實就是幻想把人類基因加以改變，或因基因突變，才能想出來的故事。《山海經》集結成書在秦漢代。大約兩千年

---

❶ 孟德斯鳩《論法的精神》，張雁深譯，商務印書館，1978 年，上冊，第 228-283 頁。「炎熱國家的人民，就像老頭子一樣怯懦。寒冷國家的人民，則像青年人一樣勇敢。……在寒冷的國家，人們對快樂的感受性是很低的。在溫暖的國家，人們對快樂的的感受性就多些；在炎熱的國家，人們對快樂的感受是極端敏銳的。」

❶ 《三字經》：「人之初，性本善。性相近，習相遠。苟不教，性乃遷。」

後，愛爾蘭人 Swift（史威夫特）在《格列弗遊記》中才寫出膾炙
人口的大小人國遊記。論創意的時間，Swift 當然在時間上遠遠輸
給了《山海經》的作者群。即使 Swift 在《格列弗遊記》中另外幻
想出比人類還聰明的「馬國」，《山海經·卷二·西山經》中也早
有類似「智慧馬」的「神」物——「槐江之山……實惟帝之平圃，
神英招司之，其狀馬身而人面，虎文而鳥翼，徇于四海，其音如
榴。」不過由於文明的進步，兩千年後的 Swift，當然能對「馬
國」的「馬」作出比古書《山海經》中的「英招」更仔細的描寫。
Swift 描寫這些「馬國之馬」，似乎都受過比當時的「人」更高的
知識教育，思考似乎更理性沉著，所以「馬國的馬」，反而以「英
國的人」為奇異有趣、低一等的聰明動物。Swift 的這個故事，我
認為他的反諷頗有創意，很得作詩的「賦、比、興」之旨。如果我
們認為秦二世時的趙高集團「指鹿為馬」事件可笑、可恥又可悲，
則 Swift 的「指人為馬」和「以馬為人」則是既有趣又發人深省的
上乘社會諷刺文學。諷刺文學再加上有趣的旅遊文學以為賣點，難
怪它迅速成為世界級的經典文學。我們「人類」讀此書，在享受趣
味旅遊和會心發笑之餘，恐怕還需要嚴肅地反省，如果宇宙中還有
許多比我們更高級的生物，人類應當如何給自己在宇宙裏重新定
位。

文變染乎世情

《易經》說：「觀於人文以化成天下」。錢穆認為「人文即指
人群相處種種複雜的形象。惟其人.群乃由不同種類相雜而成，於是
乃求相合相通，乃有所謂化。」如果不能相忍相通，下焉者動用暴

力爭權，上位者召派武力鎮壓，都不能算是「文化」。社會風氣可以逐漸形成新文化，強勢的外來文化也可以迅速改變舊風俗。強力的政軍領導可以加速社會風氣的轉變，超人氣的藝人可以一夕塑造新的風尚。但是新文學的形成就需要一群人長時間的努力，所謂（圖2）「素以為絢，繪事後素」（《論語·八佾》），化而後文，言之有物。好的社會風氣常需三代人的努力，但是壞的社會風氣的形成，德國納粹只用了十年，有些新興轉型中的國家，「向下沉淪」的速度可以更快。孔子說：「善人為邦百年，亦可以勝殘去殺矣」（《論語·子路第十三》），也就是說社會風氣的「向上提升」大概需要百年的時間和三代人的持續努力。孔子又說：「如有王者，必世而後仁。」這就是說即使是聖明的君主（類似柏拉圖的「哲王」），孔子認為也要三十年的功夫，才能提升社會風氣，使得仁道可以通行於社會。然而物理世界已經告訴我們，提升重物，需要持續加以大於重物重量的力道，而只要一鬆手，重物就自然下墜。所以殘暴的「文化大革命」，只要四、五個領導人的喊話和幕後運作，發起幾個月的學生運動，就能挑起全國的「不文明、無文化」的政治鬥爭。而充滿「新造字」、「簡訛字」的「文字改革」，更是一紙命令，便能上馬硬行⓲。可見文字、文學和文化，都不能脫離社會、政治和法律的影響。

⓲ 林中明〈從「繁簡之變」「讀寫之別」到「繁簡之辯」「簡訛之辨」〉，「漢字論壇」論文，臺北·國立師範大學，2006年6月10日。《國文天地》2006年9月、10月、11月三期連載。
　美東華人學術聯誼會年會，Liberal Arts Workshop, Flushing, New York，2006年9月9日。

　　所以我們探討文學、文化與社會、政治的關係，當然不能脫離「時、空、領導」的大影響，和歷史、地理與世情、人心持續互動的關係。劉勰在《文心雕龍·時序篇》裏說：「文變染乎世情，興衰繫乎時序」，明確地指出了文學的變化起伏，不是一個文人閉門封塔，私想獨運就能創造。能持久而傳世的新文學，它們的創造，多半是繼承了前人的文化，再發揮了自己的個性、學識所得、經歷所感，並與社會、政治、法律、科技等世間的變化互動而致。其中國家的政策和區域的法律，是文藝在大小環境下必須遵循的主要有形規範；社會流行的時尚是時間範疇下可見可感的立即衝激；而價廉功強的科技工具，更能加速文化的變化，主導和傳播新文藝的走向。

　　西方經濟學的創始人亞當·史密斯曾以「不可見的推手」來比喻人心欲望是推動自由經濟的主要動力。和可以度量的大部份經濟活動相比，不可度量的文化和文藝對社會的影響相對間接，可以說是「不可捉摸的心」，而且它們對社會活動和政經方向的影響常常更全面和不易理喻。有名的印度寓言，瞎子摸象，笑瞎子們各摸大象的一部份身體，便以為這就是大象的全部。我們研究社會文化和文學藝術，大部份的時間，可能也不比小瞎子摸大象高明。

　　國學大師錢穆指出「人文即指人群相處種種複雜的形象」，明智地指出了研究人類社會，必須從多角度、多學科來著手。當社會和國家出了大問題時，有的評論人喜歡學美國前總統克林頓的名句，說「笨蛋！問題是經濟！」；有的經濟學者則說是「機制設計不當的問題」；有眾多的政治學者和評論家認為是「政策出了問題」；一些有強烈政治歸屬的媒體和議員則一再地說「一切問題都

是敵對媒體和議員搞出的問題」；也有哲學家和思想家認為這是源於「意識形態的問題」；以及片面和有選擇性記憶的歷史愛好者說「這完全只是某一段歷史和政權所遺留的問題」；還有教育學者和關心教育的家長說是教育課程、教改課本和部長及助理等人出了問題；……可以說人人有理，而莫衷一是。直到目前，在公開場合，似乎還沒有人指出──「別傻了（看清楚啊、笨蛋）！問題出在『我們自己的腐朽、保守、暴力、投機等惡質文化』！」或「善知識！一些當前的問題，很可能就出在『我們和你們所共有，而大家都不容易丟掉的惡質文化』！」

笨蛋！問題是「文化」 ❶ ！

「笨蛋，問題是經濟！」（It's the economy, stupid.）這是美國前總統克林頓在 1992 年競選總統時，所提出自問自答看似簡單的一句話❷。但這句話一針見血地指出了美國民眾當時最關心的就是

---

❶　〈一個美國猶太人眼中的中國機會〉，《中國青年報》，2008 年 7 月 7 日 07。「唐銳濤（Tom Doctoroff），是個美國人，是個猶太人，還是個中國通。JWT（智威湯遜──中喬廣告有限公司）大中國區的這位首席執行官及東北亞區總監，非常喜歡自稱是「中國的朋友」。這個在中國工作了 15 年的美國人，唐銳濤更想通過文化去瞭解潛藏在人們消費行為背後的動機，好的廣告來自於對消費者的理解，當然要理解他們的動機，「文化實際上蘊含著人們的動機，人們為什麼這樣思維，為什麼他們的行為方式是中國式的而不是美國式的，這就必須要理解文化」。

❷　*"It's the economy, stupid!"* 源出克林頓 1992 年總統競選謀士 James Carville 寫在 Little Rock 競選總部的三條競選要項之一：1. Change vs. more of the same; 2. *The economy, stupid*;　3. Don't forget health care.

不可迴避的經濟不景氣問題。這一顆經典的「檄移㉑」「子彈」，對剛從伊拉克凱旋歸來的老布希，施以致命的一擊，為「滑頭比利（Slippery Billy，克林頓總統綽號之一）」贏得了總統大位。同理，很多看似複雜的社會意識形態和政治爭議問題，其實都根源於歷史地理所影響的文化問題，而不只是黨綱、媒體或幾個名嘴的問題。

> 憂慮社會問題而不考慮文化問題，則見識膚淺不能深刻瞭解問題的根源。
> 奢談文化創意而無文化縱深的學養，自然流于表面文章和作秀活動。
> 夢想發展文化企業而又自廢博大精深的「優良傳統文化」，當然不能用抄襲來的二手文藝去和文藝來源的國家競爭。
> 盆栽的松樹長不高，失根的蘭花活不長，
> 文化的沙漠只有帶刺的仙人掌，閉鎖自大的國家又豈止夜郎㉒？

㉑ 林中明〈〈檄移〉的淵源與變遷〉，《文心雕龍》1999 國際研討會論文集，文史哲版社，2000 年 3 月，第 313-339 頁。按：劉勰《文心雕龍》有〈檄移篇〉，討論如何「厲辭為武，總其罪人……事昭而理辨，氣盛而辭斷……顯其貫盈之數，萬雉（文）之城，顛墜於一檄也。」

㉒ 司馬遷《史記》〈西南夷列傳〉：「西南夷君以什數，夜郎最大。其西……滇最大。滇王與漢使者言曰：漢孰與我大？及夜郎侯亦然。以道不通故，各自以為一州主，不知漢廣大。」

　　清代士人魏源（1794-1857），受到因鴉片戰爭以致流放，但壯心憂國不已的林則徐之託，編撰了中華第一部「關於世界地圖集方面開創性的著作」——《海國圖志》。這本書開闊了國人對海外各國的認識，讓當時的知識份子瞭解，中國既不是世界的中心，也不是惟一的重心，所以不要如同漢代的夜郎一般地因無知而自大，草螟鬥公雞，而自取滅亡。魏源學問淵博，信佛而知兵略。他曾在《孫子集注序》裡寫道：「天地間無往而非兵也，無兵而非道也，無道而非情也。……羿得之以射名，秋以奕，越女以劍。」於是乎他把有限物質世界裏的人類競爭活動，都歸納入兵略的運用，眼光獨到，上溯司馬遷的《貨殖列傳》。如果借用他的思想和文句，我也可以說：「人間活動無往而非文化也，無文化而非道也，無道而非情也。……杜甫得之以詩名，韓愈以文，八大以畫。」

　　在眾多文化活動之中，我認為又以文學最能獨立於物質載體，因為文字組成的詩句文章能無限複製而不失其原義和精神❷❸，而且在可見的將來，最大最快的電腦，和最細膩最多彩的印刷機，仍然不能「製造」出好詩和不朽的文章。所以我認為，「文化的核心，在於文學」。因此我認為任何依賴文字來表達或傳達資訊、見聞、思想和感情的文章，就都不能不講究「文學的藝術——用最少的文字，來傳達最真、最善、最美的資訊、見聞、思想和感情」。所以新聞有新聞文學，法律有「法律的文學」和「文學的法律」❷❹，寫

---

❷❸　林中明〈（廣）文選源變舉略：從《詩經》到桐城〉，第四屆昭明文選國際研討會論文集，吉林出版社，2001 年 6 月，第 562-582 頁。

❷❹　Richard Posner, *Law and Literature*, Harvard University Press, 1998. 《法律於文學》，楊惠君譯，商周出版社，2002。

歷史也不能不具備生動的文筆，表達哲學思想也不能不「或韻或無」地精選術語文字，邏輯安排說理次序。試想《老子》、《孫子》、《莊子》、《史記》的文筆如果寫得像工程報告，這四本書還能留傳至今嗎？劉勰在《文心雕龍·程器篇》裡說：「孫武兵經，辭如珠玉」，這就說明了文學能力對任何科目的撰寫，都是重要的基本功夫❷。

劉勰建立文學理論，以「五經之含文，極文章之骨髓」，所以他認為要把文章寫好，必先《宗經》。劉勰用「含」字看「經」與「文」的關係，可見他對各科目的重疊互動具有宏觀而且客觀的理解。清人章學誠說「六經皆史」，以「皆」代「含」，用語偏激武斷，所以雖然驚人有餘，但是實證不足，且多爭議。比較了劉、章的用字，我們由二人的一字之差，可以看出章氏的學問在宏觀上之不足，如《易經·晉卦·上九》二所云「晉其角，維用伐邑」，雖然鑽牛角尖有餘，也可以伐小邑立功，而其實於大「道未光也」。這也是我們觀察真正的「大師」和「著名學者」何以不同的一個小例子。

地理山川如何限制、影響和幫助文學和藝術？以下是劉勰的解說與石濤的見證。

山海影響人心　江山助益文藝

人的文學和文藝，不能不牽連到天地對人的影響。當「風雲天

---

❷　〈劉勰、《文心》與兵略、智術〉，中國社會科學院·史學理論研究季刊，1996 年第一期，第 38-56 頁。

氣」的影響大於「地理」的影響時，可以說這就近於「文學氣象學」的範圍；當「山川地理」的影響大於「風雲天氣」的影響時，就近於「文學地理學」的範圍，或者稱之為文學中的「地方感」（*The Sense of Place*）㉖。劉勰在《文心雕龍》的首篇〈原道篇〉裏宏觀地指出：「……山川煥綺，以鋪理地之形：此蓋道之文也。」鋪理地之形，其實就是說地理地形的結構、質地和變化，既是文藝的基本來源，也具有類似的道理。在地理與文藝的較消極和間接的關係之外，地理對文學甚至地方民俗、音樂、詩風、文氣也有「潤物細無聲」的長期影響。劉勰在〈神思篇〉中所說的「登山則情滿於山，觀海則意溢於海」，就指出了地理環境對文藝運思，所能激發的積極而直接的短期衝激。劉勰在〈物色篇〉中又說「長卿之徒，詭勢瑰聲，模山範水」，認為西漢大文學家司馬相如等人寫賦文，以山水為模範，因而有更好的成就。劉勰在〈物色篇〉的結尾，更指出屈平《楚辭》之所以能瞭解承繼《詩經》的感情而發揚，「抑亦江山之助乎？」可見山海地理對文學以致於文化的影響，中國的智士在一千五百年前早已明之。

　　初唐的大詩人陳子昂，因為到了北方前線的薊州，登台四望，由蒼茫天地得到人壽有限的傷感，因而寫下了不朽的名篇。其後的岑參、高適等人因為到了西北邊疆，看到荒漠雪山的雄險景色，激發了新的感情，因而創出新的邊疆詩篇。清初大畫家石濤提出「搜盡奇峰打草稿」的方法，來「蒙養」他的繪畫基礎，促進他作畫的

㉖　David Lodge, *The Art of Fiction*, ch.12: The Sense of Place. Penguin Books, 1992. pp.56-60.

靈感，最後達到「山川脫胎於余也，余脫胎於山川也」的山川地理
與繪畫詩文合一的有機境界，為地理與文藝的互動，作了最生動而
且成功的見證❷。清末的楊守敬，更是由注釋《水經注》四十年的
功夫，得山川書卷之氣，而成大書法家❷。由以上幾個代表性的例
子，我們確信「山海影響人心　江山助益文藝」。「虛」的歷史固
然影響人心，但「實」的地理也可以轉換成「虛」的感情，然後會
同「時間」的維度，推動人類的思想，激發文人和藝術家的感情，
創造出文藝作品，它們伴隨著科技的發展❷，共同豐富了社會的文
化，促進了世界的文明。

　　文學雖然相對於地理為「虛」，但是它還是可讀、可聽、可
寫，不是完全的「虛無」，有時也可以轉換成實務。而實際的人
生，經過文學的筆墨，也可以成為魔幻小說的材料。「列子御風，
泠然善也」、「古之真人，入水不濡，入火不熱（《莊子·大宗
師》）」……這些曾是古人的幻想，但是現在都成真事。《詩經·
大雅·民勞》裏說的「小康」生活（「民亦勞止，汔可小康。惠此
中國，以綏四方」），自從 1972 年鄧小平以之描繪中國的下一階

---

❷　林中明《文藝會通：劉勰與石濤》，中國《文心雕龍》2007 國際學術研討
　　會·論文集，中國《文心雕龍》學會、南京·中山陵園管理局主辦，2007 年
　　6 月 2 日 & 6 月 5 日。

❷　林中明《斌心雕龍》《字外有字》，臺北·學生書局，2003 年。第 357-358
　　頁。

❷　陳世欽編譯自《科學》期刊，《新記憶體：存 50 萬首歌》，《聯合報》
　　2008.4.15，p. AA。「（IBM San Jose Research group）主持這項研究的帕金表
　　示：『這種記憶體能夠在口袋中儲存大量訊息，可以解放創造力，進而造就
　　各種超乎想像的裝置與應用工具。』」

段的目標之後，抽象的文字也轉化成中國大陸的實際政策——「小康社會」❸。所以當代西方著名的小說文學家 Nabokov 曾說「文學莫不真實，科學無不幻想」。然而中國古代思想家是如何看待地理與人文的關係，地理和歷史又如何影響人心和文學？

以下先從《周易》的思想說起，再談《左傳》、《中庸》、《史記》和《地理志》等經典著作裏的論述。

二、中華古代經典中的地理文化、
社會風氣研究略述

厚載、無疆的《周易》坤地文化

《周易》以龍為理想生物，它既是君子，也是君子的楷模。乾卦說龍的成長，由潛於深淵而擴張於田地。由平地而進德修業，躍淵飛天，立下了君子努力的階段和方向。全卦既有明確的「向上提升」的系統，又同時具有生動強勁的文字，而〈乾卦·用九〉「見群龍無首，吉」的思想，尤得現代國際民主關係之嚮往的和諧共榮精神❸。與乾卦相比，坤卦不僅卦象陰柔，文字也柔順內斂，〈坤卦·用六〉「利永貞」這三個字，更是古代封建社會追求穩定社稷的精髓。坤卦的文字不起眼，它又以一個較平凡的動物——馬為對

---

❸ 林中明〈詩行天下——從《鹽鐵論》大辯論的引《詩》說起〉，第七屆《詩經》國際研討會 2006 論文集。北京·學苑出版社，2007 年。

❸ 林中明《*On Great Nation*（論大國）》，《北京論壇（2005）論文選集》，北京大學出版社，2006，pp. 151-189。

象，而且特別用母馬的柔順來作君子士人忠君保土的準則。以「母馬」之貞為學習的榜樣，而特意捨棄 Swift 以馬諷人的「偏見」或「自大」，這在西方講究競生奪利，弱肉強食，近似「游牧民族精神」的社會裏，可能人們難以理解或同意這種陰柔消極，「以母馬為師」的人生哲學。

但是坤卦裏「君子以坤德載物」與「德合無疆、行地無疆、應地無疆」的思想，不僅反映了古代封建農業社會裏人臣士人與大地的基本關係，也符合現代人與大地共生的環保觀念㉜。更特別的地方是《坤卦》中「厚載」和「無疆」大氣厚道的地理觀。對於大地的托載問題，上世紀的大哲羅素曾說過一個笑話：一位老婦人曾反駁他所說的地球浮於空中的說法，她認為地球是四個大龜所托起。至於什麼東西托大龜？就不知道了。大氣無邊的哲學思想，也表現在《莊子》的內外篇。莊子說齊物，表面上是大鵬與小鳥並觀。但是他同時說了北海到南溟的空間無疆廣大，也笑閉鎖的河伯，要不是受到秋水的泛濫推流至海，不知東海之大。所以我認為這是中華文化自古有之的大國大氣思想，這可以說是各地的文化因不同的地理而產生其本土的特色，然後吸收融會了附近空間的文化，和過去時間裏的歷史，使得最後渾成的文學，也可能同時具有「至大無外，至小無內」的時空包容力。「坤德載物」的觀念也反射出萬物

㉜　Lin, Chong Ming, *"Equilibrium, Environment, Energy, Entropy, Education and Empathy: From Asian Nations Disconnection to M.I.T. (Multi-Inter-Trans) Disciplinary Integration"*, "The 21st Century Asian Conference on Environmental Issues" Conference Digest, Environmental Studies Department of Nagasaki University, Nagasaki, 2005.11, 17-18.

依賴於地，人的文化當然也因地理地勢之異而各有特色。風俗文化不同，所「載」的文學藝術也自然有異。《詩經》十五國風，各具風味，且看以下數節裏，古代的經典和大師們如何解釋各地民風和文學不同的原因。

《左傳》季札觀樂與《詩經》十五國風

《詩經》本來詩、歌並具。所以十五國風不僅採集了不同封地的詩句，也同時記錄了歌調。因此《風》的內涵就不止於文字的意義，而且還有相伴的音樂。這使得「吳公子（季）札來聘（於魯）……請觀於周樂❸」時，懂得音樂和歷史的季札就留下了對十四國《風》的詩樂感受及評價。季札不僅懂得詩文歌舞，更精通古代的政治社會歷史及當代各國政壇的人情世故和警告政治人物如何避凶趨吉❹，司馬遷稱讚他「見微而知清濁，閎覽博物君子也」。所以季札對十四國《風》的詩樂及四種商周的歌舞，都從歷史領導人物如衛康叔、武公、文王、周公、禹、陶唐氏等人對歌舞風格的影響，來評議音樂和歌舞的韻味。季札對音樂和舞蹈的評論，固然

---

❸　《左傳·襄公二十九年》季札觀樂：「請觀於周樂，使工為之歌〈周南〉、〈召南〉……〈邶〉、〈鄘〉、〈衛〉、〈王〉、〈鄭〉、〈齊〉、〈豳〉、〈秦〉、〈魏〉、〈唐〉、〈陳〉……自〈檜〉以下（《曹》）無譏焉。為之歌〈小雅〉、〈大雅〉、〈頌〉……見舞〈象箾〉、〈南籥〉、〈大武〉、〈韶厂ㄨˋ〉者……。觀止矣！若有他樂，吾不敢請已。」

❹　《左傳·襄公二十九年》：「（季札）謂穆子曰：『子其不得死乎！好善而不能擇人。吾子為魯宗卿，而任其太政，不慎舉，何以堪之？禍必及子。』……說晏平仲……謂子產曰：『鄭之執政侈，難將至矣，政必及子。子為政，慎之以禮。不然，鄭國將敗。』」

精采，而且是《左傳》中少有的長篇文藝音樂評論。但我以為其間可能雜有左丘明自己的意見，他借季札之口而述自家對音樂和政事的曉聲博觀。然而遺憾的是，左丘明筆下的季札（包括左丘明自己），對於地理環境可能對歌舞文藝發生的作用，皆無評論。或許左丘明和季札把地理的影響也歸入政治領導人的名下，也可能那個時代，史家對地理和人文的關係，還沒有那麼仔細明確。但是根據子思所編著和秦儒加句❸❺的《中庸》第十章，孔子在 2500 年以前，就率先對南北文化的差異有精闢的看法，很值得我們敬佩。

孔子的南北文化差異論及近人續論

關於南北文化不同的問題，今人多以為是英國科學家和作家學者 C.P. Snow 在 1956 年所首創。其實兩千五百年以前，孔子已經在《中庸》裏率先指出南北思想行為的大不相同。可見孔子早已經看到人類學、地理學和文學與文化之間的關係，可說是中華有文書以來，開南北民風研究的第一人！❸❻孔子在《中庸·第十章》裏答復「子路問強。子曰：『南方之強與？北方之強與？抑而強與？寬柔以教，不報無道，南方之強也，君子居之。衽金革死而不厭，北方之強也，而強者居之。故君子和而不流，強哉矯。中立而不倚，

---

❸❺ 錢穆《民族與文化》，1959。臺北·東大圖書公司，1989 版。第十頁。「《中庸》（第二十八章）言：『今天下，車同軌，書同文，行同倫（輪）。』《中庸》成書在秦代，此即其證。」

❸❻ 湯恩比《歷史研究》第十章：「西元前第五世紀，希臘的『醫學之父』Hippocrates 曾寫了一篇論文《空氣、水分與環境的影響》……在大部份的事例中，我們均可見到，人類的身體與性格，是隨地域的特性而轉移的。」

強哉矯。國有道，不變塞焉，強哉矯。國無道，至死不變，強哉矯。』」孔子在當時算是北方人，老子和莊子算是南方人。但是孔子認為南人「寬柔以教，不報無道」，是「君子」，而北人是強者。這段談話，我認為他幾乎簡明地反映了《老子》的基本哲學。這表示孔子真見過「老子」，談過話，請教過「老子」的高見，並且瞭解《老子》的哲學。

近人曹聚仁說：「南人文勝質，北人質勝文。」他也抓住了孔子的思想。北方游牧民族和燕趙悲歌之士具有樸質的強悍民風，所以需要推崇「禮教」來達到《中庸》的平穩社會。而南方魚米之鄉，商業發達的社會，過於文飾，擅於巧辯，重利忘武，所以須要強調「硬性」的「義」和提倡敢拼命的「尚武」實戰精神，「損有餘而補不足」，以對抗北方南下「牧馬」。魏晉南北朝的學風，也反映了地理與生活習慣的影響，不完全是學派的變化而已。再看《世說新語・文學篇》中所記載褚季野和孫安國的談話，「北人學問，淵綜廣博。」孫答曰：「南人學問，清通簡要。」支道林聞之，曰：「聖賢故所忘言。自中人以還，北人看書，如顯處視月，南人學問，如牖中窺日。」我們大致可以看到當時的學者已經開始注意到地理空間與歷史習俗對學術思維方法造成顯著的不同。

顧炎武在《日知錄》卷十三《南北學者之病》中也批評當時的學風曰「飽食終日，無所用心，難矣哉（按原語見《論語・陽貨》），今日北方之學者是也。『群居終日，言不及義，好行小慧，難矣哉』（按原語見《論語・衛靈公》），今日南方之學者是也。」後來劉師培 1905 年寫了〈南北學派不同論〉，梁啟超也先後寫了《中國地理大勢論》，及《近代學風之地理的分佈》

（1924）。這些前輩大學者和今人的研究都指出地理空間對文化和學風的影響。說到南北地理對文學風格的影響，梁啟超說「燕趙多慷慨悲歌之士，吳越多放誕纖麗之文，自古然矣。……散文之長江大河，一瀉千里者，北人為優；駢文之鏤雲刻月，善移我情者，南人為優。蓋文章根於性靈，其受四圍之影響特甚矣。」日人青木正兒談到南北文藝思想的差別，認為「南北地方色的不同，是因為他的風土及民族的差異」，以及北方的「文藝思想，自然是趨於現實的，力行的，質樸的方面」而南方人「文藝思想是浪漫的……容易傾向於逸樂的，華美的，游蕩的生活❸」，基本論調近乎梁啟超，不知是誰先誰後？

至於文化、人性與地理的關係，梁啟超說北方人「保守之情深，排外力強」而「南地……不重禮法，不拘於經驗，所以不崇先王。又其發達較遲，中原之人，常鄙夷之，謂為蠻野❸，故其對於北方學派，有吐棄之意，有破壞之心。」這也值得我們對政治變遷與南北地理對人文學風的影響再作思考，並比較中西文化中如何看待「蠻族人」等類似問題❸。

---

❸ 青木正兒：《中國古代文藝思潮論》，王俊瑜譯，人文書店，1933 年，第 3 頁。

❸ 許曉旭〈羅馬統治時期希臘人的民族認同〉，《歷史研究》，2006 年 4 月，第 150 頁。「公元五世紀早期，barbaroi（plural）由原來一個偶然用於嘲笑外族語言的詞語，最終演變為一個同『希臘人』相對立的概念，構成一切非希臘人的蔑稱。」

❸ 林中明〈變與不變：魏晉南北朝儒道文化的返顧與迴視〉，臺北·師範大學：第三屆魏晉南北朝儒國際學術研討會·論文·2007 年 4 月 14、15 日。

南北民族跨越長城的文化融合與文學成長

　　中國分佈在東西方的各族，雖有地域的不同，但是由於黃河、長江自西向東流，所以沿河的居民也因為河流航行的相連，而比較容易互相貿易和交流文化。然而以長城為界的南北區域，則由於地形、地理以及氣候、語言等基本差異，而造成北方游牧民族與南方農業社會的不停衝突。但是聰明的領導人常能率群眾學習敵方的優點，以爭取生存甚至勝利的機會。譬如戰國時代趙武靈王的胡服騎射，以及游牧民族起家的北魏孝文帝等，都是「以敵為師」而勝利成長的例子。其中鮮卑族的魏孝文帝在太和七年（公元 483 年），下令全國「去鮮卑化」，全面漢化！他不顧本族權貴的反對，大膽地放棄了粗野落後的本土文化，向先進精緻的中華傳統學習。其結果不僅提升了國家的軟實力，也為南下牧馬，統一中國而鋪路。在南朝歷經四朝變亂的同時，北魏大致保持政權的連續，直到梁朝名將陳慶之率七千之眾（《梁書·陳慶之列傳》），攻破洛陽之後，才內鬥衰裂為東西魏。這也可能與儒家制度內建的穩定性，治國以「禮」的「利隱而長」，與長期文化昇平後的戰力轉弱有關。北魏的本土鮮卑文化雖然融會了南方的漢文化，但是由於王朝存在的時間較短，所以未能形成強勢的文學和哲學思想。但是對於吸收了佛教文藝和漢字書法，它所留下的雕像碑刻，至今仍是中華民族的瑰寶。

諧戲元雜劇與學問金字塔：「向上提升」和「向下放逸」

　　鮮卑勢力衰退之後，北方又有契丹族的興起。契丹族自五世紀

就見於史書，它曾長時間佔據了北方的大部份土地，到了十世紀契丹人建立遼國之後，經由軍事的血腥掠奪，遼人利用俘虜的漢人墾植荒田，在草原上建造城堡，又採用「因俗而治」、「一國兩治」的政策，以「國制（游牧民族的奴隸制）待契丹，以漢制（唐宋封建制度）待漢人」，以人為的政策，減低了南北文化在制度上的直接衝突，因而逐漸穩定了遼、漢共居的社會共存，與逐漸融合了南北文化❹。遼國又參考回紇文字創造了自己的文字，並在貿易上連通東北亞和西域，對於後來金、元文化與漢族文化的融合，起了墊腳的作用，甚至對滿清入關以後的漢化，也有一些間接的影響。

王國維在《人間詞話》裡說「詞至李後主而眼界始大，感慨遂深，遂變伶工之詞而為士大夫之詞。」然而「文體通行既久，染指既多，自成習套，豪傑之士，亦難於其中自出新意。」又說：「納蘭容若以自然之眼觀物，以自然之舌言情。此由初入中原，未染漢人風氣，故能真切如此。北宋以來，一人而已。」可見文學如果閉門自賞，排擠他族，「近親繁殖」，久之自然缺乏新意，而且失去活力。

但是只有活力，質過其文，也不能產生雄深雅健，蕩氣迴腸的作品。譬如地下埋藏的上品印石，必須經過流動、沉澱、融合、吸收附近土壤的礦物色彩等長時間的過程，才能凝結出溫潤細膩的田黃或雞血石。精緻文藝的形成，也類似地下玉石、晶凍的形成，需

---

❹ 黃吉連〈契丹族在我國歷史上的貢獻〉，《民族・宗教・歷史・文化》，中央民族學院・民族學系與民族研究所編，北京・中央民族學院出版社，1993年。第 455-462 頁。

要長時間的教育工作去提升文化環境，吸收本土和鄰近的優良文化，再培養出足夠的欣賞者，自願以行動財力來支持高水準的文藝活動，從而產生良性循環，不再需要政治力的扶持和其所必然帶來的意識形態干涉，便能基本上收支平衡，自主自立。胡適先生常以金字塔的結構為學生輩題詞，以金字塔為做學問的建構模型。但是埃及金字塔的建造，乃是一種封建統治下，以少數人的決策而建構的單一工程大建築，我認為它並不很適於用來說明大部份的文藝發展。許多精緻深厚的文學其實都類似長期的造山運動。幾千米的高峰，必定是「站在巨人的肩膀上」。高峰拔於高原之上，然後才能「一覽眾山小」，否則只能如桂林不到百米的獨秀峰，獨秀於平地而已。

鮮卑、契丹由於游牧民族的流動特性，雖然沒能長期靜心下來，建樹起精緻文藝和經典哲學，但是游牧民族帶給較為靜態和保守的農業社會以粗獷質樸的活力。後來元雜劇文學音樂的興起，可以說是幾代南北文化融合，而終於在通俗文藝層次上開花結果。王國維看到元明清傳奇雜劇裏主要是喜劇諧戲，這也很可能是多種文化匯集時，彼此之間難以欣賞其他文化中的精緻文藝，所以在民間只能流行大家都能欣賞，不用太多思考的低俗戲鬧大眾化文藝。我們從上世紀美國電視劇的偏向低俗，到這世紀的顯著提升，與臺灣當前電視節目的無厘頭嬉鬧與精緻昆曲戲劇的並存，就可以看到文化的提升需要政治領導人的長期關注（不是控制）與中學教育裏對文藝美育的加強，和大學教育裏通識教育的普及。如果說「民主（過程中）的弊病需要更多的民主（機制）來醫治」，那麼「文化和文學的低俗也要用更開放的心態和更多元的文化和文學來提

升」。這是我從歷史地理對文化文學的影響的瞭解中，所得到的一些印象**❹**，它們肯定還需要更多的資料與建設性的批評來印證和修正。

中山地薄、邯鄲近魯、薛地暴桀：司馬遷論地理民風

雖然「文化是眾人的事」，但是一個地方的領導人也可以和他「共生」的集團以他們共同的理念、意識形態、文化水平和政策行為迅速地改變當地的文化甚至文字。地理實體對文化和文學的影響長期而緩慢，而在科技發達的過程中，它的影響更是逐漸減弱。歷史感知對文化和文學的影響，則有賴選擇性的文字記載和口頭傳播，近代科技資訊的發達，使得這些相對虛有的知識和感受逐漸加強。但是對於資訊不發達的地區，一代領導人和其統治集團所遺留下來的政策和行為準則就可以逐漸形成新的文化。此所以季札論樂觀舞，只想到十四國文化音樂所受到過去政治領導人的影響，而絲毫不提十五國的地理人民對當地文化風俗的作用。中華文史思想家對地理影響民風人情和社會文化加以觀察和論述，有之，則自司馬遷《史記·貨殖列傳》始，而自班固的《漢書·地理志》之後，各代又有許多學者續之**❷**。

---

❹ 馬諦斯（Henry Matisse）, "Matisse On Art," ed. Jack Flam, University of California Press, 1995. p. 193. "Interview with Georges Charbonnier, 1950": ... <u>Rembrandt's painting is obviously painting in depth. It is the painting of the North,</u> of Holland, Flanders, which doesn't have the same atmosphere as ours in France or on the Mediterranean ... the Mediterranean is quite close to Paris, after all.

❷ 明·朱謀瑋曾為《水經注》作箋，嘗云：「〈禹貢〉而下，志地者，迄於齊

　　司馬遷寫〈貨殖〉而內容其實包括地理、歷史、經濟理論和社會文化學。譬如他論述「種代」地方的民風，就說該地人民常受胡人的侵襲，所以「好氣任俠為姦，不事農商」，這幾句話已經把游牧民族的侵略性，和農業社會人民所受到的衝激，以及因而塑造成的新社會民風的來源和本質，精確而深刻地描寫下來。司馬遷在論述「中山」地方時，則云「中山地薄人眾，猶有沙丘紂淫地餘民。民俗懁急，仰機利而食。丈夫相聚游戲，悲歌忼慨，起則相隨椎剽，休則掘冢，作巧姦冶，多美物，為娼優，女子則鳴鼓瑟跕屣，游媚貴富，入後宮，徧諸侯。」這個描寫，基于「地薄」與「人眾」的地理和人口來看民風。古代中山的情況和現代許多發展中國家的情況類似，而且幾乎也可以把當代臺灣社會的一些風氣，和大陸不少地區的民風都包括進去！這讓我們知道，許多地方的主流或非主流民風，在類似的歷史地理和經濟環境之下，竟然都會作出極其類似的反應和行為。如果沒有另類文化和正面教育加以平衡和矯正，「劣幣」可以驅逐「良幣」，最後便形成一種沒有是非，笑貧不笑娼，欺詐盜賣流行，不論黑金白套，有錢則優則霸的主流社會風氣。

　　然而在〈貨殖〉中的下一個例子，司馬遷指出「邯鄲亦漳河之間一都會也，北通燕涿，南有鄭衛。鄭衛俗與趙相類，然近梁魯，微重而矜節。」司馬遷對邯鄲的描寫雖然只用了精簡的三十五個字而已，但是他的觀察仍然細緻深刻，不下於一些萬言的論文。在這一段的論述中，我們可以看到這個大歷史家，他不僅比較了鄭、

———————————

　　梁，至二百四十四家。……」

衛、趙三地的民風，而且分析了梁、魯對邯鄲的影響，最後得到一個近乎加減乘除，用數學比重再調節分布的類比結果。他似乎在說，人性雖然近朱者赤，但是近白者也可以稍微知道自重並矜持有所不為，非常有趣。

司馬遷於〈貨殖〉之外，在《史記・孟嘗君列傳》中，還記述了他遊歷到山東考察歷史地理社會文化，驚異地發現薛地的人文風俗「率多暴桀子弟，與鄒、魯殊。」所以他分析其來源，認為其起因是由於當年「孟嘗君招致天下任俠，奸人入薛中蓋六萬餘家矣。」可見地理可以影響人文，政治領導人和其集團更可以影響地域文化，使其主流文學、文化與思維、行為逐漸「向上提昇」或者快速「向下沉淪」，這就是班固《漢書・地理志》中所云：「上之所化為風，下之所化為俗」。（圖 3A.《王安石讀孟嘗傳》；圖 3B.《林中明論王安石》）

班固《漢書・地理志》兼顧社會文化、風俗❹人情

一般人對顏回的印象是修德忘身，近于不食人間煙火，甚至臺灣 2008 年 5 月 24 日的國中基測也用《莊子・讓王篇》的「孔子謂顏回曰：『回來，家貧居卑，胡不仕？』顏回對曰：『不願仕。……所學夫子之道足以自樂也。』」為顏回追求「內聖」修養，不像子路、冉求追求「外王」之事功，但是顏回並非「不願

---

❹ 《禮記・王制》：「天子五年一巡狩，命太師陳詩，以觀民風。」《白虎通義・巡狩篇》引《尚書大傳》：「見諸侯，問百年，太師陳詩，以觀民風俗。」

仕」！可見詮釋經典之不易❹。因為在《論語·衛靈公第十五》，顏回罕見地表示了出仕為邦治國的興趣——「顏回問為邦：子曰『……放鄭聲……鄭聲淫……』」但是孔子在《論語·為政第二》則說：「《詩》三百，一言以蔽之，曰思無邪。」並沒有批鄭詩淫。似乎音樂和詩文可以「一國兩制」，表達不同的民風文化。到了宋朝，儒者板起面孔來「批鄭刺衛」，滿腦袋都繞著「淫」字打轉，好像比聖人還聖人。然而根據孔子推崇左丘明為「左丘明恥之，丘亦恥之」的《左傳》記載，季札論《鄭風》的詩歌，先說它「美哉！」，加以稱讚，並沒有給它戴個「淫聲」的帽子。然後再從鄭聲的「其細已甚，民弗堪也，是其先亡乎」，指出鄭聲裡的「志」趣，過於自私「瑣碎」，人民對正事沒有興趣，歌舞靡靡的國家大概不能長久生存於激烈的國際爭戰。班固的《地理志》也接著孔子「移風易俗莫善於樂」的儒家正統說法來評論秦國的地理風俗曰：「凡民函五常之性，而其剛柔緩急，音聲不同，繫水土之風氣，故謂之風」，指出地理環境與民風的關係❺。然後班固繼續季札的政治領導人影響民俗和地方音樂的論點曰：「好惡取舍，動靜亡常，隨君上之情欲，故謂之俗。」但是班固對地方文化風俗的解釋，較《左傳》的季札觀樂更進一步探討地理對文化和文藝歌舞的影響。所以班固跳過孔子「鄭聲淫」的批評，直接說鄭國「土狹而

---

❹　林評：詮釋前賢經典，要同時顧到「深度、高度、廣度、細度、解析度、創新度……等等」是不可能的事。苟得其一，亦可以稱雄於時矣。

❺　《世說新語·言語第二·24》：王武子、孫子荊，各言其土地人物之美。王云：「其地坦而平，其水清而淡，其人廉且貞。」孫云：「其山崔嵬以嵯峨，其水㳽泄而揚波，其人磊落而英多。」

險，山居谷汲，男女亟聚會，故其俗淫。」班固認為生活空間狹窄，增加了聚集的機會，然後女子數目又多，「出其東門有女如雲」（林按：此句並非判定「美女如雲」或者是「醜女如雲」，而且詩中的下句「雖則如雲，匪我思存。縞衣綦巾，聊樂我員。」反而指出作者的不以「有女如雲」而隨「雲」浮動。所以我認為班固的著眼點是用比較客觀的數量，試圖指出社會的大環境和人性的一般反應。），因此女士求偶的動作可能比較積極，所以「惟士與女，伊其相謔」，男女打情罵俏太多，所以有「鄭俗淫」的說法。依照現代人的認知，班固的「地理淫俗分析」的假設和結論頗有問題。但是他把地理空間、領導情欲、人口密度、男女比例與社交習慣等聯合在一起，以之解釋「鄭俗淫」，這可以說是史學家也身兼社會、心理、文學、音樂諸學科，對地理風俗首次作出明確大膽的評論。很值得研究和比較古今社會文化學者的注意。

　　至於西方學者和經典著作如何看待地理和文明起源的關係，游牧民族與農業社會的關係，文學與地理的關係，以及近幾百年帝國主義和殖民國家又具有何種的地理文化觀？以下就三位歷史社會學的大師及其大作，以及一位文學評論者的論點加以略述。

三、西方近代經典史地文化及地理文學略述

㈠ 地理環境挑戰促進文明論：湯恩比《歷史研究》❹

---

❹　Arnold Toynbee, *A Study of History*, (The New One Volume Edition, Illustrated),

　　談到文明誕生的研究，無論同意與否，人們都不能不提到湯恩比《歷史研究》裏有關〈環境的挑戰（Ch.13）〉與〈挑戰與回應（Ch.11）〉的理論或看法。湯恩比一些大膽假設的學說和一些跳躍式的推理方法一直很為學院派的歷史學家所詬病。但是湯恩比卻把一些最有名的批評者的文章選為一集，作序出版，以為後人作相關學術研究和方法與結論辯論的參考資料，其胸襟真讓人佩服。我所看到的許多所謂的著名歷史學者，雖然著作等身，但是細究其著作，似乎對過去的資料注釋和引用的多，對大事件的判斷做得少，對當前的局勢為了避免當權派的壓力，多不敢置詞，對未來的國際形勢更不能判斷，即使有一些模稜兩可的評論，事後也多半錯誤❼，對照《左傳》記載的吳・季札和他的犀利眼光與敢於直言，今日有名智庫的學者恐怕也難匹及。然而湯恩比和一般歷史學者不同，他對西方的衰落，抱著面對的態度；對越戰的不義，也當仁不讓，大膽地批評。這與 2003 年美國入侵伊拉克時，美國絕大部份

　　Oxford University Press, 1972. 湯恩比《歷史研究》（圖解縮本），1972 年。
　　陳曉林譯，1979 年。臺北・遠流出版社，1987 年。

❼ 陳文茜〈歷史常常從這裡出發〉，2008 年 05 月 31 日蘋果日報。「歷史往往從
　　這裡開始。才在 20 世紀末時，法蘭西斯・福山還大談西方『歷史的終結』；
　　『歐洲集中了從基督教文明到法國大革命的多種營養，戰勝諸多個對手，凡
　　物質充裕、個體自由、體制民主、社會安定各方面皆已進入歷史的終結狀
　　態；今後歐洲儘管有局部衝突，但整體趨向將是全球化背景的消費與遊
　　戲。』這種敘述，如今看來多麼歐洲式的夜郎自大。就在離歐洲不遠的中東
　　地區，戰爭從來沒有停止；教派的、對西方仇恨的、家園爭奪的毀滅，二次
　　大戰後，從來沒有停止。」（林評：這就是「小」歷史學者、「大」學術新
　　聞炒作者，和真正的大歷史學家之間的差別。）

的學者和媒體都昧著良心支持小布希集團，而美其行曰愛國，是有極大的差別。但若將湯恩比和司馬遷當年冒著自己和家族生命的危險，挺身而出為非親非友的李陵說句公道話，則湯恩比則尚有不及。不過看他們兩人文筆的優美和見解的宏觀，又頗有相似之處。所以喜歡讀《史記》的人，可能也欣賞湯恩比的《一個歷史研究》及許多單冊的歷史評論和遊記散文。湯恩比對歷史有興趣，是起於他早年赴歐洲憑弔希臘羅馬古戰場而得來，可以說他的歷史研究，起於地理資訊的反射。而他最令我佩服的卻是他在一次大戰之後，對二次大戰所作的預言——日本將在太平洋挑戰美國，而自取滅亡，就如同昔年迦太基之攻擊羅馬而滅亡一般。研究歷史，而可以應用到目前國際社會，以及推論將來可能發生的大事，並能堅持對精神領域——「高級宗教」的重視，這都值得我們的高山仰止，景行景止。

　　湯恩比認為「種族說」和「環境說」都不足以成為解釋文明誕生的正面因素。他認為地理困境的挑戰，和適度的成功回應挑戰，可以促進文明的誕生，有點近於《孫子》所說的「置之死地而後生」。他認為像黃河流域的洪水，敘利亞的荒山，埃及的尼羅河氾濫等等，都刺激了文明的誕生和成長，而這些都與地理環境有關。對這麼大範圍的學科，湯恩比大膽提出不同前人的看法，當然有很多的理論漏洞和誤判史實。譬如對中華文明的觀察和論述，就受限於許多過時和錯誤的史料，而產生不少過時和錯誤的論點。但是湯恩比把地理環境與文明誕生當成歷史研究的一個大題目，這也和兩千年前司馬遷對歷史、地理、政治、經濟、文化作整體研究的雄心壯志，也有「大師所敢略同」之處。湯恩比由「地理」而激發研究

歷史的雄心，又由自然環境和「地理」劣勢的挑戰開始探討「人類」文明誕生的主因，然後開始更關懷世界的正義，也注意美學對大社會傳媒和小圈子雅賞的意義❹，而最後抬頭望「天」，歸向宗教的精神領域，以之為「人類」安身立命的殿堂❹。湯恩比整個研究歷史學術和人世文明的過程，猶如從山峰流向大海的河流，把類似中華「天地人」三才一體的觀念落實到歷史、地理❺和人文、學術間互動的總體探討，並提出時空四維空間之外，「人生」與「靈魂」兩個維度的存在和重要性❺，帶給我們跨學科的饗宴和心智上的啟發。

---

❹ Arnold Toynbee et. al., *On the Future of Art*, Viking Press Inc., 1970. （中譯本：湯恩比《藝術：大眾的抑或小圈子的（*Art: Communicative or Esoteric?*）》，《藝術的未來》，廣西師範大學出版社，2002 年）

❹ 湯恩比《歷史研究‧三十二章》，陳曉林譯。「……在一個完全祇是人類的社會中，除非人類奇蹟似地皈依於宗教信仰，意志的衝突將不斷發生，終將使社會走向自絕的死路。」林評：湯恩比假設天下會有一個更高層次的宗教出現。然而不同的人、種族、民族、國家、集團若皈依了不同而好戰的宗教信仰，可以使得世界更不太平！

❺ East, W. Gordon, *Geography Behind History* (first edition 1938), W.W. Norton & Company, August 1, 1999.

❺ Arnold Toynbee, *A Study of History*, Abridgement of Vol. VII-X, Oxford University Press,1957. p.350. Vol. XIII. Conclusion, XLIV. How this Book Came To Be Written. "Why do people study History？…it shows us Life on our planet moving evolutionarily in a five-dimensional frame of Life-Time-Space; and it shows us human souls, raised to a sixth dimension by a gift of the Spirit, moving, through a fateful exercise of their spiritual freedom, either towards their Creator or away from Him."

(二) 游牧民族與農業社會的關係：史賓格勒《西方的沒落》

德國西方歷史學大師，史賓格勒，對「文明」的定義和探討，不僅早於湯恩比，而且從學術創新的角度來說，他對人類文明的率先探討，也啟發了湯恩比對文明生滅原因的繼續探討；他對西方霸權如何衰落的問題，也啟發了 Paul Kennedy 對此問題作出更有系統的分析和預見前蘇聯的崩解，和美國霸權也不能外於這個近五百年西方歷史一再證明的「擴極必衰」軌跡，和《周易‧乾卦‧上九》早言的「亢龍有悔」哲理。1922 年，史賓格勒在他的歷史鉅作《西方的沒落》中指出，「政治與經貿在已發展的形態下，成功取得物質利益，及用知識優勢壓倒對手，已成為代替（傳統流血殺人）戰爭的手段❷」。此一極現代的觀點，史賓格勒竟於近 90 年前，就預見國家間的競爭，將以新的戰爭方式來取代傳統「殺人、劫貨、掠地、搾俘」的古代戰爭。後來果如史賓格勒所預言，先進的西方國家，也是民主國家，很快就發現，如果能用經濟、貨幣、知識專利權和文化企業等手段來獲得更多的利益，則殺人、侵地、毀業、弱志❸的傳統戰爭，反而是不符利益優化的落後手段❹。史

---

❷ Oswald Spengler, *"The Decline of the West – Vol.II. Perspectives of World History,Ch. XIII: The Form-World of Economic Life, (A) Money- II"*, Alfred.A.Knopf Publisher.N.Y., 1928 (original publication 1922) : 'Politics and trade in developed form – the art of achieving material successes over an opponent by means of intellectual superiority – are both a replacement of war by other means.' P.474.

❸ 克勞塞維茨《戰爭論‧第二章》中說：戰爭中的對象有三，就是「消滅敵軍、佔領敵土、摧毀敵志」。

賓格勒和湯恩比能預見未來的世界發展和戰爭局勢，說起來似乎有點直覺頓悟之類的神秘主義作用其中。然而就「人學」來看，只要人的本性不改，歷史就會重復人的軌跡和它的教訓。

史賓格勒研究歷史，也注意到地理環境和社會民族的關係。他所指出的游牧民族的積極侵略性與農業社會的保守生產性雖然已經成為現代人的普世常識❺❺。但就西方帝國殖民主義之所以會積極侵略世界各地的農業國家和武器落後的地區，其背景還是「放諸四海而皆準」的地理、歷史和經濟必然影響文化、文學和思想、行為的問題。中國歷來有北方游牧民族不事自家生產，以武力侵掠南方農業社會的大問題。漢武帝累積三代的軍力財力準備，從（前 133）反擊匈奴南侵開始，到（前 119）殲滅匈奴主力為止，十四年的直接對抗，賴有衛青、霍去病等名將，才先削弱匈奴在「河南」區域

---

❺❹ 王建〈虛擬資本主義時代與新帝國主義戰爭〉，《大國》第一期，北京大學出版社 2004 年 9 月。第 39-61 頁。

❺❺ 石麗東〈狼、羊之間〉，世界日報 2008 年 7 月 14 日。「狼、羊文化之辨：姜戎（《狼圖騰》的作者，本名：呂嘉民，1989 年以前曾在北大教政治經濟學）說：中國的病根源出農耕與農耕個性，姜戎認為現在必須使用比農耕歷史更悠久、更有生命力和更有戰鬥力的游牧精神（炎帝與黃帝崛起於西北的游牧民族）去開拓中國人未來的生存空間。他認為一個民族最初的道路主要是由客觀環境所決定，華夏民族因為生活在世界上最適合農業發展的兩河流域，因此就不得不受到世界上最大規模農耕生活的擺布。相對地，西方民族人口少、靠海邊、牧地多，於是漁牧業、農業、商業、貿易、航海業齊頭並進，而草原狼、森林狼、高山狼、陸狼、海狼一直自由生活。西方民族強悍的個性在千年以來的商戰海戰和貿易戰中不斷加強，專制政策很難長久壓制人民，而這種民族個性也是西方後來居上，衝到世界最前列的主觀原因。

的經濟力❺❻，再遠征擊潰匈奴的侵略主力及後衛部隊❺❼，造就西北地區的和平與中西絲路貿易的開發，促進了大西北區域的生產力和種族融合，減少了年年戰爭的破壞和雙方人民無謂的傷亡。

中東地區三千年來，也有相同的問題。生於日本的猶太人，以賽亞・本達桑在《日本人與猶太人》的第四章〈別墅民族與高速公路民族〉中寫道：「（中東地區）秋季當農民的收穫剛一結束，就輪到游牧民族去收穫。也就是去襲擊農村，掠奪收穫物和家畜，殺死抵抗者和不能行動者，然後將其他人作為奴隸帶走。並將帶不走的東西全部燒掉，隨後消失在根本無法追蹤的沙漠之中。這種活動從三千年以前的基甸時代開始，一直持續到二十世紀。對於游牧民族來講，這種掠奪式的收穫是理所當然的，根本不會受到良心的譴責。如同農民高高興興地努力收穫一樣，游牧民族也高高興興地去收穫。……（包括無數的）被游牧民族消滅掉的阿拉伯農民……。」弱肉強食，這是生物界的競生現象。臺灣山地的大冠鷲專門吃蛇，而蛇又吞鼠，鼠碩又入農倉偷食糧米……這是生物的食物鏈。人類也是生物的一種，民族是積聚類似文化和相同血緣、宗教等的團體，所以一個長時間形成的地理擴張，經濟侵略，武力掛

---

❺❻　《漢書・匈奴傳 64》：（元朔二年，前 127 年）「衛青……擊胡……於河南，得胡首虜數千，羊百萬餘。」

❺❼　陝西・茂陵・霍去病墓前有「馬踏匈奴」的石雕，就是紀念 24 歲英年早逝，但立下擊潰匈奴大功，穩定大西北民生經濟的偉業而雕刻。我認為這對游牧民族中肆意掠奪侵略和平生產農民，把「自族的經濟和快樂，有意地、長期地建築在他族的巨大痛苦上」的好戰者，也是一個有世界意義的歷史紀念碑。

帥的民族文化，其手段可以隨科技文明的進步而改變，其口號可以隨國際社會的時尚而修飾，其動機和心態，其實還是類似於古人和生物。但是人類的文明不斷地進步，在處理游牧民族喜好侵掠農業社會的基本問題上，中國也出現過和平而有效的戰略。例如漢宣帝時 76 歲老將趙充國❺，<u>貴謀賤戰，從基本人性上去解決世界上似乎不可調和的民族戰爭和社會和平間的矛盾</u>。他在西北屯田，兼容羌漢兵農，共同開發荒地，用最少的兵力，進步的政策，促進了地域的和平與經濟。這是世界歷史上罕見的成就。很值得今日因文化、宗教的不同而流血互鬥的國家領導人和國際關係學者們的參考。

　　中國古代的歷史學者喜歡用「鑒古知今」這四個字來說明他們的學術手段和目的，而其所以成立的扎根處，或在「人心如古」、

---

❺　《漢書・趙充國傳》：「<u>臣聞帝王之兵，以全取勝，是以貴謀而賤戰。戰而百勝，非善之善者也，故先為不可勝以待敵之可勝。蠻夷習俗雖殊於禮義之國，然其欲避害就利，愛親戚，畏死亡，一也。</u>……臣謹條《不出兵留田便宜十二事》步兵九校，更士萬人，<u>留頓以為武備，因田致穀，威德並行</u>，一也。又因排折羌虜，令不得歸肥饒之地，貧破其眾，以成羌虜相畔之漸，二也。居民得並田作，不失農業，三也。軍馬一月之食，度支田士一歲，罷騎兵以省大費，四也。至春省甲士卒，循河湟漕穀至臨羌，以示羌虜，揚威武，傳世折沖之具，五也，以閒暇時下所伐材，繕治郵亭，充入金城，六也。兵出，乘危徼幸，不出，令反畔之虜竄於風寒之地，離霜露疾疫瘃墮之患，坐得必勝之道，七也。七經阻遠追死傷之害，八也。內不損威武之重，外不令虜得乘間之勢，九也。又七驚動河南大開、小開使生它變之憂，十也。治湟狹中道橋，令可至鮮水，以制西域，信威千里，從枕席上過師，十一也。大費既省，繇役豫息，以戒不虞，十二也。留屯田得十二便，出兵失十二利。臣充國材下，犬馬齒衰，不識長冊，唯明詔博詳公卿議臣采擇。」

「生物類同」的觀察。西方的歷史家和社會文學探討者則利用西方
近世發展出來的「知識平台」，用更有系統和分科更明細的眼光和
術語，來研究中國人過去以為可用相對大而化之的方法便能處理完
畢的人文問題。前幾年過世的阿拉伯裔美國學者 Edward W. Said
薩伊德，對於當前西方帝國主義對殖民地的謀略和所引起的文化變
動，有著與西方主流學者不同的看法，可以開拓我們對世界歷史、
地理與社會、文學的瞭解。Camile Paglia 在 Washington Post Book
World 上稱讚「薩伊德是美國學院的罕見典範，也是一位就歐洲意
義上的知識份子……文學批評正奮力要搭建連接文藝和政治（社
會、國際關係等）之鴻溝的橋樑，必須要學著去聆聽薩伊德與他自
我對話內涵的每一件事情。」另一位書評人 Frank Kemode 則指
出，「有時當文學批評逐漸變成一種奧秘的遊戲之際，薩伊德強調
它和今日世界整體所面臨的巨大問題息息相關。」活的文藝批評本
來就和社會文化相關，只是薩伊德在西方主流學術保守的威權勢力
下，膽敢把近代和當代的帝國主義，拿來和文化、文學，人類學及
社會正義一同討論，把歷史地理的影響更有機地與文化文學掛鉤。
因此向古代看，他的研究和行為特別值得和古典文學批評《文心雕
龍》裏的〈風骨〉、〈程器〉兩篇相對照；如果向近代看，他的研
究值得曾受英、法、荷、日等新舊勢力殖民的亞洲地區研究社會文
化學者的注意。以下略述他對帝國主義國家在地理與文化上不止於
單向的征服，與實際上形成世界多區域的互動，其壓迫和反抗的結
果，也像湯恩比的「挑戰與反應」一樣，可以見於小說文藝上的一
些意見。

㈢ 〈帝國的地理與文化〉（Empire, Geography, and Culture）：薩伊德《文化與帝國主義》❺⁹

古代吳國派出訪問各國的季札懂得音樂、文化和政治，當代流浪家鄉外的薩伊德也懂得音樂、文化和政治。所以他的這部大作，似乎採用了四個樂章，來表現他多學科交集的社會文化學交響樂。《文化與帝國主義》的第一「樂章」，取名〈重疊的疆域，交織的歷史（Overlapping Territories, Intertwined Histories）〉，讓我驚訝於他所採用的大目標和重點範圍，也與本文所採用的題目和方向有些重疊。而薩伊德借自「對位法」的音樂理論，而提出以「對位閱讀法（Contrapuntal Reading ❻⁰）」來更全面地瞭解帝國主義文化和殖民地所反抗的負面文化，更是一項有所創新而重要的文化研究方法。這種從反面及「受壓迫者」的角度，和作者所剔除的資訊，來理解歷史和文化的思維模式，其實也是《易經》「一陰一陽之謂道」的觀察研究法。只是用西方熟知的音樂「對位法」來作標籤，更容易讓西方的讀者感到親切，而亞洲的一些學者，或許也覺得這名詞新穎並有文藝氣息，所以會進一步去閱讀和研究。

薩伊德在《文化與帝國主義》第一章的第一節就先討論「鑑古知今」的策略，和引述艾略特年青時期所寫的一篇文學批評論文中

---

❺⁹　Edward W. Said, *Culture and Imperialism*, Aitken, Stone and Wylie Limited, 1993. 《文化與帝國主義》，蔡源林譯，臺北・立緒文化，2001 年。

❻⁰　Edward W. Said, *Culture and Imperialism*, Vintage Books,1993. p.66.　p.67: "In reading a text, one must open it out both to what went into it and to what its author excluded."

有關歷史（文化縱深）對文學影響的討論[61]。由此而指出較成功的帝國主義所用的手段多元，從來就不只是使用類似游牧民族只用武力兵器殺人掠地，而是進步到藉由持續的經濟或文化手段，不必戰鬥，也能順利吸取殖民地和屬地的財富和腦力，有如上一節中提到史賓格勒早在 1922 或更早已指出的戰爭新形式。我認為他的論述，可以簡化如下——新型的帝國，懂得配合武力的「直接的」「硬實力」，用包裝過的「半硬半軟的經濟實力」，加上文化、宗教、制度來控制殖民地人民的心理、心智、心靈，改變其文化、文字和風俗習慣。這可以說是類似《孫子》所提倡的「不戰而屈人之兵」的高明戰略。用薩伊德自己的話，就是他「嘗試在歷史經驗中做一種地理性的探究……我們也不能完全擺脫因地理而起的爭奪。這種鬥爭複雜而有趣，因為它不只限於戰士和大炮，也包含了理念、形式、形象與想像的鬥爭。」

　　但是就土地的掠奪而言，薩伊德指出西方勢力到了 1914 年，掠奪他國土地的年增率更高達 24 萬平方公里！而歐洲更將全球總面積大約 85% 的土地列為殖民地、保護地、屬地、領土與聯邦！！「世界被前所未見地統一成一個單一互動的整體[62]。」而新的領土擴張，則以美國過去二百年以「對數（logarithmic, ten as base）」的速度成長了近八百倍[63]，成為人類歷史的新記錄，並且

---

[61]　T.S. Eliot, Critical Essays, London: Faber & Faber, 1932, pp.14-15.

[62]　William H. McNeill, The Pursuit of Power: Technology, Armed Forces and Society Since 1000 A.D., University of Chicago Press, 1983, pp. 260-261.

[63]　林中明〈論大國（On Great Nation）〉，《北京論壇（2005）論文選集》，北京大學出版社，2006 年，第 151-189 頁。

現在已經把土地和海洋的控制權擴大到了外太空無人、無空氣、無
土地立足的空間，繼續其驚人的對數成長速度。可是由於外太空現
在只有幾個太空人駐紮在小小的太空船裏，所以沒有「眾人的文
化」或「經典的文學」值得我們討論。「可是即使二次大戰之後，
十九世紀高度帝國主義在極大程度上已經結束……但是（帝國過去
的意義）卻已深入億萬人民的生活現實中，它的存在是一種共同的
記憶，也是文化、意識形態和政府政策高度衝突的構造，並且至今
仍然威力十足。」難怪許多開發中國家現在仍然為過去帝國殖民留
下的記憶而爭執，文化和文學既被扭曲、消滅，而又因之豐富或變
形，所以是功是過難以簡單地切割。

　　我們研究文學若需具有深度和廣度，就需要深刻地認識自家文
化和文學在過去歷史中和地理上的變動，而不能以借用二手的外國
文藝披掛速成。文學如果要有自家的面目，絕不能全部借用西方和
日本的歷史及其文化心態來理解自身的文化和文學傳統。就如同艾
略特在 31 歲時所寫：「歷史感迫使一個人不僅寫他紮根的那一
代，也要寫出自荷馬以降的整個歐洲文學的感覺……沒有一位詩人
或任何藝術領域的藝術家，能具有其獨存而完整的意義。❻」這大

---

❻　T.S. Eliot (1888-1965), *Tradition and the Individual Talent* (1919),　Selected
Prose of T.S. Eliot, Harcourt Brace Jovanovich, Publishers, 1975. p.38. "…
Tradition is a matter of much wider significance. It cannot be inherited, and if you
want it you must obtain it by great labor. It involves, in the first place, the historical
sense, which we may call nearly indispensable to anyone who would continue to be
a poet beyond his twenty-fifth year; and the historical sense involves a perception,
not only of the pastness of the past, but of its presence; the historical sense compels
a man to write not merely with his own generation in his bones, but with a feeling

概也就是我曾寫過的對聯，用更少的字來說好的文藝，必須具有
「文化縱深」——「（上聯）舊經典，活智慧，借助知識平台。
（下聯）新信息，雅藝術，加強文化縱深。」這也可以說是古今中
外，所見略同。

㈣ 西方的「地方感」小說文學

　　薩依德在《文化與帝國主義》的第二章，分析了一些英法小說
家的經典作品。他注意到即使似乎不關心天下大事，只描寫英國鄉
村士紳婦女風花雪月的 Jane Austen，有時也不自覺地把小說中人
物的思緒和帝國的海外殖民世界相聯繫。薩依德所提出的
"Structure of Attitude and Reference"模式，就把地理空間和人物心
理相聯繫。中國《詩經·小雅》裏的名篇〈采薇〉，不也就是在邊
疆、歸途和家鄉的三個地理空間和春冬的時間架構裏，來回飄蕩，
訴說情思嗎？只是中國過去的文人，忙於創作，不好創製術語，所
以有些近代學者，反而以為古代中國文人缺乏文學深度。

　　當代的英國小說家和文學評論家，大偉·洛吉（David
Lodge），在他的《小說藝術（*The Art of Fiction*）》的第 12 章，

---

that the whole of the literature of Europe from Homer and within it the whole of the
literature of his own country has a simultaneous existence and composes a
simultaneous order. This historical sense, which is a sense of the timeless as well as
of the temporal and of the timeless and of the temporal together, is what makes a
writer traditional. ... No poet, no artist of any art, has his complete meaning alone.
His significance, his appreciation is te appreciation of his relation to the dead poets
and artist...."

地方感（The Sense of Place）中指出"The sense of place was a fairly late development in the history of prose fiction. As Mikhail Bakhtin observed, the cities of classical romance are interchangeable backcloths for the plot. ... The early English novelists were scarcely more specific about place."城市的描寫，直到狄更斯描寫倫敦落後地區的街道和雨雪後的泥濘，纔把英國小說裏的地方感寫活了。但是狄更斯筆下的倫敦，又不及後來愛爾蘭作家喬依斯筆下的都柏林。可見得文學也是不斷在演進，浪漫主義的興起，使得人們把內心的情感，和外界的美麗山水結合而欣然提升，也因醜陋的城市而低沉鬱躁，因而開拓了更大的文藝想象的空間。由於感知空間和歷史縱深的擴大，後起的作家具備更廣闊的眼界和經歷，以至於古代許多有名的作家，除了少數的經典級的大作家和詩人外，他們的作品不一定就比後來的二流作家高明。

　　以下試從地理空間的基本單位「島」及「島國」的史地文化及文學㉝說起，再選幾個有區域特色，二十世紀的世界級大作家和其代表作品，如在愛爾蘭出生、成長而後移居歐洲的「都伯林人」喬依斯，和南美區域「永遠為貧弱請命，勇敢反抗內部壓迫與外來剝削（1982 諾貝爾文學獎得獎理由）」的馬奎斯的《百年孤寂》，由島而洲，由西歐而南美，來瞭解和注釋歷史、區域地理對文化、

㉝　劉克襄〈打開（臺灣）地誌文學的窗口〉，《聯合文學》，2008/05/30。「台灣雖小，但位居大洋之旁，大陸之邊，地理繁複、物種多樣、族群多元，這些外在的鮮明因素，無疑地都深深地左右了文學創作者的表現內涵。從選集的作品裡，我們亦看到當代作家在創作思維上，明顯地受到島嶼地理環境的複雜影響。」

文學的影響。

四、區域地理的文化及文學選述

從菜場市井、水泊山頭　到機車騎士、檳榔女郎

　　探究地理空間和人文社會的關係，若遵循幾何空間的大小，或是仿《大學》三綱八目的推理，都應該由山頭、水泊以至島、洲。但是真正的基本文化單位，根據《莊子・齊物論》，即使在比山頭、水泊更小的地方，仍然存在著複雜的人際關係和生動的言語和行為。譬如「菜場文化」，為了爭一顆蔥，可以大聲爭執，隨口批判，假作憤怒，包裝誠懇，推擠拉扯，不談是非，只計價錢……就有形形色色寫不盡的「人間喜劇」。而「市井潑皮文化」的嬉皮笑臉、語言無品，欺軟怕硬，群毆則勇猛，落單則乖順，也不讓人陌生。還有「流氓角頭文化」的暴力鬥狠、貪錢忘義，於剎那之間可以六親不認，改顏相向、揮刀互砍，拔槍火拚……，諸如此類，難道不是許多社會國家的縮影和「變相」？巴爾扎克不用出國，只要細心觀察住區各業人等，就可以寫出上百個不同的人物故事。而施耐庵等在《水滸傳》裏描寫英雄楊志流落汴京，在街頭叫賣家傳寶刀，為市井潑皮牛二所欺的一個搏命故事，其精采又豈遜於阿拉伯王宮裏一千零一夜的上千個故事？機車蜂擁的臺灣街頭，每天都有無數個機車騎士，在信號燈前演出勇者無敵「鬥捷」❻的新劇本，

---

❻　〈鬥捷〉：《臺灣風俗圖》明信片 24 張之 10，《國立北平故宮博物院》印

繼續塑造臺灣地區的「機車騎士文化」❻ 。而檳榔本來是原住民（熟番）「猱採」去病美齒的健康美容食品，和近代臺灣鄉鎮街頭賣售作為類似喝咖啡提神的小生意，誰能想到現在已成了國際知名的「檳榔女郎文化」❻❽？（圖 4. 采風檳榔鄉❻❾）雖然許多鄉鎮、

行，中華民國二十三年十月。其詞曰：「鬥捷：番童以善走為雄。幼時編籛束腰腹，務令極細，以圖矯捷，娶婦始去之。……展足鬥捷，雙踵去地尺餘，沙起風飛，瞬息數十里。」東寧本注記文字謂：「未娶番婦名曰『麻達』，應走遞公文，插雉尾於首，展足鬥捷……番女見鬥跑上捷者，即邀為夫，名曰『牽手』。」按：可見快跑得勝者，於公事、於娶婦，都有好處。故成俗。

❻⓱ 〈為（臺北市）交通打分數，孩童批不及格〉，《中國時報》2008 年 5 月 5 日，p. C1。「……以滿分 10 分為標準，北市整體交通環境僅拿到 5.3 分。……總觀來說，小朋友對硬體部份感到滿意，最不滿的是駕駛行為。……但關鍵點還是在駕駛人的心態。」

❻⓲ 夏諾（法國）〈島國心態、互動頻繁〉，聯合報《老外看臺灣》，2008 年 4 月 1 日。p. A8。

「問：（什麼是）臺灣文化讓你感到特別不一樣的部份？答：……我在臺灣，也有很多人問我對檳榔西施的看法。這根本沒什麼啊。是臺灣人太把焦點放在檳榔文化，臺灣人自己放大了問題。」「問：你不喜歡臺灣的哪一點？答：……我最討厭臺北的空氣和噪音。……法國有規定施工時間，星期天尤其不行。但這裡好像隨你高興。臺灣有島國心態，只關心島內的事，沒什麼外國的新聞，把自己關起來也不太好。」

林按：1.噪音的產生和容忍，可能是所有開發中國家的共相。日本‧吉川幸次郎曾批評中國人（在公共場所，旁若無人地）吃大蒜和噴出蒜臭，是一種自私的（風氣、文化）表現。2.英國也是島國，但是比大部份的島國更關心世界。這可能是受到羅馬陸權帝國的殖民移俗，多國移民，多種文化混合的影響，以及大英帝國在世界各地殖民數百年而導致內外並觀的習慣。

❻⓳ 清‧乾隆九年至十一年，滿洲鑲紅旗人，六十七，字居魯，來臺任巡臺御史‧有才識、魄力、文采，曾繪製《番社采風圖》、《臺海采風圖》，並與

區域都有其風俗特色，但是從傳統的地理來說，因陸海隔絕的
「島」，由於它們的文化更能獨立發展，所以具有許多醒目的特
徵。因此它們的地理歷史和社會文化的傳承和變化，較易于發現和
描述，並與相關的社會和文化，作多元的比較和探究。

希臘克里特島的歷史文化和羅素「克里特人」的邏輯詭論

　　大歷史家湯恩比研究人類文明起源的大歷史，卻追根究底，連
希臘文明起源的米諾文明中心點——克里特島也不放過。在
Somervell 節本《歷史研究》的第 VII 章〈環境的挑戰〉第(2)節
❼，湯恩比寫道：「克里特島本身，原是米諾文明最早的中心，也
一直是最重要的中心，可是它在希臘歷史中所佔的地位之渺小，卻
更令人吃驚。……克里特島……不僅由於在歷史的因素而言，它是
米諾文明高潮所在的地方，而且還有地理上的原因，使它得天獨
厚：克里特島是愛琴海群島中最大的島，它在希臘世界內橫跨了兩
條最重要的海路。……然而，雖然 Laconia 與 Rhodes 島，都曾在
希臘歷史上擔任過領袖群倫的角色，克里特島卻始終毫無建樹，默
默無聞，表現了一派晦暗不彰的頹態。希臘各地都產生過政治家、
藝術家、哲學家，而克里特無非只出過一些著名的的醫師、傭兵、
海盜。」到後來，「克里特人」竟成為希臘文中的一個貶詞……著

乾隆十年來臺的漢籍巡臺御史兼提督學政范咸合作，重修《臺灣府志》。

❼　Arnold J. Toynbee, *A Study of History*, Abridgement by D.C. Somervell, Oxford
University Press, 1947.　II. THE GENESES OF CIVILIZATIONS, VII. THE
CHALLENGE OF THE ENVIRONMENT (2) The Stimulus of New Ground.
pp.102-103.

錄於《聖經・新約》裏：「克里特人之中，甚至有一個先知（Epimenides）說：『克里特人總是說謊者、野蠻人、奄奄一息的醉生夢死者。（The Cretans, always liars, evil beats, idle bellies!）』」

　　湯恩比雖然沒有給克里特島的毫無建樹作出判詞，但是由他所引的《聖經》字句，再對照司馬遷在〈貨殖列傳〉中對「中山國」的批判，我認為湯恩比很可能已經推測克里特人是小聰明過頭，所以發展出一種主流文化——人人喜歡說謊而不以為恥，所以不能產生政治家；島民又崇尚使用暴力爭名奪利，社會風氣又喜歡喝酒享樂好逸惡勞，所以最後只有救命的醫師和為錢當兵送死的人可以謀生，而不事生產的青壯人士，在國際水道上作海盜搶過路的商船和剝削旅客。最後這種短線操作的謀生方式和缺乏社會秩序的社會，必然壓抑了需要穩定環境和長期投資才能生根開花的學術發展。而低俗的文藝趣味，抹煞了高雅精緻文藝人的尊嚴，和淘汰了藝術創作的銷售市場，所以不能產生偉大的藝術家和有風骨的的文學家。惡性循環的結果，「克里特人」最後在《聖經》上整體留下「說謊者」的臭名，而被英國的邏輯學家羅素用來檢驗詭辯（Russell Paradox）的邏輯詩論，其結果是再度加強了「克里特人都是說謊者」的流傳，及留下了一個「不朽」的邏輯學大問題：「如果克里特島上的人說「我在說謊」，請問他是說真話？還是在說謊？」和創用「Type Theory ❼」來解決這一類循環推理的邏輯詩論。

---

❼　Bertrand Russell invented the first type theory in response to his discovery that Gottlob Frege's version of naive set theory was afflicted with Russell's paradox.

與克里特島的社會文化相較，湯恩比和羅素都是「英倫三島」的「島民」⑫，我們不禁要問：何以英格蘭島能培養出許多偉大的思想家？而克里特島不能？愛爾蘭島上的人和社會建設也一直落後於英格蘭島和歐洲大陸，類似的地理環境，難道是歷史、領導、文化出了問題？還是愛爾蘭人為爭取獨立付出了百年的代價？還是如薩依德在《文化與帝國主義》的第三章〈抗拒與反對〉的第三節〈葉慈和去殖民化〉中所引法農所說：「殖民主義不僅只滿足於將一個民族牢牢掌握住，且將土著腦中的所有形式和內容全然掏空。經由一種曲解的邏輯，它轉向民族的過去，扭曲變形和摧毀之。」如果誠然如此，愛爾蘭人的文學又如何呢？以下介紹二十世紀西方文學作品中民調始終排名前茅的「都伯林人」喬伊斯。

落後地區與本鄉本土之外的文學：飄泊的「都伯林人」喬伊斯⑬⑭（James Joyce, 1882-1941）

This type theory features prominently in Whitehead and Russell's *Principia Mathematica*. It avoids Russell's paradox by first creating a hierarchy of types, then assigning each mathematical (and possibly other) entity to a type. Objects of a given type are built exclusively from objects of preceding types (those lower in the hierarchy), thus preventing loops. (refer to "*Type Theory*" in Wikipedia)

⑫ 松本一男《日本人與中國人》〈第五章·國家主義與鄉黨意識·排他性〉第94頁：「日本人自認的『島國根性』，即意味著排他性。……日本被歐美和東南亞各國指責為：『雖然是經濟大國，卻是個閉鎖又利己主義者。』這的確源於這種島國根性，就像緒論中敘述的歷史的境遇和地理、氣候環境有關吧！」

⑬ 林中明〈喬伊斯的「文心」與《尤利西斯》的文體、文術、文評——劉勰《文心雕龍》和 喬伊斯《尤利西斯》的相互映照〉，日本福岡大學 2004

　　十九世紀末，喬伊斯出生在貧窮、落後、骯髒和鬧獨立的愛爾蘭首府都伯林的南區。當時的愛爾蘭雖然落後，但由於鄰接英格蘭，所以文化上也受到大英帝國的滋潤，出了不少傑出的詩人和作家，譬如前面提到的史威夫特（Swift），詩人葉慈和以幽默諷刺出名的王爾德與劇作家蕭伯納等等。喬伊斯在 1902 年和成名的詩人葉慈會面時，就告訴葉慈他已經「放棄了格律詩體……好粹煉出一種行雲流水，和心靈律動相應的文體」，而且當面批判了年長的葉慈和整個愛爾蘭本土文學復興運動投身政治活動，由於過於注重歷史事件、理念與民間傳奇故事，以致成就受到限制。而年青的喬伊斯，卻已經開始運用頓悟式的自我「靈啟示現（epiphanes）」，所以他的作品以「意識流」為表現手法，更真實地反映了「他自己的心靈……（因此他的作品內容）比民間傳奇故事更接近上帝」❼❺。

　　二十歲的喬伊斯，就已經知道愛爾蘭本土掛帥的文化復興運動雖然結合了歷史和民族的驕傲，但在世界文學殿堂卻不能和希臘的荷馬，英國的莎士比亞相並列。而喬伊斯仔細聆聽記錄自己的心聲，「思無邪」，反而更接近上天。後來他在旅居歐洲時，利用自

　　《文心雕龍》國際學術研討會論文集，臺北·文史哲出版社，2007 年。第59-94 頁。

❼❹　林中明〈《文心雕龍》齸思明照《尤利西斯》〉，四川大學·重慶師範大學「楊明照學術思想、《文心雕龍》研究、當代文藝學建設國際學術研討會」論文集，四川·大足縣，2005 年 6 月 15、16 日。

❼❺　Chester G. Anderson, James Joyce, 白裕承譯，臺北·貓頭鷹出版社，1999年，第 38 頁。

己二十二歲以前在都柏林地區生活中所見、所聞、所思的瑣事為寫
作材料，反而寫出了傑出的《都柏林人》以及後來震驚世界的《尤
里西斯》。《尤里西斯》這本書極其特出，它集歷史、地理、語言
學、考古、人類學、醫學、化學、美學等等分寫十八章，以近乎涵
蓋「天地人」的賣弄學問方式，卻自然地結合了「都伯林雜碎」而
成的經典文學。他對都柏林城市和港口地理風景的描寫之精細，曾
讓愛爾蘭人認為即使一旦都柏林毀滅了，也可以依照喬伊斯的描寫
而重建。而他綜合了荷馬的《奧德賽》章節故事與希臘、羅馬歷史
及混雜多種歐洲語言的寫作，也讓雅士艾略特稱讚喬伊斯的《尤里
西斯》為：「將古今拿來作持續的操縱對比，（就和）科學發現一
樣重要」，並承認《尤里西斯》影響了他的名著《荒原》。豪士海
明威則爽快地說「喬伊斯寫了本最他媽的很棒的書。」天下論喬伊
斯的專作多矣，可是我看都不如這兩人的短言快語，來得透徹。

　喬伊斯在二十二歲（1904 年）離開了祖國和家鄉，至死也沒
有回過愛爾蘭。但是「愛爾蘭的希望，愛爾蘭的夢想，不僅沒有隨
腐敗的政風塵散雲往，而那面綠旗，竟因喬伊斯的文章，名傳異
邦，迎風飄揚❼⁶。」到了二十一世紀，「（今日的）愛爾蘭人這麼
崇拜喬伊斯，甚至把六月十六日「布盧姆日」定為僅次於國慶日
（三月十七日，St. Patrick Day）的大節日。❼⁷」而二十一世紀的愛

---

❼⁶　作者根據《都柏林人》十五篇散文中，喬伊斯最喜歡的一篇散文 Ivy Day in
　　the Committee Room 中，虛擬人物海因斯先生弔愛爾蘭政治家〈帕內爾之死
　　──1891.10.6〉的長詩，馬新林的譯文，選句改字編成。

❼⁷　文潔若〈魯迅和喬伊斯的文化精神〉，《文匯報》2005 年 3 月 24 日。
　　「……愛爾蘭人這麼崇拜喬伊斯，甚至把六月十六日『布盧姆日』定為僅次

爾蘭，也在新一代務實和有遠見的領導人，及不特別張揚的經濟和
勞工政策下，不到二十年，竟把一個在過去二百年貧窮骯髒、民不
聊生而不得不大量移民美國的落後國家，借助大膽的優惠投資財經
政策並願意承擔其風險，把國家的總收入，至少在表面的數字上，
迅速地提升到歐盟諸國生產力的前茅：2006 年的 GDP 排名世界第
二，僅次於盧森堡；GNI per capita 也高達 US $40,150（World
Bank, 2006）。2007 年聯合國開發計劃署（UNDO）公布的 2006
年人類發展指數中，愛爾蘭名列世界第四，超過名列第七的日本、
第八的美國、第十的荷蘭，和第二十二的香港、八十一的中國以及
一百二十六名的印度。2007 的《經濟學人》竟把愛爾蘭評為世界
最適於居住的地方。真是此一時也，彼一時也。

　　王安石在〈讀孟嘗君傳〉裡曾感嘆地說：「擅齊之強，得一士
焉，宜可以南面而制秦，尚取雞鳴狗盜之力哉？」看來即使是貧瘠
的愛爾蘭，一旦內部選出能士，對外達成北愛革命軍與英國和解，
再加上開放的經濟方針和公正的勞工政策，並不以反英而「去英文
化」，所以使用和英、美、加、澳、印同一種語言——英語，順利
地搭上英語集團經濟成長的順風車；它又自知小國必須借用鄰國的

於國慶日（三月十七日，St. Patrick Day）的大節日。1954 年 6 月 16 日，舉
行『布盧姆日』五十周年紀念活動。《尤利西斯》愛好者從圓形炮塔出發，
在都柏林市街上遊行。1962 年，都柏林市當局決定把圓形炮塔作為喬伊斯博
物館保存下來。6 月 16 日，邀請世界各國的作家和喬伊斯研究家，前往參加
博物館成立大會。今年 6 月 16 日，是『布盧姆日』的 100 周年。愛爾蘭在首
都都柏林舉辦長達五個月的紀念活動。自 4 月 1 日起，一直持續到 8 月 31
日。紀念活動主題為『重品喬伊斯：都柏林 2004』」。

財力和市場，所以善於利用歐盟的投資貸款及鄰近的歐洲市場……
十年之間，國民生產力的成長率，竟先追及然後超越了昔日的統治
者和「敵人」——英國！可見得《孟子·公孫丑》中孟子所云：
「天時不如地利，地利不如人和」是世界上不移的治國真理。與愛
爾蘭的「崛起」相比，許多南美的國家和城市，除了巴西南部的
Curitiba ⓐ，就沒有這麼幸運。馬奎斯的《百年孤寂》，以如詩似
畫的文筆，透過所謂「魔幻寫實（Magic Realism）」，虛實交叉
的故事，再度見證了《孟子》的理論，並且在此書「前無古人」的
結尾，對不求上進、醉生夢死、近親繁殖、爭權奪利以致自我毀
滅，化為飛灰的邦迪亞（Buendia）六代家族，甚至許多西方殖民
文化影響下的南美「區域」，寫下了悲愴的批判：

> … for it was foreseen that the city of mirages would be wiped
> out by the wind and exiled from the memory of men...... because
> races condemned to one hundred years of solitude did not have a
> second opportunity on earth.　　＜ END ＞ *"One Hundred*
> *Years of Solitude"*

ⓐ　按：巴西南部的 Curitiba，本為南美典型工業落後的貧窮城市。而在猶太裔、
　　建築工程出身的前市長，Jaime Lerner 十多年三任市長的努力下，成為聯合國
　　全世界前五大「最適宜居住城市」，居民享有的綠地，從 0.5 平方公尺增加
　　到五十餘平方公尺。這是領導人根據夢想，以人為本，解決問題，改善地理
　　交通及生活環境的範例。

殖民地文化與傳承西方經典的本土文學：馬奎斯的《百年孤寂》（Cien anos de soledad）

　　薩依德在《文化與帝國主義》的第三章，也談到殖民地的作家，使用舊帝國的語言，成功地「回航」（the voyage in）反輸原帝國，形成新的文化、文學的雙向交流。有時因為舊帝國文學的衰頹，殖民地的新文學「反殖民」舊帝國！其中最好的一個例子就是南美的馬奎斯（Gabriel Garcia Marquez）。

　　馬奎斯 1928 年生於哥倫比亞靠近加勒比海岸的小鎮上，八歲又隨父母遷往內陸。他從祖父母處聽來的熱帶叢林裏的神怪故事和內陸土著對海洋和外國的幻想，後來都栩栩如生地出現在《百年孤寂》中。馬奎斯大學畢業之後，又遊歷了歐洲，工作地方也遍及南美，所以他對歐洲文化和南美的社會都有第一手的經驗。旅居臺灣的中國畫家龐均曾說，「理論來自經驗，經驗基於生活，生活存於歲月」。一個大作家一定承傳歷史文化，又對身邊的地理社會有細微和深刻的觀察及體驗，所以才有可能藉著洗煉的文筆，和與眾不同而又與普世有共鳴的想像，寫出不朽的作品。馬奎斯能在三十七歲，以一年半的時間，就寫出《百年孤寂》這本「幻若真時真成幻，地區故事世界觀」的奇書。他像喬伊斯一樣，上承古希臘文學，特別是悲劇裡的「戀母情意結」，腳下卻踏實在南美落後的農村叢林裡。馬奎斯離開了叢林故鄉，才能更欣賞故鄉叢林裡的神秘；他為了反抗腐敗的政權，幾度被迫離開祖國，才能更瞭解祖國的文化；他去歐洲作記者，才更能宏觀帝國殖民文化後的南美州。地理的限制，因為他的「遊學」和「流浪」，反而成了幫助他寫作

的「知識平台❼」。

　　馬奎斯和喬伊斯的創作都是大成於故鄉之外，他不迷於意識形態的「去西班牙化」，反而傳承了西班牙文化裏的精髓特色，又復以本土自身的經驗豐富和創新了西方的文學。但馬奎斯的文筆卻又和喬伊斯大不相同，喬伊斯很早就「放棄了格律詩體」，而以獨創的「意識流」文體堆砌上各地的語言和自創的文字，混以低俗甚至骯髒的描寫和沒有品味的「色情」來落實他的觀察，用近似希臘戲劇「三一律」的方式，把一個極普通的小人物在一日之內、一城之中，意識飄忽，既思古又說今的遊蕩瑣事，用忽雅忽俗的語氣下筆，意欲建造可以在世界文學史上媲美荷馬、莎翁的文學高峰。而馬奎斯的散文反而近於長詩，他似乎不特意製造故事，但是奇幻且自然的大小故事泉湧不絕，他不特別創造奇怪的文字卻寫出華麗卻不艷俗的篇章，他不淪於色情但是全書激情迭起，而男女亂倫的熱情貫穿六代……諸如此類都和喬伊斯大不相同。喬伊斯當年所處的歐洲大陸已經達到了文藝的高原和瓶頸，新的文藝人，除非搞怪和用解構破壞的方法，或借助於非洲的原始藝術和亞洲的中日文藝，不易有新的大突破。就在此一階段，南美的殖民文化和土地異情，經由馬奎斯等作家，給西方文化系統注入了新的活力。這個情況也有一點像中國北方的游牧民族，給漸漸失去活力、道貌岸然的中華儒家文化帶來了諧戲雜劇和新的動能。但也有另一種說法，所有的

---

❼　林中明〈經典與創新：從「知識平台」到「文化縱深」〉，《叩問經典》，第十屆「文化與社會」學術研討會（主題「經典與文化」）論文集，淡江大學，2004 年 11 月 25-26 日。學生書局，2005 年。第 143-180 頁。

「蠻族」入侵，都不變地毀壞和拉低了原有的文化高度，只是換一個新的角度再出發，而非「注入新血液」的結果⑧。

　　喬伊斯寫的多是小人物的一些近於無聊而且低俗，表面上發噱可笑的瑣事，然而骨子裡卻深藏著對家鄉的懷念和對西方社會衰落的晦鬱憂傷。與此相比，馬奎斯的小故事有趣好笑，大的故事，卻有愛爾蘭作家 Swift 對愚昧人性和社會教條的深刻諷刺。譬如在〈第三章〉，當整個城鎮都得了「失眠症」，開始失去記憶。而不久以前，多物無名，若欲說物，以指為示（*The world was so recent that many things lacked names, and in order to indicate them it was necessary to point*）（書的第一章第一頁），但是現在卻不得不靠「文字」和用毛筆書名於物，以助記憶（*With an inked brush, he marked everything with its name...*⑧）。最後人人都用文字來辨別事物，反而忘記了文字和文字的作用，似乎是為《說文解字·序》在加注。想到現在學術界要用大量的術語來解釋小量的意象或新命名的事物，而忘記了經驗和事物的本質，這真讓我們都難免多多少少要相繼對號入座了。喬伊斯博學多識，喜歡生硬地賣弄他的學問，從天文到海洋，從音樂到生物，都有專章相對應。但是馬奎斯生活經驗豐富，反而喜歡裝笨。他特別描寫邦迪亞家族的第一代人，Jose Arcadio Buendia，自壯而老，為了發明新的事物，傾家蕩產在所不惜，成為一個日夜不分的工作狂和科技發明狂，到後來，以為

---

⑧　湯恩比《歷史研究·第二十章·決定論者的答案》，陳曉林譯，臺北·遠流出版社，1987 年。第 509-511 頁。

⑧　Gabriel Garcia Marquez, One Hundred Years of Solitude, translated from Spanish by Gregory Rabassa, Perennial Classics edition, 1998. p. 51.

每天都是「工作日」的星期一，以至於被家人綁在樹上，用雨水來沖涼過熱的頭腦，頗有現代唐・吉柯德執著於騎士精神而瘋狂的影子。

但是在南美的北方，曾經是荒原，隸屬於墨西哥的加州矽谷（Silicon Valley），在所謂灣區第一大市 San Jose 的附近數千個大小高科技公司裡，像荷西・邦迪亞（Jose A. Buendia）的人還不在少數呢。以下略述矽谷高科技拼命工作的文化和相對悠閒，中國第一休閒城市的成都休閒文化。

五、矽谷（Silicon Valley）高科技競技場與成都大眾休閒文化

矽谷高科技競技場：舊文化的沙漠　新科技的楷模（圖 5. Don't Cry For Me, California）

《百年孤寂》的結尾奇絕而前無古人，而它那經典的開頭，震撼奇妙，創意之新可能後無來者：

> Many years later, as he faced the firing squad, Colonel Aureliano Buendia was to remember that distant afternoon when his father took him to discover ice.

對於這一段時空倒轉，意識流手法的開場白，自從 1982 年馬奎斯因《百年孤寂》而獲得諾貝爾文學獎以來，三十年間不知有多

少文學評論家為之讚嘆、為之折腰。但是荷西・邦迪亞對科技的著迷到瘋狂而自我毀滅的心態，卻少有文藝學者置評。而句中「火」與「冰」的對立巧思，如大詩人 Robert Frost 有名的英詩 *Fire and Ice*（火與冰），似乎也還沒被文學評論者注意到。荷西・邦迪亞居住在熱帶叢林，從來沒有看過冰，可以說是標準的「夏蟲不足以語冰」的「土人」。但他曾做過一個夢，夢見一個到處都是「玻璃房子」的地方。因此當他付了不少參觀費，摸到吉普賽人帶來的冰塊時❷，起先以為是塊特大的鑽石，後來才知道是可以對抗炎熱氣候的「冰」，因而興起了製造透明的冰屋為住家，日夜可以享受涼爽的環境，（而且白天透光，可以節省照明能源，符合 21 世紀的環保觀念）如年青時的夢境所指示。類似老邦迪亞的夢，杜甫在四川討生活時，「茅屋為秋風所破」，因作「歌」並有名句曰：「安得廣廈千萬間，大庇天下寒士俱歡顏。風雨不動安如山，嗚呼何時眼前突兀見此屋？」可見科技若用之得當，可以安人，去炎暑、庇風雨。但是如埃及法老不停地興建勞民傷財的金字塔，而不用於民生、交通、醫藥、文學、音樂等等，難怪禍延子孫，導致埃及文明的崩潰❸。

---

❷　按：According to the introduction essay *"About Gabriel Garcia Marquez"* in the book – "His grandfather also took him to circuses and other entertainments and introduced him to the miracle of ice (an episode that introduces *One Hundred Years of Solitude*). The author would later remark that 'I feel that all my writing has been about the experience of the time i spent with my grandparents'."

❸　湯恩比《歷史研究・第二十一章・對環境失去控制》，陳曉林譯。第 537 頁。

老邦迪亞還有許多「偉大」的構想，所以他需要「發明一架記憶機器，才能記下所有那些發明。」這個看似好笑的構想，其實也是灣區矽谷裡眾多電子高科技工程師們的生活目標之一。但不是高科技專業的馬奎斯，能早在 1965 年就想到半世紀後主導半導體企業的「記憶體」的重要性，他頭腦的先進，真是匪夷所思❽！矽谷原本是荒地，印第安人、墨西哥人、傳教士和美國軍隊輪流作莊。後來靠遠山的雪水和本地工業園區，因「人」的智慧而改變了「地」的的貧瘠。自從上世紀中葉電晶體發明之後，矽谷的工程師們總想設計出更快、更小、更便宜、更可靠的「電腦」，可以用它來輔助設計和控制製造新的電腦，以擊敗其他的競爭者，然後可以募集新的資金，以設計更新的電腦，……。這種誤以「手段為目標」的思想，存在於許多優秀的「矽谷人」的腦海裡，所以他們日夜工作，天天都是星期一，實際上和老邦迪亞的工作狂所差無幾。如果有差別，那是因為在矽谷競技場，如果工程師要生存、新公司想上市，工作團隊就需要按時或超前完成計劃，因此每一天真的重要。敬業的人，每小時都要記得看手腕上的表、看牆上的鐘、電腦顯像器角落的數位時間、手機上的時間欄，以保持工作進度，準時

---

❽　〈電路有記憶，華裔學者 40 年前預測成真〉，《聯合報》2008 年 5 月 2 日，p. A22，張佑生編譯。「惠普公司實驗室的研究人員最近證明憶阻器（memristor）的確存在，研究論文在 1 日的《自然》期刊發表。……蔡少棠 1971 發表〈憶阻器‧下落不明的電路元件〉。」林按：1971 年 PMOS 2K Shift Register 記憶晶片才進入量產，Mostek corp. 的 PMOS 1K DRAM 型號 MK4006 也正在開始製造，領先 Intel 的研發。所以馬奎斯「發表」的奇想比蔡少棠「發表」的推論早六年。

繳報告，開會不遲到……。在這樣的環境壓力之下，矽谷產生了許多新的術語、文字，和一些「有矽谷特色」的電影、電視鬧劇和科技小說，以及更多成噸沒有韻味、直來直往的電腦參考書和軟件使用手冊。矽谷出版的書籍和軟體雖然多，但是本身的文化含金量少。矽谷人的知識水平雖高，但是最有見解和文化修養的人，通常也是最忙的人，以致沒有時間寫文學「玩」藝術。這有點像「楊朱為己，故無書傳世」。古來真正的好書、好詩難得暢銷，今人為之亦無名利可圖，所以富庶規模遠遠超過古希臘雅典的矽谷，至今沒有出大文學家，大思想家和大藝術家。難怪美國東部文化人士從前總喜歡嘲笑矽谷是「新科技的楷模，舊文化的沙漠。」

　　但要說到精緻文學和哲學思想，就像「劉（邦）項（羽）不讀書」一樣，那可不是矽谷忙人的工餘選項。矽谷人也都有劉、項的「大丈夫亦若是」和「彼可取而代之也」的創業精神，每天在餐館和創投公司裏，恐怕都有上百個新的創業企劃書在起草和審核中。雖然十個企劃書中可能只有一個可行，其他一半以上都熬不過五年，但矽谷的文化尊重創意，容忍失敗，失敗了也認為是「天亡我也，非戰之罪」。所以仍然「有面目見江東父老」，可以重新計劃，長善去失，徐圖再起。蘋果電腦的 Steven Jobs 就是堅信「捲土重來未可知」，而終於取得大勝利的一個近例。

　　在知識和學習上，人人爭取不斷地創新，以取代和擊敗舊「傳統」為榮。但新意一定要有用，要能快速地轉成有競爭力的產品，而且要能階段性地產生和增加實利。明顯的買空賣空手段，不容許在矽谷生存。大家都要求科技新產品的性能比舊的好，價格隨生產量的增加而持續降低。專利權也只是暫時的保障，大部份專利的

「半衰期」只有半年。矽谷人難以想像世上有一些經典書籍，其價值不僅不隨時間衰退，反而可以上升並自動增值！一星期工作遠超40小時的人們，許多人即使去星巴克買咖啡，也常是為了提神趕工，匆匆地進去，快快地出來，一邊開車一邊灌一口咖啡，沒有午睡，也沒有消夜的習慣。與之相比，矽谷的人有誰能想像，住在成都的人，竟有不少人，大白天就在茶園子裡喝茶、吃瓜子和各種小點心，打牌擺龍門陣，然後順便談談生意。生活看似悠閒，但市面的經濟仍然繁榮。

李冰父子都江堰與成都休閒文化

成都是中國網路上票選的第一名「休閒城市」，也是較多人民感到「巴適」（音）快樂的城市。成都之所以能培養出中國名列前茅的「休閒文化」，原因之一來自兩千年前李冰父子開鑿堆建「高科技」的都江堰。李冰父子建造的水利工程，利用原有的地理，調整地形應付大小水流，誘導水勢自動沖沙，使得成都平原四季不缺水，也無水災❺，所以人民豐衣足食，自然培養出特有的休閒文化和異於中國其他城市的社會風氣。曾在四川任職近十年的陸放翁曾有詩句曰：「人生適意方為樂，甲第朱門只自囚。」可以說是深得

---

❺　按：由於印度和歐亞大陸板塊相撞擊而釋放出來累積多年的能量，2008.5.12
　　下午在四川汶川縣發生 7.9 級，歷史上數百年來罕見的大地震。當地及附近
　　城市人民死傷十萬以上，並嚴重地損害了許多民房，災區包括都江堰區。這
　　將重創成都的休閒文化，並重寫四川的社會人文歷史。可見地理和社會的關
　　係，即使在高科技發達的今日，仍然是非常密切，而不可預測和不能以人為
　　控制的自然地理及相關的氣象災害，仍然是「天地人」三才中的大項目。

休閒之意。時下國際關係研究者喜歡跟著潮流說「軟實力」的重要，所以文化建設者也強調「文化即是國力」。我以為「文化亦有軟硬，復興優良中華文化應當：硬的更硬、軟的更軟。硬之又硬，以攻經典；軟之又軟，以享休閒。《老子》曰：為學日益，為道日損。損之又損，以至于無為。故云：「無為天下，有樂心中」，此休閒文化之旨乎？」❽

　　四川以天府之國自豪。但是就文學成就而言，卻是「入蜀者華，出蜀則大」。李白、杜甫的詩歌入蜀而更華，司馬相如、三蘇、張大千、傅抱石等則出蜀而成其大。還有入而復出的陸游，因為他撰寫的《入蜀記》，合歷史、地理、文章、制度於一書，給中華遊記文學樹立了里程碑，開拓了新方向。

---

❽　王玲、楊艷〈街頭尋美食成都比倫敦紐約快捷 10 倍〉，四川‧成都《華西都市報》，2007 年 11 月 3 日，頭版。
　　「昨日，在充滿濃鬱休閒氣圍的成都老茶館，長期關注成都休閒文化的著名美籍華人學者林中明（下圖），與四川省休閒文化研究會眾專家齊聚一堂，就打造成都『休閒之都』品牌等話題進行了深入探討。……【休閒條件就是「天地人」思想】『休閒之都』已經成為全國許多城市競相爭搶的城市品牌，但是對於休閒之都的內涵、標準和評價體係卻欠缺研究。近期，成都學者（子德先生）提出了『休閒之都的三個基本條件』：首先要有好的自然環境；其次要有人文關懷的文化底蘊；最後還要有以休閒為主要特色的生活方式。這一提法引起了林中明的極大興趣，林中明認為，這三個條件其實就是中國古代『天地人』思想的『普及版』，蘊含的是天地人三者與文化和諧統一的思想。『也就是說，成都既有通俗的大眾文化，又有金沙（及三星堆等古文明遺跡等）等文化縱深。』」林中明認為，快樂是休閒的終極目的，對休閒之都來說就是：無為天下，有樂心中。

六、旅遊文學：地方區域　大陸世界

　　世界文學史上因為特殊的地理山川、建築樓台而書寫的詩文小說，其數目可以說是「罄竹難書」。以下我們只能選擇幾本特殊的遊記，以為貫連會通人類對地理空間探討過程中的燈塔。

陸游《入蜀記》：山川似為事主　文史不止於輔

　　「《南唐書》追太史公，《入蜀記》壓徐霞客」。這是我對陸游的讚句[87]。

　　陸游在四十六歲時因得罪當道，賦閑在家，乃應去年三月之後，王炎除四川宣撫史後的招請[88]，籌借了旅費，閏五月十八日離開家鄉山陰（紹興）赴四川，於十月二十七日到夔州，就任夔州通判軍州事。他一路遊山玩水，拜訪地方名士，相當詳細地記載了沿途的風土人情，精評了許多相關的歷史文物，以及討論了不少李、杜、蘇、黃與地理有關的詩句，甚至能評論浮橋設計與隋楊伐高麗之敗，與趙宋伐南唐之成……[89]。陸游所寫的《入蜀記》遊記，內容豐富而有趣，並且文史並重，為後來的遊記內容開了先河，遊記

---

[87]　林中明〈陸游詩文的多樣性及其幽默感〉，陸游國際學術研討會論文集，福建·武夷山，2007 年 12 月 8、9 日。

[88]　陸游《渭南文集》卷八·啟十六首之六〈謝王宣撫啟〉：「杜門自屏，誤膺物色之求。開府有嚴，更辱招延之指。銜恩刻骨，流涕交頤。……儌尋末路，邂逅實音，招之於眾人鄙遠之餘，挈之於半世奇窮之後。……不知何由，坐竊殊遇。稱於天下曰知己，誰或間然。……某敢不急裝俟命，碎首為期。……庶少伸於壯志。」

[89]　陸游《渭南文集》卷四十四〈入蜀記第二〉七月十一日。

文字水平樹立了榜樣。《入蜀記》的文學成就，以及記載的地理人情、史政經濟，我以為在這方面，就連明代大旅遊家徐霞客以山水風景為主的遊記，也不能企及。

玄奘《大唐西域記》和《馬可波羅遊記》

漢武帝時的張騫為了防禦匈奴入侵與漢帝國的外交、經貿擴張，多次出使西域。雖然張騫相當熟悉西域和和中亞地區的風土人情，但是他沒能用文字記下沿途的地理歷史，所以他的見聞，不能加惠後人，這是「立功當世」而無「立言傳世」的遺憾。唐代的玄奘，為了追求佛學哲理的第一手資料，不惜冒生命的危險，偷出邊關，橫渡大漠，攀越雪山，到達印度。他沿途記下了各地的風土人情，所以在對宗教哲學的熱情之外，他也為後世留下了精簡的歷史地理和文化風俗的記錄。

意大利地區的馬可孛羅隨商隊東遊元朝的事跡，本來也應該隨歲月而化塵，但是經過他的幻想和「夸飾」的文筆，竟然成為不朽的史地記錄和有名的旅遊文學，給西方的生意人和帝國主義者，帶來貿易擴張的動力和殖民世界的野心。說到世界一體和全球化，馬可波羅的遊記文學有其功過焉。拿破侖說「筆勝於劍」，這是一例。

「地球是圓的，像橘子那個樣子（The earth is round, like an orange）」！這是《百年孤寂》第一章中，老邦迪亞的偉大推理發現。但是他務實的妻子不能瞭解其意義，還以為他發瘋了。但是既然地球是圓的，後來自然有《海底二萬里》的海洋地理文學和《環遊世界八十天》的海陸空旅遊幻想小說，伴隨人類對地球地理的瞭

解而成長。等到人類乘火箭駕衛星在太空環遊，從高空看到的地球，不過是一些土黃帶綠色的大陸版塊浮在藍色海洋中。從太空的宏觀，其實也預先昭示我們，在人類能「移民」月球和火星之前，地球在人類的「軟文明衝突」之外，新的對立面，可能就是「歐亞大陸的絲路連橫」和「英語系國家的海洋合縱」。精神面的宗教文化可以起硬衝突，「地理山海的硬體隔閡」和「歷史文字的柔性別異」，也可以逐漸形成新的、隱性的、地理性和語言性的集團對立。預先瞭解這個可能的走向，對研究文化與社會學，以及關心國際關係的學者和學生也是有益或有趣的。

七、英語國家的海洋合縱與
歐亞大陸的絲路連橫

山頭主義 積恨地雷

人類好鬥，自古而然。儒家出身的《吳子》說：「凡兵之所起者有五：一曰爭名，二曰爭利，三曰積惡，四曰內亂，五曰因饑」。中國人常批判山頭主義和山頭對立，這裏頭就有因地理隔閡，和語言的的別異，而加重的敵對因素。從前英諺說：*One man's meal is another person's poison*（某甲之餐乃某乙之毒），今日臺灣公寓大樓裏隔音不佳，一家歡唱卡拉 OK，整樓為之痛心疾首。想想過去地球上某些地區，因為山頭隔離，經年累月之後，逐漸造成語言的別異，一旦起了名、利、食物、男女等紛爭，由於言語不甚相通，因誤會而謾罵。謾罵不能分出是非，久之便積小惡成

深仇，世代不能化解。更有甚之，這類的積惡變成地區的文化，潛存人心之中，一旦受到挑撥，就會失去理性，爆發流血的械鬥，直到雙方出現婚姻的聯合，語言的共通，或有更大的共同敵人，積恨的「地雷」不能消去。莎翁《羅密歐與朱麗葉》的故事之所以感人，就是因為這種家族、種族、民族的仇恨，是愚昧、互殘、痛苦而普世的。

海峽隧道　利涉大川：地無恆連，則無恆情

　　蠻人好鬥，可以嘲笑。文明國家好鬥，則不易理解。譬如上世紀英法海峽隧道的興建，雙方就經過二十多年的爭論，和「國家安全」的考慮才達成協議。而臺海的兩方，如果有朝一日能達成和平協議，共建「閩臺海峽隧道」，建成以後，和平交流，發展貿易，每年通過的旅遊和商業人車數目，以後當在千萬左右，足以支付維持交通及投資利息的償還。如果管理得當，甚至還有盈餘，可以用來開發中間的澎湖，建成海洋花園，改良貧苦的民生，開闢新視野的環保海島公園。而因和平協議省下的破壞性軍火費用，對臺灣島內可以大力改善人民的教育、文化和醫療、健康。這樣一條「物質」上連通閩臺兩地的「實質」通道，我認為也可以視同維護兩岸人民感情的「臍帶」。《孟子‧梁惠王上篇》說：「無恆產而有恆心者，惟士為能。若民，則無恆產，因無恆心」。這就是古代經濟社會學上有名的「人無恆產，則無恆心」理論的出處。同理，我認為，「地無恆連，則無恆情」。說到現代的國際安全，武力和金錢的「硬實力」後盾固然重要，但「軟實力」網絡和人心的「連接」

與「信任」更不可輕視❾❶。

銀絲路歐亞連橫

在「虛空」裏建設的互聯網達到技術性的飽和之後，世間更大的「交通利益」則轉回地理上的實質道路建設。因此世界上新的交通大突破將是自亞洲經南亞、中亞、西伯利亞而歐洲的多條「新絲路」。由於它們的開通必然給沿線和歐亞兩洲帶來鉅大的商業利益，所以我稱之為「銀絲路」而不是韓國人以工程掛帥所稱名的「鐵絲路」。舊日英國地緣政治戰略學家，以歐亞大陸為主宰世界霸權所必須先行控制的心臟地帶，以為誰控制了歐亞大陸這世界第一大「島」的「心」，就能成為世界的霸主。當新的「銀絲路」從北、中、南三線連通歐亞大陸之後，從上海到阿姆斯特丹的陸路運輸，距離將比繞印度洋航行的海運在距離上節省近一萬公里，運費上節省 20%，運輸時間可能減少一半，而且沿線貨物的通有運無，以及消費市場的大串連，都將大大改變今後世界上經濟互動的面貌。亞歐議會夥伴會議及亞歐首腦會議的連續召開，就顯示了歐亞大陸間的互動已在不斷地加強❾❶。如果一旦北、中、南「銀絲

---

❾❶ 林中明〈利涉大川：從「黑水溝」到「銀絲路」〉，海峽兩岸經濟區域發展論壇論文集，中國社會科學院經濟所・福州，2005 年 5 月 21、22 日。

❾❶ 人民網北京 6 月 17 日電外交部網站消息，17 日，外交部發言人姜瑜舉行例行記者會，（對於）問：第五屆亞歐議會夥伴會議將于近日在北京舉行。中方對此有何評論？答：第五屆亞歐議會夥伴會議將于 6 月 18 日在北京召開，會議主題是加強亞歐合作，共同促進雙方發展。會議將通過《第五屆亞歐議會夥伴會議宣言》，遞交給今年 10 月在北京舉行的第七屆亞歐首腦會議。亞歐會議是亞洲和歐洲之間重要的對話與合作的管道，雙方成員有 45 個，人口

路」三線建立，那麼沿線的不同民族和國家，由於加入了這幾條經濟大動脈，久而久之，自然在文化上取得諒解，這對歐亞地區幾個大文明的衝突，也有化解的作用（非人世所能預測和控制的歐亞大陸板塊和印度板塊的沖擊另當別論）。中華戰國時代張儀所倡的「連橫」說，可能又因為「銀絲路」的興建連通，而在歐亞大陸還魂，而且「銀絲路」還可以步連通非洲大陸，協助非洲這個在近代有「黑暗大陸」之稱的地區，加速走向現代文明的光明。記得1950 年 5 月 9 日法國「德裔」的財長舒曼提出「歐洲煤鐵同盟」的觀念以來，世界政治學者多持「歐盟懷疑論」。而今日 5 月 9 日已成為「歐盟日」，而「歐元」已通行六年，歐盟也擴充到 27 國之多，而且繼續向東歐擴充「連橫」。所以我提出的「銀絲路歐亞連橫說」可能不需要五十年，就可能因為美國對內「反恐」阻撓中國與阿拉伯石油國家對美投資❷，以及世界各國科技快速發展而提

和貿易占世界近 6 成，對維護和促進世界和平與穩定發揮著重要的作用。亞歐會議自成立以來，在政治對話、經濟合作和社會文化交流等方面取得了積極進展。我們希望亞歐會議能推動亞歐間的合作，加強雙方在國際事務中的協調與配合，促進雙方文明對話進程，共同促進可持續發展，為進一步鞏固亞歐夥伴關係，實現互利共贏，為世界和地區的和平、穩定與發展作出共同努力。

❷ Stephen Glain, *The Modern Silk Road*, Newsweek, May 17, 2008. "The most hard-boiled forms of human enterprise tend to be the most prolific. Thus commerce along the legendary Silk Road flourished as it did for some 1,600 years because it was negotiated between merchants, not ministers or politicians. ... History repeats itself. In just a few short years, a new generation of merchants have spontaneously revived the ancient spice trade and restored its centrality with a host of modern wares. As opportunities closed in the United States – its economy sluggish, its

早成形。但是我也記得英諺又嘗云：One man's gain, is another person's loss（一人之得即他人之失）。從前張儀連橫成功，強楚就逐漸孤立而衰亡。歐亞非三塊大陸若得以連橫❸，英語系的海洋國家又何以自處？

英語國海洋合縱

車同軌，書同文

《中庸‧第二十八章》（秦儒？）言：「今天下，車同軌，書同文，行同倫（輪）。」這已經說明了秦始皇帝的大戰略眼光早已看到天下一統，必須在地理空間裏，達到「車同軌，行同輪」的實質連通；而在文化精神面，必須把相同的文字落實在可見的書本印刻上。在「全球化」的今日，如果新的帝國或經濟政治軍事聯盟集團要達到最大的凝聚力，則「軟實力」中最基本單位的「語言文字」，則是無時無地都能發揮影響力的「利器」。法國人推動新的拼音文字切斷了越南和中國的「文化臍帶」，美國人支持韓國採用

---

investment environment increasingly hostile to Arabs and Chinese – new ones have opened between Asia and the Gulf."

❸ 陳玉慧〈世界最長 義建西西里大橋〉，臺灣‧聯合報，2008 年 9 月 25 日（電子版）。「義大利總理貝魯斯柯尼從政最大夢想之一是建造麥西納大橋，最近他野心勃勃地宣稱：夢想即將成真。這個大橋將橫跨麥西納海峽，聯結義大利本島及西西里島，一旦大橋完工，車輛將可直接由義大利開到西西里，不必再排隊等待渡船或飛機。……熱中此計畫的人相信貝魯斯柯尼的夢想，麥西納大橋不但可聯結義大利本土和西西里島，2、30 年後並可延長至突尼西亞，此橋將可聯結歐洲與非洲，為世界帶來和平繁榮。

四百年前創造的拼音韓字阻絕了中韓的文字繼續無礙連通❹，史大林假借世界語的理想用斯拉夫語取代了曾經征服俄羅斯的蒙古人的文字❺！諸如此類徹底改變或摧毀一個民族或一國文字的策略，都表示文字語言、文學文化是對統治管理異族❻或對抗外來勢力的最有效的手段。

海上的「新游牧民族」

如果我們仔細觀看近半世紀英語系海洋國家的軍事同盟，就可以瞭解文字、文學、文化對國家民族獨立、統一和集團生存的重要性，可以大於或等於血緣和宗教的重要性。而大陸文化又和海洋文化有著相當大的差別❼，所以當海洋大陸的地理和文化中的語言文字有機結合後，其對文明和政經的影響力必然巨大。中國從歷史家

---

❹ 林中明〈漢字書藝之特色、優勢及競爭力：過去、現在、未來〉，《2004 臺灣書法論集》，淡江大學 2004 年「臺灣書法國際學術研討會」「臺灣書法的新風貌及未來發展」論文集，里仁書局，2005.11。pp.323-370。

❺ 林中明〈從「繁簡之變」、「讀寫之別」到「繁簡之辯」、「簡訛之辯」〉，「漢字論壇」論文，臺北·國立師範大學，2006 年 6 月 10 日。《國文天地》2006 年 9 月、10 月、11 月三期連載。

❻ 按：如果德國人凱瑟琳不能精習俄文，幾至因肺炎而病亡而引起俄國主教和貴族們的同情與欽佩，俄國的權貴是不會接受她成為統治俄國的新女皇。

❼ 松本一男《日本人與中國人》〈序章〉第 13-14 頁：「海洋性氣候的氛圍中形成的性格特徵，大概有下面幾點：樂觀、開朗。喜歡變化，富於進取心。敏捷機靈，善於模仿。情緒激動，脾氣急躁。而大陸性國家的居民也受著環境影響，形成以下比較突出的特性：內斂難測。反應不靈活但富於彈性。保守，不易變化。感情不易外露。無拘無束，悠然自得。……大陸型國家的國民並非全都如此，也會因南北之間的地理差異，對居民的性格產生不同的影響。」

班固對地理的體會寫出《地理志》，到魏源等知識份子在鄭和下「西洋」之後四百年，再度看到海洋知識的重要而編成《海國圖志》，時間上已過了幾乎兩個「千禧年」。因此當我們研究歷史、地理和海洋以及社會對文字、文學、文化的影響和互動時，也不應該忘記研究人類活動需要宏觀和微觀並具的整體觀。回顧人類社會進步的歷史，當人類懂得利用動物來作為食物和動力的來源時，土地肥沃有水源灌溉的區域就發展出更有效率的農耕社會，利用牛馬耕田，畜牧豬羊等為食物；而草原沙漠混合較貧瘠的區域就發展出利用馬匹為跨越廣闊空間的運動工具，逐水草而居。一個較靜態而能生產固定食物的社會❾，當然就成了動態但缺乏固定食物衣服的游牧民族的「狩獵對象」，類似於農業社會的以禽魚為食的「我為刀俎，他為魚肉」的關係。迴視西方近五百年的「大國崛起」，多半是小國以海洋航行的運動能力，加上先進的科技武器，得以大量掠奪世界各地科技武器落後的農業國家。所以荷、西、葡、英、美

---

❾ 松本一男《日本人與中國人》〈第二章‧刀與筆〉48-56頁：「中國人具有重視『斯文』的風氣，大概基於幾個原因：1.漢民族歷來就是農耕民族。2.中國人本質上厭惡戰爭。在一般情況下，戰爭幾乎都是異族或國外侵略者挑動起來的。……其終極的理想就是『消滅戰爭』。」作者：原引及加注：1.《尉繚子》：兵，凶器也。爭，逆德也。將，死官也。故不得已而用之。2.《老子‧三十一章》：「夫佳兵者，不祥之器，物或惡之，故有道不處。君子居則貴左，用兵則貴右。兵者不祥之器，非君子之器，不得已而用之，恬惔為上，故不美，若美之，是樂殺人。夫樂殺者，不可得意於天下。故吉事尚左，凶事尚右。是以偏將軍居左，上將軍居右。殺人眾多，以悲哀泣之；戰勝，以哀禮處之。」3.杜甫《寄張十二山人》：此邦今尚武，何處且依仁？毛澤東《戰爭和戰略問題》：我們是戰爭消滅論者。我們不要戰爭的；但是只能經由戰爭去消滅戰爭，不要槍桿子必須拿起槍桿子。

的崛起,和它們先後擊敗以陸地為主的國家,其實是重復了人類社會中「游牧民族」成功掠奪「農業社會」的歷史。

海陸文化融合的威力

說到海洋霸權中的代表——英國,它的崛起是由於曾經受到北歐維京海盜的洗禮,再加上德、法移民,以及受到雄霸歐非近千年的羅馬大陸文化的征服、殖民和教育,後來英國能以「日不落帝國」之勢,雄霸世界,我認為這是英國融會了海陸強權文化相互補的許多優點所致。與英國成功地融合了海陸文化相比,其他的大陸型的文化互學的互補性不大。海島甲向海島乙學習,所得較向大陸文化的優良部份學習可能也相對有限,這都有待進一步的研究。英國的文化,又傳入了北美洲,再加上歐洲移民的拓荒精神❹,演化出新一輪的英語系強權。東亞的日本,以類似英國成長的方式,融會了中國的大陸文化,再加上本身一部份的「倭寇」海盜文化,果

---

❹ 林登秋〈拓荒冒險基因 造就堅強賭性〉,中國時報 2008 年 3 月 12 日。「……要了解好賭的根源可能要回溯到先民唐山過台灣的歷史背景。漢人大量移民至台灣,約在明末清初,當時的航海技術遠不如今日,因此要從唐山渡過有黑水溝之稱的台灣海峽來到台灣,可以說是拿生命和大海相搏的豪賭。這種極度冒險的事,生活富足安定的社會中上層人士顯然不會輕易嘗試,因此當時來台的先民,大多是在原鄉生活困苦的人。俗話說,好死不如賴活,在安土重遷的中國社會裡,生活困苦的人,也未必會冒生命的危險渡海來台,只有少數在一定程度上,敢於突破傳統束縛而且具有不怕死精神的人,才有勇渡黑水溝的豪情。所以,許多來台先民共同的特性是在原鄉為中下階層而且具有冒險犯難的精神,而這種拿生命和天爭的冒險犯難精神,應該是先民基因中的特質。換言之,先民是帶著好賭的基因來台灣,因此繁衍出來的後代子孫,也大多具有這個遺傳自祖先的特質。」作者按:此文雖有所見,但全貌待考。

然也在太平洋崛起，侵略中國和東南亞，一度挑戰英、美在亞太的勢力。

英語系裏的另一個大國，南太平洋的大陸島——澳洲，如果當年英國不是把盜賊犯人流放到澳洲，也不讓白人欺壓原住民，搞種族歧視的白澳政策，而是把英倫三島的精英移民到這「大島」上，以開放的胸襟吸收亞洲移民和優良文化，大力教化原住民，廣泛開發全「島」，今天的澳洲可能已經是一個世界級的強權。回顧周朝開國時的歷史，年老的戰略家姜尚奉命離開內陸的家鄉，「外放」到權力中心之外、大海之濱的山東半島去開墾荒地。由於他的策劃和領導，把當時落後的海濱荒地，無中生有，建立成富庶而有文化，外民歸之的齊地，其仁心、忍性，和在破壞性的軍略之外的經濟開發，與文化建設的能力是很值得後人景仰的。

英語系海洋國家的「合縱」聯盟

英語系海洋國家的「合縱」聯盟？！這個看法，可能曾有人私下討論過，但到目前，似乎還沒有在檯面上成為主流討論的題目。但是根據牛頓力學的第三定律「反作用定律」，我認為當歐亞大陸因「銀絲路」的開通及中東、南美、非洲日益自主，從而改變了美國超級商業霸權和文化領袖的地位時，這將促使「美、英、加、澳、紐⑩」等英語系國家，從已有的軍事聯盟，加強其政治、經濟和文化的團結，以對抗和減緩其逐漸失去的「集團利益」，並經由

---

⑩ 按：紐西蘭在 2008.4.6 率先和中國簽署自由貿易協定，成為第一個承認中國具備完全市場經濟地位的已開發國家，這是西方開發國家和英語系海洋國家對中國經濟所開啟的第一個「小突破口」，但這也有一葉知秋的指標意義。

北約和亞太聯盟等組織來打入和緩解歐亞大陸一體化後的地緣經貿勢力範圍。二次世界大戰時英國首相邱吉爾到美國求援對抗德國的攻擊，他在美國國會演講時，打出「血濃於水」的「悲情牌」，促成美國對英國的大力援助，和最終對德宣戰。「血濃於水」的訴求之所以有效，背後的原因之一就是「書同文、說同語」的心理作用。美、英兩國從兩百年前因稅收利益的爭執而引發的美國獨立戰爭開始，到英軍攻入華盛頓放火燒黑了白宮為止，爭的是自家的利益，因而刀兵相向。但是後來與其他語文種族爭利益，則反而逐漸形成了唇齒相依的兄弟國，凡事不論國際公義，只講自家共同利益。我們由歷史得知「書同文、說同語」擁有四億人口的英語系**⑩**海洋國家，在今後國際關係上，為了可能逐漸喪失的共同利益，必將形成更緊密的「有形、無形」的「軟、硬實力」結合。

在這個「血濃於水」加上語言、宗教等「聯盟鍵」而彼此聚合的演化過程中，海洋國家而非英語系的日本，和英語系但位居歐亞大陸中南部的印度，由於不是純粹的「英語系海洋國家」，而且在歷史上曾經有過和英、美之間「不愉快和痛苦」的敵對及被征服的經驗，於是這兩大亞洲勢力，在今後的國際關係走向上就分別落入近似「敵乎？友乎？」的「如何利益優化」的選擇和平衡。好在「文化衝突」較「宗教衝突」為溫和而隱性，所以雖然有大聲的爭吵，但不至於大量的流血。但是當較進步的國家都擁有初級核武器

---

⑩　〈余光中、張曉風：停止 98 課綱〉，《聯合報》2008 年 5 月 4 日，p. A8。「余光中指出，全球只有四億人以英語為母語，但有十三億人說中文。臺灣沒有理由不加強中文。」

時，國與國的衝突，就不再能用「政治制度」為藉口來掠奪他國的「軟、硬資源」時；當高科技、服務業和文化企業加速它們的有機結合，形成了比「傳統」工商業更能產生「利益」的新企業時，新一代的國家領導人和企業領袖就不得不需要更加瞭解「文化、文學、文字」的功用和可開發的價值。到那時，新的罵人話，可能就不再是──「笨蛋！問題是經濟！」，而是「笨蛋！問題是文化！」。

八、世界與人心

歷史地理固然影響文化文學，所謂「山明水秀，人傑地靈」（圖 6. 桂林山水甲天下）。但是佛家早說「萬法唯識，三界唯心」。歷史雖然久遠，可是劉勰在《文心雕龍·知音篇》指出「世（雖）遠而莫見其面，（但）覘文輒見其心」；經典似乎難讀，但是「觀文者披文以入情，沿波討源，雖幽必顯。」世界雖然廣大，而莊子年青時也不曾出關逐胡兒騎射，一生可能也沒看過大海，但是他在精神領域裏「出入六合，遊乎九洲，獨來獨往，是謂獨有。獨有之人，是謂至貴。……覩有者，昔之君子；覩無者，天地之友。（《莊子·在宥》）」難怪莊子小可以夢為蝶，大可以思為鵬，「怒而飛，其翼若垂天之雲。水擊三千里，摶扶搖而上者九萬里。」可謂在心胸裏超逾了物質地理的限制。中東阿拉伯民族出身，敢於犯眾怒為殖民地壓迫下的人民和文化作辯護的薩伊德，在他的《文化與帝國主義》的第四章，引了十二世紀薩克森僧侶 Hugo of St. Victor 的話說：「纖弱的靈魂只將他的愛固著在世界的

某一定點上，強人則將他的愛擴充到所有的地方，完人則止息了他的愛。」這幾乎是接著《老子》所說的「勝人者有力，自勝者強」來關愛受壓迫的民族和世界了。所以我說：「世界大小，在乎一心。人同此心，心同此情❷。將心比心，怨恨自平。」宋代大學者朱熹曾有理學名詩：「半畝方塘一鑑開，天光雲影共徘徊。問渠那得清如許？為有源頭活水來。」心態活潑，對於讀經而自限於文字者，很有啟發。前一陣子臺灣因颱風而青菜與青蔥的價格騰昂，家庭主婦群起抱怨，而主事者猶不知蔥價，還有建議「何不食番薯」者。番薯的種植需要「土地」和較長的時間，但是培養青蔥，則杯水而能切而復長，生生不絕。我因此也接著朱子作一詩《六寸蔥與半畝塘》，其末句為：「……宋儒明理半畝塘，我栽青蔥六寸香。池塘猶需引活水，太陽里人借天光。」算是讀詩的心得。

九、結語

劉勰說「文變染乎世情，興廢繫乎時序」，又說文章可以得「江山之助」，見識真是高明。前賢的見識雖然難以超越，卻有益於借鑑。但若以當代的科技術語而言，歷史與社會、文化及文學間的活動，就像互聯網絡的訊息轉換；而地理雖然以消極的狀態存在，對社會、文化及文學的影響，若無超大型的自然災害，也多半

---

❷ 林中明〈中西古代情詩比略短述——並由《易經・乾卦》推演『賦比興』的幾何時空意義〉，第五屆《詩經》國際研討會 2001 論文集。北京・學苑出版社，2002 年 7 月，第 393-402 頁。

屬於單向的作用。但是地理的作用如《周易》所說的「坤德載物」，它能無聲地長期影響一方地域社會的心智活動，所以不能忽視。我們說歷史、地理對文化、文學的影響，其實是說時間、空間對人文的影響。但是在時空之外，精神領域的「文化縱深」和物質科技的「知識平台」也一直作用於人心。而地區領袖和領導集團的作用，又常常快速而直接地改變歷史、地貌、政策、經濟和文化、文學，甚至文字。這些議題，作者在文中都加以探討和批評。今天是「五四運動」的 89 周年，也是臺灣的文藝節和中國大陸的青年節，作者謹以此文藉淡江大學的第十二屆「社會與文化國際學術研討會」來紀念兩岸的二節，並請與會和會外的專家學者們共襄其義及指正拙文。

十、插圖

圖 1. 日本福岡・櫻花樹下的老人與少女

圖 2. 「素以為絢，繪事後素」，化而後文，言之有物。

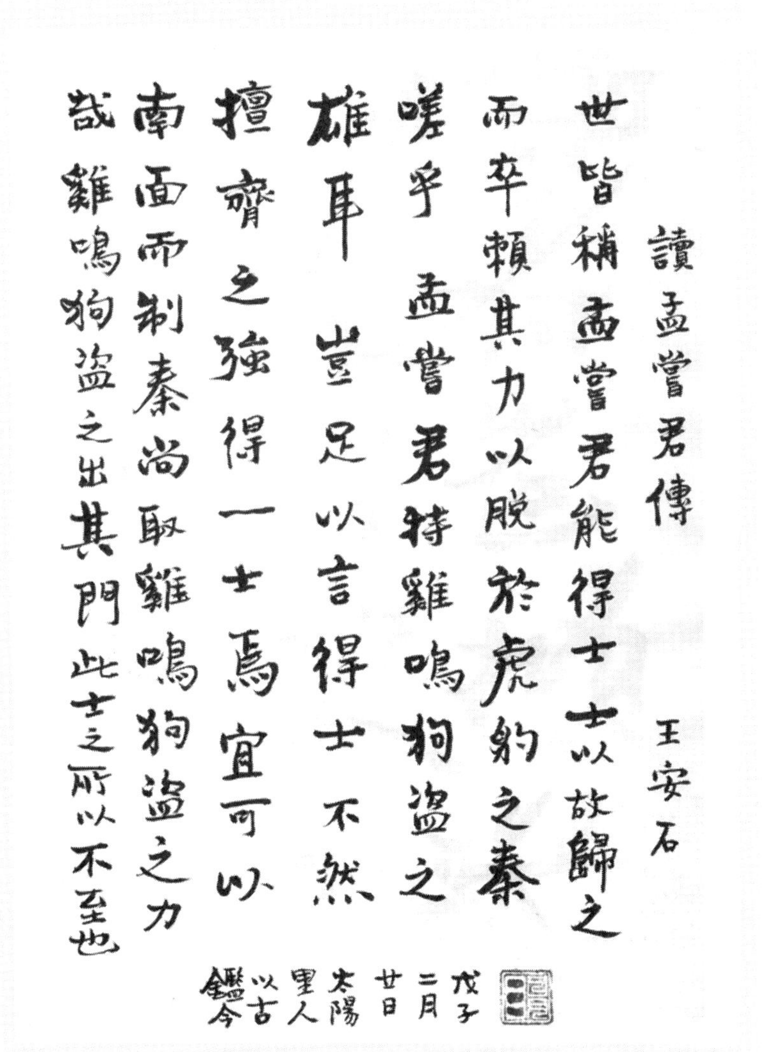

讀孟嘗君傳　王安石

世皆稱孟嘗君能得士，士以故歸之，而卒賴其力以脫於虎豹之秦。嗟乎！孟嘗君特雞鳴狗盜之雄耳，豈足以言得士？不然，擅齊之強，得一士焉，宜可以南面而制秦，尚取雞鳴狗盜之力哉！雞鳴狗盜之出其門，此士之所以不至也。

戊子　廿日　二月　太陽　里人以古鑑今

圖 3A. 林中明書《王安石讀孟嘗君傳》2008.3.22

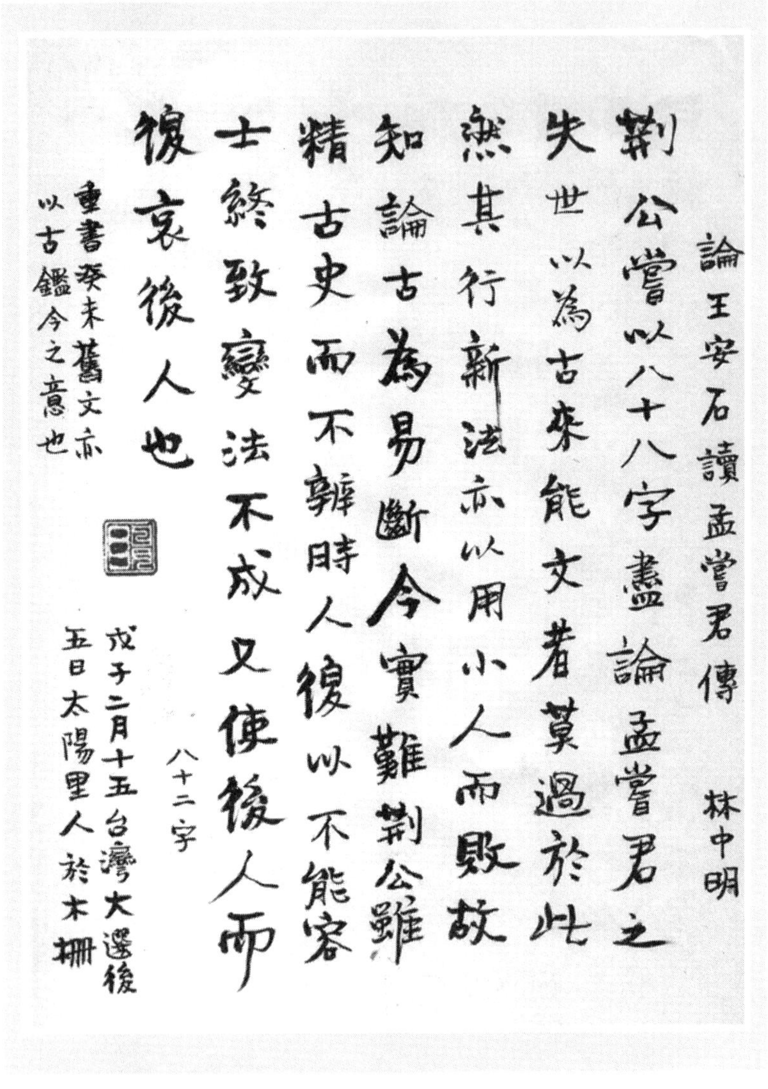

圖 3B. 林中明《論王安石讀孟嘗君傳》2008.3.22

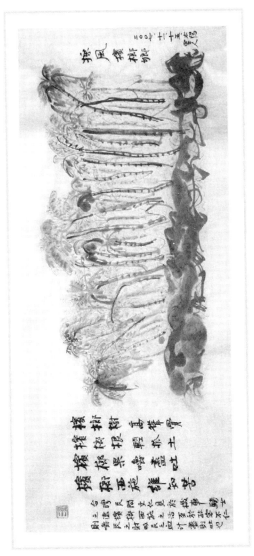

圖 4. 採風檳榔鄉

圖 5. 《別為我哭泣　加里福利亞》

妳天藍色的眼睛，別為我飄灑棕色的淚。

被砍倒的老橡樹，對野草交待遺言：

在我這漫長的一生，我曾親眼看見——

印地安人來紮營和被殺戮，

墨西哥人的歡舞和悲歌，

矽谷的大起和大落。

然而你

雖然夏季一定枯萎，但是冬日總是復生！

別為我哭泣　加里福利亞！

跋：此亦淵明《榮木》「采采榮木，人生若寄」，

與《停雲》「日月于征，說彼平生之意乎？」

林中明　2003 年中秋

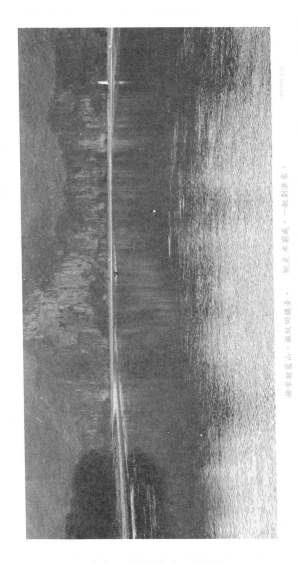

圖 6. 桂林山水甲天下

「文學世界」的深化與開拓

——綜論廿世紀西洋文學批評的特色與貢獻

張雙英

淡江大學中文系教授

一、「西洋文學批評」的繁富樣態及其內在意蘊

　　人類的歷史自有紀元以來，若以「百年」為一個計算單位來看，在廿世紀裡出現、並且引起深遠影響的「西洋文學批評」，其數量之多不但可說前所未有，而且也可以有未來不可能再出現的推論。這樣說的原因，主要是基於促使它們出現的重要背景和條件，也就是在這一百年中的社會狀況與世局變化，其速度之快、幅度之大，以及發展方向之迂迴與曲折，實具有「空前絕後」的特質。除此之外，我們若再以「每一項文學批評」作為觀察面，也不難發現

它們不但都各自擁有獨立且複雜的系統，同時，它們所出現的地方或國家、出現的時代或背景、以及被它們影響過的地點和時間等等，也都不完全相同。然而，正是這些原因，才會造成喜愛文學的讀者們產生「廿世紀西洋文學批評」因為非常複雜，所以很難對它們全盤了解的印象。

　　不過，當我們深入這個讓人眼花撩亂的廿世紀西洋文學批評的外貌之下去觀察，其實並不難發現這時期的西洋文學批評數目雖多，但其內卻含有兩大共同點：一是它們的論述多具有頗為鮮明的「跨國性」特質，二是它們的性質常帶有「多種學術領域」的色彩。更具體地說，這種在文學批評裡突然出現「跨國性」與「跨領域」的潮流之國家確實不少，如：英國、法國、德國、瑞典、捷克、奧地利、美國、……等國便都有這種現象；同時，在這一時期中出現的文學批評，如現代主義、形式主義、新批評、結構主義、解構主義、原型批評、現象學、詮釋學、心理分析、女性主義、馬克思主義、社會學或後殖民主義等等，其理論根源大多是來自於非屬文學的其他專業學術領域，如語言學、哲學、心理學、政治學與社會學等等。

　　雖然迄今為止，這些五彩繽紛的文學批評在文學領域中所引起的利弊得失如何尚無法驟下斷語，但其背後卻隱含有不少深層意蘊值得我們進行深入的探討，例如：一、這些屬於「文學」的批評會採用其他專業學術之論述的主要原因何在？二、這些文學批評各自在何時出現於何地？同時，它們會出現的原因又何在？三、這類跨國、跨領域性的文學批評，在成果上與以前只使用一種方法、並只專注於一個國家的文學批評有那些重要的異同與優劣之處？四、它

們能夠在文學領域裡颳起風起雲湧之勢的主要原因又是什麼？五、這一趨勢是否也含有值得我們加以深思的文學、文化或時代、社會上的意義？六、在這一世紀中，到底總共出現了那些影響力巨大的「文學批評」（有很多人習慣將它們稱為「文學理論」，也有很多人將它們視為「文學研究法」，本文則不主張必須如此嚴格地區分它們）？而它們之間是否也含有直接或間接的關係？……等等。

　　總之，廿世紀中所出現的西洋「文學批評」不但數量眾多，而且都各有自己的特定內容、性質、意義和影響力，所以絕非幾篇論文所能說明清楚。本文即基於這種認知，而選擇了將它們綜合起來，以「文學世界」為觀照面，來勾勒出這一時期西洋文學批評的主要貢獻。

二、五種與「人」有關的「世界」及它們之間的關係

　　我們若以「世界」（world）——即一種由時間與空間交融而成的領域——為立足點來看，則「人」於其內所能佔有的「時空範圍」，不僅在時間上顯得非常短暫，在空間上也非常渺小。然而，「人類」在悠長的時間歷史中，卻能夠藉著累積他們無數代先人的智慧、知識和經驗的結晶，並以團體合作為求生與發展的主要方法，因而乃超越了在體能上遠比人類強壯的其他「物類」，成為主導地球發展方向的領導者——「萬物之靈」。

　　我們如果再進一步以「人類生活的內涵」作為切入面來觀察，則「人類」之所以能夠超越其他「物類」的原因，除了如前所述的

能夠以較高的智慧、累積的知識和經驗、團體合作的方式、……等等作為生活的主要動力之外，具有敏銳而豐富的感情、理性的認知和判斷力、天馬行空的想像力，以及常常陷入矛盾和衝突的心理稟賦等等也是主要的原因。而如果我們再把焦點轉移到「人與文學的關係」上的話，則「感情、理智、想像和心理衝突」等四項因素，便應該可視為「人的生活」中最為特殊的根本性質了。

事實上，當我們以「人與文學的關係」為立足點，並把觀察面擴大到包籠了「人」和「文學」在內的「世界」時，底下的「五種」彼此交融而難分的「世界」：「現實世界」、「人的內心世界」、「語言世界」、「文學作品內的世界」和「文學世界」等，將會逐漸清晰地顯現出來。由於「文學批評」屬於其中的「文學世界」之內，所以想正確地了解「廿世紀西洋文學批評」及其貢獻，若能以這五種「世界」的範圍和特色，以及它們相互之間的「關係」如何來做為說明的基礎，應可收事半功倍之效。因此，筆者乃選擇了此一方向來進行本文的論述。

㈠ 「人」與「現實世界」

從「範圍」與「關係」兩個面向來看，「人」當然是活在「現實世界」中的；而在這個「現實世界」裡面，除了「人」以外，還包含了許多蟲、魚、鳥、獸、山、海、林、雲、和天、地等形形色色的物與象。不過，像這樣描述的「世界」，其實只是一個因不含「時間」、所以無法展現出生命意涵的靜態式「空間世界」，或者說只是一幅內容非常駁雜的靜態畫面而已。因此，我們若要使這個靜態的「空間世界」擁有生命，就必須讓這個「空間世界」至少擁

有一段「時間」，使這一個「世界」裡面的種種物與象可以藉著他們的連續動作或姿態來證明自己是活的，是有生命的。換言之，只有包含「時間」在內的「空間世界」，才能使其內的物與象能夠在那段時間裡藉著彼此之間的各種互動來展現出複雜而動態的現象。事實上，也只有這樣含有「時間」與「空間」交融作用的「世界」，才能夠算是「有生命的世界」。

當然，除了物與象之外，「現實世界」中還有許多經常被忽略，但卻是不可或缺的組成分子，譬如空氣、聲音和氣味等等。它們雖然無形可見，然而卻能夠使得這個「活動的世界」之內涵更加立體，更加豐富。

如果我們再把焦點集中到「範圍」上，而且將觀察的「範圍」縮得更小，並以更有系統的方式來觀察的話，則我們似乎可以得到如此的理解：「現實世界」中不但有許多「物」類，而且每一「物」類也都包含了許多「小類」，譬如動態的「獸」類中便包括了「牛」類或「貓」類等，「魚」類中也包括有「鯨魚」類或「鯊魚」類等；又譬如靜態的「植物」類中也包括了「樹木」類或「花」類等，……。而這些「小類」，其實也都擁有它們自己的獨特「小世界」。至於「人」類，當然也屬於一種「動態」的「物」類，因此也擁有屬於自己的「人的世界」。據此，我們若從「彼此之間的關係」上來看，則這個「人的世界」當然是屬於「現實世界」裡的一部份；只不過「它」的範圍顯然要比「現實世界」小得太多了。

(二) 「現實世界」與「人的內心世界」

　　「人」與「現實世界」在「範圍」的大小和彼此的「關係」上雖然可以有如前所述的理解，不過，當我們把觀察的焦點集中到這兩者之間的「關係」時，將會發現它們之間的關係不但不單純，而且是非常複雜的。我們底下就以「人」為立足點，來描述我們所觀察到的情形。

　　在以「人」作為基點觀看「現實世界」上，首先出現的問題，就是「每一個人」對這個大家所面對的「同一個現實世界」，竟然會有不同的理解和感受。因此，我們當然必須問清楚：「產生這種情況的原因到底是什麼？」一般說來，最關鍵的原因就是「人類」天生即擁有非常特殊且複雜的「心理」。這個「心理」因為無形可見，所以並不太容易讓人理解和掌握；但在影響「人」的力量上，「它」卻又擁有決定性的能耐。

　　前曾述及，組成人類「心理」的要素頗為複雜，除了有天生的「才智」與「性格」之外，還有以理性為基礎，讓人能夠了解事物的「概念」，既細膩又豐沛，且往往能主導人們言行的「感情」，以及性質變化多端、且範圍又無所限制的「想像」等。這些要素，不僅時時糾結在一起，難以截然分割，而且在人們每一次與外在世界產生互動時，還會將這些互動的狀況和結果累積成「經驗」，作為人們下一次認識和感受外在世界的「基本背景」。據此，以這樣一個由每個人所獨有的天生稟賦和與眾不同的後天經驗所會合而成的「基本背景」為立足點，去理解和感受「現實世界」，即使這個「現實世界」並沒有不同，但其結果卻不可能與其他人相同。而正

因為這個緣故，「它」才會被稱為「每個人的主觀看法」。

在此，我們或可藉著把「聯想」或「想像」與「隱喻」或「象徵」連結起來，對這一「主觀看法」稍作解釋。舉個例子說，當眼前出現了一幅一朵紅花長在一片如茵的綠草中之畫面時，有人在看到之後，可能會把「花」「聯想」到自己心中那位美麗出眾的「她」，因而使其內心之中產生出非常「快樂的感覺」；但也可能會有人在看到這幅畫面後，把它「想像」成「一朵紅花孤零零地被包圍在一片廣大的綠草」中，因而在心中浮現了一股對「紅花」的「憐憫」之意。又例如有許多坐在教室內上課的學生，內心之中正感覺無聊時，突然看到一隻「鳥」在教室的窗外「飛翔」，這時，可能有些學生會將「鳥」的自由飛翔姿態視為行動不被拘束的「自由」的「隱喻」；但也可能會有學生為此而大發悲憫之心，因為他把那隻鳥看作身旁沒有伴侶的「孤獨」的「象徵」？類似這種情況，在我們實際生活的經驗中可說所在多有。但重要的是這種情況突顯了一件事實：同一個外在的物象，不論它當時所呈現的是靜態或動態，在人們用感官跟它接觸之後，它在不同的人們心中所引發出來的，往往是不同的理解和感受——雖然，它在實際上乃是同一個物象。因此，我們在必須承認不同的人對同一個物象會產生不同的理解和感受之事實下，應該可以據此做出一個頗為合理的推論，那就是：「人」的「內心世界」與「現實世界」是不相同的。更具體地說，「人的內心世界」不但在內容上比「現實世界」要來得更加豐富，而且在範圍的涵蓋面上也遠比「現實世界」要廣大許多。

事實上，我們還可以把觀察面稍加擴大，來考察「人」對他所處的「現實世界」之看法到底有何特色。

如前所述，每個「人」在他天生的獨特稟賦與後天的環境影響交相作用下，對任何事物必然都會有異於他人的「主觀看法」，而這也就是哲學領域裡所稱的「前理解」（pre-understanding，也被稱為「先見」或「成見」）。以這個「主觀的前理解」作為基礎，當一個人想了解他所處的「現實世界」時，雖然他所接觸到的「現實世界」和其他人所置身的「現實世界」其實是同一個，但在他原有的「主觀的前理解」影響下，他對這個「世界」的觀察方式，將會像是戴著一付已經染上自己的強烈心理色彩的有色眼鏡來圖染這個「現實世界」一般。結果，他以自己的方式所「著色出來的世界」，當然就會成為一個充滿「他個人」的經驗、情感和價值觀的「主觀世界」；而這樣的「世界」，與「原來的現實世界」當然不可能完全相同。換句話說，他以這樣的基礎和方式所勾勒出來的「現實世界」，乃是一個已經帶有他自己個人的期待和感受等「心理內涵的世界」了。這樣的一種「世界」，也就是他的「內心世界」——或者說是在某個時間和地點上，他的內心對「現實世界」的畫像。

據此，每個人的「內心世界」不但和他人的「內心世界」有異，和他自己所處的「現實世界」也不可能完全相同。而「內心世界」與「現實世界」的不同，也並非只發生在「外貌」而已。為了說明這一點，我們底下再以「人和文學」作為觀察面，來對「內心世界」和「現實世界」在「範圍」上的關係進行更深一層的論述。

由於「現實世界」中所充滿的，是各種生命樣態的繁複活動，因而出現在我們眼前的「世界」，儼然是由一幅幅聲、光、氣、味兼備，且含有許多外貌與樣態各不相同的「畫面」所串接而成的

「動態圖畫」。而根據前面的論述，我們知道任何「生命」之所以能夠順利展演出來，乃是因為有「時間」和「空間」的結合才能完成的。更具體地說，就是任何「生命」在「現實世界」中，「必然」都是以「固定的空間」為範圍，同時「必須依照時間的先後」順序來呈現。但是，「人」的「內心世界」卻與「現實世界」頗不相同；首先是在「人的內心世界」中，不同的「時間」並不一定非依照它們原來的先後順序出現不可，「時間」出現的次序，在其內不但可以突破邏輯關係而前後顛倒，也可以自由地跳躍或移動。其次是在「人的內心世界」裡，不同的「空間」不僅可以同時出現，也可以突破邏輯的約束，顛倒在事實上出現的先後次序。這兩種「時間和空間」都可以「不受拘束」的情況，實際上乃是所有的「人」內心之中都會出現的現象；而其主要成因，則是建立在每個人的心理要素中都含有「想像力」的緣故。因為「人」的「想像力」最為突出的特質，就是能夠突破「時間」和「空間」的邏輯限制，讓「人」可以隨著自己的「想像」，天馬行空般地遨游於宇宙萬象之間。換句話說，「人」的「內心世界」因擁有「想像力」，所以可突破「現實世界」在「時間」上的邏輯限制和「空間」上的事實限制。據此，「人的內心世界」既然在「範圍」上可以包籠過去與未來的「時間」，同時也可以上窮碧落下黃泉，突破「現實世界」的「空間」限制，所以它的「範圍」當然比「現實世界」要大得多了。

㈢ 「人」、「現實世界」與「語言世界」

一般而言，「人」藉以了解「現實世界」的主要感官，至少有

眼睛、耳朵、鼻子、舌頭和皮膚等五項，分別經由其視覺、聽覺、嗅覺、味覺和觸覺等管道讓人達成認識外在事物的目的。❶

　　從所能涉及的距離和涵蓋的範圍而言，在這五項感官的功能中，「味覺」和「觸覺」因必須以舌頭和身體（皮膚）去接觸「現實世界」中的氣味和物象，所以能夠涉及的距離和涵蓋的範圍便非常有限；而這一個限制，則使它們在幫助人們對「現實世界」的了解上，只能達到十分有限的功能。至於「嗅覺」，雖然可以讓人們掙脫必須與發出氣味的實物接觸的限制，但因它所能延伸出的距離和範圍仍然是有局限的，所以對人們在了解「現實世界」上所能夠提供的助益也不甚大。但是「視覺」就不同了，因為「眼睛」不但可以讓人直接看到「現實世界」中的其他人、事、景、物等的外在形貌，並且可以觀察到他們之間的互動關係，所以使人對「現實世界」的了解能夠兼具有深度和廣度的優點。除此之外，「眼睛」還可以讓人經由「閱讀」圖畫和文字對「世界」的紀錄和描述，而對「用文字與圖畫所描述與繪畫出來的世界」也能獲得相當程度的了解。因此，將「眼睛」視為「人」之所以能夠了解「現實世界」的內涵與外貌的最主要感官，並把「視覺」稱為「人」與「現實世界」之間的最重要溝通管道，應該具有非常堅強的說服力。

　　不過，如果從「如何才能夠讓人達到真正了解現實世界」的角度來看，我們將會立刻發現前一段文字的說法還不算完整。因為，

---

❶　錢鍾書曾指出，人的眼、耳、舌、鼻、身等器官雖各有功能，但在實際運作時卻是不分計界限。因此乃提出了有名的「通感」之說，而為詩人作詩與讀者讀詩的情況提供了更寬廣與深入的想像與聯想空間。請見錢氏《七綴集》（上海：上海古籍出版社，1994年），頁65-66。

它忽略了另一項「人」在對「現實世界」進行理解和感受時,也佔有非常重要地位的「耳朵」之「聽覺」功能。我們都知道,「現實世界」中除了有形可見的人、事、景、物等之外,還包括一種雖然無形可見,但對人們的生活卻非常重要的聲音,包括大自然的風雨之聲、各種蟲鳴鳥啼,以及「人類」所發出來的複雜聲音,例如說話與歌唱等等。尤其是當我們把探討的課題限定在「人想要了解世界」上時,現實生活中的經驗或是語言學的理論都告訴我們,能夠讓「人」達到此一目標的最重要媒介,乃是「人的語言」;而人們了解語言的,就是依靠「耳朵」的「聽覺」能力。

這一點,我們實有必要進一步加以申論。首先是「人」在「現實世界」中活動時,雖然接觸的對象既多且雜,但若從「人想要了解世界」的角度來看,則和「人」的關係最密切,且又擁有巨大的影響力的,絕對是「其他人」,因為「人與其他人的互動」乃是「人在實世界中活動」的最主要內涵。

其次是「人與其他人的互動」必以「有效」為目的,而若要使彼此的互動有效,則必須以「已經了解」對方的意思為前提。雖然,「人與其他人」的互動方式多是先用「眼睛」去看「其他人」的外貌和動作,只是,若僅以「人」的「眼睛」所看到的「其他人的外貌和動作」作為依據,則頂多只能達到「約略判斷出其他人」是屬於怎麼樣的人,以及「他(們)」當時的動作「可能是想做什麼」的程度,而無法依靠它來達成「已經真正了解他(們)」當時的動作背後到底含有什麼更為深刻的動機或目的。因此,想要真正了解對方意思,除了必須透過「眼睛」的「視覺」來觀察對方的「動作」之外,同時也必須利用「耳朵」的「聽覺」來傾聽對方所

說的「話」。這是因為「耳朵」可以直接聽到對方將自己的心意明確表達出來的心聲——話語，所以當然可以作為了解對方內心意思的主要依據。當然，如果「眼睛」所看到的是用來描述對方心聲的「文字」時，也是能夠達到了解對方的意思的。

據此，「語言」和「文字」應該可說是「人」與「人」之間彼此溝通、互動的最主要媒介。為了緊扣本文所要探討的課題，底下再針對「語言」（為了行文方便，底下都將以「語言」來代表「語文」）與「人」的關係進一步加以申論。

由於任何「無意識」的動作都不具任何意義，所以筆者在此也將不討論這類動作。至於在「有意識」的領域裡，「人」的表情和動作都會被視為某種「意識之下」的結果；只是，若當事人不用「語言」將它們「說」出來的話，則我們將無法只憑眼睛所看到的畫面來確定其真正的含意。前面提到過，任何「人」「都有其主觀的看法」，因此對於同一個畫面，尤其是在一段時間內的連續動態畫面，每個人在看到之後，必都會在自己的「前理解」和自己與這一畫面的特定關係之雙重影響下，產生與他人不同的理解。譬如說，當「某人」看到「我們一起出現」時，突然表現出驚訝的神情，而未說出任何話。於是，不同的「旁觀者」對這位「某人為何會出現這樣的表情」可能會有如下的不同「猜測」：⑴有的「旁觀者」會猜，可能是因為這位「某人」原本認為「我們」已經分手了吧？⑵也有別的「旁觀者」可能會猜，或許因為這位「某人」在不久以前才聽說「我們」已離開這個地方了吧？⑶當然，也可能會有其他「旁觀者」會猜，也許因為這位「某人」沒想到，「我們」既然做了對不起這位「某人」的事，竟然還敢在此地逗留；⋯⋯等

等。然而，到底那一種「旁觀者」所「猜測」的結果才是正確的答案呢？事實上，只要這位身為表情發出者的「某人」不「說」出「他」會有這種表情的真正原因，則「他」心裡頭的答案是什麼，任何「旁觀者」的想法都只能算是「猜測」而已。這例子一方面說明了人的動作背後都會有未曾表現出來的意思，另一方面也點出了只要當事人並未把「他心中的意思」用「語言」表達出來，則他的動作背後到底是甚麼意思是不可能會有確定答案的。

　　除此之外，人們的「內心世界」不但含有他們與生俱來的獨特思想和感情，也包括了他們自己歷來對外在世界的了解和體會，因此，當人們將「他們的內心世界」用「語言」表達出來時，這個「語言」其實「已經是一種」將外在世界的現象融入到他們的思想和感情中，然後再將其表達出來的「綜合體」了。而就「人與人」之間的互動關係而言，這個代表「綜合體」的「語言」基本上擁有兩項主要的功能：其一，「它」是表達者心中的情感和想法的外現，表達者必須藉著「它」，才能將自己的情感和想法清楚地傳達出來；其二，「它」是表達者與他人溝通的最重要媒介，他人必須藉著「它」，才能了解表達者真正的情感或想法。

　　據此，「語言」不但是人們藉以表達自我，也是了解他人的最重要媒介。事實上，人們在「現實世界」中可說是隨時隨地與「語言」相依相伴的；說得更深入些，人們簡直可說是活在「語言世界」之中的。這個「語言世界」，在內容上具有四項非常突出的特色。其一，原來屬於「現實世界」中的人、事、景、物等，當出現在「語言世界」裡面時，因已被敷染上「說話者」的主觀色彩，所以與其原來的面貌與含意已經有了差異。其二，「說話者」內心之

中「無形可見」的思想和感情等抽象活動，常常在「他」所說的「語言」中被「他」用比喻的方式所選出來的「具體物象」所取代。其三，這個「語言世界」必然會含有空間和時間因素，但其內的時間與空間卻可突破「現實世界」內的邏輯與順序之限制，而依「說話者」的需要隨時出現。其四，這個「語言世界」在範圍上不但包括了「現實世界」，而且也涵蓋了無所不包的「想像世界」。總之，從內容上的特色來說，這個「語言世界」可說同時具有立體、靈活、無所限制與無所不包等特色，因而與「現實世界」有非常大的差異，也比「現實世界」的範圍要大得多。

㈣ 「文學作品內的世界」與「語言世界」

讀者接觸文學，通常最先碰觸到的乃是「文學作品」。從作品的外在形式來說，讀者所碰觸到的「文學作品」，其外形可能是屬於適合將事件敘述出來的「小說」體，或屬於適合讓作者發表感懷和見解的「散文」體，也有可能是屬於適合讓作者以吟詠的方式來抒發深刻或強烈情思和想像的「詩歌」體，或是適合讓劇中人自行出來呈現自我或和別人如何互動的「戲劇」體，……等等。這些「文學作品」的外在形式之所以會呈現出不同的「類型」，乃是因為作家們在確立自己的創作目標後，為了使心中想要表達出來的內容能夠以自己認為最能代表它們的題材，並用最適合的方式來表現，同時在經過一段漫長的時間之嘗試與試驗後，才逐漸形塑出來，而且被許多人所接受的結果。它們在後來被學界稱為「文類」——指在外型結構、題材內容或語言風格上等具有同樣特色的作品。

　　不過，無論「文學作品」的外在形式如何，它們都是以「語言」來作為其表達媒介的。只是，我們能否就可因此而把「文學作品」內所描述的「世界」等同於用「語言世界」呢？答案當然不是！我們可從「語言」、「結構」和「美學要素」等三方面來說明其原因：

　　先從「語言」上來說明。「文學作品」的傳達媒介雖然是「語言」，但「它」所使用的卻非那種以用法簡單，意思明確為表達目標的「日常生活式的語文」，而是一種非常講究修辭技巧的運用，以達到吸引人、感動人、讓人印象深刻、甚至造成人們從內心到言行因受其影響而產生改變等等效果的「文學語言」。當然，能達成這些效果的修辭技巧很多，譬如「意象的運用」，就可以有效地使抽象的情感和思想具體而鮮明地呈現出來，而達到讓讀者明確地了解其意蘊，甚且被其所吸引而產生深刻感受的效果。又譬如「比喻技巧的使用」，可以藉著物象雖在此而其含意卻在彼的表現方式，使讀者在不知不覺中被這種婉轉與含蓄的表達技巧所引導，甚至在心理毫無設防之下就接受其觀點了。又如「發揮文詞的多義性功能」，藉由擴大文詞的指涉範圍，來造成文詞的含意由明確逐漸轉為模稜的結果，因而不僅可以達成使讀者為了瞭解文詞的真正意思而努力拓寬自己的想像空間之效果，也可以引發出讀者為了猜測文詞的真正意思而對其產生興趣。……等等。

　　其次再來談「結構」。每個人在日常生活中與他人「閒聊」時，因沒有固定的主題，故而所說的「話語」多無法具備一個首尾貫串的完整結構。至於發生在兩人之間的「辯論」，雖有一定的主題，卻因在過程中常會有間斷的情況，而使這類種辯論的「話語」

也多未能含有完整的結構。但「文學作品」則不同,因為它們不僅都有特定的主題,也含有為了讓此一主題能夠成功地顯現出來的結構設計。這種為了不同的表現目的而形成的特殊結構設計,在經過漫長時間的形塑之後,終於造成了如前所述的適合抒情的「詩歌」體結構、適合描寫的「散文」體結構、適合敘事的「小說」體結構、以及適合讓劇中人自己出來呈現自我的「戲劇」體結構等「文類」。換言之,這些不同的「文類」在形體上會互不相同,顯然是因為它們係由不同的結構所架設出來所致。或許,我們還可以更進一步從詢問「文類」形體的表象來提出另一種說明。以出現迄今還不到一百年的我國「新詩」為例來看,「新詩作品」在外形上的兩大共同特色,應該就是「白話文」與「分行排列」。而針對其中的「分行排列」特色,我們似乎可以問:組成一首新詩的那許多詩行,為何是以這樣的先後順序來排列呢?由於一首「新詩」既然就是一篇「文學作品」,那麼「它」的結構也必定是一個完整體。因此,我們相信詩中的詩行會以這般的順序來排列,絕對是有原因的。雖然,不同的作者在個性、寫作目的、寫作經驗與寫作技巧等都與其他作者不同,以至於使我們無法將這一現象歸納出一個共同原因。但我們仍可以「作者」為立足點來推測,這樣的詩行順序可能是:作者為了使詩行的意思能夠前後貫串,或可能是作者為了想儘量將詩歌中含意相關的意象組合在一起,又或者是作者為了使詩歌的主題能夠逐步顯現,抑或可能是作者為了要營造出詩歌的聲韻律動而安排成的,……等等。總之,任何一篇「文學作品」,不論其外在形體如何,該外形之下必定隱含著一個由創作者精心設計出來的完整結構;而該結構,乃是作者希望藉由「它」來達成其創作

此一詩歌的目的所設計出來的。

最後來談「美學要素」。有心的讀者在閱讀「文學作品」時，多不會只以了解「作品」的「語言」所透露的內容梗概為最高目標，而大都會期望自己能夠從對「作品」的「了解」層次提升到「欣賞」層次，甚至再提升到「解釋和評價」的層次。換言之，具有深度的對「文學作品」的讀法，既不會只以「文學作品的語言」為主要的閱讀對象，更不會只以「了解作品的大致內容」為閱讀的終點。深入的閱讀方式，乃是一種把「閱讀文學作品」當作是一個自己心中的「美學活動過程和結果」。在這種閱讀方式的閱讀過程中，讀者的內心狀態乃是一直處於波動之中的：有的時候，「它」是受到故事所感動；有的時候，「它」乃是被情節一步步所牽引；也有些時後，「它」是受到語詞和場面的張力所震撼；但也有不少時候，「它」是在移情作用之下產生了聯想或想像。總之，這樣的閱讀方式，乃是讀者不停地在經歷「新經驗」的過程，所以他的心神狀態當然一直處於起伏不定之中的。而當他閱讀完「文學作品」時，他也在同時得到了非常豐富的收穫，包括：眼界開闊了，胸懷拓寬了，對人性的體會更深了，也對世界了解更多了，……等等。尤其最讓人滿意的結果是，他的心靈被淨化了，精神也因而昇華了——這就是「美學」效果對讀者產生的影響。因此，「文學作品」所擁有的這種影響力，當然不是一般「日常語言」所能比擬的。

上列三項特質既然是「文學作品」的必要條件，則「文學作品內所描述出來的世界」在性質上與「語言世界」自然就有區別了。因為這個「世界」雖然也是用「語言」所建構出來的，但卻也是一個包含了作者的精心設計，充滿著藝術技巧，以及處處含有言外之

意等特質的「世界」。換言之，它不僅是一個由「語言」所建構而成的「世界」，而且是一個充滿美學效果的「世界」。據此，則這一個「文學作品內的世界」當然與「語言世界」可能完全相同。

至於在內容所觸及的範圍上，「文學作品所描述的世界」雖然可以上窮碧落下黃泉，無拘無束，無所不包，它可以選擇描述人、其他動物、植物、甚至神魔、鬼怪，或是將數種混在一起，但到最後，仍然會形成一個它自己所特有的「世界」。這個「世界」，在範圍上即使不能說已經全部涵蓋住，但卻可以說已觸及到前面所提到的「現實世界」、「人的內心世界」和「語言世界」了。

㈤ 「文學作品」、「文學世界」與「文學批評」

筆者所指的第五個世界就是「文學世界」。據前所述，我們應可確定每一篇「文學作品」不僅都有自己的特定外型，在內容上也都擁有一個自己所描寫出來的「世界」。只是，把古往今來所有的「文學作品」之內容加起來就是「文學世界」嗎？當然不是。因為，「文學世界」的範圍與內容都是無法限制的，而這不只因為「文學世界」裡所包含的「組成要素」之一，也就是「文學作品所描述的內容」已具有難以明確限制的性質，而是還包括有「作者」、「讀者」、「環境背景」與「時代潮流」等其他重要且不可少的組成要素。更重要的是這些要素的每一項，其內涵與範圍也都無法加以明確地限制。

這一複雜的情形稍後再論。我們在此先以比較淺顯的方式來說明「文學世界」的「組成要素」這一點。一般而言，「文學作品」乃是「讀者」在接觸「文學」領域時最直接的對象。當「讀者」想

了解某一篇「文學作品」時，擁有了解該「作品」的語言能力顯然是首要條件。只不過，若「讀者」想進一步自該「作品」中取得更高層次的收穫，如體會、欣賞、甚至於對「作品」提出自己的解釋和批評等的話，則「讀者」除了須具備的前述的語言能力外，還得要擁有其他條件才行，譬如：一定程度的文學知識，對該「作品」的「作者」之性格、習慣與經歷都有若干程度的了解，以及對「作者」的「創作動機」、創作時的「環境背景」與「時代潮流」等也能有較全面的認識，……等等。換言之，了解「文學作品」的內容雖然不難，但若想達到真正全盤而深入地了解、體會、欣賞、解釋與批評「文學作品」，卻不是一件容易的事情。

這些組成要素既然對「文學世界」如此重要，所以有必要對它們更進一步地說明。「作者」指的是「文學作品」的創造者。這個「創作者」最重要的地方在於如果沒有「他」，則「文學作品」將無從產生；而「他」最為突出的特色，則是使「他」所創作出來的「文學作品」之內，處處充滿「他」的個人色彩，諸如：觀念、想法、情感、經驗、用語的習慣和佈局的技巧等等。因此，若想對「文學作品」進行兼具深度與周延性的解讀，創作出「作品」的「作者」當然是我們必須了解的對象。

至於「文學作品」的「讀者」，則是指「作品」的「閱讀者」。引起「作者」創作「文學作品」的動機之原因當然很多，其中，受到「讀者」的刺激、或是被「讀者」引發出其內心的情感或想法等，則佔有甚高的比率。另外，「作者」會決定要創作那一種內容與形式的「文學作品」，也常常是建立在「他」與「讀者」的關係上，譬如：「創作者」為了把心中的愛意傳達給其特定的「讀

者」──「他的戀人」，於是乃寫出「情書」給「她」；或者是為了想念自己的「家人」，而寫出充滿思念情懷的「家信」；當然也有可能為了博得「眾人」的喜愛或贏取「大家」的肯定，因而乃刻意創作出可以暢銷的「作品」，……等等。這些情況指出，「讀者」在「作者」創作「文學作品」上實頗具影響力。當然，我們也不否認有剛好相反的情形，就是也有許多「讀者」會受到「文學作品」的影響；而且，當「作品」的影響力大為增加時，其影響層面有時甚至會擴大到整個社會和時代。

有關「環境與時代」（在近代以來的文學批評領域上，多將其成為「宇宙」）的重要性，我們可從範圍、性質和功能等不同角度來看。在範圍上，首先是「作者」在實際生活時，即置身於「時代與環境」裡面。其次是所有的「讀者」也都被包括在「它」的範圍之中。另外就是「作品」被「創作」的過程、出版和「讀者」的「閱讀」過程與影響等，也是都在「時代與環境」的範圍裡面進行的。因此，「作者」、「作品」和「讀者」等三項重要的元素，可以說全都屬於「時代與環境」的範圍之內。

至於在性質和功能上，有些「作品」的創作，就是為了要批判「社會」上的不公義現象；而這類作品的創作手法，不但可促使「這類作品」成為「批判類」或「諷刺類」的作品，而且也會使「這類作品」產生警示人們的功能。同樣的，也有一些「作品」是為了要反應「時代與社會」的「現實狀況」，或為了留下當時當地的真正「紀錄」而寫的，因而乃使「這些作品」不僅被稱為「寫實類」作品，而且，也可能具備了紀錄事實與提供訊息的功能。

因此，若從組成的要素來看，「文學世界」裡最重要的元素，

應該可歸納為「文學作品」、「創作者」、「讀者」與「時代和環境」四項。

然而這四項，也正是當我們把「文學」視為一門學術上的專業學科時，在「文學批評」（有人稱之為「文學理論」）的研究上非常受到矚目的要素。以廿世紀西洋文學研究領域中非常受到矚目的「文學批評」學科為例，凡是從宏觀的角度來探討這門學科的主要研究方法之一，便都是採取先將「文學世界」的內涵歸納成「文學作品」、「作者」、「讀者」和「宇宙」等四項兼具代表性與關鍵性的「重要元素」，然後再藉著分別對各個「要素」，以及不同的「要素」之間有何關係來論述的。換言之，「文學批評」乃是「文學世界」裡的一項有關「文學研究」的領域。

三、「廿世紀西洋文學批評」的貢獻

近代以來，「科學」研究的成果不僅提升了人類的生活水準與文明層次，「它」所發明的新武器也已經由戰爭而巨幅地改變了世界的局勢與人類的生活方式。在進入廿世紀後，「科學的方法」更成為各個專業領域因應不斷出現的各種需求之有效「方法」與「價值」的代名詞。事實上，各專業領域也正是在這一趨勢主導下，都各自發展出在「範圍」上重視「體系」、在「方法」上強調「系統」的新理論。「科學」，幾乎已在這股新的學術浪潮中被提高到無限上綱的地位。

「文學」原本屬於「人文」領域，向來所講究的是視角多元、內容豐富的研究方式和成果，以及經由「美學」而達成的和諧境界

和人人都擁有包容的心胸之理想。但進入廿世紀後，也在這個以
「科學」為尚的學術風潮衝撞下，走向「範圍」儘可能「體系化」
與「研究方法」儘量「系統化」的路徑。這一個走向的力道，可從
不少人將「文學批評」改稱為「文學理論」得到印證。這一趨勢對
「文學批評」的影響當然正、負面都有。唯因本文之目的在指出其
貢獻，故底下將只論廿世紀中出現的「文學批評」對「文學世界」
的正面影響。

在這一時期中出現的「文學批評」數量非常多，但卻有幾乎找
不到一個純粹從文學領域發展而來，而都是來自其他學術領域的觀
念或學說之情況。這或許是因為其他學術領域在此時期非常發達之
故。但在此一有如風起雲湧，各有專屬領域的「文學批評」現象
中，似乎有「它們」的來源雖各異，但卻都有與「人」關係密切的
特質。值得注意的是，在它們被引入文學領域後，都曾被其引入文
學領域者加以修改或轉化；而這顯示了並非每一項被引入的「學說
或觀念」都能完全適用於「文學」；事實上，確也發生過因引用方
式不恰當而出現批評文學（作品）的過程與結果顯得牽強或怪異的
情形。

因本文屬綜觀式的討論，所以底下的論述將採取宏觀的視角，
並以前述提到的四項組成要素為基，將「廿世紀西洋文學批評」分
成四個系統，來勾勒出「它們」的主要貢獻。

㈠ 在「文學作品」上的貢獻

在廿世紀出現的諸多「西洋文學批評」中，以「文學作品」為
討論重心的大約有「形式主義」、「新批評」、「結構主義」、

「解構主義」等。

俄國的「形式主義」（Formalism）最主要的貢獻在提出了「文學作品」乃是「文學」的中心課題；而「文學作品」則須建基在「語言」之上。更具體地說，「文學作品」所使用的表達媒介必須與人們在日常生活中所使用的「日常語言」不同，而須使用「文學的語言」，也就是經過精心設計，因而能打斷人們的習慣性思考的「語言」，如此才能使作品具有「文學性」。❷

美國的「新批評」（New Criticism）（某些學者，如朱剛，主張此派應可包括英國的某些批評家）更是認為只有「文學作品」才是「文學」。所謂「文學作品」，不僅是一個「自給自足」，不假他求的「個體」，而且是一個「有機的結構」。當「它」一被創作出來之後，便具有自己「獨立」的生命；此後，不但與其「創作者」無關，也與「讀者」沒有關係。因此，文學批評的課題就是以科學的方法去分析作品的特色，例如詩的意象、反諷、張力等。❸

「結構主義」（Structuralism）（含「符號學」Semiotics）主張「語言」是一種「符號」，而由於「符號」必含有「象徵」的意涵，所以「語言」（與「符號」）所指涉的事物之間，其實有很大的距離，絕非一對一的關係；而這兩者之間，則是必須依靠「聯想」才能聯繫起來。這種一個「符號」含有多種可能的「意涵」之現象，當運用到「文學作品」上時，就是先把「文學作品」視為由

---

❷ 請參考朱剛：《二十世紀西方文藝文化批評理論》（台北：揚智文化，2002年），頁 14-35。

❸ 請參拙著《文學概論》（台北：文史哲出版社，2004年），頁 402-403

許多「部分」組成的「結構系統」，然後分別對每個組成「部分」進行個別分析、理解，接著再將「部分」放回其在「結構」中的原來位置，最後再重新對整個「結構系統」進行分析、了與評價等。據此，「文學作品」雖然是一個完整的「結構系統」，但卻不可能只含有一種意涵、解釋與評價。❹

「解構主義」（Deconstruction）（含「後結構主義」Post-Structuralism）先從哲學層次上反對「唯道中心主義」（又稱「邏格斯中心主義」Logocentrism）與「二元對立論」（binary opposition），然後主張「作品」的媒介——「語文」具有不斷衍生出歧異意思之根本性質。於是，含有作者個人的藝術創構特色之「文學作品」乃被稱「文本」——內容任由人們去解釋的一堆含意開放的語言。而且以此為基，或主張文學文本具有自我解構的特質，或寫作就是一種使文本不確定的行動，或任何閱讀都是一種誤讀，或文學的批評也是一種創作的方式，……等等。最後的結果就是「文本」必然是「多義」的。❺

這幾種文學批評都是以「文學作品」為探討的重心。綜合來看，它們可說是從「語言」入手，而將文學的研究焦點從「作者」轉到「作品」上。於是，不僅「文學的定義」因而獲得了具體而明

---

❹ 「符號學」部分，請參考高辛勇：《形名學與敘事理論》（台北：聯經出版社，1987年），頁 231-236。「結構主義」部分，請參考朱剛，同註❷，頁149-161。

❺ 「解構主義」部分，請參廖炳惠：《解構批評論集・導言》（台北：東大圖書公司，1985年），頁 1-19。「後結構主義」部分，請參楊大春：《後結構主義・文本的產生》（台北：揚智文化，1996年），頁 145-188。

確的答案，在有關「文學作品」的實際批評上，也因而出現了不少有效的方法。發展到最後，這一系列的文學批評則把探討的重心轉到有關「文學作品」具有多種意義上，而將擁有藝術性性質的「文學作品」變成含意開放的「文本」。至此，不但「文學作品」（或「文本」）的內容所能包籠的範圍被巨幅拓寬，其意涵可能觸及的高度與深度也被大幅提升了。

㈡ 在「作者」上的貢獻

在廿世紀出現的「西洋文學批評」中，以「作者」為探討論核心的有「心理分析」、「原型批評」（含「神話批評」）、「現象學」等。

「心理分析」（Psychoanalysis）（也稱為「精神分析」）學說將人的心理由深到淺區分成「潛意識」（也稱為「無意識」或「下意識」）、「前意識」和「意識」三層。「潛意識」是人的全部行動與心理活動的內驅力，因此屬於人的本能衝動；「它」不會管時機，也不會顧後果，只要求滿足自己的慾望。「它」也可稱為「本我」或「原我」。這個「本我」在實際生活中經常遭到壓抑或打擊，於是也常常進行修正，而提升為「前意識」，也叫做「自我」。這個「自我」從現實中學到甚麼是可以或不可以的判準，然後依照這些判準來限制或駕馭「本我」，以等待恰當的時機讓「本我」得到滿足。至於「意識」則是人有目的、有自覺的心理活動；因「它」符合社會的道德或規範，所以用語言或行動表達出來後不會有不良的結果，因而也稱為「超我」。這一學說運用到文學上時，其重心係在「潛意識」上。「它」把「作家」創作的原因認定

是為了滿足其「內心的慾望」或抒發其「內心的壓抑」，而「文學作品」就是「作家」這種「心理活動」所展現出來的過程與結果。由於「潛意識」不但力量強大，而且難以捉摸，所以文學乃充滿無窮的活力與各種可能性。❻

　　「原型」即是「原始基本型式」。提出「原型批評」（Archetypal Criticism）的學者認為，早期的人類，不論地方有異或種族有別，不僅在傳統文化、典儀或習俗，如巫術、宗教之中都會常常出現若干普遍相同的表達模式，就是在許多文學類型，如神話之內，也都可發現含有不少相同的敘述結構或意象。前者如：因受難而死亡，但後來又復活的模式；而這一模式則可視為原始人類對自然節令和生物更迭的模仿之象徵。後者如：宇宙創造的神話、帝王或英雄乃是神子的神話；而這些神話顯然含有人類希望與造物者有密切關聯的普遍心理之象徵。總之，這種現象所反映出的，應該是早期人類所普遍存在的一些原始的基本表達型態。由於在這類批評中，「神話」占有極高的比例，所以有不少學者將「神話批評」也歸入「原型批評」之中。大致說來，「原型批評」主要在指出「文學作品」既然含有人類共通的心理，以致使原本沒有接觸過的「作者」在表達模式（即「作品」）上於不自覺間出現了相同或類似的情況。據此，當然不可能會有任何一篇「文學作品」是可以完全單獨存在的。換言之，所有的「文學作品」必然都會與其他「文學作品」有或多或少的關聯性，如屬於同一項文類之中，或選

---

❻　請參劉俊：〈精神分析學與中國文學批評〉，收於朱棟霖、陳信元編：《中國文學新思維》，上（嘉義：南華大學出版社，2000年），頁37-53。

擇了類似的題材等等。❼

　　「現象學文學批評」（Phenomenological Criticism）在討論文學時，主張「文本」（或「文學作品」）乃是「作家」內心中的「意識活動」之紀錄；或者說，「文本」乃是「作家」內心之中的「意識之意向性活動」的結果。這是因為「現象學」的學說主張人類對於現實世界的認識，其實是以自己的「主觀」作為基礎的。因此，人類心中對現實世界的了解，其實並非現實世界的原貌，而是一個已經被自己的主觀色彩所敷染過的世界。這個世界不論是在形狀上、色彩上或其含義上，已經與原來的現實世界有了很大的差異。當它被運用到文學上時，「文本」乃被視為「作家」對外在世界的一種「意識上的紀錄」，因此乃含有非常鮮明的「作者之主觀色彩」。除此之外，「現象學文學批評」也還進一步主張，這一個「作者的意識上的記錄」也是一件允許每一位「讀者」依照自己的「意識」去對「它」進行「第二次經驗」的「文本」。❽

　　　這幾種文學批評的基礎顯然都是建立在人類「心理」（或「精神」）活動的分析結果上。其中，有些批評家主張「文學作品」乃是其「作者」「內心中的活動」——尤其是「壓抑」的部份，如「慾望」——之結果。但也有人將這種心理活動的範圍從「個人」擴大到「群體」，於是「文學作品」中的敘事模式乃成為「人類共同心裡」的反映。另外，也有批評家將人類這種心理活動從「無法

---

❼　請參徐志強：〈原型批評與中國文學批評〉，同註❻，頁 159-179。

❽　請參杜夫潤：〈文學批評與現象學〉，收於鄭樹森編：《現象學與文學批評》（台北：東大圖書公司，1988 年），頁 159-179。

控制」或「自然而然」轉成「含有作者的意向性」上，因而主張「文學作品」必含有作者個人的主觀性。總之，由於將人類的「內心活動」具體而微地展現出來，這類文學批評不僅讓我們了解「作者」創作「作品」的原因及「作品」與其「作者的心理（或「精神」）」之關係，也讓我們能據以了解和判斷「作品中的人物」之言行是否合理。

(三) 在「讀者」上的貢獻

在廿世紀出現的「西洋文學批評」中，以「讀者」為探討論核心的有「詮釋學」、「讀者反應理論」、「接受美學」等。

不論是來自希伯來傳統的解經學或古希臘神話的示喻，早期的「詮釋學」（Hermeneutics）都以傳遞神或聖經的訊息給予人為主要內涵。十九世紀起，它被運用到「人文」領域，強調「理解」乃是一種透過心理與文法去「再經驗」「作者」的心智過程；同時，提出了「詮釋循環」的說法，認為既可由我們想要了解的對象之「全盤」理解導入對其組成「部分」的理解，也可因對「部分」的理解而回來對「全盤」取得更深入的了解。而且，這樣的動作不僅可以，也應該要來回移動。據此，每當完成一次這種「循環」，就會對此一對象產生一種「新的理解」。當這一學說被援用到文學上時，這種「詮釋循環」除了被具體化為「作品整體與各個詞語」、「作品與作者的心理」及「作品與它所屬的種類與類型」等三種相互依賴的關係外，因詮釋學者認為「作品」係「作者」生命歷史的一部分，所以也強調「讀者」應依照自己的過去所累積的「經驗視域」（即「前理解」），藉著接觸「作品」去尋找其中所含的「期

待視域」，以達到這兩種「視域」被「融合」了的層次。至此，別人（指「作者」）的生命經驗便經由「作品」而被帶入自己（指「讀者」）的心靈中，進而產生共鳴了。❾

「讀者反應理論」（Theory of Reader-response）又稱為「讀者反應批評」（Reader-response Criticism）。這一派批評家的論點頗為分歧，但都主張文學的重心應該從「作品」（或「文本」）的內容或形式轉到「讀者」對「作品」的「反應」上。他們認為，文學乃是一種活動的過程，所以當「文學作品」本身獨立時，它並無能力去自我呈現與展延其敘述、結構、內涵、風格或人物等所含有的意義，而這些意義，只有「讀者」親自去經歷與體驗才可能創造出來。換句話說，「作品」的意義實取決於「讀者」個人對「它」的創造性解釋。不過，想要對「作品」提出創造性解釋的「讀者」則需要具備一些條件，譬如說，「他」本身必須是一個「理想的讀者」，也就是除了擁有自己過去的所有經驗和學識，尤其是對文學的形式、內涵與傳統等的了解之「文學的能力」外，也須遵循「解釋共同體」——即讀者們所共同擁有的，一套制約他們的思維和感知方式的解釋策略與規範——去解釋作品；如此，才能賦予「作品」新的意義。❿

「接受美學」又稱為「接受理論」（Reception Theory）。這一派文學理論家承繼了現象學與詮釋學的若干基本觀念，例如「讀

---

❾　請參吳義勤：〈闡釋學與中國文學批評〉，收於朱棟霖、陳信元編：《中國文學新思維》，下（嘉義：南華大學出版社，2000年），頁 403-431。

❿　請參龍協濤：〈讀者反應理論概說〉，《讀者反應理論》（台北：揚智文化，2000年），頁 4-26。

者」都會有「前理解」，「文學作品」的義意是「讀者」解釋出來的等等，然後分別從兩條路線提出他們的文學論述。路線一的批評者把重心放在「讀者」上，而被稱為「接受研究」。它們主張任何「文學作品」都具有「歷史性」，因為任何「文學作品」在被創作出來時，都曾被「當時的讀者」接受過；而且，隨著時間的推移，更出現了「作品」在不同的時代被接受的情況並不相同的情形。這一路線發展下來，乃形成了兼顧「歷史」與「社會」的「文學接受史」論述。路線二的批評者則以「活動的文本」為重心，而被稱為「效應研究」。它們主張「作品」的內部必定含有一些意義未定或空白之處；而正是這些地方對「讀者」產生了吸引、召喚等力量，使「讀者」從那裏面去尋找「作品」的意義。因此，「文學作品」實可視為一種「召喚結構」；而在這一「結構」上所出現的許多意義「不確定」或「空白」之處，則吸引了「讀者」以自身的經驗和看法去自行解釋或加以填補，最後，「讀者」乃因而「建構」出一個由自己所創造，而與「原作品」有別的新意義。⓫

　　這幾種文學批評的重心雖然有別，但基本上都在強調「讀者」於文學活動中的重要性。對它們而言，「讀者」閱讀「文本」前的文學知識與過去的經驗已不再是一種「主觀的成見」，而是為何能夠對同一個「文本」提出與別人不同的解釋之「美學經驗」。通常，「讀者」就是用它和當時的「解釋共同體」結合起來做為基礎，經由不斷地反覆接觸「文本」的過程，最後才從「文本」中提

⓫　請參金元浦：〈接受美學與中國文學批評〉，收於朱棟霖、陳信元編：《中國文學新思維》，上（嘉義：南華大學出版社，2000 年），頁 34-59。

煉出自己的創造性解釋。這就是「讀者」為何能擁有自行「解釋」
與「創造」「作品」（此時稱為「文本」）的內涵與意義之原因。
據此，原本被認為只能受「作品」所影響的「讀者」不但在文學活
動中的地位大為提升，文學的內涵也因此被大幅拓寬與加深了。

㈣ 在「時代與環境」上的貢獻

在廿世紀出現的「西洋文學批評」中，以「時代與環境」為探
討論核心的有「馬克思主義與新馬克思主義」、「文學社會學」、
「現代主義與後現代主義」、「女性主義」、「後殖民主義」等。

「馬克思主義」（Marxist Criticism）主要是想建立一套規律
來解釋整個社會和歷史現象，於是以物質條件為基而提出了辯證
法。廿世紀初被蘇聯運用到文學上時，文學被視為一種「意識形
態」，而且須配合國家與黨的政策來達成反映社會階級間的矛盾。
自四○年代起，在歐洲出現了「新馬克思主義」（Neo-Marxist
Criticism）。由於這一新思潮所思考的對象已不再只是共產主義社
會的蘇聯，而包含了以資本主義為主的西方國家，因此其主要內涵
也出現了明顯的不同。在文學上，它主張不應該只是被動地反映社
會現實中的意識形態，而應在社會中屬於自己的生產與接受的規則
裡，自主性地用典型性與總體性的方式來反映當代社會的意識形
態。據此，文學乃可超越必須由「社會－經濟」為唯一條件的限
制，而使其範圍擴大到可以包含作者的特色、藝術的性質與文化的
潮流等等的複雜因素。在這一修正趨勢的影響下，文學所呈現出來
的新形貌包括了單向化的社會變複雜了、階級鬥爭的主軸轉到對社
會的批判上、類型化的人物也因重視心理的刻畫而較為深刻、作品

的結構和語言也含有高度的藝術技巧等等。**⑫**

「文學社會學」（Sociologie de la litt'erature）於十九世紀初便出現於法國，主要在強調時代、風俗與政治、社會制度和文學的關係。到一九五〇年之後，波爾多學派的學者艾斯葛比（又譯埃斯卡皮）主張應以統計數字來呈現文學在社會上是如何被生產、流通與消費的，然後再依此來推論文學的實際效用。這種方法雖具科學性，所得的結果也甚具體，但卻只觸及到文學的表層，而無法深入文學的本質與意義。基於此一原因，高德曼乃提出「發生論結構主義」（原稱為「文學的辯證社會學」），主張文學必須兼顧社會和歷史。他認為，「作品」乃「作家」心中世界觀的外現，故可視為「作家的精神結構」。由於此一「結構」的組成要素，也就是作家的精神世界，與當時的「社會與歷史」屬於一種辯證關係，所以只能維持一個短暫的時間而已；因「作家」必然會以這樣的辯證結果為基，不斷再與外在世界的「社會與歷史」形成辯證關係，去造成一個個新的辯證結果。由「作家」與「社會與歷史」依辯證關係來形成的文學，當然也就具有生生不息的特色了。**⑬**

「現代主義」（Modernism）約發生於十九世紀的歐洲。當時，在工業至上與理性為尊的影響下，歐洲各國原有的社會制度紛紛解體，傳統道德的價值觀也逐漸崩解，人們也因而產生了「人到底是甚麼？」以及「其價值何在？」等困惑。此時在文學領域裡所

---

⑫ 請參 K. M. Newton, *Twenty Century Literary Theory*, PP.158-186. New York: St. Martin's Press. 1997.

⑬ 請參何金蘭：〈文學社會學在法國的起源與發展〉，《淡江學報》，29 期（1990 年），頁 17-28。

出現的法國象徵主義和英國唯美主義，便都是以對現實世界的虛幻性提出質疑為根本精神，同時也都主張用具有藝術性的「作品」來抓住「美」的事物，希望能藉此超越短暫的生命。到了一九二〇年代，更形成一股作家們努力掙脫統束縛，盡情發揮創意的文學風潮——「現代主義」。這一主義表現在「文學作品」上，乃以抒發作者內心對混亂社會（尤其是指「都市」）的傍徨心理為題材，以含混的詞意、斷裂的語法與顛覆傳統的形式為表達方式，以及以「疏離」與「異化」為風格等特色。第二次世界大戰之後，歐美地區又出現了一波比「現代主義」的「前衛」風格更加極端的「後現代主義」（Post-Modernism）思潮。它主張文學應該要完全甩掉傳統、全數拋棄形式、以及講究作品的細節應清楚而含意則宜模糊不清等。更具體地說，它強調：「文學作品」不一定非有主題不可，甚至可以只是一種遊戲；表達方式上也更廣泛地使用拼貼與諧擬的技巧；題材上則不再反對都市，但卻特別偏重在刻畫其多重的面貌等。當然，這兩種「主義」的最大差異為「現代主義」是屬於社會菁英在表達其中心思維，而「後現代主義」則是一種反對精英的通俗、離散且多元的思維。❹

「女性主義」（Feminist Criticism）若自其內容的繁富與流派的紛雜而言，實可視為一個源自於政治領域的文化現象。在文學領域裡，從賽門·波娃於廿世紀五〇年代指出，歷來的「女性特質」係由男性以人類的共性為基礎所描繪出來的，因此並不是「真女

---

❹　請參劉亮雅：〈擺盪在現代與後現代之間——朱天文近期作品中的國族、世代、性別、情慾問題〉，《中外文學》（1987 年 2 月）。

性」之後,「女性」乃成為熱門的研究課題。一九七〇年,凱特·米蕾提出了「性別」議題,將女性的心靈形容為男性意識的殖民地,而「文學」也成為一種「父權集體潛意識」的紀錄了。其後,伊蓮·蕭瓦特於一九八一年大力批判傳統文學史中所容納的其實只有「男性可接受的女性作家」,同時將「女性主義」分為:模仿男性(1840-1880)、向男性爭權(1880-1920)與女性中心(1920-)等三階段之後,有關「女性主義」的論述不但越來越多,方向也越來越分歧。不過,若從文學領域來看,它們仍可大致歸納為幾條路徑:一、重視「性別研究」者,主張「女性」文學的作品應該與男性文學有不同的主題、風格、結構與語言等。二、傾向「社會主義」者,認為女性也是社會裡的一種階級,所以女性文學作品在形式與風格上並無法與女性所偏重的題材和意識形態分離;至於在批評上,則主張須與當代的道德、文化與經濟情況相結合。三、重視「心理分析」者,主張「女性」絕非男性主流世界中的「他者」,而是「全部」;在作法上,先以具有女性潛意識的、意涵豐富的「語言」來與以解釋性為主、且充滿象徵內涵的男性語言做區隔,然後再用它來顛覆父權主義系統中的次序、規則。**⓯**

「後殖民批評」(Post-Colonial Criticism)在一九七〇才出現。在第二次世界大戰後,被西方強權殖民的國家紛紛獨立;因它們不屬於西方資本主義國家和國際共產國家,所以多被稱為第三世界。由於西方強權長期以來藉著強大的軍事與經濟力量到處成功地

⓯ 　請參 K. M. Newton, *Twenty Century Literary Theory*, PP.196-238. New York: St. Martin' Press. 1997.

侵略、殖民，因而形成了一種以「歐洲」為世界「中心」，而第三世界不僅位於世界的「邊緣」，屬於「他者」位置，且其文化中也充滿了「落後」、「野蠻」、「殘暴」、「不人道」等特質的觀點。不幸的是，第三世界國家在獨立後，因經濟尚未開發，政治也多不穩定，所以並無法完全擺脫西方的影響；而為了使自己能夠成為現代化國家，也努力地去學習西方的文明。但在學習中，卻無法不受到西方那種世界觀的影響，甚至於也認同自己的文化是落後和野蠻的說法。因此，自一九七○年的末期開始，「後殖民批評」乃深刻地指出，西方人心中所認知的世界，其實是一種見解偏差、心胸和視野狹隘，而且充滿了驕傲姿態的幻想世界；而且，他們那種鄙視和排斥他國文化的態度，不但將使西方文化的內涵因拒絕與其他文化交流而日愈貧瘠、衰弱，也容易與其他國家產生誤解而引發嚴重的衝突。在文學領域裡，「後殖民批評」首先強調文學與文化要「去中心化」，並擁有成長的本質與包容的力量，同時，應尊重每一個文學傳統，肯定文學的多元性。❶❻

　　這幾種文學批評的內涵雖然有別，但都是在強調「文學」和「時代與環境」的關係。它們的論述，除了使「文學」的內涵更為豐富與深刻外，更使「文學」在時間與空間中找到明確的位置，而避免「文學」成為只是存活於真空中的幻想。

---

❶❻　同註❶❺，頁 283-300。

四、小結

　　廿世紀的西洋文學批評不僅數目繁多，而且流派紛雜，本人也深知像這樣一篇小文章當然無法全數論及。但基於它們對文學研究的重要性，本文乃先選擇了近來在文學理論的研究中比較具有綱舉目張效果的架構為基，再從它們之中選出幾種重要的批評分別放入其內，最後再個別勾勒出它們的重要論述。本人希望如此的處理方式，可在篇幅限制的要求，大致呈現出廿世紀的西洋文學批評的主要內涵與它們對「文學世界」的貢獻。

論《聊齋誌異》中的
女性主體意識

黃麗卿

淡江大學中文系助理教授

一、問題意識的提出
——當代研究面向之反省

「主體意識」在當前學術研究已逐漸成為關注議題,此從「明清文學與思想中之主體意識與社會」之研究成果可知。其中提出論點:晚明時期,「主情」思潮與心學思想相呼應,席捲文壇。其主要的精神,即是在藝術意義上「主體意識」的覺醒。這股以「尊情」與「崇俗」為主的潮流,對於傳統著重「風化勸懲」之載道觀念的悖離,不僅啟導了晚明文人雅士對於世俗生活的一種縱情追求,更刺激了文學創作「多元發展」的機制。其中主體的自覺認知,以及發現「意志」之存在與可貴等論述,提供本文新的研究面

向作參考。❶

　　有關《聊齋志異》❷的研究已有相當豐碩的成果❸，關涉女性
議題仍是討論焦點。特別是相關神仙狐鬼精魅的「女性」研究篇章
頗多，蒲松齡在《聊齋》中所塑造的女性形象是其藝術成就的巔峰
之作。其中最可貴且深受大眾喜歡的是，小說中女性形象頗能彰顯
她們追尋自我理想的精神、具有堅毅不拔的勇氣、彰顯知恩圖報的
性情、展現才德雙全的智慧等價值意義，而有關女性自覺的表現精
神，即為其內涵之一。

　　然而，近年隨著女性主義的風行，此一爭議課題的研究數量隨
之增多。稱許者如：《聊齋》中的女性群像展現了主體對真、善、

---

❶　會議成果展現的重要面向：明、清兩代，無論在文學或思想領域，個人「主
　　體性」之發掘與確立，皆曾是文人與學者所致力達成的目標之一。這期間，
　　由於宋明義理思想從程朱發展至陸王的重大轉折，思想家開始將一切行動與
　　價值決斷之根源與核心，集中於人人所與生具有的「良知」，以「良知」作
　　為存在主體的核心，使人對於自身之主體性的認知，產生了新的觀看角度。
　　這不僅構成了明代心學的思想重點，同時也對明代文藝理論與創作的發展，
　　產生鉅大的影響。其中如李贄「童心」說所強調之「真」、袁宏道「性靈」
　　說所強調之「趣」，乃至其他戲曲家有關「情真」、「情至」的追求，不僅
　　帶動了「情」與「理」的討論，其論鋒相及，亦開啟了藉由人之「存在本
　　質」的討論，以探索「藝術」與「道德」間關係的一種思維方向。王瓊玲主
　　編：《明清文學與思想中之主體意識與社會》文學篇上，頁 3。詳見王瓊玲
　　主編：《明清文學與思想中之主體意識與社會》文學篇上（臺北：中央研究
　　院中國文哲研究所，2004 年 12 月）。
❷　本文所論《聊齋誌異》一書，以下簡稱為《聊齋》，所依據者主要為張友鶴
　　輯校之會校會注會評本（臺北：里仁書局，1991 年）。
❸　請參拙作《《聊齋誌異》形變研究》第一章〈緒論〉（臺北：淡江大學中國
　　文學系博士論文，2006 年 6 月），頁 7-26。

美的不懈追求，同時也替千百年來女性獨立人格的重新塑造提供了優秀的文學素材。❹在傳統性別規範中，不但「男主女從」、「男外女內」等觀念早已根深柢固，隨陰陽學說而來的「陽尊陰卑」之論，更在男性／女性之間，劃出高下判然的階級鴻溝。❺也因此，在邇來的「性別論述」之中，樓頭悵望、幽閨獨守的思婦，往往被論斷為「空洞的能指」、「男性筆下二元化的象徵符號」。❻由此，批判者則從男權意識觀照下來論其女性形象，此系列研究指涉傳統女性形象乃折射男權社會根深蒂固的觀念，以及飽含對女性形象的希冀和壓抑，也就是透過此系列的女性形象更加鞏固男權社會對女性作為從屬性別的宰制與分配。由此觀之，這些討論意涵並未能真正表現女性本真意義的情感和欲望。❼雷群明在《聊齋藝術通論》一書中，也對《聊齋誌異》一書有相似的看法：「大量寫狐狸精少女的故事，……，像紅玉、蓮香、小翠、鳳仙等等，她們其實

---

❹ 周小雨：〈《聊齋誌異》中的女性經濟獨立意識〉《陝西師範大學繼續教育學報》第 23 卷（2006 年 11 月），頁 108。

❺ 梅家玲：〈漢晉詩歌中「思婦文本」的形成及其相關問題〉，《中國婦女與文學論集》第 2 集，頁 67-114。

❻ 孟悅、戴錦華以為：女性形象變成男性中心文化中的「空洞能指」，男性所自喻和認同的並不是女性的性別，而是封建文化為這一性別所規定的職能。說參孟悅、戴錦華，《浮出歷史地表》（臺北：時報文化，1993 年），頁 22。又，劉紀蕙指出：在男性的文學中，女性成為男性意義認同的象徵符號與自我表達的形式。女性是男性自我另一面向的複製。說參劉紀蕙：〈女性的複製：男性作家筆下二元化的象徵符號〉，載於《中外文學》第 18 卷第 1 期，頁 116-136。

❼ 劉華：〈《聊齋誌異》女性角色中的男權意識〉，《河南機電高等專科學校學報》第 16 卷第 3 期（2008 年 5 月），頁 35。

就是活脫脫的人，只不過作者為了某種需要，才為她們披上了
『狐』的外衣。」❽張嘉惠文中也指出：不僅狐類，所有女妖都是
蒲氏為她們披上了人的「外衣」，而蒲松齡以女妖寫人的意圖，乃
是為將男性的特權合理化。❾因此，值得我們進一步探問的是：
《聊齋》中的女性形象是否融注了作者所生活的封建社會的那種根
深蒂固的觀念和意識，還是其在婚姻愛情上表現得獨立自主，個性
鮮明，具有強烈的主體意識？❿如果只強調女性具有自主意識或獨
立意識，而未能將文本中具有自覺選擇之意涵體現出來，則猶未能
真正釐清女性主體意識的鮮活面貌與獨立特質。

　　本文並非從性別意識來區分男性、女性的權力對抗，而是觀察
《聊齋》一系列的女性文本所呈現的至情至性，若非僅僅依附於男
權發聲，其中也有其自主自覺所呈顯之「主體意識」，本文所要探
討的女性主體意識，主要是針對傳統二元對立的觀點提出省察，筆
者並不贊成激烈或過度偏頗的女性論述，亦非要論述「悍妒婦女」
以顛覆了男權社會的遊戲規則，挑戰甚至破壞了傳統社會對於「良
家婦女」這個符號特質內涵之界義，一個已經積澱已久的固化符號
系統崩解，引發模塑這個符號系統的權力者恐慌。⓫然而《聊齋》

❽　雷群明：《聊齋藝術通論》（上海：三聯書局，1990年），頁160。
❾　張嘉惠：《《聊齋誌異》女妖故事研究》（中山大學中文研究所碩士論文，
　　2001年），頁89-90。
❿　郭珊珊：〈《聊齋》女性在婚戀中的主體意識〉，《內蒙古農業大學學報》
　　第10卷第3期（2008年3月），頁339。
⓫　陳葆文：〈《聊齋誌異》「悍妒婦女」類型析論〉，《淡江中文學報》第17
　　期，頁254-255。

女性議題在當代雖已成顯題，此一顯題或受到女性主義所左右，例如：「《聊齋誌異》在中國文學史當中被看作是明清文言小說的集大成者，而且被譽為精神啟蒙和婦女解放的先鋒」⑫；又從棄男尊女卑、顛覆男耕女織、提倡男女平等以論〈小二〉、〈黃英〉等所表現已經不是長期處於男性霸權社會中被奴化和異化的中規中矩的受制約控制的女性，而是具備了衝破這個長期罩在女性身上的封建樊籠，擺脫附庸男性的自卑境地──經濟獨立，成了有人格尊嚴的獨立女性。⑬

90 年代初期戴錦華等研究者關懷面向，從女性形象為一「空洞能指」來反思，強烈指出在男性的文化符號結構中，女性形象已非任何抽象具體的真實女性，並以「物化」與「欲望權」討論《聊齋》之意涵。⑭此女性研究的方法論具有廣泛的影響性，也可視為階段性的研究成果，並進而形成一套已然固定的論述。例如：馬瑞芳的〈《聊齋誌異》的男權話語與情愛烏托邦〉，她認為：《聊齋志異》的愛情女主角經作者主觀意志過濾，以男權話語扭曲成「蒲松齡式」女性形態；以男性需要為中心，子嗣凌駕一切。馬瑞芳的論述精闢深刻，引起了研究者們的廣泛關注。⑮又如：王向東，《聊齋誌異》：錯綜纏繞的性別言說──蒲松齡進步婦女觀的另一

---

⑫ 徐艷蕊：〈從《聊齋誌異》的性別話語質疑傳統文學經典的合法性〉，《河北學刊》（2005 年 7 月），頁 163。

⑬ 周小雨：〈《聊齋誌異》中的女性經濟獨立意識〉，頁 111。

⑭ 戴錦華：《浮出歷史地表──中國現代女性文學研究・序》，頁 18-19。

⑮ 馬瑞芳：〈《聊齋誌異》的男性權話語與情愛烏托邦〉，《文史哲》2000 年第 4 期，頁 73。

面〉中所言：蒲松齡在其短篇小說集《聊齋誌異》中集中體現的婦女觀，並不像通常人們所認定的那樣積極和進步，而是呈現一種混雜、錯綜、盤旋纏繞的形態。與時人相比，蒲氏小說中不乏同情婦女、張揚人性的層面，與此同時，在傳統「女禍論」的影響下，女性身份的隱性缺席和兩情相悅為表象的男性立場婚戀觀也時有表現。蒲松齡錯雜交纏的婦女觀可以視為性別觀念進化上一次意義重大的停靠和中轉。❶

　　上述論點要反省的是，《聊齋》可否從蘊含父權意識來審視箇中隱含的女性意識？如果是，那麼是否正如研究者所言：「女性終究是男性書寫歷史永遠失落的一個環節」，❶如果不是，那麼從父權意識來作為論述依據，是否絕對必要？相關提出反思之論，亦可見近年有關女性主義方面之研究成果：如王春玲在〈近年來《聊齋誌異》研究綜述〉一文中言：近年來，《聊齋誌異》研究更加活躍。在《聊齋誌異》的思想內容、創作動機、比較研究等方面都取得了豐碩成果，為人們準確理解和深入把握《聊齋誌異》提供了新的視野與角度。❶

---

❶　王向東：〈《聊齋志異》：錯綜纏繞的性別言說——蒲松齡進步婦女觀的另一面〉，《揚州大學學報（人文社會科學版）》第 11 卷第 4 期（2007 年 7 月），頁 41。

❶　陳翠英：〈閱讀才子佳人小說：性別觀點〉，《清華學報》第 3 期（2000 年 9 月），頁 365。

❶　王春玲：〈近年來《聊齋誌異》研究綜述〉中指出：許多研究者對《研究誌異》的女性主義進行廣泛而深入的研究，清算其中的男權意識。這方面的研究者有趙章超、何天杰、譚本龍、尚繼武、高芸等。趙章超的〈試論《聊齋誌異》的女性主義色彩〉認為：在《聊齋誌異》中，出現了一個女性自我世

時至今日，21 世紀的討論問題如：雖已論出女性主體，也強調文本中女強人之肯定。如夏艾青所言：女性地位是衡量一個社會文明程度的重要尺度之一，在一個男權的世界裡，蒲松齡的《聊齋誌異》為我們創造了一個全新的女性世界，雖為鬼魅狐仙，但她們敢愛敢恨，敢於衝破封建藩籬，追求自由幸福。蒲松齡把女性美提高到一個新的高度，女性不僅僅是一個可以讓男人賞心悅目的對象，更是一個力圖追求精神自由的主體。⓳邱玉明在〈論《聊齋誌異》中的女性先鋒意識〉一文指出：在現代審美領域中，先鋒性是一種深邃的時代精神的集中體現。中國歷代文人伴隨著世界文明的進程，在文學理論上和文學作品中都賦予了女性先鋒意識其獨特的內涵，尤其是蒲松齡的作品《聊齋誌異》，它從女性視角出發充分詮釋了中國古代女性強烈反叛封建禮教的先鋒意識，閃爍著女性追求思想解放和經濟獨立的自強精神。⓴另外，王會敏在〈誰說女子不如男──論《聊齋誌異》中的女強人形象〉一文言：在尚無「女強人」稱謂的年代，蒲松齡的《聊齋誌異》中就出現了各種各樣的

界，它消解了夫權制度，豐富了傳統文學中女性單一、病態的性格特點，也解構了封建知識分子躊躇滿志，不可一世的文學神話，塑造了一系列復仇女性形象。何天杰的〈《聊齋誌異》的情愛故事與女權意識〉（《文學評論》2004 年第 5 期）認為：蒲松齡對女性生存狀態充滿了關注和焦慮，在《聊齋誌異》中躁動著的女權意識不僅引領了清代小說對女性的關切同情，而且提供了一個文學個案。《文學藝術》（2007 年 2 月），頁 178-179。

⓳ 夏艾青：〈《聊齋誌異》的女性觀〉，《湖南第一師範學報》第 6 卷第 2 期（2006 年 6 月），頁 125。

⓴ 邱玉明：〈論《聊齋誌異》中的女性先鋒意識〉，《開封教育學院學報》第 27 卷第 4 期（2007 年 12 月），頁 4。

女強人形象,這些女強人形象,既標誌著中國古典文學女性形象塑造的新高度,又啟發了後世文學作品中眾多進步女性形象的塑造。㉑

以「先鋒意識」、「女強人」來標舉女性的能力,以對比女人可以比男人強,此一詮釋話語以思想當武器,只是強化其概念的片面性,不只喪失女人的真正特質,亦違反文學實質內涵。吾人宜反思的是,文學美所發散的實質生命意涵是什麼?它如何引領我們有意識的去欲求並建立有意義、價值的生命?一般研究《聊齋》容易從滿足男性情欲需求出發,㉒來談論文本中女性角色,如此就造成女性自我空洞化,喪失掉自己的主體意識。又如侯學智於〈《聊齋誌異》理想女性的角色定位及其價值功能期待〉中言:《聊齋誌異》中的理想女性形象其實是作者內心欲求和企盼的產物,其角色定位及其功能價值是從男性社會的規定性和男性的利用、需要為出發點的,反映出男權社會「女為男用」的角色價值意識,折射了中

㉑ 王會敏,〈誰說女子不如男──論《聊齋志異》中的女強人形象〉,《蘭州教育學院學報》2007 年第 4 期,頁 19。

㉒ 孫紹先在他的另一篇著作〈「豔遇」與療救──《聊齋》論〉中則更進一步指出,《聊齋》的出現意味著「蒲松齡需要證明一個男人遠離了主流文化價值之後,他的生存仍有意義,女性因而就成了最方便的幻想對象」(頁 175),「在虛擬的世界裡,為在現實世界中陷入精神物質雙重危機的書生,尋求心理慰藉,成全他們在現實世界不能實現的夢想,當是《聊齋》寫作的主要動機」(頁 177)。孫紹先納入性心理學的論述佐證其對蒲松齡性幻想滿足的說法,雖然言之鑿鑿,但卻未對蒲氏此種心理做出進一步的深化與分析,僅只歸結為「《聊齋》還是一本為男人寫的書」(頁 184)。引自氏著《英雄之死與美人遲暮》(北京:社會科學文獻出版,2000 年 9 月),頁 110-119。

國傳統社會的男權文化心理。❷一般研究者認為蒲松齡正是通過這種形象塑造，完成了他對主流文化語境中「賢妻良母」的企盼。例如：〈喬女〉中的醜婦喬女，大抵就其在丈夫穆生死後，儘管生活艱難，但她仍然拒絕了孟生的求婚，堅持守節而終。這是從服膺女權的意識形態之價值意涵來肯定。然而從〈喬女〉遵守傳統的「不事二夫」肯定中，其中她為孟生表現「知己之情，許之以身」的勇氣，此一可貴精神，卻未被研究者覺察到該女性有其「性情自覺」的主體內涵。

　　因此，本文欲由「主體自覺」作一反思，所謂「主體」一詞，並非一般哲學的知識論來論述，❷而是從中國文化是心性之學，是一種特殊的生命學問作為立論思考。❷此從文本小說〈蓮香〉「異

---

❷　侯學智：〈《聊齋誌異》理想女性的角色定位及其價值功能期待〉，《濰坊學院學報》第 7 卷第 3 期（2007 年 5 月），頁 26-29。

❷　「主體」乃是認識論基本範疇之一，只在人與對象關係中，作為認識、實踐、創價活動的承擔者，即能動認識和改造客體並創造價值的具體實現的人。而將「主體」的概念附予參予文學活動的人時，周英雄在〈必讀經典、主體性、比較文學〉一文便指出：在文學的研究上，若能將主體的位置（subject positions）加以適當的考慮。則「文學就不會被視為理所當然之物（given）；相反的，文學不外是範疇，範疇之形成固然賴社會歷史，但主體也必需在塑造範疇中，自求成形，自行觀照。」周氏並以藍博洲《幌馬車之歌》為例，說明創作者的主體性，乃透過小我擴充為大我，追求身分的認同，而讀者透過者種特殊的文學處理方式，多少也影響了「我們自己的身分認同」。收入陳東榮、陳長房編《典律與文學教學：第十六節全國比較文學會議論文選集》（臺北：中華民國比較文學學會，1995 年 4 月），頁 1-22。

❷　牟宗三：《中國哲學十九講》第二講（臺北：臺灣學生書局，1983 年 10 月），頁 26-27。誠如王鎮華於〈主體的建立——生命之道的九把鑰匙〉一文中所言：「主體，關鍵尤其在主、在天覺、在本心上。」又言：主體，在中

史氏曰」所提出「人身」的強烈反省，以觀蒲氏對「人身」強調的是，人的心神部份的重要性，如果人的心神失去了，那麼人的主體就無法彰顯，因此，所要標舉的「女性主體意識」，是要從女性主動、自覺去面對她的處境，由此興發自我的抉擇及承擔的勇氣。本文將針對《聊齋》對所創造出的女性形象，來探討其如何呈現「主體意識」❷❻。其中是否能透過對於自我抉擇的認知，使我們發現「意志」之存在與可貴。

準此，藉由主體的生命實踐意義來觀察反省時，可發現上述研究者之論述雖能肯定女性優點及能力，然而其論述方式是否真能深化其人格美，是否真能將女性之生命實質意義體現出來？是值得商榷的。從當代學者孫康宜針對西方女性的主體意識提出深刻反省中所言：今日的女性主義已由「解構」男權演進到「重建」女性的內在自覺。而這種破除性別規範的廣大意識正好迎合了後現代的文化趨勢；它融合了「主流」與「邊緣」，肯定了多元文化的「多樣

庸的說法：「中也者，天下之大本也；和也者，天下之達道也。致中和，天地位焉，萬物育焉。」在大學的說法：「自天子以至庶人，壹是以修身為本。」修身是指格物致知、誠意正心；此二者即中國文化的知識論與實踐論。大學中國文學系主編《「生命實踐」學術研討會論文集》（2003 年 10 月），頁 420。

❷❻ 所謂「主體意識」，依性質而言，應是指一個人對於其自身存在之自覺與認知。而這種自覺與認知，最開始時雖只是覺察到自身之存在，然而隨著我們的精神指向，我們將外在世界導引進我們自我之內部，使自我於面對客體時，成為一個以「自我意識」為核心之「覺受者」與「判斷者」。並透過對於自我抉擇的認知，使我們發現「意志」之存在與可貴。王瓊玲主編：《明清文學與思想中之主體意識與社會》文學篇上，頁 4。

性」。這個「多樣性」無形中把女人從憤怒的、怨恨男人的、「被壓迫」的心理逐漸解放出來。……九○年代的女性已把重點轉移到「自信心的提升」。現在她們是在「頌揚」女性的自覺與自由，而不是在提倡反抗男性的政治行動。」❷由此如何將《聊齋》中女性真實生命之價值意義彰顯出來？

此處本文所論之「女性主體意識」，即是以「女性自覺」作為女性主體性之探討核心。重新反省千百年來女性獨立人格之形象塑造：或從推崇對抗傳統禮教之「女強人」做角度，或以批判女性在「男權意識」觀照下，強調「回歸順從之婦德」等問題，從上述兩大研究面向的成果來看，女性主體性真的只能是「對抗」與「順從」的對立思考嗎？

因此，本文將就上述兩大研究面向作為省察角度，重新將《聊齋》中小說人物對於生命本真的追尋，作一反省觀照，來探討女性自覺如何可能朝向兩面選擇，分析其認同傳統婦德及對抗禮教規範的生命意涵中，是否隱含「道德自律」與「性情自覺」二者的融合？準此，試圖透過情理融合的生命體現，以及至情精神之朗現，期能回應社會文化發展脈絡衍生之困境，藉此闡明蒲松齡站在女性立場（處境），而以「性別擬代」方式，來進行生命反思的意義。

---

❷ 引自美國耶魯大學東亞系教授孫康宜在〈關於女性的新詮釋〉中所言，詳見氏著《古典與現代的女性詮釋・自序》（臺北：聯合文學出版社，1998 年 4 月），頁 6-7。

二、從女性主體意識到「生命本真」之追尋

　　蒲松齡在〈聊齋自誌〉中指其書為「孤憤」❷之說，論者以此作為社會批判之依據，並指出在《聊齋》中寄寓其憤懣之心情和深沉的思緒，其中感觸最深的是，一則拘泥「存天理」而與人情發生斷裂，形成「以理吃人」的現象；另則是去掉「天理」只顧爭逐情欲，導致世俗的墮落以及社會的黑暗和不平、吏治腐敗、官場傾軋、科舉扭曲等弊病，都成為他對社會批判之核心，此類相關研究已極為豐碩。❷如就「世情如鬼」❸的批判而論，此書實可謂「孤憤」之作，但如從其所論「情之至者，鬼神可通」（〈香玉〉）、「禮緣情制，情之所在，異族何殊」（〈素秋〉）「天真爛漫，佛之真也」（〈樂仲〉）等關鍵結論來省思，可見其書中並非只流於

---

❷　〈聊齋自誌〉中述及「遄飛逸興，狂固難辭；永托曠懷，癡且不諱」中，表明他對現實社會有著複雜難平之心境；此從其在寶應幕僚所作〈感憤〉一詩：「新聞總入《夷堅志》，斗酒難消磊塊愁」中，抒其抑鬱之情。他有意學習宋人洪邁《夷堅志》藉由「好奇尚異」，來凸顯現實所發生之事，並非毫無所據，反而更能將真實表現出來。故而在《聊齋》中寄寓其憤懣之心情和深沉的思緒，其中感觸最深的是社會的黑暗和不平，以及吏治腐敗、官場傾軋等問題作為他對社會批判之核心，這是《聊齋》中有關「世情如鬼」之批判。

❷　請參拙作《《聊齋誌異》形變研究》第五章〈《聊齋誌異》形變的社會批判及其「孤憤」意涵〉（臺北：淡江大學中國文學系博士論文，2006 年 6 月），頁 152-160。

❸　卷四〈羅剎海市〉異史氏曰：「花面逢迎，世情如鬼。嗜痂之癖，舉世一轍。『小慚小好，大慚大好』。若公然帶鬚眉以游都市，其不駭而走者，蓋幾希矣！彼陵陽癡子，將抱連城玉向何處哭也？嗚呼！顯榮富貴，當於蜃樓海市中求之耳！」頁 456。

批判而已，其中更有深刻的文化關懷及構建，並轉化現實經驗的超脫精神。

從《聊齋》中創造出多數可親可愛又具有能力的女性，其中是否深具自覺自省的認知，或是塑造出女強人來對抗男權的壓迫？在卷七〈小翠〉言及狐仙小翠形貌由美變醜，夫君何以仍摯愛不移；卷一〈青鳳〉所出現的狐女青鳳從人身回復狐形，狂生不僅不嫌惡，甚至愛之更切；卷二〈蓮香〉中狐女蓮香以「樂死不樂生」方式化為狐身，並又藉投胎轉世為人以續情緣；卷十一〈香玉〉中花精香玉以真情感動花神使其死而復生，亦使黃生於臨死之際，道出：「此我生期，非我死期」，樂意變成牡丹花，長伴在香玉身旁等等。這些「花精鬼狐」的表現，不僅不受形體的侷限，更以真性情與人展開相知相契的感通之情，此一真情感通之生命本真及自覺反省，所展現之意義深值探究：《聊齋》一書所呈現「孤憤」之意，在「批判」的同時，何以也作出了「轉化」的可能，此從這些「女性」深具「生命本真」來與人間世感通交會，所展現生命的美善意涵，即可探知。

然而從《聊齋》文本故事中，可發現「生命本真」之失落問題極為嚴重，特別是對人倫的困境，有不同方式的反省，蒲松齡對於這類世間「十之九悍婦」，只能冀望神仙異人來救死紓困。如在〈馬介甫〉這篇寫奇悍之婦鞭撻丈夫，奴役家翁，雖有狐仙馬介甫使用幻術欲制悍婦，以重振乾綱，但都因丈夫的庸懦無能，仍不能制其雌威，甚而鬧到家破人亡，文末因有狐仙來搭救，故能化解其困境。作者慨嘆「懼內，天下之通病也」實可作為人倫變異之批判。

蒲松齡能不以夜叉與人有異而否定其功勞，反而由皇帝頒布

「夫人」尊號，此一特殊意義，從蒲松齡用異史氏道出令人深思之言：「夜叉夫人，今所罕聞。然細思之而不罕也。家家床頭，有個夜叉在。❸」此處何以指出家家有個夜叉在，此中蒲松齡記悍婦事，並非志怪搜奇，似乎是藉一些具體事例來說這個普遍現象，❸ 此從〈夜叉國〉中之夜叉刻意表現出有情有義，其中已明顯對比出社會中人倫慘刻之困境。此一論點成為反省關切文化、人性的重要議題，也深刻地回應生命的價值和意義。

　　《聊齋》敘寫科舉對士子的扭曲極為深刻❸，此一問題實與晚

---

❸　《聊齋》卷三〈夜叉國〉，頁349。

❸　書中所舉之例甚多，如〈江城〉寫新婦入門，先是夫婦反目相向，繼而鬧得翁姑，親戚鄉里亦都在詛咒和杖擊威脅之下。文末雖然借助佛力，老僧一口清水噴射之，使她彷若換肝肺，然作者在「異史氏曰」中仍心有餘悸地嘆息：「每見天下賢婦十之一，悍婦十之九」。《聊齋》卷六，頁864。

❸　讀書人在科舉道路上的無奈，當然有他們各自的苦衷，很重要的一項因素是社會風氣。在科舉社會裡，世態炎涼、人情冷暖都與科舉成功與否直接相關。如：卷九〈王子安〉中則道出，王子安之心態變化。異史氏曰：「秀才入闈，有七似焉：初入時，白足提籃，似丐。唱名時，官呵隸罵，似囚。其歸號舍也，孔孔伸頭，房房露腳，似秋末之冷蜂。其出場也，神情惝怳，天地異色，似出籠之病鳥。迨望報也，草木皆驚，夢想亦幻。時作一得志想，則頃刻而樓閣俱成；作一失志想，則瞬息而骸骨已朽。此際行坐難安，則似被繫之猱。忽然而飛騎傳人，報條無我，此時神色猝變，嗒然若死，則似餌毒之蠅，弄之亦不覺也。初失志，心灰意敗，大罵司衡無目，筆墨無靈，勢必舉案頭物而盡炬之；炬之不已，而碎踏之；踏之不已，而投之濁流。從此披髮入山，面向石壁，再有以且夫、嘗謂之文進我者，定當操戈逐之。無何，日漸遠，氣漸平，技又漸癢，遂似破卵之鳩，只得啣木營巢，從新另抱矣。如此情況，當局者痛哭欲死；而自旁觀者視之，其可笑孰甚焉。王子安方寸之中，頃刻萬緒，想鬼狐竊笑已久，故乘其醉而玩弄之。妹頭人醒，寧不啞然失笑哉？顧得志之況味，不過須臾；詞林諸公，不過經兩三須臾耳，子安一朝而盡嘗之，則狐之恩與薦師等。」

明清初之學術偏頗風氣息息相關，當時文人對此多有反省。❸在《聊齋》描寫科場黑暗、勾魂攝魄的作品有十篇之多，如：〈葉生〉、〈素秋〉、〈考弊司〉、〈司文郎〉等，這些作品大多以離魂的形式，來表現讀書人的悲慘命運。「游魂」的目的，不再是唐傳奇和明代擬話本中的倩女愛情，而是功名；並非是靈魂出竅，而是死後的靈魂。如〈葉生〉中的葉生，他「文章詞賦，冠絕當時」，然而他卻榜上無名，竟至「沮喪而歸，愧對知己，形銷骨立，痴若木偶」，抑鬱而死。奇異的是，當丁乘鶴攜子入都時，他的靈魂繫於公子身上，使公子中亞魁。丁乘鶴又幫葉生捐錢做監生，終於中舉，此處強烈揭露出科舉制度的困境。葉生圍於名場，萎頓至死，肉身雖死，靈魂出遊體外，仍然教讀孺子，爭奪科名。等到三四年後，衣錦還鄉時，始悟自身已死三四年，見到靈柩撲地而滅。從葉生為科舉至死仍不放棄，反映出科舉對人心的摧殘之烈。

　　面對時代困境，蒲松齡則深切體悟出「人身難得」之真實意

---

❸　晚明清初黃梨洲面對當代心學、理學之流弊，時人更苟同於一家一派的學說，如科舉之學、語錄之學、鄉愿之學，皆為虛論瞽言，遺害至深。梨洲之肯定理學，與其評斥心性之學衍生之弊端並未矛盾，從其所論「奈何今之言心學者，則無事乎讀書窮理；言理學者，其所讀之書，不過經生之章句，其所窮之理，不過字義之從違，……天崩地解，落然無與吾事，猶且說同道異，自附於所謂道學者，豈非逃之者之愈巧呼。」（《南雷文案》卷二，〈留別海昌同學序〉）明顯可見當時學風正是：言心學者之弊未能關注於讀書窮理；而言理學者所讀只是章句之學，且只從字義以窮究其理，而落入「俗學」之病，二者不僅無法對治「天崩地解」之問題，且附於「道學」之名中。對於此一流弊批判，錢謙益已道出：「今之學者，陳腐於理學，膚淺於應舉，汩沒錮蔽於近代之漢文、唐詩，……茫然不知經經緯史之學。」（〈頤志堂記〉，《牧齋初學集》卷四十三）

義，關鍵繫乎人心的自覺自省問題，故在〈蓮香〉中，異史氏曰：

> 嗟乎！死者而求其生，生者又求其死，天下所難得者非人身
> 哉？奈何具此身者，往往而置之，遂至腆然而生不如狐，泯
> 然而死不如鬼。**㉟**

透過小說中狐女及女鬼的自薦枕席，同時也可以無私的付出及犧牲
奉獻，終於能喚起桑生體認出情愛的意義及真心珍惜之情。此處強
調「天下所難得者」，就在「人身難得今已得」的「人身」。其實
蒲松齡對人身、人形極為肯定，只是當人心如果無自覺涵養而未能
善加發揮，徒具此身，置之而不用時，也會淪落到鬼狐不如的地
步。從「人身」要如何彰顯最可貴的「生命本真」？此一論點，似
乎可從晚明清初陳確（1604-1677）所言「聖人亦人。如其非人，
即是禽獸」**㊱**的重要議題加以省察，此處所指稱的「禽獸」一詞，
並非指人之外的動物，而是指人心可能的扭曲異化，著重「如其非
人，即是禽獸」的辯證，主要在警惕提醒世人，需要時時反省人的
起心動念，切莫在自由意志之下任其墮落。

　　就此問題，蒲松齡在《省身語錄》也特別從形軀提出反省：
「軀殼要看得破，破則萬有皆空，而其心專虛，虛則義理來居；性
命要認得真，真則萬事皆備，而其心專實，實則物欲不入。」如果
能夠真正做到「軀殼看得破」，那麼對於世人形軀的執著陷溺，就

㉟　《聊齋》卷二〈蓮香〉，頁 232。
㊱　陳確《陳確集》一，文集卷十七〈南湖寶綸閣社約〉（臺北：漢京文化公
　　司，1984 年），頁 399。

能不斷去掉萬相之種種執著，那麼仁心善性就能在心中，然而人的本心善性必須有自覺的反省，也需實踐出來，透過真誠的助人行善的過程中，讓心彰顯出「專實」的工夫，如此就能呈現「物欲不入」的境界。

其中如何表達出人應當有著「其胸與海同其闊，其心與天同其高，其天真與赤子同其浪漫」**❸**之心。這樣的心不僅真誠無私，更有著「至情」精神在其中。主要是對「真」特別的肯定與無私的堅持，意在追尋「真人」，即是追求童心、赤子之心，可從蒲松齡〈壽常戩穀序〉一文看出：「天付人以有生之真，閱數十年而爛熳如故，當亦天心所甚愛也。」**❸**其實，本心善性人皆有之，蒲松齡認為人具有之「真」是天所賦予的，此人人皆有的真，即是赤子之心。然而最可貴的是，能夠歷經數十年，仍「爛熳如故」，此種對「真」之肯定與堅持，當是「天心」所要彰顯之至情精神，此從小翠之天真爛熳表現，為情愛無怨無悔的付出，異史氏稱讚小翠能有著「月缺重圓，從容而去，使知仙人之情，更深於流俗也」之「至情」精神。要呈現精神實與他側重心學的重要有關，此由蒲松齡所寫的王如水《問心集》序云：「凡有心者，寧獨一心乎哉？吾願天下有心人，思之復重思之也」。又道出：

　　夫人能于大節之臨，毅然而問忠孝心，即可以為神明。苟能

---

❸　蒲松齡著，盛偉編：《蒲松齡全集》卷四〈讀灌仲孺傳〉（上海：上海學林出版社，1998 年 12 月），頁 118。

❸　蒲松齡著，盛偉編：《蒲松齡全集》冊二，頁 66。

> 于貪嗔動時，惻然而問菩提心，即可以為佛、為菩薩、為阿
> 羅漢。❸

　　何以由忠孝心，「即可以為神明」，由菩提心，「即可以為
佛、為菩薩、為阿羅漢」，在此可見蒲松齡認為找回本心是極為重
要的問題，要點出的是佛之真諦，並非外求，而應當內求於心，佛
即在心中。如果能回復原本心之善，那麼在《聊齋》中所呈現的
「世情如鬼」問題就可化解。此一「佛即在心中」所展現精神力量
之大，從〈魯公女〉中表現出「人心即聖地」的觀念。故事中寫欲
遵守已轉生為盧戶部千金的魯公女的婚姻之約，又擔心年齡懸殊而
無法踐約的張于旦，意欲借助佛力，持誦經咒，駐顏卻老。其至誠
感動了神人，於夢中提示他去南海朝拜。問「南海多遠？」答曰：
「近在方寸地。」佛教聖地南海就在人心中，人心即南海耳。❹由
此歷經轉世投胎種種難關，終能完成其真正情愛。

　　又如〈水莽草〉中的「祝生」為鬼時，不僅能與鬼妻回到人間
侍奉老母，又有仁義之心以助人，深知為水莽鬼害人之可怕，乃堅
決不願投生轉世而讓他人替死，其心終能感動上天，使祝生成為四
瀆牧龍君。又如〈王六郎〉中為鬼的「王六郎」，也因能無私的助
人及展現惻隱之心等「至情」精神，最後成為土地神。此中正表現
出不忍人之心、惻隱之心，《聊齋》中對人的體貼關心，正由此表
現出「至情」精神的價值意義。由此，可見蒲松齡心目中的聖賢、

---

❸　《蒲松齡集》冊二，頁 1045。

❹　《聊齋》卷三〈魯公女〉，頁 294。

佛菩薩，都可透過《聊齋》的人物來呈現「其天真與赤子同其爛漫」之精神。

《聊齋》所要強調的生命本真，實與晚明之際提倡之「真心」、「至情」相近，如：李贄〈童心說〉中強烈主張文學創作，應源於「純真無偽之心」，即「真心」、「真人」：

> 夫童心者，絕假純真，最初一念之本心也。若失卻童心，便失卻真心，便失卻真人。人而非真，全不復有初矣。童子者，人之初也；童心者，心之初也。❹

對於道德規範和禮教都變成虛假不實、僵弊不通的教條問題，湯顯祖亦指出人往往以「形骸論」❷論斷一切，事事必以形式、表象為重，甚而流於虛偽而不自知。因此，《聊齋》在〈瑞雲〉一篇中，強烈表現出只要擁有「真心」則能化解現實困境，更能尋得真正的情愛。文中主角瑞雲係杭州名妓，色藝無雙，身價甚高，與賀生經由詩文相知，二人所重者為「知己」，故瑞雲不因賀生無財相輕，主動表示非他莫嫁，賀生則表示要以癡情奉獻知己。因此，當

---

❹　明・李贄：《焚書》卷三（臺北：河洛圖書出版社，1974 年 5 月），頁9798。

❷　對應於理學家末流以「理」所建構的，進而針對流於形式的表象加以批判。湯顯祖（1550-1616）對此問題特別提出回應及批判：「情不知所起，一往而深。生者可以死，死可以生。生而不可與死，死而不可復生者，皆非情之至也。夢中之情，何必非真？天下豈少夢中之人耶！必因薦枕而成親，待掛冠而為密者，皆形骸之論也。」參考湯顯祖：《牡丹亭・題詞》（臺北：里仁書局，1986 年 4 月），頁 1。

瑞雲由美變醜，甚至醜狀類鬼，賀生不但用情更深，又言：「人生所重者知己，卿盛時猶能知我，我豈以衰故忘卿哉？」不顧別人訕笑，贖她回家。其真心至情終能感動仙人，再度變回原來的天仙美貌，且特別嘉許賀生：「天下惟真才人為能多情，不以妍媸易念也。」㊼特別強調「才人」之「真」，所呈現的「情至」精神，可以達到不以形貌妍媸作為抉擇的境地，此與傳統往往以「男才女貌」作為衡量情愛之判準、依據，不僅大異其趣，更重要的是，能擁有生命本真才是最可貴的價值。

三、道德價值的觀照與性情自覺的省思

一般有關女性主體意識的研究，大抵從對抗論述切入以彰顯女性主體意識乃是具自主意識或獨立意識的女強人形象，然而，此系列論述僅從外在行為表現來論述其主體意識，例如：在〈俠女〉中，不但俠女對自己身體擁有絕對的主權，更拒絕了婚姻的形式，徹底顛覆了傳統小說所加諸俠女人物的制約。她可以為了報顧母之恩，而決定「是否」及「如何」與顧生發生關係，此由小說其與顧生之初遇時的神態是「見生不甚避，而意凜如也」；其後受餽回報，照顧顧母，對於顧生受母命而伏拜致謝，依然是「舉止生硬，毫不可干」；及決定要為顧家傳嗣時，對顧生則是「忽回首，嫣然而笑……挑之亦不甚拒，欣然交歡」；事畢之後，次日顧生欲續前緣，卻又「厲色不顧而去。日頻來，時相遇，並不假以詞色，稍游

㊼　《聊齋》卷十〈瑞雲〉，頁1389。

戲之,則冷語冰人」。凡此,皆可見雖依傳統情節的發展,俠女必與顧生互動,並發生性方面的牽扯,但蒲松齡卻能在套用傳統情節模式之餘,使俠女對異性的情感表現,大反其道地呈現一種疏離冷漠的態度,使相對之下,其之「嫣然而笑」「欣然交歡」,乃至二次交媾,便凸顯出俠女在「性」方面掌有絕對的操控權。❹又如〈商三君〉中假扮男裝為父報仇等,認為如此表現才具女性主體意識。

　　至於傳統社會對於不能「從一而終」的女子,大抵會從蕩婦來批判她,然而蕩婦或貞女的爭議問題,蒲松齡並未從傳統既有社會規範來作判別,如在〈霍女〉一文中對霍女主動追求情欲,非但未斥為蕩婦,反就其以神奇手法主動選擇對黃生情義相助,從「貞女」角度稱許之,值得吾人省思。如在異史氏稱:「女其仙耶?三易其主不為貞。然為吝者破其慳,為淫者速其蕩,女非無心者也。然破之則不必其憐之矣,貪淫鄙吝之骨,溝壑何惜焉?」❺情意生命的價值意義,並非指「情欲」中陷溺情色方面,而是在肯定「情欲」,安頓情欲之中,更能展現助人愛人之真情。在對抗虛偽不實之禮教、肯定情欲追尋之自由之後,再回歸人情禮法的社會秩序裡。蒲松齡何以能將〈霍女〉從蕩婦的形象轉化為多元豐富的形象,此中值得深入探究,細究傳統女性在男權社會的存在樣態,其價值自覺的認同基礎可能朝向兩個選擇:第一是認同,傳統女性認

---

❹　陳葆文:〈由再創作論《聊齋誌異》之經典性——以〈俠女〉為例〉,《叩問經典》(臺北:臺灣學生書局,2005 年 6 月),頁 23-24。

❺　《聊齋》卷八〈霍女〉,頁 1097。

同原先所建構之傳統或觀念，而導出行為規範的欲求，乃基於規範性的命令，此中關於認同的基礎是否有其反思與自覺呢？或者只是馴化、順從於傳統敘述的規範？第二是對抗，即是女性選擇與傳統形象決裂、對抗，就實際據以行動的對抗準則，是否具有真正的價值自覺？如果僅從道德規範的對立面出發，而沒有去思考何以抵抗，則只是流於為抵抗而抵抗，並流於一種盲動。我們如何從小說文本所隱含之意涵中，對其反思道德價值意涵提供自覺性的選擇呢？茲分述如下：

㈠ 認同傳統方面

《聊齋》中女性所要認同的傳統，並非以「存天理」的道德傳統為主，而去掉自然情欲，如〈喬女〉一文，文中塑造的喬女不但黑醜，甚至身體殘缺，更遺憾的是「壑一鼻」，嚴重影響容貌，甚至「年二十五六，無問名者」。她之所以能嫁作穆家婦，並非穆生看重其德性，或身分地位，而只是其「家貧不能續娶」。這些都點出喬女一開始因殘醜而婚姻無法自主，只能聽天由命的想法。然而當孟生看待她與眾人有不同的反應時，對待喬女的黑醜及殘缺，並無鄙夷的態度，而是「忽見女，大悅之」，希望得到賢內助，身為平凡女性的喬女，她很清楚自我人生際遇難以開展婚姻之外的路徑，因此她的醜貌顯得格外突出，既無法得到社會、家族、婚姻的助力，她只能自立自助，以德行來作「自我認同」的依靠。喬女義正嚴詞的道出：

> 饑凍若此，從官人得溫飽，夫寧不願？然殘醜不如人，所可

自信者，德耳；又事二夫，官人何取焉！孟益賢之，向慕尤
殷，使媒者函金加幣，而說其母，母悅，自詣女所，固要
之，女志終不奪。❹

在傳統父系社會中，古代一般女性卻必須依附家庭婚姻生存，
因此一個醜女，必然更加窄化其婚姻之路，無法自主謀生，不能選
擇單身，在女性弱勢的傳統價值中，喬女的殘醜，更是雪上加霜。
誠如白居易〈行路難〉：「行路難！人生莫作婦人身，百年苦樂由
他人。行路難！難於山，險於水。」❹在傳統社會中身為女性，行
路人間的艱難更甚於跋高山，涉深水，何況貌醜如喬女？其中，最
可貴的是孟生並不選擇天仙美女為妻，反而看重的是喬女內在之賢
德，堅持非她不娶。由此，足以證明孟生並不以形貌之美醜來判
斷，已超越形貌之障礙，直達生命內在品德的境界。實可謂「知己
忘形」之典型，也表現出莊子所云「德有所長，形有所忘」的精
神。此一「知己之情」讓喬女深受感動，此精神所展現之勇氣，除
了表現孟生之死，喬女不顧人言可畏以未亡人身分的「哭靈」，更
可透過她為爭回孟生家產，而與孟生的好友的對話中：

夫婦、朋友，人之大倫也。妾以奇醜為世不齒，獨孟生能知
我。前雖固拒之，然固已心許之矣。今身死子幼，自當有以

---

❹　《聊齋》卷九〈喬女〉，頁 1283。
❹　此詩見顧學頡點校：《白居易集》（北京：中華書局，1979 年），卷 3「諷
　　諭詩」，頁 64。

> 報知己。然存孤易，禦侮難，若無兄弟父母，遂坐視其子死
> 家滅而不一救，則五倫可以無朋友矣。妾無所多須於君，但
> 以片紙告邑宰；撫孤，則妾不敢辭。**48**

此處喬女已明確告知林生「妾以奇醜為世不齒，獨孟生能知我。前
雖固拒之，然固已心許之矣。」她心中感激孟生的相知相契，且有
決心要幫孟生「撫孤」的想法；至於孟生家產被搶之冤情任務，則
從五倫之情來曉以大義託付林生。身為孟生好友的林生亦將如喬女
所教，也有前往告官打算，然而「無賴輩怒，咸欲以白刃相仇。林
大懼，閉戶不敢復行。」喬女見數日寂寂全無音訊，詢問之後，才
知林生膽怯並未做到告官之責，導致孟生田產已被搶奪盡空。喬女
甚為忿憤之下，毅然決然以弱女子身份挺身前往狀告縣官，審理時
縣官並未先問案子之事實真相緣由，反而先詰問喬女係屬孟生何
人，喬女所憑著以理來回復：

> 公宰一邑，所憑者理耳。如其言妄，即至戚無所逃罪；如非
> 妄，則道路之人可聽也。

縣官非但不受理此案，而且憤怒無理地認為喬女之言「戇」，而將
她「呵逐而出」，喬女不但未被喝退，反而表現出「冤憤無伸，哭
訴於搢紳之門。某先生聞而義之，代剖於宰。宰按之果真，窮治諸
無賴，盡返所取。」喬女何以能比林生更有膽識堅持告官爭回孟生

48　《聊齋》卷九〈喬女〉，頁 1286。

家產？所堅持的就是其心之理，故能無懼於官吏的斥責。

　　爭回孟生財產之後，喬女雖有應允「撫孤」，卻要求保母及孟生子要住進喬女家中，她分文不用孟生錢財，仍堅持要織布撫養自己的小孩，決不佔孟生家半點好處，竭盡心力以嚴教來興家。由為孟生子延師教讀；喬女之子則使學操作。褓母勸使二子並讀，喬女曰：「烏頭之費，其所自有；我耗人之財以教己子，此心何以自明？」從喬女用其殘醜的形體，來對比林生、無賴之輩及昏聵官吏，所實踐出「德性生命」的價值，此中不僅打破「嚴男女之防」的教條，又能以回報知己之心，－－生無怨無悔的回報孟生的看重，發揮出「知己之感，許之以身」之膽識，但身為穆家之人，仍要遵從「烈女不嫁二夫」的禮教，堅決不讓孟生之子把她與孟生合葬，再三告誡其子「必以我歸葬」，但喬女身亡之後，其子並未依其所囑，仍欲與孟生合葬。喬女藉由出殯一事，強烈表現其堅守禮法之志，此從喬女棺木之重，竟令三十人用盡全力，仍不能抬舉，其魂又藉其子之形體，斥責道出：「不肖兒，何得遂賣汝母！」透過借體還魂之斥責，雖然強烈表白其堅持護守穆生一家之心，更可貴的是，其心為報知己所展現的真精神更令人感動。

　　透過喬女一生之表現，可見蒲松齡並非刻意利用其外形之殘醜，以表現其內在之美善，而藉以戳破世人對形之執溺而已；更重要的是，其形之殘醜柔弱，卻無害其呈現奇偉之內在精神價值，此在異史氏曰：

　　　知己之感，許之以身，此烈男子之所為也。彼女子何知，而
　　　奇偉如是？若遇九方皋，直牡視之矣。

喬女的表現，更博得但明倫評點的推崇與讚美：

> 美哉喬女！其德之全矣乎：不事二夫，節也；圖報知己，義
> 也；銳身詣官，勇也；哭訴縉紳，智也；食貧不染，廉也；
> 幼而撫之，長而教之，仁也，禮也。迨身既死，而猶能止其
> 棺，斥其子，卒以遂其歸葬之志，得為完人於地下。嗚呼！
> 抑何神乎！❹

喬女雖嚴守「不事二夫」禮法的決心，此「禮」則適足以對抗世俗
扭曲不實之禮教規範，此中即展現出為情守禮的真精神。其所堅守
之人情、人性之禮中，實有著「知己之感」之真情，亦呈現出內在
之精神價值。此精神所彰顯之力量，竟賦予殘醜之身的喬女，可以
義無反顧完成孟生未竟之事，至死而後已，從而博得「德之全」如
神一般的美譽，其展現之意義，有強烈主體自覺的選擇，這是一種
「道德自律」的表現。相較流於禮教規範形式之「道德他律」已有
極大差別，喬女所表現的「性情自覺」實值得吾人省思。

又如〈鴉頭〉一文，鴉頭雖身在妓院，卻可以主動選擇為真情
而表現不屈服的心，由此可以不順從母意，可以在「幽室之中，暗
無天日，鞭創裂膚，飢火煎心，易一晨昏，如歷年歲」，情願拘禁
十八年之久。其滿懷真摯之深情，始終堅守之強烈信念竟是：「從
一者何罪？」此一認同傳統，並非受到外在權力壓迫之支配，而是
一種「性情自覺」，其中有著相知之深情作為支撐，由此可知，如

---

❹ 《聊齋》卷九〈喬女〉，頁1287。

果有真情在，傳統禮教要求女子理當堅守「從一而終」，其實並非桎梏人性之教條束縛，而應是人間最難得、最可貴之真情至性的「道德自律」的表現。其實鴉頭所抵抗之人倫道德，只是片面僵化人倫之禮，並非深具人情、人性之禮，其所執守之深情真意，已能呈現禮之真精神。蒲松齡特別嘉許道：「至百折千磨，之死靡它，此人類所難，而乃於狐得之乎，唐君謂魏徵更饒嫵媚，吾於鴉頭亦云。」❺此種認同「從一而終」的情愛，是一種情義深重的傳統禮教精神，終能以真情回歸美好之生命及真實之人生，這是鴉頭之所以能通過種種磨難，超越世間之困境的重要支柱。

㈡ 對抗傳統方面

在對抗傳統中可見〈連城〉一文，連城可以為知己而違抗父母之命，堅持選擇表現「報知己」之心，甚至選擇為情而死，當連城一死，喬生亦不願獨活，坦然展現「樂死不願生」的精神，其情終能感動天地，雙雙又死而復生。頌揚生死不移之真情者，主要透過超越生死的自覺選擇，更顯示連城對抗傳統父命並非盲動，而是出於堅守真情至性的自覺。一般論及有關對抗傳統方面，主要是以女性「自薦枕席」追求情欲為出發點，此一行為與傳統倫常規範有對反之處，然而蒲松齡卻能不以蕩婦來批判，反而能就女性在追求情欲的行為中，來省察她們，又能有著真心真意及無怨無悔的付出來加以肯定。此一類型文本甚多，值得深思探究。

如〈蓮香〉中的蓮香，強烈呈現為情而生，為情而死，為情死

---

❺　《聊齋》卷五〈鴉頭〉，頁 606。

而復生之心，其情極為真摯，甚至不惜獻出自己的一切。她的真情摯意，不僅能以包容、體諒、智慧化解各種危機，又自覺選擇甘願不辭千辛萬苦，上山四處採藥，以治癒桑生之疾，其至情至性之展現，終能感動桑生，因此，當蓮香「沉痼彌留，氣如懸絲」時，桑生及燕兒皆難過哭泣，蓮香卻能自覺道出：「勿爾！子樂生，我樂死。如有緣，十年後可復得見。」說畢病逝，其屍體立刻化為狐身，這份真情可以支撐蓮香以期盼之「樂死」方式來展現，變為狐身亦是對桑生是否真情回應蓮香之考驗。從桑生不忍心以異類相棄，反而厚葬以觀，桑生已非昔日貪戀美貌之徒，而是已成為一真心至情之人。因此，當真情歷經十四年之考驗後，蓮香終能以轉世投胎之方式，成為真正的人間美女，得與桑生再續今世情緣。蓮香樂以求死之特殊方式來投胎，更說明其心中保有真情，故能經此歷練，終於修得「人身」。其歷經兩世之真情追尋，終能與桑生長相廝守，亦道出真情超越生死之可貴。誠如異史氏所言：

> 嗟乎！死者而求其生，生者又求其死，天下所難得者，非人身哉？奈何具此身者，往往而置之，遂至靦然而生不如狐，泯然而死不如鬼。(51)

這段話指出其身雖為鬼狐，只要能展現真情實意，甚而有著無限寬容之心，亦能遠遠勝過具有人身者，亦即真情實能超越生死與形軀，異史氏因此予以高度稱讚。

---

(51) 《聊齋》卷二〈蓮香〉，頁232。

　　〈張鴻漸〉一文，張鴻漸屢次受到狐女舜華相助，總能倖免於難，也能化解其危機，相處數年，舜華對他情意雖深，然而張鴻漸回鄉思妻之情卻日深。為此舜華不免故意試探其心，藉由施展法力變成其美妻形貌之試煉，由此赫然發現張鴻漸對其妻之情義更甚於她，只是確知他並非負心虛偽之人，舜華當下雖不免有失落之感，只是她也不願用法力變成其妻形貌，以此騙得虛假不實之情愛，或採取報復行動，反而選擇成全其婚姻人倫之圓滿。最可貴的是，當張鴻漸返家後有難時，舜華仍是主動選擇相救解圍；困境解除之後，竟也不渴望張生回報，她對二人昔日之情愛亦無占有戀棧之意，反而呈顯出無怨無悔的付出及成全的可貴。

　　又如卷六〈小謝〉中，陶生與二女鬼互動由排斥至友好關係，直至陶生受到陷害後，二女主動積極與惡勢力對抗，其中「秋容」被城隍黑判攝去，逼充御媵，不屈被囚；「小謝」為救陶生，百里奔波，棘刺足心，痛徹骨髓，亦無懼無悔。二女及其弟的挺身相助，陶生終於戰勝惡官，化解其困境。因二女的情深義重，無怨無悔的付出，甚至連道士也深受感動，故能主動施以借屍還魂之法，助其圓滿了情愛。❷二女對陶生從百般刁難至敬重其為人，更可貴

---

❷　〈小謝〉中書寫出，陶生以詩詞譏切時事，獲罪於貴介，被誣下獄。秋容、小謝及三郎均悲惻，為其奔波於人鬼兩界，陶卒獲開釋，由是感激二女，曰「今夕願為卿死」而求共寢，女以「向受開導，頗知義理」孰不可。後遇一道士賜符作法。二女先後借屍還魂，陶遂一箭雙雕，得二如花美眷。陶生因認為天下無鬼，作「續無鬼論」，直入鬼魅之域，復以不怕鬼、不好色，得諸鬼以師事之，終賴諸鬼拔刀相助而解困危，並締結良緣。終至捨身相救，而使陶生發出「願為卿死」的真情之語。《聊齋》卷六，頁772-779。

的是她們無畏於險惡勢力，反而自覺選擇要為陶生付出一切，此中所表現的性情自覺極為可貴。

從上述《聊齋》中小說人物對於生命本真的追尋反省中，其女性形象頗能彰顯其追尋自我理想的精神、具有堅毅不拔的勇氣、彰顯知恩圖報的性情、展現才德雙全的智慧等價值意義，已有女性自覺的表現精神。因此其女性自覺所朝向兩個選擇，不管從其認同或對抗中的抉擇意識，大抵已將「道德自律」與「性情自覺」二者的融合，展現出真實感人之生命意涵。在有關認同傳統方面，此中表現實與傳統女性認同原先所建構之傳統或觀念，而導出行為規範的欲求，乃基於規範性的命令，有極大不同，因已有其反思與自覺之意識，而不會流於順從或者只是馴化傳統所建構的規範，如其中論及護守傳統道德的「從一而終」、「不事二夫」等婦德，假如也隱含了反思自覺及自我選擇之意涵，其中有著「知己之情，許之以身」精神，實已隱含其自覺性情；至於對抗傳統方面表現，女性亦非選擇與傳統形象決裂、對抗，就實際據以行動的對抗準則，亦已具有真正的價值自覺，並非從女強人形象對抗論述切入以彰顯女性主體意識。

四、反思晚明清初以來的「情教」文化

從上述小說文本的分析中，大抵可體現出「情之至者，鬼神可通」、「禮緣情制，情之所在，異族何殊」、「天真爛漫，佛之真也」等意涵，其中特別可就情理融合的生命及至情精神的體現來呈顯小說女性的主體意識，此一論點極具價值意義，因為從明清社會

文化發展脈絡中，我們可以發現「至情」精神特殊深刻的意義卻隱而不彰，尤其晚明之際更形嚴重，此從道學家對於「存天理滅人欲」❸的偏頗強調，即可作一省察。有關天理與人欲是不能分開的，原本的天理是自在人心的，卻因倫常禮教規範的日益僵化，而導致天理與人欲的對立，甚至形成道德生命與情意生命的斷裂，而失去了至情精神。因而從自我盲目追逐外在美貌表象，不僅沉淪聲色情欲之中，同時也為「功名利祿」爭逐不已，導致人心扭曲。另則偏執「存天理」的片面曲解，而排斥情欲，導致道德的僵化與空洞，當情欲被抽離，道德就變成偏枯的形式教條，人不再有人的至情至性，理學變成假道學，道德只是德目教條。就此，即是蒲松齡深感其時代「世情如鬼」，生命浮蕩、偏頗的困境，因此他對生命本真有深刻的反省，故而塑造小說女性具有「性情自覺」能力，來與人間世感通交會，以呈現生命的真實意涵，此論點實承繼明代對「禮教」文化的反省而來。此從李贄、湯顯祖、馮夢龍等人論點來加加省察。

李贄（1527-1602）則提出「童心」說來批判長期以來偽道學的僵化問題，童心、真心的自覺反省與實踐，成為其時代的關懷重點。接著湯顯祖（1550-1616）在《牡丹亭》中特別要藉由「形」之生死只是變異現象，真正恆常不變的價值端賴是否具有「至情」的精神，以此來批判世人偏執「形骸論」的論斷，同時企圖提出至情超越生死，其中至情的本真要喚醒世人體認真實生命的意義；直接提出「至情」者，首先見於湯顯祖《牡丹亭·題詞》中，由此塑

---

❸　《朱子語類》卷十二（北京：中華書局，1986年），頁207。

造杜麗娘為天下有情人之形象，因情而亡，因情而生之精神，其中
要如何透過「至情」精神突破生死的界限：

> 情不知所起，一往而深。生者可以死，死可以生。生而不可
> 與死，死而不可復生者，皆非情之至也。❺❹

此中要喚起天下人之至情感動的精神，難道其終極關懷只是讓杜麗
娘追尋情愛生命的圓滿安頓？或對青年男女突破社會道德的禁制有
所鼓舞，能否有著杜麗娘視死如歸的對抗世俗禮教的勇氣？抑或是
要引發大家對情、理對立問題，如何引發至情生命之深刻反思？從
他特別強調：「嗟夫！人世之事，非人世所可盡。自非通人，恆以
理相格耳。第云理之所必無，要知情之所必有邪！」提出一般人以
「情」和「理」相對，且要以常理來排斥情之觀點，是偏頗的問
題。杜麗娘所以出入生死，其中要說的至情並非一般之情，更非情
欲，其情是超越一般仁義禮樂之情。誠如鄒元江所言：所言之情，
是歸本於大道、合於大道的至情，即至情就是道本身。它是出於仁
義禮樂內在之情，因而它是與理不相悖離的。此至情雖包含著理，
但又超越了仁義禮樂之常理。❺❺其中所強調的「至情」並非排斥
「天理」，反而是要融合「天理」部分，即所謂「德性」，以達到
「情理合一」。湯顯祖要指出的德性生命，不僅僅只是偏於「存天

---

❺❹　參考湯顯祖：《牡丹亭‧題詞》（臺北：里仁書局，1986年4月），頁1。
❺❺　參見鄒元江：《湯顯祖新論》，伍、〈情至本體〉（臺北：國家出版社，
　　　1986年4月），頁374。

理」而已,同時也要有「至情」在其中。由此對應於理學家末流以「理」所建構的道德規範和禮教都變成虛假不實、僵弊不通的教條,進而針對流於形式的表象加以批判。

又如馮夢龍(1574-1646)也說「生在而情在焉。故人而無情,雖曰生人,吾直謂之死矣!」他特別論述人的生死並非從形體的消亡變異來論斷,而是由「情生」、「情死」而定,故而從「情為理之維」提倡「情教說」,主要是以「至情」為恆常的核心價值,來回應世俗人心的變異。針對傳統長期不變的社會秩序與禮教僵化提出批判,此一生命本真的追尋及「至情」精神的貞定,成為晚明以降,文化發展脈絡中極為重要的課題。

蒲松齡在《聊齋》一書繼承了晚明「情至」的精神,其中所強調的「情」並非排斥「天理」,反而是要融合「天理」部分,即所謂「德性」,以達到「情理合一」。故而討論德性主體,並非只是偏於「存天理」而已,最重要的是,亦要有「至情」在其中,如同馮夢龍所強調的六經「情教說」,其實他要說的是「王道本乎人情」、「真聖賢不遠於情」[56],其最終歸結為以情為繫,取代以理為範,使人達予忠孝節烈。《情史》首卷,「情貞類」總評云:

> 自來忠孝節烈之事,從道理上做者必勉強,從至情上出者必真切。……世儒但知理為情之範,孰知情為理之維乎![57]

---

[56] 馮夢龍編《情史》,卷十五〈情芽類〉,孔子條後評(杭州:浙江古籍出版社,1998年),頁343。

[57] 馮夢龍編《情史》,卷一,〈情貞類〉,頁23。

因此，本文所要論述德性主體的價值貞定，並非與情性生命分開對立的，二者同樣皆是「心」之所發，也都展現了生命內在的價值核心。德性主體強調的是人的仁心善性，以人之惻隱之心、是非之心為關懷重點，側重「心性學」之內在精神價值。《聊齋》所要彰顯的「德性生命」，並非僅僅以「存天理」為主，以去掉情欲，而是要有人性、人情的價值自覺，真正能實踐「德性生命」的價值。蒲氏還認為只要專凝心志，便能達到「欣然忘其飢疲」、「貧彌甚而趣彌堅」的境界❺❽，如此自然，事無不工。他所要呈現的真性情，不但有別晚明於人物，且更批判了這些人物耽溺物欲所衍生的問題，❺❾故將他所塑造出一些情癡的典型。❻⓿

《聯齋》中對「性癡則其志凝」的真精神極為肯定，誠如但明倫所評：「此一情鍾於人則是情人，此一情鍾於妖則是情妖，此一情鍾於鬼則是情鬼，此一情鍾於花則是情種、情根、情苞、情蕊」。其中對知己之情不僅有特別稱許，甚至擴及在無情物上寫痴情，如郎玉柱癡情於書，張幼量癡情於鴿，馬子才癡情於花，邢雲飛癡情

---

❺❽ 見《聊齋文集》卷四〈清韻居記〉，頁158-159。

❺❾ 在《聊齋》中蒲松齡還常常用「癡」來表達這種不含機心、迥絕世俗的天真爛漫之情。在詩文中他反覆稱自己為「癡人」，「小山撰笏如人拙，瘦竹無心類我癡」，「惟是安貧守拙，遂成林壑之癡」，「我將披髮遠去，便擬訪喬松萬仞巔。……能飛度，怕雲間天上，無此癡仙。」此種癡是執著某種事物或理想的「直將依以性命」的爛漫性情，是深情的性格化表現，蒲松齡認為：「性癡則其志凝：故書癡者文必工，藝癡者技必良；世之落拓而無成者，皆自謂不癡者也。」

❻⓿ 參見陳葆文《聊齋誌異癡狂士人類型析論》，第四章〈《聊齋誌異》癡狂士人類型析論之二──癡子型〉（臺北：里仁書局，2005年1月）頁196。

於石。情痴、石痴等正意味著缺乏圓滑、見解偏頗的心態，在當時的禮教觀念中，大抵視為耽迷不悟的愚蠢，或是玩物喪志的惡習。然而「異史氏曰」對此則賦予肯定的評價，認為：

> 性癡則志凝，故書癡者文必工，藝癡者技必良；世之落拓而無成者，皆自謂不癡者也。且如粉花蕩產，盧雉傾家，顧癡人事哉！以是知慧黠而過，乃是真癡，彼孫子何癡乎。❻

此處指出孫子楚其癡不但靈魂出竅，追隨女主角阿寶而去，甚至魂附鸚鵡身上，只求時刻相守。此種靈異相感的表現，一則可見癡於情者摯情天真的一面，另則更可見，所謂癡者其純真猶如赤子，然其智絕非不智，否則小說情節也不會強調孫子楚不但有「名士」之稱，日後更「舉進式，授詞林」。蒲松齡所論「情之至者，鬼神通之」之精神，實承襲湯顯祖、馮夢龍等反省世人喪失生命本真而成為「形骸論」之社會，此由其塑造情癡所要展現之「志凝」之典型可知。
一般研究而論，在《聊齋》一書中，除了少量志怪類作品之

---

❻ 《聊齋》卷二〈阿寶〉，頁238-239。《聊齋》中大量有癡癖的名士，更加形象化地體現了這一點：馬子才愛菊，「聞有佳種，必購之，千里不憚」（〈黃英〉）；常大用癖好牡丹，聞曹州牡丹之名，遂前往，時「牡丹未華」，他「徘徊園中，目注勾萌，以望其拆」，並「作懷牡丹詩百絕」（〈葛巾〉），甚至「資斧將匱」，仍典春衣，「流連忘返」；石清虛好石，「見佳石，不惜重直」，石喪，則幾欲以身殉石（〈石清虛〉）……這已不僅是一種雅癖、情趣，而是主體以赤子之心觀物，推己及物，使無名異類的石花禽魚變為有情同類，並且與之相知相契，成為「忘形爾汝」的知心朋友。正因蒲松齡生命中洋溢著蓬勃的真氣，而當他揮筆作歌時，便凝為一種情至。

外，大抵以看出其主要側重反思之論點即在「至情」方面❻，不管是對科舉官場的揭露嘲謔，或是對男女情誼的禮贊謳歌，其中皆有著於誠摯強烈的生命真情。蒲松齡所言之至「情」與湯顯祖「情不知所起，一往而深，生者可以死，死可以生」之「情」一脈相承，它不僅指男女相知相契之情，而且是與道德自律之「理」相融合，對情的專注堅持自覺，此即是他盡情盡性的生命實踐。在《聊齋》中，蒲松齡對情的專注選擇，大抵可從「知己之情」來體現其意義。

特別是透過道德自覺的貞定當中，《聊齋》不但彰顯出仁心善性的恆常性，更能強烈彰顯「至情感天」的可貴，德性生命不只是「形而上者謂之道」的天理而已，同時也含括「形而下者謂之器」的日常人倫當中，並賦予生活當下的意義，從安頓「人欲」的形色生命，以達「踐形」之境界，其中已將「天理」、「人欲」加以結合。達到王夫之所言：「天理、人欲雖異情，而亦同行……故遏欲存理，偏廢則兩皆非。」❻由此「情之至者，鬼神可通」之精神才

---

❻　《聊齋》中大量有癡癖的名士，更加形象化地體現了這一點：馬子才愛菊，「聞有佳種，必購之，千里不憚」（〈黃英〉）；常大用癖好牡丹，聞曹州牡丹之名，遂前往，時「牡丹未華」，他「徘徊園中，目注句萌，以望其拆」，並「作懷牡丹詩百絕」（〈葛巾〉），甚至「資斧將匱」，仍典春衣，「流連忘返」；石清虛好石，「見佳石，不惜重直」，石喪，則幾欲以身殉石（〈石清虛〉）……這已不僅是一種雅癖、情趣，而是主體以赤子之心觀物，推己及物，使無名異類的石花禽魚變為有情同類，並且與之相知相契，成為「忘形爾汝」的知心朋友。正因蒲松齡生命中洋溢著蓬勃的真氣，而當他揮筆作歌時，便凝為一種情至。

❻　王夫之：《船山遺書全集·讀四書大全》卷十三（臺北：中國船山學會、自由出版社，1972 年 11 月）卷 10，頁 6981。

有展現的可能。事實上，若能將「至情」精神發揮到極致，萬物必將各持其情志而動，則一切也能順應自然，能化掉矯揉虛假及一切人為修飾，如此或能臻於一種「真」的境界。此一「真」之境界，並非從道德上呈顯的，更無法以形式驗證作一判定；與「世情」是迥然不同的，直可謂「至情」精神的表現。故從其所論：此一為情而生、為情而死之「至情」精神，藉由夢中之情，亦可為真，以突顯「至情」精神之可貴，從而批判世俗所持的形骸之論。可知只有「至情」精神之呈顯，一切時空限制才有超越可能，甚而世間萬相的框限也才有突破的可能。當然，唯有「至情精神」力量真正的彰顯，或許「世情」的種種不合理問題才有超越的可能。在《聊齋》有關〈連城〉一文中，所呈現「報知己」之心，以及「樂死不願生」等「至情」精神即可印證。

五、結論

從上述《聊齋》中小說人物對於生命本真的追尋反省中，其女性形象頗能彰顯其追尋自我理想的精神、具有堅毅不拔的勇氣、彰顯知恩圖報的性情、展現才德雙全的智慧等價值意義，已有女性自覺的表現精神。因此其女性自覺所朝向兩個選擇，不管從其認同或對抗中的抉擇意識，大抵已將「道德自律」與「性情自覺」二者的融合，展現出真實感人之生命意涵。

從蒲松齡所論「情之至者，鬼神通之」之精神，實承襲湯顯祖、馮夢龍等反省世人喪失生命本真而成為「形骸論」之社會，此由其塑造情癡所要展現之「志凝」之典型可知。因此，從男權意識

觀照下來論其女性形象，是就認同傳統角度，認為這終究只是一本為父權言說之書，仍有侷限觀點。至於以「先鋒意識」、「女強人」來標舉女性的獨立能力，以對比女人可以比男人強之詮釋話語，此一論述流於對抗方式，實難將書中至情感通之精神呈顯出來。

由此可知，吾人更需深刻反省當代文化之真精神，如果當文化的內在精神喪失或扭曲之後，即便是孕育再精緻的內容，也將可能變成徒具形式的空殼。若文化的價值源頭或人的心靈缺少「至情至性」，作為生命提昇的根據，那麼「禮之本在仁」也就名不符實。真精神如何在中國文化創發新的當代意義，從《聊齋》小說文本中所創造的女性對愛、對理想、對報恩、對情義的無怨無悔的堅持，以及呈現活活潑潑的生命動力，不僅可提供當代女性面對困境的指引，又可讓當代女性更有自信、有自覺的追求美好的生活。

當代女性意識已變成主流，新女性在面對社會制度、回應既有框架之餘，如何能自由地發展自我？如何有自信地對待自己與人生、堅持自己選擇的路？當前如何從《聊齋》的「真性情」，展現出更多感人力量、生命活力及創造力，仍是吾人宜學習繼承及努力發揚的主要目標。

主要參考及引用文獻

一、古代文獻

蒲松齡：《聊齋誌異》張友鶴輯校之會校會注會評本（臺北：里仁書局，1991 年）。

蒲松齡著，盛偉編：《蒲松齡全集》（上海：上海學林出版社，

1998 年 12 月）。

顧學頡點校：《白居易集》，卷 3（北京：中華書局，1979 年）。

湯顯祖：《牡丹亭‧題詞》（臺北：里仁書局，1986 年 4 月）。

馮夢龍編：《情史》，卷十五〈情芽類〉，孔子條後評（杭州：浙江古籍出版社，1998 年）。

王夫之：《船山遺書全集‧讀四書大全》卷十三（臺北：中國船山學會、自由出版社，1972 年 11 月）。

黎靖德編：《朱子語類》卷十二（北京：中華書局，1986 年）。

陳確：《陳確集》一（臺北：漢京文化公司，1984 年）。

二、現代論著專書

陳葆文：《聊齋誌異癡狂士人類型析論》（臺北：里仁書局，2005 年 1 月）。

孫紹先：《英雄之死與美人遲暮》〈「豔遇」與療救──《聊齋》論〉（北京：社會科學文獻出版，2000 年 9 月）。

孟悅、戴錦華：《浮出歷史地表》（臺北：時報文化，1993 年）。

雷群明：《聊齋藝術通論》（上海：三聯書局，1990 年）。

梅家玲：〈漢晉詩歌中「思婦文本」的形成及其相關問題〉，《中國婦女與文學論集》。

張嘉惠：《《聊齋誌異》女妖故事研究》（中山大學中文研究所碩士論文，2001 年）。

鄒元江：《湯顯祖新論》，伍、〈情至本體〉（臺北：國家出版社，1986 年 4 月）。

王璦玲主編：《明清文學與思想中之主體意識與社會》文學篇上，

（臺北：中央研究院中國文哲研究所，2004 年 12 月）。

孫康宜：〈關於女性的新詮釋〉，《古典與現代的女性詮釋》自
序，（臺北：聯合文學出版社，1998 年 4 月）。

黃麗卿：《《聊齋誌異》形變研究》第一章〈緒論〉（臺北：淡江
大學中國文學系博士論文，2006 年 6 月）。

三、單篇論文

陳葆文：〈《聊齋誌異》「悍妒婦女」類型析論〉，《淡江中文學
報》第 17 期（2007 年 12 月），頁 254-255。

陳翠英：〈閱讀才子佳人小說：性別觀點〉，《清華學報》第 3 期
（2000 年 9 月），頁 365。

馬瑞芳：〈《聊齋誌異》的男性權語與情愛烏托邦〉，《文史哲》
2000 年第 4 期，頁 73。

王向東：〈《聊齋志異》：錯綜纏繞的性別言說——蒲松齡進步婦
女觀的另一面〉，《揚州大學學報（人文社會科學版）》第
11 卷第 4 期（2007 年 7 月），頁 41。

劉華：〈《聊齋誌異》女性角色中的男權意識〉，《河南機電高等
專科學校學報》第 16 卷第 3 期（2008 年 5 月），頁 35。

郭珊珊：〈《聊齋》女性在婚戀中的主體意識〉，《內蒙古農業大
學學報》第 10 卷第 3 期（2008 年 3 月），頁 339。

王春玲：〈近年來《聊齋誌異》研究綜述〉，《文學藝術》（2007
年 2 月），頁 178-179。

唐代豪俠小說與散樂

岡崎由美

日本早稻田大學文學院教授

緒　論

　　唐代文言小說中的豪俠小說中，《聶隱娘》、《紅線》、《虬髯客》、《崑崙奴》等不少的代表作，既印刻著唐代小說的特色，同時在中國武俠小說史上，也是這種體裁的萌芽期。這些作品，除了大體上收錄在《太平廣記》卷一九三～一九六〈豪俠〉類之外，《太平廣記》未收錄的唐代小說·筆記類的題目和文中也可以散見到稱「俠」的作品。

　　對豪俠小說的一般的研究視點，正如其命名的那樣，集中在豪俠的「俠」的主題上。其是以春秋戰國時代以來的「游俠」，《史記》的〈游俠列傳〉和〈刺客列傳〉作為形象的源泉，來考察「俠」的精神在唐代小說中的特徵。也就是說，在處理豪俠小說時，以俠義觀念為主題，把描寫任俠行為的故事為對象的意識明確化了。

　　論者並不完全否定這種視點。但是無論是在《太平廣記》的〈豪俠〉類中，還是在其他唐代的稱「俠」的筆記小說中，實際上「行俠仗義」的觀念極其淡薄，或者根本就讀不出來的作品也不少。這一點早已被指出❶。雖說描寫的是被稱作「俠」的人物，但豪俠小說的主題未必就一定可以說的上是「行俠仗義」。更進一步說，豪俠小說所描寫的俠的形象，與李白的《少年行》和《俠客行》中描寫的豪爽的游俠的風格也不一定一致❷。

　　那麼論者所關心的是，唐代的打著〈豪俠〉之名的故事作品群中，被稱作「俠」「俠士」的這些人是怎樣被看待的，以及在他們的人物形象的形成中，唐代同時代的文化怎樣對其產生影響，怎樣與其發生關聯的。本稿中提示的散樂百戲，即變戲法、表演驚險雜技的表演娛樂，與豪俠的武藝奇術相通，很早就注意到此的是龔鵬程❸。

---

❶　崔奉源《中國古典短篇俠義小說研究》（台灣聯經出版事業公司，1986年）。「有些小說作者對於俠的觀念相當模糊不清，因此不少的作品則無法找出俠士行俠的意義。」（第 122 頁）「既然不見『俠義』，那麼，究竟論甚麼『行俠主題』？」（第 123 頁）

❷　張志和・鄭春元《中國文史中的俠客》（中國社會科學出版社，1994 年）指出，唐代咏俠詩中的俠客形像與稗史、筆記及傳奇文所描寫的俠客頗有距離。

❸　《劍俠傳》（臺灣金楓出版有限公司，1986）〈附錄三〉中，龔鵬程以《唐代的劍俠》為題，列舉了其技藝，言及到了百戲。其他討論以雜技和豪俠小說的關聯為主題有岡崎由美〈唐代豪俠小說和散樂百戲〉（《日本中國學會創立五十年記念論文集》所收，東京・汲古書院，1998，日文）。本稿是即在此之上加筆而成。近年，汪聚應《唐代俠風與文學》（中國社會科學院出版社，2007）第六章第五節是關于俠客的武藝描寫和雜技的論述。

本稿第一，想要對豪俠小說中言及的「俠」的形象進行構造性的再檢證，對「俠」形象的形成中散樂百戲的影響進行體系性的再構成。再有，本稿所涉及的，始終在豪俠小說如何對待「俠」這一文學構思的問題上，而不是對歷史上的游俠及任俠觀念的實態相關的論述，在這裏先做一下說明。

一、為異能者的俠

《太平廣記》卷一百九十六〈豪俠四〉所收的《田彭郎》是以宮中的寶物百玉枕被人盜走的事件開始。當時正好王敬弘將軍的小僕因為去取主人的遺忘物，在城門關閉的夜中，三十餘里的路程，數杯酒的功夫就走了一個來回。被其捷足而咋舌的將軍，便懷疑小僕是盜賊的同伙進行盤問。

　　使汝累年、不知蹻捷如此。我聞世有俠士、汝莫是否？

這裏所言及的「俠士」，是因為這位少年有超乎常人的捷足，無法看出來行俠仗義的意思。在這發言中，超出常識的異能者——因此便聯想到是不是做出什麼事的可疑的同伙。在這一點，《太平廣記》卷一九四《聶隱娘》中，掌握了超絕的殺人術後回家的聶隱娘，父親害怕不敢接近她的描寫中❹，可以看到極為真實的反映。

---

❹　「鋒聞語甚懼，後遇夜即失蹤，及明反，鋒已不敢詰之，因茲亦不甚憐愛。」

這一故事的結尾是，這位小僕抓到了與他同樣有著身輕技藝的盜賊田膨郎。田膨郎被描寫為「此乃任俠之流、非常之竊盜」。田膨郎對抓到自己的小僕說：「我偷枕來，不怕他人，唯懼於爾」，從此言來看，好像這位小僕在盜賊中間也是令人畏懼的高手。

像這樣豪俠小說中的「俠士」「任俠之徒」，決不是像武俠小說中作為正義的英雄好漢，正面地被加以稱贊和憧憬的描寫。其是身懷令人驚嘆的身體技能，行動出神鬼沒超出常人理解的一種奇異的存在。這與小說的作者是重視社會治安的知識階層也有關聯。抓住盜賊的小僕，祇因捷足就被指責為「俠士」，懷疑與盜賊是同伙，從這一發想可以看出，對于管理社會秩序的人而言，「俠」是既可為敵也可為友，具有善惡兩價性的異能者。

同樣《太平廣記》卷一九六《潘將軍》描寫的也是潘將軍作為家寶的念珠忽然被盜走的事件。搜尋去向的王超，注意到了庶民區的異常身輕的縫娘，並與之親近。這位十七八歲的女子「值軍中少年蹴踘，接而送之，直高數丈。於是觀者漸眾，超獨異之。」只有女子展現非常高明的技藝——蹴踘，纔引起王超的懷疑，這裡也可以看出來跟《田彭郎》一樣的想法，超出常識的異能者——因此便是做出什麼事的可疑的同伙。不久縫娘對看準時機說出寶珠的返還的王超說：「某偶與朋儕為戲」，便飛鳥一樣登上慈恩寺的寶塔，把懸掛在法輪上的寶珠取了回來。這一故事說「馮緘給事嘗聞京師多任俠之徒。及為尹，密詢左右，引超具述其語，將軍所說與超符同。」

還有同書卷一百九十三《車中女子》講述的是混入敏捷身輕的異能者集會的男子的故事。在他們的宴會上，聚集著十餘人的年少

者，批露輕功技藝。其場景「有於壁上行者，亦有手撮椽子行者，輕捷之戲，各呈數般，狀如飛鳥」。男子把馬借給了他們，日後宮中有盜賊闖入時，這匹馬便成了證據，男子被懷疑為盜賊的同伙被牽連入牢。也就是說這些異能者同時又是法外之民。但是，從像是他們的女首領的「車中女子」，用被描寫為「如鳥飛下」「聳身騰上，飛出宮城」的輕身之技把男子從牢獄中救出的情節來看，他們有他們相應的俠義的行為，不能一概說成壞人。

從以長安為舞臺的《田膨郎》《潘將軍》和《車中女子》的故事中，可以看到「潛伏于都市的俠群」這一共同幻想。當時的長安在世界上也是屈指的國際都市，從地方來京參加科舉的應試生、出外做工的勞動者、往來天下的商人、穿越絲綢之路而來的異民族等，各種身份經歷的人混在其中。《田膨郎》中登場的小僕就是從四川進京的出外做活的勞動者。《太平廣記》卷一九四《崑崙奴》中的磨勒正是從國外來的黑人。可以說是這種能夠包容來歷身份無法得知的流動人口的都市的喧鬧擁擠，正是提供著潛伏在街巷間的「俠」的幻想。這一點上，這些故事是極為都市性的故事。《聶隱娘》雖然不是以長安為舞臺的，但是在「（聶隱娘）遂白日刺其人於都市，人莫能見」的描寫中，可以看到「都市雜沓中混雜著身懷絕技的豪俠」的想法。

在各種各樣的人群往來的大都市中，大凡與武藝無緣的人成為這種異能者的時候，故事的非日常性的意外性帶有十分強烈的印象。在豪俠小說中，有不少表演超絕技藝的故事是老人和女人、下人等，所說的被認為「不足取」的無名之人。《崑崙奴》中的磨勒，《太平廣記》卷一九五《紅線》中的紅線，身份也都是下人和

婢女，他們的主人最初也都是認為「像你這樣的明白什麼」，輕視他們❺。不論是磨勒還是紅線都是不為人知的高手。

如上所述，

(1)敏捷身輕，身藏超絕武藝的異能者。

(2)潛身于街巷間的神出鬼沒的存在。

(3)被看作是不合一般社會法律和規矩的人。

這三個要素可以說是，潛伏在唐代都市中的「俠」的形象的根底。

還有段成式《酉陽雜俎》卷九的〈盜俠〉全九則也是題目中冠有「俠」，但不全是任俠的話題。第三則中，作為「或言刺客，飛天夜叉術也」，在瓦官寺的無遮會上，一年少者登上寺閣，披露令人眩目的輕功技藝的紀事。

> 韓晉公在浙西時，瓦官寺因商人無遮齋，眾中有一少年請弄閣，乃投蓋而上，單練琚履膜皮，猿掛鳥跂，捷若神鬼。復建覽水於結脊下，先溜至檐，空一足欹身承其溜焉，睹者無不毛戴。

在這裏，記述的不過是值得驚嘆的輕功技的情形。但是，與冒頭一句「刺客，飛天夜叉術也」對照來看，很顯然超人的輕功技，與神秘的異能者的印象相結合，升華到「盜」「俠」的形象上了。

---

❺ 《崑崙奴》云「（磨勒）顧瞻郎君曰：『心中有何事，如此抱恨不已。何不報老奴？』生曰：『汝輩何知，而問我襟懷間事。』」《紅線》云「紅線曰：『主自一月，不遑寢食，意有所屬，豈非鄰境乎？』萬曰：『事繫安危，非爾能料。』」

在瓦官寺年少者披露的是雜技的話，《太平廣記》卷一九三〈豪俠一〉所收的《彭闥高瓚》（出《朝野僉載》）中所描寫的，簡直就是魔術或是戲法。

> 唐貞觀中，恒州有彭闥、高瓚。二人鬥豪。於時大酺，場上兩朋競勝。闥活捉一豚，從頭齦至頂，放之地上，仍走。瓚取貓兒從尾食之，腸肚俱盡，仍鳴喚不止。闥於是乎帖然心伏。

說是「鬥豪」，但其內容不是武藝的決鬥。一方說無頭豬行走，一方說無腹貓尚能號叫。值得注意的是「大酺」。這是指宮中和民間的宴會，或者禧慶事時由官賜給民的臨民宴，尤其是在唐代是伴有伎樂的表演藝術❻。彭闥和高瓚的「鬥豪」說成是在觀客面前的當眾獻藝也可。

同樣《太平廣記》卷一九三〈豪俠一〉所收的《嘉興繩技》寫的是，一個犯人在攀登垂直扔吊在空中的繩索，被容易混為魔術一樣的技藝的披露當中，就脫獄而逃的故事。有意思的是，這則故事與「大酺」也相關連。開頭說，

> 唐開元年中，數敕賜州縣大酺。嘉興縣以百戲，與監司競勝精技。

---

❻　任半塘《唐戲弄》（上海古籍出版社、1984年）下冊第971頁。

　　事件中的犯人脫獄發生在戲場披露走繩索表演當中。在前出的《酉陽雜俎》中披露飛天夜叉術的年少者也是以寺院的無遮會的行事為背景。也就是說，越是從豪俠小說中洗去，在文藝上洗練了的神秘的故事情節及俠客的印象，追溯到原始樸素的雜記性的記述，那麼在「豪」與「俠」所指人物中，江湖上賣藝人的姿態就越能夠清晰的浮現出來。

二、劍的系譜與匕首的系譜

　　《酉陽雜俎》的〈盜俠〉中介紹的「飛天夜叉術」可以想起輕功技藝和雜技，彭闥和高瓚的「鬪豪」可以想起戲法與魔術。這兩種印象，在「俠」的人物形象的形成中，印象的連鎖給分別系統化。

　　以下想對異能者的原始的印象，是如何昇華到神秘的俠客刺客的故事的想像的系譜進行考察。

(一) 輕身功——匕首——飛賊

　　豪俠小說中，異能者們的身體技能的顯著的特徵就是，異常的身輕敏捷。《酉陽雜俎》中說「飛天夜叉術」。這是異能的大部分，說其是支撐神出鬼沒行動的印象的源泉也可。其超出常人的身體的輕便性，大體都有如猿攀壁，如飛鳥翔宇這樣特定的印象描寫。

　　　○有於壁上行者，亦有手搵橡子行者，輕捷之戲，各呈數

般，<u>狀如飛鳥</u>。（《太平廣記》卷一九三〈豪俠一〉《車中女子》）

○磨勒遂持匕首，飛出高垣，<u>瞥若翅翎</u>，<u>疾同鷹隼</u>。攢矢如雨，莫能中之。（同書卷一九四〈豪俠二〉《崑崙奴》）

○飛飛當堂執一短鞭。韋引彈，意必中，丸已敲落。不覺躍在梁上，循壁虛躡，<u>捷若猱玃</u>。（同書卷一九四〈豪俠二〉《僧俠》）

○（女子）謂超曰：「少頃仰觀塔上，當有所見。」語訖而走，<u>疾若飛鳥</u>。（同書卷一九六〈豪俠四〉《潘將軍》

○遂挈囊踰垣而去。<u>身如飛鳥</u>。（同書卷一九六〈豪俠四〉《賈人妻》）

這種身體輕捷的印象與執行不可讓人知道的任務的刺客和夜盜相結合是自然而然的。豪俠小說中的代表作《聶隱娘》刺客接受的訓練的第一步也是像猿一樣攀絕壁，飛鳥一樣翔天刺隼的技能。

刺客就是身輕的裝束中藏帶著易攜的匕首，飛簷走壁于黑暗中。刺客和匕首是《史記》的〈刺客列傳〉中記述的專諸和荊軻以來的形象。

○<u>磨勒遂持匕首，飛出高垣</u>。（前出《崑崙奴》）

○忽見其婦自屋而下。以白練纏身，<u>其右手持匕首</u>，左手攜一人頭。（《太平廣記》卷一九四〈豪俠二〉《崔慎思》）

○<u>受以羊角匕首</u>，刀廣三寸，遂白日刺其人於都市。（同書

卷一九四〈豪俠二〉《聶隱娘》）

○衣紫繡短袍，繫青絲輕履，<u>胸前佩龍文匕首</u>，額上書太一
神名❼。（同書卷一九五〈豪俠三〉《紅線》）

○「某刺客也。如不得，舅將死於此。」因懷中探烏韋囊，
<u>出匕首刃</u>。（同書卷一九五〈豪俠三〉《盧生》）

　　這樣創作出來的刺客的形象是以把行刺的對象的首級裝入口袋
翱走天空，作為異能者的非日常的風景的完結。

○於是<u>開華囊、取出一人頭并心肝</u>，卻收頭囊中，以匕首切
心肝共食之。（《太平廣記》卷一九三〈豪俠一〉《虬髯
客》）

○遂更結束其身，<u>以灰囊盛人首攜之。</u>（前出《崔慎思》）

○則視<u>其所攜皮囊，乃人首耳。</u>（前出《賈人妻》）

○<u>以首入囊</u>，返主人舍，以藥化之為水。（前出《聶隱
娘》）

　　如上所述，輕功、匕首、刺客、夜盜、裝人頭的口袋這種印象
的連鎖，在豪俠小說中被重復的使用，以至于帶有明了的親和性。
作為佐證有意思的是，《太平廣記》卷二三八〈詭詐〉所收的《張
祜》。這是以戲言為根本，講的是自以為「俠士」的張祜，被僑扮
俠士的騙子騙取了錢財的故事。事件中的騙子是一副腰插著劍，手

---

❼　被看作「神行術」類。

持著沾滿血的口袋的打扮，謊稱袋中是仇人的首級，巧妙的使張祜相信了他。那麼俠客的具體的形象已經定著到了這樣的故事都成立的地步。

㈡ 法術──劍──僧道

豪俠小說中異能者的原型，與前述的驅使輕功的刺客飛賊的形象連鎖相對，同時還形成了一個以使用道術的劍仙的形象連鎖。與刺客的形象連鎖，雖說是超人的，但無法擺脫跳躍和疾走等肉體勞動相對，這些則已經進入了幻術的領域。

擊劍術中的印象描寫，通常是揮劍伴有風雷，閃電劈空等的內容。

> ○見空中有電光相逐，如鞠杖。（《太平廣記》卷一九五
> 〈豪俠三〉《京西店老人》）

這是住宿處的老人，以令人恐怖的劍術，挫掉了弓箭自滿的年少者的傲氣的故事。但是，年少者被**襲擊**的過程中，祇有當作盾牌的大樹在猛烈的風雷中被削落成碎片的描寫，關于劍並沒有被言及到。這種技藝是劍術，是根據勉強保住了性命回到宿處的年少者，老人笑著對他說「客勿恃弓矢，須知劍術」一句中才知道的。作為武術的劍術相比，法術的印象更強烈一些。

> ○（老人）擁劍長短七口，舞於中庭。迭躍揮霍，批光電激。或橫若揮帛，旋若規火。（同書卷一九五〈豪俠三〉

《蘭陵老人》)

這也是老人使傲慢的京兆尹膽戰心驚的故事。老人疾走電光，七劍飛舞。這兩則話共引自于《酉陽雜俎》卷九〈盜俠〉，看作同一話型的變化為宜。後者的《蘭陵老人》中，劍舞結束後老人把劍往地上一投便成了北斗形這一點，以及對想成為弟子的京兆尹，老人回答說「尹骨相無道氣，非可遽授」來看，與道家的關聯更為明了❽。古來名劍就宿有神秘的力量。唐・李綽《尚書故實》中說「凡學道術者，皆須有好劍鏡隨身」，表明了劍是道術的道具。

話雖如此，唐代豪俠小說中劍仙的故事，與攜帶匕首刺客的故事相比，遠遠少的很多。祇是《聶隱娘》中，從師傅是尼姑，在遠離人群的山中修練，給聶隱娘匕首之外又給寶劍一口等事情可以看到所謂的「塵外的異人」的這種發想。還有『聶隱娘』所描寫的匕首插在後頭部，可以自在取出的法術，是對在宋代的《北夢瑣言》所收的《許寂》中

○（此丈夫）俄自臂間抽出兩物，展而喝之，即兩口劍。躍起，在寂頭盤旋交擊。

○詩僧齊己於溈山松下，親遇一僧，於頭指甲下抽出兩口劍，跳躍凌空而去。

---

❽　林保淳〈呂洞賓形像論──從劍俠談起〉（《淡江大學中文學報》第三期，1996 年 12 月）闡述了劍俠與寶劍「辟除不祥」的觀念及道教北辰信仰的關係。

等塵外的異人（僧侶・道士）的劍術那裏繼承來的❾。《聶隱娘》中，切下的首級用藥溶解，隱身術等法術也多被使用。這一點可以說是飛天夜叉術——匕首——刺客的形象連鎖與，道術——劍——僧道的形象連鎖二重融合的故事。塵外異人的系譜更與後世明清小說中，呂真人、許真人等神仙揮舞降魔避邪的寶劍擊退妖怪的劍仙小說相關聯。但在此時還祇是原型形成的階段。

像這樣劍仙僧俠本格的形象的發展，相對于攜匕首的刺客，在時間上略晚一些。這是因為刺客類型，專諸和荊軻以來，早就有了明確的形象造型，與此相對，劍仙僧俠的類型跟唐代道教及佛教的發展有關係，在唐代豪俠小說中可以說是新的領域吧。

如以上所述，以匕首為象徵的雜技型的刺客夜盜形象，和運用法術的劍仙僧俠形象，一面分別形成親和性的連鎖的同時，構成了豪俠小說中異能者的表裏。《許寂》中所能看到的那樣，作為劍俠的發展比較早的階段，僧侶曾作為形象的一部分包含其中，但不久以後，劍俠介入了道教禮儀中降魔避邪的劍的聯想，逐漸被道家所吸收。

---

❾ 「劍仙」「劍俠」的名稱登場比較早的是，宋・洪邁《夷堅志》支庚卷四〈花月新聞〉以及同書補卷十四〈郭倫觀燈〉。在前者中與《聶隱娘》一樣，有一段床邊沒有劍卻忽然聽到了劍相擊的聲音，然後就掉下了一個骷髏的描寫。在後者中有一段從道士（劍俠）的耳朵中飛出一把劍落到地下，道士乘劍而去的描寫。很顯然，《聶隱娘》和《許寂》中看到的劍術就是作為劍仙的特技定著的經過和過程。

三、散樂百戲

㈠ 雜技與幻術

　　唐代的戲法雜技作為異能者的「俠」的形象相結合的端緒，就如已說明的那樣，就是第一章舉出的《太平廣記》所收《彭闥高瓚》、《嘉興繩技》中街頭獻藝的描寫。

　　《嘉興繩技》中言及的百戲是從秦漢時起，不論宮廷民間都盛行的藝能。加入舞戲的幻術魔術，雜技般的雜要等也包括在內的集會活動也有。描寫漢代百戲的文藝作品中，張衡的《西京賦》就是極為有名的一篇。「烏獲扛鼎，都盧尋橦。衝狹鸞濯，胸突銛鋒。跳丸劍之揮霍，走索上而相逢」所列舉的技藝是雜技，「吞刀吐火、雲霧杳冥」則有魔術表演的趣味。

　　還有，《西京賦》中，有「東海黃公，赤刀粵祝；冀厭白虎，卒不能救」的描寫的『東海黃公』，是因沉于酒中本領下降的老年的方士，在東海與百虎精搏鬥，法術失靈被吃掉的表演❿。在「赤刀粵祝」一段中，可以看到以刀劍為降魔的咒具，擊退妖怪的劍仙的原風景。這種幻技雜要多是西域傳來之物，早已闡述過了。《後漢書·南蠻西南夷傳》第七十六中說，西南夷的撣國王派遣使者，獻上了音樂和幻人。他們是能夠「變化吐火，自支解，易牛馬頭。又善跳丸，數乃至千」的魔術師。百戲在唐代專門稱作散樂❶。

---

❿　　晉·葛洪《西京雜記》。同文《太平廣記》卷二八四〈幻術一〉所收。

❶　　《通典》卷一四六〈散樂〉：「隋以前謂之百戲。」

《舊唐書》卷二十九〈音樂志〉第二中說道,

> 散樂者,歷代有之,非部伍之聲,俳優歌舞雜奏。漢天子臨
> 軒設樂,舍利獸從西方來,戲於殿前,激水成比目魚,跳躍
> 漱水,作霧翳日,化成黃龍,修八丈,出水遊戲,輝耀日
> 光。繩繫兩柱,相去數丈,二倡女對舞繩上,切肩而不傾·
> 如是雜變,總名百戲。
> 大抵散樂雜戲多幻術,幻術皆出西域,天竺尤甚。漢武帝通
> 西域,始以善幻人至中國。

西域的幻術是通過魏晉南北朝傳到中國,到了唐代時已經在宮中民間十分盛行。唐·杜佑《通典》卷一四六〈散樂〉一條說,

> 睿宗時,婆羅門獻樂,舞人倒行,而以足舞於極銛刀鋒,倒
> 植於地,抵目就刃,以歷臉中;又植於背下,吹篳篥者立其
> 腹上,曲終而亦無傷。又伏伸其手,兩人躡之,旋身繞手,
> 百轉無已。漢代有橦末伎,又有盤舞。晉代加之以杯,謂之
> 杯盤舞。梁有長蹻伎、跳鈴伎、躑倒伎、跳劍伎,今並存。
> 又有舞輪伎,蓋今之戲車輪者。透三峽伎,蓋今之透飛梯之
> 類也。高絙伎,蓋今之戲繩者也。梁有獼猴幢伎,今有緣竿
> 伎,又有獼猴緣竿伎,未審何者為是。又有弄椀珠伎、丹珠
> 伎。

還有唐·段安節《樂府雜錄》鼓架部中說,

即有踏搖娘……以至尋橦跳丸，吐火吞刀，旋槃筋斗，悉屬
此部。

真可以說的上是雜技與幻術魔術的百貨店。《彭閣高瓚》是本領的
較量，讓無頭豬行走，讓腹部被吃盡的貓還能號叫的法術，可以聯
想起插換牛馬頭，「殺馬剝驢」等魔術。《蘭陵老人》中一下子揮
舞長短不一的七把劍，雖然是明顯反映著道教北辰信仰，但一方
面，他眼花繚亂地以七劍並舞的模樣也會使人聯想到百戲中的跳劍
伎吧。這就是，一下子把數把劍依次拋向空中，又接住的表演。

這種游藝者中，除了唐土及西域的專業藝人，道士及僧侶等宗
教者也占據了很大的位置。宗教與藝能表演的關係無需在這裏贅
言，道士與僧侶常常作為布教的一環在眾前批露幻伎，祇要打開
《太平廣記》的〈幻術〉部就可以看到許多的事例。杉山二郎《游
民の系譜》⓬中指出，宗教者的傳道與彷徨漫游的藝能人采用同樣
的形式。豪俠小說的雜技般的刺客和使用幻術的劍仙的形象，正與
散樂百戲中的雜技（藝人）和幻伎（宗教者）對應。這些雜耍，除
了既述的「酺」以外，在寺院中設的戲場中也聚集了眾人的眼目。
錢易《南部新書》卷五中說，

長安戲場多集於慈恩，小者在青龍，其次薦福、永壽。尼講
盛於保唐，名德聚之安國。

⓬　東京：青土社，1988 年。

唐·李綽《尚書故實》說，

> 章仇兼瓊鎮蜀日，佛寺設大會，百戲在庭。有十歲童兒舞于竿杪。

還有，唐·李冗《獨異志》卷上有，

> 唐貞元中，有乞者解如海，其手自臂而墮，足自脛而脫，善擊毬、樗蒲戲，又善劍舞、數丹丸，挾二妻，生子數人。至元和末猶在，長安戲場中日集數千人觀之。

這樣的記述，和《太平廣記》卷二八六〈幻術三〉《胡媚兒》一項中的記述，

> 唐貞元中，揚州坊市間，忽有一妓術丏乞者。不知所從來，自稱姓胡，名媚兒，所為頗甚怪異。旬日之後，觀者稍稍雲集。

從中可以看到民間弄雜耍的繁盛熱鬧。

雜技藝人基本上以其精采的技藝博得觀眾欣賞，並不像「俠」時時表現夜盜刺客之面貌而使人畏懼，但是唐人還想像：在戲場、集市、寺廟設會等群眾聚集的場面上會混雜著「異人」賣藝。《太平廣記》卷八五《蜀中賣藥人》所記的「異人」在市裡「弄刀槍賣藥」：同書同卷《擊竹子》所記的「異人」是「在酒肆中，以手持

二竹節相擊,鏘然鳴響,有聲可聽,以唱歌應和,乞丐於人」。上述《酉陽雜俎》卷九〈盜俠〉中,在瓦官寺的無遮會上,一年少者施展「飛天夜叉術」,雖然他也許不是專業藝人,也可見是在城市熙攘人海中混雜著異人高手。

㈡ 文人與散樂

豪俠小說是文人士大夫的產物。雜技在文人之間也是其興趣的對象。白居易在《新樂府·立部伎》(《全唐詩》卷四六二)中把,

> 立部伎,鼓笛諠。
> 舞雙劍,跳七丸。
> 嫋巨索,掉長竿。

各種雜技詠進其中。還有劉言史在《觀繩伎》(《全唐詩》卷四六八)中令人毛骨悚然的走綱繩的樣態的吟誦。

> 泰陵遺樂何最珍,綵繩冉冉天仙人。
> 廣場寒食風日好,百夫伐鼓錦臂新。
> 銀畫青綃抹雲髮,高處綺羅香更切。
> 重肩接立三四層,著屐背行仍應節。
> 兩邊丸劍漸相迎,側身交步何輕盈。
> 閃然欲落卻收得,萬人肉上寒毛生。
> (以下略)

這是在廣場的露天演藝。演員為女性，綱繩上騎成金字塔型，合著音樂表演，伴有扔飛刀的絕技。

豪俠小說的刺客所必須的敏捷的跳躍疾走，就是這樣輕身的雜技藝人的拿手好戲。特別是在唐代博得好評的是叫「尋橦」的在杆上雜技。唐・崔令欽《教坊記》❸中說，

> 上於天津橋南設帳殿，酺三日。教坊一小兒，筋斗絕倫，乃衣以綵繒，梳洗，雜於內伎中上。頃緣長竿上，倒立，尋復去手。久之，垂手抱竿，番身而下。

前引的《獨異志》卷上有，

> 德宗朝，有戴竿三原婦人王大娘，首戴十八人而行。

還有，唐・張鷟《朝野僉載》卷六所說的那樣，

> 幽州人劉交戴長竿高七十尺，自擎上下。有女十二，甚端正，於竿上置定，跨盤獨立。見者不忍，女無懼色。

在用額頭和手支撐的竿上，十幾個人做令人眩目的馬戲表演正是最精彩之處。驚險的尋橦被文人所吟詠。王建的《尋橦歌》（《全唐詩》卷二九八）寫道：

❸　《中國古典戲曲論著集成》一據曾慥《類說》卷七補錄。

> 人間百戲皆可學，尋橦不比諸餘樂。
>
> 重梳短髻下金鈿，紅帽青巾各一邊。
>
> 身輕足捷勝男子，繞竿四面爭先緣。
>
> 習多依附敧竿滑，上下踊躍皆著襪。
>
> 翻身垂頸欲落地，卻住把腰初似歇。
>
> 大竿百夫擎不起，褭褭半在青雲裡。

這裏的演員也是女性，其身輕捷足勝過男性。還有顧況在《險竿歌》（《全唐詩》卷二六五）中吟誦女藝人的輕捷的技能的描寫：

> 宛陵女兒擘飛手，長竿橫空上下走。
>
> 已能輕險若平地，豈肯身為一家婦。

和掠飛鳥，如猿戲竿的樣子的描寫：

> 盤旋風，撇飛鳥。
>
> 驚猿繞，樹枝裊。

這可以說就是豪俠小說中描寫的輕捷的身體技能。

　　這對豪俠小說的特徵的女俠的形象也可以給與一個解釋。豪俠小說中，女俠多數活躍的情況，從女性所處的社會地位和風氣的方面被指出，但是更直接而且具體的形象的源泉是表演驚險雜妓的女藝人。詩人們熱情吟誦的尋橦和繩技，因為在演技的性格上要求體重要輕，所以專門由女性和孩子表演。像猴子一樣登竿，掠飛鳥在

高處翻身的女藝人們的姿態，在詩作中強烈的被宣傳，共有的形象直接對小說產生了影響。

再有，根據《教坊記》，教坊的女藝人們，氣味相投者之間結成義兄弟之盟，有了丈夫的話，對男方以「新婦」「嫂」婦人的稱呼相稱❶。這種獨特的壓倒男人的風氣，對女俠的形象提供了幾分印象。

唐代散樂的戲法雜技，其自身魔幻充滿驚險，在視覺的印象效果上也是出色的印象的寶庫。從來，關于豪俠小說的幻想的要素，只是反復論證道教與佛教的影響。但幻人雜技與娛樂的流行的相結合，對豪俠小說的形成寄予的構想空間也是不能輕視的。

引用書目

《太平廣記》台北・文史哲出版社，1978 年

《酉陽雜俎》北京・中華書局，1981 年

《尚書故實》台北・台灣商務印書館，1986 年《景印文淵閣四庫全書》所收

《北夢瑣言》上海・上海古籍出版社，1981 年

《後漢書》北京・中華書局，1973 年

《舊唐書》北京・中華書局，1975 年

---

❶ 坊中諸女，以氣類相似，約為香火兄弟，每多至十四五人，少不下八九輩。有兒郎聘之者，輒被以婦人稱呼，即所聘者兄見，呼為新婦，弟見，呼為嫂也。

《通典》北京・中華書局，1984 年

《樂府雜錄》上海・上海古籍出版社，1988 年

《南部新書》北京・中華書局，1958 年

《獨異志》北京・中華書局，1983 年

《全唐詩》北京・中華書局，1985 年

《教坊記》北京・中國戲劇出版社，1980 年《中國古典戲曲論著
　　集成》所收

《朝野僉載》北京・中華書局，1979 年

《夷堅志》北京・中華書局，1981 年

《紅樓夢》的神話美學

——以神話描寫涵攝美學思想與藝術構思的美學功能

陳瑞秀

淡江大學中文系副教授

一、前言：宗教信奉抑或藝術形式借用之辨

余英時先生在他的〈近代紅學的發展與紅學革命〉一文中，於論述到紅學發展中的各家各派時，曾提出了必須注意「曹雪芹在作品裡企求些什麼？又創造了什麼？以及這些企求和創造為什麼要通過那樣獨特的藝術形式表現出來？」的問題❶。我們認為「神話」——而尤其是曹雪芹師心獨造的神話，正是曹雪芹在《紅樓夢》這

---

❶ 語見余英時〈近代紅學的發展與紅學革命〉，收在其專著《紅樓夢的兩個世界：The Two Worlds of "Hung-lou meng"》，聯經出版社，頁 13。

本小說的諸多創造中尤為重要的一環。

何為神話？如何定義？魯迅先生釋之為：

> 昔者初民，見天地萬物，變異不常，其諸現象，又出於人力
> 所能以上，則自造眾說以解釋之：凡所解釋，今謂之神話
> ❷。

龔鵬程先生進一步解釋為「我們認為神話也者，本即是神的事蹟，引申為一切非現實的描寫都可稱為神話。」對於神話之所以產生及其作用，又加以解說：

> 因此神話不一定時代久遠，凡一個故事或一組故事成份，能
> 表達或象徵某些人性或超人性之意義者，即可稱為神話。上
> 古固然有神話，後世也可以有神話，不僅後人可以創造神
> 話，也可以改造神話以深刻其意義❸。

拿以上的一段話來看曹雪芹在《紅樓夢》前五回「杜撰」的三個神話，就感覺可以發人深省：它「開卷第一回」的「石頭的故事」，既是直接來源於「女媧補天」的神話，而故事本身——頑石無才補天因此幻形入世——又是作者的「創造」❹。同回又由這頑

---

❷　請參閱魯迅《中國小說史略》，風雲時代出版，頁 17。

❸　語見龔鵬程〈古代的宗教與神話〉，收在氏著《文化、文學與美學》。時報
　　出版公司，頁 16。

❹　同註❸，頁 18：「……後來圖騰信仰已經消失，神話終究演變成動植物能夠

石「夾帶」引出了「神瑛侍者和絳珠仙子在靈河岸上三生石畔的一段宿緣以及以後的以淚償灌」的第二個神話故事。這個神話故事的前半部份固然是來源於「三生石畔舊精魂」的神話；而後半段「以淚償灌」又是出於作者的「創造」，是一段「果是罕聞」的神話！到了第五回就有了那飄渺而神奇的「太虛幻境」的神話。天上有一個「太虛幻境」確實是可以從我國「三教合一」的傳統找出根源；而將它賦予「司人間之風情月債，掌塵世之女怨男癡」的特性的，又非作者的「創造」而莫辦了。

然而，所謂的「神話」，它和「迷信」，無論就它們的起源或是性質而言，本就極難斷然予以分辨，這從許多學者嘗試從神話本身的來源和演變上，將神話劃分為：⑴神話與傳說⑵仙話⑶迷信三者這件事就可以看出。而此三者的分際實則僅在於：

> ……所謂神話與傳說，是古代人民依據當時之需要，加以虛構而創造的；仙話則是受到戰國以後神仙家以及道教影響，而形成的有關神仙之描述，如劉向〈列仙傳〉、葛洪〈神仙傳〉之類。至於迷信，泛指後世迷妄的信仰❺。

如何看待上述曹雪芹宗教神學色彩極端濃郁的神話，以及其他有關宗教神學──尤其是色空觀念、宿命思想等等的神話描寫，這

轉形為人。又如原始宗教中，有祖先靈魂可藉轉世再生而存在的觀念，神話中也有；後世沿襲，遂有前生以及轉世投胎等說法……」曹雪芹之頑石幻形入世，或於此說信手拈來，而為我所用？聊錄此以備考。

❺　同註❸，頁 15。

是一個在紅學研究中極為重大複雜，而又在看法上極為分歧的問題。是把這些富有宗教神學色彩的神話，看做是曹雪芹個人對宗教神學的迷信，以致於不由自主的對《紅樓夢》中的藝術形象給予神學的渲染和宿命的解釋？還是看做是曹雪芹對宗教神學的借用？我們認為，答案應屬於後者，亦即是：《紅樓夢》中所有披著神佛外衣的色空觀念宿命思想也好，曹雪芹所杜撰的富有宗教神學色彩的神話也好，都分明是他為闡述自己的藝術理念而借用的一種形式，而其借用手法又達到了如此完美的地步，以致於曹雪芹自創的這些神話，確實是能夠天衣無縫而又充分的具現他對《紅樓夢》整體的藝術構思。

二、三個神話的象徵意義

在上節文字中，我們簡述了曹雪芹在《紅樓夢》前五回中有所傳承又有所創新的杜撰了三個神話故事。而有心讀者也不難發現，事實上這三個神話故事並不是三個不相聯繫各自「孤立」的存在；恰正相反，他們不但緊密銜接，由第一個神話故事「夾帶」出第二個神話故事，順應著小說情節的推展，前兩個神話故事，又引出了第三個神話故事。並且，這三個神話故事不僅籠罩全書，而神話與現實相映照的結果，更構成了《紅樓夢》完整的藝術境界❻。

如果我們相信很多人所持的看法，以為曹雪芹在他的那個時代

---

❻ 其詳請參閱李希凡〈「神話」和「現實」——"紅樓夢"藝術探微〉。收在〈紅樓夢大觀〉，香港〈百姓〉半月刊出版，頁 9-25。

「已披靡於以蒲團養生為性命之髓」❼這樣的社會風氣；而稍早於《紅樓夢》或與之同期的小說，又把「三教同源」的神魔傳說做為他們「入話」的「楔子」，因此而使小說充滿了因果相報、輪迴轉世的色彩❽。本著上述兩種觀點去看待這三個神話，和這三個神話所涵攝的《紅樓夢》，那麼《紅樓夢》的宗教神學思想——而尤其是佛學的色空觀念和宿命思想，當然就是非常嚴重的。換言之，即是曹雪芹對宗教神學就是極端迷信的。然而，實情是否如此呢？我們認為首先還是應該切近的來看這三個神話及其象徵的意義。

先說寶玉之所以「行為偏僻性乖張」，就在於他原本是清埂峰下因「無才補天」才「幻形入世」的頑石；寶黛愛情的所以是悲劇，也在於他們在離恨天外靈河岸上三生石畔的那段宿緣，注定了絳珠仙子下凡要還淚；大觀園裡的那些女兒們所遭遇的種種悲慘命運，更在於她們一如在「太虛幻境」所兆示的，原本就是「薄命」（ill-fated）的人物！尤其引人注目的是，在《紅樓夢》中有一對神秘的僧道貫穿作品的始終，是這一僧一道把《紅樓夢》中的三個

---

❼ 此語據稱出於侯堮。侯堮所稱「披靡於以蒲團養生為性命之髓」之人包含康熙第八皇子廉親王允禩之孫永忠。轉引自蘇鴻昌〈論曹雪芹的美學思想〉。重慶出版社，頁 88。

❽ 姑舉為人耳熟能詳的兩例。如：虞氏新刊《三國志平話》的「緣起」，就採取了「司馬仲相陰間斷獄」的故事，所謂「不是三人分天下，來報高祖斬首冤」，借用再世輪迴之說，以抒發對歷史悲劇人物的怨抑不平的憤慨。又如：與《紅樓夢》同時代的作品，錢采編次、金豐增訂的《說岳全傳》，分明講述的是南宋名將岳飛抗金，被秦檜暗害的故事，卻也要虛構個大鵬金翅鳥在佛前啄死母烏龜的「神話」作為「楔子」，把那充滿民族矛盾的歷史悲劇化為冤冤相報的宿孽前因。

神話相連結，並與現實生活相交織；寶玉來自大荒，還彼大荒，更是這一僧一道所為。更何況《紅樓夢》做為石頭所記的「悲歡離合，世態炎涼」的一段故事，是賴「空空道人」「從頭至尾抄錄回來」才得以「問世傳奇」的。於是作者明確宣稱：那位空空道人「因空見色，由色生情，傳情入色，自色悟空，遂易名為情僧，改石頭記為情僧錄……」因此，我們能說曹雪芹不迷信嗎？我們能說《紅樓夢》不是宣傳佛學的色空觀念和宿命思想嗎？

是的，如果事物的表現形式和內在本質可以直接劃上等號的話，那麼，任何科學都是多餘的了。我們認為，只有透過現象看本質並細加體會分析，才可能另有一番領悟：原來曹雪芹在《紅樓夢》中的這種披著神佛外衣的色空觀念，以及與此相關的那些宗教神話，都分明是他為闡述自己的美學思想，具現自己的藝術構思而借用的宗教神學形式。

三、中西有關之文學美學批評／理論

㈠ 宗教和藝術，神學和美學在歷史發展中的關係

曹雪芹為什麼要以宗教神學來作為他闡述自己的美學思想和藝術構思的形式呢？這是因為宗教和藝術、神學和美學在歷史的發展中，原本就有非常密切的關係。

首先，宗教可以說是人類一切美術文藝創作之源，這是東西中外都相一致的，魯迅先生就說過：

> 神話大抵以一「神格」為中樞，又推演為敘說，而於所敘說
> 之神、之事，又從而信仰敬畏之。於是歌頌其威儀，致美於
> 壇廟，久而愈進，文物遂繁。故神話不特為宗教之萌芽，美
> 術之所由起，且實為文章之淵源❾。

上段文字說明了宗教不僅是「美術之所由起」，而且「實為文章之
淵源」。因為要「歌頌其威儀，致美於壇廟」，所以需要「敘說
（Narrative）」❿——因此而產生了文章，「久而愈進，文物遂
繁」，於是各種各樣的美術，也就應運而生了。

　　宗教要如何宣揚抽象的教義呢？我們認為，首先，它必須要使
人感動。而使人感動最好的辦法，莫過於塑造一個既美且善，既可
見並因此而可對之歌頌膜拜的「神」了！既然每一個神就是一個被
想像的實體，那麼，為達傳教的目的，當然就要藉助文藝與美術，
藉助可見的形象，把「神」按照他們的理想，塑造成實體，來宣傳
不可見的教義。且不說西方的一部宗教史幾乎就是一部繪畫、雕
塑、音樂、文學的美術史；單就我國敦煌的藝術來看，就足以說明
宗教和藝術的確有過相互為用、相互促進的歷史，這也是無庸置疑
的。

　　按照佛教的說法，「釋迦佛正法住世五百年，象法一千年」。

---

❾　　說見同註❷，頁 17。

❿　　鍾嶸《詩品‧序》開宗言及詩之為用亦曰：「靈祇待之以致饗，幽微藉之以
　　　昭告……」。

「象法」即為形象以教人,亦稱「象教」⓫,就是以具體的藝術形象來宣傳抽象的宗教思想的作法。按釋道高的解釋,所謂象教就是:「彷彿儀軌,應今人情,人情感象,孰為見哉!⓬」意思即是塑造具體的佛像,是為順應人的感情,只有以具體的形象從感情上打動人,才能使人接受和崇信抽象的宗教哲理。這種「象教」的作用,正如杜甫在〈同諸公登慈恩寺塔〉一詩中所說的:「方知象教力,足可追冥搜⓭」具有那樣驚人的藝術感染力。

以上大略就宗教──尤其是中國境內的佛教──論述了宗教神學與藝術美學在歷史發展中的關係,其主旨在於,化抽象為具象,從感情上打動人心,宣傳教義與藝術美學的藝術感染力都相一致。

(二) 我國以禪論詩、以禪喻詩之傳統

在我國有著源遠流長的以禪喻詩、以禪論詩傳統和流派中,能夠承上啟下的,當然要首推嚴羽。他的《滄浪詩話》的最大特點是重在「妙悟」。以下是膾炙人口的其中精髓:

> 夫詩有別材,非關書也,詩有別趣,非關理也。然非多讀
> 書,多窮理則不能極其至,所謂不涉理路不落言筌者上也。
> 詩者,吟詠情性也。盛唐諸公唯在興趣,羚羊掛角,無跡可
> 求,故其妙處,透澈玲瓏,不可湊泊。如空中之音,相中之

⓫ 說見魏繩楠《魏晉南北朝文化史》一書中〈佛教造象藝術的勃興〉一節(安徽:黃山書社,1989年12月初版),頁239。

⓬ 見同上註,頁333。

⓭ 請參見清·仇兆鰲注《杜詩詳注》(台北:里仁書局),頁103。

色,水中之月,鏡中之象,言有盡而意無窮❹。

　　嚴羽的以禪喻詩、以禪論詩是承上而來的,因為早在中唐時期的詩僧皎然就開了以禪喻詩、以禪論詩的先河。皎然所著,據昔人著錄有「詩式」、「詩評」、「詩議」、「中序」諸稱。其論詩大率都欲使自然工力恰到好處。其「詩評」云:

　　　或曰,詩不要苦思,苦思則喪於天真。此真不然。固當繹慮於險中,采奇於象外,狀飛動之趣,寫冥奧之思。夫希世之珍必出驪龍之頷,況通幽明變之文哉!但貴成章以後,有其易貌,若不思而得也❺。

他論詩著重在所謂『神詣』。《詩式·序》說:

　　　至如天真挺拔之句,與造化爭衡,可以意冥難以言狀,非作者不能知也❻。

他把佛學所講求的境界運用到了詩歌的理論中去,變佛學的境界為詩歌的意境。境,非客觀現實之境,乃主觀意中之境,亦即較近於『詩佛』之詩論。

---

❹　請參見郭紹虞〈南宋之詩論·嚴羽〉,收在氏著《中國文學批評史》(台北:明倫出版社,中華民國六十年十月初版),頁503。

❺　請參郭紹虞〈詩國的復古說、就於皎然之所著〉。見同上註,頁210。

❻　見同上兩註,頁212。

　　到了晚唐，皎然的以禪喻詩的思想，在司空圖的《二十四詩品》中得到了進一步的發揮。他從韻味方面發展了皎然的意境說，認為做為「思與景諧」的詩，必須有「韻外之致」、「味外之旨」、「象外之象」、「景外之景」、「不著一字，盡得風流」❶。很顯然的，嚴羽的妙悟說所強調的「羚羊掛角，無跡可求」「透澈玲瓏，不可湊泊」，完全和皎然的意境說，司空圖的韻味說一脈相承。至於離嚴羽不遠的宋代詩人諸如李之儀、曾幾、趙蕃等，則更不斷強調「得句如得仙，悟筆如悟禪」、「學詩渾似學參禪」、「參禪學詩兩無法」❶。所有這些都充分說明嚴羽的以禪喻詩，重在妙悟，是對從皎然開以禪喻詩的先河以來的意境說、韻味說的總結和創新。

　　嚴羽的以禪喻詩，重在妙悟，同時也有啟下的作用。無論前後七子的詩論有多大的發展和變化，也無論他們之間的意思怎樣不盡相合，甚至齟齬相爭，但是他們源於嚴羽的以禪喻詩的精神則相一致。關於前後七子甚至王士禎宗祖嚴羽的情況及其區別，正如文學批評史家郭紹虞所說的：

> 徐禎謂詩是儒中之禪，詩原不能與禪無關，禪義可以入詩，
> 禪義可以論詩，禪義亦可以喻詩，這在以前講滄浪論詩的時
> 候，也已經說過。七子之格調說是以禪喻詩；漁洋之神韻說
> 是以禪論詩，而有時候也可以以禪義入詩。以禪喻詩，則詩

---

❶　見同上註，頁296。
❶　見郭紹虞《中國文學批評史》，頁296。

> 是詩,而禪是禪,工夫還在詩上面;以禪論詩,則禪通詩,
> 而詩通禪,工夫乃在悟上面;至以禪入詩,則詩即禪而禪即
> 詩,神韻天然,不可湊泊,卻沒有可以加以工夫的餘地。工
> 夫在詩上面者,所以成為格調說,因為求之於繩墨之中;工
> 夫不在詩上面者,所以成為神韻說,因為須求之於蹊徑之
> 外,格調與神韻之分別乃如此⓳。

　　綜上所述,既然宗教與文藝原本就有如此密切的關係,以禪喻
詩、以禪論詩是我國文藝傳統中的一個極其重要的派別。儘管在這
一派別中,多數人的世界觀都是較為唯心,因此而對文藝與現實的
關係認識或許因而較為不足,但是這一流派在對藝術美、藝術規
律、藝術特徵的探索和追求上,是有特殊貢獻的。皎然、司空圖、
嚴羽、王士禎的詩論,在我國的詩歌發展史上,都產生過重大的影
響。尤其是稍前曹雪芹不遠的王士禎,其聲望足以奔走天下,領袖
康熙一代文壇。他的神韻說,對清代前期詩壇的影響,幾達百年之
久。因此,身為一個詩人、作家、美學家的曹雪芹,在這樣的傳統
的影響之下,假用宗教神學的形式來表達他的美學思想、人生哲
理,應該是毫不足怪的。

㈢ 曹雪芹之借用宗教神學有別於前人之以禪喻詩或論詩

　　首先,曹雪芹以前的以禪喻詩或論詩的人是相信禪的,比如開
以禪喻詩先河的皎然,就是篤信佛學的和尚。而曹雪芹借用宗教神

⓳　　見同上註,頁 506-507。

學來闡述他的美學思想,卻未必迷信神學,用禪卻不信禪!何以見其如此呢?這只要在其字裡行間就可以找出蛛絲馬跡了。他在作品一開端所杜撰的頑石無才補天的第一個神話中,就用「大荒山」「無稽崖」「空空道人」「渺渺大士」「茫茫真人」等等名目來顯示了,這些以宗教神學面貌出現的神話的荒誕無稽、子虛烏有的性質,已經表明了這些神話是他說的大謊,他只不過想借著「滿紙荒唐言」,來舒洩他的「一把辛酸淚」啊!在他所杜撰的太虛幻境這樣帶有濃厚佛學色彩的神話中,也同樣以「太虛幻境」四字來點明是出於他的虛造幻設。關於這,有條『脂批』可堪玩味。試看第五回脂硯齋就「太虛幻境」四字批道:

> 菩薩天尊皆因僧道而有,以點俗人;獨不許虛造太虛幻境,以警情者乎?觀者惡其荒唐,余則喜其新鮮[20]⋯⋯。

我們固然不必完全同意脂硯齋關於曹雪芹寫「太虛幻境」是為了「警情」的說法,但他否定寫這太虛幻境是宣揚菩薩天尊的存在,認為曹雪芹借用宗教神學卻不相信宗教神學的這種看法,與我們之所論述倒是頗相一致的。

其次,以禪論詩,必須從禪理與詩理相通之點立論;以禪喻詩,也必須就詩法與禪法相類之點以作比。因此,禪,對以之論詩或喻詩的人來說,絕不止於只是形式,禪理禪法在以禪論詩或喻詩

---

[20] 見於『甲戌本』第五回脂硯齋眉批,《乾隆甲戌脂硯齋重評石頭記》(台北:胡適紀念館,中華民國六十四年十二月十七日三版),頁 68a。

的理論上,有著不可忽視的實際意義。而曹雪芹借用宗教神學或佛學來闡明他的美學思想,都只是借用它們那有概括性的形式,以及它們那富象徵性的語言的外殼。這些形式這些外殼,本來所應包含的神學思想、佛理佛法,與曹雪芹借用這些形式這些外殼所要闡明的美學思想,所要達致的藝術構思,是風馬牛不相及的。

㈣ 西方有關之文學美學史及其批評／理論述略

接下來讓我們對西方文學批評理論──神話、寓言與象徵主義略作巡禮㉑。就手邊資料而言,不但覺其歟哉盛也,而且真有「驚艷」之感!尤其對於我們所論述曹氏之創作種種,對照以下所要展開的理論與實踐的論述,「一一細考較去」(第一回·作者自序),感覺竟是如此的若合符契,真不免懷疑為「天」助「神」祐啊!且看:

> 本質上,象徵主義者反對自然主義與寫實主義──因為象徵
> 主義者認為,人無從臨摹現實生命;他們主張:所謂客觀的

㉑　本節文字參考下列諸書寫成,不再於文中一一注出:

David Lodge, 20th Literary Criticism Longman Singapore Publishers, 1991.

C. Hugh Holman & A Handbook to Literature Collier Macmillan Publishers, London, 1992.

William Harmon John Cowper Powys The Pleasure of Literature 書林書店,台北,1992。

Frank Centricchia & Critical Terms for Literary Study Oxford University Press (H.K.) Ltd. 1994.

Thomas McCaughlin,

世界，變幻無常，絕非真正的現實──這個世界是一個人看
不到的「絕對世界」（the absolute）的映象。因此他們相
信，寫實主義者或自然主義者以捕捉無常的現象自命，是無
稽之談。在象徵主義者的眼裡，現實的感知取決於主觀內在
的融匯，而固然人與人之間的感知與衝動存有類似的經驗，
卻仍無法描摹外在世界。馬拉美曾說過：「試圖對現實加以
名狀，就已經毀去了它原來的面貌」。也就是說，要描繪外
在世界，充其量也只是藉助暗示來達成，所以馬拉美解釋
說：「暗示就等於是再創造。❷」

再者，以西方文學理論／批評來看「神話」及其定義？就筆者
細讀各種資料，將其大略歸約為：

(1)它以匿名的方式，將人類或自然現象以超自然的故事片段來
展現，它的出現雖如插曲──以「入話或楔子」的形式，但卻點出
主題──對照於曹雪芹的《紅樓夢》：三大神話的創造，就是理論
的實踐。至於神話中的茫茫大士、渺渺真人、空空道人、頑石、絳
珠仙子等等，也就是「匿名」的最具體表現。

(2)它將俗世現象提昇至超自然之高度，並加以固定，擺脫形體
的牽絆：使得畸形的不再畸形，而殘缺的也不再殘缺──對照於曹
雪芹的《紅樓夢》：「書中凡寫長安，在文人筆墨之間，則從古之
稱……是不欲著跡於方向也……特避其東南西北四字樣也……」

---

❷　請參見蔡源煌《文學術語新詮──從浪漫主義到後現代主義·象徵主義的詩
　　學》（台北：雅典文庫），頁31。

（甲戌本・凡例）；「無朝代年紀可考」（第一回）。《紅樓夢》之敘事，不記朝代紀元，方向地域無可稽考，正是要將俗世現象提昇至超脫現實之高度，賦予它蘊古含今之意涵❷❸。

⑶它是種族的——而非個人的——共同大夢，並且，相對而言，比較的不帶政治色彩，不含道德教訓❷❹。

⑷它探究天地形成（開闢鴻蒙）、宇宙現象、神性神力、乃至生命與死亡……等等問題，並從而記述種族之中非凡人物的英雄事蹟❷❺。

再就神話的功能（作用）而言，今之研究者理論家則歸納為：

⑴今日之文學及藝術從事者，為具現其深層的、幽隱的思維或理念、稍縱即逝無可言喻的感覺，皆須藉助<u>象徵</u>意味極強的神話寓言為其表現形式❷❻。

---

❷❸ 為保持正文敘述之流暢，相關係方文學理論之原文，只於附註中注出。以下皆同。(***Myth:*** An anonymous story that presents supernatural episodes as a means of interpreting natural events. **Myth** makes concrete and particular a special perception of human beings or a cosmic view. *Myth* is the absence of anomaly. **Myth** represents a projection of social patterns upward onto a superhuman level that sanctions and stabilizes the secular ideology.)

❷❹ (***Myth*** differ from legends by comprising less of historical background and more of the supernatural; they differ from the fable in that they are less concerned with moral didacticism and are the product of a racial group rather than the creation of an individual.)

❷❺ (***They*** all attempt to explain creation, divinity, and religion; to probe the meaning of existence and death; to account for natural phenomena; and to chronicle the adventures of cultural heroes.)

❷❻ (***Because*** the emotions experienced by a poet (writer) in a given moment are

(2)為了適合個別創作之需要，對神話不僅止於傳承，並且得以創新——以涵攝其藝術構思、美學理念乃至人物形象之完整統一……❷有關此點，前節已有論述，此不贅。

(3)神話原本是一個種族的共同遺產，是不自覺的、沒有經過設計的。但經過藝術創作者的創新，既有舊的文化遺跡，又賦予了新的內涵，因此使欣賞者產生了「既熟悉親切又陌生新奇」之感。其結果是，一方面因喚起舊的共同記憶而易於引起共鳴；另方面又因有新的內涵而形成新奇的魅力——「女媧煉石補天」是固有的神話，但無才補天被棄，因此「托胎入世，造歷幻緣」又是創新；「三生石畔舊精魂」是固有神話，但「以淚償灌」又是創新，因此任何讀者都會感覺「果是罕聞」！

(4)作家藉助古老的神話，讓人隱約之間，感受一種似無若有的權威性，它暗中所醞釀的宿命感，使人不由自主的懾服於它的威力之下，達成了藝術渲染的功效——譬如說，曹雪芹創造了「以淚償灌」的神話，使讀者不知不覺的就服從了指令——林黛玉就是「該」來還淚的，所以最後她「淚盡而逝」雖然讓讀者受盡煎熬，萬分不捨，但因為作者預先已經埋下了「神話」——在此，其作用

---

unique to that person and that moment and are finally both fleeting and incommunicable, the poet (writer) is reduced to the use of a complex and highly private kind of **symbolization** in an effort to give expression to an evanescent and ineffable feeling. The result is a kind of writing consisting of……)

❷ (*Various* modern writers have insisted on the necessity of **myth** as a material with which the artist works, and in varying ways and degrees have appropriated the *old myths* or *created new ones* as necessary substances to give order and a frame of meaning to their personal perception and images, …)

有如神諭！因此也只得接受這「宿命」的安排——而另方面更加重了悲劇的震撼力，也就不言可喻了❷。

凡此，借鏡西方文學理論以為本節作結似乎不失為一良方：

> 德勒茲（Deleuze）在〈反伊底帕斯〉一書中說明，書寫過
> 程反映的是現實經文字賦記時的蛻變。實際寫作之時，現實
> 的種種，都會為結構、語碼、系統所「馴服」而納入作品之
> 內❷……

因為實際寫作之時，現實的種種，都會為結構、語碼、系統所「馴服」而納入作品之內。因此，作者當然會從整體考量，策略性的選擇——借用及創新——最適合他的創作的表現形式，這也是毋庸置疑的了。

---

❷ (*The Archetypal* Imagination, which sees the particular object as embodying and adumbrating suggestions of universality. The possessors of such imagination arrange their works in archetypal patterns and present us with narratives that stir us as "something at once familiar and strange." They thus give concrete expression to something deep and primitive in us all. Thus, those who approach literature as *myth* see in it vestiges of primordial ritual and ceremony; the repository of racial memories; a structure of unconsciously held value systems; an expression of the general beliefs of a race, social class, or nation; or a unique embodiment of ideology ...)

❷ 見同註❷，頁 140。

四、結論

　　本節文字總結以上論述，說明並強調出現在《紅樓夢》前五回之三大神話，確屬作者曹雪芹為涵攝其藝術構思及美學思想而「創造」的——是基於高度藝術自覺的創造，非關乎宗教迷信。要檢驗此說，可從書中處處找出證據——除了上節文字的引述以外，在這結論的一節裡，更要提請大家的注意，那就是作者開宗明義的表白：

> 此開卷第一回也。作者自云：自經歷一番夢幻之後，故將真事隱去，而借「通靈」之說，撰此「石頭記」一書也。故曰「真事隱」云云。然書中所記何事何人？自又云：「今風塵碌碌，一事無成，忽念及當日所有之女子，一一細考較去，覺其行止見識，皆出於我之上，我堂堂鬚眉，誠不若彼群釵！實愧則有餘，悔又無益之大無可如何之日也！當此，則自欲將以往所賴天恩祖德，錦衣紈褲之時，飫甘饜肥之日，背父兄教育之恩，負師友規談之德，以至今日一技無成、半生潦倒之罪，編述一集，以告天下人：我之罪固不免，然閨閣中本自歷歷有人，萬不可因我之不肖，自護己短，一併使其泯滅也。雖今日之茅椽蓬牖，瓦灶繩床，亦未有妨我之襟懷筆墨者。雖我未學下筆無文，又何妨用假語村言，敷演出一段故事來，亦可使閨閣昭傳，復可愉世之目破人愁悶，不亦宜乎？故曰『賈雨村』」云云。

這段短文要說明的，實在再明白不過：第一，這是一本帶有「自傳」性質的小說。第二，為了某些原因，所以必須將真事隱去，「借用」通靈寶玉的傳說（神話），來敷衍故事。第三，他自身曾蒙受無比的「天恩祖德」，但因自己的無才，今日已經落得一技無成、半生潦倒，目前的居住環境是「茅椽蓬牖，繩床瓦灶」。第四，這書的內容是記述「當日所有之女子」；著書的動機？顯然的是「自我懺悔」——萬不可因我之未學，下筆無文，自護其短，使其一併泯滅也。因此，一定要使「閨閣昭傳」。

在結論的這一節裡，要徹底的回答最初的提問：曹雪芹在作品裡企求什麼？　答案：企求的就是把家族痛史以個人的親身經歷寫出來；又創造了什麼？　答案：創造了三個神話來涵蓋他的藝術構思（統攝攸關主旨的三個情節主線）和美學思想；為什麼要通過那樣特殊的藝術形式表現出來？　答案：作者的創作環境不容忽視：時代的、家族的、政治的、社會的等等❸，但歸根究底，最主要的還是政治的！……當然，也有美學的。

家族當年那樣光風霽月，「鐘鳴鼎食之家，詩禮簪纓之族❸」，家勢如日中天之時，那可真是如「烈火烹油、鮮花著錦」❸！所有這些，不寫吧，那真是心有未甘，死不瞑目；要寫吧，那可要怎寫？家族已經是遭了大禍：抄家、革職、父親被枷號示眾，

---

❸　有關「創作環境」，筆者另有專文論述，本篇中有關曹氏家族等事，只就一般廣為人知者而言。

❸　第一回「那僧」對石頭說：「……然後攜你到那昌明隆盛之邦，詩禮簪纓之族，花柳繁華地，溫柔富貴鄉去安身樂業。」

❸　第十三回秦可卿之魂托夢鳳姐所言。

家族還是待罪之身！安安分分的過日子，還不見得沒事，現在居然要寫書，而且還在那兒說三道四的，那可是會人頭落地的玩意兒，你不要命了啊！……

啊，啊，啊，有了，所謂「窮則變，變則通」（Poverty induces changes, changes may find a way out; Necessity is the mother of invention），於是，創造了三個神話，密集式的布置在前五回中，一來可以避禍（我說的是神話嘛！）二來方便說故事，因為在舊的神話上再加以創新，那是既有名牌效應又有新賣點，故事當然可以說得娓娓動聽，引人入勝，達成了藝術的功效，就不在話下了。就算是這個，作者也已經預先以四首有關歌曲以及一闋詞來明白的點出主題，它們分別出現在第三回的敘述和第五回的「紅樓夢組曲」中：「紅樓夢組曲」第一首〈引子〉，說明著書的情懷；第二首〈終身誤〉、第三首〈枉凝眉〉描摹寶、黛、釵三人之間的戀愛／婚姻悲劇；最後一首〈收尾：飛鳥各投林〉就給全書的悲劇大結局作了最形象的預告！還有第三回的一闋詞〈西江月〉，全面象徵賈寶玉不俯首世俗之見、不隨波逐流的那種叛逆的性格特質，也呼應了「頑石無才補天，幻形入世」的第一個神話❸。

最後，但也是最根本的，那就是美學的問題了。曹雪芹在《紅樓夢》中的諸多「創造」，還包含——創造了至少在中國文學史上，即如不是絕後，但至少堪稱空前的一段絕美的愛情——亦即，寶、黛之戀！

---

❸　四首歌曲和一闋詞，其中、英文「附錄」於本文之後，方便說明與參閱。

賈寶玉和林黛玉這種「鳳尾森森，龍吟細細」的愛情，只能出現在中國這個具有五千年文明史的東方的詩的國度裡；並且，只能出現在曹雪芹這位既有高尚文化素養和道德情操，而又具有高度審美能力和時代敏感性的偉大作家的筆端❸❹。

「凡值寶、黛相逢之際，其千般苦緒，萬種愁腸，一一剖心瀝血以出之，細等縷塵，明如通犀……❸❺」這段纏綿悱惻、哀感頑艷的愛情，被作者描繪得那樣逼真，渲染得如此盡致，因此而使得千古的讀者如醉如癡，請看以下讀者的心曲，或能窺其一斑：

> 余始讀《紅樓夢》而泣，繼而疑，終而嘆。夫所謂《紅樓夢》之特鋪寫盛衰興替以感人，並或愛其詩歌辭采者，皆淺者也。吾謂作是書者，殆實有奇苦極鬱在於文字之外者，而假是書以明之，故吾讀其書之所以言情者，必淚涔涔下，而心怦怦三日不定也。抑非獨余如是，余聞邱琴沚、郭芋田皆然……吾未知其所施何地也，所用何故也，愈往愈深，而使人幾乎流宕而不知所返也……琴沚憮然不能語也……使作者之情之非失其當，奈何其終也以仙佛之無情為歸乎？彼其人萬不能為仙佛者，特奇苦極鬱至於無所聊生，遂幡然羨仙佛

---

❸❹ 請參閱張錦池〈庭院深深深幾許——論《紅樓夢》悲劇主題的多層次性〉，收在《紅樓夢大觀》，國際紅樓夢研討會編委、香港《百姓》半月刊編輯部合編。頁 45-77。

❸❺ 見諸聯〈紅樓評夢〉，收在一粟《紅樓夢卷》（第一冊）（北京：中華書局），頁 118。

之無情為不可及……」言畢，余與琴汕長嘆不能已。余又呼
琴汕曰……因撫几擊節，與琴汕歌關雎三章而罷。……**㊱**

　　這一段告白，足以說明曹雪芹描摹寶黛之戀之深刻動人，令讀
者神魂顛倒至於忘我之境，那渲染力之強，還波及周遭所有的人，
「抑非獨余如是，余聞邱琴汕、郭芛田皆然」！好友數人，再三再
四的反覆問答，最後歸結出是因作者「實有奇苦極鬱，在於文字之
外者」（The author's supreme bitterness and sorrow that are beyond
the description of words），因此「假（借）是書以明之」。誠如脂
批之所言：

　　以頑石、草木為偶，實歷盡風月波瀾，嚐遍情緣滋味，至無
　　可如何，始結此木石因果，以洩胸中抑鬱耳……**㊲**

「唯不可名言之理，不可施見之事，不可徑達之情（An evanescent
and ineffable feeling），則幽渺以為理，想像以為事，徜恍以為情
㉘」。最深刻的感情原就是無法表達的，「至無可如何，始結此木
石因果」，只好訴諸「以淚償灌」的神話了：「趁著這*奈何天*，

㊱　潘德輿〈讀紅樓夢題後〉，一粟《紅樓夢卷》（第一冊），頁 81-82。

㊲　見〈甲戌本〉，上海古籍出版社，頁 11。

㉘　語見葉燮《原詩》內篇。葉燮同曹寅有交往。康熙二十九年（1690），曹寅
　　三十三歲，出任蘇州織造。這年秋天，曹寅曾過訪葉燮，互有贈答，葉燮並
　　為曹寅寫了〈棟亭記〉。其詳請參閱葉朗《中國小說美學》（台北：天山出
　　版社），頁 287。

傷懷日，寂寥時，試遣愚衷。因此上，演出這懷金悼玉的紅樓夢」！

　　藝術，就是克服困難的朝聖之旅，一如《紅樓夢》開端所宣稱的「那紅塵中有卻有些樂事，但不能永遠依恃；況又有『美中不足，好事多磨』八個字緊相連屬……」。就因為不足，所以要努力不懈，日新又新，方能求其至美！再者，不多磨非好事，是好事必多磨！曹雪芹之創作《紅樓夢》，亦可作如是觀：創作之途徑，受逼於現實「環境」種種的限制與磨難，可謂是荊棘遍布，因此他不能走直線，只能千曲百折來達成；又「好比一股流水，遇到石頭攔阻，又有堤岸約束住，得另覓途徑，卻又不能逃避阻礙，只好從石縫中迸出，於是就激盪出波瀾，衝濺出浪花來❸❾。」作者就是在這種千辛萬苦的「逆境」中，一路踽踽行來，披荊斬棘，最終方才成就了如此一部異采紛呈的「宇宙間第一大著述❹❿」——《紅樓夢》！

參考書目

1) 余英時〈近代紅學的發展與紅學革命〉，收在氏著《紅樓夢的兩個世界：The Two Worlds of "Hung-lou meng"》。台北·聯經出版社。

---

❸❾　請參閱楊絳〈藝術是克服困難〉一文，收在《紅樓夢藝術論》，頁 62-63。里仁書局。

❹❿　語見王國維〈紅樓夢評論〉一文，同上註，頁 1-25。

2) 魯迅《中國小說史略》，台北・風雲時代出版。

3) 龔鵬程〈古代的宗教與神話〉，收在氏著《文化、文學與美學》。台北・時報出版公司。

4) 李希凡〈「神話」和「現實」——"紅樓夢"藝境探微〉。收在《紅樓夢大觀》，香港《百姓》半月刊出版。

5) 蘇鴻昌《論曹雪芹的美學思想》。重慶出版社。

6) 虞氏新刊《三國志平話》，台北・志文出版社。

7) 鍾嶸《詩品・序》，台北・正中書局。

8) 魏繩楠《魏晉南北朝文化史》一書中佛教造象藝術的勃興一節。黃山書社。

9) 清・仇兆鰲注《杜詩詳注》，台北・里仁書局。

10) David Lodge, 20th Literary Criticism Longman Singapore Publishers, 1991.

11) C. Hugh Holman & A Handbook to Literature Collier Macmillan Publishers, London, 1992.

12) William Harmon & John Cowper Powys The Pleasure of Literature 台北・書林書店，1992。

13) Frank Centricchia & Thomas McCaughlin, *Critical Terms for Literary Study*, Oxford University Press (H.K.) Ltd. 1994.

14) 蔡源煌《文學術語新詮——從浪漫主義到後現代主義、象徵主義的詩學》。台北・雅典文庫。

15) 胡文彬、周雷《紅學叢譚》，山西人民出版社。

16) 周汝昌《紅樓夢新証》，北京華藝出版社。

17) 趙剛〈康熙南巡與紅樓夢〉一文，收在《海外紅學論集》，天

津·百花文藝出版社。

18) 上海古籍出版社刊行之《楝亭集》（上、下兩冊），注明：
清·曹寅撰。收在集中的有：〈楝亭詩鈔〉八卷、〈楝亭詩別
集〉四卷、〈詞鈔〉一卷、〈詞鈔別集〉一卷、〈文鈔〉一
卷。

19) 趙岡／陳鍾毅《紅樓夢研究新編》，台北·聯經出版社。

20) 《脂硯齋甲戌抄閱再評石頭記》，簡稱「甲戌本」中之凡例。
台北胡適紀念館影印。

21) 上海古籍出版社印行之《懋齋詩鈔》（清·愛新覺羅敦敏撰）
以及《四松堂集》（愛新覺羅敦誠撰）。

22) Yang Hsien-yi and Gladys Yang "A Dream of Red Mansions"
(FOREIGN LANGUAGE PRESS PEKING)

23) David Hawkes and John Minford "The Story of the Stone"
(PENGUIN BOOKS)

24) Prof. Chen Yong-zhen and Dr. Spring Chen "Chinese Idioms And
Their English Equivalents"（香港商務印書館）

日治時期臺灣孔教宗教辨
——以臺灣文社及崇文社爲論述中心

翁聖峯

國立臺北教育大學臺灣文化研究所副教授

一、前言

日治時期的文學、文化研究，以往較偏重新文學、文化領域，然而新舊遞嬗，傳統文化實仍有相當的活力與內涵，不容忽視。宗教文化方面同樣可以顯現這種現象，以旗後生所投遞的〈聖道未衰〉為例：

> 臺北江某。在高雄市旗後町廟前。開場賣藥。將孔聖書中道理。暢為演說大意。教人須當尊信孔子。如履大路。……所謂先脩人道。而天道即任其中。……切不可趨入異端他教之途。被其迷惑。以違背聖理。……皇族臨臺。對于孔子聖像。亦敬禮焉。而未聞向耶蘇而參拜之。……（黃某）為該

地保正及醫生。而兼耶穌傳道之職。……便向前較長論短。
言耶穌為人殺身。釘于十字架。能為人贖罪。能為死者超昇
天堂。故謂之救主。若孔子並無為人殺身。以及為人贖罪。
何以稱為救主。……（江某云）耶穌生于猶太國……未聞到
東半球援救何人。歷代諸史。昭昭可考也。其時旁觀諸人。
聚立如堵。咸為鼓掌。……（黃某理屈不悅）向該處派出所
警官言及江某係是賣藥。何得毀謗耶教。……即喚江某說諭
一番。江某出（派出所）依舊將藥分賣。竟得一般感激。各
為贊成。……一時頗收微利。而某傳道尚囂囂不平。然終無
人依附之者。可見聖道未衰。人心不死也。❶

該文記錄庶民賣藥者江某信仰儒教的人生規範，由於儒教倫理規範
已內化在他的價值信仰之中，他將孔聖書中道理做為演說大意，並
向社會大眾宣導，與信仰基督教的地保兼醫生發生口角，雖然地保
透過警察力量告諭賣藥者江某一番，但民眾卻很支持，讓江某「頗
收微利」。

　　何為異端？何為正道？哪種信仰最能感動人？這段論辯過程極
為精采，留下很傳神的記錄，是庶民階層儒教思想與知識階層基督
教的對話。上例是儒教與基督教「信仰」的對話，如果，我們以當
今多數人的觀點「儒教不是宗教」來評斷上例，可能造成難題，因
為，江某與庶民間均是以宗教信仰來評斷儒教與基督教，如果說
「儒教不是宗教」那將無法站在相同基礎做比較。類似的例子，

---

❶　旗後生：〈聖道未衰〉，《臺灣日日新報》，1925 年 7 月 11 日夕刊 4 版。

〈車中珍聞　缺乏科學智識的大眾〉亦可見傳統儒教對庶民的影響：

> 火車的三等室、也許是大眾社會的縮圖。……男女的醜關
> 係、都是因為一塊兒工作的時候發生的、……越上等的社
> 會、男女越喜歡在一塊兒鬧的、……我只守著孔子公所教的
> 男女授受不親一句、就不會有錯的。❷

雖然這段話的記錄者稱火車的三等室是大眾的縮圖，批評男女關係的紊亂，庶民將依循「孔子公所教的男女授受不親」的行為規範，記錄者批評這是「缺乏科學智識的大眾」。然從另一角度來看，這正彰顯傳統儒教的社會影響力，只是這種觀念不被知識階層的記錄者所接受而已。

這種例子還不少，1926 年在彰化舉行的「全島雄辯大會」，講題為「孔道與婦女問題」，有高達三千人參加，❸這代表什麼意義？孔道與婦女問題有何關係？為何能吸引三千聽眾？當然值得探究。增永吉次郎曾針對桃園 55 名學生所做的調查，調查「世界上最偉大的人是誰」時，學生回答孔子的有 39 名之多，回答天皇陛

---

❷　〈車中珍聞　缺乏科學智識的大眾〉，《臺灣民報》第 286 號 3 版，1929 年 11 月 10 日。

❸　〈全島雄辯大會的盛況〉，《臺灣民報》121 號 5 版，1926 年 9 月 5 日。

下僅僅 4 名，學生認為：「天皇陛下不是一般的人。」❹學生們的回答一方面反映了天皇作為一個既是人、又是神的曖昧身分，道出國體教育無法滲透兒童心裡的尷尬和矛盾；另一方面，可見當時學生對孔子的景仰。在這種時代氛圍下，我們來探討 1919 年《臺灣文藝叢誌》第壹號 22 篇的〈孔教論〉、崇文社〈國教宗教辨〉9 篇徵文，及石鯨與仲禹的論辯。❺孔教應否為國教？孔教是否為宗教？看似簡單，實甚複雜。可發現這些問題並不僅是孤立的文本，實與日治時期的文化發展密切相關。

二、孔教論、國教宗教辨的提出

臺灣早期文藝結社以詩社為主，日治時期詩社林立，有 370 多個，然文社為數甚少，崇文社、臺灣文社是活動力較強，影響性較深遠的文社。

崇文社原為彰化地區崇祀文昌帝君的神明會，日治之後，傳統文人憂心道衰文敝，遂有彰邑塾師黃臥松於 1917 年募集社員，重振該會。1918 年倡議徵文，召集中南部地區文人士紳籌組，所有社務支出皆靠地方人士樂捐。原推彰化宿儒吳德功為社長，後改由

---

❹ 〈活氣ある學年開始〉，《臺灣教育》134 號（1913 年 6 月），頁 45-46。轉引自陳培豐著，王興安、鳳氣至純平譯：《「同化」の同床異夢——日治時期臺灣的語言政策、近代化與認同》（臺北：麥田出版社，2006 年），頁 11。

❺ 參〈日治時期臺灣孔教宗教辨文獻〉，翁聖峯指導臺北教育大學臺文所邱湘惠完成輸入， http://homepage8.seed.net.tw/web@1/singhong/confucianism-religious.htm。

黃臥松負責。自 1918 年起，採每月出一課題，向全臺徵文的方式進行。內容多屬「挽救世風之事，扶持名教之端，為我臺所宜設施，島民所常勤勉者」；在文體方面則「舉凡論說、議解、策辨、考記以及檄文」無所不包。由黃臥松逐一謄抄來稿後，再請全臺文學宿儒，評定等第，並公之報紙，以增加對社會的影響。從 1918 年始至 1941 年黃氏因病停止徵文止，該社共結集出版了《崇文社百期文集》、《崇文社二十週年紀念詩文集》等作品集。對漢文的維繫、道德的提振、社會議題的關懷、執政措施的建議各方面，都發出了屬於舊文人的聲音。❻〈國教宗教辨〉即為該社在 1919 年 12 月第 24 期的徵文，1920 年上報。❼

日治時期多以詩會友，較罕以文會友，故 1918 年 10 月，蔡惠如、林幼春、林獻堂等為挽救漢文於垂危，發起「臺灣文社」，頒行「創立趣意書」，向全島文士呼籲：「本島自改隸而後，……於斯文之將喪，作砥柱於中流，僉謀設立臺灣文社，以求四方同志，更擬刊行文藝叢誌，以邀月旦公評。」臺灣文社在各界人士響應下，於 1918 年訂立「臺灣文社規則」，計 12 條，第五條「不越文學」條款塑造其社團屬性：

❻ 參施懿琳：〈崇文社〉，《臺灣歷史辭典》，http://nrch.cca.gov.tw/ccahome/website/site20/contents/011/cca220003-li-wpkbhisdict002428-0728-u.xml ，2008 年 5 月 19 日瀏覽；蘇秀鈴：〈日治時期崇文社研究〉，彰化師範大學國文學系碩士論文，2000 年。

❼ 黃臥松編：《崇文社文集》卷三（彰化：崇文社，1928 年 12 月）。本文所引〈國教宗教辨〉未特別加注者則使用此版本。

> 本社依其時宜，得發行《臺灣文藝叢誌》，頒與一般社員及
> 購讀者，但此叢誌所揭登之文字，概不越文學之範圍，凡有
> 涉及政治時事者，一切不錄。

「臺灣文社」成立未及週年，就有 500 餘名入社；由林幼春等
27 名為理事；洪棄生等 38 名為評議員；該社存續 7 年，實臺灣空
前的文藝結社。〈孔教論〉即為《臺灣文藝叢誌》第一號徵文。❽
川路祥代，〈1919 年日本殖民地臺灣之〈孔教論〉〉雖未闡明
「臺灣文社」組織與「孔教」組織之關係，亦未探討「臺灣文社」
全臺組織與 1922 年「第二回臺灣議會設置請願」署名運動的關
係，但川路祥代認為 1919 年殖民地臺灣所產生的〈孔教論〉反映
當時臺灣社會所面臨的矛盾與痛苦。吳德功〈孔教論〉明顯反映其
臺灣鄉紳立場，就是生活於「殖民政府──鄉紳──臺人社會」之
行政結構，實踐「孔教」來獲得殖民政府與鄉村民眾之信賴。曾國
金〈孔教論〉雖然認同「短暫性」的殖民地政權，但仍然仰慕「天
──孔教──民心」互相感應之理想世界，顯示殖民地臺灣的「政
治認同」與「文化認同」撕裂之痛苦。彰顯臺灣知識份子在「政治
認同」與「文化認同」之矛盾中，由於重新肯定「漢學＝中華文
明」之價值來顛覆日本文明之優越性。1919 年殖民地臺灣之「孔
教」，已經成為一種「對抗意識形態＝counterideology」，來打破
殖民者所提倡「日人為本」之統合意識形態，而開始展開「臺人為

---

❽ 《臺灣文藝叢誌》第 1 號，鄭汝南編，臺灣文社發行，1919 年 1 月。本文所
　引〈孔教論〉未特別加注者則使用此版本。

本」之「地方自治」構想。❾

　　然而，這種說法是否有過度詮釋之嫌，同時溢出臺灣文社「不越文學之範圍，凡有涉及政治時事者，一切不錄」的規則，值得深究。同樣產生於 1919 年的臺灣文社〈孔教論〉與崇文社〈國教宗教辨〉內涵有何異同，目前尚乏專門論述，值得比較分析。

三、從康有為到宗教界義的紛歧

　　本論文「孔教宗教辨」，內涵上除處理孔教是否為宗教的爭議外，另處理崇文社〈國教宗教辨〉及《臺灣文藝叢誌》〈孔教論〉所論的孔教性質，如國教與宗教的異同、孔教與國體論、孔教與教育敕文、孔教與倫常諸問題。從外緣上並嘗試處理不同時期及區域孔教論述的學術環境。本單元先處理孔教與宗教、國教的爭議。

　　傳統儒家文化幾千年來，不曾遇到「儒教是不是宗教？」這樣的問題，但自從明朝末年耶穌會傳教士利瑪竇至傳教後，這個問題就開始困擾著東方。為了彌合耶教、儒教間的距離，利瑪竇特別強調儒學不是宗教，使儒學不致與耶教教義產生直接的衝突。❿利瑪竇稱儒、釋、道三教，甚至耶教（Christianity）和儒教（Confucianism）在教義上「非常接近」，這個觀點可視為「儒家

---

❾　川路祥代：〈1919 年日本殖民地臺灣之〈孔教論〉〉，成大《宗教與文化學報》第 1 期（2001 年 12 月），頁 1-32，http://www.ncku.edu.tw/~chinese/journal/JRCS/01.pdf，2008 年 5 月 19 日瀏覽。

❿　陳瑋芬：《近代日本漢學的「關鍵詞」研究——儒學及相關概念的嬗變》（臺北：臺灣大學出版中心，2005 年），頁 43。

是不是宗教」這個命題的導火線，引起了之後的幾百年來，海內外
學者廣泛議論，尤其對儒家學者、儒家崇信者，乃至於儒家文化圈
都有著相當程度的影響。

　　近代孔教運動的由來可上溯維新時期康有為、譚嗣同等所倡導
的孔教運動，1895 年康有為「公車上書」，〈上清帝第二書〉主
張立孔教為國教，廢淫祀，試圖借助西方基督教的形式，完成儒學
的宗教化過程，以期達到文化救亡的目的。民國時期康有為、陳煥
章等所倡導的孔教運動是維新時期孔教運動的延續，先欲借助光緒
帝，後想依靠袁世凱、黎元洪等實現孔教國教化之夢，它是儒學現
代出路的一種嘗試與努力，但由於社會整體轉型造成儒家傳統的斷
裂，中國近代的孔教運動終走上失敗之路。

　　較值得注意的是論點前後有所改變的梁啟超，前期他曾一再為
文提倡康有為的保教論，甚至讚美康有為是「孔教之馬丁路德」，
但三十歲後，思想轉變，認為「宗教者，專指信仰而言」，因此
「保教非所以尊孔」。他舉出《論語》中記載：孔子曰「未能事
人，焉能事鬼？」、「未知生，焉知死？」以及「子不語，怪、
力、亂、神」，於是他把孔子定位為「哲學家、經世家、教育家，
而非宗教家。」梁啟超對於儒教看法的前後遽變，正呈現出「儒家
是不是宗教？」這個問題的複雜性，以及歷來儒學研究者對於這個
問題看法的歧異與矛盾。

　　關於康有為倡尊孔教為國教之說，陳錫如在〈國教宗教辨〉亦
論及：「即如中華鄰國。東西之教會林立。信教自由。載在約章。
雖邇來康南海有倡尊孔教為國教之說。而東西各教會。函電交駁。
爭執不休。將來亦不過推為最重要之宗教焉而已。終不得成為國教

也。」陳錫如認為信教自由時代如仍訂立國教將紛爭不休,已不可行。針對陳錫如此文李石鯨評點稱:

> 放眼古今,盯衡歐亞,可為識時俊傑,但廿世紀前為宗教時代,廿世紀後,風氣大開,五州互市,將為國教時代,此二教勢力消長之機也,自由昌,儀式亡,真理明,迷信破,千古思潮及今大變,宗教家雖挾絕大魔力亦無能為矣,惟時至今日,信教自由,必欲指某教為國教則陋矣,此康說之所以不行,由辨之未得其道也,蓋國教不尊而自尊,宗教救亡將自亡,審此則辨之之義明矣,若則百年前則恐時機尚早,歐洲所爭之教皆屬宗教,挾持人心,非今日之所謂國教之真理也。　石鯨僭評(此段原無標點,標點為研究者所加)

回映古今時勢變遷,東西方文化的交融,李石鯨評點支持陳錫如的說法,認為「欲指某教為國教則陋矣」,並批評歐洲宗教時代挾持人心的做法已不可行。

黃臥松在〈國教宗教辨〉同樣認為康有為倡孔教為國教引起其他宗教的批評,是不識時務之舉:

> 當此歐米風潮日亟。⓫支那政教不修。異端雜說。鼓惑人心。為士者不入於空。便偏於玄。或洗理於耶。入主出奴。

⓫　「朱」與「米」字形相近,可能是「米」字之誤,「米」為日治時期臺灣對美國的稱呼。

良足悲矣。康南海之倡孔教為國教。而為他教所詬病。此固
不識時務哉。要之使吾儒明孔教為國教非宗教則可。而欲與
他教爭鳴為國教則不可。蓋我孔教。自遭秦火。經數劫矣。
歷代聖賢之道。迄於今也。雖廢不廢。安知不重興於他日。
固無俟於今時爭為國教也。

　　林維朝評點此文，藉文舒發情志，他認同尊孔教為國教，同情康有
為的主張：「尊孔教為國教，康南海之倡，固屬非誣，奈當此世衰
道微，竟為他教所詬病而止，嗚呼！留以有待，豈曰無時然，有心
人不禁感慨係之矣。」（此段原無標點，標點為研究者所加）林維
朝認為孔教本為民族思想的核心，因其他宗教的抗議而有所顧忌，
他深為感慨與無奈。

　　對於康有為尊孔教為國教的主張，由前面兩例，可以發現體認
李石鯨信教自由，反對訂孔教為國教，當由孔教自然生發影響力，
陳錫如認為孔教可以為重要的宗教，不當為國教，黃臥松主張孔教
為國教，非宗教，但不須與他教爭鳴為國教，林維朝對孔教無法訂
為國教感到無奈，由康有為到孔教、國教、宗教的定位，他們四人
在兩篇文章及評點出現紛歧不一的觀點，可視為思想混雜時代的一
種反映。

　　黃進興認為近代儒教是否為宗教之爭，皆執「基督教」作為宗
教的基型，以此裁度儒教，❷然而這種觀念與傳統宗教觀差異甚

❷　黃進興：〈作為宗教的儒教──一個比較宗教的初步探討〉，《亞洲研究》
　　23 期（1997 年 7 月），頁 1º8。

大，與東漢以來儒、釋、道三教鼎立，可以成為獨立的宗教個體不同。明代以來「三教合一」，因與釋、道二教結成有機體，遂蛻變成民間宗教。日治時代 1910 年刊行的「臺灣舊慣調查會」報告書把儒教定位為宗教，記道：「儒教是孔子及孟子所祖述的古代聖王教義，內容包括宗教、道德及政治，三者渾然融合成為一大教系。」⑬《臺灣私法》引《臺灣府誌》，列舉玉皇上帝、東岳大帝、北極大帝、天后、五谷先帝、保生大帝、三山國王、水仙尊王、開漳聖王、廣澤尊王、註生娘娘及臨水夫人、五顯大帝、元帥爺、王爺、大眾爺、義民、城隍爺、福德正神、灶君、文昌帝君及魁星諸神皆屬儒教，⑭後來增田福太郎認為臺灣人的宗教是「道、儒、佛三教互相混合而成的一大民間宗教」，就忠實反映傳統的宗教觀念。傳統社會儒教往往置於參照座標的原點，其他各教無不悉心揣度與儒教的對應與聯繫，在「宗教」（religion）的概念入主後，陳熙遠認為：

> 儒教竟謫配到「宗教」的邊緣，不僅「儒教」在「宗教」的論域裡逐漸邊緣化，……而且由於避諱傳統「教」字的稱謂有誤導為「宗教」的可能，在現代語彙中，「儒教」更幾乎

---

⑬　李世偉、王見川：《臺灣的宗教與文化》（臺北：博揚文化公司，1999年），頁 155。

⑭　《臺灣私法（二卷上）》（臺北：臨時臺灣舊慣調查會，1911 年），頁 246。

為「儒學」、「儒家」、「儒道」所取代。⓯

由黃進興、陳熙遠的分析，有助於我們理解儒教是否為宗教之爭，論辯者有的將儒教定位在禮教層次，主張儒教是傳統的國教，是人倫之教，不是如西方基督教式的宗教，《崇文社〈國教宗教辨〉、臺灣文社〈孔教論〉的論者多數持此觀點，因而反對儒教是宗教，如李修文〈國教宗教辨〉稱：「儒道釋三教同宗。此宗教之名所由起也。其實儒教非宗教也。若近世之耶教。流之東亞。乃真宗教矣。」摒棄傳統儒釋道的三教觀，改為接受西方基督教的宗教觀。而日本統治者則從傳統禮教所展現的宗教性將儒教定為宗教，辨別國教宗教當注意這當中的差異。

在孔教與宗教的關係方面，日本也出現差異甚大的觀點，服部宇之吉認為「孔子之教涵蓋哲學性、倫理性、政治性意義，而缺乏宗教性」，因為孔子是「至聖先師」而不是神，沒有必要加封孔子任何「諡號或人爵」，但飯島忠夫認為孔子所謂「天」即是「神」，無法完全割捨對神的崇敬，故孔子之教是為宗教，萩原擴由《論語》記載孔子敬神、知命、長命的態度，推論孔子對天帝抱持熱烈的信仰、也擁有弘道的熱情，因此孔子教是宗教，⓰這種觀念也影響臺灣宗教政策的制定。

宗教定義之異往往造成不同的儒教觀，李世偉將儒教分為學藝

⓯　陳熙遠：〈「宗教」──一個中國近代文化史上的關鍵詞〉，《新史學》13卷4期（2002年12月），頁37-66。

⓰　陳瑋芬：《近代日本漢學的「關鍵詞」研究──儒學及相關概念的嬗變》，頁68。

性儒教、宗教化儒教兩大類，**⓱**前者較偏重於儒士文人的內部活動，即維持著傳統文人自我認同的特質，而以善社、鸞堂為代表的宗教化儒教，則利用神道設教的方式，或定期宣講教化、或結合慈善救濟與教化，將儒教推廣到民間社會中，儒教生活圈含括詩社、文社、善社、鸞堂、書房、書院及諸多相關組織，而共同的儒教活動包括祭孔、宣講、創辦刊物、漢文振興運動。崇文社〈國教宗教辨〉、臺灣文社〈孔教論〉則反映日治時期臺灣學藝性的儒教性格。

四、孔教與新學的衝擊

崇文社徵文〈國教宗教辨〉、臺灣文社徵文〈孔教論〉均以孔教為對象，可以看到他們對傳統文化的關心。不過，由於題目不同，兩者的內容有交集，也有特殊性，孔教的前途發展與傳統倫理價值觀是否能維持，是他們持續關心的問題。較特別的是，〈國教宗教辨〉對古今以來國教、宗教的差異著墨較多，〈孔教論〉對日治時期孔教的處境，新舊學的是非較為關心，許子文論文分別在兩個徵文入選，也是唯一在〈國教宗教辨〉、〈孔教論〉入選的作者，由許子文在兩篇撰文的偏重亦可見其端倪。這兩個 1920 年之前的徵文，從文化發展來看頗有意義，相對於 1920 年代留學東京及身處臺灣的知識分子，他們推動一系列新的語言、文學、文化改

⓱　李世偉：〈從大陸到臺灣——近代儒教研究的回顧與展望〉，《思與言》37
　　卷 2 期（1999 年 6 月），頁 148。

革運動，在這之前臺灣傳統文人如何面對時勢變遷，本題的研究可提供前後對照，如要明瞭 1920 年代新舊知識分子如何互動，探討這之前的文化現象，亦有助於掌握文化變遷的軌跡。1960 年文瀾就注意到 1920 年之前臺灣的新文化運動，由文瀾的〈從「揚文會」談到「新學研究會」〉，可知日治時期新學的追求並非始於1920 年，早在 1906 年台北即創立「新學研究會」，發起人是傳統文人羅秀惠、謝汝詮、李漢如及日人伊藤政重等人，1910 年還創刊《新學叢誌》。⓲〈國教宗教辨〉、〈孔教論〉的撰寫可視為對臺灣社會熱中新學的回映。

　　如熟知近代五四運動，帶動中國新舊文化論辯，並對社會文化影響深遠，在這之前的日本也同樣如此，生於明治初年、活躍於明治後期的「明治人」，儒學的傳統可以說是他們少年時期共通的生活體驗，很容易便融入心靈深處，儒教體驗是「明治人」精神根底中的共同體驗，而出生於明治二十年代、活躍於大正期的「大正人」接受的儒學可稱之作為「教養」的儒學，它的性質與明治人身上已經「血肉勾化」了的儒學完全不同。因此，棲息在明治人的心靈深處的儒教式思考無法在「大正人」心中引起共鳴。⓳作為一種學問，日本大正時期儒學「折衷的傾向」是重要特徵，這種情形出現在大正時期的臺灣，應對時代巨變，如何做好調適，與時俱變是他們共同的課題。

⓲　文瀾：〈從「揚文會」談到「新學研究會」〉，《台北文物》8 卷 4 期（1960 年 2 月），頁 39-42。

⓳　陳瑋芬：《近代日本漢學的「關鍵詞」研究——儒學及相關概念的嬗變》，頁 20。

面對新、舊學的衝擊，竹園生在〈孔教論〉指出：

> 歐美諸國。工藝大興。爭奇鬥巧。兵強國富。日進文明。而風氣轉移於東亞。致人稱彼曰新學。稱孔教曰舊學。於是厭故喜新。盡棄其學而學焉。

竹園生主張應該新舊當兼顧：「當今之世。新學不可不興。舊學亦不可廢。」吳立軒〈孔教論〉亦稱：

> 世之論教者。大抵喜談新學。厭棄古墳。徒尚武功。不修文德。以為教必使言論自由。男女平權。財用富足。國民自強。武備宜修。以為泰西科學文明。悉本於此。遂疑孔教為平淡無奇。

類似之例，在曾國金、吳筱西、吳逸雲的〈孔教論〉均可見到，歐兆福在〈孔教論〉更具體指出：「各國出有飛行機。製有潛航艇。創有無線電。種種利害軍器。遂驚之為神。」這些新奇發明對臺灣來說是前所未有的，時代改變腳步的異常快速，故曾國金認為現今是「優勝劣敗之時代」，老樗在〈孔教論〉稱：「當今之世。天演淘汰。生存競爭。吾道已非。」達爾文「優勝劣敗」的天擇觀念對日治時期殖民地臺灣更是造成正面的衝擊。

五、孔教與國教定位之辨

　　第三單元「從康有為到宗教界義的紛歧」提到李石鯨、陳錫如、黃臥松、林維朝對孔教與國教的不同定位，傳統文人對孔教雖深有情感，但對日治時期殖民地臺灣而言，〈國教宗教辨〉徵文多主張帝制時代孔教有國教的角色及功能，但應順應宗教自由的世界時勢，不當定孔教為國教，當時的統治者是日本，如有所謂的國教則應為日本的神道教，而非孔教，如陳錫如〈國教宗教辨〉所言：

> 我帝國。雖以神道為教。而釋佛之教。如臨濟宗曹洞宗等派。無處蔑有。更有西來之基督教。日見興盛。是皆可稱為宗教。

傳統文人撰述策略有的則強調孔教的普遍性，謂孔教不僅在中國，在日本及許多地方均受其正面影響，如此可以提昇臺灣漢文化的重要性，為臺灣傳統文化的延續生機，如黃孜業〈孔教論〉稱：

> 黃種白種不同。五洲之風氣或異。以吾輩縫腋服從。已非一日。非孔教其誰與歸。

吳筱西更強調孔教與日本的連結關係：

> 亞洲道德。各具專長。孔教如日月之蝕。旋即復明。修身一

科。遂定專用孔教也。吾國自王仁貢論語。孔教久家喻而戶
曉。僧空海創假名字。和文必參以漢文。而元清以異族為中
國君主。亦崇拜孔氏之門焉。是孔教不第傳於漢族并化及異
族也。

強調日本與漢學的關係，這樣的訴求可能有一定的說服力，因為中
國歷經五四新文化運動，雖出現反孔廢經運動，但尊孔讀經運動依
然在中國、日本被大力推行。❷其實，早在 1887 年，明治天皇到
東京大學視察，對日本舉國上下的洋學熱表示憂慮。他認為學校教
育中國文、漢文是不可或缺的，因為醫學、理工科再發達，也無法
用以治國。在此「政策宣示」，政府的教育方針由主智主義轉向儒
教主義。東京大學設立漢學科，1890 年並頒布〈教育敕語〉。❷
不只如此，稍後，孔教活動還成為日本對外號召的策略，1922 年
10 月 29 日，「斯文會」及閑院宮戴仁親王、山階宮武彥王、賀陽
宮恒憲王等，於東京「湯島聖堂」舉行大成至聖先師孔夫子二千四
百年追遠紀念祭，該會照會臺灣總督府，希望選派臺灣代表赴京參
加。總督府便命臺北、臺南兩州選派，後決定臺南州以許廷光，臺
北州以李種玉、謝汝銓等三人為代表，隨同總督府社寺課課長丸井
圭治郎赴東京參加祭孔大典。這不僅是日、臺儒教的交會互動，也
隱含著日本當局公開宣示建立儒教正統地位，並藉機籠絡臺灣儒教

---

❷　陳美錦：《反孔廢經運動之興起》（1894-1937），頁 214，臺灣大學歷史研
　　究所碩士論文，2001 年 1 月。
❷　陳瑋芬：《近代日本漢學的「關鍵詞」研究：儒學及相關概念的嬗變》，頁
　　60。

人士的用心，❷甚至在 1934 年還召開「國際儒道大會」，藉以拉攏東亞各地對日本的向心力。

　　1919 年臺灣傳統文人反對訂立國教，與當時世界反宗教及中國反孔教氣氛有相當關係。1913 年孔教會欲將孔教定為國教條文寫入「天壇憲法草案」，引起反孔教學者如章太炎，革命黨官僚，宗教人士的大力反對，妥協為「國民教育，以孔子之道為修身之大本」，1917 年刪此條文，並修改信仰條文為「中華民國人民有尊崇孔子及信仰宗教之自由，非依法律不受限制」，孔教國教運動因而進入尾聲。❷除此之外，蔡元培、胡適、陳獨秀、吳虞等五四新文化人士不僅認為儒家非宗教，也不當定為國教。中國近代推動孔教、反孔教運動在當時的《臺灣日日新報》常常報導，如 1914 年 1 月 21 日第 5 版即有〈章太炎痛詆國教之文章〉稱：

> 孔子亦本無教名。表章六經。所以傳歷史。自著孝經論語。所以開儒術。或言名教。或言教育。此皆與宗教不相及也。……孔教之稱始妄人康有為。實今又經師流之毒。

1917 年 1 月 11 日、12 日、2 月 11 日、12 日等，在《臺灣日日新

---

❷ 李世偉：《日據時代臺灣儒教結社與活動》（臺北：文津出版社，1999 年），頁 364。

❷ 不過，近代中國孔教組織並非全是來自康有為系統，1900 年香港孔聖教公會，1909 年鼓浪嶼、佛山、1916 年上海與福州、廈門均曾出現非康有為系統的孔教組織，李世偉：〈從大陸到臺灣——近代儒教研究的回顧與展望〉，《思與言》，37 卷 2 期（臺北：1999 年），頁 136。

報》都可找到國教爭議的報導。

　　而反宗教的氛圍在〈國教宗教辨〉亦可看到，石鯨聞述歐洲宗
教改革：「歐洲教皇。教權太重。故因教爭。流血漂杵。此不明教
義之害也。」並稱：「且宗教耐藉以束縛中下之人心。若中上之
人。尊重國憲。履行義務。不必宗教也。」陳錫如在〈國教宗教
辨〉轉述：「近日法京各校門首。皆大書特書。謂本校內絕無宗教
臭味。人方肯上學。」可以看到當日歐洲反宗教的一端，陳錫如又
稱：「意大利某飛行艇隊長。怒罵曰。何物教皇。汝能禁我在地
上。不由我出入。豈能禁我在空中。」

　　在中國現代推孔教為國教的運動常是與宗教相結合，但在殖民
地臺灣則有不一樣的想法，傳統上雖有儒釋道三教的說法，不過，
〈國教宗教辨〉、〈孔教論〉已接受西方的宗教觀，主張孔教不是
宗教，有的傳統文人認為孔教維繫整個社會的倫常秩序，影響至
深，當然是國教，如黃臥松在〈國教宗教辨〉，希望孔教將來能被
推崇為國教，但不主張立刻宣布孔教為國教：

> 若國教者何。孔教也。修身治人之道。齊家治國平天下之
> 理。其理至正。其道至宏。一鄉行之。風淳俗厚。化及一
> 方。一方行之。化及一國。一國行之。化及天下。

李修文亦認為孔教是國教，與宗教型態不相同：

> 若國教則不然。所教者。君臣父子之大倫。所修者仁義道德
> 之實用。得其教者。立功立德。生前便見尊榮。不必假天堂

西方以惑眾。違其教者。作奸犯科。國有常刑。亦非上帝神佛所能拯救。

除此之外，彭鏡泉、王欽明的〈國教宗教辨〉都推崇國教與道德倫常的關係，而宗教寄希望於未來、於天堂，其性質與國教的入世精神差異甚大。在〈孔教論〉諸篇，同樣強調孔教與倫理道德的關係，謂孔教重視人文精神，如王錫舟稱：

孔子恐人之惑于生死。故曰未知生焉知死。恐人之惑于鬼神。故曰未能事人。焉能事鬼。又恐性理深。天道遠。故罕言性與天道。務求實際之用。其說治國也必本於修身。此入世之學。非出世之學也。奉其教。則可明倫理道德之原。守其道。則可為治國平天下之用。此聖教也。非宗教也。……第以孔子以日用倫常之道為教。非若摭天堂地獄之說。使人信仰。

黃孜業強調五倫生活秩序，期使社會的運作更合乎常道：「孔教之法亦盡美盡善。其教以五常也。仁以居心。義以處事。禮以制行。智以辨物。信以成務。其教以人倫也。父子有親。君臣有義。夫婦有別。長幼有序。朋友有信。」在社會普遍受物質科學文明所吸引之際，希望找到較合理的平衡點，所以無論是〈國教宗教辨〉，或是〈孔教論〉諸篇均甚注意孔教大中至正的中庸精神。

六、孔教與教育敕語

「教育敕語」公布於 1890 年，為第二次世界大戰前日本教育的主軸，後來成為小學在固定慶典時必須朗讀的文件。其主要目的是由於當時的日本教育偏重於歐美科技，希望喚起傳統道德教育的重視。漢文版內容為：

> 朕惟我皇祖皇宗，肇國宏遠，樹德深厚，我臣民克忠克孝，億兆一心，世濟其美。此我國體之精華，而教育之淵源，亦實存乎此。爾臣民孝于父母，友于兄弟，夫婦相和，朋友相信，恭儉持己，博愛及眾，修學習業，以啟發智能，成就德器，進廣公益，開世務，常重國憲、遵國法，一旦緩急，則義勇奉公，以扶翼天壤無窮之皇運。如是者，不獨為朕忠良臣民，又足以顯彰爾祖先之遺風矣。斯道也，實我皇祖皇宗之遺訓，而子孫臣民之所當遵守，通諸古今而不謬，施諸中外而不悖。朕與爾臣民。俱拳拳服膺。庶幾咸一其德。

洪少陵及吳逸雲〈孔教論〉均提到「教育敕語」，吳逸雲還提到日本天皇，涉及國體精神，由此命題可見部分傳統文人如何去定位傳統文化與統治者的關係。洪少陵認為：

> 至於忠則盡命。孝當竭力。與夫成人成物諸大端。九與教育勅語之克忠克孝。啟發知能。成就德器諸大旨。若合符

節。㉔

洪少陵僅從孔教忠孝內涵論及與教育敕語之相關。吳逸雲則有較多的對映論述：

> 聖道愈微。人心愈危。奸偽日滋。險惡萬狀。甚至無知腐儒。譏謗先賢。歐化之弊。遂至此極。……明治天皇深慮及此。故勅布教育勅語。蓋欲以為我臣民暗夜之明燈。學海之指針。窺其旨意。似乎合契於聖道。而一毫勿差也。徵之我祖先所傳之懿訓。國家教育之淵源。而於倫理綱常。禮樂典章。燦然炤備。……子曰事父母能竭其力。事君能致其身者。勅語之我臣民克忠克孝是也。子曰弟子入則孝。出則悌。勅語之孝于父母。友于兄弟。互相發明。而我國忠孝一本。大和魂之精華也。……凡為子民者。當体 聖天子一視同仁之恩化。力前而修倫理。勇進而辨折理義。

吳逸雲所論，拉近孔教與日本教育精神的關係，川路祥代在〈1919年日本殖民地臺灣之〈孔教論〉〉特別提到：

> 臺灣總督府亦企圖培養「忠良的臣民」而透過「公學校」教育來強力推廣天皇意識形態，但憂慮「孔教」價值之肯定會

㉔ 以上文字均依原稿，〈孔教論〉使用「教育勅語」，目前多使用「教育敕語」。

引起中華文明之肯定,所以《教育敕語》的解釋上是由於刻
意排斥儒學成分而全面宣揚「萬世一系」之皇國史觀來企圖
顯出「國體」之優越性。因此吳逸雲特撰一篇〈孔教論〉來
論證「孔教」與《敕語》之同一性,企圖顯出被殖民政府刻
意忽視的「孔教」價值而重新提高「孔教」地位。

吳逸雲所論另一方面也顯現 1919 年臺灣同樣面臨歐化新學的衝
擊,希望喚起傳統道德的重視。「教育敕語」原文有「朕與爾臣
民。俱拳拳服膺。」故〈孔教論〉強調「聖天子一視同仁之恩
化」,當然這只是對當時臺灣現況的期待,事實上日本的統治在許
多地方仍存在差別待遇。

七、結語

宋人張方平曾感嘆:「儒門淡薄,收拾不住,皆歸於釋氏
矣。」相對於日治時期的臺灣,一方面受到殖民的統治,另一方面
又受到現代化的挑戰,1919 年臺灣傳統文人對「儒門淡薄」的感
慨絕對是有過之而無不及。透過臺灣文社〈孔教論〉及崇文社的
〈國教宗教辨〉,可以發現他們對維繫社會穩定力量的孔教倫理道
德仍然十分堅持,不過,在宗教觀念上他們已接受西方 religion 的
新概念,不再接受傳統儒釋道三教的論述方式,也顯現西方新進文
化論述的滲透力,當然,這點在中國及日本也面對同樣的挑戰,他
們有的支持孔教是宗教,有的則持反對的立場。

柏楊曾以「醬缸」指涉中國文化,以它的符徵(signifier)指

具體的醬缸形象（醬汁的容易保藏，經久不壞，及其發酵生黴醬味），而其符指（signified）則指涉了兩個心理概念：一是「儒家道統」（道德與政治雙重威權結合的政治意識型態符號），二是「民族性格」（封建意識與士大夫意識混雜糾結的中國人性格）。「醬缸」於是成為柏楊所要表意（signification）的中國統治神話學的代名詞，牢不可破，並不斷發酵生黴，使中國人的社會終於成為「腐蝕力和凝固力極強的渾沌社會」。❿臺灣國小 4 年級學生國際閱讀素養調查（PIRLS 2006）名列世界第 22 名，落後香港、新加坡，雖高於總平均五百分，但在三個華文國家／地區中列第三名，成績並不理想。❾另一面，搶救國文教育聯盟則呼籲中國文化基本教材不該改為選修。❾很顯然地，柏楊與搶救國文教育聯盟他們對儒教（學）的定位有很大的歧異。

日治時期臺灣也曾出現不同的儒學樣貌，既得利益者依附傳統儒家思想、儒教規範，藉以鞏固其地位與利益，或是反對新文化運動者的傳統儒教團體，新文化運動者嚴厲批判公益會與孔教會、彰聖會、崇聖會，這在《臺灣民報》不乏其例。吾人倒不必因日本殖民統治者曾支持御用文人、詩社而全面反對傳統文學，也不須要統治者支持某些儒學團體而忽視新文化運動者所具有的傳統思想。臺

---

❿ 林淇瀁，〈猛撞醬缸的虫兒　試論柏楊雜文的文化批判意涵〉，香港大學亞洲研究中心，「柏楊思想與文學」國際學術討論會，引自臺灣文學傳播研究室，http://tea.ntue.edu.tw/~xiangyang/tailit8.htm，2008 年 5 月 18 日瀏覽。

❾ 〈全球兒童閱讀素養　我排名 22〉，http://www.libertytimes.com.tw/2007/new/nov/30/today-education1.htm，《自由時報》，2007 年 11 月 30 日瀏覽。

❾ 〈搶救國文　余光中促停止 98 課網〉，《聯合晚報》，2008 年 5 月 4 日。

灣文化協會到各地的文化演講主要係宣揚自由與民主的觀念,但有時宣揚儒家的觀念也會遭到中止,例如,賴傳和君講「儒教的幾個特點」被中止,被解散,聽眾二千多人,非常憤慨,(臺灣)民眾黨基隆定期民眾講演,辯士吳簡木講「孔道與現代」,剛講到「見義不為無勇也」的一句被中止,《臺灣民報》不禁提出質疑「孔道乃老學派與當局極力主唱」,「豈是孔子的道德會見人而變異的嗎?」。❷❽

鑒往知來,由本文研究可見對日本統治臺灣時,宗教調查或界定往往是將儒教視為宗教,這個觀點較符合傳統儒釋道的三教論述,與當時臺灣文人的觀點不同。另一方面,我們也不能忽略日治時期統治者曾將媽祖、王爺、義民、城隍爺、福德正神、文昌帝君均視為儒教信仰,我們除探討日治時期臺灣的學藝性儒教,亦不容忽略宗教化儒教,二次大戰之後,國府則將宗教化儒教界定為道教或民間宗教,戰前與戰後不同統治者對儒教(孔教)觀點差異甚大,❷❾明瞭這些宗教及文化變遷,對於我們擴展臺灣文化的視野與內涵當甚有助益。

---

❷❽ 翁聖峯:〈日據時期(1920 至 1932)臺灣儒學與儒教——以《臺灣民報》為分析場域〉,《臺灣文獻》51 卷 4 期(2000 年 12 月),頁 294。並見於http://homepage19.seed.net.tw/tw/homepage/obj_viewer.php?url=http://homepage8.seed.net.tw/web@1/singhong/TaiwanConfucianism.htm。

❷❾ 石崖生:〈內地漫遊感想(十八) 孔子教義之研究〉,《臺灣日日新報》1926 年 5 月 22 日第 4 版,即稱「余於前篇。既就漢學之興衰。而言及儒教焉。夫儒者宗孔子之教。則所謂儒教者。亦可謂孔教矣。」由此例來看,可知儒教、孔教、漢學這三個名詞的概念是可互通的。

風雨斷腸人
——試析《儒林外史》王惠以降明朝寧王案衍生情節的寫作動機

陳大道

淡江大學中文系助理教授

　　吳敬梓（1701-1754）匠心獨運的《儒林外史》，以善寫科考環境與人物著稱。其中寫入「寧王案」一段始末，又特別強調該事件餘波蕩漾，不無諷刺皇位繼承的不確定性，是造成宦海波濤洶湧的根源之一。眾所周知，乾隆年間問世的《儒林外史》雖假託明朝，但科舉活動和官職名稱都是清制，❶清初激烈的「儲君」爭奪——康熙朝發生「兩立兩廢皇太子胤礽」、雍正登基疑雲重重，研

---

❶　翦伯贊〈釋《儒林外史》中提到的科舉活動和官職名稱〉，原刊於《文藝學習》1956 年 8 月號，收錄於《儒林外史研究論文集》（北京：中華書局，1987 年），頁 122-130。

究學者指出，構成《紅樓夢》某些情節，❷本文認為，同樣完成於清初的《儒林外史》，其中寧王案一段，或多或少也受到皇位爭奪的不確定結果影響。《明史》記載寧王案主人翁朱宸濠（?-1520）起兵奪權始末的〈卷一百十七〉，❸開始於宸濠五世先祖、朱元璋十六子寧獻王「朱權」生平。朱權曾參預兄長朱棣主導「靖難」之變，朱棣登基後，朱權從塞外封地遷駐南昌，世代居此，❹迄明武宗朝發生「寧王案」。

　　清初滿族皇位繼承紛爭，雖異於《儒林外史》描述的寧王案，❺對於科舉入仕的讀書人而言，遭受殃及的案例，卻是不爭事實。

---

❷　例如，刑治平〈皇室內部的權力鬥爭〉《紅樓夢十講》（台北：木鐸，1987年），頁 71-75。

❸　寧王朱宸濠朱權五世孫，「（宸濠）及長，輕佻無威儀，而善以文行自飾。術士李自然、李日芳妄言其有異表，又謂城東南有天子氣。宸濠喜，時時詗中朝事，聞謗言輒喜。或言帝明聖，朝廷治，即怒。武宗末年無子，群臣數請召宗室子子之。宸濠屬疏，顧深結左右，於帝前稱其賢。」張廷玉主編，《明史》〈卷一百十七·列傳第五·諸王二〉（台北：洪氏，民 64），頁3593。寧王起兵一事，詳見《明史》《卷一百十七》，頁 3593-3596。

❹　「寧獻王權，太祖第十七子。洪武二十四年封。踰二年，就藩大寧。大寧在喜峰口外，古會州地，東連遼左，西接宣府，為巨鎮。帶甲八萬，革車六千，所屬朵顏三衛騎兵皆驍勇善戰。權數會諸王出塞，以善謀稱。燕王初起兵，與諸將議：『曩余巡塞上，見大寧諸軍慓悍。吾得大寧，斷遼東，取邊騎助戰，大事濟矣。』建文元年，朝議恐權與燕合，使人召權，權不至，坐削三護衛。」「權入燕軍，時時為燕王草檄。燕王謂權，事成，當中分天下。比即位，王乞改南土。」「永樂元年二月改封南昌」，同上，頁 3591-3592。

❺　「滿州人是女真民族的餘裔，雖然他們多年來已漸染漢俗；但是游牧民族的若干舊習仍然有保存著的。如部族首長政治地位的繼承方法，就是其中之

這些「中進士」「做大官」卻未必有好結局的個案，提供小說家編織故事的靈感來源。《儒林外史》描述涉入「寧王案」的政治犯，難免引人聯想起更為嚴重的燕王朱棣發動靖難，以及晚明神宗立太子紛擾不休，導致羅織異己所謂「東林黨」的魏忠賢堀起。❻《儒林外史》研究專家陳美林以涉入寧王案的「王惠」為例，指出，

> 王惠的前半生令人憎惡，作者筆底帶有辛辣的譏諷；後半生又令人憐憫，作者筆觸一轉而為深切的同情。❼

伴隨王惠際遇，罕言神怪旨趣的《儒林外史》，塑造許多「夢兆」

一。在明末清初之時，他們尚以世選之法推舉部族首長，不以嫡長為限，與漢人農耕社會世襲的制度不同。譬如清太宗的奪立、多爾袞的攝政、玄燁的繼統為君，都是以力得之，或是經由宗親會議的決定。」陳捷先〈清聖祖廢儲考原〉，《清史論集》（台北：東大書局，民 86），頁 169。

❻ 明神宗萬曆皇帝寵愛鄭貴妃，不愛長子之母王恭妃，於是群臣為皇長子進封太子一事頻頻上奏。「外廷疑妃有立己子之謀。群臣爭言立儲事，章奏累數百千，皆指斥宮闈，攻擊執政。帝概置不問。由是門戶之禍大起。」《明史・卷 114・鄭貴妃》，頁 3538。
皇位之爭事繫光宗廢立生死與熹宗朝鄭貴妃、李選侍干政問題，白熱化結果在紫禁城爆發萬曆廿六至卅一年「妖書」案與萬曆四十三至熹宗登基的「三案」（挺擊、紅丸、移宮）。熹宗天啟四年，魏忠賢掌權，排除曾經抗拒鄭貴妃如楊漣、左光斗等，並將不合己意的政敵歸入「東林黨」，遷入熊廷弼案，誣陷眾人貪污，死於獄中包括楊、左在內有所謂「六君子」《明史・卷 305・魏忠賢》。章回小說《檮杌閒評》依據以上情節虛構成書，詳見筆者《《檮杌閒評》研究——魏忠賢時事小說》（台北：花木蘭，2007）。

❼ 陳美林：《儒林外史人物論》（北京：中華書局，1998），頁 55。

與「扶乩」情節。❽王惠在小說第二回以「王舉人」身分甫出場，就宣稱中舉得自「天命」。❾凡事動輒訴諸天命的王惠，人物呆板，遠不及其他主角留給讀者深刻印象，例如清新脫俗的王冕、貢院尋死的老童生周進、雞飛狗跳的范進中舉。即便如此，王惠卻是小說〈第二回〉〈第七回〉〈第八回〉不可或缺的重要角色人物，出場篇幅超出各自在一至二回擔任主角的王冕、周進、范進諸人。

王惠在〈第二回〉以傲慢「王舉人」身分初次登場，與該回主要角色——落拓狼狽又拘謹謙讓的「老童生」周進，形成強烈對比。❿周進傳達王舉人宣稱將與荀姓學童同榜進士的夢兆，⓫遭鄉

---

❽ 《儒林外史》原書署名乾隆元年（1736）春二月閑齋老人〈序〉，原文云：「《西遊》元虛荒渺，論者謂為談道之書，所云意馬心猿，金公木母，大抵心即是佛之旨，予弗敢知。」吳敬梓著、繆天華校注，《儒林外史》（台北：三民，1998年），〈原序〉頁1-2。

❾ 王惠初次露面，周進稱讚他中舉的卷子，他則以「神助」回答之。「周進道：『老先生的硃卷，是晚生熟讀過的；後面兩大股文章，尤其精妙。』王舉人道：『那兩股文章不是俺作的。』周進道：『老先生又過謙了。卻是誰作的呢？』王舉人道：『雖不是我作的，卻也不是人作的。那時頭場，初九日，天色將晚，第一篇文章還不曾做完，自己心裡疑惑，說：『我平日筆下最快，今日如何遲了？』正想不出來，不覺磕睡上來，伏著號板打一個盹；只見五個青臉的人跳進號來，中間一人，手裡擎著一枝大筆，把俺頭上點了一點，就跳出去了。隨即一個戴紗帽紅袍金帶的人，揭開簾子進來，把俺拍了一下，說道：『王公請起！』那時俺嚇了一跳，通身冷汗；醒轉來，擎筆在手，不知不覺寫了出來。可見貢院裡鬼神是有的。弟也曾把這話回稟過大主考座師，座師就道弟該有鼎元之分。』」〈第二回〉，頁19。

❿ 「眾人看周進時，頭戴一頂舊氈帽，身穿元色紬舊直裰，那右邊袖子，同後邊坐處都破了；腳下一雙舊大紅紬鞋；黑瘦面皮，花白鬍子。申祥甫拱進堂屋，梅玖方才慢慢的立起來和他相見。周進就問：『此位相公是誰？』眾人

人質疑此乃周進偏袒荀家子弟的訛言，未久，周進痛失教職。〈第七回〉後半部描述王惠真的與小他二十多歲、曾是周進學生的荀玫同榜進士；此時，王惠是新科「王進士」「王員外」，並且親自請仙批示扶乩。〈第八回〉描述出任南昌府的王惠成為治民嚴酷的「王太守」；扶乩批文陸續印證：王惠陞任「南贛道」、王惠被寧王擒俘投降、寧王兵敗、王惠孑然含恨、遁跡佛門。

道：『這是我們集上在庠的梅相公。』周進聽了，謙讓不肯僭梅玖作揖。梅玖道：『今日之事不同。』周進再三不肯。眾人道：『論年紀也是周先生長，先生請老實些罷』。梅玖回顧頭來向眾人道：『你眾位是不知道我們學校規矩，老友是從來不同小友序齒的；只是今日不同，還是周長兄請上。』原來明朝士大夫，稱儒學生員叫做『朋友』，稱童生是『小友』。比如童生進了學，不怕十幾歲，也稱為『老友』，若是不進學，就到八十歲，也稱『小友』。」〈第二回〉，頁 15-16。

❶ 「說著，（王惠）就猛然回頭。一眼看見那小學生的倣紙上的名字是荀玫，不覺就吃了一驚；一會兒咂嘴弄唇的，臉上做出許多怪物像。周進又不好問他，批完了倣，依舊陪他坐著。他就問道：『方纔這小學生幾歲了？』周進道：『他纔七歲。』王舉人道：『是今年才開蒙？這名字是你替他起的？』周進道：『這名字不是晚生起的。開蒙的時候，他父親央及集上新進梅朋友替他起名；梅朋友說自己的名字叫做玖，也替他起個「王」旁的名字發發兆，將來好同他一樣的意思。』王舉人笑道：『說起來竟是一場笑話：弟今年正月初一日，夢見看會試榜，弟中在上面是不消說了，那第三名也是汶上人，叫做荀玫。弟正疑惑我縣裡沒有這一個姓荀的孝廉；誰知竟同著這個小學生的名字，難道和他同榜不成？』說罷，就哈哈大笑起來，道：『可見夢作不得準！況且功名大事，總以文章為主，那裡有甚麼鬼神？』周進道：『老先生，夢也竟有準的：前日晚生初來，會著集上梅朋友，他說也是正月初一日，夢見一個大紅日落在他頭上，他這年就飛黃騰達的。』王舉人道：『這話更作不得準了。比如他進個學，就有日頭落在他頭上，像我這發過的，不該連天都掉下來，是俺頂著的了？』」〈第二回〉，頁 20。

〈第二回〉春雨綿綿中出現頭戴方巾的王舉人，在〈第八回〉亡命天涯、晚景堪憐，最後斷髮出家。⓬王惠的切身遭遇，是士人捲入皇位爭奪戰、最後慘居落敗方的寫照。小說〈第卅七回〉鋪展出政治犯下一代家屬「郭孝子」千里尋父，卻遭到因躲避「寧王案」遁入空門的生父拒絕相認，通緝犯驚弓之鳥般膽顫心驚的斷腸歲月，引人慨嘆。

名之為「案」，但《儒林外史》鋪陳「寧王案」衍生情節，罕見「公案小說」曲折離奇、柳暗花明的情節，除了「秀水縣差人」介入王惠「枕箱」一段之外，迥論沈冤昭雪或惡人伏法的結局。換言之，本文主張，《儒林外史》描述引起一連串「寧王案」造成的宦海漩渦，比起重視情節安排的公案小說，更見複雜的情緒感觸。歷史記載寧王朱宸濠「造反」失敗，就連無辜百姓也遭殃及。⓭成書於清初的《儒林外史》，透過多位不同角色人物陳述的「多元視野」，一方面展現官方佈下天羅地網緝捕政治犯的沈重氣壓，再方面吐露民間對受難者家屬的同情心與包容力。本文整理出分散在《儒林外史》各章回與「寧王案」相關的情節共計十則（詳見〈附錄〉）。

同樣也是採用「多元視野」筆法，目的亦不在於破案的小說作

⓬　詳見本文〈附錄〉。

⓭　《明史》〈卷一百十七·朱宸濠〉描述查辦「寧王案」從北京開始，「時帝（按，武宗）聞宸濠反，下詔暴其罪，告宗廟，廢為庶人。逮繫尚書陸完，嬖人錢寧、臧賢等，籍其家。江彬、張忠從帝親征，至良鄉，（王）守仁捷奏至，檄止之。守仁已械繫宸濠等，取道浙江。帝留南京，遣許泰、朱暉及內臣張永、張忠搜捕江西餘黨，民不勝其擾。」頁3596。

品，引人聯想起廿世紀上半葉的日本作家芥川龍之介（1892-1927）短篇名作〈竹藪中〉（黑澤明著名電影《羅生門》原著）。芥川全文以「第一人稱限制觀點」、七則簡潔筆錄或自白，呈現眾說紛紜的民間強盜殺人懸案，呈現特殊的「黑色趣味」。❹兩相比較，一百多年前吳敬梓筆下的「寧王案」政治事件，顯得古雅隱晦。

一、王惠命運的起落

〈第二回〉王舉人惠乘坐的小舟，因風雨所迫而靠岸，現身觀音庵——周進啟蒙孩童的館舍避雨，❺似乎預言晚年命中的淒風苦雨。王舉人自備飲食，遠優於寺廟和尚供給附設學堂老師周進的粗茶淡飯，周進還要負責打掃王惠離去後的滿地垃圾。❻

---

❹ 芥川龍之介著，賴祥雲譯：〈竹藪中〉，《芥川龍之介的世界》（台北：志文，民 74），頁 155-176。

❺ 「這雨越下越大，卻見上流頭一隻船冒雨而來。那船本不甚大，又是蘆蓆篷，所以怕雨；將近河岸，看時，中艙坐著一個人，船尾坐著兩個從人，船頭上放著一擔食盒。將到岸邊，那人連呼船家泊船，帶領從人，走上岸來。周進看那人時，頭戴方巾，身穿寶藍緞直裰，腳下粉底皂靴，三綹髭須，約有三十多歲光景；走到門口，與周進舉一舉手，一直進來，自己口裡說道：『原來是個學堂。』周進跟了進來作揖，那人還了個半禮道：『你想就是先生了？』周進道：『正是。』」〈第二回〉，頁 18-19。

❻ 「管家捧上酒飯，雞魚鴨肉，堆滿春台。王舉人也不讓周進，自己坐著吃了，收下碗去。落後和尚送出周進的飯來，——一碟老菜葉，一壺熱水，——周進也吃了。叫了安置，各自歇宿。次早，天色已晴，王舉人起來洗了臉，穿好衣服，拱一拱手，上船去了。撒了一地的雞骨頭、鴨翅膀、魚刺、

　　小說歷經各回主角「周進」「范進」「嚴監生」「趙氏」故事遞換之後，王惠於〈第七回〉以鬚髮皓白、五十歲甫中進士的形象，再度出現。他出任「南昌太守」，求好心切，以「戥子聲，算盤聲，板子聲」的酷吏形象，一改前任蘧太守衙門「吟詩聲，下棋聲，唱曲聲」風評，因而博得上級好感，被視為是「江西第一能員」。❶❼因而被委以對抗寧王第一線的「南贛道員」重任，無奈兵敗被俘，投降寧王，隨著寧王剎時殞滅，王惠從此亡命天涯。

　　《儒林外史》寧王案衍生情節的中心，主要圍繞在王惠贈予蘧公孫（駪夫）的一只「枕箱」。〈第八回〉描述蘧公孫在不知王惠為欽命要犯的情況下，接濟王惠二百兩盤費，並獲枕箱回贈。該枕

瓜子殼，周進昏頭昏腦，掃了一早晨。」〈第二回〉，頁 20。

❶❼　蘧太守命派兒子蘧景玉與王惠辦理南昌太守職務移交。蘧景玉與王惠話不投機，「當下酒過數巡，蘧公子見他問的都是些鄙陋不過的話，因又說起：『家君在這裡無他好處，只落得個訟簡刑清；所以這些幕賓先生在衙門裡，都也吟嘯自若。曾記得前任臬司向家君說道：「聞得貴府衙門裡有三樣聲息。」』王太守道：『是那三樣？』蘧公子道：『是吟詩聲，下碁聲，唱曲聲。』王太守大笑道：『這三樣聲息，卻也有趣的緊。』蘧公子道：『將來老先生一番振作，只怕要換三樣聲息！』王太守道：『是那三樣？』蘧公子道：『是戥子聲，算盤聲，板子聲。』王太守並不知這話是譏誚他，正容答道：『而今你我要替朝廷辦事，只怕也不得不如此認真。』」「王太守送到城外回來，果然聽了蘧公子的話，釘了一把頭號的庫戥，把六房書辦都傳進來，問明了各項內的餘利，不許欺隱，都派入官，三日五日一比。用的是頭號板子，把兩根板子擎到內衙上秤，較了一輕一重，寫了暗號在上面；出來坐堂之時，吩咐叫用大板，皁隸若取那輕的，就知他得了錢了，就取那重板子打皁隸。這些衙役百姓，一個個被他打得魂飛魄散；合城的人，無一個不知道太守的利害，睡夢裡也是怕的。因此各上司訪聞，都道是江西第一個能員。」〈第八回〉，頁 76。

箱在〈第十三回〉幾乎拖累蘧駪夫入罪,該回其他主角人物「侍女雙紅」「秀水縣差人」「馬二先生」等人,因為個人立場緣故,分別對於「寧王案」牽連問題的搜索,做出不同因應。此外,〈第九回〉婁四公子對寧王案的牢騷與洪武朝的懷念,出現不滿永樂皇帝、彷彿體諒寧王的聲音,至於〈第十回〉魯編修描述北京方面對於王惠的通緝,則為〈十三回〉「枕箱」事件埋下伏筆。

二、王惠與郭孝子之父

　　小說〈卅七～卅九回〉再次提到「寧王案」,該段主人翁郭力是寧王案遭通緝犯之子,小說稱郭力為「郭孝子」,他歷盡艱辛,千里尋父,顯示的寧王案對民間社會波及深遠。清代筆名「天目山樵」的張文虎,提出郭孝子的父親就是王惠。❿這種說法直到今日仍被採用,❾原因約略可歸納為以下三點:

---

❿　第八回王惠逃匿,清朝張文虎(天目山樵)云:「豈即更姓為郭邪?」。《儒林外史》,張宏儒主編,《中國古典文學名著博士伴讀1+1大系》(北京:團結,1998),頁55。

❾　例如樂蘅軍〈世紀的漂泊者——論《儒林外史》群像〉「直等到第三十八回,郭孝子出現,從他的故事,我們看到王惠的最後面目,那才是一個經過掙扎而徹底痛悔的人;但卻是一種可怕的悔恨。王惠對數十年來萬里尋親的兒子(及郭孝子,這時已「花白鬍子」了)說:『我是沒有兒子的』,終於到死都閉門不見。他以棄絕倫理做個人的贖罪,毋寧是太偏妄了。莊子說:『無入而藏,無出而陽』(《達生篇》語),如此,則王惠並沒有找到真正的精神安居。」《名家解讀《儒林外史》》(濟南:山東人民,1999),頁255。

　　鄭明娳《儒林外史研究》「王惠追逐功名,本不遺餘力;方其青雲直上,猝

㈠「郭孝子之父」與「王惠」皆因寧王案亡命天涯。

㈡兩人皆採取剃髮出家的方式逃避緝拿。

㈢〈卅八回〉「郭孝子之父」拒絕認子的情節，符合王惠在寧王案發生前的負面冷酷形象。

縱然兩人相似度極高，清代平步青《霞外攟屑》主張遵循原著，不宜將二人視作一人。⓴沿用這種不指明「王惠與郭力父子關

逢寧王之變，遽爾歸降，盡棄前功，形體既終生流浪，精神亦長久銷沈。至卅八回郭孝子尋親，王惠竟至死拒見；棄絕僅存之人倫親情，足見其精神於逃竄之日，即以死寂。」「第八回王惠降寧王，距王惠投降逃竄當在一五一五年左近。而卅七回言郭孝子二十年走遍天下尋父。考郭孝子出現在莊紹光應詔至京，及泰伯祠大祭之後，而莊應詔在嘉靖卅五年（1556），距王惠之降已四十一年，何言孝子尋父二十年？其間扦格已見。又王惠欲苟玻時已五十歲，經降逆至莊應詔之年，應以百餘歲，無乃太老乎？」（台北：商務，民71），頁167&233。筆者認為，只要放棄天目山樵「王惠郭力父子說」，就可以解釋以上的疑問。

陳美林〈由「能員」而「欽犯」的王惠〉「（王惠）隱姓埋名長達二十餘年，原以為自己已經銷聲匿跡，豈料他的兒子郭力『走遍天下』卻尋到庵裡來。他『見是兒子，就嚇了一跳』，深恐他人也躡蹤而至，因此驚嚇萬端，不久也就悄悄死去。」《儒林外史人物論》（北京：中華書局，1998），頁52。

黃慧玲《論《儒林外史》的敘事方式》「如小說可以在短短兩回的篇幅中交代王惠的發跡與沒落，甚至相隔三十回後再出現以成了庵裡的老和尚，讓讀者們卻無法在敘述中掌握確切的時間區隔。」（高雄：中山大學中文碩士論文，2003），頁89。

⓴ 「『自此更改姓名為郭耶？』王惠、郭力父子事，惠『汶上人』、力『長沙人』，作者本寫得支離，嘯山評似粘滯。」平步青《霞外攟屑》，《續修四庫全書·子部·雜家類·1163冊》（上海：上海古籍，影印清同治8年刻本），頁658-659。

係」的論文,亦不缺乏,㉑本文傾向支持後者的看法,因為,

㈠誠如平步青所云,王惠在小說〈第二回〉出現時,是山東兗州汶上人,郭力則在〈卅六回〉自云「長沙人」,兩人籍貫不同。㉒

㈡依常理判斷,寧王麾下如果沒有相當兵力,不可能起兵動武,因此,受「寧王案」波及者應不在少數。

㈢小說作者增加一則涉入「寧王案」的情節安排,能產生擴大受害層面的效果。

㈣王惠出家地在「太湖」,郭孝子之父藏身四川。

因此,在《儒林外史》未點明「郭孝子」父親就是王惠的情況下,本文主張郭孝子之父乃寧王案另一位受通緝者。他與王惠相似的殘酷性格,強化小說〈第一回〉借用王冕母親遺言表明排斥專制時期的官場立場:

> 一日,母親吩咐王冕道:「我眼見得不濟事了。但這幾年來,人都在我耳根前說你的學問有了,該勸你出去做官。做

㉑ 例如,黃岩伯〈論《儒林外史》的和諧美〉,列表比照小說各章回的「主要人物」與「重要人物」,「王惠」「郭鐵山(郭力)」兩人分別是「7-8回」「37-39(?)回」的主要人物,並未以「父子」視之,與本文採取角度相同。《儒林外史研究論文集》(北京:中華書局,1987),頁511-512。

㉒ 陳美林在認定「王惠郭力為父子」的前提下,進一步指出「王惠原為山東人,而其子已改籍湖廣,又更姓為郭。仔細推敲,這些敘寫不都能說明問題麼?」同註❼,頁55。筆者以為,吳敬梓沒有寫明「王惠郭力」是父子,筆者也不認同「郭力是長沙人,而推測王惠『改籍』」之說,畢竟,王惠中舉時已經五十歲,他任職南贛道員可能年逾五十五,年過半百的山東人冒充湖南長沙的可能性不高,所謂「鄉音無改鬢毛衰」,「鄉音」是關鍵。

官怕不是榮宗耀祖的事？我看見那些做官的，都不得有甚好收場。況你的性情高傲，倘若弄出禍來，反為不美。我兒可聽我的遺言，將來娶妻生子，守著我的墳墓，不要出去做官。我死了，口眼也閉！」㉓

〈第八回〉蘧太守認為兒子蘧景玉亡故，是太守本人做官的「報應」，

我本無宦情；南昌待罪數年，也不曾做得一些事業，虛糜朝廷爵祿，不如退休了好。不想到家一載，小兒亡化了，越覺得胸懷冰冷。仔細想來，只怕還是做官的報應。㉔

〈第十六回〉匡超人的母親同樣也因為夢到兒子外出做官，拋棄家人，而不希望兒子投身宦海，

一夜又夢見你頭戴紗帽，說做了官。我笑著說：「我一個莊農人家，那有官做？」傍一個人道：「這官不是你兒子，你兒子卻也做了官，卻是今生再也不到你跟前來了。」我又哭起來，說：「若做了官就不得見面，這官就不做他也罷！」就把這句話哭著，吼喝醒了，把你爹也嚇醒了；你爹問我，我一五一十把這夢告訴你爹，你爹說我心想癡了。不想就在

㉓　〈第一回〉，頁9。
㉔　〈第八回〉，頁80。

這半夜你爹就得了病，半邊身子動不得，而今睡在房裡。㉕

三、描述「寧王案」涉案人士的五種立場

《儒林外史》涉及「寧王案」的衍生情節，主要約可歸為十則。本文依照相關角色人物的身分與職掌，將吳敬梓筆下眾說紛紜的「寧王案」情節，約略歸納為五種立場：

(一) 惹禍上身的涉案中人

「王惠」、「郭孝子之父」（一謂王惠）是「寧王案」的被通緝者，「蘧駪夫」（蘧公孫）則險些受波及，他們三人在性格上的某些因素，不無醞釀成為日後涉案的理由。

1.王惠相較於小說其他角色人物，享有比較順利的「中舉」命運，並熱中於「升官」。〈第二回〉他初出場時，得意洋洋地享受「舉人」身分的特權，在〈第七回〉擔任「太守」之職，博得「江西保薦第一能員」的名聲。王惠的行為表現，可謂符合傳統社會價值的期盼，然而，他所付出的代價，竟然是升任對抗寧王最前線的南贛道員之後，戰事失利。面對生死抉擇時，他無奈地投降寧王，亂後，遭到朝廷通緝，流離失所，最後剃髮為僧，苟全性命。他回贈蘧駪夫的枕箱，事後證明，幾乎將蘧駪夫也捲入案中，造成無法挽回的遺憾。

2.郭孝子之父出現於「寧王案」後四十年，面對數十年未見的

㉕　〈第十六回〉，頁150。

兒子，冷漠絕情，不肯承認自己身分。無論郭孝子的父親是否就是王惠本人，長伴青燈古佛的他，面對承認郭孝子就等於揭露自己身分的事實，選擇割捨親情，保全性命。郭孝子一路獲得眾人協助的事實，雖不能替「寧王案」平反，至少證明該案的風頭已過，但經歷極度驚嚇、屏跡藏身於寺院的郭孝子之父，埋身在不敢承認過去身分的恐怖陰影之中，也要面對不敢接受現實的指控，如樂蘅軍所云「以棄絕倫理做個人的贖罪，毋寧是太偏妄了」。㉖

3.蓬公孫將「枕箱」贈與妻子的貼身侍女雙紅，又不願成全雙紅與宦成的婚事，導致雙紅說出「枕箱」是因寧王案受通緝的王惠之物。小說描述雙紅因為蓬公孫之妻魯氏陪伴兒子讀書無暇照顧丈夫，而逐漸與蓬公孫熟稔，蓬公孫粗心大意說出枕箱來源，又私心作祟阻礙雙紅終身大事。㉗雙紅為了籌措逃亡費用，只得變賣蓬公孫贈與的枕箱，並說出該枕箱的來源。蓬公孫贈箱美意，竟被與愛人私奔的雙紅利用，幾乎受到拖累。

㉖　同註⑲。

㉗　「在家裡，每晚同魯小姐課子到三四更鼓，或一天遇著那小兒子書背不熟，小姐就要督責他念到天亮，倒先打發公孫到書房裡去睡。雙紅這小丫頭在傍遞茶遞水，極其小心。他會念詩，常擎些詩來求講。公孫也略替他講講，因心裡喜他殷勤，就把收的王觀察的個舊枕箱把與他盛花兒針線；又無意中把遇見王觀察這一件事向他說了。不想宦成這奴才小時同他有約，竟大膽走到嘉興，把這丫頭拐了去。公孫知道，大怒，報了秀水縣，出批文拏了回來。兩口子看守在差人家，央人來求公孫，情願出幾十兩銀子與公孫做丫頭的身價，求賞與他做老婆。公孫斷然不依。差人要帶著宦成回官，少不得打一頓板子，把丫頭斷了回來，一回兩回詐他的銀子。宦成的銀子使完，衣服都當盡了。」〈第十三回〉，頁128。

㈡ 體驗人情溫暖的涉案者及其家屬

1.王惠除了對荀玫照料有加之外，往往以負面形象出現，一旦涉案，反而受到關懷。小說塑造王惠在窮途潦倒之時，巧遇前任南昌太守公子蘧景玉之子駪夫，並且在逃犯身分未曝光的情況下，獲駪夫以二百兩銀子支助。

2.蘧駪夫藏有王惠「枕箱」曝光，使得他在毫不知情的情況下陷入危機。幸得馬二先生出面贖回枕箱，馬二甚至不向蘧駪夫索取任何報酬。對蘧駪夫而言，他損失雙紅與枕箱，馬二則損失九十幾兩編輯八股文的潤儀。

3.郭力是眾人眼中千里尋父的孝子，不因「寧王案」政治犯家屬受到排斥。相對於曾任朝廷命官的王惠與郭孝子之父都是負面人物得免一死，郭孝子更得到周遭所有人物幫助，包括「武書」「杜少卿」「虞博士」、「尤知縣」，以及海月禪寺老和尚等等。

㈢ 官方人士的法理情

小說具有官方背景的角色有四位，先後為甫從京師告假回來的「魯編修」、「秀水縣差人」、學官「虞博士」、西安「尤知縣」。

1.「魯編修」甫從京師告假回來，抱怨翰林院俸祿欠佳的他，解釋王惠投降寧王的理由──「無兵無糧」，雖然如此，他強調朝廷緝捕王惠的決心。可想而知，若魯編修擔任「知縣」或「知府」，他應該會認真執行朝廷緝捕涉案人物的工作，諷刺的是，這樣一位朝廷政策的擁護者，竟不堪陞遷的喜悅而暴斃，對照范進中

舉時的「失心瘋」，顯然更為嚴重。❷⑧

　　2.「差人」身負緝捕人犯的責任，是法律的執行者。小說〈第十三回〉描述手中握有蘧公孫收藏「欽贓」證據的秀水縣差人，聽從老差人教訓，掌握緝捕蘧公孫的破案與否，進行敲詐；❷⑨一方面利用這場官司放出風聲，從馬二先生處撈得銀兩，再方面幫助宦成、雙紅有情人終成眷屬。

　　3.虞育德是〈第三十六回〉形象良好的國子博士，也是泰伯祠的主祭。此時「寧王案」已經過了四十年，當他從杜少卿處得知郭力尋父故事，毫不忌諱地替郭力寫信給遠在西安的同科進士「尤知縣」，並且不具名附上十兩銀子做盤纏。

　　4.尤扶徠是西安府同官縣的知縣，小說〈第卅八回〉描述他捐出俸銀五十兩、安排差人護送一位新寡的廣東婦人回鄉。同樣地，他也幫助郭孝子安排住所，不因郭孝子是「寧王案」家屬，予以任何刁難。

---

❷⑧　「門上人進來裏說：『魯大老爺開坊，陞了侍讀，朝命已下，京報適纔到了，老爺們須要去道喜。』蘧公孫聽了這話，慌忙先去道喜。到了晚間，公孫打發家人飛跑來說：『不好了。魯大老爺接著朝命，正在合家歡喜，打點擺酒慶賀，不想痰病大發，登時中了臟，已不醒人事了。快請二位老爺過去。』兩公子聽了，轎也等不得，忙走去看；到了魯宅，進門聽得一片哭聲，知是已不在了。」〈第十二回〉，頁120。

❷⑨　「差人已是清晨出門去了，尋了一個老練的差人商議，告訴他如此這般事，『還是竟弄破了好？還是開弓不放箭，大家弄幾個錢有益？』被老差人一口大啐道：『這個事都講破！破了還有個大風！如今只是悶著同他講，不怕他不拏出錢來。還虧你當了這幾十年的門戶，利害也不曉得；遇著這樣事還要講破？破你娘的頭！』罵的這差人又羞又喜」〈第十三回〉，頁129。

(四) 退休官員與仕紳的包容

「蘧駪夫」「蘧太守」「婁氏兄弟」「馬二先生」「武書」「杜少卿」「莊徵君」等人，分別表現出他們對寧王案受難者的支持。

1.蘧駪夫對於父執輩、銀兩幾乎用盡的王惠，慨然解囊。小說不給予王惠這個「酷吏」一個典型「惡人伏法」的結局，反而安排善良的蘧駪夫，濟助負面形象大於正面的王惠於困厄。

2.蘧太守瞭解官員的處境與心態。他一方面嘉許孫子蘧駪夫贈金王惠的善行，又將王惠觸犯朝綱的嚴重性告知蘧駪夫。此外，當他聽到侄兒「婁四公子」將寧王案與明成祖「靖難」相比時，以「本朝大事，你我做臣子的，說話須要謹慎」誡之，可以體會他的明哲保身之道。

3.婁四公子以「成王敗寇」看待「寧王案」。這種看法是科場失意的婁氏兄弟，批評時政的內容之一。雖然受到蘧太守的警告，他們仍不忘批評發動靖難的永樂皇帝，因為這個話題，與憤世疾俗的「楊執中」結交，又認識包括投機份子在內的「權勿用」「蘧公孫」「牛布衣」「張鐵臂」「陳和甫」等文士。

4.馬二先生仗義贖回「枕箱」。馬二先生是八股時文選書的出版業文人，小說〈第十三回〉描述他是蘧駪夫在故鄉嘉興結識的友人。馬二開導蘧駪夫研習舉業的一番話，是小說難得以正面看待科考的一段文字。正直的馬二，被差人告知將以「枕箱」為證物、揭發蘧駪夫認識「寧王案」王惠，基於友人立場，他用選書所得九十幾兩銀子，從差人手中買回枕箱。

5.武書、杜少卿、莊徵君三人，以及有官職在身的虞博士、尤
知縣，都是郭孝子前往成都尋父的贊助者。他們雖然都知道郭孝子
的父親因「寧王案」而藏匿，卻一致支持郭孝子，無論這是出自於
對弱勢者的同情，或是潛意識對於君主集權政體的反抗，總之，前
提在於，當時距離寧王案已經四十年，除了當事人「郭孝子之父」
仍然難脫陰影外，朝廷以及旁觀者都已看淡此事。

㈤ 民間百姓的壁上觀

侍女雙紅一段「皇帝與寧王」互相企圖置對方於死地的言論，
簡明扼要地傳達另一種看待君主專制時期宮廷權力爭奪的解讀：
「王太爺（按，王惠）做了不知多大的官，就和寧王相與，寧王日
夜要想殺皇帝，皇帝先把寧王殺了，又要殺這王太爺。」

雙紅的一番話，延續小說第一回開始就質疑官場、推崇真性情
生活的主旨：王冕母親臨終遺言，吐露「我看見那些作官的，都不
得有甚好收場」；〈第七回〉也藉由蘧太守之口，說出他的兒子蘧
景玉之死，乃是「做官的報應」。

此外，雙紅的立場符合常民百姓「山高皇帝遠」的觀念，也算
得上與不滿朝廷、心存另一種理想治世的讀書人，例如婁氏兄弟同
聲氣。

四、「案件」與「案情」

《儒林外史》看似替「寧王案」編寫翻案情節，其實未必盡
然。〈第九～十二回〉諷刺婁氏兄弟主持的文人聚合，襯托〈第三

十六～七回〉「杜少卿」「虞博士」「莊徵君」等人〈泰伯祠〉祭祀更顯莊嚴。小說描述憤世嫉俗的婁氏兄弟,聽聞「楊執中」對於永樂皇帝不滿的批評,認為楊執中乃志同道合之人,接著展開一段極度訕鬧的「訪賢」之旅。小說以環繞在婁氏兄弟周圍的失意文人為主角,包括「老鼠大鬧蘧駪夫婚禮」「魯小姐督子夜讀」「楊執中有子痴蠢」「權勿用姦拐詐騙」等等……,最後因為其中張鐵臂「豬頭冒充人頭會」騙取銀兩的一幕鬧劇,倉促收場。

值得注意的是,每一位與「寧王案」相關角色人物產生互動情節的主角,幾乎都是站在自己的立場來做決定,而且出自於「同情心」的比例甚高。例如蘧駪夫出錢給素昧平生的王惠做盤纏、馬二先生替蘧駪夫贖回枕箱、秀水縣差人幫助宦成與雙紅終成眷屬,以及武書、杜少卿、虞博士、莊徵君等人,出資助郭孝子尋父。然而,同情「寧王案」主角人物,未必個個無缺點。以幫助王惠的蘧駪夫為例,他不願意還給「雙紅」自由身,迫使需錢孔急情況的雙紅,賣出「枕箱」;獲贈枕箱的雙紅,為錢說出枕箱事件始末,希望藉此賣得高價,不顧蘧駪夫可能因而招禍;「馬二先生」仗義為蘧駪夫出資贖回枕箱,小說卻沒有提及蘧駪夫是否還錢。此外,甫自京城還鄉的「魯編修」,也是站在自己經濟不佳的角度,解讀寧王失敗的原因,在於「無兵無糧,因甚不降」。

整體而言,甫自朝廷返鄉的魯編修,如果他身居「知縣」或「知府」想必不會對寧王案涉案人犯網開一面。他的嚴峻立場,也引人想起王惠在南昌府任上「戥子聲,算盤聲,板子聲」的無情。換言之,「官」「民」對立的形成原因,可溯及平凡民眾,歷經「童生」「生員」(秀才)「舉人」「進士」,最後殿試通過,成

為天子門生;科舉時期的官僚養成過程,不計較出身、家世、門第、籍貫,朝廷命官乃「皇恩浩蕩」的受益者。因此,官員執行朝廷命令的重要性,看似理所當然,一旦官員因案被剝奪官祿,恢復平民之身,難逃淪為受刑人,曾經鞭槌犯人的刑具,於今被用到自己身上。郭孝子之父不認子的無情,可能出於自我保護的動機,王冕母親、蘧駪夫祖父、匡超人母親對於官場有所忌憚,其來有自。

吳敬梓無意「翻案」,芥川龍之介亦無意「破案」;〈竹藪中〉與《儒林外史》一樣,都是從「個人」角度出發,可是顯得更為精簡。〈竹藪中〉舉凡「樵夫」「行腳僧」「衙吏」「老媼」「多襄丸(強盜)」「女人」「靈媒(傳達死者鬼魂)」,個個站在自己的立場,自行表述案情。賴祥雲〈芥川的文學背景〉指出,

> 芥川對於人性中潛藏的利己自私,刻意描繪──姑以「羅生門」為例,──即是明證。[30]

「羅生門」最後出現的三種死亡版本,將兇手分別指向「多襄丸」「女人」「死者自殺」,然而,三種可能性都存在:「強盜不在乎多擔一件命案」「女人受辱情緒失控」「靈媒以自殺結案息事寧人」,使得命案真相無解,讀者如入五里霧中。「寧王案」正史記載密謀甚久,起兵僅有四十三日,王惠是在起兵後,方才捲入。寧王怎麼會知道,他的起兵不成,卻牽連如此複雜後果?主角人物的「是、非、對、錯」,《儒林外史》並沒有給讀者一個確切答案,

---

[30] 賴祥雲,《芥川龍之介的世界》,頁42。

那麼,小說家企圖控訴的對象,又是甚麼呢?本文認為,芥川龍之介與吳敬梓的共通點,應該在於「呈現人性」,而非「論斷是非」。賴文舉駒尺喜美對於〈竹藪中〉的看法,認為作者企圖表現的主題,在於「人的本質」,

> 我想不是在注視「善與惡都不能徹底的不安定的人的面貌」,而是在提出使善與惡同時並存的矛盾本質的人!❸

結　語

《儒林外史》寧王案衍生情節以複雜的人性糾葛,取代公案小說裡大快人心的「陳冤昭雪」「惡人伏法」。米蘭·昆德拉舉 18 世紀、英國作家費爾汀小說《湯姆瓊斯》為例,❸亦說明小說創作的目標在於「人性」:

> 「這裡我們要供應給讀者們的饗宴就是『人性』。」「因為『對人類這種奇怪的動物』『令人費解』的事情感覺詭異,費爾汀才有寫作小說的動機,才有『創造』小說的理由。」❸

---

❸　同上,頁 79。

❸　費爾汀(Henry Fielding, 1707-1754),英國作家。

❸　翁德明譯,米蘭·昆德拉著(Milan Kundera, 1929-),《簾幕》(Le rideau)(台北:皇冠文化,2005 年),頁 13-14。

吳敬梓虛構「寧王案」王惠一角，呈現科舉獲選進入官場的讀書人，不幸淪為皇位爭奪的受害者。❸王惠是否曾經存有最後攤牌，自己站在「得意」一方──例如永樂皇帝朱棣靖難成功的僥倖心態，小說不曾透露。然而，對於戰死或銀鐺入獄的官員與將士而言，類似王惠得以趁亂脫逃者，實屬浩劫餘生。換言之，冷眼看待虛偽腐敗知識份子的吳敬梓，彷彿在提醒世人，通過層層考試進入的官僚體系，絕非平靜無波，力求表現的結果，未必苦盡甘來。

「王舉人」的傲氣凌人、「王太守」的酷吏性格，容易引人連想王惠與「不認子」郭孝子之父為一人。小說諷刺他們集合封建官僚為人詬病的缺點，對於他們淪為亡命天涯的逃犯，杯弓蛇影、膽顫心驚，則表示同情。依據鄭明娳指出寧王案發生在四十年以前臆測，郭孝子可能在案發後的二十年，莫約二十歲左右開始天涯尋父，估算蕭雲仙遇到郭力頭髮斑白、攜帶父親遺骸返鄉，可能已經年逾四十，換言之，「尋父」成為郭孝子廿年來生活的唯一重心，可以想見「寧王案」對於常民生活影響之深。郭某人因為心生膽怯對子發怒，不能接受兒子的孝心，使得包括「杜少卿」「虞博士」

---

❸　《明史》〈卷一百十七・寧王宸濠〉登錄依附寧王者，包括「致仕都御史李士實」「舉人劉養正」「參政王綸、季斅」「僉事潘鵬、師夔」「布政使梁宸」「按察使璫瑋」「副使唐錦」，還包括「太監錢寧、臧賢」「盜賊閔念四」等。《明史》敘述寧王朱宸濠起兵的前後過程，起先因為武宗無子嗣，懷抱野心的宸濠以宦官錢寧、臧賢為內應，企圖藉由稱讚寧王賢孝，使寧王得以被立為儲君。然而，太監張忠與武宗寵將江彬一氣，離間錢寧、臧賢二人，致使武宗下詔逐寧王府人，勿留北京，「是時宸濠與（李）士實、（劉）養正日夜謀，益遣姦人盧孔章等分布水路孔道，萬里傳報，浹旬往返，蹤跡大露，朝野皆知其必反。」頁3594-3595。

「莊徵君」「尤知縣」為首的正派人士幫助郭孝子尋父的一番美意，幾乎付諸流水，只落得郭孝子在廟外打工賺錢養父，直至郭父病故，荷骨骸返鄉。

除了涉案當事人「王惠」「郭孝子之父」以及受到威脅的「蘧駪夫」之外，《儒林外史》「寧王案」涉案者約出現「捉」「放」兩種立場。支持前者的角色人物，遠不及「放」方人數眾多，例如，秀水縣差人雖掌緝捕，可是，在基於「利益」以及「成就一對夫妻」的原因，放棄緝捕蘧駪夫，這應該也是讀者大眾樂見的結局。同情「寧王案」及其家屬的情節，包括言語激烈的失意文人婁氏兄弟，以及食朝俸的學官虞博士、尤知縣，或是在野的「蘧駪夫」「蘧太守」「馬二先生」「武書」「杜少卿」「莊徵君」等，皆是如此。這種現象除了證明時間因素沖淡「寧王案」急迫性之外，小說並未出現寧王負面形象，再加上透過「雙紅」描述「枕箱」的一段話，可見小說保存「寧王案」單純為皇位爭奪的說法。

對讀書人而言，專制皇權是科舉制度的靠山，皇權的爭奪又難免波及人臣。兩者矛盾之處助漲宦海波濤洶湧，若是未能急流勇退，一旦淪為亡命天涯的政治犯，自身難保，遑論光宗耀祖的初衷。「郭力」千里尋找涉及寧王案的父親，在《儒林外史》被稱為「郭孝子」，透露異於「孝順是讀書人通過科舉加官進爵，父母藉此博封贈、光泉壤」定義的解讀。

王惠於〈第二回〉風雨中出現，為他日後宦海浮沉的命運埋下伏筆。將他的命運與該回另外兩位主角人物──周進、梅玖相

較，㉟那麼，「王舉人」經歷「王進士」「王知府」，在「王道員」的生涯最高峰，卻因寧王案而亡命天涯。「梅秀才」梅玖因為怠忽舉業，在〈第七回〉遭周學道提拔的「范學道」范進處罰。相反地，周進通過科舉從「周童生」變成「周進士」、「周學道」，晚年運勢最佳。小說開宗明義〈第一回〉主角畫荷王冕的隱居不仕、安然自得，看來，吳敬梓不無以「老境安康」為人生理想目標最終訴求的可能。

附錄〈寧王案衍生情節原文大要〉

「寧王案」的衍生情節，在《儒林外史》之中，主要約可歸為十段，依序是：

回次	主旨	內　　容
七回	王惠的劫難	新科進士王惠未來命運的扶乩，主持扶乩的相士陳禮、字和甫。並批示〈西江月〉預言王惠官運：「羨爾功名夏后，一枝高折鮮紅。大江煙浪杳無蹤，兩日黃堂坐擁。只道驊騮開道，原來天府夔龍。琴瑟琵琶路上逢，一盞醇醪心痛！」㊱

㉟　同註⑯。

㊱　「又過了一頓飯時，那乩扶得動了，寫出四個大字。『王公聽判。』王員外慌忙丟了乩筆，下來拜了四拜，問道：『不知大仙尊姓大名？』問罷又去扶乩，那乩旋轉如飛，寫下一行道：『吾乃伏魔大帝關聖帝君是也。』陳禮嚇得在下面磕頭如搗蒜，說道：『今日二位老爺心誠，請得夫子降壇，這是輕

		王惠出任南昌太守後，嚴刑峻法，聲譽卓著，升任南贛道，催趲軍需，對抗寧王。到任的公館的擺飾，驗證批示〈西江月〉：「正廳上懸著一塊匾，匾上貼著紅紙，上面四個大字是『驄驪開道』。王道台看見，吃了一驚；到廳陞座，屬員衙役，參見過了，掩門用飯。忽見一陣大風，把那片紅紙吹在地下，裡面現出綠底金字，四個大字是「天府夔龍」。王道台心裡不勝駭異，纔曉得關聖帝君判斷的話，直到今日纔驗。那所判『兩日黃堂』便是南昌府的個『昌』字。可見萬事分定。」❸
八回	寧王的聲音	寧王招降王惠，說了興兵「清君測」的一番道理。關公批示「『琴瑟琵琶』路上逢」，應驗寧王的「第八王子」身份。「次年，寧王統兵破了南贛官軍；百姓開了城門，抱頭鼠竄，四散亂走。王道台也抵擋不住，叫了一隻小船，黑夜逃走；走到大江中，遇著寧王百十隻艨艟戰船，明盔亮甲。船上有千萬火把，照

易不得的事，總是二位老爺大福，須要十分誠敬！若有些須怠慢，山人就擔戴不起！』二位也覺悚然，毛髮皆豎，丟著乩筆，下來又拜了四拜，再上去扶。陳禮道：『且住；沙盤小，恐怕夫子指示言語多，寫不下，且挈一副紙筆來，侍山人在傍記下同看。』于是挈了一副紙筆，遞與陳禮在傍鈔寫，兩位仍舊扶著。那乩運筆如飛，寫道：『羨爾功名夏后，一枝高折鮮紅。大江煙浪杳無蹤，兩日黃堂坐擁。只道驄驪開道，原來天府夔龍。琴瑟琵琶路上逢，一盞醇醪心痛！』寫畢，又判出五個大字：『調寄《西江月》。』三個人都不解其意。王員外道：『只有頭一句明白。「功名夏后」是夏后氏五十而貢，我恰是五十歲登科的，這句驗了；此下的話，全然不解。』陳禮道：『夫子是從不誤人的，老爺收著，後日必有神驗。況這詞上說：「天府夔龍」，想是老爺陞任直到宰相之職。』王員外被他說破，也覺得心裡歡喜。」〈第七回〉，頁70-71。

❸　〈第八回〉，頁77。

		見小船，叫一聲：『拏！』幾十個兵卒跳上船來，走進中艙，把王道台反剪了手，捉上大船；那些從人船家，殺的殺了，還有怕殺的，跳在水裡死了。王道台嚇得撒抖抖的顫，燈燭影裡，望見寧王坐在上面，不敢抬頭；寧王見了，慌走下來，親手替他解了縛，叫取衣裳穿了，說道：『孤家是奉太后密旨，起兵誅君側之奸；你既是江西的能員，降順了孤家，少不得封授你的官爵。』王道台顫抖抖的叩頭道：『情願降順。』寧王道：『既然願降，待孤家親賜一杯酒。』此時王道台被縛得心口十分疼痛，跪著接酒在手，一飲而盡，心便不疼了，又磕頭謝了。王爺即賞與江西按察使之職，自此隨在寧王軍中。聽見左右的人說，寧王在玉牒中是第八個王子，方纔悟了關聖帝君所判『琴瑟琵琶』。頭上是八個『王』字，竟無一句不驗了。」❸
八回	蘧駪夫贈銀 王惠回贈枕箱	王惠再度逃亡「只取了一個枕箱，裡面幾本殘書和幾兩銀子，換了青衣小帽，黑夜逃走。真乃是慌不擇路，趕了幾日旱路，又搭船走。昏天黑地，一直走到了浙江烏鎮地方。那日住了船，客人都上去吃點心，王惠也拏了幾個錢上岸。那點心店裡都坐滿了，只有一個少年獨自據了一桌；王惠見那少年，彷彿有些認得，卻想不起。開店的道：『客人，你來同這位客人一席坐罷！』王惠便去坐在對席，少年立起身來，同他坐下。」王惠與蘧駪夫寒暄，知道駪夫是前任南昌蘧太守之孫，而駪夫的父親、他認識的太守之子蘧景玉已經去世。「王惠聽罷，流下淚來說道：『昔年在南昌，蒙尊公骨肉之誼，今不想已作故人。世兄今年

❸ 同前註。

		貴庚多少了？』蓬公孫道：『虛度十七歲。到底不曾請教貴姓仙鄉？』王惠道：『盛從同船家都不在此麼？』蓬公孫道：『他們都上岸去了。』王惠附耳低言道：『便是後任的南昌知府王惠。』蓬公孫大驚道：『聞得老先生已榮升南贛道，如何改裝獨自到此？』王惠道：『只為寧王反叛，弟便掛印而逃；卻為圍城之中，不曾取出盤費。』蓬公孫道：『如今卻將何往？』王惠道：『窮途流落，那有定所？』」王惠並未說明投降寧王以致亡命天涯，蓬公孫則慷慨解囊，將收到二百兩銀子全數贈與父執輩的王惠，王惠下跪答謝，並以隨身枕箱回贈。「因說道：『兩邊船上都要趕路，不可久遲，只得告別；周濟之情，不死當以厚報！』雙膝跪了下去，蓬公孫慌忙跪下回拜了幾拜。王惠又道：『我除了行李被褥之外，一無所有，只有一個枕箱，內有殘書幾本。此時潛蹤在外，雖這一點物件，也恐被人識認，惹起是非；如今也將來交與世兄，我輕身更好逃竄了。』蓬公孫應諾，他即刻過船，取來交代，彼此洒淚分手。王惠道：『敬問令祖老先生，今世不能再見，來生犬馬相報便了！』分別去後，王惠另覓了船隻到太湖，自此更姓改名，削髮披緇去了。」❸
八回	婁氏昆仲的「成王敗寇」觀念	婁府三公子與四公子是蓬太守的侄兒、蓬駪夫的表叔。他們前來蓬府拜訪，閒談起寧王反叛之事，婁四公子將寧王的失敗與明初燕王的成功相提並論，蓬太守警告之：「四公子道：『據小侄看來，寧王此番舉動，也與成祖差不多；只是成祖運氣好，到而今稱聖稱神；寧王運氣低，就落得個為賊為虜，也要算一

❸　〈第八回〉，頁 78-79。

		件不平的事。』蘧太守道：『以成敗論人，固是庸人之見；但本朝大事，你我做臣子的，說話須要謹慎。』四公子不敢再說了。」
		婁府公子因科場失意、憤而批評時事，被父親命令離京返鄉北京：「那知這兩位公子，因科名蹭蹬，不得早年中鼎甲，入翰林，激成了一肚子牢騷不平，每常只說：『自從永樂篡位之後，明朝就不成個天下！』每到酒酣耳熱，更要發這一種議論；婁通政也是聽不過，恐怕惹出事來，所以勸他回浙江。」⓵
十回	魯編修透露朝廷震怒	久居京城的魯編修，以「窮翰林」面貌告假返鄉。他的經濟窘境，⓶推算王惠兵敗原因是由於「無兵無糧，因甚不降」，又透露朝廷震怒於王惠「牽眾投降」，蘧馱夫不敢透露贈與王惠銀兩：「編修贊歎了一回，同蘧公子談及江西的事；問道：『令祖老先生南昌接任，便是王諱惠的了？』蘧公孫道：『正是。』魯編修道：『這位王道尊卻了不得。而今朝廷捕獲得他甚緊。』三公子道：『他是降了寧王的？』魯編修道：『他是江西保薦第一能員，及期就是他先降順了。』四公子道：『他這降，到底也不是。』魯編修道：『古語道得好：「無兵無糧，因甚不降？」』只是各偽官也逃脫了許多，只有他領著南贛

⓵ 〈第八回〉，頁81。

⓶ 「魯編修道：『老世兄（按，婁三公子），做窮翰林的人，只望著幾回差事；現今肥美的差都被別人鑽謀去了，白白坐在京裡，賠錢度日。況且弟年將五十，又無子息；只有一個小女，還不曾許字人家，思量不如告假返舍，料理些家務，再作道理。』」〈第十回〉，頁94。

		數郡一齊歸降；所以朝廷尤把他罪狀的狠，懸賞捕拏。』公孫聽了這話，那從前的事一字也不敢提」❷
十三回	侍女雙紅「宮廷鬥爭」的認知	雙紅轉述蘧駪夫言及枕箱來源始末，反映平民大眾對於寧王反叛的簡單認知：「雙紅是個丫頭家，不知人事，向宦成說道：『這箱子是一位做大官的老爺的，想是值的銀子多。幾十個錢賣了，豈不可惜？』宦成問道：『是蘧老爺的還是魯老爺的？』丫頭道：『都不是。說這官比蘧太爺的官大多著哩。我也是聽見姑爺說，這是一位王太爺，就接蘧太爺南昌的任。後來這位王太爺做了不知多大的官，就和寧王相與。寧王日夜要想殺皇帝，皇帝先把寧王殺了，又要殺這王太爺。王太爺走到浙江來，不知怎的，又說皇帝要他這個箱子。王大爺不敢帶在身邊走，恐怕搜出來，就交與姑爺，姑爺放在家裡閒著，借與我盛些花，不曉得我帶了出來。我想皇帝都想要的東西，不知是值多少錢。你不見箱子裡還有王太爺寫的字在上？』」❸
十三回	差人賺得金錢與人心的機會	負責緝捕的差人以枕箱是欽犯贓物——「欽贓」，趁機勒索蘧駪夫，並幫助宦成、雙紅，締結連理：「差人回來坐下，說道：『我昨晚聽見你當家的說，枕箱是那王太爺的。王太爺降了寧王，又逃走了，是個欽犯；這箱子便是個欽贓。他家裡交結欽犯，藏著欽贓；若還首出來，就是殺頭充軍的罪，他還敢怎樣你！』宦成聽了他這一席話，如夢方醒；說道：『老爹，我而今就寫呈去首。』差人道：『獃兄弟！這又沒主意。你首了，就把他一家殺個精光，與你也無益，弄不著他一個錢。況你又同他無仇。如

---

❷　〈第十回〉，頁 97。

❸　〈第十三回〉，頁 128。

		今只消串出個人來嚇他一嚇，嚇出幾百兩銀子來，把丫頭白白送你做老婆，不要身價，這事就罷了。』宦成道：『多謝老爹費心。如今只求老爹替我做主。』」❹
十三、十四回	馬純上的仗義	十三回、十四回關鍵處，在於差人得知馬純上與蘧馱夫有交情，於是向馬純上透露將以枕箱一事告發蘧馱夫：「差人道：『先生一向可同做南昌府的蘧家蘧小相兒相與？』馬二先生道：『這是我極好的弟兄。頭翁，你問他怎的？』差人兩邊一望道：『這裡沒有外人麼？』馬二先生道：『沒有。』把座子移近跟前，挈出這張呈子來，與馬二先生看道：『他家竟有這件事！我們「公門裡好修行」，所以通個信給他，早為料理，怎肯壞這個良心？』馬二先生看完面如土色；又問了備細，向差人道：『這是斷斷破不得！既承頭翁好心，千萬將呈子捺下！他卻不在家，到墳上修理去了；等他來時商議。』差人道：『他今日就要遞，這是犯關節的事，誰人敢捺？』馬二先生慌了道：『這個如何了得？』差人道：『先生，你一個「子曰行」的人，怎這樣沒主意？自古「錢到公事辦，火到豬頭爛」。只要破些銀子，把這枕箱買了回來，這事便罷了。』馬二先生拍子道：『好主意！』當下鎖了樓門，同差人到酒店裡，馬二先生做東，大盤大碗請差人吃著，商議此事。」❺（第十三回） 　　馬純上向差人殺價：「『二三百兩是不能。不要說他現今不在家，是我替他設法；就是他在家裡，雖

---

❹　〈第十三回〉，頁 130。
❺　〈第十三回〉，頁 131。

		然他家太爺做了幾任官,而今也家道中落,那裡一時擎的許多銀子出來?』」❹⑥
		馬純上將編書所得,以及一紙宣稱收到雙紅價值一百兩的婚書,取回枕箱。差人七折八扣,交付宦成雙紅十幾兩,打發他們展翅高飛。❹⑦馬純上向蘧駪夫解釋事情始末,提議焚化枕箱:「『我把選書的九十幾兩銀子給了他,纔買回這個東西來。而今幸得平安無事,就是我這一項銀子,也是為朋友上一時激於意氣,難道就要你還?但不得不告訴你一遍。明日叫人到我那裡,把箱子擎來,或是劈開了,或是竟燒化了,不可再留著惹事!』」❹⑧
卅七回	郭孝子獲得眾人相助	寧王案家屬郭孝子(本名郭力)這個角色出現,形容枯槁,引人同情:「武書辭了出去,纔走到利涉橋,遇見一個人,頭戴方巾,身穿舊布直裰,腰繫絲

---

❹⑥ 〈第十四回〉,頁132。

❹⑦ 「馬二先生見他這話說頂了真,心裡著急道:『頭翁,我的束修其實只得一百兩銀子;這些時用掉了幾兩,還要留兩把作盤費,到杭州去。擠的乾乾淨淨,抖了包,只擠的出九十二兩銀子來,一釐也不得多。你若不信,我同你到下處去擎與你看;此外行李箱子內,聽憑你搜,若搜出一錢銀子來,你把我不當人!就是這個意思,你替我維持去;如斷然不能,我也就沒法了,他也只好怨他的命。』差人道:『先生,像你這樣血心為朋友,難道我們當差的心不是肉做的?自古「山水尚有相逢之日」,豈可人不留個相與?只是這行瘟的奴才頭高,不知可說的下去?』又想一想道:『我還有個主意,又合著古語說「秀才人情紙半張」,現今丫頭已是他拐到手了,又有這些事,料想要不回來;不如趁此就寫一張婚書,上寫收了他身價銀一百兩。合著你這九十多,不將有二百之數?這分明是有名無實的,卻塞得住這小廝的嘴。這個計較何如?』馬二先生道:『這也罷了。只要你做的來,這一張紙何難?我就可以做主。』」〈第十四回〉,頁133-134。

❹⑧ 〈第十四回〉,頁135。

條，腳下芒鞋，身上捐著行李，花白鬍鬚，憔悴枯槁。那人丟下行李，向武書作揖。武書驚道：『郭先生，自江寧鎮一別，又是三年；一向在那裡奔走？』那人道：『一言難盡！』武書道：『請在茶館裡坐。』當下兩人到茶館裡坐下。那人道：『我一向因尋父親，走遍天下。從前有人說是在江南，所以我到江南。這番是三次了。而今聽見人說不在江南，已到四川山裡削髮為僧去了。我如今就要到四川去。』武書道：『可憐！可憐！但先生此去萬裡程途，非同容易。我想西安府裡有一個知縣，姓尤，是我們國子監虞老先生的同年，如今託虞老師寫一封書子去，是先生順路，倘若盤纏缺少，也可以幫助些須。』那人道：『我草野之人，那裡去見那國於監的官府？』武書道：『不妨。這裡過去幾步，就是杜少卿家，先生同我到少卿家坐著，我去討這一封書。』那人道：『杜少卿？可是那天長不應徵辟的豪傑麼？』武書道：『正是。』那人道：『這人我倒要會他。』便會了茶錢，同出了茶館，一齊來到杜少卿家。」❹

　　杜少卿見到郭孝子並得知他是天涯尋父的寧王案犯人家屬，對他禮遇並表達同情：「杜少卿出來相見作揖，問：『這位先生尊姓？』武書道：『這位先生姓郭，名力，字鐵山，二十年走遍天下，尋訪父親，有名的郭孝子。』杜少卿聽了這話，重新見禮，奉郭孝子上坐，便問：『太老先生如何數十年不知消息？』郭孝子不好說。武書附耳低言，說：『曾在江

❹　〈第三十七回〉，頁360-361。
❺　〈第三十七回〉，頁361。
❺　〈第三十八回〉，頁363。

<table>
<tr><td colspan="2"></td><td>西做官，降過寧王，所以逃竄在外。」杜少卿聽罷駭然；因見這般舉動，心裡敬他，說道：『留下行李，先生權在我家住一宿，明日再行。』郭孝子道：『少卿先生豪傑，天下共聞，我也不做客套，竟住一宵罷。』杜少卿進去和娘子說，替郭孝子漿洗衣服，治辦酒肴款待他。」⑩</td></tr>
<tr><td colspan="2"></td><td>杜少卿替郭孝子向國子博士虞育德求寫信。虞博士慨然應允，並且和杜少卿、武書、莊徵君等人，共同籌資，充作郭孝子千里尋父的盤費：「虞博士細細聽了，說道：『這書我怎麼不寫？但也不是只寫書子的事，他這萬里長途，自然盤費也難，我這裡拏十兩銀子，少卿，你去送與他，不必說是我的。』慌忙寫了書子，和銀子拏出來交與杜少卿。杜少卿接了，同武書拏到河房裡。杜少卿自己尋衣服當了四兩銀子，武書也到家去當了二兩銀子來，又苦留郭孝子住了一日。莊徵君聽得有這個人，也寫了一封書子送來與杜少卿。第三日，杜少卿備早飯與郭孝子吃，武書也來陪著。吃罷，替他拴束了行李，拏著這二十兩銀子和兩封書子，遞與郭孝子。郭孝子不肯受。杜少卿道：『這銀子是我們江南這幾個人的，並非盜跖之物，先生如何不受？』郭孝子方纔受了，吃飽了飯，作辭出門。杜少卿同武書送到漢西門外，方纔回去。」⑪</td></tr>
<tr><td colspan="2"></td><td>郭孝子在西安受到同官縣尤扶徠知縣誠意款待，並透過知縣介紹，得以借住海月禪林。寺裡住持老和尚，聽到郭孝子尋父之事「流淚嘆息」。郭孝子前往成都時，也獲得尤知縣贈銀五十兩。</td></tr>
<tr><td>卅八回</td><td>郭孝子父親拒絕相認</td><td>小說第卅八回，描述郭孝子入蜀之路危機四伏，險些命喪沿途出現的猛虎、怪獸、強人。終於訪得父</td></tr>
</table>

親居住的寺廟，父親卻絕情不認：「走到成都府，訪著父親在四十里外一個庵裡做和尚；訪知的了，走到庵裡去敲門。老和尚開門，見是兒子，就嚇了一跳。郭孝子見是父親，跪在地下慟哭。老和尚道：『施主請起來，我是沒有兒子的，你想是認錯了。』郭孝子道：『兒子萬里程途，尋到父親跟前來，父親怎麼不認我？』老和尚道：『我方纔說過，貧僧是沒有兒子的。施主，你有父親，你自己去尋，怎的望著貧僧哭？』郭孝子道：『父親雖則幾十年不見，難道兒子就認不得了？』跪著不肯起來。老和尚道：『我貧僧自小出家，那裡來的這個兒子？』郭孝子放聲大哭，道：『父親不認兒子，兒子到底是要認父親的！』三番五次，纏的老和尚急了，說道：『你是何處光棍，敢來鬧我們！快出去！我要關山門！』郭孝子跪在地下慟哭，不肯出去。和尚道：『你再不出去，我就拏刀來殺了你！』郭孝子伏在地下哭道：『父親就殺了兒子，兒子也是不出去的！』老和尚大怒，雙手把郭孝子拉起來，提著郭孝子的領子，一路推搡出門，便關了門進去，再也叫不應。」❺❷

郭孝子千里尋父的結果，如此狼狽而失望，最後，他決定守在寺廟之外，並且在左近人家擔任挑土、打柴的傭工，「每日尋幾分銀子，養活父親。」

小說卅九回描述出現郭孝子「頭戴孝巾，身穿白布衣服，腳下芒鞋，形容悲戚，眼下許多淚痕」的最後身影。在攜帶父骸骨返鄉路上，遇見友人「蕭昊軒」之子，青年俠客「蕭雲仙」。身為政治犯之子，郭孝子並未對朝廷灰心，反而鼓勵蕭雲仙為國家沙場

---

❺❷ 〈第三十八回〉，頁 370。

<table>
<tr><td></td><td></td><td>效力，以自己「虛度此生」的感嘆作結：「『這冒險捐軀，都是俠客的勾當，而今比不得春秋戰國時，這樣事就可以成名；而今是四海一家的時候，任你荊軻、聶政，也只好叫做亂民。像長兄有這樣品貌材藝，又有這般義氣肝膽，正該出來替朝廷效力；將來到疆場，一刀一槍，博得個封妻蔭子，也不枉了一個青史留名。不瞞長兄說，我自幼空自學了一身武藝，遭天倫之慘，奔波辛苦，數十餘年；而今老了，眼見得不中用了。長兄年力鼎盛，萬不可蹉跎自誤。你須牢記老拙今日之言。』蕭雲仙返家後，向父親提到郭孝子。蕭昊軒對郭孝子的評語為：「『武藝精能，少年與我齊名，可惜而今和我都老了。他今求的他太翁骸骨歸葬，也算了過一生心事。』」❸</td></tr>
</table>

引用書目

民國以前

平步青《霞外攟屑》，《續修四庫全書·子部·雜家類·1163冊》（上海：上海古籍，影印清同治 8 年刻本）。

吳敬梓著、繆天華校注，《儒林外史》（台北：三民，1998）。

吳敬梓著、張宏儒主編，《儒林外史》（北京：團結，1998）。

張廷玉主編，《明史》（台北：洪氏，民 64）。

民國

邢治平，《紅樓夢十講》（台北：木鐸，1987），頁 71-75。

---

❸ 〈第三十九回〉，頁 376-377。

陳大道，《《檮杌閒評》研究——魏忠賢時事小說》（台北：花木
　　蘭，2007）。

陳美林，《儒林外史人物論》（北京：中華，1998）。

陳捷先，《清史論集》（台北：東大，民86）。

黃岩伯，〈論《儒林外史》的和諧美〉，《儒林外史研究論文集》
　　（北京：中華，1987）。

黃慧玲，《論《儒林外史》的敘事方式》（高雄：中山大學中文碩
　　士論文，2003）。

樂蘅軍，〈世紀的漂泊者——論《儒林外史》群像〉，《名家解讀
　　《儒林外史》》（濟南：山東人民，1999）。

鄭明娳，《儒林外史研究》（台北：商務，民71）。

翦伯贊，〈釋《儒林外史》中提到的科舉活動和官職名稱〉，《儒
　　林外史研究論文集》（北京：中華，1987）。

外文譯著

芥川龍之介著、賴祥雲譯，〈竹藪中〉，《芥川龍之介的世界》
　　（台北：志文，民74）。

米蘭・昆德拉著（Milan Kundera, 1929-）、翁德明譯，《簾幕》
　　（*Le rideau*）（台北：皇冠文化，2005）。

由王國維之死
看陳寅恪的「文化本位論」

李康範

韓國中央大學中語系教授

一、序言

　　二十世紀中國的現代史在硝煙彌漫的血雨腥風中拉開了它的序幕。推翻了兩千多年的封建王朝，趕走異族的統治，似乎已經達成了民族的夙願。但隨之而來的西歐列強的侵略，使近代的知識分子還未來得及探討革命成功後國家的出路，百姓又重新陷入了水深火熱之中。與此同時持續近二十年之久的軍閥割據，引發了大大小小的內戰，「土皇帝」們掌握著生殺大權，百姓只能任人宰割。面對從未有過的內憂外患，各種不同的口號與政治主張及運動異彩紛呈，顯示了知識分子探索國家民族未來的憂國憂民之心。在這世紀之交、新舊交替的時代，人們追求純粹學問的熱情顯得異常高漲，為日後中國學術思想奠定基礎的「國學大師」也層出不窮。從中國

文化發展史的角度來看，這與在歷史的變革期思想家大量湧現，提出各自主張的中國知識分子傳統的「憂患意識」不無關聯。同時其研究學問的方法隨各自出身的地域學派、學脈及留學國家的不同各成一家。其中陳寅恪為我們研究五四運動之後部分知識分子如何將傳統學問研究方式與西方學問研究方式相融合，開創學問新路，探索新的思維方式，提供了一個典範。

現代中國大學近百年的發展史上，一九二○至三○年代儘管校園牆外硝煙彌漫，但教授研究環境令人羨慕，所取得的成果也異常豐富。剛從美國哥倫比亞大學歸國的北京大學教授胡適提出「大膽的假設，小心的求證」的研究方法，取得了令人矚目的成果。在他與錢玄同、顧頡剛等人的倡導下，對似乎是神聖不可侵犯的包括「六經」的先秦文獻一一進行了考查。對缺乏客觀資料證明的文獻，即使被尊為經典，他們也大膽地懷疑，由此形成了震撼二十世紀二、三○年代知識界的「古史辨學派」。談及當時大學的全景，筆者心目中最為輝煌燦爛的仍為二○年代中期的清華大學國學研究院。在那裏創辦初期所聘請的「四導師」王國維、梁啟超、陳寅恪、趙元任，和他們指導的研究生，如當時在學的王力、陸侃如、馮元君、羅根澤、郭紹虞等，均成為日後中國人文學的泰斗。「四導師」共事的時間不過四個學期，但對後日卻影響深遠。不久因王國維的自殺，梁啟超的病死及趙元任的出國，國學研究院逐漸失去了其生命力，並隨著與中文系的合併而結束了其輝煌的歷史。

「四導師」中學問最為淵博的當數王國維及陳寅恪。本文以一九二七年圍繞王國維謝世，陳寅恪所表示的深切的「同情」為出發點，以貫穿陳寅恪一生的「文化本位」為主線，考察其思想，包括

其對文化接受的態度、憂患意識、同情論、學問精神及文化史角度
的文史研究等問題。

二、王國維之死

　　一九二七年六月二日，中國當代最高的「國學大師」王國維於
頤和園昆明湖投湖自沉，享年不過五十一歲。他的死震驚了當時的
知識界，即使到現在，關於其自沉的原因，從學問角度的研究及各
種推測仍層出不窮。具代表性的說法，有隨清朝滅亡的殉國說，有
試圖毀去其學問痕跡的推測，有對時局的悲觀及叔本華厭世主義影
響的推測，有因債務關係受羅振玉的逼迫，以及對國民黨北伐軍的
恐懼和共產黨對知識分子的迫害等等，眾說紛紜❶。這些推測雖都
具有一定的根據，但大都不過是政治性解釋的濫用及好事者的傳聞
而已，無法解釋其自殺的根本原因。本文不想對此進行更詳細的考
察，本文所要強調的是在種種推測之外，當時作為清華大學國學研
究院教授的陳寅恪為追悼王國維所撰的〈王觀堂先生輓詞〉中提出
的「文化之衰落」這一觀點。陳寅恪在此文中綜述了各種推測，同
時對王國維的自沉提出了更高層次的見解，此文不僅是最為精美的

---

❶　前四說見於王子舟的《陳寅恪讀書生涯》（長江文藝出版社，1997）51 頁。
　　後國民黨與共產黨說見於葉嘉瑩的《王國維及其文學批評》（香港中華書
　　局，1982）60-61 頁，其中殉國說與羅振玉的逼迫說相似。最近資料屬羅繼祖
　　主編的《王國維之死》（廣東教育出版社，1999）最具代表性，此書收錄了
　　對於他的死，其同事、弟子、後孫所寫的文章及當時的新聞資料，由此可窺
　　視二十世紀初的中國社會。

悼辭，同時也是對一個時代最為痛苦的告別詞。陳寅恪將王國維的死因歸為由於西方列強的侵略及中國變革運動而引發的，數千年來支撐中國社會體制的理想及文化的社會與經濟制度的瓦解所帶來的文化人的絕望。

> 凡一種文化值衰落之時，為此文化所化之人，必感苦痛，其表現此文化之程量愈宏，則其所受之苦痛亦愈甚；迨其達極深之度，殆非出於自殺無以求一己之心安而義盡也。……近數十年來，自道光之季，迄乎今日，社會經濟之制度，以外族之侵迫，致劇疾之變遷，綱紀之說，無所憑依，不待外來學說之掊擊，而已銷沈淪喪於不知覺之間；雖有人焉，強聒而力持，亦終歸於不可救療之局。蓋今日之赤縣神州值數千年未有之巨劫奇變，劫盡變窮，則此文化精神所凝聚之人，安得不與之共命而同盡，此觀堂先生所以不得不死，遂為天下後世所極哀而深惜者也。❷

以上的言辭雖屬「清朝遺臣說」，但在陳寅恪看來，王國維的死亡並不是因為來自於對皇帝溥儀所代表的腐敗無能的滿族政權的絕望感，而是來自於對數千年來作為文化理想所維繫的「綱紀」及具體實踐「綱紀」的社會制度的崩潰所帶來的幻滅感。因此也許有人將王國維的死視為毫無意義的愚蠢行為，但在陳寅恪的眼裏，王

❷　陳寅恪〈王觀堂先生輓詞序〉，收錄於《寒柳堂集》的〈陳寅恪先生詩存〉6-7頁，上海古籍出版社。

國維的死則意味著文化的衰落及斷代,由此也可知陳寅恪是通過王
國維而剖析自己的內心。但從兩人的背景來看,陳寅恪從十三歲起
就留學海外,不曾擔任過清王朝的任何官職,與清朝無任何關係,
自然沒有向清朝獻忠的義務,這一點與官職雖小但末代皇帝溥儀還
在紫禁城時一度曾在宮中任職❸的王國維形成明顯對比。但考察一
下陳寅恪的家世,仍可以發現封建社會君臣間的倫理規範對陳氏影
響極大,對此將在下一節具體探討。因此雖然王、陳兩人出身背景
不同,但卻有相通之處。此後陳寅恪一九三四年所著的〈王靜安先
生遺書序〉雖比〈輓詞序〉簡短,但其基調卻同出一轍。

> 寅恪以謂古今中外志士仁人,往往憔悴憂傷,繼之以死。其
> 所傷之事,所死之故,不止局於一時間一地域而已。蓋別有
> 超越時間地域之理性存焉。而此超越時間地域之理性,必非
> 其同時間地域之眾人所能共喻。然則先生之志事,多為此人
> 所不解,因而有是非之論者,又何足怪耶?❹

---

❸ 末代皇帝溥儀在 16 歲成婚後的第二年開始居住在故宮乾清門西南的南書房,
並再次與知識分子交遊讀書。這裏具有個人秘書室意味,並且溥儀宣召了當
時的知識分子委任職務,王國維也包括在內。雖為「南書房行走」的小官,
但作為皇帝的近臣,對平民出身的王國維來說,可謂無上的光榮,並對其晚
年的思想影響極大。此時為一九二三年,王國維四十七歲。詳細內容參照袁
英光、劉寅生的《王國維年譜長篇》(天津人民出版社,1996)377 頁及陳
鴻祥的《王國維年譜》(齊魯書社,1991)264-266 頁。

❹ 陳寅恪〈王靜安先生遺書序〉。對王國維的死陳寅恪的言說見於這裏介紹的
〈遺書序〉與〈輓詞序〉及一九二九年寫的〈清華大學王觀堂先生紀念碑
銘〉。

　　這裏所說的「理性」即為〈輓詞〉中的「文化」，同時支撐著「文化」的「綱紀」也作為其同義詞在使用。即王國維之死超越了時間與空間，他是為理性所建立起的文化，及支撐著這種文化的理想的「綱紀」而獻身的。因此王國維面對文化的衰落別無選擇，這是任何人無法逆轉的歷史的必然。陳寅恪也同樣無回天之力，只能扼腕感歎。因此王國維的痛苦即為陳寅恪自身的痛苦，陳寅恪文章所流露的悲憤感慨也正是出於此。陳寅恪為何將王國維的痛苦視為自身的痛苦？對此需要進一步的探討。首先最簡單的方法就是考察一下二人的交遊關係。一九二六年陳寅恪被聘入清華國學研究院時王國維已在那裏，由此可以推斷兩人在清華大學的工字廳相鄰而居，到王國維死時二人會有很多學問及感情的交流。❺

　　但考察二人的精神世界，我們可以發現，比起這種物理時間的交往，陳寅恪對王國維精神世界的「同情」更加引人注目。「同情」不僅是陳寅恪所用的術語，更是文史研究上所強調的一個條件，對此將在第四節作更詳細考察。如其他研究者指出的，為探討陳寅恪思想的根本有必要追溯歷史，考察一下其家世，這可為我們提供「同情」論形成的端倪。

---

❺　陳寅恪的詩顯然在回顧並緬懷王國維，〈王觀堂先生輓詞〉後面的「回想寒夜話明昌，相對南冠泣數行。猶有宣南溫夢寐，不堪灞上共興亡。」等詩句可為例證。參看〈寅恪先生詩存〉，《寒柳堂集》10頁。

三、陳寅恪的思想背景

㈠ 家世的影響——祖父陳寶箴與父親陳三立

陳寅恪的著述中幾乎未談及政治，尤其是對當時的時局從未表明自身的政治主張。但世代相傳的傳統思想與祖父及父親的影響，幾乎決定了其一生的思想方向。眾所周知，其祖父陳寶箴為湖南省維新運動的先驅者，父親陳三立則為其最有力的後盾。陳寶箴在曾國藩任兩江總督時作為幕僚，深得曾的信任，尤其是他因妥當地調停了江西巡撫沈葆楨與曾國藩的矛盾而更得其賞識，如此深厚的關係為陳氏父子日後在湖南開展維新運動打下了基礎。但與曾國藩相比，陳寶箴與張之洞的關係更加親密。陳寶箴在光緒八年（1882）曾赴任浙江按察使，後因誣告被免職。光緒十二年（1886）仰仗兩廣總督張之洞的奏請，重新赴任廣州輯捕局，戊戌維新（1898）時期晉升為湖南巡撫。陳寶箴在湖南辦工廠，開航線，設學堂，積極推進新政，對戊戌變法時期父親與祖父的貢獻，陳寅恪回憶道：

> 蓋先祖以為中國之大，非一時能悉改變，故欲先以湘省為全國之模楷，至若全國改革，則必以中央政府為領導。當時中央政權實屬於那拉后，如那拉后不欲變更舊制，光緒帝既無權力，更激起母子間之衝突，大局遂不可收拾矣。那拉后所信任者為榮祿，榮祿素重先祖，又聞曾保舉先君。先祖之意欲通過榮祿，勸引那拉后亦贊成改革，故推夙行西制而為那

拉后所喜之張南皮入軍機。❻

　　陳三立當時雖不過為吏部主事，卻一直擔當著父親推進新政的助手。但隨著維新運動的失敗，陳氏父子被革職並永遠告別了仕途，連舉薦陳寶箴的榮祿也受到了牽連。❼陳氏父子雖然告別了仕途，卻盡了作為清朝臣子的義務。由此看來將率先推進維新與洋務的陳氏父子的政治主張，單純地歸為保守，未免欠妥。對其保守的批判源於陳氏父子原封不動地接受了對於為民權而實行的全方位的民主制度保持悲觀態度的張之洞的立場，張之洞在《勸學篇》中對民主平等思想的接受與實行表明了否定的態度。

　　方今中華，誠非雄強，然百姓尚能自安其業者，由朝廷之法維系之也。使民權之說一倡，愚民必喜，亂民必作，紀綱不

---

❻　〈寒柳堂記夢未定稿〉(六)戊戌政變與先祖先君之關係，《寒柳堂集》181-182 頁。上海古籍出版社，1982。陳寅恪自著的關於家史婚姻及時局的文章收錄於〈寒柳堂記夢未定稿〉，其他流失一半所剩的部分收錄於(六)及(一)吾家先世中醫之學(二)清季士大夫清流濁流之分野及其興替等三個部分，流失的有(三)孝欽后最惡清流(四)吾家與豐潤之關係(五)自光緒十年三月至二十年十一月間清室中央政治之腐敗(七)關於寅恪之婚姻。

❼　〈寒柳堂記夢未定稿〉的(六)戊戌政變與先祖先君之關係中陳寅恪對當時情況作了如下整理：「《光緒朝東華錄》光緒二十四年八月辛丑條略云：諭：湖南巡撫陳寶箴，以封疆大吏，濫保匪人，實屬有負委任。陳寶箴著即行革職，永不敘用。伊子吏部主事陳三立，招引奸邪，著一併革職。」見同年八月甲辰條「諭：陳寶箴昨已革職永不敘用。榮祿曾經保薦，茲據自請處分，榮祿，……著交部議處。」參看《寒柳堂集》180-181 頁。上海古籍出版社，1982。

行，大亂四起。❽

　　這裏透露出了張之洞素來主張的「中體西用」的政治主張。鐵路商業與實業等西方發達的事物雖可接受，但民權與平等等理念則與中國固有的「綱紀」相悖，因此不可接受。陳氏兩代深受張之洞等代表傳統政治思想的影響，幾乎將之奉為一種家訓，同時也深深影響著陳寅恪，這一時期陳氏家族祖孫三代的思想軌跡可謂同出一轍。下面具體探討一下陳寅恪。

㈡ 中體西用──曾國藩與張之洞

　　前面已經提到，陳寅恪在其著述中，幾乎未談及政治及其政治主張，但他在〈馮友蘭中國哲學史下冊審查報告〉中的言論，還是為我們考察其政治思想提供了重要的依據。

　　　寅恪平生為不古不今之學，思想囿於咸豐、同治之世，議論近乎曾湘鄉、張南皮之間。❾

　　這裏所說的「不古不今之學」意為不曾研究過先秦兩漢與當代的學問，這與其著述主要集中於魏晉南北朝及唐代相符。但其自身的思想停留在清朝衰敗的咸豐、同治時期及曾國藩與張之洞之間的

❽　引自傅璇琮〈陳寅恪文化心態與學術品位的考察〉9 頁，《解析陳寅恪》，社會科學文獻出版社，1999，北京。

❾　陳寅恪〈馮友蘭中國哲學史下冊審查報告〉，《金明館叢稿》二編，252頁，上海古籍出版社，1982，上海。

言論卻頗為讓人費解。此言在後日既為我們探討其思想提供了重要的依據，同時也引起了很多誤解。

首先曾國藩與張之洞之間這一時期不正是變法與洋務運動之間中體西用❿的口號提得最為響亮的時期嗎？但上述的審查報告卻撰於一九三三年，中體西用此時已成為了舊日的口號，陳寅恪為甚麼將自身的思想追溯到中體西用的時代呢？同時陳寅恪如此言論並非第一次，在六年前即一九二七年王國維的輓詞中已有出現，且語氣更為強烈。

> 依稀廿載憶光宣，猶是開元全盛年。
> 海宇承平娛旦暮，京華冠蓋萃英賢。
> 當日英賢誰北斗，南皮太保方迂叟。
> 忠順勤勞矢素衷，中西體用資循誘。⓫

咸豐與同治年間，清帝國大勢已去，其後的光緒、宣統時期更是日益衰敗，將這一時期比喻為唐的開元盛世，不禁令讀者感到疑惑。此外張之洞的悲觀態度，陳寅恪幾乎全盤接受，在半個世紀過之後的一九四五年，陳寅恪在其著述中仍重複地對全方位的民主學說表示了悲觀的態度。

---

❿ 中體西用一說源於張之洞的《勸學編》所說的「蓋舊學為體，新學為用」，後為梁啟超引用「中學為體，西學為用」（參看《解析陳寅恪》393 頁）。

⓫ 陳寅恪〈寅恪先生詩存〉7 頁。《寒柳堂集》卷首語，上海古籍出版社，1982。

　　自戊戌政變後十餘年，而中國始開國會，其紛亂妄謬，為天下指笑，新會所嘗目覩。……自新會歿，又十餘年，中日戰起。九縣三精，飆回霧塞，而所謂民主政治之論，復甚囂塵上。余少喜臨川新法之新，而老同涑水迂叟之迂。蓋驗以人心之厚薄，民生之榮悴，則知五十年來，如車輪之逆轉，似有合於所謂退化論之說者。⓬

　　經歷了政體變化的陳寅恪的悲觀論調與在中國民權思想根本不可能實行的張之洞的見解，其出發點當然不同。與祖父與父親思想幾乎如出一轍的陳寅恪的立場在其晚年更成了其被視為反動與保守的禍根。當然將學者的憂國憂民之心，過分地以左右分明的意識形態來劃分是極為不合理的。但無法否認陳氏任時光流逝也無法擺脫傳統的束縛。由此再加上陳寅恪祖孫三代與洋務派張之洞之間的關係，更表明了陳寅恪的政治傾向。

　　同時陳寅恪二十年代確立的思想在晚年亦無改變。其最親的密友吳宓於一九六一年八月三十日親赴廣州與陳寅恪相見，並一起共度了五天，這次見面也成了二人的最後一次相逢。同被打為「資產階級反動知識分子」的哈佛大學的同窗，二人在反右派鬥爭激烈的當時相見當然極為不易。⓭陳寅恪預感到了此次相見將成為二人的最後一面，在贈吳宓的詩〈贈吳雨僧〉中表達了其悲哀的心情。

⓬　陳寅恪〈讀吳其昌撰梁啟超傳書後〉《寒柳堂集》149-150 頁。

⓭　此次相逢為陳寅恪晚年不多的幾件樂事之一，陸鍵東的《陳寅恪的最後貳拾年》生動描述了這次最後一面的悲哀氣氛，參看該書 325-336 頁。三聯書店，1996，北京。

問疾寧辭蜀道難，相逢握手淚汍瀾。

暮年一晤非容易，應作生離死別看。⑭

　　與陷入感傷的陳寅恪相反，吳宓在八月三十日的日記中留下了
下面的話：「寅恪兄之思想及主張毫未改變，即仍遵守昔年中學為
體，西學為用之說」⑮。吳宓在清華大學創辦國學研究院的過程中
起著主導作用，積極將當時在德國留學的陳寅恪聘請到國學院，他
們可謂一生的知己，因此吳宓關於陳寅恪的回憶可謂最可信賴的資
料。吳宓如此的記錄表明，陳寅恪年輕時樹立的「中體西用」的思
想，即使到了晚年也沒有改變。如此我們不得不問「中體西用」對
他到底意味著什麼？不過是舊時代的殘影，如傳家之寶一般銘記的
虛晃的口號？還是脫開政治影響，將其視為純學術性的術語，並試
圖對它賦予新的意義？答案當然為後者。首先吳宓日記緊接著上述
內容的括號中寫著「（中國文化本位論）」，此七字出於陳寅恪還
是吳宓的附記無從可知，但這裏的中體西用不屬於政治範疇而屬於
文化範疇是確定無疑的。因此有必要強調陳寅恪雖然深受張之洞思
想的影響，但他的「中體西用」與張氏的不過字面相同，意義卻迥
然不同。傅璇琮簡略地對兩者進行了區分。

　　　張之洞的中體西用有著強烈的政治內涵，而陳寅恪則是借
　　用，是用來說明他對中外文化相互交流和影響的看法，正是

---

⑭　陸鍵東《陳寅恪的最後貳拾年》335頁。三聯書店，1996，北京。
⑮　蔣天樞《陳寅恪先生編年事輯》169頁。上海古籍出版社，1997，上海。

這方面，陳寅恪的思想表現出極大的豐富性，也是構成他可以稱之為文化史批評的學術體系的重要組成部分，在近代學術史上作出獨特的貢獻。**⑯**

即陳寅恪不過是在借張之洞之詞來說明如何接受融合外來文化，陳寅恪「中體西用」並不意味著社會全方位的改革，而是意味著其中的文化要素，因此陳寅恪的「中體西用」可謂完全脫離政治意義的文化用語。下面具體考察一下適用於「中體西用」理論的陳寅恪文化論的背景及實例。

四、中國文化本位論的背景及意義

㈠ 憂患意識

陳寅恪的許多著述與詩文中，憂患意識隨處可見，這似可解釋為來自於陳寅恪在父親陳三立絕食殉國後自己日益惡化的半失明狀態及老年跌倒所致骨折的痛苦，但由其從青年到老年著述中所體現的精神來看此說則欠妥。劉夢溪試圖更深地挖掘其內涵的文化精神：「實際上，寅恪先生的憂患意識和悲劇意識來源於對中國歷史和中國社會的深刻了解，是一種文化情緒，帶有認知的自覺

---

⑯ 傅璇琮〈陳寅恪文化心態與學術品位的考察〉10 頁。《解析陳寅恪》社會科學文獻出版社，1999，北京。

性。」**⑰**這換成陳寅恪的話則為「凡士大夫階級之轉移升降，往往
與道德標準及社會風習之變遷有關。」在《元白詩箋證稿》中他談
道：

> 凡士大夫階級之轉移升降，往往與道德標準及社會風習之變
> 遷有關。當其新舊蛻嬗之間際，常呈一紛紜綜錯之情態，即
> 新道德標準與舊道德標準，新社會風習與舊社會風習並存雜
> 用。各是其是，而互非其非也。斯誠亦事實之無可如何者。
> 雖然，值此道德標準社會風習紛亂變易之時，此轉移升降之
> 士大夫階級之人，有賢不肖拙巧之分別，而其賢者拙者，常
> 感苦痛，終於消滅而後已。其不肖者巧者，則多享受歡樂，
> 往往富貴榮顯，身泰名遂。其故何也？由於善利用或不善利
> 用此兩種以上不同之標準及風俗，以應付此環境而已。譬如
> 市肆之中，新舊不同之度量衡並存雜用，則其巧詐不肖之
> 徒，以長大重之度量衡購入，而以短小輕之度量衡售出。其
> 賢而拙者之所為適與相反。於是兩者之得失成敗，即決定於
> 是矣。**⑱**

〈王觀堂先生輓詞〉中談及的文化衰落期文化人的悲哀與〈王
靜安先生遺書序〉中「古今中外志士仁人，往往憔悴憂傷，繼之以

---

⑰ 劉夢溪〈一代文化所托命之人〉張傑楊、燕麗選編《解析陳寅恪》452 頁，
社會科學文獻出版社，1999，北京。

⑱ 陳寅恪《元白詩箋證稿》82 頁。上海古籍出版社，1982。

死」⓳的歎息，及「賢者拙者，常感苦痛，終於消滅而後已」的惋惜之情帶有同樣的憂鬱的色彩，因此這種歎息不止出於王國維一人。這種憂患意識如原罪及宿命一般，從青年到中年以至老年一直困擾著他，這是出於對文化衰落及道德社會價值輪換的歎息，亦是為自身所作的輓詞。

儘管如此，他並沒有回避文化人的時代使命感。學術與學問對他如生命般寶貴，任時局如何變遷他始終沒有放棄，在給他人寫的序言中他表明了自己的這種心境。他在一九四三年寫的〈鄧廣銘宋史職官志考證序〉中言道：

> 先生與稼軒生同鄉土，遭際國難，間關南渡，尤復似之。然稼軒本功名之士，仕宦頗顯達矣，仍鬱鬱不得志，遂有斜陽煙柳之句。先生則始終殫力竭智，以建立新宋學為務，不屑同於假手功名之士，而能自致於不朽之域。其鄉土蹤跡，雖不異前賢，獨儲書養親，自甘寂寞，乃迥不相同。故身歷目覩，有所不樂者，輒以達觀遣之。然則今日即有稼軒所感之事，豈必遽興稼軒當日之歎哉？寅恪承先生之命，為是編弁言，懼其羈泊西南，胸次或如稼軒之鬱鬱，因並論古今世變及功名學術之同異，以慰釋之。⓴

⓳　陳寅恪〈王靜安先生遺書序〉，《金明館叢稿二編》220 頁。上海古籍出版社，1982。
⓴　陳寅恪〈鄧廣銘宋史職官志考證序〉，《金明館叢稿二編》245-246 頁。

這裏雖是在安慰鄧廣銘，但同時他也在安慰自己。這表明了陳寅恪即使身陷絕望的憂患意識之中，但他時刻在鞭策自己專心學問，不借他人之力而盡文化人使命的決心。

(二) 同情論

該以何種態度來理解中古時期的文化，鑒別與注疏古典文獻呢？陳寅恪最為強調的是要理解前人的學說，首先要有「同情」之心。在一九三三年著的〈馮友蘭中國哲學史下冊審查報告〉中他寫道：

> 蓋古人著書立說，皆有所為而發。故其所處之環境，所受之背景，非完全明瞭，則其學說不易評論，而古代哲學家去今數千年，其時代之真相，極難推知。吾人今日可依據之材料，僅為當時所遺存最小之一部，欲籍此殘餘斷片，以窺測其全部結構，必須備藝術家欣賞古代繪畫雕刻之眼光及精神，然後古人立說之用意與對象，始可以真了解。所謂真了解者，必神遊冥想，與立說之古人，處於同一境界，而對於其持論所以不得不如是之苦心孤詣，表一種之同情，始能批評其學說之是非得失，而無隔閡膚廓之論。否則數千年前之陳言舊說，與今日之情勢迥殊，何一不可以可笑可怪目乎？㉑

㉑　陳寅恪〈馮友蘭中國哲學史下冊審查報告〉，《金明館叢稿二編》247 頁，上海古籍出版社，1982。

這裏所說的「同情」並不含有「憐憫」之意，而是以自己的心去體會古人建樹某種學說時的心境。唯有這樣，後來的研究者才可能超越時代的局限，判斷前人學說的是非得失。陳寅恪提出此說的背景是出於當時學界對他的批判，他以為研究過程中解釋與比較，應當建立在對資料一貫的綜合性的收集與整理的基礎上，但在此過程中，研究者往往有意或無意地以自身所處時代的環境與熟悉的學說來推測古人，這種態度是應該摒棄的。由此他針鋒相對批判了當時的哲學界。

> 今日之談中國古代哲學者，大抵即談其今日自身之哲學者也；所著之中國哲學史者，即其今日自身之哲學史者也。其言論愈有條理統系，則去古人學說之真相愈遠。㉒

此文為對馮友蘭《中國哲學史》的審查報告，當然只會涉及到哲學史，但卻蘊含著對整個學術界憑主觀臆想判斷、推測古人風氣的不滿。這種批判貫穿了他整個一生，在後面的第五節中將談及的糾正宋代學者對元、白詩與行為的非難可謂其中一例。

對脫離「同情」的原則所容易犯的錯誤，陳寅恪極為警戒，並以此原則來衡量同時代的學者，對清華大學的同事，當代最高學者梁啟超的批判即為其中一例。

> 近日梁啟超氏於其所撰〈陶淵明之文藝及其品格〉一文中謂

㉒　同註㉑。

「其實陶淵明只是看不過當日仕途混濁，不屑與那些熱官為伍，倒不在乎劉裕的王業隆與不隆」，「若說所爭在甚麼姓司馬的，未免把他看小了」，及「宋以後批評陶詩的人最恭惟他恥事二姓，這種論調我們是最不贊成的」。斯則任公先生取己身之思想經歷，以解釋古人之志尚行動，故按諸淵明所生之時代，所出之家世，所遺傳之舊教，所發明之新說，皆所難通，自不足據之以疑沈休文之實錄也。㉓

從立憲到革命與共和的理念論證過程中，梁啟超作為最為雄辯的論客，既是對方最有力的論敵，同時也是政治立場變換最多的人物之一。一生固守「中體西用」的陳寅恪對梁啟超的這種行為，一方面理解為出於政治的不得已，但他將這與對學術解釋的影響嚴格區分。即在理解古人時不考慮當時的情況，而是以現代來衡量過去，尤其是在變革期會帶來對古人的曲解，更應加以警戒。眾所周知，陳寅恪的父親與祖父在湖南開展戊戌變法之前，於長沙創辦時務學堂時曾聘梁啟超為主講，陳寅恪日後在清華大學國學研究院又與梁啟超同時授課，梁啟超與陳家可謂結有三代之緣。因此可斷定上述批評純屬從自身「同情論」角度出發的純學術性的言論，決不帶有藐視其學問或人身攻擊的色彩。㉔

㉓　陳寅恪《金明館叢稿初編》204頁，上海古籍出版社，1982。
㉔　陳寅恪反而極為尊重梁啟超，對梁啟超沒有完全拒絕政治腐敗的指責反而為其辯護為投身政治的一種無奈，對其投身政治給予了同情與惋惜。詳細內容見〈讀吳其昌撰梁啟超傳書後〉《寒柳堂集》148頁。

㈢ 接受文化的「體」與「用」

近代中國面對西方列強無數次屈膝，不僅大炮，同時包裝精美的文化也如潮水般湧來，對此中國人的心情可謂極為複雜，積極接受以有助於本國近代化的渴望與從未承認過其他文化的民族優越感相互矛盾。對接受外來文化的期待與憂慮今日亦為永遠爭論的主題，但當時的衝突則更為突出。對當時接受外來文化的陳寅恪的態度與在一九三五年十名教授聯名發表的〈中國本位的文化建設宣言〉㉕的觀點相似，但與〈宣言〉中嚴格區分留與去的態度比起來，陳寅恪的「經過接受與改造的過程」後進行融合與同化的主張更顯得有彈力。他的這一觀點在馮友蘭的《中國哲學史》審查報告中可窺見一斑。

> 竊疑中國自今日以後，即使能忠實輸入北美或東歐之思想，其結局當亦等於玄奘唯識之學，在我國思想史上，既不能居最高之地位，且亦終歸於歇絕者。其真能於思想上自成系統，有所創獲者，必須一方面吸收輸入外來之學說，一方面不忘本來民族之地位。此二種相反而適相成之態度，乃道教之真精神，新儒家之舊途徑，而二千年吾民族與他民族思想

㉕ 指一九三五年一月十日，《文化建設》雜志四號何炳松、陶希聖、武育幹、王新命、黃文山、孫寒冰、章益、薩孟武、陳高傭等十名教授的聯名宣言，簡稱為〈十教授宣言〉，宣言闡明了面對外來文化應堅持中國立場的觀點。

接觸史之所昭示者也。㉖

　　陳寅恪在這裏以吸收摩尼教等來豐富中國傳統文化的道教與道教精神，以及融合佛教思想的宋代新儒學為例來說明應在鞏固中國傳統文化的基礎上來吸收外來文化。但固執於印度的原典與中國的思想相悖的法相宗，即唯識之學，則無法在中國紮根，他想借此來說明中國文化在融解乃至同化外來文化方面的強大力量。他在一九五一年寫的〈論韓愈〉的觀點可以說是完全繼承了這一論調。

　　　　天竺佛教轉入中國時，而吾國文化史已達甚高之程度，故必
　　　　須改造，以蘄適合吾民族、政治、社會傳統之特性。㉗

　　這裏提出了魏晉南北朝時期已流行的無數「格義」的方法㉘，他以韓愈恰當地融合了儒家與佛教心性的抽象的差異這一點作為活用「格義」的典型範例來說明「體」與「用」。

　　　　然〈中庸〉一篇雖可利用，以溝通儒釋心性抽象之差異，而
　　　　於政治社會具體上華夏、天竺兩種學說之衝突，尚不能求得

㉖　陳寅恪〈馮友蘭中國哲學史下冊審查報告〉，《金明館叢稿》二編，252
　　頁，上海古籍出版社，1982，上海。
㉗　陳寅恪〈論韓愈〉，《金明館叢稿初編》287-288 頁。上海古籍出版社，
　　1982。
㉘　陳寅恪在〈支愍度學說考〉等文中舉了很多例子。詳見《金明館叢稿初編》
　　148-154 頁，上海古籍出版社，1982。

一調和貫徹、自成體系之論點。退之首先發見小戴記中〈大
學〉一篇，闡明其說，抽象之心性與具體之政治社會組織可
以融會無礙，即盡量談心說性，兼能濟世安民，雖相反而實
相成，天竺為體，華夏為用，退之於此以奠定後來宋代新儒
學之基礎，退之固是不世出之人傑，若不受新禪宗之影響，
恐亦不克臻此。❷⑨

　　中國在對佛教進行吸收與淘汰的過程中，反而促進了佛教的繁
榮，這在中國思想與文化史上可謂一大事件，陳寅恪的如此認識與
其所處的時代緊密相關。面對佛教無法比擬的西方文化的巨大衝擊
力，他仍主張文化的開放與融合，可以說依然出自於前面提到的對
中國傳統文化的自信與自豪，即拋開家世的傳統思想影響。他的文
化本位主義源於戊戌政變以來的個人經歷，與他長時間接觸東西文
化的歷史經驗。文化的接受可分為直接與間接兩種方式，雖前者更
為有效，但間接接受如能好好消化則更能開花結果。對此利弊陳寅
恪舉下例說明道：

　　　　間接傳播文化，有利亦有害。利者，如植物移植，因易環境
　　　之故，轉可發揮其特性，而為本土所不能者，如基督教移植
　　　西歐，與希臘哲學接觸，而成歐洲中世紀之神學、哲學及文
　　　藝是也。其害，則展轉間接，致失原來精義，如吾國自日
　　　本、美國販運之不良部分，皆其近例。

---

❷⑨　陳寅恪〈論韓愈〉，《金明館叢稿初編》288 頁，上海古籍出版社，1982。

該如何除此弊端？直接研究其文化的本原，即使是直接接收，其害亦不大，但通曉其語言則為必備的前提。眾所周知，陳寅恪在精通日語、英語、德語、法語、拉丁語等西方語言的同時，對在中國已經不大為人所知的藏語、維吾爾語、梵語、巴利文、波斯語、突厥文、西夏文、滿文等十八種以上的語文也極為精通，當然可以通過比較語言學強調各種語言的特色。陳寅恪認為比較語言學的根本在於重視各民族語言的語法與語音的特色，按其歷史發展的背景來把握其特色，然後對兩種以上的語言進行比較分析，得出其異同。這意味著應在承認各種語言的獨立性的基礎上來進行比較，決不可以特定語言為標準來衡量另一種語言，因此他對用英語文法來分析漢語的《馬氏文通》的評價極為尖刻。

> 夫印歐系語音之規律，未嘗不間有可供中國之文法作參考及采用者。如梵語文典中，語根之說是也。今於印歐系語言中，將其規則之屬於世界語言公律者，除去不論，其他屬於某種語言之特性者，若亦同視為天經地義，金科玉律，按條逐句，一一施諸不同系之漢文，有不合者，即指為不通。嗚呼！文通，文通，何其不通如是也？❸

這種見解並不是出自國粹主義的的狹隘觀點，而是對各種語言進行充分分析後的結果，所以極富說服力。陳寅恪將《馬氏文通》

---

❸ 陳寅恪〈與劉叔雅論國文試題書〉，《金明館叢稿二編》223 頁。上海古籍出版社，1982。

視為附會西歐學說的第一例，在他看來對漢語進行比較研究時應以
屬同種語系的藏語或緬語為參照，以英語作為標準，則從一開始就
選錯了對象。這種比較研究的原則不只適用於語言，拋開歷史發展
背景，在各屬不同系統但有相似之處的文學之間，可以更廣泛地進
行，但陳寅恪對其弊端也予指出。

> 蓋此種比較研究方法，必須具有歷史演變及系統異同之觀
> 念。否則古今中外，人天龍鬼，無一不可取以相與比較。荷
> 馬可比屈原，孔子可比歌德，穿鑿附會，怪誕百出，莫可追
> 詰，更無所謂研究之可言矣。**㉛**

　　按陳寅恪的觀點，比較研究的範圍當然會縮小，他所提示的適
於比較的對象，首先要具有可比性，例如中國與日本文學中的白居
易，印度文學史與中國文學史中的佛經故事等。但陳寅恪的見解在
比較研究日益重要的今日仍極為有效。

㈣ 獨立之精神與自由之思想

　　陳寅恪學術研究方面最重視的就是獨立之精神與自由之思想，
這也是他一生所追求的目標，當然這兩個目標並不是相互獨立而是
相輔相成的。陳寅恪眼中為貫徹這兩個目標而獻身的即為王國維，
一九二九年他寫的〈清華大學王觀堂先生紀念碑銘〉中對王國維的
獨立精神與自由思想稱頌道：

㉛　同註㉚，223-224頁。上海古籍出版社，1982。

> 士子讀書治學，蓋將以脫心志於俗諦之桎梏，真理因得以發
> 揚。思想而不自由，毋寧死耳。斯古今仁聖所同殉之精義，
> 夫豈庸鄙之敢望。先生以一死見其獨立自由之意志，非所論
> 於一人之恩怨，一姓之興亡。❸❷

為實現自由思想，擺脫俗諦的束縛，堅持與發揚真理為實現這
一原則的關鍵，這不只適於純粹的學術研究領域，也適於創作領
域。陳寅恪的自由論亦適用於俗文學，如對於彈詞《再生緣》，陳
寅恪認為陳端生的序言比創作《再生緣》續篇的梁楚生的自述之所
以更加出色的原因，在於陳端生的自由思想超過了梁楚生的自由思
想。對此他指出：

> 《再生緣》一書，在彈詞體中，所以獨勝者，實由於端生之
> 自由活潑思想，能運用其對偶韻律之詞語，有以致之也。故
> 無自由之思想，則無優美之文學，舉此一例，可概其餘。此
> 易見之真理，世人竟不知之，可謂愚不可及矣。❸❸

他的這種論調延續到《柳如是別傳》，重新著述〈緣起〉的目
的在於廣泛宣傳「獨立之精神」與「自由之思想」。

雖然，披尋錢、柳之篇什於殘闕毀禁之餘，往往窺見其孤懷

---

❸❷　陳寅恪〈清華大學王觀堂先生紀念碑銘〉，《金明館叢稿二編》218 頁。
❸❸　詳見陳寅恪〈論再生緣〉，《寒柳堂集》66 頁。

遺恨，有可以令人感泣不能自已者焉。夫三戶亡秦之志，
〈九章〉哀郢之辭，即發自當日之士大夫，猶應珍惜引申，
以表彰我民族獨立之精神，自由之思想。❸❹

如此，陳寅恪畢生追求的對獨立與自由的渴望也流露在獻給王
國維的輓詞中：

先生之著述，或有時而不章。先生之學說，或有時而可商。
惟此獨立之精神，自由之思想，歷千萬祀，與天壤而共久，
共三光而永光。❸❺

五、文化史角度的文史研究

前面考察了陳寅恪文化本位論背景的四大要素，現在有必要探
討一下文化本位論是如何適用於文史研究的。在其文史研究中文化
為一貫的中心詞，要對此進行詳細探討則需要另一篇文章。所以在
此只舉一些「文化」作為歷史、文學研究方面中心詞的實例。

---

❸❹ 參看陳寅恪《柳如是別傳》第一章緣起，4 頁。三聯書店，2001，北京。
「三戶亡秦」指楚國為秦所滅最為冤枉，楚國人即使只剩下最後三戶也要向
秦復仇。「九章哀郢」指楚國的詩人屈原被逐出宮後懷念楚國的首都郢所作
的〈九章〉，意即預見了亡國之恨的知識分子的憂患意識。詳見《史記》
〈項羽本紀〉與〈屈原列傳〉。
❸❺ 陳寅恪〈清華大學王觀堂先生紀念碑銘〉，《金明館叢稿二編》218 頁。

㈠ 超越種族的文化要素

陳寅恪的歷史研究一貫與文化研究緊密相連,正如三十年代他指出的「寅恪不敢觀三代兩漢之書,而喜談中古以降民族文化之史」[36]。陳寅恪一貫主張文化應接受、吸收與改造以及同化才能發展,他將此邏輯運用於對唐代歷史的研究,並取得了很大的成就。作為隋唐史研究經典的《唐代政治史述論稿》與《隋唐制度淵源略論稿》無一例外地超越種族,而以文化貫穿全書。他將唐的繁榮歸為野蠻文化與中原文化的結合,這與將異族文化的滲入視為入侵的中華本位思想不同,顯示了他開放的態度。

> 李唐一族之所以崛興,蓋取塞外野蠻精悍之血,注入中原文化頹廢之軀,舊雜既除,新機重啟,擴大恢張,遂能別創空前之世局。[37]

陳氏認為幾種不同的文化在相互接觸吸收及同化的過程中可起到發展固有文化的作用,即他在強調「雜種強勢」這一觀點,這與「中華主義者」的態度迥然不同。他所說的文化超越種族的觀點表明他對其他世界的文化也極為開放,這一觀點為陳氏在他所有著述中強調的重點。因此對匈奴、氐、羌、羯、鮮卑五胡政權組成的北

---

[36] 陳寅恪〈陳垣元西域人華化考序〉,《金明館叢稿二編》239 頁。上海古籍出版社,1982。

[37] 陳寅恪〈李唐氏族之推測後記〉,《金明館叢稿二編》303 頁。上海古籍出版社,1982。

朝在歷史上最受重視的胡與漢的交流與摩擦，他不把它歸於種族與政權問題，而是作為文化問題來解釋。

> 總而言之，全部北朝史中凡關於胡漢之問題，實一胡化漢化之問題，而非胡種漢種之問題，當時之所謂胡人漢人，大抵以胡化漢化而不以胡種漢種之分別，即文化之關係較重而種族之關係較輕，所謂有教無類者是也。

這段話說明民族間的融合應以文化的融合為前提，也表明文化的作用超越於種族。他舉西魏的宇文泰作為文化統合的力量超越軍事與經濟力量的例子，並認為東魏的高歡與江左之所以能抗衡，其力量來源於文化。

> 融合其所割據關隴區域內之鮮卑六鎮民族，及其他胡漢土著之人為一不可分離之集團，匪獨物質上應處同一利害之環境，即精神上亦必具同出一淵源之信仰，同受一文化之薰習，始能內安反側，外禦強鄰。而精神文化方面尤為融合複雜民族之要道。㊳

在研究隋唐歷史的著述中最為重要的《隋唐制度淵源略論稿》與《唐代政治史述論稿》兩書中，他一再強調「關中」與「隴西」的文化氛圍，這作為文化史研究的重要一環開創了歷史研究的一條

㊳　陳寅恪《唐代政治史述論稿》15頁，上海古籍出版社，1982。

新路。70 年過去的今天開放與世界化又成為國家存亡的熱門話題，回頭探討陳寅恪如此開放的態度，對今天的我們可謂意義深遠。

㈡ 風俗的異同與文化解釋

陳寅恪在文學研究上一貫主張不應離開文化史研究的角度，他在文學方面的主要著述《元白詩箋證稿》即為最好的一例。問題起源於唐宋對禮法角度的不同，宋朝的洪邁在其著作《容齋三筆》中對白居易的行為提出了質疑。

> 白樂天〈琵琶行〉，蓋在尋陽江上為商人婦所作。而商乃買茶於浮梁，婦對客奏曲，樂天移船，夜登其舟與飲，了無顧忌。豈非以其為長安故倡女，不以為嫌耶？集中又有一篇題云：「夜聞歌者」。時自京城謫尋陽，宿於鄂州，又在〈琵琶行〉之前。……陳鴻〈長恨歌傳〉云：「樂天深於詩，多於情者也。故所遇必寄之吟詠，非有意於漁色。然鄂州所見亦一女子獨處，夫不在焉。瓜田李下之疑，唐人不議也。今詩人罕談此章，聊復表出。」

用現在的話來說，這是雖被流放仍應保持讀書人品行的道德問題，《容齋五筆》中也有對白居易行為的質疑。

> 白樂天〈琵琶行〉一篇，讀者但羨其風致，敬其詞章，至形於樂府，詠歌之不足，遂以謂真為長安故倡所作。予竊疑

之。唐世法網雖於此為寬，然樂天嘗居禁密，且謫宦未久，必不肯乘夜入獨處婦人船中，相從飲酒，至於極絲彈之樂，中夕方去。豈不虞商人者，它日議其後乎？**㊴**

對洪邁的質疑，陳寅恪一方面指出詩句解釋方面的錯誤，一方面對洪邁提出的男女禮法的問題做出了唐、宋風俗根本不同的解釋。

> 夫吾國社會風習，如關於男女禮法等問題，唐、宋兩代實有不同。此可取今日日本為例，蓋日本往日雖曾效則中國無所不至，如其近世之於德國及最近之於美國者然。但其所受影響最深者，多為華夏唐代之文化。故其社會風俗，與中國今日社會風氣經受宋以後文化之影響者，自有差別。**㊵**

接著他具體考證了當時男女關係的一些特點。

> 惟其關於樂天此詩者有二事可以注意：一即此茶商之娶此長安故倡，特不過一尋常之外婦。其關係本在可離可合之間，以今日通行語言之，直「同居」而已。元微之於〈鶯鶯傳〉

㊴ 洪邁文章皆引於陳寅恪《元白詩箋證稿》第二章〈琵琶引〉50-51頁。上海古籍出版社，1982。其中「唐人不議」在《容齋三筆》中為「唐人不譏」，意思更為恰當。原文參看洪邁《容齋三筆·下冊·卷六》54-55頁，《容齋五筆》卷第七61-62頁。臺灣商務印書館，臺北，1977。

㊵ 陳寅恪《元白詩箋證稿》第二章〈琵琶引〉52頁。上海古籍出版社，1982。

極誇其自身始亂終棄之事，而不以為慚疚，其朋友亦視其為
當然，而不非議。此即唐代當時士大夫風習，極輕賤社會階
級低下之女子。視其去留離合，所關至小之證。……二即唐
代自高宗武則天以後，由文詞科舉進身之新興階級，大抵放
蕩而不拘守禮法，與山東舊日士族甚異。……樂天亦此新興
階級之一人，其所為如此，固不足怪也。❹

　　這裏讓我們想起了他對梁啟超指出的以自身所處時代的環境來
解釋過去的危險性。由此可知陳寅恪的文化本體論反映了中國與外
國，中國境內各民族文化以及同一民族由於時間差異所造成的各時
代文化間視角的微妙差異。

六、結語

　　本文由王國維的去世探討了陳寅恪的文化本位論。陳寅恪面對
王朝的衰亡感到了文化崩潰所帶來的悲哀，他作為臣民的負罪感的
背景可追溯到從祖父陳寶箴那裏傳下來的家族傳統觀念。他畢生銘
記祖父開始追求的「中體西用」思想，但這不可與張之洞政治意義
的口號相混淆，而應視為他贊同異質文化間的接觸、融合與同化的
文化接受過程中的一種邏輯。他認為合理地吸收外來文化，即成功
的實現文化的「中體西用」可成為提高固有文化的契機。同時他的
文化本位論的思想背景源於中國知識分子傳統的憂患意識，其中對

---

❹　同註❹。

古人的研究方面強調充分理解古人所處環境的「同情」意識極為重要。同時指出學術方面的獨立與思想的自由，是固守這種成熟文化的前提條件。

他在從文化本位論出發的對唐代歷史的研究中，認為處於邊緣的胡族文化與漢族文化同等重要，對唐文化的構成起著極為重要的作用。對唐代文學的研究時，他認為即使是同一民族隨著時間的流逝，也會出現道德觀念與社會意識的差異，在比較研究過程中這些微妙的差異不容忽視。

由此陳寅恪畢生所建立的學問體系無妨可稱為文化史批評，傅璇琮將陳寅恪的文化史批評的意義總結為：

> 對於陳寅恪來說，文化史批評不是一種偶然性與局部性，而是一種根本觀點，那就是對歷史、對社會採取文化的審視。他的研究使某一具體歷史事件得到整體的呈現，使人們更易於接近它的本質。他是既把以往人類的創造作為自然的歷史進程，加以科學的認知，而又要求對這種進程應該具備超越於狹隘功利是非的博大的胸懷，而加以了解，以最終達到人類對其自身創造的文明能有一種充滿理性光輝的同情。筆者認為，這就是貫串在他大部分著作中的可以稱之為文化史批評的學術體系。❷

---

❷　傅璇琮〈陳寅恪文化心態與學術品位的考察〉13 頁。《解析陳寅恪》社會科學文獻出版社，1999，北京。

如上文所述，從所有文化都已商品化，文化已成為一種生存口號的二十一世紀的今天來看，陳寅恪的「文化本位論」觀點並無甚麼特別之處。但回顧這一觀點提出的背景，當時中國延續了數千年的封建王朝土崩瓦解，正如陳寅恪所指出的是「綱紀」崩潰，同時要面對從未有過的包括強大軍事力量的文化的衝擊，那是決定民族生死存亡的時期。在這樣的時期他沒有強烈聲討與拒絕外來文化，而是提出了接受與融合的口號，這或許可以解釋為源於其對本民族文化的高度自信，但考慮到當時民族主義強烈復熾的氣氛，其觀點可謂與眾不同。「文化本位論」的重要性隨著時間的流逝，可能逐漸被人忽視，但這對於他不只限於標語與口號，而是貫穿其一生廣博學問領域的中樞，這一點筆者認為值得矚目。高聲提出一種原則並不難，難的是能長久地固守并實踐自己的原則，在這一點上陳寅恪實為現代的學者作出了典範。

參考文獻

陳寅恪《金明館叢稿初編》上海古籍出版社，1982。
陳寅恪《金明館叢稿二編》上海古籍出版社，1982。
陳寅恪《寒柳堂集》上海古籍出版社，1982。
陳寅恪《元白詩箋證稿》上海古籍出版社，1982。
陳寅恪《唐代政治史述論稿》上海古籍出版社，1982。
陳寅恪《隋唐制度淵源略論稿》上海古籍出版社，1982。
陳寅恪《柳如是別傳》三聯書店，2001，北京。
王子舟《陳寅恪讀書生涯》長江文藝出版社，1997。

張傑楊、燕麗選編《解析陳寅恪》社會科學文獻出版社，1999，北
　　京。

陸鍵東《陳寅恪的最後貳拾年》三聯書店，1996，北京。

蔣天樞《陳寅恪先生編年事集》上海古籍出版社，1997。

葉嘉瑩《王國維及其文學批評》香港中華書局，1982。

羅繼祖主編《王國維之死》廣東教育出版社，1999。

袁英光、劉寅生《王國維年譜長篇》天津人民出版社，1996。

陳鴻祥《王國維年譜》齊魯書社，1991。

洪邁《容齋隨筆》臺灣商務印書館，臺北，1977。

理學家退溪詠物詩所呈現的物我觀和目前的環境問題

洪瑀欽

韓國嶺南大學名譽教授

一、緒論

退溪李滉（1501-1570），出生於朝鮮慶尚道禮安縣溫溪裏，7個月後，失去了父親李埴，由慈母細心的養育下成長；從 12 歲開始向叔父李堣學習《論語》，深得其大義，兼讀《陶淵明集》，欣賞陶氏的為人和詩的境界❶；20 歲左右，自探《周易》，夙夜匪懈，終染疾病，一生難免體弱。然因慈母的勸告，27 歲時應試進士，合格之後，便離家去了首爾，入學成均館讀書，再應司馬試合

---

❶ 李滉，《退溪文集卷一》，〈和陶集移居韻二首〉，〈和陶集飲酒二十首中第五首〉，「我本山野質，愛靜不愛喧。愛喧固不可，愛靜亦一偏。君看大道人，朝市等雲山。義安即蹈之，可往亦可還。但恐易磷緇，寧敦靜修言。

格；33 歲時，和當代著名人士深入探討陳西山編的《心經附註》
而瞭解到心學的重要性；34 歲時，應試文科合格後，才進入宦
途，擔任文院正字，端陽郡守，豐基郡守，弘文館副提學，工曹參
議，禮曹判書等官職。

雖為游宦，而他的本心則常在林泉作學問。因此，從 46 歲到
60 歲，反復出處，辭掉大部分的官職，回來故鄉安東兔溪，蓋養
真庵、寒棲庵、陶山書堂等書齋，自號為退溪或是陶翁，一面專心
研究周敦頤的《太極圖說》、張載的《西銘》、程頤的《四箴》、
朱熹的《朱子大全》等宋代理學方面的資料，而完成自己的理學體
系；一面整理有關理學方面的宇宙心性圖，作所謂《聖學十圖》
❷，贈與年輕的國王（宣祖），使他能把握理學的核心從而應用於
經世濟民的政策。另外，還要注意的，就是李滉和他門人的關係。
按《退溪及門錄》，當時朝野年輕一輩的很多名士，受到李滉的影
響。其中李滉跟奇大升（1527-1572）花了 7 年的時間，對四端七
情激烈論辨，在韓國學術發展史上，樹立了不朽的業績。❸

李滉由如此愛好自然的天性、宦途歷程、理學方面的學術理論
等豐富的經驗，確立了人生觀和宇宙觀，寫了不計其數的詩文。我
們站在目前人類面臨的地球環境問題的側面，欣賞李滉所作的詩文
中以山水草木等為題材的詠物詩，則在那種詩裡有一貫地反映的物

---

❷　①太極圖（周敦頤）；②西銘圖（張載──程林隱）③小學圖（小學目錄
　　──李滉）④大學圖（大學經──權近）⑤白鹿洞規圖（朱熹──李滉）⑥
　　心統性情圖（程林隱──李滉）⑦仁說圖（朱熹）⑧心學圖（程林隱）⑨敬
　　齋箴圖（朱熹──王魯齋）⑩夙興夜寐圖（陳南塘──李滉）
❸　韓國精神文化研究院，《韓國人物大詞典》（中央日報社），1999。

我（對象：自我）觀，對我們暗示著保護地球環境的一些根本原理。舉幾個例子，來試探那李滉的物我觀和保護自然環境的相關性，則如下。

二、物我的來源觀和愛物的情感

從古至今，人類和他們眼前存在的萬物，結下密不可分而多變的的關係才存活下來了。原始時代的人類，為了維持自己的生命，打獵充饑，挖土隱身，而因害怕洪水打雷等自然現象，認為物就是我的畏敬對象而已；經過耕田以食，鑿井以飲的農耕時代❹，而進入文明時代，人類漸漸發現自己面前的萬物那原有的實象和它具有的美感，而還是對物和我的來源的問題，則沒有什麼那麼深刻地思考。譬如說，「采菊東籬下，悠然見南山。」❺中的物我（南山：淵明）的關係，雖然一致，而這一致只是止於我（淵明）的感覺和物（南山）的一致；「床前明月光，疑是地上霜。舉頭望明月，低頭思故鄉。」❻中的物我（明月，故鄉：李白）的關係，就是我直觀物而想象它而已。所以，物是物，我是我，物就是我的客觀對象。

從中國的歷史來看，到了北宋時代濂洛關閩的理學家以周敦頤《太極圖》為主題討論宇宙萬物生成的一種哲學性的原理，而導出

---

❹ 擊壤歌：日出而起，日入而息。耕田以食，鑿井以飲。

❺ 陶淵明，《退溪全書》卷。

❻ 李白，〈靜夜思〉。

「理一分殊」的論理之後，東亞細亞各國學術界和文壇很普遍地接受這種宋明新儒家的論說，才認為物我的根源同出於一元。從這段時期，物我的關係，不是互相別物的存在，而是從同一個母胎（太極，理）變化（陰陽→五行）出來的兄弟姐妹（萬物）的關係❼。不但有生命的草木昆蟲禽獸魚鱉，而且土石塵埃日月星辰也是我的同胞。❽朱熹說：「太極只是天地萬物之理，在天地言，則天地中有太極，在萬物中各有太極。」❾所以，朱熹在他的一首說理詩中說道：

> 勝日尋訪泗水濱，無邊光景一時新。等閒識得東風面，萬紫千紅總是春。❿

我們仔細欣賞這首詩的含義，泗水濱的「萬紫千紅」，都是從一個太極（理）變化出來的各種各樣的萬物。換句話說，泗水濱的草木花卉，昆蟲魚鱉，土石塵埃等萬物，都是跟我（朱熹）一樣含有同一個太極（春）出生的同胞。所以，那美麗的萬紫千紅，不是朱熹（我）的畏敬、鬥爭、砍伐、開發的對象，而是應該友好、維護、

---

❼　周敦頤，《太極圖》：「此所謂無極而太極也，所以，動而陽，靜而陰之本體……此陰陽變合而生水火木金土也……乾男坤女，以氣化者言也，各一其性，而男女一太極也……萬物化生以形化者言也。各一其性而萬物一太極也，惟人也得其秀而最靈則所謂人。」

❽　張載，〈西銘〉：「乾稱父，坤稱母，予茲藐焉，乃混然中處，故天地之塞吾其體，天地之帥吾其性，民吾同胞，物吾與也。」

❾　張伯行輯訂《朱子語類輯略》卷之一，〈理氣，太極天地〉。

❿　朱熹，〈春日〉。

保護的東西。根據這樣的物我觀點來對待圍繞我的自然環境的話，我也是屬於那自然環境的一部分，怎麼敢把它隨便污染、砍伐、殺害、破壞呢。

> 應嫌屐齒印蒼苔，十扣柴扉九不開。春色滿園關不住，一枝紅杏出墻來。**⑪**

跟這首詩裏面「十扣柴扉而九不開」的小園主人一樣，為了保護蒼苔（理一分殊的同胞），能拒絕破壞地球環境的開發行為。

韓國歷史上，開始接受新儒學理論的時期，是 13 世紀初年（高麗末年）。可是，到了朝鮮初期為止的一段時間，則只是為了確立國家社會的紀綱，用「大學之道，在明明德，在親（新）民，在止於至善。」《大學》、「天命之謂性（理），率（循）性之謂道，修道之謂教。道也者須臾不可離也，可離非道也。」《中庸》等的有關修己治人的原理來強調三綱五倫。到了 16 世紀初期（近世朝鮮中期），慶尚道人李彥迪（1491-1533）提到太極論**⑫**，開城人徐敬德（1489-1546）發表〈理氣說〉、〈太虛論〉**⑬**等的宇宙論之後，很多人才把〈太極圖〉所提供的「理一分殊」論理來思考宇宙和人間的來源及那倆互相關係的問題。對宋明新儒學所說的理氣心性問題，最精細思考，深入瞭解，而把它化為生活哲學的人

---

⑪ 葉紹翁，〈遊小園不值〉。

⑫ 李彥迪，《晦齋集》卷五，〈書忘機堂無極太極說後〉、〈答忘機堂書〉一，二。

⑬ 徐敬德，《花潭集》卷二，〈理氣說〉、〈太虛說〉。

物，就是朝鮮中期的退溪李滉。

他在〈林居十五詠，觀物〉說：

> 蕓蕓庶物從何有，漠漠源頭不是虛。欲識前賢感應處，請看
> 庭草與盆魚。

這裏「不是虛的漠漠源頭，就是前賢（宋代理學家）所說的生產庭
草與盆魚等蕓蕓庶物（萬物）的太極（理＝萬物的來源）。那太
極，不僅是生產庭草和盆魚的母親，而且也是生產李滉自己的母
親。因此，李滉眼前的庭草與盆魚（萬物），都是李滉的同胞。李
滉雖然離開安東去首爾做官，但從來也不曾忘記在故鄉等待自己的
梅、蘭、菊、竹、松、柏、魚、鱉、麔、鹿、雀、鶴等的同胞，有
的時候，策馬回鄉，尋訪梅兄，玩賞菊妹，撫松柏而盤桓，俯魚鱉
而忘返。

> 我友五節君，交情不厭淡。梅君特好我，邀社不待三。
> 使我思不禁，晨夕幾來探。帶烟寒漠漠，傍湖清澹澹。
> （〈次韻金惇敍梅花〉）

如此，他在故鄉，晨夕來探特好自己的梅君及使自己思不禁的五節
君等的同胞，究竟辭官樸居於陶山，永遠和陶山的萬物為一體而玩
樂。

三、物我的存在意義和生命價值

　　一般人看世界萬物的現象，萬物不但有大小、高低、深淺、長短、廣狹、美醜、善惡、強弱、優劣等千差萬別的不同，而且隨著外樣的差異，它們具有的存在意義和生命價值也好像有差別。比如牛、鼠來說，牛是大而且有強力的動物，所以，牛的存在意義和生命價值，好像比老鼠大很多；鼠是小而且力弱的動物，所以，鼠的存在意義和生命價值，好像比牛微小。可是，拿「太極只是天地萬物之理，在天地言，則天地中有太極，在萬物言，萬物中各有太極。」⑭的觀點來說，牛鼠具有的外樣和力量，雖然有大小強弱的差異，而那兩種大小動物從本源所受的太極（理），則是一樣的太極。因此，牛鼠具有一樣存在的意義和一樣生命的價值的。

　　　閒來無事不從容，睡覺東窗日已紅。萬物靜觀皆自得，四時
　　　佳興與人同。⑮

程顥的這首詩對這個問題說得很清楚。千差萬別的萬物，如何在四時能和人同樣驕傲，同樣高興呢？因為那萬物都是跟人一樣從創造宇宙萬物的造化翁（太極，理）受到一樣大，一樣價值的太極而生存下來，所以，萬物在四時能和人同樣驕傲，同樣高興。那麼，這

---

⑭　朱熹，《朱子語類輯略》卷之一，〈理氣〉（張伯行輯訂），臺灣商務印書
　　館，人人文庫。
⑮　程顥，〈偶成〉。

樣承認人跟萬物具有的同樣的存在意義和價值的人，能隨便折掉一枝花，打殺一隻鳥，污染溪水，破壞山嶺嗎？恐怕是不可能的。接受新儒學理論的李滉也說：

> 物物皆含妙一天，濂溪何事獨君戀。細思馨德真難友，一詳稱乎恐亦偏。（〈陶山雜詠・淨友塘〉）

在上面已經介紹李滉整理《聖學十圖》而呈送給國王的事情。他在那十圖之中，把濂溪周敦頤的《太極圖》排在首位。這排圖定位的事例，讓我們能推測李滉對《太極圖》所含的宇宙論和人生論如何深入瞭解，怎麼樣推崇其內容的情況。由此，他根據《太極圖》指示的論理和程張朱氏的學說，無疑地相信「物物皆含妙一天」（理一分殊）的道理。在這裏我們特別注意的，是不管大小、長短、高下、美醜的萬物都含有妙一天的思想。這是同意萬物含有平等的存在意義和生命價值的證據。通過這樣思想的眼光來觀察宇宙萬物，則萬物也具有跟李滉（我）一樣的存在意義和生命價值。不但陶山書院裏一所小池塘的蓮花（淨友），而且圍繞陶山書院的山川草木、沙土、昆蟲、魚鱉、飛禽、走獸等等，都跟李滉（我）能共有陶山的環境，平等享受那麼美麗的風景。所以，李滉（我）住在陶山，極愛那自然，沒有破壞環境，而建設物我共存，物我共樂的理想世界。❻他在〈陶山雜詠並記〉說：

---

❻ 李滉，《退溪全書》卷一所載〈獨遊孤山至名月潭因並水循山而下晚抵退溪每得勝境即賦一絕凡九首〉、〈戲作七台三曲詩〉，〈林居十五詠〉、〈陶

靈芝之一支東出而為陶山，或曰以其山之再成而命之曰陶山
也。或雲，山中舊有陶竈，名之以其實也。為山不甚高大，
宅曠而勢絕，占方位不偏，故其仿之峰巒，溪壑皆若拱揖，
環抱於此山也。山之在左曰東翠；在右曰，西翠屏；東屏來
自清涼，至山之東而列岫縹緲；西屏來至靈芝，至山之西而
聳峰巍峨，兩屏相望，南行迤邐，盤旋八九里許，則東者
西，西者東而合勢于南野莽蒼之外；水在山后曰，退溪；在
山南曰洛川，溪循山北而入洛川，於山之東川，自東屏而西
趨，至山之趾，則演漾泓渟，沿溯數里間，深可行舟，金沙
玉礫，請瑩紺寒，即所謂濯纓潭也。西觸於西屏之崖，遂並
其下，南過大野而入於芙蓉峰下，峰即西者東而合勢之處
也。始余卜居溪上，臨溪縛屋數間，以為藏書養拙之所。**⓱**

這臨溪縛屋數間的藏書養拙之所（陶山書院），不是由破壞自然環
境而建設的華麗大廈，而是和東西南北遠近高低的山水環境互相調
和的很樸素的茅屋**⓲**。退溪坐在這一間茅屋書院，有時盼望從「漠
漠源頭不是虛」的源頭（一理＝太極）產生出來而四時佳興與人同
的峰巒溪壑，把陶山周圍的十八個景物而作那個別的名稱（陶山書
堂、玩樂齋、幽貞門、淨友塘、節友社、隴雲精舍、觀瀾軒、時習

山雜詠十八絕〉，〈仙遊洞八詠〉、〈金慎仲把清亭十二詠〉，〈次韻集勝
亭十絕〉等，都是屬於這一類的詩。

⓱ 李滉，《退溪全書》卷三，〈陶山雜詠〉十八首。

⓲ 同上書，〈陶山雜詠〉十八首中，〈芙蓉峰〉：「南望雲峰半隱形，芙蓉曾
見足嘉名。主人亦有煙霞癖，茅棟深懷久未成。」

齋、止宿寮、谷口門、天淵台、天光雲影台、濯纓潭、盤陀石、東翠屏山、西翠屏山、芙蓉峰），將這十八個名稱來為題目作十八首七言絕句詩而顯現那名稱所含的意義。繼下來，他更仔細觀察陶山的景物，作二十六種的稱呼（蒙泉、冽井、庭草、澗柳、菜圃、花砌、西麓、南沜、翠微、廖廊、釣磯、月艇、櫟遷、漆園、魚梁、漁村、煙林、雪徑、鷗渚、鶴汀、江寺、官亭、長郊、遠岫、土城、校洞），而且把它們為題材吟詠二十六首的五言絕句。

> 浩浩洋洋理若何，如斯曾發聖咨嗟。幸然道體因茲見，莫使工夫間斷多。（〈觀瀾軒〉）

> 庭草思一般，誰能契微旨。圖書露天機，只在潛心耳。（〈庭草〉）

這退溪由「理一分殊」的理學哲理來觀看晝夜不舍的流水波瀾和庭院的一根草的物我觀，給我們破壞自然污染環境的現代人類暗示著的深意到底是什麼？那就是讓人類覺醒物我關係的重要性，而保存宇宙裏獨一無二的地球環境來維持永遠無窮的人類的搖籃。

四、結論

我們都知道，21 世紀的人類，不注意不行的最大課題，就是保護地球環境的問題。因產業發達，從世界各國的工廠和越來越普遍地球的汽車所排出的各種廢氣，已經招來地球環境的溫暖化，而

發生嚴重的生態界變化；先進國家，借改善生活的名目，傾注國
力，為建摩天大樓而破壞山野；後進民族，因牧養牛羊，破壞草
原，地球越來越沙漠化，濃厚的黃沙雲籠天空，而威脅人類的生
存。這個自然環境的問題，讓我們人文學方面的學者也不禁憂慮。
將這種憂患之心來讀接受宋明理學理論的朝鮮理學家李滉的詠物
詩，則那詩裏面所現的物我（對象：自我）觀，給讀者以下三項的
啟示。

　　(1)由新儒學所說的理一分殊的論理來說，宇宙萬物和人類，在
那來源的原理上，互相有同胞的關係。所以，人類應該以親愛兄弟
之心，對待圍繞自己的自然環境。

　　(2)有關人類衣食住的東西，都是跟自然萬物有不可分離的關
係，故人類為了保存自己的生命，不得不殺掉生物，破壞山川，污
染江海，越來越走向自滅的道路。但是，瞭解物我同胞的原理而遷
移的人，則雖然破壞自然環境，而發揮自製之心，能盡量減少那自
招的威脅。

　　(3)相信物我同胞的原理而遷移的人，則不但抑制破壞自然環境
之意欲，而且恢復被破壞的自然環境，或者創造比天然更美麗的自
然環境，跟那自然同胞們，共生共樂。（2008.3.18）

參考文獻

李滉，《退溪全書》，韓國，成均館大學大同文化研究院影印本，
　　1978。
朱熹，《晦庵先生朱文公文集》，臺灣，中文出版社影印本，

1977.8.15。

陶潛，《靖節先生集》，臺灣，河洛圖書出版社，1973。

陸費逵總勘，《性理全書》，臺灣，中華書局印行，1978。

張伯行輯訂，《朱子語類》，臺灣，商務印書館印行，1979。

李丙燾，《韓國儒學史》，韓國，亞細亞文化社，1989。

韓國精神文化研究院，《韓國人物大詞典》，中央日報社，1999。

李白詩傳

陳冠甫（慶煌）
淡江大學中國文學系專任教授

壹、緣起

　　大約在二十年前，曾聽李猷教授這麼談起❶，李先生因獲國史館邀約，為近代表現傑出，足資典範的人物擬傳，當即將完成時，自認已能將一向平面的「國史擬傳」寫出了立體來，而倍感欣慰。就繪畫而論：當一個全無素描基礎的人，要將景物畫成立體，已非易事；儻以寫作來說：如單憑文字的描寫，想塑造出一位有血有肉，個性鮮明，活靈活現的立體人物，更是難上加難。

---

❶　李猷（1914-1996）字嘉有，江蘇常熟人。為著名之古文家、詩人、書法家，曾任中華學術院詩學研究所所長，著有《紅垞樓詩集》、《紅垞樓文存》、《龍磵詩話》等傳世。

按：傳❷，原本為闡明經義的文字，如《左氏傳》、《公羊傳》、《穀梁傳》是。太史公司馬遷的《史記》，則開紀傳體的先河，不論記天下政權之所在的「本紀」、載諸侯官宦爵位之家的「世家」，或對時代、社會、國家有深遠影響之人士的「列傳」，其文字均屬於記載一個人的生平事蹟。

因此，清人趙翼《廿二史劄記》就曾這麼說：「古書凡記事立論及解經者，皆謂之傳，非專記一人事蹟也。（說見《陔餘叢考》）其專記一人為一傳者，則自遷始。」❸今閱《史記》司馬貞《索隱》解釋「列傳」為：「敘列人臣事蹟，令可傳於後世。」❹有排列諸人為首尾而傳之的意思。到了班固的《漢書》，則將「列傳」省改為「傳」，又將《史記》的「世家」，盡變更作「傳」；所謂「傳」，即著錄人臣的行狀，傳一人的生平之意。

凡是正史有列傳的人，其家大都會有碑傳，這純為了傳之久遠，因此其寫作必力求冠冕堂皇。在明代小品文盛行之際，公安派的袁中道即以感性的遊戲短章，寫出任心任口、小中見大、理趣鮮活、灑脫情真的傳記❺。較之原本刻板的史傳，無疑的已向前邁了

---

❷ 按：傳，《說文》：「遽也。」意指驛站的馬車。如《後漢書·陳寵傳》：「繕理亭傳。」其義與本文主旨無關，謹附注於此，在正文中則不轉錄，庶免旁生枝節。

❸ 趙翼《廿二史劄記》，頁4，臺北：洪氏出版社，民國63年10月版。

❹ 見新校本《史記》第四冊，頁2121，卷六十一，〈伯夷列傳第一〉著錄。臺北：明倫出版社1972年元月初版。

❺ 按：第七屆中國修辭學國際學術研討會在東吳大學召開時，筆者曾以：「公安袁氏擅詞章，中道偏從傳記揚。數筆描來風采見，典型人物立登場。」「淡抹濃粧隨意匠，多方勾勒貌惟真。尖新韻致矜才氣，藝術巔峰貴有

一大步。

　　若以李白為例，唐人為詩仙作傳立碑的有李華〈翰林學士李君墓誌并序〉、劉全白〈唐故翰林學士李君碣記〉、范傳正〈唐左拾遺翰林學士李公新墓碑并序〉、裴敬〈翰林學士李公墓碑〉，宋則有劉昫《舊唐書·文苑列傳》、宋祁《新唐書·文藝列傳》，清則有王琦《李太白年譜》。民國以後，則或小傳、或評傳、或別傳、或詩影、或家世考索、或身世婚姻與家庭、或生平研究匡補，可以說應有盡有，但從未見以詩為李白作傳者。即使有稱「詩傳」的，其「傳」字仍是記事立論及解詩之意。

　　近人龔嘉英先生平素服膺工部，所撰《詩聖杜甫》❻，係以杜詩來作杜傳，以唐史來證杜詩；不僅存真，兼亦考實。當他完成二十萬言的鉅著後，轉研李白詩數載，漸有心得，可以續撰《詩仙李白》時，惜天不假年，遽歸道山。余因授課需要，在指導學生研究李、杜詩之前，必先指出兩人的歷史定位，曾賦詩云：「天不生李、杜，萬古詩壇如長夜。仙聖應運日月光，風雅遂教民俗化。而今世衰瓦釜鳴，發揚吾道肩莫卸。」然後再扼要敘述他們的生平。於是遂以二十五首七絕為李白作傳，三十首七絕為杜甫作傳。會如此做，其目的不外是為了熟稔聖賢風範；亦即本人一向所主張的：

神。」「率爾小言求破道，袁家昆仲偏名道。旁行邪出性靈標，反古緣何仍載道」三絕句，講評〈袁小修傳記小品〉。

❻　按：龔嘉英（1920-2005）字稼雲，江西靖安人。中正大學法學士，司法官高等考試獲雋。九歲能詩，一生以詩為最愛，人稱苦吟先生，以《詩聖杜甫》獲中山文藝獎。曾任中華學術院詩學研究所副所長，有《景勝樓詩稿》傳世。

・文學視域・

「以詩歌活化經典，將經典深植人心，使人心歸於淳厚。」❼相信
藉著這種結合音樂，有韻腳及平仄格律節奏等等的精純粹美詩句，
必定好記好誦，能在傳統的史傳、碑傳之外，別開一種有異於解經
的詩傳，不也算是詩歌的推廣與宏揚嗎？

貳、詩傳❽

一、

誕生碎葉薰胡俗，五歲遷綿長在斯。

賦誦子虛超記憶，星精轉世更誰疑？❾

　　李白（701-763）字太白，自號青蓮居士、酒仙翁。據太白詩
文自述，係漢飛將軍隴西李廣後裔。武周則天皇帝大足元年
（701），亦即長安元年辛丑嶽降。以生於西域碎葉國，受胡俗薰
陶，唐中宗神龍元年（705）乙巳，太白五歲遷至巴蜀綿州，遂在
此成長。據李白〈秋於敬亭送從侄耑游廬山序〉中曾回憶說：「余
小時，大人令誦〈子虛賦〉，私心慕之。」可見他自幼記憶力超
強，鄉賢西漢大文豪司馬相如的成功先例，一直激勵著他。據云：

❼　見拙著《廈門行五十八首》中〈宏揚國粹歌〉前四句。2007 年 12 月 2 日發
　　表於廈門大學。

❽　文見中華楚騷研究會，民國九十五年十一月一日印行《楚騷吟刊》第 67 期，
　　頁 6-10。

❾　按：以下二十五首詩，均見中華楚騷研究會，民國九十五年十一月一日印行
　　《楚騷吟刊》第六十七期頁 6-10。

白誕生之夕，母親曾長庚入夢，《唐摭言》卷七〈知己〉曾載：
「李太白始自西蜀至京，名未甚振，因以所業贄謁賀知章。知章覽
〈蜀道難〉一篇，揚眉謂之曰：『公非人世之人，可不是太白星精
耶？』」貫休〈觀李翰林真二首〉其一頷聯所謂：「雖稱李太白，
知是那星精。」亦同此意。李陽冰〈草堂集序〉說：「世稱太白之
精，得之矣。」而裴敬〈翰林學士李公墓碑〉所言：「或曰：『太
白之精下降，故字太白，故賀監號為謫仙。』不其然乎！」憑李白
天縱的仙才，想像出奇的詩篇，今天更有誰會去懷疑這些傳聞呢？

二、
綿州今屬江油市，阻隔羣山當日視。
白也天生豪俠風，蠻夷雜處令如此。

當時的綿州，今日已改稱江油市，四圍羣山阻隔，由於胡漢雜
處，天生就養成豪俠的風範。

三、
學數干支早發蒙，經研長短百家通。
蘇張自許揉奇正，道隱岷山劍術攻。

李白年五歲，能誦四時六十甲子，學習五方書記之事；唐睿宗
景雲元年（710）庚戌，太白十歲後，能通詩書，觀百家之奇說。
唐玄宗開元三年（715）乙卯，太白十五歲後曾依潼江趙徵君蕤，
精研其所著的《長短經》，好縱橫家捭闔奇正之長短要術，以蘇

秦、張儀的功業成就，自我期許。此外，又好求仙學道，曾隱居岷山之陽，隨東嚴子修道，並兼攻擊劍之術。

四、

居家本近紫雲山，求道學仙甘寂寞。
登覽峨眉訪戴天，神思醞釀懷丘壑。

紫雲山位在綿州彰明縣西南四十里，峯巒翠秀，李白住家離此不遠，為了求道學仙，李白也心甘寂寞，曾登覽戴天山❿，並在那兒讀書；還前往峨眉山游賞。山川靈氣與道教的神祕色彩，醞釀出李白的奇特思想。

五、

弱冠投刺謁蘇公，待以布衣襃語崇。
下筆不休才秉異，比肩司馬衍文風。

開元九年（721）辛酉，剛滿二十一歲的李白即在通往成都道上干謁蘇頲，日後李白〈與安州裴長史書〉中曾回憶說：「前禮部尚書蘇公出為益州長史，白於路中投刺，待以布衣之禮。因謂羣寮曰：『此子天才英麗，下筆不休，雖風力未成，且見專車之骨。若廣之以學，可以相如比肩也。』四海明識，具知此談。」若不是李

---

❿　按：戴天山又稱大匡山、大康山，或稱匡山或康山，在今四川江油市西接彰明縣界。

白天賦異秉，才思橫溢，將來有望並駕甚至開展鄉賢司馬相如的文風，怎能獲得唐初「大手筆」許國公如此的賞識呢？

六、

耿耿男兒志四方，離川出峽友于七。

存交重義權營殯，江入大荒舟遠航。

李白在〈上安州裴長史書〉中曾自言：「士生則桑弧蓬矢，射乎四方，故知大丈夫必有四方之志。乃仗劍去國，辭親遠游，南窮蒼梧，東涉溟海。」當開元十二年（724）甲子秋，李白二十四歲時離開四川，出三峽沿著長江東下。江流入楚，幅員驟形開闊，這與李白躍動的心情正好吻合。不幸次年夏天與他結伴同遊的蜀中友人吳指南卻病死在洞庭湖畔，白炎月伏屍，泣盡以血，權為營殯入葬後，便繼續搭船遠航到金陵。

七、

任俠雙眸光炯炯，江湖手刃負心人。

仙風道骨游天外，司馬子微言竟真。

由於李白的性格，早年深受少數民族勇武而好歌舞之影響所形成，崔宗之〈贈李十二〉詩云：「袖有匕首劍，懷中茂陵書。雙眸光照人，詞賦凌〈子虛〉。」其好友魏顥〈李翰林集序〉說：「少任俠，手刃數人。」當係實情。在江陵李白見了道教名流天臺司馬承禎子微，據李白〈大鵬賦序〉他追述說：「子微謂余有仙風道

骨，可與神游八極之表。」後來李白兌現了子微的預言，而《莊子‧逍遙遊》中的大鵬鳥儼然為李白之一種象徵，也成了激勵他奮發飛揚、神游天外的一種重要動力。

八、

素愛名山入剡中，匡廬先賞瀑飛虹。
金陵憑弔東山跡，六代繁華已逐風。

約在開元十二年（724）甲子的秋天，李白決意離荊門東下時，作〈初下荊門〉詩云：「霜落荊門江樹空，布帆無恙挂秋風。此行不為鱸魚鱠，自愛名山入剡中。」舟經江西，先登廬山攬勝，有〈望廬山瀑布〉詩云：「日照香爐生紫煙，遙看瀑布挂前川。飛流直下三千尺，疑是銀河落九天。」誇張奇特，落想天外，氣勢磅薄，其詩歌的獨一無二風格，此刻業已形成。待至金陵，憑弔六朝遺跡，賞遊各處名勝，以及緬懷東晉謝安攜妓東土山的風流韻事；**⓫**當下齊湧上心頭，於是在〈示金陵子〉詩結句有云：「謝公正要東山妓，攜手林泉處處行」之詠。只可惜六代繁華已隨風而去，因此在〈東山吟〉開頭即有：「攜妓東土山，悵然悲謝安。我妓今朝如花月，他妓古墓荒草寒」之嘆。

⓫ 按：謝安（320-385）字安石，陽夏人。神識沈敏，風宇條暢，屢辭徵召，寓居會稽，每攜妓遊賞東土山。至弟謝萬黜廢，始有仕進意，時年已四十餘。性好音樂，自弟萬喪，十年不舉樂。及登台輔，朞喪不廢樂。又於土山營墅，樓館林竹甚盛，每攜子姪往來游集。東山之志，始末不渝，每形於顏色。

九、

天臺曉望赤城霞，直下無窮溟渤漲。
散盡黃金樂善施，維揚一載心胸廣。

接著，李白問道剡中，指向越鄉，登天臺山曉望，直下見溟渤汐漲。後來轉往揚州居住近年，生活豪縱，〈上安州裴長史書〉中坦言：「曩昔東游維揚，不逾一年，散金三十餘萬，有落魄公子，悉皆濟之。」足見李白輕財好施，心胸廣大。

十、

遷葬指南於鄂東，多方丐貸了深衷。
壽山小隱圖滿展，許府招婚喜氣融。

李白散盡金銀後，生活窘迫，情緒低落，回到洞庭湖邊，見其友人屍骨筋肉尚在，於是持刃洗削，裹骨徒步，背負不離身，遂乞貸營葬吳指南於鄂城之東，以了其深衷。後來在安州安陸郡壽山暫隱，以圖發展。開元十三年（725）乙丑，太白二十五歲時入贅安陸許府為國師孫壻，雖然鼎盛煊赫不再，但畢竟是相門之後，李白只好甘心屈就婚姻，遂留安陸十年。

十一、

白兆山中暫隱名，幾回自薦終無濟。
漫游得識孟襄陽，臨別贈詩金石契。

　　李白居安陸期間，曾向安州長史李京之獻詩並致書干謁，隨後又給繼任的裴長史寫了一封長信，均不見好的回應，顯然連高攀許府也無濟於求職之事。李白隱於白兆山桃花巖，有〈安陸白兆山桃花巖寄劉侍御綰〉詩自謂：「好閑復愛仙……得憩雲窗眠。」又作〈贈內〉詩云：「三百六十日，日日醉如泥。雖為李白婦，何異太常妻。」⓬在在可見李白的隱居與沉湎於酒，是多麼地不得已啊！這時的李白也到處漫遊，尋求機會。開元二十八年（740）庚辰，年滿四十的李白，曾在襄陽結識隱居鹿門山、大他十二歲的孟浩然（689-740）；當再次相見江夏時，孟浩然卻將東下揚州，於是寫出留傳千古的〈黃鶴樓送孟浩然之廣陵〉詩云：「故人西辭黃鶴樓，煙花三月下揚州。孤帆遠影碧空盡，唯見長江天際流。」李白以浩淼無際之江流來渲洩他豐沛的感情，皆緣於對孟公「不事王侯，高尚其志」的崇高敬意，因此締結了深厚的友誼。不幸，孟浩然在是年疹疾復發，得年五十有二。

　　十二、
　　求仕兩京頻往返，嵩山隱後又終南。
　　玉真薦舉玄宗召，供奉翰林春色酣。

　　約在開元二十年（732）壬申前後，李白經南陽邁向長安。為

⓬　按：《後漢書》卷一〇九〈周澤傳〉：「（澤）復為太常，清潔循行，盡敬宗廟，常臥病齋宮。其妻哀澤老病，闚問所苦，澤大怒，以妻干犯齋禁，遂收送詔獄謝罪，當世疑其詭激。世人為之語曰：『生世不諧，作太常妻，一歲三百六十，三百五十九日齋，一日不齋醉如泥。』」

了一登仕途，頻頻往返兩京，曾暫隱洛陽附近的嵩山與長安附近的
終南山。天寶元年（742）壬午，終蒙唐睿宗之女、玄宗之妹玉真
公主（道號持盈法師）舉薦，前有道士吳筠及太子賓客賀知章
（659-744）言之於朝，此回終獲玄宗徵召入京，供奉翰林院，乃
其最得意之時。

十三、
承恩入侍幾回聞，神氣飛揚醉草文。
力士脫靴妃捧硯，軒然霞舉欲離羣。

李白以文化背景特殊關係，故能通曉異族文字。李陽冰〈草堂
集序〉說玄宗將太白「置於金鑾殿，出入翰林中，問以國政，潛草
詔誥，人無知者。」又，魏顥〈李翰林集序〉也說：「上皇豫游召
白，白時為貴門邀飲，比至半醉，令制〈出師詔〉，不草而成。」
傳言李白醉酒之際，高力士為之脫靴，楊貴妃為之捧硯，因而寫成
了三首風流旖旎的〈清平調〉，自然獲得明皇、太真的寵愛，真飛
揚跋扈，飄飄欲仙了。

十四、
首見知章紫極宮，謫仙名喚倚仙風。
東方朔豈真前世？酒後遭讒亦料中。

李白至長安，與賀知章相遇於紫極宮，一見稱賞之為天上謫仙
人，遂解金龜換酒同樂，並與汝陽王璡、崔宗之等結作酒中八仙之

遊。在李白的詩中每常將自己和東方朔相比附，如〈留別西河劉少府〉詩云：「謂我是方朔，人間落歲星。白衣千萬乘，何事去天庭？」即是一例。白縱酒酣樂，每放佚情性，為同列者中傷，亦勢所難免。

十五、
異文通曉答番書，調譜清平垇齟齬。
傾國名花飛燕擬，天才受忌是狂疏。

李白通曉外文，曾作〈清平調詞〉，前已述明，由於引喻失義，將楊貴妃與被打入冷宮的趙飛燕相擬，高力士摘此瑕疵以挑撥太真；再加上品格不端的玄宗女婿張垍，以素忌李白詩文而極力讒毀，這都是天才疏狂，不知謹慎的原故。

十六、
見傷同列賜金還，杜甫交親汴宋間。
高適成三添異彩，登臺縱獵極歡顏。

李白遭到小人的陷害，天寶三載（744），獲皇上賜金，遂離開京師，先回魯邑任城探視妻兒，再到汴、宋之間與杜甫（712-770）、高適（?-765）相聚，三人結伴東下，同到單父（春秋時屬魯邑、唐屬宋州），登宓子賤的琴臺賞玩，並在孟諸澤縱獵。交誼親密，極盡歡顏；詩酒清狂，頻添異彩。

十七、

與杜重逢魯郡東，同遊共被友情融。

文壇千古留佳話，日月交輝照碧空。

　　天寶四載（745）乙酉，李白帶杜甫到齊州（今濟南）見其從
祖李邕太守，後來杜甫去臨邑探視為縣主簿的二弟杜穎，李白又折
回任城與妻兒相聚。同年秋，李、杜二人又在山東兗州相會，並同
上東蒙山訪道，杜甫有〈與李十二白同尋范十隱居〉排律中云：
「余亦東蒙客，憐君如弟兄。醉眠秋共被，攜手日同行。」等句，
可以看出時年四十五歲的李白與三十四歲的杜甫，雖然相差十一
歲，但卻親如手足，友情融洽。是年冬，白有江東之遊，甫亦歸河
南偃師。李白有〈魯郡東石門送杜二甫〉詩一首，結句云：「飛蓬
各自遠，且盡手中杯。」別後，隔年又有〈沙丘城下寄杜甫〉五
律，其結句云：「思君若汶水，浩蕩寄南征。」從此二人一生不復
相見。今存〈杜工部集〉中，專為李白而寫的詩有十篇，在其他詩
中提及李白的有五篇；在〈李太白集〉中，純為杜甫而撰的只有兩
首。二人被後世尊為詩仙、詩聖，有如天上的日月，光輝照耀著千
古詩壇。

十八、

夢遊天姥忽成吟，遂作南行經白下。

小住揚州轉四明，賀監故宅追風雅。

　　李白在政治落空之餘，渴望超脫塵凡，因而重回到神仙的憧

憬，對天姥、赤城、天臺等道教的聖山魂牽夢縈，於是寫了〈夢游天姥吟留別〉古風後，隨即南下。由於詩名已大，途經金陵、揚州等地，均有人接待並逗留，在〈登金陵鳳凰臺〉中以懷古傷今的形式，抒發其忠悃。後來轉往四明（今紹興一帶），專程往訪賀知章，卻見賀已物故，於是作〈訪賀監不遇〉五絕（後之編者改題〈重憶〉）一首；念及往事，杳焉如夢，於是又撰成〈對酒憶賀監二首〉，情意淒然。

十九、

再回梁苑家宗府，贅壻誠難事順心。
魯婦同居劉氏訣，婚姻悲劇別中尋。

李白遊賞江南名勝後，重回梁苑。由於元配許氏早世，劉氏中道訣裂；女兒平陽與兒子伯禽寄養在東魯，讓一位同居過的婦人照顧。李白長年在外，婚姻怎能美滿？由於難奈寂寞，不久又入贅為故相宗楚客孫女壻了。

二十、

魏州新自幽燕過，韋令盛情相款留。
南下宣城懷謝脁，山光水色入高樓。

李白在梁苑成婚後，用世之心未嘗忘懷，曾北上幽、燕二州，無從謀得發展。返時，路過魏州貴鄉，蒙縣令韋良宰盛情款待。歸梁苑小住後，又由曹南南下宣城。李白歆慕宣城絕美的山光水色，

神往謝朓的文采風流，於是寫下〈秋登宣城謝朓北樓〉、〈宣城謝
朓樓餞別校書叔雲〉等有名詩篇。

二十一、

又向金陵與廣陵，交親魏顥意何深？

妻兒與白居三地，空負平生江海心。

畢竟山水無法填補李白內心的空虛，只好繼續向金陵、揚州尋
求機會。約在天寶十三載（754）甲午，五十四歲的李白與崇拜、
仰慕他的魏顥（始名萬，次名炎，後改為顥。）相遇於揚州，兩人
意氣相投，頗為歡洽。然而李白在外飄蕩，與妻宗氏及二位子女分
居三地，相距遙遠，真辜負平生所抱江海之志啊！

二十二、

安史胡兵陷兩京，詩人挈眷廬山避。

永王禮聘與東巡，大禍臨頭猶未識。

天寶十四載（755）乙未冬十一月，安祿山造反，勢如破竹，
十二月中旬即攻陷洛陽；天寶十五載六月下旬，長安亦告失守。這
時，李白攜夫人宗氏避往廬山，經永王李璘謀士韋子春三顧之誠，
終於心動下山。肅宗至德元載（756）丙申，太白五十六歲時，永
王辟太白為府僚佐，遂隨永王東巡，一路賦詩，冀追魯仲連，稱永
王軍隊為「王師」，指忠於肅宗者為「北寇」，大禍已臨頭，還茫
然不知。

二十三、

子春三顧慚諸葛，割據江東愧魯連。

璘幕顯然非正統，有妻勸阻卻仍前。

　　李白雖經永王幕僚韋子春等三次聘請而下廬山，並屢獲盛宴款
待；其實這與諸葛亮的三顧茅廬方出仕，不能相提並論。李璘妄圖
割據江表，壟斷江南財富。肅宗令其回蜀歸覲，置而不理；仍執著
於去年玄宗「諸王分鎮」的指示，不顧肅宗已繼正統之位的事實，
一路引兵東巡，顯然抗命。而李白竟天真到在〈永王東巡歌〉第九
首結句說：「我王樓艦輕秦漢，卻似文皇欲渡遼。」比之為太宗皇
帝，甘冒大忌諱，實在不智。下山之前，又不聽妻子極力勸阻，其
政治智慧遠不及諸葛亮與魯仲連。

二十四、

崔宋聲援方免死，夜郎流放路迢迢。

朝廷赦至夔州日，重獲新生恨頓消。

　　至德二載（757）丁酉，永王兵敗，李白亡走彭澤，被拘繫在
潯陽獄中，幸有宣慰大使崔渙、御史中丞宋若思等為他推覆洗雪。
又據王琦《李太白年譜》載：開元二十三年乙亥，「識郭子儀於行
伍中，言於主帥，脫其刑責。」今查《新唐書》本傳云：「子儀請
解官以贖。」又：樂史〈李翰林別集序〉云：「及翰林坐永王之
事，汾陽功成，請以官爵贖翰林，上許之，因而免誅。」可見太白
有知鑒之明，而子儀亦有報恩之舉。唐肅宗乾元元年（758）戊

戍，五十八歲的李白被判流放夜郎，起解時，宗夫人與弟宗璟來送行，當舟泛洞庭行經三峽時，忽接到朝廷大赦令，重獲新生，滿懷喜悅，於是寫下〈早發白帝城〉千古名篇云：「朝辭白帝彩雲間，千里江陵一日還。兩岸猿聲啼不住，輕舟已過萬重山。」

二十五、

東下巴陵逢賈至，天涯淪落病同憐。

往依族叔人垂死，囑理遺編幸保全。

李白東下抵岳州時，遇到曾貴為中書舍人，此刻因棄汝州守而被貶為岳州司馬的賈至，二人因同病相憐，所以唱酬頗多。李白由於身心憔悴，體力漸衰；在日暮途窮、病情綿篤之際，於唐代宗寶應元年（762）壬寅十一月，往依任當塗令的族叔李陽冰，囑其代為董理遺編。後來李陽冰也不負所託，總算編成了《草堂集》，有序介紹李白的生平及成就。不久，李白在代宗廣德元年（763）癸卯卒，享年六十三，今其全集中所存詩詞約一千零六十三首❸。

參、回響

〈李白詩傳〉，此余心力所注者，既粗陳如上，今續將研究所

---

❸ 按：唐・李華〈故翰林學士李君墓誌并序〉、王琦《李太白年譜》、朱駿聲《傳經室文集・唐李白小傳》，皆言太白年六十二；今則依安旗為李白詩編年後之推論，詳見安旗主編《李白全集編年注釋・簡譜》頁 2379-2380 所述。成都：巴蜀書社，2000 年 4 月。

得，條舉數端，冀鴻雅通儒郢正，用臻美善是盼。

一、

教育的最大意義，在啟發人生、改造人性，而啟發人生、改造人性最強有效的力量是詩歌與音樂，甚至舞蹈相結合的一門藝術。它們所發揮的社會功能，足以使人生走向真、善、美的最高境界。基於此一理念，不揣譾陋，將李白的生平譜成詩傳，倘能與音樂、舞蹈、繪畫、影視等多元藝術配合，當更具效果，這有待於科際的整合與努力。

二、

〈李白詩傳〉，係根據唐、宋人所撰李白碑傳，及清人王琦著《李太白年譜》，並參考今人安旗主編的《李白全集編年注釋》，亟思知人論世，力求從李白所屬的時代背景與社會環境去做考察，而且要顧及詩作的整體性、作者的全人，以及精神的狀態。希望將這位與八世紀同齡、與盛唐同步的詩人之新面目呈現出來。

三、

從〈李白詩傳〉中，大概對李白在蜀中生活，及出峽歷覽荊、湘、吳、越，酒隱安陸，初入長安，移家東魯，待詔翰林，結交杜甫，再婚宗氏，南北漫遊，安史亂起，隨永王東巡，獲罪流放，遇赦東還，卒於當塗等一切經過，皆有約略言及，並加以串解。或許我們能為李白的凌雲壯志，豪情逸興，轗軻道路，血淚人生，而感慨欷歔。

四、

李白為了報國平亂，不聽宗氏之言，投入永王水軍中。沒考慮到未經父皇讓位而私自登極的肅宗，勢必不容十六弟李璘擁有那麼大的權力和幅員。後來終於身陷牢獄，幾乎殞命。由於李白未波及到安、史之亂的戰火，因而當時的天下局勢與安、史陣營中的篡殺情形，全寫入〈杜甫詩傳〉內，此不贅。

五、

李白最後再婚的妻子宗氏，乃相門孫女，祖父曾三度拜相，卻不免死於非命。她從祖父的教訓中，隱隱約約地看出宮廷廟堂的險惡，因而苦口婆心地勸說丈夫不要應永王之聘。後來李白身陷囹圄，還得倚賴宗氏到處奔走營救。在長流途中，李白幸逢大赦，又恢復了放浪詩酒的閒情逸致；以六十一高齡，仍欲投軍報國，途中病倒折返，纔送宗氏征尋廬山女道士李騰空，讓妻子隱於屏風疊。從此，李白則往來金陵、宣城、歷陽等地，後來又到當塗，直至病死。在詩中不曾留下有任何互動的記錄，可見夫妻情分已盡。

六、

李白於天寶三載（744），在洛陽認識了小他十一歲的杜甫，在此後的一年多時間裡，兩人斷斷續續地共同生活了三段時間，締結了如兄亦弟般的親密友情。當最後臨歧分別時，李白傷心地寫下〈沙丘城下寄杜甫〉結語云：「思君若汶水，浩蕩寄南征。」而拙作〈杜甫詩傳〉其五云：「東都首面詩仙白，梁宋同游勝蹟多。單

父臺登高適去，三賢相會飲狂歌。」其六云：「追陪李白到齊州，白返任城甫臨邑。秋會兗州參道時，醉眠共被仙風挹。」移錄在此，敬供參酌。

七、

詩壇大老方子丹教授❶〈讀修平都講李白詩傳〉云：「文章不蹈前賢後，詩傳宏揚太白仙。九萬里摶鵬翼迅，多君綵筆得先天。」羅尚先生❶亦有〈題修平教授李杜詩傳〉云：「白詩神似屈、莊，大作兼參老杜。仙聖合傳憑君，千秋風雅有主。」而楊秀峯先生❶亦有〈評陳冠甫教授李白詩傳〉：「援傳入詩，青蓮才氣活神現；以詩作傳，太史文風創格生。」聯句相贈。承長輩厚愛，不吝鼓勵，謹此銘篆心版。

八、

在拙著《心月樓詩文集·乙亥詩卷》〈千載詩心〉論詩絕句中，有論李白五首，亦一併錄存，以作小文之殿：

---

❶ 按：方子丹（1909-2006）字旨聃，江蘇灌雲人。簡任行政院參議，並兼輔仁、文化大學教授，以《中國歷代詩學通論》獲中山文藝獎，有《棄井盦詩集》傳世。

❶ 按：羅尚（1921-2007）字戎庵，四川宜賓人。早歲從戎，轉戰西南。來臺後，入考試院任曹官，始向心於詩，筆力爽健。自總統府參議致仕，著作益勤，有《戎庵詩存》三千餘首傳世。

❶ 按：楊秀峰（1916-）字蔭人，江蘇溧水人。乃東漢關西孔子楊震嫡裔，一生服膺孔孟，忠黨愛國，著有《秀峰詩稿》傳世。此聯見該書卷九，丙戌詩卷，頁385，臺北：讀冊文化公司2007年11月初版。

莊屈心連仙俠氣，大才橫放古今奇。
超凡神識輕尋摘，天馬行空豈可羈。

其二、
亦儒亦俠酒中天，道骨禪心氣萬千。
轉益多師臻化境，目空百代一詩仙。

其三、
中歲聲名動帝京，珠璣咳唾鬼神驚。
飄然敏捷詩千首，寧是孤蓬萬里征。

其四、
從師趙蕤短長箏，自命大鵬風不濟。
千古知音杜少陵，心靈相契珍詩藝。

其五、
歌詩傳唱連歐美，萬種風情誰敢鄙。
明月前身本謫仙，青蓮開向無窮水。

論劉辰翁評點《世說新語》的文化意蘊

鄭幸雅

南華大學文學系副教授

一、前言

　　劉辰翁（1232-1297）字會孟，號須溪，又自號須溪居士、須溪農、小耐，廬陵人（今江西吉安人）。少家貧力學，遊歐陽守道門下，守道大奇之。景定三年（1262）進士，以廷對言：「濟邸無後可痛，忠良戕害可傷，風節不競可憾。」大忤賈似道，置為丙第，出為濂溪書院山長，曾任臨安府學教授，並且多次為江萬里招入幕下。劉辰翁一生氣節凜然，宋亡入元不仕，托迹方外，隱居著述，筆耕不輟，著述之豐，涉獵之廣，居當時之冠。元·吳澄〈養吾齋集序〉云：「宋遷江南百五十年，諸儒孰不欲以文自名，可追配五子者誰歟？國初廬陵劉會孟氏突兀而起，一時氣焰震耀遠邇，

鄉人尊之，比面歐陽，其子尚友嗣響。」❶文中吳澂對辰翁之文多所贊佩，認為可直追宋之五子，劉辰翁之文學受當時人之推尊可見一般。

　　劉辰翁之學術根源於程朱一系，但因身為江西人，在文學方面又受到江西詩派與心學的影響，表現出師心自用、主張新變的傾向。劉辰翁的文學觀念，承繼朱熹「文章皆從道中流出，詩從情中發出」❷，一方面提倡「夫言雖技也，道亦不離於言」❸，強調文道一本之說。另一方面標立自然為宗的創作觀，指出「詩無改法，生於其心，出於其口，如童謠、如天籟，歌哭一耳！雖極疏慧樸野，至理礙詞褻，而識者常有似得其情焉。」❹文中強調創作主體情感之自然，要求文章內容興寄深厚，有風雅之致。至於文章語言則主張流蕩自然，要以暢極而止，惡忌矜持。劉辰翁處於宋元朝代轉折之際，其文學思想呈現融會文理的現象，有著南宋重理轉向金元重情的趨勢。

　　劉辰翁著述之豐除了在詩、詞、散文均有建樹外，評點之作多達二十餘種，評點對象廣博，凡經史子集者無不涉獵。是宋末元初，江浙文壇上影響深遠的文學家與文評家。劉辰翁評點之作中，

---

❶　劉將孫《養吾齋集》，卷首，《欽定四庫全書》，集部 138，頁 1199-4。

❷　王利民〈朱熹詩文的文道一本論〉，32：1，《浙江大學學報》（人文社會科學版），2002.1，頁 105。

❸　劉辰翁〈贈潘景梁序〉，見劉辰翁撰，段大林校點《劉辰翁集》卷六，頁192。

❹　劉辰翁〈歐氏甥植詩序〉，見劉辰翁撰，段大林校點《劉辰翁集》卷六，頁174。

以詩歌之數量居各文體之冠，所評點之詩人遍及唐宋，僅唐朝一代的詩人，就超過四十家，其於經史子之評點，賞鑒之精為當時人與後人所推尊，堪稱中國文學史上的評點大師。劉辰翁的評點不但在文學史、批評史以及評點史上貢獻非凡，其評點形式與內容對明人評點之學影響深遠，其中尤以評點《世說新語》的影響最鉅，不但開創小說評點之風，而且對明代《世說新語》之研究與評論具發凡起例之功，所以備受後人的重視。

　　歷來學者對劉辰翁的研究頗為不足，研究劉辰翁學術者，各有不同的研究途徑，亦各自有其見解。但對處於朝代轉折的劉辰翁而言，不論是文學思想、文學風格、創作的藝術或審美趣味等諸多層面，皆具變異性、過渡性與轉折性的特徵。以現有的研究而言，對劉辰翁文學貢獻的抉微，無乃是相當匱乏的❺。學者對劉辰翁的研究可分三個方面加以觀察，其一是針對文學創作層面加以研究者，研究對象雖及詩文詞三者，但研究者大多聚焦於須溪詞的成就，主因須溪詞藝術造詣高，且深具特色，有意「以詞存史」，詞作具鮮明的遺民色彩，詞風與辛棄疾聲氣相通。雖有專書對須溪詞加以探討，但研究之面向，仍側重在詠春詞與遺民之思，以及辛詞與須溪詞的關係，此類研究承襲況周頤《蕙風詞話》與厲鶚「送春苦調劉

---

❺　焦印亭〈劉辰翁研究百年述論〉，No4（總 154），《中州學刊》，2006.7。
　　關於劉辰翁之相關研究可參考此文。唯焦印亭所統整者乃是近百年來在大陸
　　的研究概況，未收錄大陸以外與劉辰翁相關的研究。臺灣劉辰翁研究可詳參
　　林淑貞《劉辰翁遺民詞研究》，2001，臺灣師範大學國文學系的碩士論文。
　　另則楊玉成〈劉辰翁：閱讀專家〉，No3，《國文學誌》，1996.3，亦可參
　　看。

須溪」的論斷而來。至於劉辰翁詩歌創作層面的研究，是一片空白，未見學者對詩歌創作加以研究。對散文創作的探討僅有曹麗萍一文，文中提出南宋散文風格不以平易切直為限，尚有求新求奇的傾向，而劉辰翁散文之尚奇，尤具南宋散文新奇風貌的代表性❻。

其二是將劉辰翁文論列為研究對象者，僅有吳翔明與孔妮妮，吳文針對劉辰翁文學創作觀加以探討，指出其崇尚自然之傾向❼。孔文探討心學思想在劉辰翁詩歌創作理論中的體現，指出本心、真情為其詩歌評點的品評標準❽。現有的研究與劉辰翁文論相關的論著寥寥無幾，以之為研究對象的專書更是缺乏。其三針對劉辰翁評點之作的論著有之，相關的探討舉凡劉辰翁文學評點的地位、詩歌評點的理論與實踐、小說評點史上的地位、小說評點的修辭藝術以及小說評點的美學諸層面皆含括在內。現有研究所觸及的層面看似周遍，實則各論述層面的論著，僅有一二篇作為點綴，相較於劉辰翁眾多的評點之作，依然是寥若晨星。

至於以劉辰翁批點《世說新語》為研究對象作專文討論者就更為罕見。唯有曹辛華曾以〈劉辰翁的小說評點修辭思想─以《世說新語》評點為例〉一文，對劉批點《世說》作專文探討❾。其餘涉

---

❻ 曹麗萍〈尚奇：南宋散文的另一種風貌──論劉辰翁的散文〉，No147，《蘭州學刊》，2005。

❼ 吳翔明〈崇尚"自然"──論劉辰翁文學創作觀〉，27：5，《井岡山學院學報》（哲學社會科學版），2006.5。

❽ 孔妮妮〈論"心學"思想在劉辰翁詩歌創作理論中的體現〉，24：2，《合肥學院學報》（社會科學版），2007.3。

❾ 曹辛華〈劉辰翁的小說評點修辭思想──以《世說新語》評點為例〉，49：2，《山東師範大學學報》（人文社會科學版），2004。

及劉辰翁批點《世說新語》較為重要的學者有孫琴安與楊玉成。曹
辛華對劉辰翁批點《世說新語》所作的探討，主要綜論劉辰翁關於
小說修辭的思想，指出劉批點《世說》關注小說與其他文體在修辭
上的不同，標舉劉辰翁小說評點在修辭學上的開創意義。曹文將劉
批點《世說》的義涵，限囿於小說修辭學的範疇，考察視域未能提
昇至文學史或小說評點史的層面，殊為可惜。孫琴安在〈劉辰翁的
文學評點及其地位〉一文，通過劉辰翁詩文小說評點的宏觀論述，
標舉劉批點《世說》在文學評點上的耀眼地位，指出劉辰翁評點大
多從文學的角度對作品加以批評，其批評經常提出創見性的觀點，
帶有辨駁的傾向，孫氏之文雖為宏觀論述，但對劉辰翁評點之識
見，實為隻眼獨具❿。

　　楊玉成對劉辰翁評點之研究，見於〈劉辰翁：閱讀專家〉一
文。文中從南宋市民文化的興起入手，通過廣泛的接受美學理論
的運用，剖析劉辰翁這一新類型批評家的歷史意義。楊文於第五
節環繞《世說新語》評點的部份，以接受美學為工具，扼要地從敘
事、語言、人物與世情四方面，析論劉辰翁評點《世說新語》，在
小說評點上的內容與意義。只是採取南宋市民文化的興起的視域，
剖析劉辰翁作為一個新類型批評家的歷史意義，能否充分彰顯劉批
點《世說》的文化意蘊？楊玉成對劉辰翁閱讀策略多層次的條分縷
析，擴展了研究者探討劉辰翁評點《世說新語》的視野，於探索的
過程中多所指引。

　　本文以劉辰翁評點《世說新語》為研究對象，探討其文化意蘊

---

❿　孫琴安〈劉辰翁的文學評點及其地位〉，No6，《天府新論》，1997。

之所在。論文所關注的課題有二：其一是劉辰翁評點《世說新語》對明代《世說》之評論與研究以及小說評點的影響。其二是劉辰翁作為《世說新語》的讀者，對作品提出詮釋與詰辯，讀者意識的張揚，不但豐富《世說》的文化意蘊，而且彰著宋末元初的文人、文化與《世說》的交流。據此，本文試圖通過歷時性與共時性二途，對劉辰翁評點《世說新語》的文化意蘊加以論述，填補那些尚未被人證明的空白。在歷時性的考察方面，檢視劉辰翁批點《世說新語》的形式與內容，在文學史、批評史與小說評點史的豐富意蘊，揭示劉批《世說》對明代《世說新語》評論與研究所產生的深遠影響。在共時性的剖析方面，尋繹劉辰翁批點《世說新語》的審美閱讀意識，揭示讀者對《世說新語》意義生成的創造性。茲論述如下。

二、歷時性文化意蘊的尋繹

《世說新語》編撰成書後，不論就史學或文學的特性觀，其經典性是不言而喻。各朝對《世說》的側重層面各異，唐代專注其史學性，不論是修史或仿作，皆由史學角度出發。宋代學者的關注層面則不一，孔平仲所作之《續世說》落於史學的性質，劉辰翁之評點《世說新語》則以文學論工拙，顯然將《世說》視為文學之作。劉辰翁評點《世說新語》揭示《世說新語》不同的體性與特異的面貌，為其後《世說新語》之研究，提供多元的可能。對劉辰翁批點《世說新語》的歷時性文化意蘊加以考察，主要是通過劉辰翁在文學評點中的耀眼地位以及劉批《世說》對明代《世說新語》評論與

研究的影響立論。

㈠ 劉辰翁文學評點的成就

　　劉辰翁在文學評點中的耀眼地位，可由劉辰翁評點的影響力與劉辰翁批點《世說新語》在明代刊刻繁盛的現象加以說明。首先，就劉辰翁評點的影響力而論，劉辰翁批點之作豐碩，所作的評點廣泛而且深入，成就之高為一時之冠冕。劉辰翁評點的形式，開首有序，正文有眉批或夾批等方式。至於評點的內容，超越傳統章句訓詁、音義詮釋以及史實的疏證，從傳統儒家經典的詮釋出走，轉為對作品藝術性或情感性的評賞。劉辰翁的評點態度是以文學論工拙，從文學的風格與特點入手，其評點具有鮮明的主觀性，深得後人的推重，對評點文學之興盛，有推波助瀾之功。劉辰翁評點的體例，開評點文學風氣之先，不但在文學評點中具有典範性，而且對評點史具發凡起例之功。

　　劉辰翁評點的作品眾多，賞鑒之精大為明人所推崇，文學主張對明代文學思潮亦多所影響。楊慎於《升庵全集》的「劉須溪」條曾說：「盧陵劉辰翁會孟，號須溪，於唐人諸詩及宋蘇黃而下，俱有批評。《三子口義》，《世說新語》，《史漢異同》皆然，士林服其賞鑒之精。」❶文中指明：須溪評點的對象廣泛，遍及經、史、子、集，其賞鑒之精為士林學者所推重。胡應麟於《詩藪》也曾說：「嚴羽卿之《詩品》，獨探玄珠，劉會孟之詩評，深會理

---

❶　楊慎《升庵全集》，四十九卷，頁 552。

窟，高廷禮之詩選，精極權衡，三君皆具大力量，大識見。」⑫胡氏對須溪所作的詩歌評點，大贊其具理統緒。觀二者之說，可見明代對須溪文學評點及評詩之妙理切中諸家肯綮是推崇備至的。

清朝四庫館臣對劉辰翁評點則採取貶抑的態度，其於《須溪集》提要載：「然辰翁論詩評文，往往意取尖新，太傷佻巧，其批點如《杜甫集》、《世說新語》及《班馬異同》諸書，今尚有傳本，大率破碎纖仄，無裨來學。」（《四庫全書總目提要》卷165）文中指陳劉辰翁評點意取尖新，太傷佻巧，尤好纖詭新穎之詞。《箋註評點李長吉歌詩》的提要亦載：「辰翁論詩以幽雋為宗，開後來竟陵弊體。所評杜詩，每舍其大而求其細。王士禎顧極稱之，好惡之偏殆不可解。惟評賀詩，其宗派見解乃頗相近。」⑬文中指陳劉辰翁評點細碎佻巧，開明代竟陵的先河，唯有評李賀詩得其滋味之至。尤有甚者，《總目》中批評明代人的評點著作時，皆指陳其受了劉辰翁的影響，劉辰翁評點在明代文學潮流中所生發的深遠影響，不言而喻。

劉辰翁身為南宋之遺老，將一已矕矕之思寄於評點，以全副精神從事評點，其評點之作，擺脫取便科舉之途，專以文學論工拙，具有鮮明的主觀色彩。劉辰翁的評點出於元代，其評點之作深得明人喜愛，當時人曾經匯刻《劉須溪批評九種》。由於明代當時爭相刊刻劉辰翁的評點之作，推動須溪評點的形式與內容對明人評點文學的深遠影響。尤其是《世說新語》的刊刻熱潮，對《世說》在明

---

⑫　胡應麟《詩藪》外編四，唐下，頁 562。
⑬　劉辰翁《箋註評點李長吉歌詩》，卷首，頁 3。

代的傳播具有重大的貢獻。

其次，就劉辰翁批點《世說新語》在明代刊刻的繁盛而論，劉辰翁評點《世說新語》現存最早的版本，是元至元二十四年（1287）劉應登原刊元坊肆增刊評語本。版式為 10 行，行 17 字，註文小字雙行，字數同，左右雙欄，版心小黑口，雙黑魚尾，其中上標《世說》卷數、下列頁碼，文中「桓」「恒」缺末筆避諱，劉氏評點文字列於每則文章之後，為尾批的方式。至於明代劉批《世說》較早的版本，是萬曆八年王世懋批點及書序，於萬曆九年由喬懋敬所刊行的《世說新語》三卷本。

喬本刊刻之後，劉辰翁批點《世說新語》的刊本分為兩系，一系是集劉辰翁、劉應登與王世懋三人的批語，合為一本的系統。最具代表性者，為凌瀛初所刊行的四色套印本，書名標為《世說新語》八卷。凌本的版式與元刊本有所不同，但文本內容完全承襲元刊本，且保留「桓」「恒」缺末筆的現象，唯批語的位置則由尾批，改採眉批的方式。另一系則是王世貞將《世說新語》與何良俊的《何氏語林》加以刪編而成的合刊本，最具代表性的是萬曆十三年（1585）張文柱所刊行的本子，書名標為《世說新語補》二十卷，此系之刊本除卻王世懋的評點外，尚載錄李卓吾的批點，書中列劉辰翁、王世懋與李卓吾三人之批語於書眉。張氏刊本所載錄《何氏語林》的數量，不下劉義慶之《世說》，所保留劉辰翁之批語便不多。張氏本是明代翻刊最頻繁，流傳最廣的刊本，歷經多次的翻刻，皆未捐棄劉辰翁之批語。可見明人對劉批《世說》有著一定的敬意。明代坊間不但刊刻劉批《世說》的版本眾多，《世說新語》的刊刻更是興盛，甚且有巾箱本面市。明人對《世說新語》的

痴愛居各朝之冠,形成明代文壇的特殊景致。此一現象不得不歸功於劉辰翁評點的引領作用。而劉辰翁批點《世說新語》對明人評論與研究《世說》的影響,實不容小覷。

(二) 劉批點《世說》對明代《世說新語》評論與研究的影響

劉辰翁評點《世說新語》的批語約有三百四十餘條,主要以文學觀點論《世說新語》的工拙,其評點原則以自然為宗,注重情真語直。劉批《世說》的內容大致可分為五類:其一對《世說新語》所載記的人與事作評議,一發個人之見。其二就《世說新語》的語言藝術,在敘述與描寫等方面,由文學創作的角度,進行批評。其三對《世說新語》文體性質與體例作省察,針對分門隸事的恰切性加以評議。其四指出閱讀《世說新語》的關鍵之所在,抉發《世說》隱微不彰的意旨。其五對《世說》涉及小說文體者加以評論,指出《世說》描摹人情世態、敘事曲折以及人物刻劃傳神的藝術,深具小說的意味。

觀劉辰翁批點《世說新語》的內容,對明代《世說新語》評論與研究的影響,主要表現在《世說新語》文體的認識,以及語言的藝術兩方面。首先,就《世說新語》文體的認識而論,劉批《世說》內容不干史實疏證,只關注文學的風格與特色,彰顯《世說新語》由歷史向文學蛻變的痕跡。劉批《世說新語》的批語甚或直標小說之名,透露史傳文向小說轉變的文體傾向,對明人在《世說新語》評論與研究中,認識《世說》為小說之文體觀念,具有規範性。

《世說新語》的記述,以人為主,根據有關之史籍與舊聞提煉

而成，具有實錄的特點。《世說》的實錄性向來為治史者所重，認為《世說》既可補正史之闕，又為後人了解魏晉社會的重要文獻，治史者據此賦予《世說新語》的史學意味。但觀《世說》的載錄對象廣泛，不以名見經傳的王侯將相，博學鴻儒等大人物為主，所載記者遍及日常生活中待人接物可品賞之細行，所言之事不乏閨房戲語者，與史傳所載三不朽之事跡大相逕庭，其簡澹玄遠的語言風格，更是深具文學的風致。由於《世說》部分的記述具有情節，從特定的生活片斷中，捕捉人物的性格，既擅於記人的奇行異事，又大量運用方言口語，保留當時人說話的語氣與感情色彩，增強作品的通俗性與表現力，提昇人物的形象性及逼真性，使《世說》具備了小說的因子。

秦果在《續世說》的序文言：「史書之傳信矣，然浩博而難觀；諸子百家之小說，誠可悅目，往往失之誣。要而不煩，信而可考，其《世說》之題歟。」❹秦果所言，《世說》具史書傳信之意，又具小說娛目之風致，兼具文史之特性，實為諦論。劉辰翁批點《世說新語》時，則明確地表達與孔平仲撰《續世說》時發「史氏英華」不同的意識。例如「彌衡被魏武謫為鼓吏」一則❺，劉批語：「只為《世說》自可增入脫衣無害，但覺度者在前極是辛苦，彼鼓吏易衣豈必至前邪！」批語中指出因為《世說》的文體性質並

---

❹　宋·孔平仲《續世說》，卷首。臺灣：商務印書館。

❺　宋·劉義慶撰，梁·劉孝標注，明·王世懋批點《世說新語八卷》，明萬曆間吳興凌瀛初刊朱墨黃藍四色套本。卷一，〈言語上〉，頁 27。本文研究以此刊本為主，後面引文出於此書者，逕標卷數、篇名、當則開頭之文句以及頁碼。

非史，故可於此，增入脫衣的情節，以鼓吏易衣這個細節，凸顯彌衡的性格，並彰現當時的緊張氣氛。劉批點《世說》的批語，甚或直標「小說」之名，如「小說常情」（卷五，〈容止〉，「魏武將見匈奴使」，頁 1）、「小說多巧」（卷六，〈假譎〉，「魏武常言」，頁 33）、「小說取笑」（卷六，〈儉嗇〉，「蘇峻之亂」，頁 43）。劉辰翁於「羊綏第二子孚，少有儁才」（卷三，〈雅量〉，頁 48）一則，批語為「寫得直截可憎又自如，見人情有此傳聞之穢，小說不厭。」，稱說此則有如小說細摹世間人情之冷暖。劉批點《世說》意識到《世說新語》將小說虛構、夸飾、巧合等技巧運用於世情的描寫，彰著《世說新語》與小說文體相通之處。

　　劉辰翁批點《世說新語》對《世說新語》文體的認識，除了指出《世說》文體本脫胎於史傳，卻又超越史傳之體，具有小說意識外，《世說新語》體例亦是關注的課題。劉辰翁批點《世說新語》對《世說》體例詳審細思，提出個人不同的見解。劉辰翁詳審《世說》「分門隸事，以類相從」與「依人而述，品第褒貶」的體例，在「分門隸事，以類相從」的層面，指出《世說》部分的記事，類目與人事不相合，不應選入此類目之下，如「憾而已，非方正之選」（卷三，〈方正〉，「向雄為河內主簿」，頁 11）。或是門類區辨不清者，如「也是語言，不當入政事」（卷一，〈政事〉，「嵇康被誅後」，頁 16）、「當入夙惠」（卷三，〈雅量〉，「王戎七歲」，頁 34）。在「依人而述，品第褒貶」的層面，提出部份人物品第不當之處。指陳《世說》部分人物之行止，不足以選入此類目之中，如「晉簡文為撫軍時」（卷一，〈德行〉，頁

16）一則，批語為「此復何足與以德行？正應彈鼠不應彈人。」對
《世說》將簡文帝護鼠的行止，列入德行之門不以為然。另則「如
此為佞，亦稱政事耶？」（卷二，〈政事〉，「王丞相拜」，頁
18）、「支論有何高妙而稱道甚至」（卷二，〈文學〉，「莊子逍
遙篇」，頁 38），凡此點出《世說》「分門隸事，以類相從」與
「依人而述，品第褒貶」的體例，在文本編撰的實踐上有所不足。

　　劉辰翁對《世說》文體的認識，在明代《世說》評論與研究所
產生的諸多影響，以王世懋批點《世說》所受的影響最為顯著。王
世懋通過評點方式，對《世說》與劉批點之《世說》進行評論，其
文對劉辰翁批點《世說》有因循，有變異。就《世說新語》分類的
恰切性而論，劉辰翁批語已指出分類未當者，王世懋往往依之。若
劉辰翁批語未指出不恰切之處，王世懋認為分類有不當或不明者，
即於批語中加以補充，或對分類之因由加以說明，例如「謝奕作剡
令，有一老翁犯法，謝以醇酒罰之」一則（卷一，〈德行〉，頁
15），劉辰翁於此未加任何評文，王世懋則標「此不當入夙慧耶！
然在兒年，故為盛德。」說明謝安之行雖具夙慧的表現，但因屬盛
德之行故納入德行門中。

　　劉辰翁批點《世說新語》對《世說》特具的文體性質，詳加析
解，對明人認識《世說》之文體具有規範性。除卻明人批點《世
說》多所因襲外，採取續仿的撰述方式，對《世說》加以研究者，
亦深受劉辰翁批點《世說》之影響。觀明代續仿《世說新語》之作
多達三十餘種，其文體性質多歸屬於子部小說家。其分門部類多
元，或承襲《世說》三十六門、或在門類設置有所增刪，各門之類
目則多取諸《世說》，為明代續仿《世說新語》之主流。續仿《世

說新語》之編撰者，不乏在門類之前列有小序，說明編選此一門類之理由，以及取捨之標準，並對每一門類的特點進行溯源式的論述，何良俊所編撰《語林》，便是典型之作。《語林》的類目承襲《世說》三十六門外，增加〈言志〉與〈博識〉二門，對當時的文化特性，提出一己之見。凡此，不得不歸功於劉辰翁批點《世說新語》對《世說》文體的審辨。

其次，就《世說新語》語言藝術而論，劉辰翁批點《世說新語》的語言藝術，展現在《世說》語言藝術的賞鑒與小說語言藝術的揭示兩方面。在《世說》語言藝術的賞鑒方面，劉辰翁批語有「能言」、「名言」之贊嘆，如「王朗每以識度推華歆」一則（卷一，〈德行〉，頁 6）即標「名言」，劉辰翁認為張華「王之學華，皆是形骸之外，去之所以更遠」之言，有莊子意，不但切中事之情實，而且可為常人之座右銘。至於「阮宣子論鬼神之有無者」（卷三，〈方正〉，頁 15）所標「振古絕俗，得意之名言。」劉辰翁便於批語中，指明阮宣子「今見鬼者云，箸生時衣服。若人死有鬼，衣服復有鬼邪？」之言，不但振古絕俗，得方正之風致，而且以子之矛，攻子之盾，可謂善論。另則如「桓公北征經金城」一則（卷一，〈言語上〉，頁 50），批語為「寫得沉至，正在後八字耳！若止於桓大口語，安得如此悽愴。」劉辰翁對文中「木猶如此，人何以堪，攀枝執條，泫然流淚」引生的沉至悽愴，深有所感。認為若非《世說》編撰者在語言藝術的超群，營造含蓄蘊藉的風致，以桓溫之才學，出語必不能如此動人。

劉辰翁對《世說》語言藝術的賞鑒，多所推崇，但對其中語言未合《世說》簡澹玄遠之風者，亦有「不成文」、「不成語」、

「語煩」、「語贅」、「費辭說」之指陳。如「客有問陳季方」（卷一，〈德行〉，頁 4）一則，批語為「意是耳（按：元刊本「耳」作「尚」）覺此語為煩」，劉辰翁認為陳季方所言，雖得德行之旨，但冗詞過多，行文拖沓，未合《世說》語言精簡之風。劉辰翁對《世說新語》語言的賞鑒，最具特色者，在於《世說》語言隱微不易體會之處，指陳解讀之關鍵所在。如「管寧華歆共園中鋤菜」（卷一，〈德行〉頁 5）有二批語，「捉擲未害其真，強生優劣，其優劣不在此。」與「廢書出觀，優劣當見。」劉辰翁指陳此則觀覽之樞紐，在華歆廢書出觀，而非擲金之事，據此，區辨管上華下的品第。在「桓常侍聞人道深公者」（卷一，〈德行〉，頁14）有批語「謂不欲人名六父交（按：元刊「六」作「其」），非也，意必有長短之論。」劉辰翁指出正文之意，應是桓彝對竺法深之高名，自有其識鑒在胸，而非因法深與其父有至交之關係，而不願他人評論。凡此類之批語，皆是劉辰翁批點《世說》語言，勾隱抉微，金針度人的表現。

在小說語言藝術的揭示方面，《世說新語》藝術的衝擊力來自於作品對人物精擅的描述，尤其在人情世態與人物性格的刻畫方面。劉辰翁批點《世說》對小說語言的關注，不僅留意於世情的描摹與人物的刻劃，對《世說》敘事的曲折亦多所關注。如「吳郡陳遺，家至孝，母好食鐺底焦飯」（卷一，〈德行〉，頁 21）批語為「如此細事寫得宛至，更有不厭。」劉辰翁對此則敘事讚賞不已，甚至認為再多也不會令人厭煩。正文首將陳遺至孝的行為細述、再言此孝行所帶來意外的裨益與驚喜，最後點出時人的看法。此則故事雖短，但敘事宛轉，層層遞進，概括的深度與廣度，與小

說精彩的敘事相比，毫不遜色。

　　對於《世說》刻劃人物性格精彩者，劉辰翁有「形容甚至」（卷一，〈德行〉，頁 9）、「有女子風致」（卷一，〈言語上〉，頁 55）之批語。其於「劉公幹以失敬罹罪」一則（卷一，〈言語〉，頁 30），劉辰翁參酌正文與注文有三批語，分別為「失自責體，以教臣悖」、「說磨石甚有情致」、「狂宜有此，曹公不得不問，磨石甚奇，匡坐似愧。」文中劉孝彪注細繪公幹匡坐正色以磨石的姿態，並載錄劉楨以石不因磨而損其原初之文理自喻，彰現其性格之狂。劉辰翁直指《世說》語言對公幹的性格與語言刻畫傳神，堪稱小說刻畫人物性格典型之作。

　　《世說》語言藝術除却在小說敘事與人物刻畫方面，表現得精彩外，對世情之描摹更是一絕。劉辰翁對《世說》描摹世情的語言，尤為贊嘆。其批語直標「語悉世情」（卷五，〈賢媛〉，頁 38）、「備極世情」（卷五，〈簡傲 15〉，頁 71）、「說得甚近人意」（卷六，〈輕詆〉，頁 31）、「情理具是具是」（卷六，〈讒險〉，頁 52）等。劉辰翁於「謝太傅語王右軍曰：中年傷於哀樂」（卷一，〈言語上〉，頁 52）一則，批語為「自家潦倒，憂及兒輩，真鍾情語也，此少有喻者。」此則對世情之描摹精微，初記謝安鍾情之人，年歲漸增，對人世之生離死別漸不堪的唱嘆，進而由王羲之指明人一生皆為兒孫憂，死而後已。正文佳，劉辰翁之批語更佳，點明人一生甘為孺子牛，雖子孫未悟長輩之費心，長輩亦一生不悔為兒孫奴。

　　劉辰翁對《世說新語》語言關注的層面廣泛，影響遍及明代《世說》之評論與研究。明人對《世說新語》的評論與研究，皆將

語言藝術列為重要課題。就評論而言，王世懋批點《世說》對劉辰翁批點《世說》的語言藝術，多所繼承，如「鄧艾口喫」（卷一，〈言語上〉，頁 34）一則，劉批語「佳對」，王世懋則下「倉卒對乃妙絕」之批語，不但承襲劉辰翁之觀點，進一步對《世說》語言之妙，詳加提點。

　　觀明代翻刻《世說新語》以及續仿《世說新語》諸作的序跋，往往揭露時人對《世說》語言藝術的推崇。如吳瑞徵於萬歷二十四年（1596）刊刻巾箱本的《世說》，其於序文指出：《世說》「語言為宗」、「昭一代之尚」、「成一家之言」。並對《世說》語言加以歸解，分別就立言之宗旨、技巧、原則以及境界加以論述，認為《世說》語言具有雅言、捷言、形言、反言、偏言以及超言六義[16]。在續仿《世說》之作方面，文徵明為何良俊之《語林》的語言藝術，深自讚嘆。其於〈語林原序〉便道：「原情執要，寔語言為宗，單詞隻句，往往令人意消，思致淵永，足深唱嘆。」[17]不論是《世說》或仿作，語言的高度藝術成為《世說》一系作品必備而獨具的性質。

　　明代《世說》續仿之作，除了以高度藝術性的語言為基本屬性外，尚有專就語言藝術纂輯成書者，如曹臣《舌華錄》。曹臣纂輯的原則是取語不取事，語之所取為倉促之口談，不取往來之郵筆。涉獵子史文集，博采古今警言雋語，所取者，為特定情景中，由特

---

[16]　吳瑞徵〈世說新語敘〉，見於劉義慶撰・劉孝彪注《世說新語》，卷首。吳瑞徵刊刻之巾箱本。

[17]　文徵明〈語林原序〉，見於何良俊《語林》，卷首。《筆記小說大觀》，三十七編。

定人物口頭表述之話語。著重表現人物在倉促應答世務酬酢中所表現語言的機敏智慧❸。由此可知，明人不但側重語言藝術的課題，而且續仿之作的纂輯，特為留意語言的藝術，形成撰述的規範。

《世說》語言藝術的講求與賞鑒，不但是續仿《世說》之作的規範，甚且在明代成為一種風尚。劉辰翁批點《世說新語》對《世說》的語言藝術作多層面的剖析，對《世說》語言藝術的賞鑒、小說語言藝術的揭示，對明人《世說新語》的評論與研究，具有篳路藍縷，以啟山林之功。明人以劉辰翁批點《世說》對語言藝術的揭示為基礎，對《世說》語言諸多層面深入挖掘，擴展《世說》語言藝術的文化意蘊。

三、共時性文化底蘊的剖析

劉辰翁批點《世說新語》之文化意蘊的共時性剖析，主要通過劉辰翁批點《世說新語》的自覺意識與讀者意識二途，加以探討。

㈠ 自覺意識

劉辰翁評點的自覺意識，表現在超越傳統經學的注解模式、擺脫時代故習與以文學論工拙的評點態度三者。其一超越傳統經學的注解模式。評點之學，源出古代經籍「傳」、「注」、「疏」、「釋」的學術研究法，與古籍闡釋傳統有一定的淵源。早期的古籍

---

❸ 李靈年・陸林〈晚明曹臣與清言小品《舌華錄》〉，No36，《中國典籍與文化》，頁 80-85。

闡釋在形式上，多為單一的夾註。「傳」、「注」、「疏」、「釋」的內容，不出章句訓詁與史實的疏證。宋代傑出的評點家劉辰翁，擺脫古籍闡釋的限囿，在形式方面，開創具足開首有序、有夾註、夾批、眉批以及尾批的批評體例。在內容方面，捐棄章句訓詁與史實的疏證，以作品藝術性或情感性的評賞為主，由疏解經籍意義轉為文學的藝術分析。在評論對象方面，則由經籍擴展到文、詩以及小說，超越傳統經學的注解模式。

其二擺脫時代故習。宋代在文統與道統之爭、為應制舉的時代潮流中，湧現許多評文的大家。理學家真德秀以理學的眼光，編選了一部《文章正宗》，建立文以載道的文章統緒，表達重德輕藝、重道輕文的文學觀。當時的文章家，對真德秀批點的《文章正宗》不以為然。先後有呂祖謙《古文關鍵》、樓昉《崇文古訣》、李耆卿《文章精義》以及謝枋得《文章軌範》，這些文章家選文評點，與理學家相抗衡，企圖建立文與道俱的文章統緒。宋代評點之作，最早的批點對象是文，不涉及到詩。此與宋代貢舉以文取士有關。宋神宗熙寧四年（1071）採納王安石「罷詩賦，以策論取士」，「變詩賦取士為經義取士」。故當時不論是理學家或文章家的評文之作，皆以時文之法對文章加以評點，其作用自是為了取便科舉。劉辰翁的學術根源於程朱一系，承繼朱熹文道一本之說，獨立於文道之爭的時代潮流之外。其批點作品遍及經史子集，尤以評詩之作最豐。擺脫當時的文評家，考量制舉之需，以文為唯一評點對象的故習。劉辰翁有意識地摒棄科舉，以全副精神，從事評點，專以文學論工拙。

其三以文學論工拙的評點態度。劉辰翁的評點，一方面超越傳

統經學的注解模式，一方面擺脫時代故習，標立以文學論工拙的評
點態度。劉辰翁評點之作，關注作者的情感、作品的結構、語言及
風格等文學課題。例如評點李賀詩，便有「妙極自然」（卷一，
〈蘇小小墓〉，頁 14）、「末句新巧」（卷一，〈南園十三首·
其一〉，頁 30）、「質而不俚麗而不浮，似謠體似令曲」（卷
三，〈蝴蝶舞〉，頁 17）等針對文學的語言結構及文學風格的批
語❿。劉辰翁對《世說新語》的批點，聚焦在語言藝術的層面，例
如「褚季野語孫安國云」一則（卷二，《文學》，頁 35），批語
為「牖中窺日外面光，顯處視月鏬隙透。」劉辰翁不但贊賞《世
說》語言的善喻，進一步突出「北人看書，如顯處視月；南人學
問，如牖中窺日。」的襟度與氣象。「郭淮作關中都督」一則（卷
三，〈方正〉頁 2），批語為「語甚感動，節次皆是。」劉辰翁指
出郭淮上書之言出於真誠，感人肺腑，不失方正之行。正文不論是
郭淮之上書或故事之敘述皆是層次分明，章節段落恰到好處。凡
此，充分實踐以文學論工拙的評點態度。劉辰翁批點之作，既超越
傳統經學的注解模式，又能擺脫時代故習，堅持以文學論工拙的評
點態度，具有鮮明的個性色彩，具體地展現劉辰翁評點的自覺意
識。

(二) 讀者意識

　　劉辰翁批點《世說新語》的讀者意識，可藉由劉辰翁批點《世
說新語》的話語交流與劉辰翁文化故國的想像投射兩方面加以論

---

❿　上述所李賀詩，見於劉辰翁《箋註評點李長吉歌詩》，四庫全書珍本。

述。

首先，就劉辰翁批點《世說新語》的話語交流立論，沃爾夫岡·伊瑟爾（Wolfgang Iser）認為：「作者創作的文本只是一個靜態的、有待閱讀去實現的圖示系統（schematized aspects），只有讀者參與審美體驗，才能將文本中的各個靜態的構件和成分，如人物、情節、敘述者、觀點、隱含讀者聯繫起來并加以激活。」❷⁰文本是一個未完成的圖示系統，也是一個交流結構，具有不確定的藝術形象，讀者與文本於此進行對話與交流。如果文本以語言形式而存在，則其文本之文學形象便具有不確性。文學形象來自於現實生活中的物、作者的加工以及讀者根據自己的經驗加以想像組合而成，三者隨機的組合，使得文學形象有著不確定性。文學形象的不確定性，隨著文本構件在不同時空中的不同組合，於文本產生空白結構，空白結構是文本角度與角度片斷之間，聯繫的懸置。空白結構意味著文學意義解讀的開放性，在同類相求，互相投映的原則下，將各個讀者游移不定的觀點，組成各個不同的參照域❷¹。

文本在敘事者、人物、情節與讀者的構件中，不論是語符形式的線性排列或構件在讀者的閱讀過程中，時間先後與空間的間隔等方面，都會留有許多空白處，這些空白處使得文本具有開放性。讀者在閱讀交流中將自我的經驗加以擴張，偶發性地挪用現實世界的一些元素，對文本的物件作選擇性的感知。但讀者主體並不完全將

---

❷⁰ 朱樂奇〈沃爾夫岡·伊澤爾與文本的開放性〉，No7（總 184），《外語與外語教學》，2004，頁 43。

❷¹ 汪正龍〈文學語言的空白結構和意義生成〉，N02，《文學理論研究》，2005，頁 72-74。

文本視為對象化存在的客體，而是尊重文本的主體性，將文本主體與讀者主體置於一種複合的狀態，造成自我揭示和自我解釋，達至近似主客相融、物我兩忘的境界❷。讀者通過對空白處的填充和連接，與文本互動，調控主題的掌握與閱讀視野的調整，將文本構件重構成文本的審美形象，此一審美形象對原文本的文字形象，或趨近，或否定，使得空白有所位移，生發蘊藏在文本表層敘述下的多質因素與異質因素，揭發文本潛在的意義聯繫，也可能有別於主客相融的複合狀態，進而承擔某種社會文化批判與反思功能❷。

劉辰翁批點《世說新語》的話語交流活動，兼具主客交融的複合狀態和突出批判與反思的功能二者。劉批點《世說》的話語交流活動，具有明確的批點意識，對《世說》空白結構的補充與連接，彰著讀者的參與，為先前評點家所不及。例如「荀巨伯遠看友人疾」（卷一，〈德行〉，頁 4）一則，其批語為「巨伯固高，此賊亦入德行之選矣！」觀正文的主次，讀者易於推崇荀巨伯的高義，而略過賊之行亦合義德，劉辰翁便據文本的空白加以填充。「華歆、王朗共乘船避難」（卷一，〈德行〉，頁 6）一則，有「閱世而後知其難，賴有此語。」、「管勝華，復勝王，人不可以無辨。」兩批語，劉辰翁藉由人世艱難，指出華歆德行之可尊，同時以「管勝華，復勝王」之提點，連接《世說》其他的篇章，形成較為完善的圖示系統。據此，呈現主客交融的複合狀態。

---

❷ 劉悅笛〈在"文本間性"與"主體間性"之間——試論文學活動中的"複合間性"〉，No4，《文學理論研究》，2005，頁 64-65。

❷ 汪正龍〈文學語言的空白結構和意義生成〉，No2，《文學理論研究》，2005。

　　劉批《世說》的話語交流活動，突出批判與反思的功能二者亦不少。劉辰翁批點《世說》的批語，若有「何足」一詞者，如「此何足載」（卷一，〈文學〉，「謝車騎在安西艱中」，頁 41）、「何足為異」（卷五，〈任誕〉，「張湛好於齋前種松柏」，頁 63）、「何足改觀」（卷六，〈汰侈〉，「王右軍少時，在周顗末坐」，頁 48），皆是劉辰翁對《世說》所選錄內容的恰當性，有所批判的標誌。其餘如「石崇每要客宴飲」（卷六，〈汰侈〉，頁 44）一則，批語為「決無斬人勸飲，血當盈庭矣。」劉辰翁認為文本之敘事誇大其詞，與現實事理相悖。「郭林宗至汝南造袁奉高」（卷一，〈德行〉，頁 2）一則，批語為「本語云：奉高清而易挹四字有味，不宜去。」、「不濁易見，不清難知，故是能言。」劉辰翁認為郭泰的別傳中有「雖清易挹」之詞，《世說》未錄，減却文本風致。凡此皆是劉辰翁的批語與文本相詰問，突出讀者的批判與反思功能。

　　劉辰翁批點《世說新語》所形成的話語交流，不為個人直觀的審美欣賞閱讀所限圍，而是能動的介入參與文本，激活《世說》內在的要素，掙脫詞語符號的舊牢籠，重組構件，使文本擁有現實的生命，擴展作品的生命力。

　　其次，就劉辰翁文化故國的想像投射而為言，文學接受活動中，讀者已有的經驗和素養，會形成一種對作品潛在的審美期望，此一讀者先在的經驗或知識所形成的理解，即是讀者對文學的期待視野。將這種期待帶入閱讀過程，同時在閱讀中改變、修正或實現它。文學的接受過程成為一個不斷建立、改變、修正、再建立期待視野的過程。它影響讀者閱讀接受及效果，沒有先在的理解，文學

的閱讀就不能進行，作品的價值只有通過讀者才能體現。人們既定的期待視野與文本之間具有一種審美距離，熟識的先在經驗與文本的接受所需求的「視野的變化」之間的距離，決定著文學作品的藝術性❷。

劉辰翁生於宋元鼎革之際，其評點之作完成於宋亡之後，其編閱與書寫的過程中，家國鉅變的創痛是最鮮明的經驗意識。此一經驗意識，隱藏於看似冷靜的評點活動背後，形成劉辰翁批點《世說》話語交流的時代印記。陳繼儒曾分析劉辰翁從事評點遣悶寄懷的心態，其於〈劉須溪評點九種書序〉言：

> 當宋家末造之時，八表同昏，四國交阻，刀槊耀日，鋒烟翳
> 天，車鐸馬鈴，……先生何緣得此清暇，復美筆概文史
> 耶？……先生進不能為健俠執鐵纏稍，退不能為逋人采山釣
> 水，又不忍為叛臣降將，孤負趙氏三百年養士之厚恩。僅以
> 數種殘書，且諷且誦，且閱且批，且自寬於覆巢沸鼎，須臾
> 無死之間。正如微子之麥秀，屈子之離騷。非笑非啼、非無
> 意非有意，姑以代裂眦痛哭耳！❷

不同時代的讀者，對文學的接受有不同的期待視野。《世說新語》所記為王室南遷，偏安江南，無力揮師北復中原，最後國祚為異族

---

❷ 金元浦《接受反應理論》，〈第三章　開拓者：從文學史悖論到審美經驗〉，頁 121-126。

❷ 陳繼儒《晚香堂集》，卷一。

所鼎移的人事物象。書中人處於末世所展現的生命風姿,對處境與六朝人相似的劉辰翁,具有強烈的吸引力。劉辰翁對《世說新語》的評點,除了作為文學評論家揭示其審美意蘊外,更寄寓個人的末世情懷與氣慨於其中。

劉辰翁將文化故國的想像,投射於《世說》的批點中。其批語或表現亡國覆家的傷痛,如「孔融被收」(卷一,〈言語〉,頁24)一則,批語為「語自可傷」;「過江諸人,每至暇日」(卷一,〈言語〉,頁39)一則,批語為「俯仰情至」、「衛洗馬初欲渡江」(卷一,〈言語〉,頁40)一則,批語為「似癡似懶似多似少,轉使柔情易斷,非丈夫語,然非我輩未易能言。」劉辰翁於此百感交集,亡國覆家之傷痛逾恒。或為局勢混亂,世道艱難,諸多喟嘆。例如「郗公值永嘉喪亂」(卷一,〈德行〉,頁10)一則,批語為「兩頰所著能幾?足哺二兒,兒非甚小!在穀氣不絕耳!哀哉!」觀此批語,令人喟嘆再三。

劉辰翁批點《世說》對古人典型在夙昔,多所嚮往。例如對謝安的傾心,「王右軍與謝太傅共登冶城」(卷一,〈言語〉,頁55)一則,批語為「惟謝東山能為此言,他人不近。」、「謝太傅問諸子姪」(卷一,〈言語〉,頁6)一則,批語為「對易問難,他人無此情也。」、「謝公夫人教兒」(卷一,〈德行〉,頁16)一則,批語為「使人想見其度,益嘆其真,後人矜飾曠廢,皆當媿此。」劉辰翁對謝安多多許,恨不生同時,仕同朝。

劉辰翁批點《世說新語》,不時投射出個人對文化故國的想像,話語交流中實現劉辰翁與《世說》視野的融合與開拓,形成文本的新視野。此一新的接受視野,不但揭示《世說》與劉辰翁之間

的現實聯繫，同時也擴大了讀者可能的視域，使讀者轉變審美態度，願意對過去的作品再次欣賞，賦予《世說》舊經典的新意蘊。文學的功能是建築在作品的社會效果之上的。所有時代的文學都不可能斬斷文學與社會的關係，只有在讀者進入特定的生活實踐和期待視野，形成讀者對世界的理解，並因而對其社會行為有所影響之時，文學才真正有可能實現自身的功能。

從文學的發展觀，文學的共時系統都具有不可分割的結構因素，此一結構必然同時包括著它的過去和未來，在歷時性與共時性的交滙點上，某一特定歷史時刻的文學視野得以被理解。

四、結語

劉辰翁在《世說新語》的文本基礎上，插入評點，使得劉辰翁批點《世說新語》，形成一種新的文本。劉辰翁批點《世說新語》的閱讀活動，將傳統直觀審美的被動閱讀接受，融入主動的談論探討與思考結合，突出評點的批判與反思功能。因此，文學欣賞便由審美直觀，轉變為話語交流的活動。劉辰翁所批點的《世說新語》，形成文本多重化的意蘊，提供多重化閱讀的可能，引領不同時代的人們依據個人的理性思維、情感體驗及意志目的，對它進行表述、補充與認同，使《世說新語》具有豐富的文化義涵，形塑《世說新語》文學經典的地位。

狡獪的演奏家
——談閱讀前的心理準備

林明昌

佛光大學文學系助理教授

　　展開書扉，頁面上墨跡線條組合而成的圖案映入眼簾之時，引發讀者諸多聯想與感受，喚醒潛藏胸中的百般滋味。這段看似快速簡單的歷程，能令人或欣喜興奮、或悲哀沮喪、或清朗明智、或愚騃痴狂，我們稱為「閱讀」。

　　對大多數人而言，閱讀似乎是尋常不過的經驗，彷彿簡單明瞭，不值一論。然而若細細回想每一次的閱讀過程，當中曲折起伏又不是可以一語帶過的。

　　閱讀是文學研究的起點，文學研究的動力或許來自閱讀時的感動，研究的結果也應當回饋這種感動。接受美學的研究，即試圖由不同路徑描述並解析閱讀過程的感動。

　　接受美學的創始人，德國康斯坦茨大學學者姚斯❶，曾在他著

---

❶　〔德〕漢斯·羅伯特·姚斯（Hans Robert Jauss），1921-1997。

名的接受美學宣言性演講中，提出重新以接受的角度看待閱讀過程的主張，並將文學作品比喻為一部管弦樂譜，他說：

> 一部文學作品，並不是一個自身獨立、向每一時代的每一讀者均提供同樣的觀點的客體。它不是一尊紀念碑，形而上學地展示其超時代的本質。它更多地像一部管弦樂譜，在其演奏中不斷獲得讀者新的反響，使本文從詞的物質形態中解放出來，成為一種當代的存在。❷

文學作品不是獨立的客體，不能展示其超時代的本質。文學作品更像管弦樂譜，要在「演奏中」獲得讀者的反響，而且是「新的」反響。姚斯以音樂欣賞和文學欣賞二者的過程對比，可以用來說明文學解讀過程的許多現象，值得加以延伸探討。

一、讀者心中的演奏家

就形態及媒介而言，顯然音樂和文學差異甚大。音樂是「二階段的創作」，也就是「作曲家」以「樂譜」記錄其創作，再由「樂團」或「樂手」將「樂譜」轉化為「音樂」。不論演奏者是作曲家本人或其他演奏家，聽者聆聽到的是演奏者演奏的音樂。在這個音樂創作流程中，創作的人包括「作曲家」和「演奏家」。音樂的出

---

❷ 〔德〕姚斯，〈文學史作為向文學理論的挑戰〉，周寧、金元浦譯《接受美學與接受理論》（瀋陽：遼寧人民出版社，1987年9月），頁26。

現，必須經過「樂譜」到「演奏」兩個階段❸。光有「樂譜」聽者是無法欣賞音樂的。由於創作音樂的人包括「作曲者」和「演奏者」，聽者所聽到的音樂，部分屬作曲家的創作，部分則屬演奏家的表現和詮釋。音樂產生的過程，演奏家固然不得不憑藉樂譜（以及樂譜的創作者，即作曲家），而樂譜（也包括作曲家）也不得不依賴演奏家。在這樣交錯影響裏，我們聽到的音樂，既不單單是作曲家的「原意」，也不純粹是演奏家的「創作」，而是演奏家在樂譜的限制（同時也是協助）下，當下各項條作的綜合表現。所謂「各項條件」包括演奏者的技巧、心情、體能等，也與演奏者對樂曲及作者的了解與受樂譜的啟發有關，更不能跳脫演奏者的經驗和對音樂的偏好。同樣的樂譜，在這麼多的變數影響下，往往在不同的演奏者、或同一個演奏者不同時間的演奏下，表現出不同的風貌，甚至可能差異極大。也就是音樂作品的最後呈現在聽者耳裏的聲音，並非固定不變，或者說沒有兩次演奏能完全一樣。

　　文學作品則不然。如果我們將寫就且印刷完成的文學文本稱為「作品」，則除非刻意刪增，否則即使印刷的版型、紙張、字體、編排有所不同，文字的內容並不會有所差異。形式可以改變，內容則是相同。因此我們似乎可以將文學作品定位為「一階段的創作」，而與音樂的「二階段創作」相異其趣。

　　然而這是從「創作」端發想的思路。如果加上「閱讀」（或音

---

❸　當然，也可以由作曲者直接演奏，不寫成樂譜，或在演奏後再紀錄成樂譜，也就是作曲家直接創作音樂。這種形式下，創作即演出。但是本文所討論的並不是這種流程。畢竟這種無樂譜，直接由作曲家演奏的情形在音樂世界是少數，亦不符合姚斯的比喻。

樂的聆聽），則情況又是截然不同。

　　在姚斯的論述裏，文學「作品」的完成，並不是作家寫就的那一刻。「作品」並不是在作家寫完後就可以超越時間，任由所有人閱讀出同樣的內容。所以說文學作品「並不是一個自身獨立、向每一時代的每一讀者均提供同樣的觀點的客體」。文學作品所「提供」的觀點，並非一成不變，影響的變數極多，主要在於讀者的閱讀過程。依姚斯的說法，作家寫成的「文學作品」不過類似音樂的樂譜，如果沒有人閱讀就等同於未曾「演奏」。文學文本在讀者的閱讀過程「演奏」成作品，並在「演奏中不斷獲得讀者新的反響，使本文從詞的物質形態中解放出來」，於是文學本文即從油墨、線條，轉變為充滿意義的內容。如日本作家大江健三郎所說：「善於閱讀的人，就像是心中住著一位演奏家。❹」演奏家在演出時詮釋樂譜，音樂也是在演奏家手中形成。同樣的，讀者閱讀時亦有賴心中這位「演奏家」協助，才能將「文字」轉化為讀者感受得到的「文學作品」。因此大江健三郎又說：「閱讀小說的人同時扮演演奏家與聽眾的雙重角色。❺」

　　在這樣的解析下，文學作品和音樂的創作與閱讀歷程即若合符節。音樂是由「作曲家創作樂譜」❻，再由演奏家「將樂譜創作為音樂」，傳達到聆樂者耳中。而文學作品是由「作家創作文本」，再由讀者心中的演奏家「將文本創作為作品」，傳達給讀者心中的

---

❹　大江健三郎、小澤征爾著，戴偉傑譯，《音樂與文學的對談》（台北：高談文化，2006年1月），頁113。

❺　大江健三郎、小澤征爾，《音樂與文學的對談》，頁113。

❻　作曲家應當是「作曲」才是，此處為敘述方便而稱為「創作樂譜」。

欣賞者。二者的結構可對比如下：

　　音樂：作曲家——樂譜　　——　　演奏家——聆聽者

　　文學：作　家——文本——讀者（演奏家——欣賞者）

或簡化為：

　　音樂：作曲家——樂譜——演奏家——聆聽者

　　文學：作　家——文本——演奏家——欣賞者

似乎文學創作也似乎不可單單視為「一階段的創作」，其「創作過程」極類似音樂。

　　但是二者仍有差異。首先，聽覺（時間）藝術和視覺（空間）藝術畢竟不同，樂音隨著時間不斷流逝，聆樂者「心中的詮釋者」也只能依順時間前進接收樂音，遠不如閱讀者能對視覺作品彷彿時間暫留般反覆觀賞。

　　其次，音樂的演奏家是真實存在且獨立於聆聽者之外的，而閱讀時的演奏家則只是讀者心中的「作用」，並非真有其人。再次，音樂是傳達到耳中，而作品是到心中。如果我們進一步細分音樂進入聆樂者的耳中之後的變化，則可以發現，其實聆樂者心中也會存在一位詮釋者，同樣將傳進耳中的聲音轉化成自己的樂音，再傳達到心中。也就是上述的「聆聽者」不只是「收聽」，還要「詮釋」或者說「創作」。聆聽者的創作，是賦予樂音意義。❼於是似乎又

---

❼　這樣的分析是為了說明聆聽音樂的人並非被動的「接受者」而已，應是在聆聽的過程中扮演更積極的角色。換言之，音樂的意義或情感不是存在於樂音之間，而是聆樂過程由聆樂者根據各種條件和因素創作而成。聆樂的過程是音樂創作過程，聆樂者也是音樂的「創作者」。請參見林明昌，〈想像的投射——先秦兩漢音樂接受研究〉，發表於「文學場域——文學學研討會」

可以將聆聽者再細分為「詮釋者」和「感受者」，前者賦予樂音意義，而後者則對樂音反應。

如此一來，我們也可以再檢視閱讀過程的「欣賞者」，或許也可以如聆樂者一樣細分為「詮釋者」和「感受者」。當閱讀者接觸作品時，心中的演奏家演奏之後，還要有一詮釋者賦予意義，和另一感受者對作品反應。則上述結構又成了：

音樂：作曲家──樂譜──演奏家──聆聽者(詮釋者──感受者)

文學：作　家──文本──讀者(演奏家──詮釋者──感受者)❽

或簡化為：

音樂：作曲家──樂譜──演奏家──詮釋者──感受者

文學：作　家──文本──演奏家──詮釋者──感受者

經過如此分析之後，閱讀過程並非簡單明瞭、可以一語帶過。讀者心中的演奏、詮釋、感受，都受複雜而且曲折的因素影響。尤其閱讀過程的「演奏家」與「詮釋者」的關係和分工。

首先我們必須清楚所謂「演奏家」、「詮釋者」、「感受者」或用動詞「演奏」、「詮釋」、「感受」的區分，並不代表時間上的先後順序，只是說明上的區別，或分工上的先後。實際閱讀過程，演奏家、詮釋者、感受者的作用，可能是在同一瞬間完成。

至於演奏家和詮釋者的分工，也是為了說明閱讀過程有一部分是將「文字」轉化為「作品」，另一部分則是賦予「作品」意義。

（佛光大學，2008 年 4 月 23 日）。

❽　稱閱讀者心中閱讀過程的一部為「演奏家」，是沿用大江健三郎的比喻。接下來的「詮釋者」和「感受者」原本亦可只用「詮釋」和「感受」，但是在此仍延續「演奏者」的比喻而稱「者」，以求前後一致。

前者是演奏家的工作，後者則屬詮釋者。而且此二者的工作均含有「創作」的意涵。

如前所述，我們所聽到的音樂是演奏家在樂譜的限制和協助下，當下各項條作的綜合表現。而在文學閱讀中，所謂「各項條件」當中的「演奏者對樂曲及作者的了解與受樂譜的啟發」，及「演奏者的經驗和對音樂的偏好」，近似於姚斯「期待視野」理論所述。

姚斯認為，文學作品「可以通過預告、公開的或隱蔽的信號、熟悉的特點、或隱蔽的暗示，預先為讀者提示一種特殊的接受」。這種接受會在閱讀時「喚醒以往閱讀的記憶，將讀者帶入一種特定的情感態度中，隨之開始喚起『中間與終結』的期待」。[9]其中所謂預告、公開、隱蔽的信號和熟悉的特點或隱蔽的暗示，可看成是我們前述「各項條件」的另一種描述。姚斯將之描述為比較具體的文學項目，則為：「從類型的先在理解、從已經熟識作品的形式與主題、從詩歌語言和實踐語言的對立中產生了期待系統。」[10]簡言之，就是「以往的閱讀記憶」。但是這種期待則「在閱讀過程中根據這類本文[11]的流派和風格的特殊規則被完整保存下去，或被改

---

[9] 〔德〕姚斯，〈文學史作為向文學理論的挑戰〉，《接受美學與接受理論》，頁29。

[10] 〔德〕姚斯，〈文學史作為向文學理論的挑戰〉，《接受美學與接受理論》，頁28。

[11] 「本文」或稱「文本」，下同。

變、重新定向,或諷刺地獲得實現。」⑫換句話說,這樣的期待未必固定不變,可能在閱讀過程中不斷修正改變。當讀者閱讀新的文本時,會「喚起了讀者(聽眾)的期待視野和由先前本文所形成的準則,而這一期待視野和這一準則則處在不斷變化、修正、改變,甚至再生產之中」。⑬因此大多數的情況,期待視野是不斷建立和不斷改變的。

回到前述的「各項條件」,各項條件也不是一成不變的。閱讀者心中的「演奏家」在演奏新文本時,以往的演奏、聆樂經驗所形成的期待系統,會受不斷受到挑戰而修正、更新。

二、韓愈的替身

林紓曾評論韓愈文章說:「昌黎一生忠鯁,而為文乃狡獪如是,令人莫測。」⑭「一生忠鯁」和「為文狡獪」是林紓閱讀不同文獻後,得到對韓愈形象的期待衝突。這個衝突迫使林紓不得不加以修正調整。林紓採取的立場,是以讀者的身分對韓愈的「為人」與「為文」分別看待,其中也包含原先對韓愈文中「隱含作者」期待的改變。

---

⑫ 〔德〕姚斯,〈文學史作為向文學理論的挑戰〉,《接受美學與接受理論》,頁 29。

⑬ 〔德〕姚斯,〈文學史作為向文學理論的挑戰〉,《接受美學與接受理論》,頁 29。

⑭ 林紓,《韓柳文研究法》(台北:廣文書局,民 87 年 7 月),頁 31。

「隱含作者」是指美國芝加哥大學布斯❶對文學作品中所顯現的作者的描述。在布斯的論述中，一位作者在寫作時，不是創造一個理想的、非個性的一般人，而是創造作者自己「隱含的替身」，而且這個替身有別於我們在其他人的作品中遇到的其他隱含作者。此外，「不管一位作者怎樣試圖一貫真誠，他的不同作品都含有不同的替身」。❶每一位讀者自文本中見到的，正是這一位作者隱含的替身，而且即使同一位作者的不同作品，也會隱含不同的替身。古往今來，每一位閱讀文章的人，藉文字間的信息，拼湊出的作者形象，只是眾多替身之一。

韓愈在文章中努力為自己塑造誠慤好學的形象，如在〈上宰相書〉中，韓愈形容自己曰：

> 名不於農工商賈之版，其業則讀書著文，歌頌堯舜之道，雞鳴而起，孜孜焉不為利；其所讀皆聖人之書，楊墨釋老之學無所入於其心；其所著皆約六經之旨而成文，抑邪與正，辨時俗之所惑。居窮守約，亦時有感激怨懟奇怪之辭，以求知於天下，亦不悖於教化。妖淫諛佞譸張之說，無所出於其中。❶

---

❶　Wayne C. Booth。

❶　〔美〕布斯，《小說修辭學》（北京：北京大學出版社，1989 年 1 月），頁80。

❶　韓愈，〈上宰相書〉，《韓愈集》卷十六（長沙：岳麓書社，2000 年 9月），頁 204。

這是孜孜於學，居窮守約，不謀利，不悖教化的韓愈形象。在〈進學解〉又借他人之口描述自己曰：

> 口不絕吟於六藝之文，手不停披於百家之編，記事者必提其要，纂言者必鉤其玄，貪多務得，細大不捐，焚膏油以繼晷，恆兀兀以窮年。……
>
> 少始知學，勇於敢為，長通於方，左右具宜。❶❽

這是焚膏繼晷勤學苦讀的韓愈。

然而居窮守約不悖教化，焚膏繼晷勤學苦讀卻未必是讀者對韓愈的共同印象。因為我們也同時閱讀到〈答張籍書〉及〈重答張籍書〉中的韓愈，看到韓愈說：「吾子又譏吾與眾人為無實駁雜之說，此吾所以為戲耳。」❶❾也看到〈後廿九日復上上宰相書〉中，「自進而不知愧」的韓愈。但無論如何，我們所認識的韓愈，其實是文字篇章在迴光反影下的幻相。作〈師說〉、〈原道〉，剴切訓示的長者是替身，撰〈送窮文〉、〈祭鱷魚文〉，滑稽突梯的老兒也是替身。上〈論佛骨表〉斥佛陀為夷狄之人，貶佛骨為凶穢之餘的韓愈，是隱含的作者；上〈潮州刺史謝上表〉自承狂妄戇愚，請罪討饒的韓愈，則是另一個隱含的作者。讀者所認識的韓愈，源於各自閱讀後形成的隱含作者。

如石介所說：「吏部志復古道，奮不顧死，雖擯斥摧毀，日百

---

❶❽　韓愈，〈進學解〉，《韓愈集》卷十二，頁 159。
❶❾　韓愈，〈答張籍書〉，《韓愈集》卷十四，頁 193。

千端，曾不少改所守。」❷或：「韓愈憤然於千百年下，孤立排毀，不避其死，論佛骨，貶潮州八千里，而志彌愨，守益堅。」❷都是石介自文章讀來。

至於韓愈的另一個形象，司馬光曰：「光謂韓子以三書抵宰相求官，〈與于襄陽書〉謂先達、後進之士，互為前後以相推援，如市賈然，以求朝夕芻米僕賃之資，又好悅人以銘誌而受其金。觀其文，知其志，其汲汲於富貴，戚戚於貧賤如此，彼又烏知顏子之所為哉！」❷司馬光就這幾篇文章讀出的韓愈替身形象，是汲汲於富貴，戚戚於貧賤。司馬光的觀其文知其志，所知的乃是這幾篇文章的隱含作者之志。

這些形象的可能差別，在於石介和司馬光認識的韓愈如果來自閱讀韓愈所作的文章，則是「直接的」隱含作者；如果出於閱讀他人對韓愈的描述，則可能是「間接的」隱含作者。間接的隱含作者是指是閱讀別的作家對韓愈的描寫，而那位作家認識的韓愈，也是來自閱讀韓愈文後獲致的「隱含作者」。還有另一種情形，即讀者對韓愈的印象不是來自閱讀韓愈文，乃是閱讀其他人對韓愈的描寫，而且這些描寫的基礎也不是來自閱讀韓愈文，是更早的人對韓愈的描述。這種情形並不適宜稱為「隱含作者」，比較近似「韓愈在某些文學作品中的形象」。

---

❷ 石介，〈上趙先生書〉，《徂徠先生石全集》（北京：書目文獻出版社，1988），卷十二，頁11。

❷ 石介，〈與士建中秀才書〉，《徂徠先生石全集》，卷十四，頁7。

❷ 司馬光，〈顏樂亭頌序〉，《司馬文正集》（台北：中華書局，民59年），卷十二，頁7。

　　讀者所讀的韓愈文未必相同，閱讀後形成的隱含作者更不會一樣。不論源於「隱含作者」或「文學中的形象」，林紓心中原本的韓愈形象是「一生忠骾」，而且「信道篤，讀書多，析理精，行之以海涵地負之才，施之以英華穠郁之色，運之以神樞鬼藏之秘」。❷❸可以說「一生忠骾」等等印象乃是林紓閱讀韓愈文之時的部分「期待視野」，這些期待卻在閱讀韓愈文的過程遭遇挑戰。因為林紓看到的韓愈文，顯然與原本期待的忠骾形象有霄壤之距離。由此可以看到林紓心中的「詮釋者」面對韓愈文時認知的不合諧。

　　當心中的「演奏家」將韓愈文演奏成「文學作品」時，「詮釋者」感覺到作品中風格和「隱含作者」與原先期待視野中的「作者」形象並不一致。林紓心中的演奏家所演奏出來韓愈文中隱含作者，並非忠骾，而是「狡獪」、「好弄神通」。

　　林紓於評韓愈五〈原〉篇❷❹曰：「昌黎生平好弄神通，獨于五〈原〉篇沈實樸老，使學者有塗軌可尋。」❷❺「生平好弄神通」是指生平「為文」好弄神通❷❻。顯然五〈原〉篇的風格與韓愈其他文章並不一致，才有獨于五〈原〉篇沈實樸老之說。既然五〈原〉篇風格與韓愈其他文章不一致，何以判定五〈原〉篇的沈實樸老並非韓愈文的本色？或許是由於韓愈文「狡獪」者居多數，沈實樸老反而為特例。但是由此也看到了林紓心中的詮釋者選擇和修正的痕跡。

---

❷❸　林紓，《韓柳文研究法》，頁 2。

❷❹　指〈原道〉、〈原性〉、〈原毀〉、〈原人〉、〈原鬼〉五篇。

❷❺　林紓，《韓柳文研究法》，頁 3。

❷❻　由上引「昌黎一生忠骾，而為文乃狡獪如是」可知。

三、狡獪弄神通

我們可以先從林紓感覺韓愈為文狡獪的原因說起。

李塗評韓愈譏諷之文曰：「退之雖時有譏諷，然大體醇正。」**㉗**並不覺得狡獪。同樣是〈送浮屠文暢師序〉，何焯則說：「此文會須味其忠厚誠懇，不是虛憍之氣」**㉘**，只見忠厚誠懇，不覺得其中有遏抑掩蔽。一樣的〈送廖道士序〉，林雲銘則評曰：「其行文雲委波屬，極有步驟。俗評止稱其飄忽眩奇，何啻隔靴搔癢。」**㉙**也不著眼於狡獪或神通。因此雖然韓愈文章之「奇」，大致為眾評者共同的見解，但是卻未必同意「弄神通」、「狡獪」的論點。

林紓強調韓愈文狡獪、弄神通，應是順著蘇洵以降「抑遏蔽掩，不使自露」**㉚**、及曾國藩評〈送石處士序〉所曰：「前含譏諷，後寓箴規，皆不著痕跡，極狡獪之能。」**㉛**以及「凡韓文無不狡獪變化，具大神通。」**㉜**等說法而來。

至於何謂狡獪弄神通？林紓評韓愈〈送廖道士序〉，認為此類文章不易寫，「此文製局甚險」。並設譬喻曰：「似泰西機器，懸數千萬斤之巨椎於樑間，以鐵繩作轆轤，可以疾上疾下，置表於質

㉗ 李塗，《文章精義》（北京：人民文學出版社，1998年），頁63。

㉘ 何焯，《義門讀書記》（北京：中華書局，1987年6月），卷32。

㉙ 林雲銘，《古文析義》（台北：廣文書局，民90年10月），頁703。

㉚ 語出蘇洵〈上歐陽內翰書〉，《老泉文鈔》，《唐宋八大家文鈔校注集評》（西安：三秦出版社，1998年9月），頁4252。

㉛ 見葉百豐，《韓昌黎文彙評》，頁178。

㉜ 曾國藩評韓愈〈毛穎傳〉，見葉百豐，《韓昌黎文彙評》（台北：正中書局，1999年3月），頁280。

上，驟下其椎，椎及表面玻璃而止，分毫無損也。」❸這種險是「有驚無險」，表面看來十分驚人，實際上又不傷分毫。林紓並且將此譬喻逐步說明〈送廖道士序〉之險：

> 文自「五岳於中州」起，至「千尋之名材，不能獨當也」止，二百餘言，作一氣下，想廖道士讀到「不能獨當」句，必謂己足以當之。此千萬斤之鐵椎，已近玻璃表面矣。「意必有」、「吾未見」六字，即輕輕將椎勒住，於表無損分毫。然又防他掃興，即復兜住，言「無乃迷惑溺於老佛之學，而不出」，似於廖師身上，仍留一線生機。❸

韓愈文中「不能獨當」是指白金、水銀、丹砂、石英、鍾乳，橘柚之包，竹箭之美，千尋之名材不能獨當郴州清淑之氣。因此「意必有魁奇忠信材德之民生其間，而吾又未見也。」

郴州既有如此清淑之氣，且方物名材不足當其氣，則下文是否將轉入送序的對象呢？韓文至此吊起廖道士的味口。林紓設想廖道士讀至此處，應當心生「己足以當之」的想法，廖道士也或許相信下文將提及自己。這不只是廖道士的自信，也是人之常情，是贈送序免不了的客套。林紓說的「此千萬斤之鐵椎，已近玻璃表面矣」，即是指此處誘人上鉤之文。然而下句「意必有魁奇忠信材德之民生其間，而吾又未見也」，「未見」二字，不免令廖道士失

---

❸　林紓，《韓柳文研究法》，頁30。
❸　林紓，《韓柳文研究法》，頁30。

望。所以林紓又說是「輕輕將椎勒住，於表面無損分毫」。但是不能令廖道士太過掃興，否則失去送序應有最基本的禮貌，因此韓愈在此兜住，話鋒一轉，說：「其無乃迷惑溺沒於老佛之學而不出邪？」為「吾又未見」尋個理由，暗指廖道士也能即是此魁奇忠信材德之民，只是迷惑溺沒於老佛之學故韓愈未見。但也只是暗指，並未明示，林紓說是於廖師身上「留一線生機」。這是韓愈以千萬斤鐵椎驟下表面又緊急拉住的第一回合。

鐵椎升降的第二回合，林紓說：

> 其下率性還他好處，說「豈所謂魁奇而迷溺」。又將巨椎收放下，弄得廖師笑啼間作，幾謂得雋即在言下。忽言「廖師善知人，若不在其身，必在其所與遊」，此一擲真有萬里之遠，把以上釀至興會話頭盡化作蜃樓海市，與廖師一毫無涉。此在事實上則謂之騙人，而在文字中當謂之幻境。昌黎一生忠骾，而為文乃狡獪如是，令人莫測。㉟

第二回合開始，以疑惑的語氣反問會不會廖道士即是前文所說的「魁奇而迷溺者」？韓愈再一次給廖道士好處，彷彿即將點明魁奇而迷溺者就是廖道士。林紓說這是「將巨椎收放下，弄得廖道士笑啼間作」。但是筆鋒再轉，韓愈又問像廖道士善知人，魁奇者若不是自己，也是所遊之人，既然知道有此魁奇之人，何以卻不告知韓愈？巧妙的讓魁奇之人與廖道士擦身而過，盪至九霄以外，林紓說

㉟　林紓，《韓柳文研究法》，頁 30。

「此一擲真有萬里之遠，把以上釀至興會話頭盡化作蜃樓海市，與廖師一毫無涉」。這種若有似無的筆法，忽而迫而眉睫，忽而煙消雲散，林紓為廖道士設身處地著想，應當是啼笑間作。在事實上無此意無此事，虛晃一招，純粹騙人。但在文章中，可謂文字幻境。

林紓在另一篇解讀的文章中，又將韓愈此文分解為五段，意謂前四段一步步使廖道士以為韓愈稱讚的材德之人必是自己，引得廖道士一層層歡喜。至最末段，忽然說廖道士善知人，表面上是讚美廖道士之詞，那知卻將廖道士一天的歡喜挪到別人身上，說出「不在其身，必在其所與遊」一句。通篇對廖道士的稱讚，只有一句「氣專容寂，多藝喜遊」八字，林紓說：「打發他去，雖極無聊，然尚敷衍得下場面子」。總結此文的妙處是：「文之蓄縮停頓，將收故縱，弄種種神通，使讀者不可方物。」❸這是以另一種方式說明韓愈為文的狡獪。

韓愈文的狡獪，亦不只〈送廖道士〉一文，如〈送溫處士赴河陽軍序〉，林紓說：「說烏公攘奪其友，不能無介懷，又言致私怨於盡取，極意寫己之不悅，然烏公見之，則大悅矣。此文字之狡獪動人處。」❸送溫造的序，卻預設烏重胤閱後的心情，埋伏了一頂高帽等烏重胤來戴，稱得上用心狡獪。

又〈送孟東野序〉，林紓曰：「以上所鳴者，或以道、或以術、或以文，初未及詩，陳子昂諸人，正以詩鳴者也。此數人既以

---

❸ 林紓，《林紓選評古文辭類纂》（杭州：浙江古籍出版社，1986 年 3 月），頁 196。

❸ 林紓，《韓柳文研究法》，頁 35。

詩名，則說到東野，不應用一始字，雖昌黎狡獪，將陳子昂諸人所鳴者，抹去詩字，代以能字，是急救之法。」❸這是指韓愈狡獪的用能字代詩字，以掩飾文章邏輯上的缺漏。

林紓評〈進學解〉留下無數牢騷❹，但均借他人之口「為之發洩，為之不平。極口肆詈，製為答詞，引聖賢之不遇時為解」。文筆之變幻，「其驟也，若盲風瀯雨；其夷也，若遠水平沙。文不過一問一答，而啼笑橫生，莊諧間作」。結語是「文心之狡獪，歎觀止矣」。❹

韓愈為文之狡獪，更能帶領閱讀者隨之曲折變幻。林紓評〈送許郢州序〉曰：「行文精處，真令人莫測。」❹評〈送齊暤下第序〉說：「篇法、字法、筆法，如神龍變化，東雲出鱗，西雲露爪，不可方物。讀之不已，則小心一縷，亦將髓（隨）昌黎筆端旋繞曲折，造於幽眇之地矣。」❹林紓又借〈送鄭尚書序〉歸納韓愈為文之巧妙，曰：「大抵昌黎之文，遇平易之題，偏生出無數邱壑。隨步換形，引人入勝，又往往使人不測。」❹生出無數邱壑卻又能隨步換形，使人不測，另一種說法，即是「蔽掩」。林紓說「蔽掩，昌黎之長技也。不善學者，往往因蔽而晦，累掩而澀」，而「所難者，能於蔽掩之中，有淵然之光，蒼然之色，所以成為昌

---

❸　林紓，《韓柳文研究法》，頁 24。
❹　林紓，《林紓選評古文辭類纂》，頁 489。
❹　林紓，《韓柳文研究法》，頁 8。
❹　林紓，《韓柳文研究法》，頁 25。
❹　林紓，《韓柳文研究法》，頁 25。
❹　林紓，《韓柳文研究法》，頁 36。

黎耳」。蔽掩而不失光色,才是韓愈文的特色。

　　韓愈文字遏抑掩蔽之妙,通常是「通篇並未嘗罵人,直是罵煞」❹,或者是同樣巧妙的當面痛罵,而人不以為忤。如〈送浮屠文暢師序〉。林紓評論此文「直是當面指斥佛教為夷狄禽獸,而文暢通文字,卻不以為忤」❺。林謂韓愈此文著眼在一傳字,即傳道。有所傳之道即是人,無所傳之道即是夷狄禽獸,並且不以傳字許文暢。然而命意是如此,行文卻不如此。此文渾淪說話不儒佛,其後分出聖人立教,於是人與夷狄禽獸才分形而立。但又不頂至盡頭,在緊要處又推開浮屠,但論禽獸,仍引浮屠同為人類,可見得前此的禽獸二字,不是罵浮屠或文暢。然而,人之所以異於禽獸者,在於能親近聖人。文暢若能「知其所自」,則當溯源於聖人,若不能知,仍為禽獸。斥文暢不知,最後又將不知二字解脫。「累擒累縱,一毫不肯放鬆,然後明出正告之意」❻,這種抑遏蔽掩之妙,亦是狡獪神通的作用。

四、狡獪的演奏家

　　韓愈為文令人目眩神移,狡獪莫測,與林紓心中「一生忠梗」的形象乃大不相同。於是林紓對待韓愈文章時,不採取「文如其人」的解讀立場,努力另闢蹊徑,不將文章視為作者人格世界的展

---

❹　林紓,《林紓選評古文辭類纂》,頁 24。此語評韓愈〈獲麟解〉。

❺　林紓,《韓柳文研究法》,頁 29。

❻　林紓,《韓柳文研究法》,頁 30。

現。這樣的立場甚至與他解讀的對象——韓愈——的文學主張亦不盡相同。韓愈所說的「養其根而俟其實，加其膏而希其光。根之茂者其實遂，膏之沃者其光輝，仁義之人，其言藹如也。」㊼是認為作者的人格涵養與作品之間具相當程度的對應關係，簡言之，即「鬱於中而泄於外」㊽或「閎於中而肆於外」㊾。因此人之於言，「有不得已者而後言，其歌也有思，哭也有懷」㊿。發表為文章則是：

> 夫所謂文者，必有諸其中，是故君子慎其實。實之美惡，其發也不揜。本深而末茂，形大而聲宏，行峻而言厲，心醇而氣和，昭晰者無疑，優游者有餘。(51)

文章必出乎充實於內心的品氣。而且內心之品氣直接影響文章的風格。韓愈的想法並不特殊，如前述司馬光所說的「觀其文，知其人」即是最佳代表。

特殊的是林紓對韓愈的看法。適度切開作者和作品間的嚴密關聯，使得林紓對韓愈文學作品的解讀，顯示閱讀者的主動與自由。閱讀者「在必要時」可以超越作者生平、志向、遭遇及創作目的，任由文本的潛在解讀可能性發展出獨屬於自己的解讀策略。

㊼ 韓愈，〈答李翊書〉，《韓愈集》卷十六，頁 211。

㊽ 韓愈，〈送孟東野序〉，《韓愈集》卷十九，頁 241。

㊾ 韓愈，〈進學解〉，《韓愈集》卷十二，頁 159。

㊿ 韓愈，〈送孟東野序〉，《韓愈集》卷十九，頁 241。

(51) 韓愈，〈答尉遲生書〉。

　　林紓此類評論，都不斷以各種不同說法強調韓愈文的一項特色：以巧妙的筆法適度掩飾文章真正企圖，令讀者在閱讀過程中徘徊於文字表面意義與可能企圖之間。這種特色稱為抑遏蔽掩或狡獪弄通神均無不可。林紓對這種特色的寫作方式說明為：

> 吾思昌黎下筆之先，必唾棄無數不應言與言之似是而非者，則神志已空定如山嶽。然後隨其所出，移步換形，只在此山之中，而幽窈曲折，使入者迷惘。而按之實理，又在在具有主腦。用正眼藏，施其神通以怖人，人又安從識者。❷

　　「吾思」二字，是林紓心中詮釋者的發言詞。這段話包括幾個不同意義，首先是表現林紓如何「演奏」出韓愈的寫作過程。韓愈寫作過程自然是無人知曉，但在林紓的期待之下，演奏出韓愈神通怖人的寫作過程，而且成為林紓閱讀（包括演奏和詮釋）的基調。

　　其次，林紓的期待裏，韓愈的寫作過程是先去除不應言與似是而非者，使心志空定，理路清明，然後再隨心所欲地施弄神通以怖人。這樣的基調，預先設定韓愈文中不會有理路不清或錯誤的可能。凡是幽窈曲折使人迷惘的地方，只能解釋為施弄神通，不可當成韓愈文疏漏不通處。

　　再者，林紓此處並未說明韓愈為何施弄神通，似乎弄神通的目的是不必解釋的。因此才有「昌黎生平好弄神通」語，將弄神通、為文狡獪當成韓愈為文的特色，或者是對韓愈文隱含作者的期待。

---

❷　林紓，《韓柳文研究法》，頁2。

而這種「為文狡獪」的期待又與另一個「一生忠骾」的韓愈不符，於是只能以「令人莫測」稍作調解。

韓愈為文狡獪弄神通的原因，林紓另文曾提出如此推想：「蓋昌黎未遇時，亦一無聊不平之人，第不欲為公然之謾罵，故於與書時弄其狡獪之神通」。❸遇與未遇或許是次要條件，「不欲為公然之謾罵」才是使用狡獪神通為寫作策略的理由。韓愈若真有不平之氣，又不欲公然謾罵，且具備施弄神通的文彩，採用迂迴曲折的狡獪策略也是可能的。

又如〈送李愿歸盤谷序〉，林紓認為李愿的之人品不慊於韓愈之心，韓愈不願昌言而頌其美，所以借李愿之口而宣洩，此文的妙處，「在愿之言曰四字，一團傲兀不平之概，均出李愿口述，罵得痛快淋漓，與己一些無涉」❺，因此可以「謂之狡獪」❺。

然而同時林紓也知道「狡獪」也好，「抑遏蔽掩」也罷，都是「閱讀」的結果，未必可以視為作者有意安排。儘管林紓曾推測韓愈為文狡獪的原因，是要委婉發洩心中不平之氣，但是林紓也說：

> 所云抑遏蔽掩，是文成後讀者見其抑遏蔽掩，不是昌黎下筆時始思作此抑遏蔽掩以狡獪駭眾也。❺

抑遏蔽掩、狡獪駭眾不是韓愈下筆時預先設定的目的，而是出自讀

---

❸　林紓，《畏廬論文》（台北：文津出版社，民 67 年 7 月），頁 18。
❺　林紓，《韓柳文研究法》，頁 27。
❺　林紓，《畏廬論文》，頁 19。
❺　林紓，《畏廬論文》，頁 24。

者的解讀，也可以說是林紓心中的演奏家與詮釋者合作的結果。我們也可以想像得到，當林紓在閱讀及解說韓愈文時，心中先有一位演奏家將書上的墨痕線條演奏成為「文章」，而且演奏時蘇洵、曾國藩等對韓愈文的抑遏蔽掩、狡獪弄神的解讀已加在文字當中，心中的詮釋者再根據演奏出的這些特色加以敷衍引伸，賦予意義，於是韓愈文就是不折不扣地狡獪起來。韓愈文中的這位隱含作者，也就免不了成為「一生忠骾，而為文乃狡獪如是，令人莫測」。至此，究竟是韓愈為文狡獪或林紓心中的演奏家狡猾，就不言自明了。

日本近代的文化維新主義

連清吉

長崎大學環境學院教授

問題提起：日本幕末的文化攘夷論

自從幕末「黑船」叩關以來，日本舉國上下皆震驚於西洋的船堅砲利，西方的科技文明的新穎。隨著幕府解體，西洋文明崇尚的風起雲湧，東洋傳統文化與思想，被認為是落後的象徵，甚且有不合時宜，應全盤捨棄的主張。傳統文化面臨消弭無形的危機，學界老成未嘗沒有維繫固有文化傳承的呼聲。堅持保存東洋文化以力挽狂瀾的是昌平黌教授的安井息軒（1799-1876）。

安井息軒以為東方經典所描繪的理想世界及其所呈現的社會，是井然不紊的階級社會；而非萬有平等的。再者，社會的主宰是才德兼備的士大夫。換句話說，息軒秉持儒家精神，主張人間世界是以人為主的；而不是神權支配的。故本著儒生的真摯與力挽狂瀾的文化使命感，於明治六年（1873）、七十五歲時，著《辨妄》一書，強調儒家思想的合理主義，傾全力地展開對基督教的批判。而

貫通全篇的主旨是，以科學實證的合理主義批判聖經故事的荒誕不經。如聖經所載「夏娃為蛇所誘，食其所禁之果，乃罰婦女以胎孕之苦，重加之以產子之難」（辨妄一）的原罪論，息軒說：

> 夏娃食所禁之果不為無罪，罰之亦可。以夏娃之罪，並罰後世之婦女，使之產子是艱，何其冤也。凡有血氣者，皆有雌雄牝牡，各相配以蕃其類。彼亦犯何罪，使其雌與牝受胎孕之苦也。（同上）

即批判基督教原罪論之荒謬太甚。天地萬物之雌雄牝牡的結合，乃自然之事，又何罪之有。至於所謂雌牝受胎生子之苦，乃肇因於夏娃食禁果所惹禍，因而殃及後世婦女，則大有逕庭。其次，對於耶和華破天淵而淹沒生物的記載，息軒痛斥曰：

> 甚哉，耶和華之暴也。雖世人罪惡貫盈，未必盡為桀蹠，其中必有差善者焉。今不導之以其道，又不分其罪之輕重大小，出其不意，卒然破大淵之隙，盡淹殺之，并禽獸。獨愛諾亞，使之預造舟以免其災。用心如此，安在其為天地主宰哉。（同上）

由於世上的惡類罪行滿盈而欲誅殺殆盡，不但不符合宗教淑世博愛的精神，而且偏狹太甚。故息軒以為基督教不具生養萬物的宗教情懷。

安井息軒之所以批判聖經故事，蓋源自於幕末維新以來，崇洋

風氣盛行；但是西方文明之根源所在的聖經，卻是荒誕不經的，不但無淑世的精神，而且具有偏狹適排他性。由此記載所發展出來的西方文明，又如何值得頌揚宣傳。浸染於基督教教義研究的山路愛山推崇息軒的《辨妄》，說：

> 此書是耶穌教傳入日本時，首先提出非難之著作。亦為以日本傳統思想批判新信仰之最聰明者也。……固為非常之傑作。

即指出安井息軒抱持著老儒生的執著，堅信東洋文化的優越性。亦即東方世界自有既成的社會結構與思想傳承；即使西洋文明有其特性，卻未必可以不加思索地移殖至東方社會，進而全盤西化。否則，不但中西不能合璧；東方的優良傳統文化也將淪喪殆盡。❶
　　在明治六（1873）年，晚年的安井息軒以為蜂湧而來的歐美文化的本質是基督教，乃以其窮年研究聖經，指出聖經矛盾與虛妄的所在，進而以宿儒的立場尖銳地批判基督教的教義，撰述《辨妄》一書。山路愛山指出：「就當時的知識水準而言，《辨妄》一書是非凡的傑作」。但是，當時崇信基督教為文明支柱的青年人卻以為《辨妄》的主張，「無非是無用之觀」❷。執著於以儒家精神維持東洋社會秩序的老儒者的呼喚，只是一股極為微弱的維護傳統的呼

---

❶　關於安井息軒的事跡，參見町田三郎著〈安井息軒覺書〉，《東方學》七十二輯，1986 年。

❷　見山路愛山《現代日本教會史論》，頁 30-43。

聲，隨著明治文明開化的高揚，終被時代的洪流所吞沒。

一、日本幕末的東西折衷和合論

在合理主義高張，對既成傳統的儒教權威產生疑問的聲中，幕末知識階層所反省的問題有二，一為長久以來，江戶幕府所存在的政教分離的問題；一為西洋文明東漸以後，東方社會果真能接受西方文化而全盤西化。

德川幕府是以武士階級為主的封建體制，知識階層的地位與俸祿並不高。即使幕府將軍立朱子學為官學，其於儒學的接受，也有一定的限度。即江戶時代畢竟是武士統治為主導的社會。並且沒有科舉制度，知識分子欲以學問而取得高官厚祿的可能性甚低。因此，自始即形成政教分離的現象。學問的研究，乃有純粹學術化的傾向。再加上寬政年間頒行「異學禁令」，不但官學與私學的分途明顯化；而且更形成學不問政的學術純化的風氣。

幕末漢學家鹽谷宕陰（1809-1867）於安政四年（1858）、撰述《六藝論》，反省政教分離與學術純化的偏頗，提出政教合一、實學主義等主張。鹽谷宕陰《六藝論》的要旨可歸納為以下四個要點：

(1)所謂「六藝」，即以為學問乃是禮樂射御書數的實學；而不是易書詩禮樂春秋的經典之學。

(2)學問本來是文武一體、政教合一的。

(3)西洋的學校制度是大中小學體系化的，且教師的生活安定，學生的人數適當，教育成果可以預期，故值得採行。

⑷德行的實踐，固然在於止於至善；但是其遂行的責成，則必須以六藝的習得為基礎。

《六藝論》是鹽谷宕陰於安政四年，即明治維新前十年的幕府末期所提出的。其所指陳的，自然與當時的政治社會諸事象有密切的關連，亦即其對於時代背景是有所對應的。例如對應於外來的「西洋衝擊」，《六藝論》是一種經世論。針對國內學者執著於心性論，或埋首於訓詁考證的研究方法，《六藝論》是學術風尚的批判論。除此之外，鹽谷宕陰所提出的六藝觀、即其學問論的論述，也頗有見解。

第一、主張六藝是以禮樂射御書數之技藝為中心的學問；而不是以易為中心的經典主義的學問。

第二、主張「道寓於器」，以展開個別學科研究之道。西洋學術的道德性雖然微薄；但是醫學、法律、教育等學科，乃至於射御書數及後起的科學技術之學，皆為實用之學，宜予肯定並加以倡行。

第三、學問若以六藝實用之學為宗旨，則儒家思想教育所重視的基礎教養之學，乃得以具體地落實。

繼承鹽谷宕陰的《六藝論》，極陳學校教育的缺失及其起弊振衰之道的是，與宕陰有師弟關係，且同為昌平黌教授的中村正直（1832-1891）。中村氏指出：國之強弱繫於人材的優劣；人材之優劣又在於養與不養。而人材的養成則在教化的施行。三代之際，教民以知行聖義忠和的六德、孝友睦姻妊恤的六行與禮樂射御書數的六藝。故「當時之士，德行足以為人師，才能足以應當世之務。」（《論學弊疏》）但是，幕末的日本，「學校之盛，百倍曩時，然士務虛文，而疏實用。其能通當世之務者，百不一二有

焉。」（同上）即中村氏以為長久以來，經世濟用之學不為所重，士人也專致於經典解詁的研究而不治實用之學。即使幕末頗重視學校教育；終以傳承授受的墨守成規，不合時宜，以至教育的成果不彰，人材也無由養成。中村氏指出當時學術風尚有五弊：

> 今之所謂學者，不惟其行、惟其書；不惟其事、惟其理。若是而望實材之出，不已難乎。是其為弊一矣。……學校之盛衰，不關於治化之隆替。是為弊二矣。……所學非所用，仕學岐而為二。如是……望其治化之隆，則未也。是其為弊三矣。……文與武分為二途，而士氣之頹靡，愈不可救矣。是其為弊四矣。……方其學也，兼習諸經，又涉獵雜書，散漫無紀。……今日治詩，而明日治書，雖伏生申公不能通其義、今者人材之壞，正坐此。是其為弊五矣。（同上）

即不重經濟之學，故學校教育無關治化的宏旨。學仕分岐、文武分途，故學問的研究，博而寡要。換而言之，中村氏乃繼承鹽谷宕陰的論述，強調江戶幕府以來，以武士統治天下而有積弊產生。亦即由於文武分途，且學未必能仕用，即使學校普遍設立，也無非是一般的養成教育的傳授而已。至於一般讀書人則專注於純學術的研究。由於學不能致用，故導致學術的研究有浮泛而無歸的傾向。因此，中村氏針對上述的五弊而提出五項起弊振衰的方法。

> 今當路者苟能留意予此，取士以德行道藝，則弊去其一。使儒通世務、吏知治道，則弊去其二。學其所仕，而行其所

學,使悉其用,則弊去其三。文武歸為一途,儒知戰陣,將
知仁義,則弊去其四。使士專治一經、專學一事,隨其材之
成,官之終身,則弊去其五。五弊去而實材出,實材出而國
勢之不振者,未之有也。(同上)

即主張文武合一、學成而仕用。進而以「學有專精、術德兼修」為
取士的標準。如此,方能培養文武兼修的人材,則國家乃能文治武
功兼備而國勢振興。

　鹽谷宕陰與中村正直師弟相承,共同感受到學政的積弊陳痾,
有亟於振興的必要,進而提出改革之道。換而言之,二人皆著眼於
內政與學術的更革。然則,幕末的強烈震撼,在於西洋文明的東
漸,導致鎖國政策的傾頹,幕府政體的瓦解。

二、文化啟蒙主義

　町田三郎先生將明治時代的學術思潮可分為四個時期,第一期
(明治元年～十年代初期)是漢學衰退而啟蒙思想隆盛的時期,第
二期(明治十年代～二十二、三年)是漢學復興的時期,第三期
(明治二十四年～三十六年)是東西哲學的融合與對日本學術關心
的時期,而第四期(明治三十七、八年～大正初期)是日中學術綜
合而「日本化」學術鼎盛的時期❸。此一學術思潮變遷的趨勢正可

---

❸　町田三郎先生於明治時代分期的論述,見於所著〈明治漢學覺書〉,《明治
　の漢學者たち》,東京:研文出版,1998年1月,頁3。本文所引述的是町

以用「中心文化向周邊擴張」而後促使「周邊地區文化自覺」之
「螺旋史觀」❹說明其文化發展的軌跡。明治維新以後,由於「文
明開化」的風潮興盛,全面歐化的結果,始導致江戶時代以來漢學
傳統的衰微,這是歐陸文化輸入日本所產生的文化現象。明治十年
以後,如何起弊振衰以重建傳統文化的呼聲響起,在政教合一的前
提下,於明治十六年(1883)東京帝國大學設立了培育具備漢學修
養而能經世濟民人才的「古典講習科」,而獲得官方支持的「斯文
會」也於明治十四年(1881)成立,展開其宣揚以忠孝愛國宗旨而
復興傳統思想的文化活動。這是受到全盤西化的刺激而產生恢復傳
統之自覺性反省的文化現象。唯「古典講習科」未必能擔負培養經
濟人才的時代使命,終不敵西化是尚的橫流,設立五年,即明治二
十一年就廢止了。至於「斯文會」也在歐化主義的聲浪中,被批判
為政治的附庸,於明治二十三年中止其維繫傳統文化的活動❺。在

田三郎先生於 2001 年 12 月 26 日,在台灣淡江大學中文系舉辦的「中日比較
學術研討會」專題演講的講稿。

❹ 「螺旋史觀」是內藤湖南(1866-1934)所提出的,其以為:文化傳播的路徑
不是直線的,而是螺旋狀而提昇。(〈學變臆說〉,《淚珠唾珠》,《內藤
湖南全集》第 1 卷所收,東京:筑摩書房,1996 年 1 月)。至於以「螺旋史
觀」探究東亞文化發展的論述,參連清吉〈以內藤湖南的螺旋循環史觀論近
世以來中日文化傳播的軌跡〉,2001 年 6 月《慶祝 田黃錦 教授八秩日本
町田三郎教授七秩萬壽論文集》,頁 339-355,台北:文史哲出版社,2001
年 6 月。

❺ 有關「古典講習科」的論文,參見町田三郎先生〈東京大學『古典講習科』
の人人〉,《明治の漢學者たち》,東京:研文出版,1998 年 1 月,頁 128-
150。至於明治期的漢學研究動向,則參見坂出祥伸〈中國哲學研究の回顧と
展望〉,《東西シノロジ〜事情》,東京:東方書店,1994 年 4 月,頁 17-

「傳統與現代」的抗衡中，轉化「文化攘夷」❻為「融合東西」或「綜合日中」的動向是明治第三、四期的新的文化自覺與開展。以融合東西哲學為主旨，用西洋哲學史的方法而整理日本傳統學術的代表性著作是井上哲次郎《日本陽明學派之哲學》《日本古學派之哲學》《日本朱子學派之哲學》的三部著作。至於以綜合日中學術的觀點而顯揚江戶時代儒者的成就，則有服部宇之吉編輯的《漢文大系》。

㈠ 井上哲次郎《日本陽明學派之哲學》等三部著作

　　井上哲次郎（1855-1944）於東京大學在學時，雖然是主修西洋哲學；但是由於中村正直的影響，對漢學也極為關心。明治二十三年，結束六年歐洲留學的生活回國，乃嘗試以西洋學術文化的觀點取捨傳統漢學家的著述，構築新的東洋學問體系。《日本陽明學派之哲學》（明治三十三年，1900 年）《日本古學派之哲學》（明治三十五年，1902 年）《日本朱子學派之哲學》（明治三十九年，1906 年）是其代表性的三部著作❼。在明治三十年代的時

46。又「斯文會」於大正 8 年（1919），以東亞學術研究會為主體而重新展開其學術文化事業。

❻　所謂「文化攘夷」是從文化的觀點說明日本近代以來，知識階層如何對抗西洋文明與中國學術文化。參見連清吉〈日本幕末以來的文化攘夷論〉，台北：中央研究院《中國文哲研究通信》7 卷 1 期，1997 年 3 月，頁 9-19。

❼　井上哲次郎有自述其生平的《井上哲次郎自傳》，東京：富山房，1975 年 12 月。至於《日本陽明學派之哲學》等三部著作的論述，參見町田三郎先生〈井上哲次郎と漢學三部作〉，《明治の漢學者たち》，東京：研文出版，1998 年 1 月，頁 231-246。

代，井上哲次郎何以撰述此三部著作，其於大正十三年再版《日本陽明學派之哲學》序文說：「近來於我邦雖有繼承歐美思想、唱導諸種主義者、至道德之實行則甚不振。又有哲學的思索雖深遠者、陷於勃窈理窟、拘於堅白同意之辨、執著於虛理論辨而不知返者。彼等宜少以東洋之活學問刷新其枯燥之頭腦。然耽於東洋訓詁之學、於西洋哲學則掩耳者、又固不足論。要之、融合東西洋之哲學而更出其上者、今日學問之急務也。」

就德川儒學史而言，尚有考證學派與折衷學派的存在；但是朱子學派、陽明學派與古學派則是其主流，探究其三派之學術即能掌握德川儒學的思想流變及其全貌。井上哲次郎的這三部著作是日本首先有系統地探究江戶儒學思想史的論著。在明治三十年代的德川思想史的研究論著中，是無人可以與之比肩的。換句話說，以哲學的思想體系論述德川儒學史是井上哲次郎的三部著作之最值得評價的所在。就當時的學術研究情況而言，蓋可謂之為以嶄新的觀點而開展其哲體系的論述。❽

㈡ 服部宇之吉編輯的《漢文大系》

由服部宇之吉編集的《漢文大系》刊行於明治四十一年（1909年）到大正五年（1916 年）的八年間。共二十二卷、收載三十八種書籍、由富山房出版。服部宇之吉編集《漢文大系》的目的有二，一為系統的介紹具有代表性而且是常識性的中國古典及其精審

---

❽ 關於井上哲次郎《日本陽明學派之哲學》《日本古學派之哲學》《日本朱子學派之哲學》三部著作的論述，參町田三郎先生前揭書，頁 235-245。

的注釋。二為蒐集日本幕末到明治時代儒學者的研究成果。至於
《漢文大系》所顯示的意義，則在於吸收中國最新的學術研究，評
價日本幕末以來的漢學研究成果。因為《漢文大系》所收集的中國
古典注釋不但有唐宋及其以前的注解，更值得留意的是清人注釋的
收集，如孫詒讓的《墨子閒詁》、王先謙的《荀子集解》。至於本
國前人的注釋，特別是諸子的注疏，更是大量的收錄。如安井息軒
的《四書注》、《管子纂詁》，太田全齋的《韓非子注》等。因
此，《漢文大系》的編集固然可以代表日本近代學術研究的成果，
更重要的是，隨著日本近代化國家確立的時代背景，在學術研究
上，日本也有足以與中國最新學問、即清朝學術比肩的研究成果，
特別是諸子研究，日本的研究未必遜於清朝。這或許是服部宇之吉
編集《漢文大系》的用心所在。❾

　　與《漢文大系》幾乎同時出版而性質和旨趣略有不同的是《漢
籍國字解全書》。《漢籍國字解全書》於明治四十二年（1910
年）到大正六年（1917 年）的八年間，由早稻田大學出版部分四
次出版。收集了江戶時代的國字解、即所謂「先哲遺著」和新的注
解而成。特別是以代表日本漢學之頂點的元祿（1688-1704）至享
保（1716-1736）年間的先哲論述為主。所謂漢籍國字解，是中國
古典的國字化，即融和漢學與國學，形成日本文化的重要關鍵。換
句話說是漢學的日本化。因此，《漢籍國字解全書》雖然和《漢文

---

❾　有關《漢文大系》的編集主旨，參町田三郎先生〈《漢文大系》につい
　　て〉，《明治の漢學者たち》，東京：研文出版，1998 年 1 月，頁 185-
　　208。

大系》同樣是整理漢籍，但是《漢籍國字解全書》的主要目的在保存日本文化的遺產與發揚近代日本學術研究的成果，不只是可以作為江戶到明治大正期漢學史的參考資料，更是探究日本近代學術文化的重要依據。再者，《漢文大系》的編集有兼收中國與日本於漢學研究成果，進而顯示日本漢學特色的用心。《漢籍國字解全書》則全盤顯示漢學日本化的色彩，換句話說日本本土文化意識的顯揚是《漢籍國字解全書》的編集目的。❿

三、本土文化意識的高揚

從漢籍叢書的刊行現象而言，大正至昭和初期是日本「本土文化意識」高揚的時期。《日本詩話叢書》、《日本藝林叢書》、《崇文叢書》、《日本儒林叢書》是反映當時「日本的」意識的產物。服部宇之吉主編的《漢文大系》雖有江戶先儒的學術成果足以匹敵中國清朝學問的用心，其編纂的宗旨畢竟在於綜合中日學術的精華。但是《日本詩話叢書》、《日本藝林叢書》、《崇文叢書》等書則繼承《漢籍國字解全書》顯揚日本漢學的旨趣。

《日本詩話叢書》十卷，池田蘆洲編輯，文會堂書店於大正九年（1920）一月到十一年（1922）六月，陸續出版，昭和四十七年（1972）六月，鳳出版復刻刊行。全書收錄江戶時代，特別是中期

---

❿ 關於《漢籍國字解》的論說，參見町田三郎先生〈《漢籍國字解全書》〉，《東洋の思想と宗教》第九號，早稻田大學東洋哲學研究會，1992 年 5 月，頁 1-16。

以後文人儒者的詩話五十三人六十六種。至於《日本詩話叢書》的內容，富士川英郎的論述，大抵可分為五類，一、說明詩的意義及作詩方法的入門書，如祇園南海《詩學逢原》，三浦梅園《詩轍》。二、積極地展開自身的詩論，如山本北山《作詩志彀》攻擊荻生徂徠一派的詩風而排斥徂徠所尊崇的李于麟而推崇袁中郎的性靈說。三、考釋中國詩詞中難解的字句及草木鳥獸蟲魚之名，如六如上人《葛原詩話》。四、敘述日本漢詩的歷史，如江村北海《日本詩史》。五、選別中國與日本古今詩詞，並注釋賞析，或記述詩人逸事，如菊池五山《五山堂詩話》。❶

　　《崇文叢書》是崇文書院於大正十四年（1925）至昭和七年（1932）陸續刊行，全書分二輯收錄先哲，特別是江戶時代儒者十八人二十四部一百二十冊的名著。此叢書所收載的，大抵以經傳論孟諸子宋學的論著居多，即使所收近世儒者文集的論述亦多以經說理學為主，至於史部的著作及論述則付之闕如，蓋可窺知編輯者以為江戶漢學的成果在於經學、諸子學與宋明理學的見解。

　　《日本藝林叢書》十二卷，池田四郎次郎、三村清三郎、濱野知三郎共編，六合館於昭和二年（1927）十二月至四年（1929）十月陸續刊行。昭和４７年鳳出版復刻出版。全書收錄日本近世漢學者及國學者的隨筆類著書，內容有論辨、考證、紀行、日記、書信、詩話、文話、隨筆、雜記等。此叢書所收載的，大抵以未刊行、絕版或藏書家所珍藏的典籍為主，於書籍的流傳有其重要的地

---

❶　〈「詩話」についての雜談〉，《新日本古典文學大系》月報 28，岩波書店，1991 年 8 月第 65 卷附錄，頁 1-4。

位。其編纂的旨趣雖未有注記，每卷分別由池田四郎次郎、三村清三郎、濱野知三郎撰述「解題」，說明收載書籍的要旨、版刻、來歷及著者的傳略。《日本藝林叢書》之值得留意的是《慊堂日歷》的收載。《慊堂日歷》的作者松崎慊堂（1771-1844）是日本江戶時代後期重要的儒者，致力於漢唐注疏的研究，其所著《日歷》固為日記，如濱野知三郎的解題所述，內容廣泛，巨細靡遺，不但可以窺知其學問性格，亦可藉以探究當時儒林掌故與社會情況。若再參採龜井昭陽（1773-1836）的《空石日記》、廣瀨旭莊（1807-1863）的《日間瑣事備忘錄》、安井息軒（1799-1876）的《北潛日抄》，則可究明江戶後期的學術動向。

戰後有關日本思想、文學、文化的叢書陸續問世，如鳳出版復刻的《日本詩話叢書》、《日本藝林叢書》、《日本儒林叢書》，岩波書店出版的《日本思想大系》《日本近代思想大系》《日本古典文學大系》《新日本古典文學大系》，筑摩書房的《近代日本思想大系》《明治文學集》，ぺりかん社刊行的《近世儒家文集集成》《近世儒家資料集成》，中央公論社發行的《日本の名著》，明德出版社印行的《叢書日本の思想家》，汲古書院的《詞華日本漢詩》《詩集日本漢詩》，日本評論社的《明治文化叢書》等，大抵都是接續大正昭和初期的遺緒而致力於顯揚「日本的」學術文化的產物。⓬

⓬ 有關日本近代以來漢籍出版的文化史意義，參連清吉〈日本近代以來出版的漢籍叢書〉，《東亞文獻研究資源論集》，台北：台灣學生書局，2007 年 12 月，頁 169-188。

四、古典文獻主義：日本近代中國學的樹立

　　自江戶時代（1603-1867）以來，以東京為中心的關東與以京都為中心的關西所呈現的社會文化諸相有顯著的差異。大抵而言，蓋如內藤湖南所說的：江戶（東京）是政治的中心而京都則是文化的中心。⓭於江戶形成的林家朱子學雖然既是日本近世的先聲，又是日本近世學術的主流，但是探究其學問的宗旨，無非是德川幕府的御用之學，明治期井上哲次郎的《倫理彙編》與《日本陽明學派之哲學》等三部著作是日本近代融合西洋學問而樹立「日本的」學問的啟蒙之作，服部宇之吉主編的《漢文大系》是綜合日中學問而顯揚江戶漢學的代表作。至於東京成立的「斯文會」則在發揚「國體」而具有濃厚的政治色彩。相對地，江戶時代的關西，如京都伊藤仁齋的古義學，大阪中井履軒與筑前（今福岡縣）龜井昭陽的經學，大阪富永仲基的「加上說」，杵築（今大分縣）三浦梅園與日出（今大分縣）帆足萬里的「窮理學」與「條理學」都是具有獨特見地的學問。大正、昭和年間以西田幾多郎（1870-1945）為中心的京都大學哲學研究室的西洋，特別是德國哲學的研究，則以「西田哲學」而知名於西洋哲學研究界。在中國學方面，1906 年京都大學創立文科大學，狩野直喜擔任中國文學教授，翌年，內藤湖南聘任為東洋史講師，開啟了京都中國學研究的端緒。一般以為京都

⓭　參見內藤湖南《近世文學史論》的〈序論〉及〈儒學下·東西儒風の異同〉，《內藤湖南全集》第一卷，東京：筑摩書房，1970 年 9 月，頁 23，頁 50-52。

的中國學是以清朝考據學為基底的科學實證之學。狩野直喜繼承太田錦城、海保漁村、島田篁村一派的考證學，潛心於清代乾嘉的學術與清朝的制度。內藤湖南則是遠紹章學誠、錢大昕的學問宗尚，以史學的角度綜觀中國的學術發展。其實京都學派的學問性格，特別是內藤湖南的學問，不純然只是考證而已；乃是在目錄學的基礎上進行旁徵博引、精詳考證，而建立通貫宏觀的歷史識見。又由於京都自古即是日本文化之所在，而且有與江戶中期以來考證學風的傳承，在此學術環境下，「學問與趣味兼容並蓄而渾然融合的研究，才能真正地理解中國文化」，則是京都學者的為學理念。故京都中國學的學問可以說是以科學實證為學問方法的經史文化之學。

內藤湖南應聘京都帝國大學東洋史講師以來，於安定的環境下，以學者的生活，貫徹其以中國學的沈潛為天職的志向，窮究其學識與精力於東洋史的研究，凝集其學問於以中國為中心的東洋文化史學。至於其在學問的研究上，則以中國的史學傳承為淵源，既以劉知幾所謂才學識的兼備為是鑽研歷史的素養，又以劉向、劉歆父子辨章學術考鏡源流的目錄學為史學的方法，章學誠的「獨斷」為是史論的理論根據，而成就「通古今之變，成一家之言」的史學究極。

狩野直喜的學術成就除以清朝考證學為機軸而樹立京都中國學外，於敦煌學的草創、宋元戲曲和《紅樓夢》之俗文學與小說研究的開拓和東方文化事業的策畫，堅持為學術而學術之理想而創立「東方文化研究」（京都大學人文科學研究所的前身）等，都是具有開創性的不朽的文化事業。京都中國學得以匹敵北京、巴黎而為世界三大漢學中心之一，狩野直喜是居功厥偉的。雖然狩野直喜遭

受「中國崇拜」之譏，而其學問的根底及其學術成就即在中國學的沈潛與發揚。

內藤湖南與狩野直喜或可並稱為京都近代中國學的雙璧，二人不但各有專擅，內藤湖南沈潛於東洋文化史與滿清史的研究，狩野直喜則致力於中國經學、文學與清朝制度史的鑽研，又開啟日本研究敦煌文物的先聲，且能為漢詩文而與當時中國的文人學者酬唱應對，故其所窮究的是能與中國傳統知識分子比肩的通儒之學。其弟子如武內義雄、青木正兒、神田喜一郎、宮崎市定、吉川幸次郎、貝塚茂樹、小川環樹等人亦能繼承師學，既有堅實的學問素養，成就博學旁通的學問，又能優遊於詩文藝術，進而樹立以實證為主體的學風，建立日本近代中國學，與北京、巴黎分庭抗禮，並列為世界漢學的中心。

至於以小島祐馬、青木正兒、本田成之為中心成立的「支那學社」而刊行的《支那學》❹雖只有十三卷，卻是以清朝考證學與西歐史學的實證方法研究東洋學問，開拓漢學研究新領域的象徵性刊物。換句話說大正至昭和初期於東京出版的漢籍叢書是日本「本土文化意識」高揚時期的產物，「斯文會」的文化活動所反映的是

---

❹ 有關「支那學社」及《支那學》的學術史地位，參見坂出祥伸〈中國哲學研究の回顧と展望〉（《東西シノロジ～事情》，東京：東方書店，1994 年 4 月，頁 46-79。連清吉譯〈中國哲學研究的回顧與展望～以通史的觀點〉，《國際漢學論叢》第一輯，台北：樂學書局，1999 年 7 月，頁 47-96）及張寶三〈日本近代京都學派對注疏之研究〉〈日本近代京都學派經學研究年表〉（《唐代經學及日本近代京都學派中國學研究論集》，台北：里仁書局，1998 年 4 月，頁 135-312）。

「日本的」意識。但是京都的西洋哲學和中國學則以「世界性學問」為究極，內藤湖南與狩野直喜的學問及《支那學》的結晶不但意味著日本近代中國學的樹立，也確立了日本東洋學於世界漢學的地位。

書體演進與
不同場合的書體應用

陶玉璞

國立暨南大學中文系專任講師

壹、前言

　　文字學家視甲骨文、金文、篆書、隸書、楷書為中國文字發展的不同階段，此雖為實情，但不代表文字發展、書體發展可以視為同一層次的問題，亦無法說明東漢篆隸同碑、北朝篆魏同石、唐代篆楷同誌的碑刻心理。蓋不同階段有不同的時代風潮，但每一階段仍存在著多元的文化思考，不容我們以單一的印象思考進行簡單的覆蓋，更不容許我們忽視這股持續至今的書法運用心理。

　　中國文字發展至隸書而逐漸定形，但畢竟漢代紙張尚未普行，故仍限制了各種書體的發展。真正容許行書、草書大幅進展則待魏晉六朝時期，由於思想桎梏解除、個人自覺形成……等因素，當時遂形成了眾聲喧嘩的時代風貌。書法之中，當時不但有《天發神讖

碑》的隸風篆形，亦有折刀頭的僵化隸法與鍾繇開創的原始楷書，更可見抒發情感的行書、血脈不斷的草書，然而其不同書體似乎都牽動著不同的呈現場合，故而本文將論述重點設立為魏晉以前，以探討書體、場合連動關係的歷史源流脈絡。

貳、商代書體之應用場合

商代雖然不是中國文字發明的始創時期，但卻是中國文字成熟而普遍運用的第一個時期。其文字運用習慣、接受習慣……皆對後代產生了深遠的影響，實不容我們有意忽視。

根據現今商代文字之考古資料：按呈現方式來分類，可分為毛筆書寫、浮雕范鑄、刀尖鍥刻三種方法；若按文字載體來分類，則可分為陶文、金文、甲骨文三種類型❶。此中，我們首先必須清楚認識：三種方法、三種類型並不能簡單的進行機械對應，單就考古實物而言，毛筆書寫即兼有陶文、甲骨文二種，而刀尖鍥刻也兼有陶文、甲骨文二種；倘若再就邏輯推論而說，金文製作過程也應該曾經透過這二種工具來呈現。如此，若透過理論上的排列組合，三種方法、三種類型自應呈現出多元複雜的書寫風格。然而，理論上的應然並不等同歷史的實然，畢竟至今尚未發現以毛筆書寫的鐘鼎范塊。順此，我們只能保守地就今日所發現之考古實物來進行思考。

---

❶ 理論上，雖然當時亦有可能以簡策作為記載文字的工具，但於未出現考古實物之際，仍應暫捨棄這種推論。

張光遠「商代金文為正體字」的思考

清德宗光緒二五年（1899），藏入地中三千餘年的甲骨文重現於世。劉鶚（1857-1909）〈鐵雲藏龜序〉（1903）云：

> 龜板己亥歲（1899）出土在河南湯陰縣屬之古牖里城……既出土後，為山左賈人所得，咸寶臧之，冀獲善價。庚子歲（1900），有范姓客挾百餘片走京師，福山王文敏公懿榮見之狂喜，以厚值留之，後有濰縣趙君執齋得數百片，亦售歸文敏。……❷

儘管這段早年文字記錄中的人、事、時、地……等都因學者關注而引起許多質疑與修正，但一百年來，「甲骨文」的重要性卻無人產生絲毫懷疑。尤其是王國維（1877-1927）〈殷卜辭中所見先公先王考〉（1917）、〈殷卜辭中所見先公先王續考〉（1917）二文❸證明了《史記》的記載大體不誤，又訂正了〈殷本紀〉的商代世系錯誤之後，影響所及，雖然不能說「有井水處都知道甲骨文」，但若言「有井水處都曾風聞過甲骨文」倒是不算誇張！順是，無論文字學、歷史學，甲骨文都掩蓋了其它史料的重要性，而這種將數量

---

❷ 參見《鐵雲藏龜》（台北，藝文印書館）。

　按：「河南湯陰縣」乃古董商欺騙蒐求者之說法，後經羅振玉追尋探查，方確定為河南安陽小屯。

❸ 參見《觀堂集林·卷9》（台北，河洛圖書出版社，1975 年），頁 409、437。

價值、文獻價值混淆不分的觀點亦透過教育向下傳播，終於引起學者為文反駁。

民國 83 年（1994），有鑒於當時高級中學《中國文化史》課本所云「商代的甲骨文是日前所知中國最古而六書較完備的文字」……等語過於簡略、武斷，張光遠（?- ）遂於「中國考古學與歷史學整合研究國際研討會」發表〈論商代金文在中國文字史的地位〉一文，提出「商代金文為正體字，甲骨文為簡體字」觀點。今姑引其原文來說明其觀點：

> 基於商代金文製作方法的剖析，可以證明商代金文字體等於是當時毛筆字跡的再現，而毛筆字跡則是商代通用文字的真實面貌，故今日所見近千字的商代金文，實即完全是商代社會日常所通用的文字，簡單的說商代金文就是商代文字的代表。其實商代金文能完全呈現商代毛筆書法面貌的道理，就像漢魏以來的碑文，能完全呈現毛筆書法面貌的道理相似；碑文的製法，是書家寫成一紙墨書，交給刻碑工匠，工匠將墨跡精細描摹在石碑上，然後直接循跡鑿刻出陰凹的碑文，故碑文自然就與毛筆字跡相同；商代金文的製法已如上舉步驟所述，要先在泥質心型上反寫並浮雕出文字，鑄後才成正寫的陰銘，這是二者刻製方法上的差異，而呈現其當代毛筆書法的面貌則相同。
>
> ……
>
> 細觀甲骨文每一個字的特徵，其與金文比較，除了字形大體不變外，其筆畫不是趨直，就是省簡，總而言之一句話，甲

骨文大多是刀筆刻直變簡的文字。❹

按照金文、甲骨文二者「字形大體不變」，但甲骨文「筆畫不是趨直，就是省簡」的史料歸納，再加上「金文字體＝毛筆字跡」、「毛筆字跡＝通用文字」→「商代金文＝商代社會日常所通用的文字」的邏輯，我們應當接受其觀點實已有效突破學界長久以甲骨文為尊的想法。這應該是一個劃時代的說法，難怪作者當年又於《故宮文物》月刊再次化觀點為論題❺，希望透過論題所顯現的簡單明確觀點以「邀共識」。

然而，張光遠又將「商代金文＝商代毛筆書法」、「漢魏碑文＝漢魏毛筆書法」並列，不但讓我們無法理解「反寫呈現的商代金文」與「正寫呈現的漢魏碑文」只因為都是「循跡鑿刻」便可呈現出相似的代表性，也無法讓我們明瞭同屬「刀刻」工法顯現的商代甲骨文、漢魏碑文的時代代表性竟有如此懸殊的差別！

「宰丰骨柶」的反證與張光遠「商代金文為正體字」的商榷

「商代金文為正體字，甲骨文為簡體字」是一個簡單的概念，張光遠所以歸納出這個突破性概念的比較參考點就是「毛筆書法」。不過，此「毛筆書法」並非實際的「商代毛筆書法」史料，而是想像中的「商代毛筆書法」樣貌！如此，我們遂看不到任何像

---

❹ 引自《中國考古學與歷史學整合研究》（台北，中央研究院歷史語言研究所，1997 年），頁 1071、1074。
❺ 參見《故宮文物月刊》141 期。

「商代金文、甲骨文」如此細緻的「商代毛筆書法、商代金文」與「商代毛筆書法、甲骨文」二種表列比對，亦因為如此，當然亦大大的降低了「商代金文＝商代毛筆書法」這個關鍵觀點的說服力。可以想像，「商代金文為正體字，甲骨文為簡體字」這個概念也必然會因關鍵證據的缺乏而功虧一簣！

眾所周知，如果執意要為「商代毛筆書法、商代金文」與「商代毛筆書法、甲骨文」編製對照表，有其實際上的困難！畢竟，相對於 4500 餘字的甲骨文、近 1000 字的商代金文，現今留存的商代毛筆書法實在太少，甚至比 200 多字的商代陶文還少，少到根本無法製表比對。然而，我們只要依其本身「商代金文不能因今日所見近千單字為少而永遭輕視，晚商甲骨文則不能因所見四千五百個單字為多而一味推崇」❻的邏輯思考，我們就絕不會以數量價值代替文獻價值而忽略了這少量的「商代毛筆書法」。

「商代毛筆書法」可分為陶文、玉片、甲骨文三種。其中，陶文發現於河南安陽小屯（史語所第七次發掘／1932），雖為孤證，字亦不全，但筆畫十分清楚。甲骨文，則可見《殷虛文字》甲、乙、丙編及《戰後寧滬新獲甲骨集》，其照片雖然經過編者盡力顯現而仍不夠清晰，但已可約略見其大概。我們可試以少量的幾個字編製此表❼：

---

❻　引自《中國考古學與歷史學整合研究》，頁 1079。

❼　《殷虛文字》甲編為中央研究院歷史語言研究所 1928～1934 年於河南安陽小屯第 1～9 次考古報告，《殷虛文字》乙編則為 1936～1937 年的第 13～15 次考古報告；《殷虛文字》丙編多是乙編甲骨拼兌綴合之拓本，內容與乙編多

	祀	日	其	王	丙
商代毛筆書法	陶文	甲 2636	乙 566	乙 3217	乙 778
		乙 778	乙 778	丙 27	
			乙 7285	丙 416	
商代甲骨文	甲 3687	佚存 518	乙 2643	佚存 518	乙 5689
	佚存 518	乙 5689	乙 5689	通纂 735	乙 5849

有重複。為求製表明晰，姑裁切其照片較為清晰者而稍作修整以顯現。由於《戰後寧滬新獲甲骨集》皆為摹本，而《甲骨文合集》照片則受製版印刷技術限制而過於漫漶不清，故暫捨此相當重要之史料。

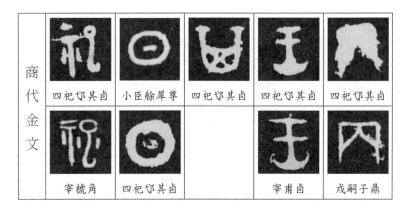

商	四祀邲其卣	小臣艅犀尊	四祀邲其卣	四祀邲其卣	四祀邲其卣
代					
金					
文	宰梈角	四祀邲其卣		宰甫卣	戍嗣子鼎

如果我們以「毛筆書法」作為「正體字」主要基準，我們便可發現金文並未更貼近毛筆書法，有些甲骨文表現出來的筆劃面貌反倒更接近毛筆書法。若單以「祀」字（四祀邲其卣）為例，此雖為商代金文基本型，但我們看到的則是因經過複雜翻模過程而形成的臃腫遲滯樣貌，其與陶文的爽利風格相差甚大；至於另一「祀」字（宰梈角），則將「巳」邊末筆斷開，而將最後一段與「示」邊右邊豎筆對稱，形成有趣的平衡狀態。至於「日」字（小臣艅犀尊）字形雖接近毛筆書法或甲骨文，但仍稍偏圓；另一「日」字（四祀邲其卣）字形則出現了過度修整成圓形的現象，其與毛筆書法或甲骨文扁平字形亦存在著很大的差別。由於金文顯現程序過於繁雜，其鑄造時理應會以比較誇張的方式及均勻的布白來呈現其文字架構，以上所舉「祀」（宰梈角）對稱設計、「日」（四祀邲其卣）圓形字形都是例證。若以「王」字（四祀邲其卣、宰甫卣）為例，我們便可看到末筆橫劃上翹的誇張情形，而這種修飾方式便不自覺的離開了毛筆書法的本來面貌。至於甲骨文，我們當然能夠理解張光遠所

謂「刀筆刻直變簡」乃是其一般現象，如「王」字（通纂 735），我們便看不到毛筆書法的細緻筆劃，完全是刀筆所呈現的「直、簡」風格，但是一般現象並不能等同於總體現象，而「宰丰骨柶」（佚存518）則打破了這個成規。

或許前表所列字料是一種不公平的採樣，畢竟我們無法看到「金文泥范」上原始的「毛筆書法」來進行比對，所以這種比較實不利於金文的正規地位，但金文過於繁雜的鑄造程序，其採取誇張筆畫及均勻布白乃屬必然，畢竟若非如此則無法出現比較勻稱與尖利的鑄造效果。但與此同時，其亦必然背離了毛筆書法的本來面貌而呈現出裝飾性強的金文面貌。如此，儘管這種文字採樣無法兼顧公平性，但實不損此表的說服力。

「正體字」的判別當視表現場合而定

所謂的「正體字」就是「正規的字體」，此種字體當然不容許「任意」與「潦草」，也不容許「粗疏」、「省簡」，其首要要求乃是創作者當時誠敬的心靈與莊重的態度。於此，張光遠將竹木製刀尖形成的潦草陶文、銅刀鍥刻的省簡甲骨文剔除於正體字之外，自有其見地。然而，其簡單的將「金文視作正體字、甲骨文完全歸為簡體字」則有再討論的必要。

我們當然不能說當時鐘鼎彝器的鑄造態度不夠莊重，我們也不可能說當時的鑄工的心靈還不夠誠敬。然而，我們於此卻不能不承認當時這些金屬禮器銘文的呈現方式都必然受到繁複程序的羈絆，因此，鑄工潛在的心理——細部筆劃容易因為製作程序而有疏漏——正為其表現方式（誇張的方式、均勻的布白）偏離了正體字的

主要原因。畢竟這樣的潛在心理容易讓原本正常的字體出現雕繢滿眼的面貌，最後還會讓成品因為過度修飾而出現不合宜的感覺。如「丙」字（四祀邲其卣），按照張光遠的想法，其當為「毛筆塗實」的表現，然而我們若對照當時留存的毛筆書法，自然可知這不應該視作「毛筆塗實」所形成的面貌，而應該歸為「鑄造填實」所呈現的趣味！

至於甲骨文，我們若將其完全歸為簡體字，似乎有些以偏蓋全。縱然其普遍帶有「刀筆取簡」的情形，但不見得所有的甲骨文都存在著這個毛病。因為鍥刻的過程雖然容易疏漏了毛筆書法原本的細部筆法，但由於其製作程序不像金文般繁複，故其反倒比金文更容易表現出當時毛筆書法的筆跡。商承祚（1902-1991）《殷契佚存》（1933）所收「宰丰骨柶」便可作為明顯的代表❽，縱然其「王」字（佚存 518）已形變而與金文、小篆相似，似乎與當時毛筆書法之形構（乙 3217、丙 27、丙 416）存在著很大的差異，但我們卻可從其末筆自然上揚的姿態來想像毛筆書寫時的面貌。而關於這種纖毫畢露的甲骨鍥刻，這件現存北京中國歷史博物館的「宰丰骨柶」實非孤證，若檢視現藏加拿大多倫多皇家安大略博物館之「虎骨刻辭」（懷特ⅩⅤ）與台北中央研究院歷史語言研究所所藏「牛頭刻辭」（甲 3939）、「鹿頭刻辭」（甲 3940、3941），以及散藏於北京故宮博物院、北京國家圖書館⋯⋯等的「人頭刻辭」

---

❽　按：「宰丰骨柶」早已知名，學者多有專文析論。參考郭沫若〈宰丰骨刻辭〉（《甲骨文字研究》。《郭沫若全集》考古編卷 1，北京，科學出版社，2002 年）、白玉崢〈殷契佚存五一八號骨柶試釋〉（《楓林讀契集》。台北，藝文印書館，1989 年）。

（綜述 13.1、13.3、14.1）也都可看出類似的風格。這種現象或許湊巧，但由這些現象，我們必然會猜想此中應當蘊藏著某種無法言說的原因；經過簡單的歸納，我們可以發現這幾件都是與占卜無關的「記事刻辭」，而且都屬於征伐、畋獵之後作為祭祀場合的重要作品❾，學者甚至單獨稱此類「銘功旌紀或頒事信憑意義的書刻文字」為「特殊記事刻辭」❿，亦因如此，無怪乎作者或刻工需要以最誠敬心靈及莊重態度來進行細緻的鍥刻而務求與書法原形完全契合。倘若從「宰丰骨柶」繁複細緻的雕琢與精心鑲嵌綠松石的工藝手法，可知其製作心態實與商代青銅禮器幾無二致，但也因為其文字表現並不像鑄造青銅器般存在著多重轉折，故而比較容易留存當時的書寫筆法。

「正體字」的判別迷思

由於「宰丰骨柶」（佚存 518）、「虎骨刻辭」（懷特 XV）、「牛頭刻辭」（甲 3939）、「鹿頭刻辭」（甲 3940、3941）、「人頭刻辭」（綜述 13.1、13.3、14.1）都帶有征伐或畋獵之後的記功作用，這種製作情境與大家所熟知的周代「石鼓文」

---

❾ 按：「骨柶」有「王田于麥彔」、「隹王六祀」字樣。「虎骨刻辭」有「王田于雞彔」、「隻大□虎」、「隹王三祀」字樣。「牛頭刻辭」有「隻白兕」、「隹王十祀」字樣。「鹿頭刻辭」二件則各有「王葟田」、「王田于蒿」字樣。「人頭刻辭」，陳夢家（1911-1966）認為是「諸邦方的君長為殷邦戰敗俘獲以後常殺之以祭於殷之先王」，參見《殷虛卜辭綜述》（北京，科學出版社，1956年），頁327。

❿ 參見王宇信、楊升南主編《甲骨學一百年》（北京，社會科學文獻出版社，1999年），頁248。

相同，亦與周代青銅器常用「子『孫』永寶用」成辭的作用相當類似。然而，有關征伐或畋獵這方面的甲骨文必然都是如此嗎？倒也未必。畢竟，這些都牽涉當時作者對這個事件的重視程度，「丙102」似乎可以作為分析的一個例證：「丙102」由10片碎甲（乙2507、2636、3224、3560、4595、4723、8088、8111，13.0.6911，無號碎甲）綴合而成，雖然尚缺部份碎甲而仍有缺文，但大體可看出該版主要在正反對貞「癸卯、甲辰這二天應否焚草畋獵」及「戊午、己未二天卜問之事」。全甲多為細痕小字，唯獨右下「羽（翌）癸卯其焚」一條字痕稍粗，顯然為雙刀修成。然而，其為何獨選此條進行加工呢？要知道，該版十五條卜辭中，唯獨「羽（翌）癸卯其焚」條另有驗辭，由此即可知此條卜辭具有特

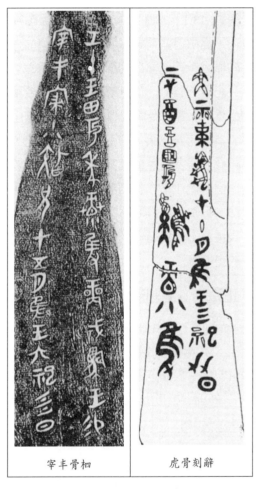

宰丰骨栖　　　　　虎骨刻辭

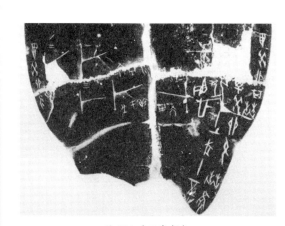

丙 102（下半部）

殊意義。另外，「羽（翌）癸卯其焚」、「羽（翌）癸卯勿焚」雖為「正反對貞」之命辭，但其主要問題似在卜問「禽（擒）」的收獲與否⓫。

從驗辭來看，此次收獲頗豐，計有兕十一、豕十五、虎□、麑廿；此時倘若對照「宰丰骨柶」（佚存 518）之獲「兕」、「虎骨刻辭」（懷特ⅩⅤ）之獲「虎」，我們便可測知鍥刻者對此條卜辭應有一定的重視程度。或許是這些因素，我們便可從「羽（翌）癸卯其焚」之「卯」字的筆劃粗細與補刀刀痕看到一些該字再次加工的痕跡。

⓫　朱歧祥〈由省例論卜辭的性質〉：……省例的……等句，據不省例可見均非問卜的所在。此類命辭卜問的重點，是在省略的後句「有擒獲嗎」？參見《中國文字研究》第 1 輯（南寧，廣西教育出版社，1999 年），頁 152。

　　「丙 102」雖為佳例，但不可否認的，「羽（翌）癸卯其焚」條根本無法與「宰丰骨柶」（佚存 518）、「虎骨刻辭」（懷特Ⅹ Ⅴ）這二個經過細緻鍥刻的字跡相比。或許「一般卜辭」本即不能與「記事刻辭」相提並論吧！此外，我們也可以發現鍥刻的細緻度與獵物也不一定有關：同樣是獲「兕」，「丙 102」、「丙 423」字跡即有差異；同樣為獲「虎」，「丙 102」、「丙 284」字跡亦自不同。至此，我們似乎無法以僵硬的邏輯來進行機械性的推論，畢竟其細緻程度主要決定於作者或刻工當時的心靈與態度，其與獵獲物大小多少則不是一定相關。

　　究其實，正體、簡體不但與獵獲物不一定相關，其與寫作工具亦也沒有固定的邏輯關聯。張光遠該文認定「商代金文為正體字，甲骨文為簡體字」的主要參考點就是「毛筆書法」，然而這種比較基礎置於至今尚未見簡策實物出土的商代，尚不會出現太大的問題；倘若這種模式要含括了戰國以後的全部書法歷史，便可能會立即顯現這種比較模式的荒謬性。要知道，以毛筆作為表現工具的作品其實大多還是比較潦草或比較不正式的，我們從《郭店楚墓竹簡》及《上海博物館藏戰國楚竹書》中的毛筆書法即可看到這種情形。如果再對照〈鄂君啟銅節〉上的勻稱字跡，我們便不會再執意的認為毛筆書法一定都可以代表正體字了！而與正體、簡體具有絕對邏輯關係者還是作者當時的態度。試觀「商代毛筆書法」之可以代表當時正體字的原因，不就是因為其是以鍥刻底本的姿態出現的嗎？

　　至於何者當歸類為正體，何者又應判定為簡體呢？這個問題似乎仍有不同的見解。其所以造成歧異，可能在於究竟當以顯現場合

的正式與否,還是應以當時的流行程度來作為判別的標準?在秦漢以後多元的書法樣貌之中,這個問題似乎便不能以這種簡單的方式來討論了。

參、秦漢篆隸二種書體不同的應用場合

長久以來,我們似乎早已習慣「秦代小篆」、「漢代隸書」的認知模式了。在過去,我們喜好以始皇刻石、東漢碑刻來區別這二種字體;然而,1972、1973 年「馬王堆漢墓」出土大量漢代簡帛、1975 年「睡虎地秦墓」出土大量秦代竹簡、1979 年「青川戰國墓」出土一枚戰國木牘,這樣的認知似乎一夕改觀。

傳統對書體判斷與書體名稱的雙重困惑

過去之所以喜好以始皇刻石、東漢碑刻來區別「小篆」、「隸書」這二種字體,實因受到過去流傳實物侷限而使然。而介於秦、東漢之間的石刻,常因資料不夠而有誤判書體之例。金章宗明昌二年(1191)發現之〈五鳳刻石〉即為重要例證。

〈五鳳刻石〉,因金章宗詔修孔聖廟而發現於魯靈光殿基西南太子釣魚池。因「西漢石刻,世為難得」,發現之時,高德裔

五鳳刻石

（?-?）便略記出土始末，附刻石側，故該石刻歷來為世所重。其之所以重要，主要即在於彌補了當時對西漢書法樣貌瞭解的空白，但是其出土卻也為明清以來的研究者帶來許多困惑。顧炎武（1613-1682）《金石文字記》云：

> 〈魯孝王刻石〉（〈五鳳刻石〉），八分書。**⑫**

朱彝尊（1629-1709）〈跋漢五鳳二年甎字〉則云：

> 右漢五鳳二年（-56）甎一出，嵌曲阜孔子廟庭前殿東壁，書以篆文一行，志塼埴之歲月。……西京陶旐之式，存于今者惟此爾；東京則有建武二十八年（52）北宮衛令邲君千秋之宅甎，亦作篆書。其餘載于洪氏所紀者有永平八年（65）甎一、建初三年（78）汝伯寧甎一、七年（82）曹叔文甎一、元和三年（86）謝君墓甎一、永初元年（107）景師甎一，其文皆隸書也。……**⑬**

顧炎武、朱彝尊二人時代相當，未知孰先設論，但觀二者論述方向——刻石、甎——完全不同，當可測知二者均未參閱彼說。但是，其一判定為八分書，另一卻斷定為篆書，觀點之歧異雖可顯示出有

---

⑫ 參見〈卷1〉（《借月山房叢書》本。台北，藝文印書館，1967年），葉6。

⑬ 參見《曝書亭集·卷47》（台北，世界書局，1964年），頁562。

趣的問題意識，然正因其二者無一語讓問題可以對焦，亦均未明言其如此判斷之依據，實讓讀者無法深入評估二者之是非對錯。之後，這方面的討論漸夥，倒是可以讓我們深入瞭解這些後來討論的判斷依據。吳玉搢（1669-1774）《金石存》即云：

> ……孔廟漢碑最多，然皆漢安以後書，惟此（〈五鳳刻石〉）西京遺跡。自金明昌中出土，故歐、趙皆未之見，朱竹垞[朱彝尊]以為篆文，顧氏[顧炎武]以為八分，恭壽先生[黃慎]以為不能辨，予嘗見仲六游家藏本，字雖破落已甚，然辨其筆法，無鈎踢挑拔之勢，固異於東漢豐碑，而簡略直致亦微解篆體，與定陶鼎所勒「高廟」二字相類，此正西京佐書也。❹

牛運震（1706-1758）《金石圖說》（1743）云：

> 右魯孝王石刻（〈五鳳刻石〉）……一十三字，字畫甚古，篆而兼隸。……❺

翁方綱（1733-1818）《兩漢金石記》（1789）云：

---

❹ 參見〈卷 3・漢五鳳磚〉（《函海》冊 23。台北，宏業書局，1970 年），頁 13733。

❺ 參見〈甲／上・魯孝王石刻〉（《石刻史料新編》第二輯冊 2。台北，新文豐出版公司，1982 年），頁 897。

……此刻（〈五鳳刻石〉）乃漢初篆變為隸之書，然可云隸
而不可云篆，且止可謂之隸而不可謂之分，朱竹垞[朱彝
尊]、吳山夫[吳玉搢]以為篆書，李光映[李光瑛《金石文考
略》]以為八分書者，皆非也。……

十三字中，惟「五」字中畫、「六」字下畫尚餘篆勢，
「鳳」之「鳥」、「魯」之「魚」，皆於篆理相合，渾淪樸
古，隸法之未經珥鑿者也。婁彥發[婁機（1133-1211）]舉漢
隸「年」字垂筆之長，蓋僅見《楊孟文石門頌》耳，不知西
漢之字已開此法矣！❶

畢沅（1730-1793）、阮元（1764-1849）《山左金石志》（1796）
云：

五鳳二年六月立，隸書。……

山左西漢石刻，此（〈五鳳刻石〉）為最古。筆意簡樸，非
漢安以後所能及也。……朱竹垞[朱彝尊]以為甄者，由未親
見其石耳！❶

以上四說，名雖異而實略同。吳玉搢稱「佐書」，而「左書，即秦
隸書」❶；而牛震運稱「篆而兼隸」、翁方綱稱「篆變為隸」，甚

---

❶　參見〈卷7・五鳳二年石刻〉（《續修四庫全書》冊892），頁364。
❶　參見〈卷7・五鳳石刻〉（《續修四庫全書》冊909），頁458。
❶　參見許慎〈說文解字序〉（《說文解字注》。台北，黎明文化事業公司，
　　1974年），頁769。

至畢沅、阮元直作「隸書」，實均修正了顧炎武、朱彝尊的原始觀點。綜合而言，此即是介於篆書與八分之間的書體，故翁方綱特別強調「可云隸而不可云篆，且止可謂之隸而不可謂之分」。即使畢沅、阮元，於此亦特別說明「筆意簡樸，非漢安以後所能及也」。

　　如果再深入思考，顧炎武將〈五鳳刻石〉斷為「八分書」，也不能完全算錯。「八分書」為何？顧炎武《金石文字記》曰：

> ……而張參作《五經文字》每言「上《說文》，下石經」。石經之文，大抵其變而從省者也。省者謂之隸，其稍繁而猶雜篆法者謂之八分。為八分者，已不必能通六書之指矣。故韓退之[韓愈]〈贈張秘書〉（〈醉贈張秘書〉）詩云「阿買不識字，頗知書八分」，而況於為隸、為真，以至於行草乎？……

按照顧炎武的想法，「八分書」乃是介於篆、隸之間的書體，但唐代以前所謂「隸」者，今則稱之為「楷」。此種觀點，趙明誠（1081-1129）《金石錄》最是知名：

> 右《大覺寺碑陰》，題「銀青光祿大夫臣韓毅隸書」，蓋今楷字也。庾肩吾曰：「隸書，今之正書也。」張懷瓘〈六體書論〉亦云：「隸書者，程邈造。字皆真正，亦曰真書。」自唐以前，皆謂楷字為隸，至歐陽公《集古錄》誤以八分為

隸書，自是舉世凡漢時石刻，皆目為漢隸。……⑲

由於歐陽脩（1007-1072）視漢碑書體皆為「隸」，並首創「漢隸」辭彙，趙明誠遂借《大覺寺碑陰》實物題「隸書」來指出歷史上某一段時間曾經稱「楷字」為「隸書」，以便指正歐陽脩《集古錄》中「以八分為隸書」的現象。然而，顧炎武雖然承襲了趙明誠觀點，卻未再以「隸書」稱「楷字」，故而《金石文字記》未將任何一種金石文字標定為「隸書」：如果不是「篆書」，就是「八分書」，不然即是「正書」（楷字）。

綜上可知，顧炎武視〈五鳳刻石〉為「八分書」，與吳玉搢、牛運震、翁方綱、畢沅、阮元諸人觀點並不衝突，只是因為書體名稱不同而產生了一些誤解，再加上書體分類不夠精緻，故而在名稱上異於他說。至於朱彝尊視〈五鳳刻石〉為「篆書」，則是判斷模式所造成的問題。

時代思潮對書體判斷模式的侷限

朱彝尊的判斷模式，主要是透過年代來比對。故而其將五鳳二年（-56）、建武二十八年（52）均斷為篆書，之後的永平八年（65）、建初三年（78）、建初七年（82）、元和三年（86）、永初元年（107）則皆斷為隸書。簡而言之，此乃透過時代思潮來思考、判斷書體，表面看來並不會出現嚴重的誤失！然而，究竟是哪

---

⑲　參見《金石錄校證·卷 21·東魏大覺寺碑陰》（金文明校證。上海，上海書畫出版社，1985 年），頁 394。

個地方出了問題呢?

　　著實而言,朱彝尊此種判斷模式,學界至今亦多奉行不逾,應該不會出現太大問題。康有為(1858-1927)《廣藝舟雙楫》就是以這種模式建構漢代書體發展情形:

> ……以石攷之,若《趙王上壽刻石》(〈群臣上壽刻石〉),為趙王遂廿二年,當文帝後元六年(-158)。《魯王泮池刻石》(〈五鳳刻石〉),當宣帝五鳳二年(-56),體已變矣,然絕無後漢之隸也。……
>
> ……《麃孝禹碑》為河平三年(-26),則同治庚午(1870)新出土者,亦為隸,順德李文田以為偽作無疑也。《葉子侯封田刻石》,為始建國天鳳三年(16),亦隸書,嘉慶丁丑(1817)新出土,前漢無此體,蓋亦偽作。則西漢未有隸體也。……
>
> ……至於漢瓦……其「轉嬰柞舍」、「六畜蕃息」及「便」字瓦,則方折近《郙閣》矣。蓋西漢以前,無《熹平》隸體,和帝以前,皆有篆意。其漢磚,有「竟甯」……字,純作隸體,恐不足據。蓋自秦篆變漢隸,減省方折,出於風氣遷變之自然。❷⓪

透過〈群臣上壽刻石〉、〈五鳳刻石〉,便得出「體已變矣,然絕

---

❷⓪　參見《廣藝舟雙楫疏證·卷 2·分變》(祝嘉疏證。香港,中華書局,1979年),頁 50。

無後漢之隸」的推論；著實而言，康有為此說應無太大失誤。然而，我們實在無法理解，其如何可以「絕無後漢之隸」為基礎而再推論成「西漢未有隸體」？難道就是因為《麃孝禹碑》、《葉子侯封田刻石》皆為偽作？倘若再深入追索，《麃孝禹碑》、《葉子侯封田刻石》究竟是透過什麼理由來斷定為偽作呢？今觀其文本，可以看見其依據不過是「亦為隸，順德李文田以為偽作無疑也」、「前漢無此體，蓋亦偽作」的說法，我們根本未看見充分或必要的理由與證據。接下來，卻再透過一些漢瓦例證，又得到「蓋西漢以前，無《熹平》隸體，和帝以前，皆有篆意」的結論。

客觀而論，「以石攷之」而得出「體已變矣，然絕無後漢之隸」的推論，主要在於不同的時代會存在不同的書體風格，所以推論應無太大問題。至於《麃孝禹碑》、《葉子侯封田刻石》被斷定為偽作，理由粗糙，筆者猜想可能是其早有「西漢未有隸體」觀點而產生了誤論。至於「蓋西漢以前，無《熹平》隸體，和帝以前，皆有篆意」結論，則是又摻雜了鐘鼎、漢瓦文字而產生的謬誤。試觀碑刻、鐘鼎、漢瓦製作方式不同，製作心態不同，其又如何可以一概而論？由此可知，其由「正」而推論至「誤」，主要癥結點可能在於康有為未曾思考：「書體」不僅受到時代思潮之影響，也會受到書寫場合、陳列場合或書寫者當時的心態這些因素的影響。如此，我們自然不能以時代思潮單一觀點來簡化思考問題的方式！

出土書體對傳統認知模式造成的反省

1972、1973 年「馬王堆漢墓」出土大量漢代簡帛、1975 年「睡虎地秦墓」出土大量秦代竹簡、1979 年「青川戰國墓」出土

一枚戰國木牘，康有為《廣藝舟雙楫》所謂「蓋西漢以前，無《熹平》隸體，和帝以前，皆有篆意」的說法遂受到強烈的質疑。

1972-1979 年，不到十年間的出土資料，可讓我們由西漢上溯而觀察到秦代，甚至直追戰國時期。每一次出土均可讓世人看到驚奇的實物證據！首先，「馬王堆漢墓」出土大量西漢文帝年間下葬之竹簡、帛書，此中有篆書、隸書，其隸書甚至可見後來東漢碑刻之挑法；之後，「睡虎地秦墓」又出土大量秦始皇三十年（-217）左右下葬的竹簡，則亦見明顯的隸書起伏與波勢；最後，「青川戰國墓」則出土一枚戰國秦武王二年（-309）命更修田律的木牘，其書體仍可見些許隸書起伏與波勢。這些出土文字，完全打破了康有為「蓋西漢以前，無《熹平》隸體」的觀點，為了方便我們比對，我們姑且列之於下：

時代、文物		其	金	臣	言
戰國	青川木牘				
秦	睡虎地竹簡	秦律雜抄 13	日書乙 14	秦律雜抄 37	日書乙 79

	刻石	瑯琊臺刻石	泰山刻石	泰山刻石	泰山刻石
漢	馬王堆帛書	陰陽五行/甲		陰陽五行/甲	陰陽五行/甲
		老子/甲		老子/甲	老子/甲
		老子/乙	老子/乙	老子/乙	老子/乙
	馬王堆竹簡	遣策/1-289	遣策/1-295		合陰陽
	刻石			群臣上壽刻石	

上表按照年代排列，主要為了認知方便。然而，這種排列方式只見篆書、隸書混亂並呈，根本看不出排列的意義。不過，我們只要再根據簡策、帛書、碑刻來分類排列，便可發現：「刻石」都緊守篆書系統，「簡策」則多以隸書系統呈現，「帛書」則兼有篆、隸二種書體。

　　為何「刻石」都緊守著篆書系統、「簡策」卻多以隸書系統表現呢？這當然與書寫場合、陳列場合或書寫者當時的心態有關。首先，由於「簡策」乃是當時容易取得的書寫載體，故而一般書寫者都毫不思索的以比較通行的隸書來書寫。至於「刻石」，由於製作程序比較繁複，書寫者則以小心誠敬的心態為之，以致多以比較慎重、工整的篆書來書寫、鐫刻。然而，這也不能一概而論！由於取樣的限制，筆者上述歸納的結果應該還不夠細緻。畢竟這種表列方式仍然無法顯現〈群臣上壽刻石〉（-158）、〈五鳳刻石〉（-56）二者存在的風格差距。〈群臣上壽刻石〉具有明顯的篆書風格，我們自不必細論；但顧炎武、吳玉搢、牛運震、翁方綱、畢沅、阮元都傾向於視〈五鳳刻石〉為隸書或篆隸之過度書體，我們究竟應該如何解釋這種現象呢？究其實，顧炎武諸人之所以有此傾向，主要在於其均將〈五鳳刻石〉視篆隸過度期間所顯現兼有篆隸的特殊書體。不過，既然現今已可見戰國時期的隸書，可知西漢書體應該早有篆隸並行的多元情

群臣上壽刻石

形，我們自然不能只簡單的視為過度時代的特殊書體，筆者認為此乃是以篆書心態書寫通行隸書所呈現出來的風格。由於是以篆書心態書寫，我們自然無法看見隸書特有的波磔與挑法；但是書寫者畢竟還是潛藏著書寫通行隸書的習氣，故而依照翁方綱的指引，我們會發現〈五鳳刻石〉中存在著「年」字表現出「垂筆之長」的風格，這一點可以從《石門頌》中「命、升、誦」諸字找到類似

形構，甚至我們還可以從翁方綱未見過、年代比〈五鳳刻石〉還早的馬王堆竹簡二種《遣策》中找到許許多多的例證。由此可知，此種風格乃出於當時隸書書寫習慣使然。至於〈葉子侯封田刻石〉應該也是出於同樣心態完成的作品，畢竟書寫者並不是不知或不會隸書的波磔與挑法，而是因為要鐫刻於碑石而特意的規避了這種可能被認為不夠慎重的風格。

石門頌（命、升、誦）

書論中的書體觀點

何謂「不夠慎重」？許慎（-100-）〈說文解字序〉即云：

> ……是時秦燒滅經書，滌除舊典，大發吏卒，興戍役，官獄職務繁，初有隸書，以趨約易，而古文由此絕矣。……㉑

㉑　參見《說文解字注》，頁765。

「官獄職務繁，初有隸書」，許慎之說足以代表漢人觀點。這種由「官獄職務繁」而便宜行事的書體，如何可以鐫刻碑石而置放於莊重的場合？由此觀之，此時隸書絕對無法代表「正體字」，即使現今已經出土許多毛筆書寫隸書的文字證據，但我們仍應作如是觀。然而，這種「以趨約易」的書體畢竟受到一般書寫者的歡迎，原來的「不慎重」亦可能逐漸淡化而受到鐘鼎石刻「有限度的接受」。衛恒（?-291）〈四體書勢〉即云：

> 秦既用篆，奏事繁多，篆字難成，即令隸人佐書，曰隸字。漢因行之，獨符、印璽、幡信、題署用篆。隸書者，篆之捷也。……❷

衛恒之生年不明，但漢朝或已滅亡，其說雖仍有代表意義，但似乎不夠準確。其「秦既用篆，奏事繁多，篆字難成，即令隸人佐書，曰隸字。……隸書者，篆之捷也」之說與許慎所言雖有差異，但差異並不大。「漢因行之，獨符、印璽、幡信、題署用篆」之說，大部份都是可信的。譬如「幡信」，1959 年「武威漢墓」出土之《武威張伯升柩銘》、1973 年甘肅肩水金關遺址出土之《張掖都尉棨信》二種西漢毛筆書寫篆字都是明證，縱然某些筆劃與秦代刻石不太相同，但二者都明顯的帶有篆書特徵。至於「題署」，西漢刻石刻意的規避隸筆，東漢的碑額刻意的使用篆書，都是明證；但《望都漢墓壁畫題記》（?）、《和林格爾漢墓壁畫題記》（?）以

---

❷　引自《晉書·卷 36·衛恒傳》，頁 1064。

隸書來書寫題記，《魯峻碑》（173）又以隸書書寫碑額，均打破了衛恒〈四體書勢〉中「獨」字界定的範疇，這就是此說不夠準確之處。至於「馬王堆漢墓」出土帛書《陰陽五行》甲篇帶有明顯的篆書結構，似乎也不合「獨」字界定的範疇，但此文獻則不能如此簡單的以漢墓出土來斷定其說到底夠不夠準確。

就《陰陽五行》甲篇而論，儘管陳松長〈馬王堆帛書藝術概述〉仍將這種篆書結構字體判定為隸書❷，但筆者很難認同這種看法。縱然其中「治」字水字旁已寫成「氵」，但總體而言是在有意規避隸體而成的風貌，我們又如何透過這些細部枝節走樣就斷定書寫者是在書寫隸書？而我們不以自覺的努力來判斷其原本企圖，反而透過不經意的習慣來抹殺其對總體的努力，這種判斷方式實在讓人難以理解。至於其又有哪些原本企圖呢？要瞭解《陰陽五行》甲篇何以要規避隸書風格來抄寫，則不能進行單方面的片面思考。首

---

❷ 陳松長〈馬王堆帛書藝術概述〉：……其實，嚴格地說，馬王堆帛書都是由隸書抄寫而成，只是這些隸書或因抄手的不同，或因抄寫的時代先後有異而呈現出各自不同的風貌。我們之所以這樣認為，是因為一種字體的確認，不只是看它的字形結構，而主要是看它的構形取勢和點畫線條的具體形態。就以人們習慣稱之為篆書本的《陰陽五行》甲篇來說，無庸諱言……看上去似乎確是篆書，但我們只要稍微細心地審視其點畫用筆，然後再將其與秦篆略作比較，就會發現，與其稱之為篆書，還不如稱其為隸書。因為在構形的偏旁中，已大量出現隸變的痕跡。……又由於這種字體與湖北睡虎地秦墓竹簡中所保存的秦隸有較大的差異，為了免生歧異，我們在本書中姑且將這種以隸書的筆意寫篆書結構的字體稱之為「篆隸體」。……參見《馬王堆帛書藝術》（上海，上海書店出版社，1996 年），該文頁 2。亦可參看〈從湖南出土簡帛看秦漢之際的隸書風貌〉，《第六屆中國書法史論國際研討會》（北京，文物出版社，2007 年），頁 3。

先，《陰陽五行》甲篇內容不避「邦」字，且有「廿五年、廿六年」（即秦始皇25、26 年）字樣，由此可知其抄寫時代較早，不容我們以一般漢代縑帛視之；然而，由此觀點端視「睡虎地秦墓」秦始皇三十年（-217）左右的竹簡已具明顯的隸書風格，抄寫時代較早的理由應該仍不充份。其次，「縑貴而簡重」❷，《陰陽五行》甲篇雖間有朱欄圖表，但當時願意選擇以昂貴的縑帛來抄寫仍應算是一件慎重的事情，故不容我們以「睡虎地秦墓」竹簡來等閒視之；不過，以此觀點端視帛書中多見隸書風格，由此可知此理由還不夠充份。第三，按照《馬王堆帛書藝術》分類，我們可以發現「篆隸體」書法僅見於《陰陽五行》甲篇、《五十二病方》、《足臂十一脈灸經》、《養生方》四者，其中後三者乃是有關醫方、脈絡方面的醫書，而且隸書風格也比前者更明顯一些，故此四者不宜一概而論；再加上《陰陽五行》乙篇又以雜有篆書結構之古隸風格來呈現，由此可以對照出來《陰陽五行》內

武威張伯升柩銘

張掖都尉棨信

---

❷　引自《後漢書·卷 78·蔡倫傳》，頁 2513。

容應該有特意以篆書風格書寫的「古式」作用。綜合以上三點，
《陰陽五行》甲篇遂以篆筆來書寫，以此亦可知篆書在那個時代具
有「正式、古式」的作用。雖說如此，《陰陽五行》甲篇畢竟不是
碑刻，故而其筆劃也不像〈嶧山刻石〉（-219）、〈琅邪臺刻石〉
（-219）般勻稱慎重，風格也不像《武威張伯升柩銘》、《張掖都
尉棨信》般方正寬博，反而透顯出些許秀美飄逸的感覺，順此之
故，其與一般碑刻篆書亦應該分別視之，不應籠統的一概而論。其
與衛恒〈四體書勢〉觀點應該不太相關。

　　相較於隸書，崔瑗（77-142）〈草書勢〉則更可顯現草書在東
漢當時的應用需要。其云：

> ……爰暨末葉，典籍彌繁。時之多僻，政之多權。官事荒
> 蕪，剿其墨翰。惟作佐隸，舊字是刪。草書之法，蓋又簡
> 略。應時諭指，用於卒迫。兼功并用，愛日省力。純儉之
> 變，豈必古式。觀其法象，俯仰有儀。方不中矩，員不副
> 規；抑左揚右，望之若崎。……❷⑤

「草書之法，蓋又簡略。應時諭指，用於卒迫」，此實指出草書比
隸書又更簡略，且更合乎時間緊迫時的書寫需要。至於「兼功并
用，愛日省力。純儉之變，豈必古式」，崔瑗似乎說出了對於草書
的接受與對「篆、隸古式」的質疑。然而，豈其然乎？睽諸《魯峻
碑》（173）以隸書書寫碑額，我們已能保守地測知隸書在當時應

---

❷⑤　引自《晉書・卷36・衛恒傳》，頁1066。

該已經開始進入「全面接受」階段，但草書則在兩漢仍未見「全面接受」的實例。

肆、六朝時期不同書體的不同應用場合

對於「古式」的質疑，不僅是崔瑗，王羲之（303-361）〈題衛夫人筆陣圖後〉似乎也有類似的說法：

> ……夫欲書者，先乾研墨，凝神靜思，預想字形大小、偃仰、平直、振動，令筋脈相連，意在筆前，然後作字。若平直相似，狀如算子，上下方整，前後齊平，此不是書，但得其點畫爾。……❷⑥

「平直相似，狀如算子，上下方整，前後齊平」，這種被王羲之叱為「此不是書」者，其雖未明說，但隱隱然指的應該就是隸書；今觀該文以未得鍾繇（151-230）〈筆勢論〉之宋翼（?-?）為例，我們應該可以同意這種看法。

王羲之書法，不容置疑，當即以〈蘭亭序〉（353）為代表。米芾（1051-1108）曾跋摹本而奉為「行書第一」❷⑦，觀其字態悉異，不但不是「平直相似，狀如算子」，而且唐代即有「就中

❷⑥ 引自《法書要錄·卷 1》（張彥遠輯，洪丕謨點校。上海，上海書畫出版社，1986 年），頁 7。
❷⑦ 參見《書史》（《百川學海》本。台北，藝文印書館，1967 年），葉 9。

『之』字最多,乃有二十許個,變轉悉異,遂無同者,其時迺有神助」的說法,此實比其「先乾研墨,凝神靜思,預想字形大小、偃仰、平直、振動,令筋脈相連,意在筆前,然後作字」有意的創作又更上一層。無怪乎後來何延之(-722-)〈蘭亭記〉還記載著「及醒後,他日更書數十百本,無如被褉所書之者」❷❸的傳說。

由出土東晉墓誌書體引發的一場「蘭亭論辯」

相傳〈蘭亭序〉真本已入昭陵,現僅存摹本。今北京故宮博物院所藏標為「唐模蘭亭」的「神龍半印本」,各字牽絲均纖毫畢現,其中「羣」字末筆分叉與《集字聖教序》(672)之二個「羣」字完全相同,視之為「下真蹟一等」,實非虛語。且其前後猶見唐中宗年號的「神龍」左右二個半印,此外,中間騎縫、文末又各鈐「紹興」一印,由此可知南宋紹興(1131-1162)年間曾入藏高宗內府;其後則有北宋熙寧(1068-1077)、元豐(1078-1085)年間多則觀記,元代則有趙孟頫(1254-1322)、鮮于樞(1257-1302)、郭畀(1301-1355)諸跋,明代又有李廷相(1481-1544)觀記及文嘉(1501-1583)鑑跋,流傳有緒,當無可疑。然而,因〈王興之夫婦墓誌〉於 1965 年 1 月 19 日南京出土,卻因郭沫若(1892-1978)〈由王謝墓誌的出土論到「蘭亭序」的真偽〉(1965)一文引發了一場「蘭亭論辯」。

---

❷❸　引自《法書要錄‧卷3》,頁99。

　　郭沫若該文主要從「東
晉墓誌出土」、「另見〈臨
河序〉」二個問題切入：
「東晉墓誌出土」部份主要
由〈王興之夫婦墓誌〉、
〈謝鯤墓誌〉二種新出土、
且書風相近的墓誌質疑〈蘭
亭序〉書法風格的合理性；
「另見〈臨河序〉」部份則
透過《世說新語》劉孝標注
引〈臨河序〉文字來質疑

「唐模蘭亭」前後「神龍」半印

〈蘭亭序〉、《集字聖教序》之「羣」字

〈蘭亭序〉內文是經過「刪改、移易、擴大」方成今貌。最後遂推
論出：今本〈蘭亭序〉文章、書法皆是王羲之七世孫──智永依托
而成。後來高二適（1903-1977）〈「蘭亭序」的真偽駁議〉一文
提出論辯，其內容主要是對郭沫若論述倚重的李文田（1834-
1895）跋語指出王羲之根本未曾對〈蘭亭序〉進行過「命題著名」
的工作，故「臨河序」、「蘭亭序」題名不同也根本不具意義，又
指出「以碑刻字體例，固與〈蘭亭〉字跡無可通耳」，說明〈王興
之夫婦墓誌〉、〈謝鯤墓誌〉二種碑刻字體根本無法質疑〈蘭亭
序〉書法風格的合理性。

　　究其實，這不是一次公平的論辯。今觀郭沫若該文首先發表於
考古權威雜誌《文物》1965 年 6 期（總 176 期），同期又刊載了
這篇論文最重要的二項出土證據──以「南京市文物保管委員會」
署名的〈南京人台山東晉興之夫婦墓發掘報告〉、〈南京戚家山東

晉謝鯤墓發掘報告〉，再加上郭沫若當時又擔任中國科學院院長職務，這股學術陣仗便無人可擋；況且該文又同時刊載於《光明日報》（1965.6.10、11），故亦因流通廣遠而

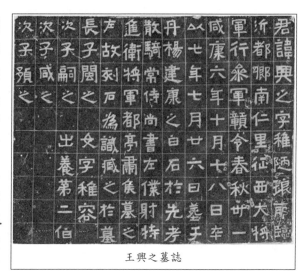

王興之墓誌

頗受注目。至於高二適當時職位則為一位江蘇省文史館員，該文雖然亦發表於《光明日報》（1965.7.23），但是《文物》僅見於 1965 年 7 期（總 177 期）的「附錄」，連該期目錄也都無法見到該文蹤影❷。二文發表園地雖然相同，但讀者懸殊的接受情形也可預期。況且，接下來又發生了「文化大革命」，肅殺之中，讀者當然也不可能公平客觀的比較這二篇論文的立論基礎。後來，北京文物出版社集結了比較重要的十八篇論文編成《蘭亭論辨》（1973）一書，算是為這次論辯畫下了暫時的句點；但「上編」收錄的十五篇論文之中，郭沫若自己便佔了四篇；「下編」則僅單薄的收錄了

---

❷ 「附錄」首頁注明：「〈蘭亭序的真偽駁議〉一文，已刊載于 1965 年 7 月 23 日《光明日報》，為了避免排印差錯，故將原稿在本刊製版發表。」其後，則將該文毛筆原稿直接影印於該期最後 13 頁，且未編輯任何頁碼。

章士釗、高二適、商承祚三篇論文。陳振濂（1956- ）《現代中國書法史》所言或許可當作這場論辯的結論：

> 一九七二年八月號《文物》雜志上，郭沫若又發表〈新疆出土的晉人寫本「三國志」殘卷〉，他認為，關於〈蘭亭序〉的問題：「七、八年前曾經熱烈地辯論過，在我看來，是已經解決了。不僅帖是偽造，連序文也是摻了假的。」這個結論其實并不正確，因為蘭亭論辯并非是因為已經有了公認的結論才偃旗息鼓，而是由於文化大革命運動的沖擊。事實上，辯論的雙方誰也沒有說服誰，只不過郭沫若一派的觀點摻入了某種政治背景，又有人多勢眾的優勢；再以《蘭亭論辯》一書在編輯上的一面傾向，使人產生了這樣的感覺而已。❸⓿

正由於「摻入了某種政治背景」，這場論辯也就在不公平的吆喝聲落幕。然而，今觀其二人的立論基礎，高二適則應早已立於不敗之地。

「時代風潮」與「書體應用」不同焦點的立論基礎

究其實，「蘭亭論辯」最早在《文物》擺出陣勢後便已讓主要焦點被模糊了。雖然〈蘭亭序〉、〈臨河序〉也是論辯的重要關鍵點，但「時代風潮」、「書體應用」才是其二者真正的立論基礎。

---

❸⓿ 引自〈第 19 章·第 1 節〉（鄭州，河南美術出版社，1997 年），頁 322。

郭沫若透過〈王興之夫婦墓誌〉、〈謝鯤墓誌〉來質疑〈蘭亭序〉書法風格的合理性，主要是認為同一時代風潮中不太可能存在著這二種極端不同的書法風格。筆者認為這與前引朱彝尊〈跋漢五鳳二年甎字〉、康有為《廣藝舟雙楫》的思考模式完全相同，故其三者的比較基礎也都出了問題：朱彝尊以石、甎來比較，康有為以石、瓦來比較，郭沫若則以碑、帖來比較；如此，我們又如何期待這篇文章能夠推論出讓人信服的結果？由於時代接近，三者之中，郭沫若最後亮出的底牌亦最為清楚，其〈致陳明遠信〉（1965.8.23）中便明說其觀點：

> 關於〈蘭亭序〉其文、其字的真偽，宗白華先生來函支持我的看法，並在考證史料方面加以補充。你到北大見著他時，請替我向他問候。
>
> 〈蘭亭序〉之辯論，已不僅是王羲之文章、書法的真偽問題，更涉及文化史上一個重要的原則，即時代風尚與藝術潮流的問題。歷史是發展的，人類文化的審美觀點是逐步積累的，也是不斷變化的。當然，同一時代的人們，由於歷史地位、生活環境和個人經歷的種種影響，會產生出不同的風格；但是，歷史的比較研究表明：從大的方面看來，共同時代總會形成若干共同的特點。商周青銅器是如此，漢唐石雕是如此，歷代詩詞、繪畫、書法等等，更何嘗不是如此。必須有嚴格科學的方法和刻苦的鑽研，經過認真反覆的討論，才能作出新的成果來。只有在許多細緻深入的分析基礎上，才可以對我國歷代文化的系統演變，進行綜合、總結。這恐

怕需要經過幾代人的持續不斷的努力。我只能做一塊鋪路石
罷了。**❸**

「共同時代總會形成若干共同的特點」，按照郭沫若的想法，「時
代風尚」、「藝術潮流」便主導了〈蘭亭序〉辯論的整個走向。即
使經過了「嚴格科學的方法和刻苦的鑽研，經過認真反覆的討
論」，似乎也無法跳出這種思考模式。至於高二適則勤於搜尋古人
所云不同書體的應用方式，首先，其舉出羊欣（370-442）〈采古
來能書人名〉的文字來證明：

> ……鍾有三體：一曰銘石之書，最妙者也；二曰章程書，傳
> 秘書、教小學者也；三曰行狎書，相聞者也。三法皆世人所
> 善。……**❸**

高二適引用此條後，即下一按語：「按此即所謂太傅之三色書者，
其用法自各有別。」接下來，又從鄭杓（-1324-）《衍極》之劉有
定（?-?）注語中找到行草、正書的應用分別：

> ……初行草之書，自魏晉以來，唯用簡札，至銘刻必正書

---

❸ 引自《郭沫若書信集》下冊（北京，中國社會科學出版社，1992 年），頁
158。
❸ 引自《法書要錄·卷1》，頁 11。

之。故鍾繇正書，謂之銘石。……❸❸

「行草之書……唯用簡札」、「銘刻必正書之」，如此行草、正書
自有不同的應用方式與呈現園地。由此，遂推論出「使右軍寫碑
石，絕不可作行草」的結論來。然而，「書體應用」不同並不排斥
「時代風潮」觀點，故其又得出「溯自唐太宗令弘福寺僧懷仁集王
右軍真行書，為〈聖教序〉文刻石。及太宗御書之〈晉祠銘〉，以
至後來燉煌發現之〈溫泉碑〉，始次第開行草立石之漸。厥後高宗
御書之〈萬年宮〉、〈李貞武〉及〈太唐功德頌〉皆真行之閒也」
❸❹這種不同觀點的時代風潮。

反觀郭沫若，其並不是不知道不同書體應有不同應用方式的道
理，但該文卻二次迂迴的繞過這樣的討論。其一云：

> ……固守傳統意見的人，認為南朝與北朝的風習不同，故書
> 法亦有懸異。後來知道和南朝的碑刻也大有徑庭，於是又有
> 人說，碑刻和尺牘之類的性質不同，一趨凝重，一偏瀟灑，
> 也不能相提並論。……❸❺

觀乎「碑刻和尺牘的性質不同」之語，無需筆者細論，其意已明。
然而，郭沫若接下來卻以「其實存世晉陸機〈平復帖〉墨跡與前涼

---

❸❸ 引自〈卷 4・古學篇〉（《十萬卷樓叢書》本。台北，藝文印書館，1992
年），葉 21。

❸❹ 引自《蘭亭論辨》下編（北京，文物出版社，1977 年），頁 8。

❸❺ 引自《蘭亭論辨》上編，頁 11。下引文同。

李柏的〈書疏稿〉，都是行草書；一南一北，極相類似。還有南朝和北朝的寫經字體，兩者也都富有隸書筆意。這些都和

李柏〈書疏稿〉

〈蘭亭序〉書法大有時代性的懸隔。碑刻和尺牘的對立，北派和南派的對立，都是不能成立的」來辯駁，但是辯駁同時，郭沫若卻也忘了陸機〈平復帖〉、李柏〈書疏稿〉的行草書實與〈王興之夫婦墓誌〉、〈謝鯤墓誌〉隸書體也存在著完全不同書風的問題。其二又云：

> ……又有人說：篆書和隸書是有傳統歷史的官書，王羲之所寫的行書和真書是當時的新體字，還不能「登大雅之堂」，直到唐初才被公認，才見於碑刻；南北朝人寫經字體之有隸意者，也含有鄭重其事之意。……㊱

「不能登大雅之堂」、「含有鄭重其事之意」都涉及了書體應用場合問題，但郭沫若卻又以「這些說法，首先是肯定著〈蘭亭序〉是

㊱　引自《蘭亭論辨》上編，頁 12。下引文亦同。

王羲之的文章，在這個前提之下，對於〈蘭亭序〉的書法加以辯護的」的主觀臆測來迴護這個問題而最後把〈蘭亭序〉的真偽交給了〈臨河序〉來裁決。順此之故，郭沫若其真正的歷史評價似乎也於此時拱手讓人了。

郭沫若〈致陳明遠信〉的可能企圖

視而不見，聽而不聞，我們很難理解前引郭沫若〈致陳明遠信〉所云「嚴格科學的方法和刻苦的鑽研，經過認真反覆的討論」究竟存有多少真實性？然而，再深入思考，我們實在不能小看這封信的真正企圖。

郭沫若給陳明遠（1941-）寫信，表面上因為宗白華（1897-1986）的兩封信均「支持我的看法，並在考證史料方面加以補充」，故而要求陳明遠「你到北大見著他時，請替我向他問候」。然而，觀其〈致陳明遠信〉（1965.8.23）之前，宗白華〈論「蘭亭序」的兩封信〉均已於《光明日報》（1965.7.30）公開發表[37]，而究竟是誰提供這二封信的原本給這個最具政治權威的報社呢？既已發表，又為何要求別人幫忙致意問候？而其之所以採用這種世故的操作手法，又是為了什麼？不用說，這三層問題的關鍵人物也都是郭沫若自己，當然也只有他自己可以解開這個謎題。

至於郭沫若央求陳明遠替他問候之後，這封信又多出了三百字左右的自我坦白，由於我們未見到陳明遠給郭沫若寫的信，我們不了解這三百字是否是針對著陳明遠所問的問題，然而，玩味其語

---

[37] 亦見《蘭亭論辨》上編，頁 46-47。

氣，「更涉及文化史上一個重要的原則」以下乃是高調的談論著這次論辯的歷史使命，至於最後「我只能做一塊鋪路石罷了」一語則自謙的似乎要讓出翻案英雄的位置。其之所以如此，讀者若看其在寫這封信二十多年前的〈沫若書信集序〉（1933）則自當瞭然於胸。其云：

> ……寫這些信的動機，我自己是很明白的，一多半是先存了發表的心，然後再來寫信，所以寫出的東西都是十二分的矜持。凡是先存了發表的心所寫出的信或日記，都是經過了一道作為的，與信和日記之以真而見重上大相矛盾。㊳

筆者認為：郭沫若這一封〈致陳明遠信〉應該「一多半是先存了發表的心」。也就是如此，這封信的設定的隱性讀者應該不只是陳明遠，還應該包括當時所有的讀者才是。只是陳明遠當時沒有會過意來而立即將該信函投諸報社發表，再加上文化大革命如火如荼的展開，此時已不容任何人輕易的退出戰鬥火線，所以至《郭沫若書信集》（1992）出版前，也無人可以知道郭沫若這層無法言說的想法。

伍、結語

曹丕（187-226）〈典論論文〉中「奏議宜雅，書論宜理，銘

㊳　引自《郭沫若書信集》上冊，序頁 1。

誄尚實，詩賦欲麗」之說提出了各種文類因場合不同而應具有不同的文類風格要求。套一句郭沫若該文中「商周青銅器是如此，漢唐石雕是如此，歷代詩詞、繪畫、書法等等，更何嘗不是如此」的想法，我們實可改為「文學如此，書法更何嘗不是如此」！

衛恒〈四體書勢〉所謂「獨符、印璽、幡信、題署用篆」之說，《衍極》中劉有定「初行草之書，自魏晉以來，唯用簡札，至銘刻必正書之」這段注語與後來王世貞（1526-1590）所云「獨符印、幡信、題署用篆，則此外皆用真隸書矣」❸❾等等，主要就在告訴我們不同的書體自應用於不同的書體場合。此中，若僅分辨何者為正體字，何者又為簡體書，實在是把問題簡單化了，而商代鐘鼎、甲骨、陶文並行，秦漢以來則篆、隸、草、楷亦皆並存使用，我們實應避免這種不必要的分判。

不同的書體當然應該用於不同的書體場合，然而，書論中這方面論述何其少也？筆者認為「書體」與「場合」之間的關係，當為書家書寫之際必會拿捏的常識，但亦因視其為常識則多不直說。然而，亦因不說而易遭學者忽視：郭沫若不但充耳不聞，又頑力強辯；張光遠雖碰觸該問題卻又偏向了「古今異構異體」的方向：

> 到目前為止所見資料，商代根本就只有一種文字，我們大致是因留存文字的材質之異，而分別稱之「金文」、「甲骨文」及「陶文」，與現代所稱的「楷書」、「篆書」等的異

---

❸❾　引自《弇州四部稿・卷 153・藝苑巵言/附錄 2》（《文淵閣四庫全書》冊 1281），頁 460 上。

構異體是迥然有別的；故商代人在禮器上鑄金文，是寫用其
當時通用的同一字體，而非當時的「古體字」，因為甲骨卜
辭中也都同樣刻用它們，這與現代人在家廟或愛物上不刻寫
現代通行的楷書，而刻寫古代的篆體字，應是無法相提並論
的。……❹

「無法相提並論」一語不但否決了商代的書體思考，亦讓中國書體
思考失去了源頭。要知道，同樣是甲骨文，「宰丰骨柶」（佚存
518）、「虎骨刻辭」（懷特ⅩⅤ）……自是異於一般甲骨文，不
能因為同樣是商代或同樣鍥刻於獸骨而將其含混的視為相同書體。
如果我們再多一些書體思考，則中國書法史勢必將聽見更多混聲合
唱的多元聲音！

---

❹　引自《中國考古學與歷史學整合研究》，頁 1078。

折翼的天使

——賈寶玉的心理創傷與自我療癒

林素玟

華梵大學中文系副教授

一、前言

　　《紅樓夢》一書從問世以來，其研究成果可謂汗牛充棟，研究面向之廣博、研究主題之繁複，在中國文學研究課題中真無出其右者。近年來對紅學的關注焦點，逐漸傾向於從心理學及醫學的角度對《紅樓夢》人物作一番新視角的考察。舉其要者，如廖咸浩〈前布爾喬亞的憂鬱〉、胡邦煒〈憂患、懺悔、精神的悲劇——從賈寶玉的形象看《紅樓夢》與中國傳統文化〉、陳存仁與宋淇合著《紅樓夢人物醫事考》、許玫芳《紅樓夢人物之性格情感與醫病關係——跨中西醫學（精神醫學、內科、婦產科、皮膚科）之研究〉等，對《紅樓夢》人物之生理、心理的疾病與情感狀態多所創見。然而針對《紅樓夢》一書的主角賈寶玉之深層心理，論者多著眼於

其具懺悔意識或罹患憂鬱症等心理疾病，並未能探觸到賈寶玉生命底層的苦悶，去探討形塑此獨特生命的深層因素以及其自我救贖之道。

本文試著從治療學的角度，一探賈寶玉童年的親子關係，以及由此所導致的深層心理創傷，賈寶玉在面對無法改變的天倫關係時，如何用心使力地超越命運所給予的創傷印記，用一己的血肉之軀作試煉道場，最終以靈性智慧逐漸走向自我療癒的歷程。其中有血、有淚、有心痛、有心死，實為一人間菩薩的歷劫與回歸。

本文所指稱的「自我療癒」，乃採用治療學的看法。就治療學的角度而言，治療來自於外部，痊癒來自於內部，即生命體的本質之中❶。人體具有能夠使自己痊癒的力量，稱為「自發性痊癒」❷。賈寶玉在面對童年創傷經驗時，一直有著一番自覺的努力，以他天賦獨具的慧根靈質，不斷地與生命的困限作拉扯，在當中縱然有投射、有依戀、有苦悶，終究也達成了超越、捨離、復原。賈寶玉在面對深層無明的自我療癒過程中，其辛酸血淚，真不足與外人道。唯有真誠勇敢面對自我生命的不完美，進而接納與淨化，才能完成這段歷劫人世，終至懸崖撒手的「自我療癒」的歷程。

本文的方法進路，乃是以榮格心理治療中的「原型」為方法，深入賈寶玉潛意識裡的「母親」原型，以觀賈寶玉內在的衝突與抉擇。而在文本的版本選擇上，則以里仁書局出版之程甲本、庚辰本

---

❶ Andrew Weil M.D.著，陳玲瓏譯：《自癒力——痊癒之鑰在自己》，台北：遠流，2004年8月初版十九刷，頁44。

❷ 同註❶，頁5。

為討論依據。在回目的去取上，本文以八十回本為主，捨高鶚續書的後四十回不論，原因在於高鶚續書的人物形象及心理背景之塑造上，與曹雪芹的原意差距太大。筆者在論賈寶玉的心理創傷時，實則以曹雪芹作為具體個案，從曹雪芹如何塑造賈寶玉此一藝術形象，以逼顯現實中曹雪芹的身心狀態與靈性智慧。因此，為了忠於賈寶玉形象的藝術完整性，本文對後四十回賈寶玉的描寫則不加討論，僅就前八十回文本所呈現的蛛絲馬跡，參酌脂硯齋之評點，輔以近代學者研究之創見，尤其心理學、治療學之理論的佐證，以同理心的情感貼近賈寶玉的內在世界，期盼能活化賈寶玉的靈魂，還原曹雪芹苦心孤詣創造的美麗且動人的獨特生命。

二、賈寶玉早期的親子關係

在賈府如此錦衣玉食的鐘鼎之家，幼兒的親子關係並非如一般市井家庭，可常享天倫團聚之樂。賈寶玉童年與母親王夫人以及父親賈政的親子互動機會甚為稀有，除了賈政長年在外地任職，主要原因實為賈寶玉童年皆跟隨大姐賈元春，由賈母一手帶大，且又有奶娘李嬤嬤照料瑣事，即使有親子互動的時間，其情感交流的品質亦談不上優質。在親子關係不佳的家庭中，賈寶玉的身心成長與母愛父愛的匱乏，使其人格及心理都出現了重大的創傷，導致日後人際關係乃至情感取向的異常。

㈠ 母嬰關係

就兒童心理發展而言，嬰兒在成長過程中，會經歷與母親融合

及分離的認知階段。嬰兒出生時為正常的自閉階段,視母親與自我為一體。三個月左右進入到共生階段,嬰兒出現依戀過程,經歷了未經分化的混亂時期,嬰兒內在的「我」和「你」概念開始形成。在此共生階段中,母親和嬰兒雙方都處於分離與同一的掙扎之中。大約在 2 歲半左右,為分離與個體化階段,孩子的成長在個體性和客體恆定性上達到頂峰。此時孩子已有穩定的自我感,區分了自己與他人。倘若在融合與分離階段的母嬰關係遭遇某種缺失或出現過某些問題,容易導致往後人格的病症,諸如神經症、精神病、邊緣型人格障礙、自戀型人障礙、心境(情感)障礙、精神分裂症等❸。

　　以《紅樓夢》中賈寶玉的情況觀之,大姐賈元春自幼係賈母教養,後來添了寶玉,同隨元春在賈母之旁,刻未暫離。寶玉三、四歲時,「已得元春教授幾本書、數千字在腹內,其名分雖係姐弟,其情狀有如母子」(第十七至第十八回)。可知賈寶玉在嬰幼兒階段,除了奶娘李嬤嬤餵奶哺育之外,實際照顧者為隔代教養的賈母,以及長姐如母的元春,因之元春入宮之後,「眷念切愛之心,刻未能忘」(第十七至十八回)。至於正值母嬰關係分合的關鍵時刻,王夫人並未能給予寶玉最需要的母愛,導致賈寶玉在與母親分離及融合的過程中,產生分離的焦慮。因此,賈寶玉對愛極度缺乏安全感,引生出日後將「母親」原型投射在眾姐妹身上,處處展現出依戀母性的幼兒心理。

---

❸　阿瑟・羅賓斯著,孟沛欣譯《作為治療師的藝術家——藝術治療的理論與應用》,北京:世界圖書,2006 年 4 月,頁 8-9。

　　賈寶玉與王夫人的母嬰互動，首見於林黛玉拋父進京都時，王夫人口中對親生兒子的形容：「孽根禍胎」、「混世魔王」，王夫人並且要林黛玉「以後不要睬他」，「他嘴裡一時甜言蜜語，一時有天無日，一時又瘋瘋傻傻，只休信他。」（第三回）從母親口中說出的一番話，縱然是「愛之深」的親膩形容，也間接透露了王夫人「責之切」的殷殷期盼。

　　賈寶玉從廟裡還願回來，初見黛玉，聽說黛玉沒有玉，登時發作起痴狂病來，摘下那玉，就狠命摔去。急的賈母忙哄他道：「還不好生慎重帶上，**仔細你娘知道了。**」（第三回）從賈母的訓誡中可知王夫人對於「通靈寶玉」的珍愛與重視。賈寶玉這時七歲❹，由賈母之言推斷，在此之前，賈寶玉一定也曾因不好生帶著玉，而遭王夫人嚴厲斥責過。

　　第五回賈寶玉在秦可卿房中夢遊太虛幻境時，歡喜想道：「這個去處有趣，我就在這裡過一生，縱然**失了家也願意，強如天天被父母師傅打**呢。」賈寶玉這時大約十至十二歲，對於「家」的感覺，只有藉由夢境才能真實透露，因為「天天被父母師傅打」，所以「失了家也願意」。對賈寶玉而言，「家」的意象，並不具備親情的溫暖庇護功能，正值青春期的賈寶玉在夢中寧願留在這「朱欄白石，綠樹清溪，真是人迹稀逢，飛塵不到」（第五回）之處，潛意識中已有逃離牢寵的心態。

---

❹　有關各回目中賈寶玉年齡的推斷，參考許玫芳《紅樓夢人物之性格情感與醫病關係——跨中西醫學（精神醫學、內科、婦產科、皮膚科）之研究》，台北：學生，2007 年 7 月，頁 536。

　　賈寶玉和王夫人的母子關係中，稱得上良好互動的場景，出現於兩處：一處是第二十五回，賈寶玉的肢體動作「滾在懷裡」、「搬著王夫人的脖子，說長道短的」。賈寶玉的舉動一方面可見出完全是個幼童對母親依戀的表達方式，二方面也可視為寶玉為博母親歡心的娛親動作。另一處是在第二十八回，王夫人記得大夫說的丸藥名稱中有「金剛」兩個字，寶玉開王夫人的玩笑：「太太倒不糊塗，都是叫『金剛』『菩薩』支使糊塗了。」王夫人道：「扯你娘的臊！又欠你老子捶你了。」這時的寶玉已超過十三歲，在古代早已脫離幼兒階段，步入青少年期了，而對王夫人及和姐妹們在一起的親密語言與肢體動作，顯露出賈寶玉退行的幼兒心理。

　　自第三十二回金釧投井事件開始，寶玉和王夫人的母子關係呈現出緊張與衝突。先是「被王夫人數落教訓，也無可回說」（第三十三回），「在王夫人旁邊坐著垂淚」（第三十二回），接著寶玉被父親痛笞時，王夫人「『兒』一聲，『肉』一聲」，「數落一場，又哭『不爭氣的兒』」。襲人來向王夫人告密，王夫人向襲人說道：「我常常掰著口兒勸一陣，說一陣，氣的罵一陣，哭一陣。」（第三十四回）可見若不是大兒子賈珠英年早逝，王夫人對寶玉的怪誕行止是不存指望的。由於沒有了賈珠的依靠，王夫人把所有愛子之心轉移到寶玉一個人身上，對寶玉的期望也特別的高，一旦有丫頭與寶玉較為親近，王夫人便深惡痛絕，金釧兒投井即是王夫人在盛怒之下過度苛責的結果。一直到繡春囊事件時，晴雯被人誣告，王夫人即嚴厲地說：「我一生最嫌這樣人，況且又出來這個事。好好的寶玉，倘或叫這蹄子勾引壞了，那還了得。」（第七十四回）抄檢大觀園時，王夫人即說出她對寶玉的心思：「可知道

我身子雖不大來，我的心耳神意時時都在這裡。難道我通共一個寶玉，就白放心憑你們勾引壞了不成！」並撂下重話，警告大觀園裡的丫頭們：「你們小心！往後再有一點分外之事，我一概不饒。」（第七十七回）。可知王夫人表面上雖然清心寡欲、憐貧恤老，一旦遇上與寶玉聲名有關之事，便翻臉不認人，發狠嚴辦。寶玉也因王夫人的態度及拈人行為，「不敢多言一句，多動一步」，「心下恨不能一死」（第七十七回），母子關係已出現緊張衝突，間接引發賈寶玉日後憂鬱症發作，身心俱創。

(二) 父子關係

賈寶玉在童年母嬰關係中，產生了分離的焦慮，對母愛沒有安全感。那麼，他與父親賈政的親子關係又是如何呢？此處可由兩方面加以觀察：一為賈政與賈寶玉互動時所使用的語言及表達態度；二為賈寶玉對父親形象的潛意識反應。

在《紅樓夢》第二回開始，即透過冷子興口中描述賈寶玉周歲時的父子關係。賈政藉由抓周習俗要試寶玉將來的志向，沒想到寶玉「伸手只把些脂粉釵環抓來。政老爹便大怒了，說：『將來酒色之徒耳！』因此便大不喜悅。」（第二回）可見賈政早已有先入為主的價值觀，以世俗功名價值加諸於寶玉身上，對小小周歲的賈寶玉便充滿期望卻又難免於失望。長大後，寶玉因認識秦鐘，要一同上學堂，前來稟告父親時，賈政便用諷刺的口吻冷笑道：「你如果再提『上學』兩個字，連我也羞死了。依我的話，你竟頑你的去是正理。仔細站髒了我這地，靠髒了我的門！」（第九回）

除此之外，賈政在遊賞大觀園時，在公開場合當著眾清客的面

上，怒斥賈寶玉為「畜生」、「無知的業障」、「無知的蠢物」（第十七回至十八回）、「作業的畜生」（第二十三回）。從兒童發展心理的角度而言，童年父母親對兒童的管教態度，影響其成長後人格的健全與否，父母若對子女挑三揀四，在評價的過程中，孩子需要喪失自我來取悅父母，表現出父母認為好的行為。因此，有些時候，孩子扮演了超齡的成人角色❺。賈政如此不留情面的語言傷害，從身為父親的角度觀之，固然是賈政情感壓抑之後對「父愛」的表達方式；然而站在賈寶玉的同情的理解上而論，父親這樣負面情緒的親子互動方式，卻造成賈寶玉心理上對父親極端的恐懼，因此父子關係十分緊張。同時父親這樣突來打罵的教育方式，也使得寶玉對自我形象與價值產生了負面的影響，對於他人的責難特別敏感，在人前往往有自慚形穢的心理❻。

賈政與賈寶玉的親子互動，除了用傷害性的語言怒斥寶玉之外，第三十三回之後，因為金釧投井事件，以及蔣玉菡出走忠順王府兩件大事，引發賈政痛笞寶玉，父子關係到此降至谷底❼。賈寶玉面對父親的打罵教育，造成潛意識中對父親形象的恐懼與焦慮，

---

❺ Debra Whiting Alexander 著，莊雅婷譯，《天使再現風華——兒童創傷治療》，台北：五南，2002 年 4 月，頁 163、164。

❻ 江佩珍《閱讀賈寶玉——從語言溝通的角度探討小說人物塑造》，台北：文津，2004 年 3 月，頁 143-144。

❼ 《紅樓夢》中賈政對賈寶玉流露出正面父愛的心情，在二十三回有一次動人的描寫：「賈政一舉目，見寶玉站在跟前，神彩飄逸，秀色奪人；看看賈環，人物委瑣，舉止荒疏。……把素日嫌惡處分寶玉之心不覺減了八九。」不過此乃賈政內心的感受，並未現諸於行動。在現實舉動中，賈政幾乎都是打罵式的傷害性語言及肢體動作。

對自我價值感的認知亦產生極大的偏差。只要一聽到「老爺叫寶玉」，「好似打了個焦雷，登時掃去興頭，臉上轉了顏色，便拉著賈母扭的好似扭股兒糖，殺死不敢去。」（第二十三回）襲人走來說道：「快回去穿衣服，老爺叫你呢。」「寶玉聽了，不覺打了個雷的一般，也顧不得別的，疾忙回來穿衣服。」（第二十六回）聽見丫鬟小鵲說：「你仔細明兒老爺問你話。」「這裡寶玉聽了，便如孫大聖聽見了緊箍咒一般，登時四肢五內一齊皆不自在起來。」寶玉因賈政要盤問功課，坐立不安，「如今若溫習這個，又恐明日盤詰那個；若溫習那個，又恐盤駁這個。況一夜之功，亦不能全然溫習。因此越添了焦燥。」（第七十三回）

　　可見賈政在寶玉心裡，是讓寶玉產生焦慮和煩燥的主要因素。平常的家庭聚會，寶玉總是長談闊論，但元宵佳節，全家團聚，賈政難得在場時，寶玉「便惟有唯唯而已」（第二十二回）。等賈母命賈政離席後，寶玉則又原形畢露，「如同開了鎖的猴子一般」（第二十二回）。第十七至十八回，大觀園剛建造完成，賈政率眾清客遊賞至稻香村時，寶玉對「天然圖畫」稍微多發表了一下自己的意見，賈政便斷喝：「誰問你來！」「唬的寶玉倒退，不敢再說」，「寶玉在旁不敢則聲」。寶玉有時忍不住，難得有反駁父親的言論，但終究在賈政維護父親權力及尊嚴的防禦機制下，喝命：「又出去！」（第十七回至十八回）使得父子的溝通管道再次封閉。寶玉在父親面前，因求生存的經驗學習，轉變成不敢多話、不願表達意見的習慣，久而久之，便形成壓抑情緒的個性。

　　在賈府這種「不打不成器」的暴力管教之下，寶玉所受的身體傷害與心理創痛，導致賈寶玉雖身居權貴之家，心理卻有著極深的

自卑感，並排斥以父親為主的男性價值觀，對於「科舉」、「八股文章」、「經濟學問」這些居社會價值正統地位的概念，他一概加以貶斥。凡是「讀書求仕途經濟者」，都被他貶成「祿蠹」、「國賊祿鬼」，是「沽名釣譽」的「鬚眉濁物」。同時歷史上「文死諫、武死戰」這類立身揚名的行為，也被他貶為「無能」、「濁氣一勇」。此外，他對於平凡庸碌的人們也常以「俗人」、「愚婦」、「愚人」、「蠢子」等詞來加以貶損，而男人們在他眼中是「渣滓濁沫」，沾了男人氣味的女人則是「死珠」、「魚眼睛」既「混帳」又比男人更「可殺」❽。賈寶玉之所以形塑出如此異於常人的價值觀，實乃因父子關係所受的心理創傷，潛意識裡對父親價值觀之反抗心理。

三、賈寶玉的心理創傷

　　早期研究《紅樓夢》者，對賈寶玉的印象經常流於如薛寶釵一般的看法。寶釵為寶玉取了一個渾號叫「無事忙」，又謂「天下難得的是富貴，又難得的是閑散，這兩樣再不能兼有，不想你兼有了，就叫你『富貴閑人』也罷了。」（第三十七回）其實寶釵一點兒都不瞭解寶玉內心是極端苦悶的，只不過表面上為著眾人著想，事事順著姐妹們，把自己內心的真實感受都壓抑到心靈深處，導致性格的異常。

　　而近年來的紅學研究，對賈寶玉的認知則有極大的突破，開始

---

❽　同註❻，頁 249。

注意到賈寶玉苦悶憂鬱的心理狀態，以及深藏心底的原罪與懺悔意識❾。從《紅樓夢》中，曹雪芹以〈西江月〉二詞形容賈寶玉，以及襲人眼中的寶玉，可見其性格之乖戾荒誕。計其性格之形容有：「尋愁覓恨、似傻如狂、不通世務、愚頑、偏僻乖張」（第三回）「淘氣憨頑、放蕩弛縱、任性恣情、不喜務正」（第十九回）「性情古怪、厭奉承話虛而不實、聽實話又生悲感」（第三十六回）。賈寶玉之所以形塑出如此異於常人的性格，主要原因乃緣於童年母嬰分離的焦慮，以及父親長期語言暴力之創傷記憶，造成賈寶玉極端自卑、缺乏尊嚴、無法自我認同的人格。這樣的人格，展現為以下兩種異常的心理。

㈠ 邊緣型人格違常

所謂「邊緣性人格違常」，其特徵乃在很多方面不穩定，包括人際關係、心情和自我形象。患者常有衝動、無法預測的行為，情緒也不穩定，可快速地從正常情緒轉變為不安情緒，或有不適當的憤怒，或無法控制憤怒。除此之外，患者有極度的認同障礙，例如自我形象、性別認同、長期目標或事業選擇、友誼模式、價值觀和忠誠等。患者可能難以忍受獨處，長期覺得空虛或煩悶。像情緒惡劣性疾患、重鬱症、短暫反應性精神病等，都可能是此病的併發症❿。

---

❾ 如許玫芳論賈寶玉之性格時指出：賈寶玉有痴癖多情與牛心怯性。前者又分天生痴性及癖性、多情惜玉與溫存和氣；後者之性怯，可能得之于賈母膽小性格之真傳。同註4，頁510-528。

❿ 何志培《精神衛生個案與治療》，台北：水牛，1994年11月，頁243-244。

　　賈寶玉的邊緣型人格，首先是既覺孤獨，又難以忍受獨處。例如第十三回「寶玉因近日林黛玉回去，剩得自己孤悽，也不和人頑耍，每到晚間便索然睡了。」邊緣型人格常將自己與團體隔離，雖有眾人圍繞，卻經常有強烈的孤獨感，究其實質，其內心充滿熱情，「只願常聚，生怕一時散了添悲」（第三十一回）。再如第十九回襲人假裝說要離去，寶玉聽了嘆道：「早知道都是要去的，我就不該弄了來，臨了剩我一個孤鬼兒。」再如第十九回黛玉在瀟湘館合眼休息，要寶玉到別處去鬧會子再來，寶玉推他道：「我往那去呢，見了別人就怪膩的。」第二十二回寶釵生日點戲時，寶玉道：「我從來怕這些熱鬧。」寶玉一方面將自己與其他眾人隔離，一方面又渴望眾人圍繞身旁，此乃避免熱烈的情感在冷漠的人世中遭受創傷的防衛機制。

　　在賈寶玉孤僻的潛意識裡，時常將自己與熱鬧的團體隔離，內心只認黛玉是和他一樣孤獨無依的知音。第二十八回黛玉因晴雯不開門一事，錯疑在寶玉身上，隔天黛玉葬花，寶玉聽了〈葬花吟〉，不覺痴倒，黛玉任性不理他，寶玉嘆道：「我又沒個親弟親姊妹。——雖然有兩個，你難道不知道是和我隔母的？我也和你似的獨出，只怕同我的心一樣。誰知我是白操了這個心，弄的有冤無處訴！」接著元妃送端午節禮物，寶玉和寶釵的禮物是一樣的，黛玉為此又提「金玉」之說，寶玉氣得說道：「我心裡的事也難對你說，日後自然明白。除了老太太、老爺、太太這三個人，第四個就是妹妹了。要有第五個人，我也說個誓。」邊緣型人格的情感黏著性極強，一旦在情感上與對象產生依附關係，便形成一種移情作用，把內心的苦悶及歡快，轉移到對象上，認為對方是最能瞭解心

情的知音。第三十二回寶玉聽湘雲勸他多談講仕途經濟的學問，寶玉為林黛玉辯解道：「林姑娘從來說過這些混帳話不曾？若他也說過這些混帳話，我早和他生分了。」這樣的貼心話，聽在黛玉的耳裡，是又喜、又驚、又悲、又嘆五味雜陳的感覺。

其次，賈寶玉的邊緣型人格又反映在突如其來、令人無法預測的異常行為上。最典型的例子就是第三回初見黛玉時，黛玉回答無玉，賈寶玉「登時發作起痴狂病來，摘下那玉，就狠命摔去」的動作，嚇得眾人一擁爭去拾玉。第二次突然衝動的行為就是第五十七回紫鵑說林姑娘要回蘇州去，寶玉一聽，「便如頭頂上響了一個焦雷一般」，回到怡紅院，不僅身體發熱，「更覺兩個眼珠直直的起來，口角邊津液流出，皆不知覺」。直到見了紫鵑，「方嗳呀了一聲，哭出來了」，拉住紫鵑死也不放。眾人忙亂了一陣之後，林之孝家的來探病，寶玉又聽到一個「林」字，便又滿床鬧起來說：「了不得了，林家的人接他們來了，快打出去罷！」一時又見十錦格子上陳設的金西洋自行船，便指著亂叫說：「那不是接他們來的船來了，灣在那裡呢」。這一連串無法自我控制的異常行為，就玉太醫的診斷為「急痛迷心」，而就心理影響身體的層面而言，其背後原因，實為邊緣型人格違常的外顯病症。眾人都不解為何一句玩笑話，居然會引起寶玉如此一場怪病，無怪乎後來湘雲會打趣寶玉說：「病也比人家另一樣，原招笑兒，反說起人來」。（第五十八回）

賈寶玉雖然在群體中常有邊緣人的心情，可是他的身軀卻纏縛在複雜的人際網絡的中心點，導致寶玉既想擁有所有人的眼淚，如第十九回對襲人說的呆話：「只求你們同看著我，守著我」，卻又

感嘆行動不自由。第四十三回鳳姐生日當天，寶玉一早就出門去，命丫鬟說「有個朋友死了，出去探喪去了。」探春道：「憑他什麼，再沒今日出門的理」，賈母也因此不樂，等寶玉一回家，「眾人真如得了鳳凰一般」。寶玉行動處處有人跟隨，內心極度苦悶，內心想突破牢籠，故意選在這特殊的日子，避開人群，假託有朋友死了去探喪，實則是去祭拜金釧兒。

第四十七回柳湘蓮為秦鐘的坟被雨水沖壞，而弄幾百錢收拾好了，寶玉對柳湘蓮道：「我只恨我天天圈在家裡，一點兒做不得主，行動就有人知道，不是這個攔就是那個勸的，能說不能行。雖然有錢，又不由我使」。第七十七回寶玉想到芳官四兒處去，「無奈天黑，出來了半日，恐裡面人找他不見，又恐生事，遂且進園來了，明日再作計較」。可見寶玉孤獨的邊緣人性格中，背負著重重的情感枷鎖，這是促成其「懸崖撒手」的一種包袱，同時也是一份深刻的契機。

㈡ 憂鬱症

關於賈寶玉的身心症狀，近年來的研究成果，以許玫芳的〈賈寶玉之性格、情意綜與醫病悸動〉一文有較全面性的論述⓫，然其

⓫　許玫芳論賈寶玉之醫病悸動時，指出賈寶玉有著各種身心症狀：吐血與心疼、魘魔法後的起死回生、瘋傻與痴呆，後者又分常態的與病態的。病態的瘋傻與痴呆又分為痰迷之症、似染怔忡之疾、鬱結之症與憂鬱症。79 回之前，寶玉似乎得了中醫所謂的「鬱症」，此時僅「似乎具有憂鬱症之傾向」，還不算是個真正的憂鬱症患者。寶玉之病情，真正符合今日所謂之「憂鬱症」的敘述者，則見於 79 回以後，一連串之憂鬱敘述。94 回以後，

並未指出造成賈寶玉身心症狀的原因。就《紅樓夢》前八十回的敘述，賈寶玉因童年母嬰分離的焦慮，以及父親打罵教育所遭受的心理創傷，導致心理上「天生性怯，不敢近猙獰神鬼之像」（第八十回），身體上則「素昔秉賦柔脆，雖暑月不敢用冰」（第六十四回），顯然寶玉的體質偏於虛寒，因此若遇重大事件而出現強烈的情緒震盪時，身體馬上產生嚴重的症狀反應。從十二、三歲開始，寶玉的身心便常有突發狀況出現，如第十三回秦可卿香消玉殞時，寶玉「從夢中聽見說秦氏死了，連忙翻身爬起來，只覺心中似戳了一刀的不忍，哇的一聲，直奔出一口血來。」眾人驚慌失措，寶玉還勉強笑道：「不用忙，不相干，這是急火攻心，血不歸經」。第五十七回紫鵑說林姑娘要回蘇州去了，弄得寶玉急痛而致痰迷之症。第七十回之後，寶玉因一連串事件的打擊，包括「冷遁了柳湘蓮，劍刎了尤小妹，金逝了尤二姐，氣病了柳五兒，連連接接，閑愁胡恨，一重不了一重添。弄得情色若痴，語言常亂，似染怔忡之疾」（第七十回），以致夜間睡眠品質不良，「夜間常醒，又極膽小，每醒必喚人」（第七十七回）。至第七十八回寶玉身心已出現嚴重病勢，加之又見寶釵搬出大觀園，蘅蕪苑中寂靜無人，房內搬的空空落落的，「更又添了傷感」，悲感一番後，「忽又想到了去司棋、入畫、芳官等五個；死了晴雯；今又去了寶釵等一處；迎春雖尚未去，然連日也不見回來，且接連有媒人來求親：大約園中之

卻得了更嚴重的憂鬱症。至 115 回前，寶玉之病實際是病情反覆，時好時壞，與今日之憂鬱症臨床表徵極為吻合。寶玉真正病癒及醒悟的時間應是在 117 回。參註❹，頁 542-558。

人不久都要散的了」，因此心中「不忍悲感」，長期憂傷成疾，至第七十九回遂引發了今日所謂「憂鬱症」的症狀。

就現代精神醫學之診斷，憂鬱症包括九種症狀：一、對以前感興趣的事物、工作都不感興趣；二、感到無原因的沒有力氣、疲勞，甚至不想起床；三、愛發脾氣，火氣一點就著；四、做事、說話、想事緩慢，注意力不集中，腦子一片空白；五、總感到自己沒用或有罪；六、睡不著、早醒或睡不醒；七、吃不下或吃得過多；八、對異性、配偶不感興趣；九、不想活或有自殺行為。以上九種症狀，若存在四項且持續兩週以上，即罹患憂鬱症❷。若以此為診斷依據，賈寶玉因身邊潔淨美好的女子一個個或離散、或死亡，重重的打擊，將寶玉童年的創傷經驗再度呼喚出來，於是由心理疾病轉成身體疾病，第七十九回便出現以下症狀：

> 一夜不曾安穩，睡夢之中猶喚晴雯，或魘魔驚怖，種種不寧。次日便懶進飲食，身體作熱。此皆近日抄檢大觀園、逐司棋、別迎春、悲晴雯等羞辱驚恐悲淒之所致，兼以風寒外感，故釀成一疾，臥床不起。

第七十九回之前，寶玉便常感覺自己沒用及有罪，甚至常說出想「死」的呆話或瘋話，到了第七十九回時，賈寶玉的失眠一直持續

---

❷ 牧之、單鵬著《心靈的感冒——認識憂鬱症》，台北：海鴿文化，2005 年 11 月，頁 38-39。

著,而且懶進飲食、時時悲感⓭,以上種種症狀,實已罹患了今日所謂的「憂鬱症」了。

四、心理創傷後的防衛機制

所謂「防衛機制」,首先由佛洛依德所提出,指的是因意識上的經驗而產生無法忍受的焦慮或心靈痛苦時,處理自我各面向的方式之一,就是使用各式各樣的防衛機制⓮。佛洛依德列舉處理自我的九大防衛機制為:退行、潛抑、反向作用、隔離、取消、投射、內射、對抗自我、逆轉。之後由其女兒安娜·佛洛依德加上第十個「昇華」,以及另外如「理想化」和「攻擊者認同」等⓯。而在藝術治療的領域裡,亦認為如果在生命早期,稚嫩的自我遭受過創傷,於是會形成巨大的保護性自我防禦機制,如退縮、否認、斷裂、投射、內射、分裂、過分理想化等。病人啟動這些自我防衛機制是為了防止其人格結構遭受更深的痛苦和絕望⓰。

賈寶玉由嬰幼兒時期遭受與王夫人母嬰關係的分離焦慮,以及父親賈政的打罵教育之傷害,造成賈寶玉在處理人際關係時,經常

⓭　劉再復即指出:賈寶玉在感受到最大悲哀的時候,都是無言的,或者說表現出最大悲哀的不是語言形態,而是一種特殊的悲情形態,這種形態包括吐血、發呆、迷惘、病痛、喪魂失魄、出走等。參《紅樓夢悟》,香港:三聯,2006 年 2 月,頁 233。

⓮　安東尼·貝特曼等著,陳登義譯,《心理治療入門——精神動力原理與實務概要》,台北:心靈工坊,2003 年 4 月,頁 39。

⓯　同註⓮,頁 33-34。

⓰　同註❸,頁 8。

浮現幾種特定的防衛機制，舉其要者如：投射現象、退行現象、移置現現、過分理想化等。啟動這些防衛機制，賈寶玉得以保護童年遭受身心創傷的自我，以免陷於二度傷害的痛苦之中。

㈠ 投射現象

所謂「投射」，指的是在面對外界人事物時，人們的舉止行為，包括自己的感覺及自身某些重要面向都融入在他人之中。就精神分析學派的術語而言，稱為「投射性認同」[17]。賈寶玉童年遭受重大的心理創傷後，在成長的過程中，面對人際關係複雜的賈府，最顯著的防衛機制就是把「母親」的原型，投射到所有象徵潔淨完美的年輕女子身上。

所謂「母親」原型，就榮格心理治療的角度而言，指的是集體潛意識的「母性情結」。賈寶玉的「母性情結」即是曹雪芹對中國文化中「偉大母親」原型的孺慕之情。從第一回女媧煉石補天神話開始，即透露此一訊息。「女媧」為中國文化中「偉大母親」原型的神話形象。女媧創生了石頭，被遺棄在青埂峰上「無材補天」的石頭，對女媧這一「母親」有著愛恨交織的情結，既要與母親融合，又要獨立自主（與母親對立），既想要補天而哀嘆無材，又要歷劫下凡，選擇與母親價值觀相反的路。賈寶玉常顯露出既要得眾女子之愛圍繞，又對眾人之愛感到負擔的矛盾心理，即是這種「母性情結」的具體展現。

從《紅樓夢》中可以明顯地看出，賈寶玉只要見到年輕的女孩

---

[17] 同註[14]，頁 35-36。

兒，心中便不由自主地想親近，或者希望把所有美好的女子都留在身邊，永遠不分離。除了小姐身分的寶釵、黛玉、湘雲及特殊身分的襲人是寶玉較親近的女子之外，寶玉對丫頭們，也是一般的沒有嫌猜。如第十五回寶玉跟著鳳姐送秦可卿之喪，路過一莊農人家暫歇，見一個十七八歲的二丫頭，便留了心，等到起身上車離開時，「寶玉恨不得下車跟了他去，料是眾人不依的，少不得以目相送」。第十九回寶玉到花自芳家找襲人，見到襲人的兩姨妹子，一位穿紅的女孩，寶玉便向襲人說：「我因為見他實在好的很，怎麼也得他在咱們家就好了」。第二十五回「寶玉昨兒見了紅玉，也就留了心」，想喚他來怡紅院使用。第二十六回寶玉對紫鵑笑道：「好丫頭，『若共你多情小姐同鴛帳，怎捨得疊被鋪床？』」第三十回金釧守候王夫人午睡，寶玉見了金釧，「就有些戀戀不捨的」，並對金釧說：「我明日和太太討你，咱們在一處罷」，「我只守著你」。金釧因這件事被王夫人打了一個嘴巴子，寶玉闖了禍，一溜烟進了大觀園，心思馬被齡官畫薔所吸引，「寶玉早又不忍棄他而去，只管痴看」。第三十一回寶玉為討晴雯歡心，讓晴雯撕扇，寶玉笑道：「古人云，『千金難買一笑』，幾把扇子能值幾何！」第三十五回有玉釧兒親嚐過的蓮葉羹，寶玉便笑道：「這可好吃了」，還心疼地問玉釧兒：「燙了那裡了？疼不疼？」同一回鶯兒巧結梅花絡，「寶玉見鶯兒嬌憨婉轉，語笑如痴，早不勝其情了，那更提起寶釵來！」

凡此種種，寶玉潛意識中將「母親」原型深度的投射在年輕女子身上，由於對母親的依戀心理，內心自然產生害怕被母親遺棄的心態，從小便養成了「只願常聚，生怕一時散了添悲」的情性，當

眾人無心而使筵席散了時，「寶玉心中悶悶不樂，回至自己房中長
吁短嘆」。（第三十一回）因此希望所有年輕的女子都守著他，導
致寶玉時常講出一些別人認為的呆話、瘋話。如第十九回寶玉要襲
人留在賈府不要走，說道：「只求你們同看著我，守著我，等我有
一日化成了飛灰，──飛灰還不好，灰還有形有跡，還有知識。
──等我化成一股輕烟，風一吹便散了的時候，你們也管不得我，
我也顧不得你們了。那時憑我去，我也憑你們愛那裡去就去了。」
話尚未說完，急得襲人忙握他的嘴。

　　就成人的價值觀而言，賈寶玉與年輕女孩們特別親近的這種習
性，是大人們所無法理解的，即便與寶玉至親的賈母，也不瞭解這
種現象是何緣故。賈母就曾對王夫人及眾人說：「我也解不過來，
也從未見過這樣的孩子。別的淘氣都是應該的，只他這種和丫頭們
好卻是難懂。我為此也耽心，每每的冷眼查看他。只和丫頭們鬧，
必是人大心大，知道男女的事了，所以愛親近他們。既細細查試，
究竟不是為此，豈不奇怪，想必原是個丫頭錯投了胎不成。」（第
七十八回）不僅賈母、王夫人不解，即便如研究《紅樓夢》的學者
們，也多無法解釋賈寶玉這種奇特的心理狀態，以致於或認為寶玉
具女性化的特質，或認為寶玉缺乏男子的剛性等⓳。究其實質，賈
寶玉由於童年的創傷經驗，其心智年齡仍停留在性別觀念尚未分化
的幼兒階段，在處理人際關係時，潛意識裡便啟動了「投射」的防

⓳　如江佩珍指出的，賈寶玉上對下支配性的權利，賈寶玉自願放棄，而這使得
　　身邊的眾人不解的行為就被當作沒有剛性缺少男子氣慨了。參註❻，頁
　　261。

衛機制,將對「母親」愛的認同感,投射到年輕女子身上,女孩兒們也由於寶玉善於作小服低,而得到心靈的溫暖。

(二) 退行現象

從心理治療的角度而言,當我們面對無法因應的大災難,諸如嚴重疾病或意外事件時,我們也可能退行到孩子氣且依賴的行為上,然後去尋求可信任的成人或帶領者[19]。賈寶玉從小備受呵護,生命中最重大的意外事件,當屬金釧投井、賈政痛笞一事。第三十回賈寶玉向金釧說要向王夫人討到房裡,金釧被王夫人打了一個嘴巴子大罵:「下作小娼婦,好好的爺們,都叫你教壞了。」看到自己的母親如此大發雷霆,寶玉非但沒有挺身而出為金釧辯解,反像做錯了事的小孩一般,「早一溜烟去了」。這個舉動,十足為退行的現象,因為兒童在面對困境或意外時,最常見的行為便是「逃離現離」,用「逃」來擺脫面對困境與承擔責任的壓力。

再者,賈寶玉只要聽到小廝或丫鬟說父親叫喚,寶玉便出現退行的現象,即退化回兒童時期的行為舉止,並尋求在場權力中心的保護。如第二十三回寶玉聽見元妃下諭要他也搬進大觀園住下,「喜的無可不可。正和賈母盤算,要這個,弄那個,忽見丫鬟來說:『老爺叫寶玉。』寶玉聽了,好似打了個焦雷,登時掃去興頭,臉上轉了顏色,便拉著賈母扭的好似扭股兒糖,殺死不敢去。」第二十二回鳳姐開玩笑說:「適才我忘了,為什麼不當著老爺,攛掇叫你也作詩謎兒。若果如此,怕不得這會子正出汗呢。」

---

[19]　同註[14],頁 39。

說得寶玉急了，「扯著鳳姐兒，扭股兒糖似的只是廝纏。」「扭股兒糖」是寶玉最常出現的退化行為，這時的寶玉已超過十二歲了，卻孩子氣地像個無賴般向賈母及鳳姐撒嬌，他很清楚在彼時彼地，誰是值得信任並會保護他的權力中心所在，這也是兒童為了生存，天生所具備的敏銳觀察力。

除此之外，賈寶玉由於投射依戀的防衛機制，平時也習慣表現各種退化行為，尤其對姐妹及丫鬟們特別擅長作小服低，毫無性別意識，完全不避男女之防。如第二十四回，寶玉見鴛鴦低著頭看針線，「便把臉湊在他脖項上，聞那香油氣，不住用手摩娑，其白膩不在襲人之下，便猴上身去涎皮笑道：『好姐姐，把你嘴上的胭脂賞我吃了罷。』一面說，一面扭股糖似的黏在身上。」不僅動作又出現「扭股糖」的退行現象，即便所使用的語言，也完全像個天真無邪、依戀母親的純稚孩童。

賈寶玉這種愛吃姐妹嘴上胭脂的行為，已經成為他特有的習慣，襲人雖苦口婆心地勸過：「再不許吃人嘴上擦的胭脂了，與那愛紅的毛病兒。」（第十九回），然而不久之後，湘雲來到賈府，住在瀟湘館，寶玉晨起過來探望，看到鏡臺兩邊俱是妝奩等物，順手拿起來賞玩，「不覺又順手拈了胭脂，意欲要往口邊送」，被湘雲伸手「拍」的一下，說道：「這不長進的毛病兒，多早晚才改過！」（第二十一回）

除了愛吃人嘴上胭脂的毛病，賈寶玉還有一個「愛紅」的毛病。這種對「紅色」的偏愛，也是兒童心態的一種反映。就實驗審美心理學的角度而言，1歲甚至是7個月的幼兒就已經表現出明顯的對於紅色和黃色的偏愛，即使在生命的第二個和第三個年頭，一

般的嬰兒仍偏愛紅色、橙色和黃色，而不甚喜歡綠色、藍色和紫色。在 4 歲至 9 歲的孩子中，紅色是最受歡迎的顏色，而在九歲之後，則藍色就成為最受歡迎的了❷。換言之，「紅色」是七個月大的嬰兒至九歲的兒童最喜愛的顏色，因為紅色的光波較長，容易吸引嬰幼兒的注意。賈寶玉「愛紅」的毛病，顯示其心智中有尚未完全成長的嬰幼兒心理，「愛吃胭脂」是退行回吸吮的口腔期，舉凡任何新鮮事物都以口腔味覺來辨識，並以此經驗作為認識世界的開始；而「愛紅」的癖好，則顯示此時寶玉的心智退行回九歲以前的年齡，一般論者都將寶玉的這些退行現象，解釋成「女性化」或「沒有剛性」。

(三) 移置現象

所謂「移置」，在心理治療中指的是當人們太害怕直接向引發該感受的人表達感受或情緒時，可能會顧左右而言他。常見的移置形式是情感的「轉向自我」，比如在自我傷害行為及自虐行為中的憤怒，以及在憂鬱狀況和自殺企圖中，這類對抗自我的現象尤為明顯❷。

就賈寶玉而言，由於他身處富貴豪門之家，但卻對以父親為主的家族有著極深的反抗意識，對自我價值的認同出現偏差，因此，寶玉經常將對父親的價值觀及家族富貴背景的反抗情感，移置為對

---

❷ 瓦倫汀著，潘智彪譯《實驗審美心理學——繪畫篇》，台北：商鼎，1991 年 12 月，頁 41-43。

❷ 同註❶，頁 39。

自我的貶抑。這類自我傷害及貶損的現象，最典型的就是寶玉初見秦鐘時的感歎：

> 那寶玉自見了秦鐘的人品出眾，心中似有所失，痴了半日，自己心中又起了呆意，乃自思道：「天下竟有這等人物！如今看來，我竟成了泥豬癩狗了。可恨我為什麼生在這侯門公府之家，若也生在寒門薄宦之家，早得與他交結，也不枉生了一世。我雖如此比他尊貴，可知錦繡紗羅，也不過裹了我這根死木頭；美酒羊羔，也不過填了我這糞窟泥溝。『富貴』二字，不料遭我荼毒了！」（第七回）

對於「啣玉而生」的異象，寶玉不僅沒有引以自豪，反而稱自己為「泥豬癩狗」、「死木頭」、「糞窟泥溝」、「富貴二字遭我荼毒」，可謂極盡貶損之能事。如此看待自我價值，並非寶玉自謙之辭，而是呈現出寶玉內心深處強烈的自我否定與自卑心理。

其次，賈寶玉與丫頭們相比時，不僅沒有上對下的驕傲矜貴的氣勢，相反地，寶玉把女孩兒們捧在手心裡疼惜，而把自己比喻得極為不堪，如第五十一回晴雯生病，胡庸醫亂用虎狼藥，寶玉叫茗烟再請王太醫來看，給了適合女孩兒們的藥，寶玉喜道：「我和你們一比，我就如那野坟圈子裡長的幾十年的一棵老楊樹，你們就如秋天芸兒進我的那才開的白海棠，連我禁不起的藥，你們如何禁得起。」第五十八回寶玉聽芳官轉述藕官說了一篇呆話，獨合了他的呆性，不覺又是歡喜，又是悲嘆，又稱奇道絕，說：「天既生這樣人，又何用我這鬚眉濁物玷辱世界。」寶玉將自己比為「野坟圈的

老楊樹」、「鬚眉濁物」，並非刻意地安慰女孩兒們，而是在寶玉的潛意識裡，一心期盼自己能如女孩兒們那般潔淨無染，偏偏自己生而為男子，且又是素所厭惡的、濁臭如泥的男子，一種對男性世界深惡痛絕的叛逆，轉而指向對自我存在的強烈貶抑。

在賈寶玉所使用的貶損自我的語言中，「死」是最常出現的用語。如第三十四回寶玉被父親痛笞一頓，眾人都憐惜傷悲，寶玉心中自思：「假若我一時竟遭殃橫死，他們還不知是何等悲感呢！既是他們這樣，我便一時死了，得他們如此，一生事業縱然盡付東流，亦無足嘆惜。」第三十六回寶玉對襲人講了一些瘋話，寶玉道：「比如我此時若果有造化，該死於此時的，趁你們在，我就死了，再能夠你們哭我的眼淚流成大河，把我的尸首漂起來，送到那鴉雀不到的幽僻之處，隨風化了，自此再不要托生為人，就是我死的得時了。」第五十七回寶玉聽紫鵑說「你妹妹回蘇州家去」的玩笑話，寶玉說道：「我只願這會子立刻我死了，把心迸出來你們瞧見了，然後連皮帶骨一概都化成一股灰，──灰還有形跡，不如再化一股烟──烟還可凝聚，人還看見，須得一陣大亂風吹的四面八方都登時散了，這才好！」第七十一回寶玉對探春、李紈等說道：「我能夠和姊妹們過一日是一日，死了就完了。什麼後事不後事。……人事莫定，知道誰死誰活。倘或我在今日明日、今年明年死了，也算是遂心一輩子了。」就心理治療而言，人們用「我想死」的語言時，其實是表達想活的願望[22]。賈寶玉在使用「死」的

---

[22] 河合隼雄著，鄭福明、王求是譯《佛教與心理治療藝術》，台北：心靈工坊，2004 年 10 月，頁 135。

呆話、瘋話時，一方面除了以「死」來求取對象在情感上的認同及安慰之外，另一方面，寶玉潛意識中「想死」的願望，其實是想讓濁臭不堪的自己死亡，重新再生一個如女兒般完美潔淨、沒有創傷或瑕疵的生命。從賈寶玉貶損自我的語言使用上，亦可見出他潛在的邊緣人性格。這種極端的心理，也顯示出寶玉創傷後為了保護自我，情感上免於二度受傷的恐懼心態。

㈣ 過分理想化

賈寶玉因從小遭受父親賈政的語言及肢體暴力，造成寶玉在潛意識中對於男人世界所構築的權勢名利等價值觀，產生極度的厭惡。另一方面，由於寶玉對「母親」原型的眷戀與投射，轉而對天真潔淨的女孩兒們產生一種天生的「下流痴病」。第二回即透過冷子興的口中，說出寶玉內心最深處的原始「母性情結」：「女兒是水作的骨肉，男人是泥作的骨肉。我見了女兒，我便清爽；見了男子，便覺濁臭逼人。」賈寶玉的潔癖，並非如許玫芳所言的「處女情結」、「貞潔崇拜」的潔癖㉓，實乃源於對「父親」原型潛意識的仇視心理，凡是成年男子所孜孜矻矻追求的價值，一概被賈寶玉貶得一文不值。

然則，賈寶玉何以用「水」來比喻女子呢？就精神分析學派的象徵意義而言，「水」的意象，是最偉大、最持久的母性象徵之

㉓　許玫芳曾指出「寶玉之潔癖，除了對外在環境及形貌感受之骯髒濁臭的難以忍受外，其中更隱含著另一種對『處女情結』的潔癖。……甄寶玉與賈寶玉之『處女情結』類似，均是一種『貞潔崇拜』。」參註❹，頁519-520。

一，具有淨化、哺育、再生的意義。首先，凡是流動的東西都分享
著水的特性，一切水都是乳汁，一切可口的飲料是一種母乳。其
次，潔白無瑕的水象徵童貞的潔淨少女。再者，水像一位母親那樣
搖晃，水抱著我們、搖動我們，水讓我們回到母親懷中❷。賈寶玉
把女兒比喻為「水」，顯示在寶玉的潛意識裡，女兒是潔淨的，女
兒如母親般給予心理創傷的寶玉以溫柔的撫慰，寶玉一旦親近女
兒，便有如獲得母愛般的安全感，使苦悶憂鬱的心靈獲得再生的力
量。在女兒的國度裡，寶玉的生命再次復活，全然潔淨與完美，沒
有一絲染污與傷痕。潔淨完美的意象，使得賈寶玉與甄寶玉對「女
兒」產生一種療傷止痛的精神依戀。如第二回即透過賈雨村之口，
道出甄寶玉的一段奇特怪癖：

> 他令尊也曾下死笞楚過幾次，無奈竟不能改。每打的吃疼不
> 過時，他便「姐姐」「妹妹」亂叫起來。後來聽得裡面女兒
> 們拿他取笑：「因何打急了只管叫姐妹作甚？莫不是求姐妹
> 去說情討饒？你豈不愧些！」他回答的最妙。他說：「急疼
> 之時，只叫「姐姐」「妹妹」字樣，或可解疼也未知，因叫
> 了一聲，便果覺不疼了，遂得了秘法：每疼痛之極，便連叫
> 姐妹起來了。」

脂硯齋評點：「甄家之寶玉乃上半部不寫者，故此處極力表明，以

---

❷ 加斯東·巴什拉著，顧嘉琛譯《水與夢──論物質的想像》，長沙：岳麓書
　社，2005 年 10 月，頁 128-146。

遙照賈家之寶玉，凡寫賈家之寶玉，則正為真寶玉傳影。」可見賈
寶玉與甄寶玉為「互文」寫法，寫甄賈寶玉對「女兒」的理想化投
射，實際上即為曹雪芹內心對「女兒」的看法。女兒們如水一般潔
淨、溫柔，可以撫慰受傷的心靈。在身心遭受鞭笞的煎熬時，呼喊
姐姐妹妹的名字，彷彿躲回到母親的懷抱，阻絕一切男子世界的傷
害，生命再一次如初生嬰兒般地完美而無傷痕。因此，當薛寶琴、
邢岫煙、李紋、李綺等女孩兒都來到賈府，寶玉見到這麼多美麗天
真的女兒，歡喜讚歎說：「老天，老天，你有多少精華靈秀，生出
這些人上之人來！」（第四十九回）

　　然而，對「女兒」形象過分地理想化的結果，常導致賈寶玉更
大的悲感。因為「時間」的無情，女兒們終究會長大，女兒們的
「出嫁」對賈寶玉而言，就是理想幻滅的悲劇。第五十九回透過小
丫頭春燕的口中說道：「怨不得寶玉說：『女孩兒未出嫁，是顆無
價之寶珠；出了嫁，不知怎麼就變出許多的不好的毛病來，雖是顆
珠子，卻沒有光彩寶色，是顆死珠子；再老了，更變的不是珠子，
竟是魚眼睛了。分明一個人，怎麼變出三樣來？』」第七十七回抄
檢大觀園之後，寶玉見周瑞家的去告舌，恨的只瞪著他們，看已去
遠，方指著恨道：「奇怪，奇怪，怎麼這些人只一嫁了漢子，染了
男人的氣味，就這樣混賬起來，比男人更可殺了！」第七十九回迎
春出嫁，陪嫁四個丫頭過去，寶玉跌足嘆道：「從今後這世上又少
了五個清潔人了」。

　　寶玉的過分理想化，認為女子一旦嫁了漢子，染了男人的氣
味，反而比男子更可惡了。過度的潔癖，將女子形象理想化，本就
是創傷心理的反應，賈寶玉視女兒為潔淨的水，和女兒在一起，便

覺清爽歡喜，這種心態原是為對抗男子污濁如泥的價值觀所產生的防衛機制，然而理想一遇上現實，就只有徒增幻滅的悲感。一旦落入人世間，完美潔淨的水終究還是會被濁穢不堪的泥所染污。這是賈寶玉對理想形象的悲痛與悼惜，也是曹雪芹對世間美好事物終不長久的辛酸與無奈。

五、心理創傷後的情感取向

關於賈寶玉的情感對象，一向為紅學研究者所關注的課題。對此問題的研究，歸納起來，有幾種看法：第一種說法認為：賈寶玉為同性戀者。關於這一點，許多研究均指出賈寶玉與男性之間有曖昧關係[25]；第二種說法認為：賈寶玉真正的夢中情人為秦可卿，寶釵和黛玉是曹雪芹幻化出來的秦可卿「兼美」的兩面性格而已[26]；

---

[25] 許玫芳認為賈寶玉的同性戀情懷對象，有秦鐘、香憐、玉愛及蔣玉菡，賈寶玉與這些男子雖有曖昧之舉，但並非是個真正之同性戀者。實際上，賈寶玉仍停留在同性戀期之同性愛的表現中，和秦鐘及香憐一般，均是一時迷惑、彼此欣賞而已。研究者由於無法合理解釋賈寶玉與同性者親密的行為，於是便認為寶玉與秦鐘、蔣玉菡、香憐、玉愛的情感是「同性愛的表現」。參註[4]，頁540-541。

[26] 如王保珍即指出：賈寶玉的愛情，也就是曹雪芹的愛情。賈寶玉深愛痛惜的人物即是全書最美的秦可卿，當可卿死了，於是曹雪芹將她分化為黛玉、寶釵兩個人物來面對相處，並且將他們淨化了來抒發自己對可卿深情摯意。參王保珍〈從《紅樓夢》一書探索曹雪芹的愛情世界〉，收入余英時、周策縱等著《曹雪芹與紅樓夢》，台北：里仁，1985年1月，頁184-199。

第三種說法則認為：賈寶玉真正摯愛的，只有林黛玉一人❷。此三種說法都各有立場，也各有理據，然卻無法同時涵蓋賈寶玉全部的情感面向，於是便出現了第四種說法，認為賈寶玉愛一切潔淨、美好質素的人❷。

以上四種說法，均點出賈寶玉情感取向的表面現象，由於沒有深入其心理底層探究原因，故而易造成四種說法之間有相互牴牾的困境。若從治療學的角度來審視賈寶玉，即可解開其間的矛盾。探究《紅樓夢》一書，賈寶玉的深層心理實在太豐富、太獨特了，其情感取向表面上似乎是對許多女子或潔淨男子的愛或者親密行為，實際上為對「母親」原型的「移情作用」。

在治療學上的「移情」，指的是面對當前某個人所體驗到的各種感受、驅力、態度、幻想以及防衛，其實並不符合那個人，而是

---

❷ 如劉再復指出：賈寶玉在情愛上注入全生命、全人格的只有一個，這就是林黛玉。林黛玉是同他一起從超驗世界裡來的唯一伴侶，他對她的感情深不見底。參註❸，頁 240-241。

❷ 如劉再復補充道：賈寶玉對其他女子，他也愛，而且也愛得很真，也很動人，然而，所有的愛幾乎都是精神之戀性質的所謂「意淫」。他愛一切美麗的少女，也愛其他美麗的少男，如對秦鐘、琪官（蔣玉菡）、柳湘蓮等，這不能用世俗的「同性戀」的概念去敘述，這是一種基督式的博大情感與美感，是對人間最美的生命自然無邪的傾慕與依戀。同註❷。侯廼慧也指出：賈寶玉不但博愛所有品貌出眾的少女，連像秦鐘一類「人品出眾」的男子也會為之「痴了半日」。寶玉對一些生命中具有美好質素的人──或貌美、或品高、或潔淨、或情摯、或純善之人，都發自內心地喜愛他們、欣賞他們，樂於穿遊其間。見侯廼慧〈迷失與回歸──《紅樓夢》空幻主題與寶玉的生命省思和實踐〉，收入華梵中文系主編《第一屆「生命實踐」學術研討會論文集》，台北：萬卷樓，2002 年 10 月，頁 339。

對童年早期某一重要關係人的一種重複反應，這反應在無意識間移置到當前這個人身上❷。而最容易出現移情的外顯表徵是不管對象的性別為何，病人開始把對象當做像是他的母親或父親❸。在情感的互動上，甚至會將母親的形象投射到情人身上，形成鏡映的移情作用。

　　賈寶玉對於「母親」原型的眷戀，不僅是對王夫人的母嬰關係之孺慕，而且是中國文化中一種對潔淨、溫柔、撫慰的原始母性的集體潛意識。故而具有這樣質素的對象，不論男女，賈寶玉在內心深處，不自覺地將此「母親」原型移情於對象上。如第九回寶玉見秦鐘「靦覥溫柔，未語面先紅，怯怯羞羞，有女兒之風」，於是像見到母親一樣，立刻退行回小孩的舉動，「作小服低，賠身下氣，情性體貼，話語綿纏，因此二人更加親厚」。第二十八回寶玉初見蔣玉菡「嫵媚溫柔，心中十分留戀，便緊緊的搭著他的手」，於是兩人初次見面，寶玉便贈與玉玦扇墜，蔣玉菡也將大紅汗巾子送與寶玉。第六回寶玉「素喜襲人柔媚嬌俏，遂強襲人同領警幻所訓雲雨之事」。即便如第五回夢中與秦可卿雲雨之際，見可卿「鮮豔嫵媚，有似乎寶釵，風流裊娜，則又如黛玉。……至次日，便柔情繾綣，軟語溫存，與可卿難解難分。」雖然在寶玉的生命中遇見了這麼多奇特而美好的人物，他的下流痴病，讓他不自覺地將對「母親」的親密關係移情於眾多美好人物之上。然而，在寶玉的情感世界裡，真正因移情作用而形成心靈依附關係的，則只有林黛玉一

---

❷　同註❶，頁 76。

❸　同註❶，頁 81。

人。

　　就兒童發展的心理而言，所謂「依附關係」，指的是兒童對某一特定對象長期的情感聯結。兒童的依附關係具有以下特徵：一、具有選擇性，亦即它只針對能夠引發依附行為的特定人士而來。二、它包含尋求身體的親密接觸，亦即會試圖維持其與依附客體的親密關係。三、它提供慰藉及安全感，這兩者是達到身體親密接觸的結果。四、當聯結中斷而無法獲得身體親密接觸時，則會產生分離不適的狀況❸。賈寶玉由於與林黛玉的前世姻緣，此生初見，情感上便有極為熟悉且強烈的聯結，如同嬰兒時期母嬰關係的處於融合狀態，視自我與母親為一體，自己啣玉而生，潛意識中也認為黛玉理當有玉，故而脫口便問，即知黛玉無玉時，寶玉那與母親分離的焦慮，導致他突然出現「摔玉」的瘋狂舉動。「摔玉」表面上是向女子的價值觀求取認同，實則是寶玉潛意識中對「母親」原型高依賴慾求的心理反應。

　　然而，賈寶玉對林黛玉的移情作用與依附關係並非穩定的持續現象，因為寶玉的童年創傷經驗，使得他對黛玉的愛有著相當程度的不安全感，因此常用各種方法暗中試探。如第二十九回所言：

> 原來那寶玉自幼生成有一種下流痴病，況從幼時和黛玉耳鬢
> 廝磨，心情相對；及如今稍明時事，又看了那些邪書僻傳，
> 凡遠親近友之家所見的那些閨英闈秀，皆未有稍及林黛玉

---

❸　H. Rudolph Schaffer 著，任凱、陳仙子合譯《兒童發展心理學》，台北：學富，2006 年 8 月，頁 115。

者，所以早存了一段心事，只不好說出來，故每每或喜或怒，變盡法子暗中試探。那林黛玉偏生也是個有些痴病的，也每用假情試探。因你也將真心真意瞞了起來，只用假意，我也將真心真意瞞了起來，只用假意，如此兩假相逢，終有一真。（第二十九回）

在治療關係中，移情作用可能是相當片斷的，也可能容易解體，雙方的關係時常搖擺不定。賈寶玉對愛的不安全感，偏偏遇上黛玉也是個童年身心極度受創的多情女子，和寶玉相較，黛玉對愛更加沒有安全感，因此也用假情試探。然而，人世間再堅貞不渝的愛情，終究抵不過不斷地懷疑和試探，真情真意勢必一次一次地磨損消耗，這也是存在於創傷與復原的關係中，令人無法預測和令人困惑的情感變化。

六、賈寶玉的自我療癒

西方的心理治療一向主張治療與復原必須經由外在力量的介入，而榮格學派的心理治療理論，卻認為心理治療的關鍵，在於發揮個案的自我治癒能力[32]。中國式的精神醫學與治療學，不論儒家的意義治療、道家的存有治療，或者佛教的般若治療，在在皆肯定主體自我療癒的力量。以此角度審視賈寶玉的心理創傷及其結局，可見出賈寶玉面對不可撼動的家族背景與血緣宿命，一直勇於衝抉

---

[32]　同註[22]，頁137。

網羅，雖然面臨諸多壓力與阻礙，例如眾人的愛所構成的重大精神負擔，以寶玉天生的慧黠靈性，遇境則感，觸處則悟，最終乃能「懸崖撒手」，完成自我療癒的歷程。

賈寶玉的自我療癒歷程，涉及《紅樓夢》一書的結局。根據胡邦煒的研究指出：賈寶玉的結局有三種推測：一則高鶚的安排──出家為僧。二則根據清代及民國初年的資料及傳聞口碑，如《閱微草堂筆記》、《紅樓佚話》等記載，賈寶玉最後的結局並非出家，而是流落街頭，淪為擊柝之役或看街兵，與同樣淪為乞丐的史湘雲結為夫婦。三則梁歸智在《石頭記探佚》一書中認為賈寶玉的結局是兩次出家。賈寶玉在黛玉死後被迫與寶釵結婚，後棄寶釵、麝月出家為僧，此為「懸崖撒手」，然而他卻並未在空門中找到出路，而是經歷了更徹底的精神破產，終於又還俗與史湘雲結婚。然而寶玉與湘雲的婚姻也終於「雲散高唐，水涸湘江」，於是他只好被迫第二次出家❸❸。本文為求賈寶玉藝術形象的一致性，捨高鶚續書不論。而據第一回空空道人「因空見色，由色生情，傳情入色，自色悟空」，以及第五回判詞、紅樓夢曲子等蛛絲馬跡而論，本文持第三種說法，即賈寶玉自我療癒的結局為兩度出家。然而促成寶玉出家的因緣，則在前八十回中有許多重要事件成為關鍵條件，賈寶玉也在身心創傷與復原的歷程中，自覺或不自覺地啟動了各種療癒系統，最終達致洞徹情執、了悟空性、懺悔放下、身心和諧的圓滿生命。

---

❸❸　胡邦煒《《紅樓夢》中的懸案》，成都：四川人民出版社，1995 年 6 月，頁 135-136。

㈠ 生理療癒

生理療癒有許多方式，賈寶玉所啟動的生理療癒方式包括做夢以及身體接觸。從治療學的角度而言，做夢本身是有益身心健康的，無論夢的好壞，都能幫助人們「放下」心中最擔心害怕的景象。而夢境能洩漏一些人們擔憂、恐懼的秘密，因此夢反而可以幫助人們處理這些擔心、困惑❹。賈寶玉在面對心理創傷及人際困境時，不自覺地以做夢以及與姐妹們親密的身體接觸等生理反應，以啟動安全感的療癒系統。

《紅樓夢》中描寫賈寶玉做夢的場景有許多處，第一個夢境首先出現於第五回，寶玉睏臥秦可卿房中，夢遊太虛幻境，見《金陵十二釵》正冊、副冊、又副冊等。賈寶玉此時大約十至十二歲，小小年紀第一次夢中的性啟蒙、第一次遺精、第一次預知眾姐妹的命運等，均在秦可卿的房間完成。從榮格的原型理論來解讀第五回賈寶玉所做的夢境，寶玉夢中的性啟蒙者，為年長於己的成熟女性秦可卿，可以說秦可卿乃賈寶玉在夢中對「母親」原型之投射❺，也透露出賈寶玉潛意識中對「母親」原型有著深沈的依戀，以做夢來補償現實中幼年母嬰分離所造成的焦慮。

賈寶玉另一個夢在第三十六回出現，「這裡寶釵只剛做了兩三個花瓣，忽見寶玉在夢中喊罵說：『和尚道士的話如何信得？什麼

❹ 同註❺，頁 68。

❺ 日本的榮格心理治療師河合隼雄指出日本著名的親鸞所做的夢：觀音將變成女人，來滿足他的欲望，並且將在他臨死之際，接他去天堂。這裡母親原型可謂一目了然。同註❷，頁 142。

是金玉姻緣，我偏說是木石姻緣！」」此夢透顯賈寶玉潛意識裡記取和林黛玉前世的木石姻緣，對於現實中與寶釵的金玉良姻深為不屑，藉由夢境洩露出賈寶玉的不滿與對木石姻緣的鍾情。然而，在現實生活中，寶玉對黛玉是否能長久相伴，有著極深的擔憂與恐懼，這種心情，亦屢屢在夢境中浮現出來。第五十七回慧紫鵑情辭試忙玉之後，「有時寶玉睡去，必從夢中驚醒，不是哭了說黛玉已去，便是有人來接。每一驚時，必得紫鵑安慰一番方罷。」

　　賈寶玉所做過的夢，還有一個很離奇的，就是夢見甄寶玉。第五十六回謂：

> （賈寶玉）不覺就忽忽的睡去，不覺竟到了一座花園之內。……只見榻上少年說道：「我聽見老太太說，長安都中也有個寶玉，和我一樣的性情，我只不信。我才作了一個夢，竟夢中到了都中一個花園子裡頭，遇見幾個姐姐，都叫我臭小廝，不理我。好容易找到他房裡頭，偏他睡覺，空有皮囊，真性不知那去了。」寶玉聽說，忙說道：「我因找寶玉來到這裡。原來你就是寶玉？」榻上的忙拉住：「原來你就是寶玉？這可不是夢裡了。」寶玉道：「這如何是夢？真而又真了。」一語未了，只見人來說：「老爺叫寶玉。」唬得二人皆慌了。一個寶玉就走，一個寶玉便忙叫：「寶玉快回來，快回來！」（第五十六回）

　　這個夢境在賈寶玉的自我療癒歷程中，具有莫大的意義。就榮格心理治療理論角度觀之，碰見另外一個我，其實就是經歷「重

身」現象。賈寶玉和甄寶玉的關係是「互文」寫法，賈寶玉夢見甄寶玉即碰見自我的重身。此「重身」現象，即所謂「治癒者的原型」，意指在治癒的過程中包括兩個對立面，如治療師與病人、治癒者與被治癒者。這種對立面存在於「治癒者原型」之中。如果治療師無視治癒者原型的這個性質，把自己定義為「一個沒有任何毛病的健康人」的話，治癒者原型就會分裂：治療師就只是治療師，病人就只是病人。這種分裂會使治癒者原型失去功能，從而讓病人痛失康復的良機。為了防止這種原型的分裂，治療師首先必須要認出他或她自身中存在的病人。夢見「重身」，即作為治療師的自我和作為病人的自我相遇❸❻。賈寶玉夢見自己看到了甄寶玉，甄寶玉意指曹雪芹潛意識中的病人自我，賈寶玉是曹雪芹意識中的自我治療師，亦即曹雪芹在潛意識中認出自身中存在的病人，藉由賈寶玉的做夢來進行治療師與病人的對話，並在潛意識中透過夢境進行著自我療癒。

　　賈寶玉除了不自覺地做夢以自我療癒之外，另一個啟動生理療癒的方式是強烈的身體接觸之需要。根據兒童心理治療理論指出：身體上的接觸能撫慰孩子的心靈，讓兒童有安全感，例如：擁抱即具有提升安全感的療效❸❼。賈寶玉在和眾姐妹及丫頭們廝混時，經常不自覺地展現身體接觸的親密動作，如第二十四回見鴛鴦低著頭看針線，「便把湊在他脖項上」，「不住用手摩娑」，接著「猴上身去」，繼而「扭股糖似的黏在（鴛鴦）身上」。第二十五回寶玉

---

❸❻　同註❷❷，頁 120-121。

❸❼　同註❺，頁 165、70。

拉彩霞的手笑道：「好姐姐，你也理我理兒呢。」而且「一面說，一面拉他的手。」第三十回寶玉見黛玉摔了帕子來，「又挨近前些，伸手拉了林黛玉一隻手」，同一回看見金釧，「寶玉上來便拉著手」，第三十一回晴雯打折扇子後，「寶玉將他一拉，拉在身旁坐下」，第三十六回寶玉至梨香院，「素習與別的女孩子頑慣了的，只當齡官也同別人一樣，因進前來身旁坐下」。第五十七回寶玉一面見紫鵑穿著彈墨綾薄綿襖，外面只穿著青緞夾背心，寶玉便伸手向他身上摸了一摸，說：「穿這樣單薄，還在風口裡坐著，看天風饞，時氣又不好，你再病了，越發難了。」

　　賈寶玉這些親密的身體接觸，就其深層心理而言，乃是一個未經性別分化的純稚孩童的自然舉動，以身體的接觸表達與對象心靈的親密關係，以此獲得愛的安全感。可是在這些正值生理發育、青春年華的女孩子家看來，卻因男女授受不親的禮教之防而極力規避，例如鴛鴦便抱怨襲人未盡規勸之責；彩霞則生氣奪手說：「再鬧，我就嚷了」；或如黛玉將手一摔，斥喝：「還這麼涎皮賴臉的，連個道理也不知道」；或如齡官「見他坐下，忙抬身起來躲避」；或如紫鵑防嫌地說：「從此咱們只可說話，別動手動腳的。一年大二年小的，叫人看著不尊重。」寶玉對女子溫柔、體貼的親密身體接觸，乃源於童年時期對愛的匱乏感，以自我建構人際網絡，希望以親密的身體接觸來擁有眾人的愛，此亦源於母嬰關係分離的焦慮。而女孩兒們對寶玉防嫌的反射動作，也經常使得胸無雜染的賈寶玉不明究理。

(二) 憂傷療癒

一般治療給予人的印象，總認為要以正向的心態來取代或對治負面的情緒，然而心理治療的另一面向卻著眼於傷痛、憂鬱、憤怒等負面情緒的強大療癒力量。若從哀傷治療的角度立論，創傷性情感的痊癒會經歷幾項過程：最先發生的是震驚及否認；第二階段是憤怒及憤慨；第三階段憤怒又被憂鬱所取代，即無意識地接受失落；第四階段當接受變成有意識時，憂傷就能夠結束，失落變成打開生命另一種局面的禮物，而情緒的自在感就再度回復❸。

就賈寶玉處理負面情緒而言，大部份的情況下，寶玉都是為了眾人著想而壓抑自己真實的心情，在家族團聚及與姐妹們玩樂時，扮演著開心果的角色。但在獨處或與較親密的女子如黛玉、襲人相處時，壓抑的負面情緒反而因嘔氣而有渲洩的出口，為身體累積的負面能量作適度的紓解，身體也自然地啟動痊癒系統。《紅樓夢》中賈寶玉憤怒的場景出現幾處：如第二十九回張道士提起寶玉說親的事，「寶玉一日心中不自在，回家來生氣，嗔著張道士與他說了親，口口聲聲說從今以後不再見張道士了」，之後寶玉又認為黛玉以此奚落他，「心中更比往日的煩惱加了百倍」，「若是別人跟前，斷不會動這肝火」，「立刻沈下臉來，說道：『我白認得了你。罷了，罷了！』」黛玉回了一句金玉配的話，寶玉氣得向前來直問到臉上：「你這麼說，是安心咒我天誅地滅？」同一回寶玉又聽見黛玉說「好姻緣」三個字，「便賭向頸上抓下通靈寶玉」，往

---

❸　同註❶，頁 95。

地下一摔，「臉都氣黃了，眼眉都變了，從來沒氣的這樣」。寶玉
的憤怒，多數都是和黛玉有關。當黛玉提起感情的事，寶玉為了表
明自己的愛，用盡了正面的溫柔體貼還無法安撫黛玉之下，便賭氣
用反向的方式和黛玉嘔氣，這種傷害對方的語言模式，其實是兒童
心理受傷害之下，內心飽受交戰苦楚後的一種情感防衛機制。

　　除了和心靈最相契的黛玉爭吵時宣洩憤怒之外，賈寶玉憤怒的
對象還有黛玉的影身晴雯及怡紅院的丫頭們。第三十回寶玉看齡官
畫薔後，被雨淋得渾身冰涼，回怡紅院把門拍得門山響，眾丫鬟只
顧笑沒聽見，「寶玉一肚子沒好氣」，抬腿踢在襲人肋上。第三十
一回晴雯折跌扇子，寶玉罵了幾句，晴雯使性子回了幾句，「寶玉
聽了這些話，氣的渾身亂戰」，襲人見寶玉「已氣的黃了臉」。晴
雯的個性和黛玉相似，情感受傷後的防衛模式也和黛玉一般，伶牙
俐齒，字字帶刺地回了寶玉幾句，讓寶玉氣也不是，哭也不是。賈
寶玉的痛苦在於用心為眾女子著想，呵護著所有潔淨天真的女子，
然而常因對象的心細如針，太過重視寶玉的緣故，使寶玉落得夾纏
在女孩們的情感佔有下，反而被眾女子帶著「我執」的愛刺得遍體
鱗傷。

　　賈寶玉憂傷療癒的方式，除了對最親密的女子宣洩憤怒之外，
另一種方式是以「落淚」來表達內心的哀傷情緒。從心理治療的角
度而言，人類的淚水裡包含了某些有益放鬆的化學物質，因此哭泣
不但可以使人釋放壓力，還能夠淨化人們的身、心、靈[39]。

　　賈寶玉的落淚，有著幾種不同的原因，第一種情況是因疼惜美

---

[39]　同註[5]，頁 130。

好生命的受苦或消逝而落淚，如第十一回「（寶玉）聽得秦氏說了這些話，如萬箭攢心，那眼淚不知不覺就流下來了。」賈寶玉想起夢遊太虛幻境時，與秦可卿雲雨之情，眼下聽見秦氏之病熬不過年去，心痛之餘，忍不住而落淚。第十七回至第十八回，「話說秦鐘既死，寶玉痛哭不已，李貴等好容易勸解半日方住，歸時猶是淒惻哀痛」。秦鐘的形象，對賈寶玉的意義，是濁穢如泥的男子群中，極為珍貴的潔淨典範。因為有了秦鐘這般的人品，賈寶玉對男人世界方存有一絲美好的想望。一旦秦鐘消逝，不啻又印證了美好事物終不長久之理，寶玉一思及萬物無常、瞬息消長的不變法則，禁不住悲感痛哭。第四十四回寶玉為平兒理妝，想到平兒這樣一位女子的命運，「賈璉之俗，鳳姐之威，他竟能周全妥貼，今兒還遭荼毒，想來此人薄命，比黛玉猶甚。想到此間，便又傷感起來，不覺洒然淚下。因見襲人等不在房內，盡力落了幾點痛淚。」寶玉的心總是處處為女孩兒們著想，一想起平兒這般潔淨的女子要遭賈璉染污，又要侍候威赫的妒婦鳳姐，難得他周全妥貼，其間的委曲心酸，以寶玉無我無私的心靈感同身受，負荷著平兒一生的薄命，於是情感承受不住的情況下，獨自一人，才得以「盡力落了幾點痛淚」。

第二種情況是為女子們好的心意不被眾人理解而落淚，甚至大哭起來。如第六十四回黛玉悲題五美吟，寶玉常常說話造次，得罪黛玉，「又想一想自己的心實在的是為好，因而轉急為悲，早已滾下淚來。」再如第三十一回晴雯跌折扇子，寶玉罵了幾句，晴雯使性子回了幾句，寶玉賭氣要回太太，打發晴雯出園子去，襲人跪下央求，寶玉忙把襲人扶起來，「向襲人道：『叫我怎麼樣才好！這

個心使碎了也沒人知道。」說著不覺滴下淚來。」另外，寶玉也常來在兩個女子之間，心意被誤解，落得兩邊不是人而落淚，如第二十二回寶玉因湘雲直指戲子像黛玉，向湘雲使眼色，鬧得黛玉、湘雲兩人對他都不諒解。襲人安慰說隨和才能大家彼此有趣，寶玉道：「什麼是『大家彼此』！他們有「大家彼此」，我是『赤條條來去無牽掛』。」「談及此句，不覺淚下。襲人見此光景，不肯再說。寶玉細想這句趣味，不禁大哭起來。」這次傷痛落淚，讓寶玉徹底感受到人際互動的艱難和複雜，不是他一人有心居中調和就可以解決得了的，心灰意冷之下，體悟「赤條條來去無牽掛」的自在無礙，才是他嚮往的境界，不禁悲欣交集，大哭起來。寶玉的落淚，不僅以淚水釋放委曲的負面情緒，還啟動了精神靈性的療癒力量。

寶玉落淚的第三種情況是不捨眾女子的離去或被逐而傷心落淚。如第十九回襲人故意對寶玉說「媽和哥哥要贖我出去」，寶玉便「淚痕滿面」地要挽留他。第五十八回邢岫煙已許婚於薛蝌，寶玉心想未免又少了一個好女兒，想起幾年後，岫煙也「未免烏髮如銀，紅顏似槁了，因此不免傷心，只管對杏流淚嘆息。」寶玉這次的落淚，了悟到人世間美好的女子，終究逃不過時間的摧殘，美好的事物終有消散的時候，寶玉對於人類無法逃脫「時間」的終極困陷，深感傷痛，見人間美麗女子終將在大化淬鍊下垂垂老去，落下了無奈的眼淚。第七十七回寶玉見周瑞家的帶了司棋出去，兼晴雯之病加重，上日又見入畫已去，今又見司棋亦走，不覺如喪魂魄一般，「寶玉不禁也傷心，含淚說道：『我不知你作了什麼大事，晴雯也病了，如今你又去。都要去了，這卻怎麼的好。』」第七十九

回「寶玉見他（香菱）這樣，便悵然如有所失，呆呆的站了半天，思前想後，不覺滴下淚來，只得沒精打彩，還入怡紅院來。到了此時，寶玉的淚水，雖具有療癒力量，但終究經不住一次次人事亂離的傷痛，因此病得很嚴重，出現了類似憂鬱症的心身症狀。

㈢ 精神療癒

治療學上的精神療癒，強調人們在受創之後，透過深層的心靈探索，作為協助復原的良好契機。精神療癒的具體方法，可運用祈禱、冥想、心靈聯想等，幫助人們轉化痛苦，成為療癒的力量⑩。賈寶玉啟動精神療癒的方式，一則以懺悔的方式，滌除精神上沈重的罪咎感，二則透過其靈性的思考，一次次解悟人世無常、本質為空的真象，最後趨向生命的大解脫、大自在。

關於賈寶玉的懺悔意識，近年來的研究多有所論及，如劉再復的研究即指出：《紅樓夢》的懺悔意識滲透全書，並構成其大悲劇的精神核心，但其罪意識的主要承擔者則是作者自身和他在小說中的人格化身賈寶玉⑪。胡邦煒也認為：賈寶玉的罪咎感首先是對自己出身於貴族之家的懺悔，在他目睹了發生在自己周圍的許多不公平、虛偽，醜惡和污穢之事後，逐漸形成對家庭的不滿。在他的潛意識中，認為自己的家庭是有罪的，作為家庭的一員，他感到自己應該也必須承擔這些不可推諉的罪責⑫。其次，賈寶玉的罪咎感是

---

⑩　同註❺，頁 84-95。

⑪　劉再復《紅樓夢悟》，頁 251-256。

⑫　胡邦煒〈憂患、懺悔、精神的悲劇——從賈寶玉的形象看《紅樓夢》與中國傳統文化〉，收入《紅樓祭二十世紀中國一個奇特文化現象之破譯》，成

未能保護年輕美麗、純潔善良的女性免遭荼毒的悲慘命運，也未能
使自己確認的價值原則得以實現，對此他內心充滿了悔恨與愧疚
❸。在這重重的罪咎感趨迫下，賈寶玉以「告別父母之家」作為懺
悔罪責的方式。賈寶玉之懺悔，實為曹雪芹內心之自我表白。曹雪
芹在第一回開宗明義即指出對當日所有之女子「愧則有餘，悔又無
益」，故欲將已往「背父兄教育之恩，負師友規談之德，以至今日
一技無成、半生潦倒之罪，編述一集，以告天下人」。當曹雪芹能
真實地面對自己的罪咎感，並且用文字書寫作為情緒出口，才能走
出傷痛，正符合治療學上所說的：承認自己有罪惡感是很正常的、
出現罪惡感是健康的❹。曹雪芹透過文字書寫治療自我的心理創
傷，在書中便安排賈寶玉的出離俗家以達成自我療癒的目的。

　　其次，賈寶玉的靈性解悟歷程，有許多重要事件為其因緣。如
第五回當警幻仙姑引領寶玉遊太虛幻境時，寶玉見「薄命司」兩邊
對聯：「春恨秋悲皆自惹，花容月貌為誰妍」時，「寶玉看了，便
知感嘆」，實已為少年寶玉的開悟埋下重要的種子。第二十一回寶
玉看《南華經》而體悟「彼釵、玉、花、麝者，皆張其羅而穴其
隧，所以迷眩纏陷天下者也。」眾多女子的美貌與性靈，固然值得
賞愛，然而人世間的情執都是讓生命迷惑陷溺的主因。此時寶玉已
對男女情執之消磨人心，有一番更刻骨銘心的感觸。第二十二回聽
〈寄生草〉之曲文「赤條條來去無牽掛」，稱賞不已，對「心」的

　　都：四川人民，1998 年 12 月，頁 163-170。

❸　同上註，頁 173-174。

❹　同註❺，頁 101。

自在無礙興起了莫大的嚮往之情，也寫了一偈，填了一支〈寄生草〉，「自覺無掛礙，中心自得」，「自以為覺悟」，這是賈寶玉自我療癒歷程中極為珍貴的一幕。然而靈光乍現的開悟經驗，雖隨即又被寶釵、黛玉奚落，卻是日後徹底覺悟「情執為幻」不可或缺的修行基礎。

第二十八回黛玉葬花，寶玉在山坡上聽見〈葬花詞〉，細細玩味詞意，從「黛玉終歸無可尋覓之時，推之於他人，如寶釵、香菱、襲人等，亦可到無可尋覓之時矣。寶釵等終歸無可尋覓之時，則自己又安在哉？且自身尚不知何在何往，則斯處、斯園、斯花、斯柳，又不知當屬誰姓矣！——因此一而二，二而三，反復推求了去，真不知此時此際欲為何等蠢物，杳無所知，逃大造，出塵網，便可解釋這段悲傷。」此際的寶玉已伏下出家的念頭，唯有「逃大造，出塵網」，才能免除人世情執的創傷。然而要「逃」「出」人世間的牢籠談何容易，其具體方法又應如何呢？

誠如第五回最末所隱喻的，曹雪芹認為要逃出這條情感的迷津，必須要有「木居士掌舵，灰侍者撐篙」，更要「有緣者」才得以安然渡河。「木居士」和「灰侍者」隱喻著「槁木死灰」，亦即面對情感欲海，「心」的意念必須如槁木死灰般不起任何造作，亦即有禪定工夫的修持，才能保護「心」不致於陷溺情感苦海。然一般凡夫俗子總是在當中自苦不已，唯有具靈性根器、禪定工夫極深的「有緣者」，才能免除受情執所繫縛，超拔苦海，直渡智慧彼岸。直到第三十六回，寶玉在梨香院見齡官與賈薔的情感互動模式，更「深悟人生情緣，各有分定」，便暫時鬆開移情投射的防衛機制，不再奢求所有女子都要守著他。

　　以上這些解悟的經驗，一次次地撞擊著寶玉善感多情的心靈，也一次次對童年創傷的心理，給予止痛療傷的契機。因為唯有真正了知造成痛苦的「因」，才能徹底解除痛苦的「果」。這幾處解悟的契機，雖如靈光乍現，瞬即消逝，然而渴盼解脫了悟的種子已在賈寶玉心中萌芽，並且逐日增長，之後面對一次一次的生離死別，看透榮華易盡，賈寶玉終於體悟世間無常、情感虛幻之理，最後兩度選擇出家以出離生死苦海。

七、結論

　　曹雪芹於悼紅軒批閱十載的《紅樓夢》，就小說情節及形式上雖未及完成，然而若就曹雪芹所要傳達的從痛苦中覺悟的心路歷程而言，《紅樓夢》一書的主題思想也可算圓滿具足。尤其全書大旨，曹雪芹在第一回及第二回中早已勾勒完成。第一回中描寫石頭央求一僧一道將之攜入歷劫紅塵，二仙師齊憨笑道：「善哉，善哉！那紅塵中有卻有些樂事，但不能永遠依恃；況又有『美中不足，好事多魔』八個字緊相連屬，瞬息間則又樂極悲生，人非物換，究竟是到頭一夢，萬境歸空，倒不如不去的好。」脂硯齋評點：「四句乃一部之總綱。」「四句」指的是「樂極悲生，人非物換，到頭一夢，萬境歸空」。細玩四句之真意，誠讚歎曹雪芹之悟性穎慧，以一己切身之苦痛，化為斑斑血淚，其目的無非在喚醒仍耽溺在如癡如夢的欲望迷津之眾生。同一回又寫道「神瑛侍者凡心偶熾，乘此昌明太平朝世，意欲下凡造歷幻緣，已在警幻仙子案前掛了號。」脂硯齋評點：「又出一警幻，皆大關鍵處。」「大關鍵

處」指的是曹雪芹意欲警戒世人，情感終歸是幻夢一場。同一回又寫僧人向甄士隱討英蓮道：「施主，你把這有命無運、累及爹娘之物，抱在懷內作甚？」脂硯齋評點：「八個字屈死多少英雄？屈死多少忠臣孝子？屈死多少仁人志士？屈死多少詞客騷人？今又被作者將此一把眼淚灑與閨閣之中，見得裙釵尚遭逢此數，況天下之男子乎？看他所寫開卷之第一個女子便用此二語以定終身，則知托言寓意之旨，誰謂獨寄興於一『情』字耶！」顯示曹雪芹以血淚創作的真正用心，不獨單寫「情感為幻」，而且要世人參透「有命無運，累及爹娘」的前世今生的因果法則。

最後，第二回寫賈雨村信步走至「智通寺」，見門旁一副舊破的對聯曰：「身後有餘忘縮手，眼前無路想回頭。」脂硯齋評點：「一部書之總批。」可見曹雪芹回顧自己的一生，體認生命的不可重複性，在人生的大關節處，要能收攝欲念，以免追逐欲望而走到窮途末路時，一切都不可能再回頭重來一遍。曹雪芹的體悟，透過賈寶玉的心理創傷與自我療癒，實則是其一生之寫照。然而曹雪芹的苦心孤詣，世上又有多少人能真正了悟、看破，並捨離？

八、參考書目

曹雪芹、高鶚原著，其庸等校注：《紅樓夢校注》，台北：里仁

余英時、周策縱等著：《曹雪芹與紅樓夢》，台北：里仁

許玫芳：《紅樓夢人物之性格情感與醫病關係——跨中西醫學（精
　　神醫學、內科、婦產科、皮膚科）之研究》，台北：學生

江佩珍：《閱讀賈寶玉——從語言溝通的角度探討小說人物塑

造》，台北：文津

華梵中文系主編：《第一屆「生命實踐」學術研討會論文集》，台
　　北：萬卷樓

劉再復：《紅樓夢悟》，香港：三聯

胡邦煒：《《紅樓夢》中的懸案》，成都：四川人民出版社

胡邦煒：《紅樓祭二十世紀中國一個奇特文化現象之破譯》，成
　　都：四川人民

Andrew Weil M.D.著，陳玲瓏譯：《自癒力——痊癒之鑰在自
　　己》，台北：遠流

Debra Whiting Alexander 著，莊雅婷譯：《天使再現風華——兒童
　　創傷治療》，台北：五南

安東尼‧貝特曼等著，陳登義譯：《心理治療入門——精神動力原
　　理與實務概要》，台北：心靈工坊

瓦倫汀著，潘智彪譯：《實驗審美心理學——繪畫篇》，台北：商鼎

河合隼雄著，鄭福明、王求是譯：《佛教與心理治療藝術》，台
　　北：心靈工坊

加斯東‧巴什拉著，顧嘉琛譯：《水與夢——論物質的想像》，長
　　沙：岳麓書社

H. Rudolph Schaffer 著，任凱、陳仙子合譯：《兒童發展心理
　　學》，台北：學富

何志培：《精神衛生個案與治療》，台北：水牛

牧之、單鵬著：《心靈的感冒－－認識憂鬱症》，台北：海鴿文化

原型與召喚*
——神聖性作者觀與
文化人格的文學祭儀

陳旻志

南華大學文學系副教授

壹、前言

　　「原型」的存在，乃植根於特定社會的神話體系，由於是早期神聖性質的幻想與經驗的遺產，因此一方面潛在於社會意識之中，

---

*　　本文為作者國科會計畫「聖人原型與文化人格之研究」（NSC96-2411-H-343-010）之部分成果。並於 2008 年 5 月 24 日，發表於淡江大學中文系主辦「第十二屆社會與文化國際學術研討會」，感謝講評人以及與會者之意見，本文已進行改寫。嗣後並於 6 月至 9 月，擔任四川大學【文學人類學】訪問學者期間，進一步確認「圖騰」崇拜與原始「興象」之間的關係，作為原型批評與召喚結構理論之間的重要關鍵；在此感謝川大提供之學術支援，以及文化田野現場之參與觀察，有助於本議題之探勘與後續研究。

更有助於創造自成一格的文化史。❶是以神話學與比較宗教學,將成為確認原型模式、構建文學人類學體系的基礎層次;即便是進入科學取代神話的「時間與空間」的現代,神話體系的中心線索,仍舊可以在詩人的筆端與文本中再現還魂。甚至於許多小說家的創作,無論是自覺或不自覺汲取了人類學的成果,就此一批評的觀點而言,他們同時也將自己的文學創作,轉化為一宗教意識的人類學。❷

本文進一步探討關於「文學人類學」的跨學科構想,主要源於文學理論批評與文化人類學兩大領域的匯流,並與人類學詩學、民族誌詩學等派別密切攸關。繼而形成「文學人類學」與「文學的人類學」的區分。除了這兩種學科建構方向的差別之外,更應該注意此一領域,格外著重於通過更廣闊的「文化視野」,對於文學與文本,進行跨領域的研究與分析;因此如何兼顧文學文本中,社會文化的實存狀況,將作者與讀者在符號活動中的特定作用,進行深層

---

❶ 葉舒憲:《文學與人類學——知識全球化時代的文學研究》(北京:社會科學文獻出版社,2003年),頁90。榮格所謂的「原型」,乃意圖掘發吾人想像、思想或行為上,與生俱來的潛在模式。本文採行「原型」批評法,關注於文化人類學與人格心理學的議題,包括神話、巫術與宗教、儀式的原始型式、以及投射過程中的象徵與隱喻關係,進而探究如何體現在一個符號的宇宙之中。由於原型是可以「交際」的象徵,特別是探勘文化與文學的交際模式;並且可以與讀者反應理論(接受美學)共同結合研究,將問題的意向貞定在「接受之鍊」與「期待視野」的關係,對於本研究之開展,較能相輔相成。參見徐志強:〈原型批評與中國文學批評〉,《中國文學新思維》上冊(嘉義:南華大學出版,2000年),頁164、171·175、177。
❷ 葉舒憲:《文學與人類學——知識全球化時代的文學研究》(北京:社會科學文獻出版社,2003年),頁90、91。

次的探勘。❸本文採行「文學批評」系統下的文學人類學為主軸，並輔以「文化人類學」的輔助作為視野；特別是以「原型」批評為進路，試圖說明神話與儀式的文化模式關係，對於文學的結構模式與人類學的本體論之影響，有助於疏通「單一作品」與「文學整體」的有機聯結❹。

貳、內向超越與「圖騰崇拜」的原型觀

經典作品在傳述與接受歷程中，往往仰賴象徵體系的解讀與崇拜模式的形成；其中「神聖性作者觀」的揭示，龔鵬程在其《文化符號學》中指出，經典創作的「所有權」是開放的，任何人皆可以參與，並視為「神聖性」的「集體傳述」活動，無法以個人獨創的形式壟斷。❺亦即由「聖」者（作者之神聖性）制作，而其他人參與傳述與彰明。相對於此，即便是漢代以後個人「所有權」作者觀興起，固然與文人階層興起的寫作傳統攸關，遂有「知音」論之企求，以及「興」的復甦。❻然而在民間文學的傳述系統，「神聖性

---

❸ 葉舒憲：《文學與人類學──知識全球化時代的文學研究》（北京：社會科學文獻出版社，2003 年），頁 104。
❹ 諾斯洛普・弗萊的原型批評，乃源於英國古典學界崛起的儀式學派（劍橋學派），並以《批評的解剖》為集大成之經典，詳見葉舒憲：《文學與人類學──知識全球化時代的文學研究》（北京：社會科學文獻出版社，2003年），頁 88、89。
❺ 詳見龔鵬程：《文化符號學》（台北：台灣學生書局，2001 年），頁 12、41。
❻ 龔鵬程著：《文化符號學》（台北：台灣學生書局，2001 年），頁 12、41。

作者觀」仍大行其道。本文認為，此即針對文化模式中「聖人崇拜」現象與文化人格的深層關係，透過藝術結構的接榫，將集體深層心理的「原型」彼此契合。屆此傳述過程中，讀者與作者背後的宇宙觀之間，「召喚」的幅度將無遠弗屆，經典與群體民族的神話遺產的關係，也就更加密切。❼

　　追溯這一「崇聖」文化模式（聖人崇拜、神聖性作者）與原型的關係，藉由余英時的「內向超越」說，得以展示相應的文化脈絡。余氏乃以韋伯（Max Weber）與雅斯貝斯（Karl Jaspers）的「軸心突破」宗教哲學史之觀點，處理中國禮樂傳統的議題。認為儒、道、墨三家的思想，乃以哲學「突破」上古三代的禮樂傳統而踵繼代興，並以「揚棄」了「巫」（術信仰），進而成就自身學說的「超越」，並且對於禮樂思想本身賦與新的闡釋。❽余英時認為此一「突破」，乃有鑑於禮樂崩壞的處境，亦即莊子所謂「混沌之死」以及「道為天下裂」的局面；並由此一「突破」所帶來進一步的「超越」。然而此一「超越」並非與禮樂傳統一刀兩斷，而是傾向於「內向超越」；亦即在處理現實世界與超越世界之間，擺脫了「巫」（術信仰）的「中介」，代之以孔子的「仁」學為禮的精神

---

❼　王溢嘉即認為這種共同主觀念的再造，往往是不自覺的甚至於來自亙古的「召喚」，唯有透過此一模式，一個民族集體潛意識中的某些「原型」，才有顯影的機會。並且一再重複出現於歷代的演義小說，符合說書人宣講與閱聽人的召喚需求，同時也體現更大的文化結構意涵。王溢嘉：〈古典文學的新詮釋〉，《中國文學新詮釋》（台北：立緒文化出版社，2006 年），頁278、279。

❽　余英時：《知識人與中國文化的價值》（台北：時報文化出版，2007 年），頁75。

內核，以及老莊所謂的天「道」與「心齋」。亦即「天」與「人」之間的溝通，不再需要「巫」（術信仰）的環節，代之以「心」的「內向超越」型態，繼而成為中國思維的特色。乃迴異於同一時期希臘和以色列的「外向超越」的型態，偏向於明確的理性精神、抑或純粹的神學體系。❾

余英時進一步認為中國的「**道德－哲學－宗教意識的混合型**」思想，雖然經歷軸心突破，代之以「內向超越」的型態。但是他還關注於到，中國由於著重「歷史的連續性」，是以突破雖然出現，也尚未與此傳統完全斷裂，這一糾葛的特點（「巫」（術信仰）與自身學說的「超越」），對於「傳統觀」以及「士階層」的崛起與更新，實寓有重大的啟示❿。然而本文透過文學人類學的視野，則進一步認為「巫」（術信仰）的中介，並未全然消失；初步推論「巫」（術信仰）的中介功能，「表面」上雖然代之以「心」的「內向超越」型態，實質上對於超凡入聖的渴望，卻未嘗全然為其取代，反而形成「潛在的文化心理結構」，⓫有賴於後續深入探

---

❾　余英時：《知識人與中國文化的價值》（台北：時報文化出版，2007 年），頁 73、75。

❿　余英時：《知識人與中國文化的價值》（台北：時報文化出版，2007 年），頁 77、78。《史學與傳統》（台灣：時報文化，1996 年）。《中國知識階層史論/古代篇》（台灣：聯經出版社，1980 年）。

⓫　聖巫關涉的推論，旨在歸納聖人崇拜的「文化模式」，由此審視儒道等思想，為何慣於傾向「天人合一」、「天人感應」、「陰陽調和」等等系列思維特質，才能在此一崇聖「完形」的架構中，獲致一「天人同構」的文化模式，以便於歷史的理解。林安梧亦強調由「巫祝」的傳統，演進到「道德」的傳統，開啟的儒道兩家傳統，實有一非常複雜的人文化過程，值得正視。

勘的研究，才能充分說明說明此一擺盪於**道德－哲學－宗教**，甚至於**文學意識**之間「整體交感」文化模式的存在。

這一方面通過張光直在《考古學專題六講》、《美術、神話與祭祀》，以及李澤厚《華夏美學》等書，傾向「存有的連續觀」論述，以及李亦園、喬健等人合著《印第安人的誦歌——美洲與亞洲的文化關聯》關於「致中和——三層面和諧均衡的宇宙觀」的探勘，得以發現此一「巫」（術信仰）的「整體交感」文化模式的存在。⓬再者王慶光通過中國上古「中和」學說的演變，指出音樂、導引術以及儒道思想文本之間，關涉於以合神人、和平用均等「致中和」模式的體系，⓭對於進一步說明前述中國「軸心突破」的表現，為何相對的保守？未能形成明確的理性精神、抑或純粹的神學體系，提供更充分的展示，也是對於前述「原型」意蘊的內涵極有

他吸收人類學者張光直《考古學專題六講》中的觀點，指出中國與馬雅文化，同屬「馬雅－中國文化連續體」，在天人、物我、人己關係，連續通貫為一體類型的觀點，有別於西方基督教神、人，物，我，人、己分離的斷裂觀。林安梧：《儒學轉向：從「新儒學」到「後新儒學」的過渡》（台北：台灣學生書局，2006 年），頁 9、11、210、296。以及張光直：《考古學專題六講》（台北：稻鄉出版社，1999 年），頁 19、21、24。

⓬ 張光直：《考古學專題六講》（台北：稻鄉出版社，1999 年）。
李澤厚：《華夏美學》（台北：時報文化出版，1989 年）。李亦園具體歸納「致中和——三層面和諧均衡的宇宙觀」之架構，詳見喬健編著：《印第安人的誦歌——美洲與亞洲的文化關聯》（台北：立緒出版，2005 年），頁 27。

⓭ 王慶光：〈中國上古「中和」學說的演變〉，《國立中興大學人文社會學報》第七期（1998 年 6 月），頁 107-128。

助益。**⓮**此外,吳文璋即明白確認巫師傳統,實為儒家的深層結構,具體探討先秦下迄西漢儒家「綜合巫師」傳統的歷程,認為此一「深層結構」的存在,實為神聖祭儀,以及宗教召喚向度的忠實體現。**⓯**

　　李澤厚即指出莊子所指涉的「天地有大美而不言」以及「聖人原天地之美而達萬物之理」的價值取向,**⓰**實質上所謂的「至人」人格,即為「儒道互補」的理想人格,亦即透過莊子的這一補充,得以將儒家理想人格試圖臻至「與天地參贊」的理境,轉變得更為深厚自如。並且與孟子所言的,以「聖」、「神」為人格之極致,遂在審美的突破與補充的面相上,形成重要的環節。**⓱**屆此莊子的理想人格(至人、真人與神人),實為與天地、宇宙同一自然的人格。此一特點也表現在文學與美學層面,形成引道入儒、儒道合一的基本面相。**⓲**君不見藝術品鑒上「畫聖」、「詩聖」的推崇,「神品」、「逸品」的提出,有助於進一步疏導文學思想中「文」「道」分合關係的環節,以及儒道思想上,關於絕地天通、軸心突破、儒道合一、工夫論與境界觀等論題。對於知識份子的審美情感與人生況味的啟發,特別是「技進於道」的思維模式,關涉「原型」與「召喚」之間,如何會通的關係,儼然成為前述種種脈絡的

⓮　余英時:《知識人與中國文化的價值》(台北:時報文化出版,2007 年),頁 77、78。

⓯　吳文璋:《巫師傳統和儒家的深層結構》(高雄:復文書局,2001 年)。

⓰　李澤厚:《華夏美學》(台北:時報文化出版,1989 年),頁 103、117。

⓱　李澤厚:《華夏美學》(台北:時報文化出版,1989 年),頁 104、105。

⓲　李澤厚:《華夏美學》(台北:時報文化出版,1989 年),頁 107。

縱深。

剋就神話與歷史的脈絡而言，周之始祖「后稷」（棄）的事蹟，其神話「原型」的塑造，即與善種樹麻、菽，麻、等作物相關。嗣後成人遂好耕農與相地之宜，宜穀者稼穡焉，民皆法則之。《詩經·生民》中歌頌后稷，儼是農藝始祖的化身。上天賜給后稷良種，他則善於規劃與耕種「蓺之荏菽，荏菽旆旆，禾役穟穟，麻麥幪幪，瓜瓞唪唪。」描寫他所經手農作物的茂盛，由他種植的豆類，枝繁葉茂；禾苗旺盛美好；麻和麥茂密無比，大瓜小瓜，果實累累。堯、舜皆大相提拔，號曰「后稷」❶，「后稷肇祀」的象徵，開啟了後世並尊為五穀之「穀神」信仰，甚至於結合「社（土地）神」崇拜，延申為後世的「土穀神」祭壇信仰，最後更以「社稷」作為家國的代稱。此外《淮南子·齊俗訓》亦謂「有虞氏之禮其社用土（杜樹），夏后氏其社用松，殷人之禮其社用石，周人之禮其社用栗」。這一由禾穀種子、社樹到社稷崇拜論述的基調，本文由此進一步歸納為：

　　稷（自然／禾穀）－后稷（農藝之官／聖王）－稷神（穀神）

　　－社稷（土穀神－家國象徵）

　　本文認為原型的內涵，即是「圖騰」崇拜的孑遺❷，「興」則

---

❶　滕志賢編注：《新譯詩經讀本》下冊（台北：三民書局，2007 年），頁808、810。

❷　這一圖像化的接受模式，誠如卡西勒（Ernst Cassirer）的「人論」（人類文化哲學）體系的具體分析，乃將人定義為符號（animalsymbolicum）的動物，亦即所有的文化形式，俱視為符號的形式。強調吾人的符號活動能力與物理實在之間的「交感」關係，亦即揭示我們置身於語言的形式、藝術的想

是作為原始宗教召喚的形式與中介；亦即「他物起興」或謂「有意味的形式」，作為社會與個體、理性與感性、歷史心理的統一的中介，亦即是積澱了特定社會（觀念）內容的自然形式。㉑圖騰崇拜是原始宗教的一種重要形式，並且作為凝聚部族團結的精神力量。涂爾幹（Emile Durkheim）則以「集體符號」界定之，認為是具有宗教性質的神聖事物。㉒在此一集體表象中，圖騰祖先多半為人與動物的複合形象，並具有超自然的神奇形象；屆此就連部族的成員也依此一圖騰祖先的樣貌裝扮自身。例如鳥圖騰的成員「被服容止，皆象鳥也。」並認為如此一來即能獲得圖騰的庇護。㉓甚至於透過舞蹈時達到「圖騰同樣化」的效果，百獸率舞、鳥舞魚躍、鳳凰來儀，試圖取悅圖騰神，達到乞求其保佑的目的。㉔例如《詩經·燕燕》即為玄鳥崇拜，懷思殷民族先祖的詩歌：

像、神話的符號以及宗教的儀式的包圍之中。仰賴於這些中介，方能看見或認識任何事物；也就是說讓人攪亂和驚駭的並不純然是事物本身，應該大部分是人對於事物「投射」的意見和幻想。卡西勒（Ernst Cassirer）：《人論》（台灣：桂冠出版社，1997年），頁38、39。

㉑ 趙沛霖：《興的源起──歷史積澱與詩歌藝術》（台北：明鏡出版社，1988年），頁287。

㉒ 涂爾幹（Emile Durkheim）著，芮傳明譯：《宗教生活的基本形式》（台北：桂冠圖書出版社，2007年），頁127。

㉓ 趙沛霖：《興的源起──歷史積澱與詩歌藝術》（台北：明鏡出版社，1988年），頁18。

㉔ 趙沛霖：《興的源起──歷史積澱與詩歌藝術》（台北：明鏡出版社，1988年），頁131。

> 燕燕于飛，頡之頏之。
> 之子于歸，遠于將之，
> 瞻望弗及，佇立以泣。
>
> 燕燕于飛，下上其音。
> 之子于歸，遠送于南，
> 瞻望弗及，實勞我心。㉕

此詩表面書寫送別遠嫁之意，句式卻慣用託物（他物）起興的模式，依文學人類學之視野，則側重文本中體現出鳥類與祖先之間，既定的聯想與淵源；並且將圖騰崇拜的原始宗教生活，以及自然物象密切統一。同一句式的文本，例如《詩經·雄雉》：「雄雉于飛，泄泄其羽。我之懷矣，自詒伊阻。雄雉于飛，下上其音。展矣君子，實勞我心。」以及《詩經·東山》：「倉庚于飛，熠燿其羽，之子于歸，皇駁其馬。」《詩經·鴻雁》：「鴻鴈于飛，肅肅其羽，之子于征，劬勞于野，爰及矜人，哀此鰥寡。」㉖。再者《周易·明夷》：「明夷于飛，垂其翼，君子於行，三日不食。」等等，亦為託物起興通用的句式，趙沛霖的研究即指出，「興象」與「易象」之間，往往皆具有共同特徵；其物象均與圖騰神物有關，都具有氏族圖騰的神聖涵意。甚至於「圖象」與「集體表象」

㉕ 滕志賢編注：《新譯詩經讀本》上冊（台北：三民書局，2007 年），頁 68、69。

㉖ 分見滕志賢編注：《新譯詩經讀本》（台北：三民書局，2007 年），頁 83、423、517。

在原始民族看來，往往比「物象本」身具有更多的神祕屬性。㉗剋就文化人類學與分析心理學的視野，對於人格與原始本能的探勘，反而將此一「人文－物化」的取向予以正視。特別是張光直主張對於「召喚動物」（如饕餮、龍、虎、鳳等原始薩滿式文化），扮演著原始思維「溝通天地」的中介轉化關係，潛在其間的「存有的連續觀」，對於天人、物我、人己之間，如何連續通貫為一體的義理間架，有助於疏通先秦以來儒道思想，關於理想人格與聖人觀的擬議。㉘

循此向度進一步探勘文本中的限索，可以將原始興象與圖騰崇拜之聯結，加以整合，例如：

1. 生殖崇拜——魚類興象《詩經·何彼穠矣》、《詩經·新台》、《詩經·竹竿》、《詩經·匪風》等所詠之辭，皆與匹偶、愛情與婚媾攸關。

2. 社樹崇拜——樹木興象《詩經·南山有台》、《詩經·小弁》、《詩經·杕杜》、《詩經·有杕之杜》等所詠之辭，皆與土地崇拜與宗族團結、鄉里之情的祭社宗教活動攸關。

3. 祥瑞觀念——神話動物興象《詩經·卷阿》、《論語·微子》、《莊子·人間世》等鳳凰神物起興，所詠之辭，皆與國家安危與民族命運、物占興象活動攸關。㉙

㉗ 趙沛霖：《興的源起——歷史積澱與詩歌藝術》（台北：明鏡出版社，1988年），頁 80、81。

㉘ 張光直：《考古學專題六講》（台北：稻鄉出版社，1999 年），頁 8、9、21。

㉙ 趙沛霖：《興的源起——歷史積澱與詩歌藝術》（台北：明鏡出版社，1988

　　此一「人文－物化」體系，乃以交感（sympathetic）為特徵，結合神話精神為底蘊，強調生命的一體化（solidarity of life），才得以溝通多樣性的個別生命形式。**㉚**進一步形成生命的一體性，以及不間斷的統一性原則。此一原則不僅適用於同時性秩序，也適用於連續性秩序，對於神話思維與原始宗教的信仰啟發甚巨。將有助於論述吾人在《山海經》、《詩經》、《楚辭》、《莊子》等經典文本中，對於「神聖性」、「個體化」超越人格的塑造與期待。**㉛**如此一來，關乎作者與神聖原型的「整體交感」文化模式，也較能獲得相應的理解。因應此一崇聖文化的體系龐大，將採行本人近年來關注「文化人格」研究的義理基礎**㉜**，重新探討「神聖崇拜」的

年），頁 28、41、55、56、62。

㉚ 卡西勒（Ernst Cassirer）：《人論》（台北：桂冠出版社，1997 年），頁 121、122、124。

㉛ 榮格以「個體化」（the process of individuation）來說明吾人心理的發展，預示了我們心靈整體的結構，已然有著共通的祖靈，扮演吾人內在嚮導的功能。進而如何成為一個不可分割、具體獨特的個人，方為為較高層次的統合狀態。借重西洋的鍊金術士，在「哲人石」（lapis）中萃取靈魂與能量，進而揭露「本我」所象徵的永恆世界，加以統合過去既存的對立，值得關注的，鍊金術士個人的身心靈也在此一不斷試煉的歷程中，同步完成個人精神上的轉化。參見陳昱志：〈文化人格的鍊金術——余秋雨散文與榮格、黃宗羲學說的比較文化研究〉《國文學報》第 37 期（台北：台灣師範大學國文系，2007 年），頁 168。

㉜ 本人在「文化人格」方面的議題，目前已發表之相關研究參見：〈文化人格的鍊金術——余秋雨散文與榮格、黃宗羲學說的比較文化研究〉，台灣師範大學國文系《國文學報》第 37 期（2005 年 6 月）。〈文化人格的原型論——黃宗羲與余秋雨的文學思想溯源〉，《傳播、交流與融合——明代文學、思想與宗教國際學術研討會論文集》（台北：新文豐出版社，2005

文化模式，對於現當代的文化研究與實踐，以及文學人類學的建構，將提供一永續而更新的視野。

這一崇聖軸心的遞嬗，通過文化符號的解讀，龔鵬程即指出此一天人「感應」模式的再現，實接榫於《呂氏春秋》下迄《文心雕龍》，關乎自然氣類感應與抒情自我的內在理路。特別是在先秦所強調的道德主體、認知主體之外，「感性主體」的覺醒，即為此一脈絡的重大分野。對於共感互動的審美「神聖經驗」，將賦予一「同一關係」以綜合萬象，自我得以轉位，形成同一關係，藉由於物物相等的精神，因而有一心物無礙的世界觀；漢人之言天人感應，遂在本質上成為一「神聖」的美感經驗的闡釋。❸❸

由「神聖性作者」觀朝向「文學祭儀」的探勘，乃反映出「期待視野」的存在，提供接受者在接受作品前的「定向預期」，亦即觸及接受者的心理並非以「信息真空」的狀態存在，反而是早已存在於審美與生活經驗的預置結構，作為創作心理與接受心理之間感知定向的依據。進一步形成「作品展現」與「期待視野」之間，如

年）。〈文化人格的才性論——《人物志》與《世說新語》的才性美學系譜〉，《成大中文學報》第 14 期（2006 年 6 月）。〈《洛陽伽藍記》與文化人格的美學教育〉，《叩問經典》（台北：台灣學生書局，2005 年）。

❸❸ 龔鵬程依文化符號學之詮釋視角，認為孔子扮演「神聖性作者」的使者（述而不作），在精神上亦等同於降神通靈的「巫覡」。不僅參贊《周易》整理《尚書》，也謀及占卜巫醫，夢寐通靈的載記，對於其人紹述崇聖的意志，極有啟發，進一步形成儒家的基本性格：強調先王之道，乃不可移易之真理、推崇「神聖性作者」的功績，並成為真理之源，一切是非的判斷，皆折衷於聖人的文化體系，於焉形成。龔鵬程著：《文化符號學》（台北：台灣學生書局，2001 年），頁 64、71 以及 13、14。

何調整差距的機制。㉞余秋雨認為由於此一期待視域與先前文本所形成的準則,則處在不斷變化與修正的狀態,不僅改變與決定了類型結構的界限,更反應出一種「集體期待」,也就是「公共期待視域」對於「個人期待視域」的決定性影響。藝術家勢必面對的挑戰正是由「觀眾」所表徵的「接受者群體」,在心理活動上的預設性與誤讀性,此一集體期待的可塑造性與可影響性,決定了這個群眾的深層特徵。㉟儼然形成了「多角反饋」的劇場效應與觀眾心理學的課題㊱。「反饋」一語又稱為「回授」,本為心理學上關於人類反射機制產生的反應,以及形成反應回路的連接。在戲劇上則延伸為不斷地根據「效果」來調節「活動」的意識作用,許多戲劇家的種種改革,往往以改變「舞台」與「觀眾」的關係,也就是調節反饋關係作為基點。㊲余秋雨十分重視這一「接受」與「召喚」的關鍵,㊳認為這正是觸發集體心理體驗的機緣,是戲劇與儀式之間同

㉞ 余秋雨:《觀眾心理學》(台北:天下文化出版公司,2006 年),頁 38、39。

㉟ 余秋雨:《觀眾心理學》(台北:天下文化出版公司,2006 年),頁 40。

㊱ 余秋雨:《觀眾心理學》(台北:天下文化出版,2006 年),頁 80。

㊲ 余秋雨:《觀眾心理學》(台北:天下文化出版,2006 年),頁 67、69。

㊳ 大凡重要的文本都具有所謂的「召喚性」,來自於文本的整體結構系統,伊瑟爾的接受美學稱之為「召喚結構」,成為聯結創作意識與接受意識的橋樑。存在於文本的音節句法結構、語義暗示、情節曲折處、人物性格的多重內涵、以及語義單位之間的空缺與斷裂,皆契屬於結構內既存的空白與未定之處。有助於呼籲、導引、邀請、召喚讀者,進一步「填補」文本意義空白的開放性設計,達到更多的接受效應。參見金元浦:〈接受美學與中國文學批評〉,收錄於朱棟霖、陳信元主編:《中國文學新思維》下冊(嘉義:南華大學出版,2000 年),頁 352、361。此外「召喚結構」又有所區分,其一

源相通的部分。

此一心理學「完形」（意義格式塔）的期待與焦慮，每每儲藏於民族的深層心理與集體潛意識，形成「文化的篩孔」，特別容易過濾、含攝符合此一心靈模式的歷史觀與人物塑造，然後以想像力來「填補」其不足，並且設法「再現」。王溢嘉即認為這種共同主觀意念的再造，往往是不自覺的甚至於來自亙古的「召喚」，唯有透過此一模式，一個民族集體潛意識中的某些「原型」，才有顯影的機會。例如大家樂於接受「扭曲歷史」的文化孔明，王溢嘉認為反映出漢文化人格上「軍師原型」的顯影，一再重複出現於歷代的開國演義小說，如同姜子牙、張良、劉伯溫等近乎道家色彩的論述，符合說書人宣講與閱聽人的召喚需求，同時也體現更大的文化結構意涵：

1. 「主公」與「軍師」二元結構：

   劉備－孔明　儒家－道家　王道－天道

   常－變　　　陽－陰　　　兩者互補相濟。

2. **「本質先於存在」意識型態的投影：**孔明（軍師）的聰明睿智，是先驗的與生所俱，此一神化英明的模式，或強調

為「嵌入性召喚結構」，運用了時間倒轉、空間跳躍、境遇隨意、身份游移等預留疏空的手法；凝聚接受者一種「總體」的印象及情緒，提供我們切換角色、身歷其境的閱讀經驗。其二為「吸附性召喚結構」，乃發揮藝術本體的聚合力量；以接受者的參與，構成最為理想的審美心理儀式，營造人生普遍的罣礙偏執；屆此，藝術結構與集體深層心理的「原型」相契合，「召喚」的幅度越大，作品與群體民族以至於人類的神話遺產的關係，也就愈加密切。參見余秋雨：《藝術創造工程》（上海：上海文藝出版社，1987 年初版；台北：允晨文化，1990 年），頁 275、284。

「真人而有真知」的文化，容易傾向於保守順應與文化閉塞的盲點。❸❾

「孔明」形象的再現，就存在著史書《三國志》裡較近真實的孔明，以及經由此一文化模式所塑造《三國演義》中的孔明。前者真實存在的孔明，是法家的信仰者與實踐者，既堅持軍令如山、也無法法外開恩，在人格上誠如〈出師表〉中的特點，具有謹慎與拘謹的樣貌，事必躬親。陳壽總評其人，認為其奇謀為短，「蓋應變將略，非其所長」。這些敘述，顯然與大眾普遍「接受」的頭戴綸巾、身批鶴氅、飄飄然有神仙氣概的「文化孔明」，落差極大。不僅如此，文化再現下的孔明，神機妙算又兼具從容颯爽的儀態，遂能應運產生草船借箭、空城計等引人入勝的「神話」章回。

無論是共時性或歷時性的讀者，總是依自己的「期待視野」，取捨神話與相關文本，並遵循特定的闡釋範式，加以建構意義格式塔；甚至於閱讀的對象與時代的文化的背景，又反過來制約讀者的選擇與意義建構，❹⓿於焉「崇聖」文化的心理機制的形成，大體也是與此文化模式相提並論。亦即是通過文化模式的論證，乃「倒過來」探討「作品」如何塑造出「作者」的歷程；例如《史記》（文化模式）創造了司馬遷、《紅樓夢》（文化模式）創造了曹雪芹。另一方面則側重在「讀者」對於「作品」的接受視野，例如孔子之於周公禮樂神話的期待與塑造，以及孟子對於孔子仁學神話的塑

---

❸❾ 王溢嘉：〈古典文學的新詮釋〉，《中國文學新詮釋》（台北：立緒文化出版社，2006 年），頁 278、279。

❹⓿ 金元浦：〈閱讀模式的轉換與意義格式塔的重構〉，《中國文學新思維》下冊（嘉義：南華大學出版，2000 年），頁 368。

造。兩者之間的視域交集,則共同體現出神－聖象徵體系的建構。

參、「神－聖」接受模式的原始「興象」分析

　　前述關於集體創作的分析,最主要批判的文學盲點,在於限定以「書寫」文字為作品中心的視觀;是以作者觀不外乎以「個人」創作,視為整體文學鑑賞的本位中心。但是通過人類學的視野,我們將發現文學的定義,應該擴大為「語言與行動」──透過「集體創作」所傳達的作品觀。李亦園即指出兩者的差別與特點,歸納而言「集體創作」的口語文學──由個人創作經由不同人,因時、因地的身份與情境傳誦,而有所隨機應變。他認為這正是發揮文學功效最佳的方法,也更適應大眾的需要。此外,因為口語傳誦之需求,集體創作的口語文學的接受者為「聽眾」(書寫文學的接受者則為『讀者』),如以傳播的模式而言,乃強調「雙線的交通」,聽者一方面出現於作者或傳誦者之前,是以聽者(眾)的反應十分重要,將決定作者或傳誦者表達內容與技巧的改變。相對於此,傳統的「書寫」文字為中心的模式,一但印刷出版就容易定型且不易變化,同時作者與「讀者」不會直接面對;如以傳播的模式而言,則為「單線的交通」,作者不易與讀者的反應同步進行。❹

　　這一文學傳播與接受模式的比較分析,有助於將問題聚焦於**集體創作－口傳文本－文學「過程」**的定位,提供過去既定的個

---

❹　李亦園:〈從文化看文學〉收入葉舒憲主編:《文化與文本》(中央編譯出版社,1998 年),頁 3-4。

體創作－書寫文字－文學「作品」中心**觀**的對立與補充。❷也是批
判傳統文明史慣於以文字本位,判斷文明與蒙昧的意識型態。文學
人類學的視野,正是提供我們重新審視與「傾聽」:**文本能否說
話?以及繆思女神倘使學會書寫,她所「書寫」與「歌唱」的內
容會不會一致?**屈此與書寫的文本相比較,說唱與展演的文化模
式,勢必提供我們更為健全的文學視觀。❸也有助於我們進一步探
勘文學與人類學的交叉點:「神話學」的範疇,特別是聚焦於神話
學的核心意蘊:**神人關係的論述展開。**❹

　　透過「神話學」的人文研究方法,李達三認為人類的「原始神
話」信仰,主要表現為「完美神話」的價值取向,亦即吾人對於
「超乎能力範圍的事物之內在欲望」。有鑒於人類各種欲望之不易
滿足,甚且欲望的最終目的,又往往彼此相交,遂在各種極端——
理智與感情、精神與物質、神與人之間,形成衝突與創造性的妥
協,進而尋求平衡之心理機制。❺此一「超凡入聖」的渴望,亦觸
及吾人對於人類始終「無法」臻至「完美」境界的盲點而來。透過
神話學與人類學、心理學「複合」的方法,有助於商榷如下的議

<hr />

❷　葉舒憲:《文學與人類學——知識全球化時代的文學研究》(北京:社會科
　　學文獻出版社,2003 年),頁 119、120。

❸　葉舒憲:《文學與人類學——知識全球化時代的文學研究》(北京:社會科
　　學文獻出版社,2003 年),頁 121。

❹　葉舒憲:《文學與人類學——知識全球化時代的文學研究》(北京:社會科
　　學文獻出版社,2003 年),頁 199。

❺　李達三著、蔡源煌譯:〈神話的文學研究〉,收入李正治主編《政府遷台以
　　來文學研究理論及方法之探索》(台北:台灣學生書局,1988 年),頁
　　528。

題：

　　⑴組織根本心智意象的語言，指陳最終現實的啟示與價值觀。

　　⑵神話乃儀式的語言表徵，也是儀式傳播的媒介。

　　⑶透過心理學揭示個人人格，進而由神話探勘集體的民族心智
　　　與性格，亦為民族殷切寄望之象徵投射。

　　⑷通過種族記憶與原始類型理論，反溯神聖崇拜相關之祭祀儀
　　　式與心靈現象的投射關係。

　　⑸透過語言與神話所創造的思想體系，以緩和矛盾，有助於與
　　　生命現實取得妥協的歷程。**❹⑥**

　　是以神話的功能，乃具有文化習俗之殷鑑，以及壓抑的解脫與
心理上的清滌意涵等特點。伴隨神話思維的「集合」作用，產生團
結社會的力量，其目的在於穩定自然界與社會中的現存秩序，更進
一步具有「終止」變遷的意涵，關涉於將無窮性、永恒性與周期性
的事物，視為「神聖的重複現象」；倘使失去此一神話意識，則一
切事物的根本意義，即有毀滅殆盡之虞。**❹⑦**準此，運用此一方法啟
發的視野，將有助於文本之深層結構探勘。

　　誠如屈原在《楚辭》中，廣泛結合比興與楚國一域，人神交感
的「靈巫」意象，結合鮮花香草與衣冠佩飾，出入於神界，上下求

---

❹⑥ 歸納自李達三著、蔡源煌譯：〈神話的文學研究〉，收入李正治主編《政府
　　遷台以來文學研究理論及方法之探索》（台北：台灣學生書局，1988 年），
　　頁 530、535、536、540、558。

❹⑦ 李達三著、蔡源煌譯：〈神話的文學研究〉，收入李正治主編《政府遷台以
　　來文學研究理論及方法之探索》（台北：台灣學生書局，1988 年），頁
　　555、556。

索；企圖將情與景、物象與思想總體的統一❹。《楚辭·離騷》一作即表現詩人意圖馳騁想像的渴求，朝發蒼梧，夕至懸圃，他以望舒、飛廉、鸞皇、鳳鳥、飄風、雲霓為侍從倚仗，上叩天閣，下求佚女。屈原在《離騷》中借助神話傳說和宇宙現象，來抒發他的悲憤。現實中的難堪，遂在以詩興為中介，恣意於神界漫遊。詩人滿腔悲憤又曲折萬端，現實之逼仄與企慕解脫的興象，於焉密切交光疊影：

> 朝飲木蘭之墜露兮，夕餐秋菊之落英。
> 苟余情其信姱以練要兮，長顑頷亦何傷。
> 擥木根以結茝兮，貫薜荔之落蕊。
> 矯菌桂以紉蕙兮，索胡繩之纚纚。

他恣意效法先賢之遺風，卻不為世俗所慣用，儘管如此，他仍舊因此九死也不悔傷：

> 製芰荷以為衣兮，集芙蓉以為裳。
> 不吾知其亦已兮，苟余情其信芳。
> 高余冠之岌岌兮，長余佩之陸離。
> 芳與澤其雜糅兮，唯昭質其猶未虧。
> 忽反顧以遊目兮，將往觀乎四荒。

---

❹ 趙沛霖：《興的源起——歷史積澱與詩歌藝術》（台北：明鏡出版社，1988年），頁 224、225、228。

佩繽紛其繁飾兮，芳菲菲其彌章。

民生各有所樂兮，余獨好脩以為常。

雖體解吾猶未變兮，豈余心之可懲。㊾

　　當舉世皆熱衷於相互推舉而結黨，獨見孤芳自賞的詩人，穿戴出神，卻滿是愁悵，其中糾葛的心靈意緒，如何才能超越與懸解？趙沛霖即指出，屈賦中慣用擘木根、貫薜荔、矯菌桂、製芰荷、集芙蓉等比興，實與南郢之邑、沅湘之間的巫史文化，以及傳說中的靈巫形象攸關。㊿可見屈賦的比興手法，從不游離於全詩之外；注重物象與思想的統一，採用神巫的視角進行比興的技巧，活用形象的譬喻、比附與象徵。㊼屈原誠不愧自詡為為顓頊帝之苗裔，對於「絕地天通」之神話譜系之繼承，特別是通過比興，乃將詩人的形象，進一步與靈巫、與仙界連繫起來；是以《離騷》中詩人因此一「神」化的比興手法，得以升天入地、上下求索、神思飛馳，密切地將神話、歷史與現實生活合而為一。㊽透過原始興象的召喚手法，人神交感的「通天」象徵，蕭延中認為乃是尋找上述「精神實在」的必經歷程，而「象徵符號」的模式，則表示這一尋找過程的

<hr>

㊾　傅錫壬編注：《新譯楚辭讀本》（台北：三民書局，2007年），頁6、10。
㊿　趙沛霖：《興的源起──歷史積澱與詩歌藝術》（台北：明鏡出版社，1988年），頁224。
㊼　趙沛霖：《興的源起──歷史積澱與詩歌藝術》（台北：明鏡出版社，1988年），頁224、227。
㊽　趙沛霖：《興的源起──歷史積澱與詩歌藝術》（台北：明鏡出版社，1988年），頁229。

逐步完成。這個過程實際上就是崇聖觀念的生產過程，也是文化模式的型塑過程，從而使「中國」所以成其為「中國」。❸當然我們亦可以表述為：《楚辭》之所以「成為」《楚辭》的道理。這一視角的開展，對於傳統的思想史論述，以及儒釋道三家關於「聖人觀」的文化人格研究，如何在成聖的根據、功夫與境界的問題上，以及希聖希賢、內聖外王、文道合一、人道合一、技進於道、格物致知、以及天人合一的系列傳統命題上，將寓有全新論述的可塑性。

特別是「天人合一」思想乃與中國早期宗教的人文化取向攸關，實反映出宗教思想的特性，以及神－人之間的親和關係。儒道思想中「天人合一」觀的形成，乃與前述原始「巫祝」的傳統接榫，開啟「存有連續體」之文化模式，亦即「聖人」與「文化人格」之間，代表了吾人的「文化心理結構」已然逐漸形成，作為此一「聖人崇拜」接受模式的依據。例如周公透過再現「文王」的道德準化身模式，以大詞、聖詞書寫文化人格圖像，儼然是儒家道統觀的主要意識型態，聖人崇拜屆此開始具有共時性與歷時性的意涵。「再現」了吾人的靈性需求與神性期待，實為一神話思維的召喚結構。

然則本文認為宗教經驗的存在，實為一不能忽略的層面；勞氏亦指出其中的「情執」成分，往往大於「超越自覺」的成分。如果我們接受上述「聖」是「必然可能」以及「現實成就」的論證；將

---

❸　蕭延中：〈中國傳統符號中崇「聖」現象的政治符號學分析：一項關於起源與結構的邏輯解釋〉，《政治學報》第 36 期（2003 年 12 月），頁 57、59。

如何進一步避免「聖」在現實中傾向絕對化，乃致於圖像化的極端？亦即「崇聖」之追隨者，會不會演變為類似信教者「情執」的宗教化心理？本文則進一步認為，縱然我們可以朝向此一「**以聖代神**」的崇聖模式，即便是轉化為儒道諸子之學的人文取向，卻不能根本改變人類對於神聖文化人格，在意識型態上的「依待」關係。亦即表面上雖標舉聖人崇拜，實質上仍潛在繼承「聖人不可學不可至」的「**以神為聖**」之意識型態。如此一來吾人所能致力者，唯有「學聖人」之所為，強調道統、專注於經典之傳述系譜。如此一來勢必形成主客對峙的架局，人－聖之間的接受模式，不得不遞嬗為人－神關係「相隔不入」的糾葛。

究其實質，勞思光認為所謂的「神」，是不能有其對象性，然而吾人總不免對之強加以存有之認定。逐導致明無對象性，而立之為對象，又常與智性衝突，尤其易與情緒相混的局面。勞思光乃認為此一「隔閡」的形成，乃在於主體之昇進與虛設超越對象（神）之結果；主體對此皈依處而言，凡有神之超越對象，必與主體產生相隔，並產生與其對峙的結果。❺❹「神」與「聖」的靈性需求，對於吾人而言，實「再現」為宗教與道德的價值取向，一但轉入「以神為聖」的模式，則不能忽略榮格所揭示「神的形象」與「人的形象」之間，彼此指涉的依存關係，亦即存在著神話思維的集體潛意識。❺❺

---

❺❹ 勞思光：《書簡與雜記──思光少作集（七）》（台北：時報文化出版社），頁 267。

❺❺ 參見榮格（C.G. Jung）著、林宏濤譯：《人的形象和神的形象》（台北：桂冠圖書公司，2006 年）。

　　本文則更進一步，試圖闡釋另一「以人顯聖」文化人格的「應然」向度；余英時指出此一天人之際「內向超越」型態的轉向，乃將初民的原始宗教觀提昇至哲學的高度，戰國「心學」疏通「巫」文化的人格「神」，原本是一種超越而外在的力量，屆此將其轉化為「道」進而納入人「心」之內。「道」與「神」截然相異，但俱為一種超越力量，「道」則遞進一層而為精神價值的源頭，並常留駐此「心」之中。是以將精神實體的「道」，代替了「巫」所信奉的人格「神」；再者更以「心」，代替了「巫」的功能，成為「天─人」之間溝通的樞紐。例如莊子「心齋」的意涵，亦即「心」是「道」的集聚之地，所以必需如同「巫」之迎「神」般沐浴無塵之功夫，否則無法將「道」留駐；故謂齋戒疏瀹之意，誠如《管子・內業》所言之「精舍」以及韓非之所謂「道舍」。❺❻

　　透過原始巫術的探勘，有助於開啟身體深層經驗（神聖性如拙火、恰克拉）的確認，對於「以人顯聖」的可能性，獲得充份的展示。誠如近代對於中國與歐洲「鍊金術」的重新探勘，不僅擺脫神秘與迷信的表象，更是形成完整的化學、中醫、養生以及榮格心理學的系譜。

肆、象徵體系與召喚祭儀的探勘

　　事實上所謂的「神話」，乃是運用故事與儀式，對於生活與生

---

❺❻　余英時：《知識人與中國文化的價值》（台北：時報文化出版，2007 年），頁 100、101。

命源頭所做的宗教解釋，榮格更進一步指出「如果缺少生活的神話或宗教，人就不會完整。」❺❼誠如聖人崇拜的「原型」意涵，關涉於集體潛意識所引發的「基本象徵」，以及吾人製造基本象徵的良能與傾向。也就是說，在吾人的潛意識中，每個人都嚮往著一個超越的境界，而且準備接受他它。❺❽特別是對於神的臨現，我們一方面感到驚懼，另一方面卻又感到嚮往，誠如神話啟示出絕對的神聖，包括神的氛圍、呈現與臨在，以及顯示神的創生德能與化工。❺❾

　　文學人類學格外強調文本中的「非語言」交流系統的分析，特別是對於作品中描寫的超語言的活動和人體動作的分析，認為這些環節的剖析，有助於把握整體的文化模式。透過此一信息的作用，足以始讀者「重構」出作者心目中完整的感覺世界。❻⓪在此一基礎上，文學人類學之開展，可以進一步運用符號與傳播的方法，借以分析敘事文學中，人類的普遍要素與文化的特殊要素，並且描述這些要素，在敘述者和讀者之間相互作用的過程，特別是「文化素模

---

❺❼　Stephen Segaller 等合著，龔卓軍等譯：《夢的智慧──榮格的世界》（台北：立緒出版社，2000 年），頁 252。

❺❽　關永中：《神話與時間》（台北：台灣學生書局，2007 年），頁 107、108。

❺❾　關永中：《神話與時間》（台北：台灣學生書局，2007 年），頁 116。

❻⓪　此類行為的分析，在過去往往視為是現實主義的要素，例如狄更斯與史坦貝克的小說，波亞托斯更進一步根據非語言交流的作用方式，將現實主義區分為物理、變形、個人化、心理、相互作用、與文獻式等六類，參見葉舒憲：《文學與人類學──知識全球化時代的文學研究》（北京：社會科學文獻出版社，2003 年），頁 99。

式」、以及歷時性與共時性方法：❻

1. **文化素模式**，乃指稱通過符號感覺到或認識的文化單位，人類學家慣於分解出文化素的方式，作為分析文化整體的進路；文學人類學則進一步運用下述兩種分析法，作為體現文學中的人類學因素：

符號的分析——文學中一系列描述的符號，可因文化差異構成一個文化素。

文化素的分析——涵蘊多種符號系統、子系統、範疇、子範疇、形式和類型。

2. **歷時性與共時性方法**，屬於人類學的比較研究，得以在橫向與縱向時空維度中，展開具體詮釋：

歷時性分析——時間意義上先在與後繼的作品考察，探索變遷和進化的歷程。

共時性分析——空間意義上的文化與跨文化考察，比較和揭示跨文化的相似性和差異性。

整體而言，旨在考察文化對於文學表現形式的「鑄塑作用」，由此獲致的的模式分析，又可以與其他文化中的文學模式進行比較，進一步掘發相似性中的差異性。❻

通過此一番折射與解析，我們可以發現文學人類學的方法，乃覺察到文學本身並非一封閉而自足的**實體**，在廣闊的文化視野下的

---

❻ 葉舒憲：《文學與人類學——知識全球化時代的文學研究》（北京：社會科學文獻出版社，2003 年），頁 100-102。

❻ 葉舒憲：《文學與人類學——知識全球化時代的文學研究》（北京：社會科學文獻出版社，2003 年），頁 102。

文學文本觀，應該擴大各種口頭與書寫的文本，包括審美的、描述性的、表現性的、意欲的文本；特別是在建構過程中，格外關注文本外部的因素：**作者以及接受者彼此關涉的世界。**

此外更應自覺到語言的文本（書面或口頭的），只能視為文化文本的一個層面，所謂文化的知識，還廣泛儲存於其他文本：**身體的文本、對象的文本、環境的文本；這些文本其實俱為文化知識的對象化，亦即對象化到符號系統之中。❻❸**

繼而深入探勘「文化模式論」的方法，乃奠基在文化人類學的架構下進行歸納，此即為潘乃德（R. Benedict）學說中，試圖闡釋民族精神的理論向度。其中容易產生「類型」（type）與「模式」（pattern）之間的混淆，最主要的鑑別，必須以文化的「整合型態」為縱深，方能具有科學與藝術之間「科學的直觀」的特點，並兼具一種共感的洞察力，方能對於文化探勘的「可能性」，賦與創造性的詮釋。❻❹進一步結合 E. 薩皮爾（Edward Sapir）「文化與基本人格論」的觀點，吸收心理學中「人格」概念的基礎，著眼於社會系統中的文化組成、文化傳統的傳遞延續，以及發展的心理過程，有助於分析下述的相關議題：❻❺

⑴文化與人性的關係

---

❻❸　葉舒憲：《文學與人類學——知識全球化時代的文學研究》（北京：社會科學文獻出版社，2003 年），頁 103。

❻❹　莊錫昌、孫志民編著：《文化人類學的理論構架》（台北：淑馨出版社，1998 年），頁 87、89。

❻❺　莊錫昌、孫志民編著：《文化人類學的理論構架》（台北：淑馨出版社，1998 年），頁 107、108。

(2)文化和典型人格的關係

(3)文化和個別人格的關係

此即本文論述的基調，乃著重文化人格與神聖崇拜之間的內在理路環節；特別是周文的禮樂制度（文明的），與巫覡的地天相通（原始的）的關係，表面上看似有著根本的轉向，實質上卻形成對立與補充的文化模式。最主要觸及了整體思維模式（內向超越）的需求，以及前述「道德－哲學－宗教－文學綜合意識」的原型觀，李維斯陀則認為：

> 野蠻的心靈的這種「一舉而窮宇宙萬理」的野心，迥然不同於科學思維的程序。兩者之間的最大差別，當然是在於這種野心沒能成功。運用科學的思維，使我們能夠成功地駕御自然——這個事實已經足夠明確，毋需我多所贅言，而神話卻無法給人更多物質性的力量以克服環境。不過，極其重要的一點是：神話給人一種「他的確了解宇宙萬物」的幻覺。**⑯**

此即伊瑟爾（Wolfgang Iser）的接受美學理論中，關於「召喚結構」的開放性設計，乃發揮藝術本體的聚合力量；以接受者的參與，構成最為理想的審美心理儀式，並且進一步擴充為「文學人類學」的視野。再者龔鵬程提出「感性主體」的覺醒，對於共感互動的審美經驗，將賦予一「同一關係」，以綜合萬象，得以在前述

---

⑯ 李維斯陀（Claude L'evi-Strauss）著，楊德睿譯：《神話與意義》（台北：麥田出版，2001 年），頁 39。

「存有的連續觀」之模式下，塑造為「神聖」的美感經驗。

楊儒賓則由「人助宣氣，與天地相參」的角度立論，認為在自然與人文之間，透過「儀式轉化」的象徵程序，例如《國語‧魯語上》等載記初民往往於大寒之際，透過嘗之寢廟祭典的實施，以及名魚與川禽等「犧牲」的提供，有助於宣暢與融入天地之氣的具體流動之中；吾人可以「參贊」繼而影響自然的韻律：**因為此時祭祀的心態在轉化後，已體現出與神聖者相同的屬性❻⓻**。初民此一模式雖然業已逐步轉變，但是在這種儀式轉化的結構底下，其意圖並未全然消失。甚至於此一「助宣氣」的模式，可以被視為《中庸》所言「參贊天地化育」的前身；前者從屬於初民儀式，而後者進一步經由體驗，再加上思辯證成，楊儒賓認為皆可以視為具有中國特色的「交感巫術」。❻⓼

由「宣養六氣九德」、「揚伏沉而黜散越」等一系列助時、助宣物、宣中氣的文化模式，楊儒賓認為審視禮樂制度中的「樂」之為物，純為韻律，其屈伏轉折又易與吾人的深層心境相應，往往被賦與諸多神秘功能，進而與「宣養六氣」，將陰陽兩氣之沉伏散越各得其位，乃是其參與造化之流的重要面相。屆此並不能純由「君子以文之也」的局部觀點立論，其中蘊藏著獨特的感官向度，乃在

---

❻⓻ 楊儒賓：〈中國古代思想中的氣論及身體觀：導論〉，《中國古代思想中的氣論及身體觀》（台北：巨流圖書公司，1997 年），頁 8。

❻⓼ 楊儒賓：〈中國古代思想中的氣論及身體觀：導論〉，《中國古代思想中的氣論及身體觀》（台北：巨流圖書公司，1997 年），頁 9。

於揭示人可以和超越的神聖的宇宙,彼此感通互動。❽同理在道家的身體觀點中,也凸顯人的感官可以融合互通,身心結構也沒有此疆彼界,亦即道家認為「通感」並不是假設,而是可以証成的一種自然現象。❼

除了前述偏向大歷史敘述的視野之外,楊儒賓則更關注於「身體感」與聖人崇拜的關係,認為吾人的軀體展示,並未全然是伴隨君子的威儀概念,而是可以「有機」的呈現內在自我,在道家的《莊子‧天運》、《列子‧黃帝》等文本系統中皆可以探勘,陰陽氣化對於生理定性結構的「轉化」的載記,繼而將身心結構帶進一氣而化的流行之中。這種身體觀,凸顯出人的感官本已「具備」可以融合互通的底蘊,吾人的身心結構也沒有彼此的疆界。再者由《易傳》與《中庸》反映出「人身是中和」的重要命題,楊儒賓認為展示了兩個面相,其一為中和是動態的身心深層的平衡,應是因地、因人、因時而有各種變化表現,而不是一種數量的平均化。其二為道德的規範,《易傳》與《中庸》俱強調,當人處在始源的「中」(喜怒哀樂未發前,或陰陽交合黃中通理時)人身是純然至善的;可以說是人事的大本,也可以美化四肢軀體以及道德事業。亦即吾人的身體既是「中」的體現者,絕對不獨為生理的構架,而

---

❽　楊儒賓:〈中國古代思想中的氣論及身體觀:導論〉,《中國古代思想中的氣論及身體觀》(台北:巨流圖書公司,1997 年),頁 9。

❼　楊儒賓:〈中國古代思想中的氣論及身體觀:導論〉,《中國古代思想中的氣論及身體觀》(台北:巨流圖書公司,1997 年),頁 23。

當是參與自然的運化,成為道德宇宙的根基。❼此一途徑又與公孫尼子、孟子的「踐形」理論,以及《管子》四篇與帛書《五行篇》承此端緒,若合符節。此外關於變化氣質、養氣、觀聖賢氣象以及知言、踐形與聖人觀的系列成果,可以視為持續探勘的脈絡。❼

　　事實上人類的心理,無法全然逃避關於個人宗教和意義感的向度,這種宗教衝動的感受與匱乏本身,就心理學的層面而觀,就是一種真實的體驗。❼此一文化模式的存在,本文認為乃與「崇聖」的原型攸關,亦即「神」「聖」的觀念的形成,實為此一崇聖文化模式應然之發展。其中的疏鑿處,在於「超越外在」與「超越內在」之不同,亦即人人皆可以成「聖」,但是無人能成為「神」❼。

　　事實上反觀「內聖外王」原初的體系,在莊子思想中,「聖人」一格的提出只能視為一系列理想文化人格的起點,在此之上尚有真人、神人、至人等層境的極致表現。此外就算是復歸孟子的心性論立場,亦言「大而化之」等神聖人格之詮釋。是以勞思光認為「聖」乃為「自我諸境」之一,與人的主體性是不隔不離的;遂不

---

❼　楊儒賓:〈中國古代思想中的氣論及身體觀:導論〉,《中國古代思想中的氣論及身體觀》(台北:巨流圖書公司,1997 年),頁 24。

❼　楊儒賓:《儒家身體觀》(台灣:中研院文哲所,1996 年)、祝平次、楊儒賓:《天體、身體與國體:迴向世界的漢學》(台北:台大出版中心,2005 年)。

❼　Stephen Segaller 等合著,龔卓軍等譯:《夢的智慧——榮格的世界》(台北:立緒出版社,2000 年),頁 8。

❼　勞思光:《哲學問題源流論》(香港:香港中文大學出版社,2001 年),頁 11、12。

必求其歸宿於外，唯需抱持不息之工夫，方能下學上達。所謂「成聖」之關鍵處在於「成聖之意志本身」畢竟在此一意志下，實無其他關係界的因素，可對自體之昇進作決定，如此則「必然可能」自然彰顯，即所謂「我欲仁，斯仁至矣」。**⑦⑤**

余英時亦坦承，孔子所標舉的「仁」學，是一個無所不包的倫理概念，無法如實產生對應的定義，而且也不容易納入任何西方的範疇，是兼具任何可能方式的理性與感性的複雜成份。代表著某種由人生發出「轉化」力量的內在德性而言，以其精深的史家精神而言，他亦不得不指出，「仁」在某種程度上，實與上古以來一直和禮樂傳統密不可分的「巫文化」尚有若即若離的關係，只是重新找尋禮的基礎，不外向天地，而是內向人心；但是「天」的意涵，對於聖人而言，仍然是重要的，對於「禮儀的神聖範式」以及「天人合一」的理論，實有必要深入考掘。**⑦⑥**關於孔門提出「仁」學的道德體系，學界一般皆已充份闡釋其中義蘊，並且在當代新儒家牟宗三與唐君毅等人努力之下，疏通心性成德之教的旨趣。然而對於「仁」的原型象徵與實質，孔子是如何「取象」與確認，甚至於獲得廣泛的認同？本文認為應該聚焦於「原型」與「召喚」的關係，運用文化人類學與人格心理學的視野，探勘潛在其中的理則結構。

初步的擬議，認為「仁」學之覺察，應起興於原始「穀神」崇拜或謂「種子信仰」，亦即當為核「仁」與果「仁」之謂也；亦即

---

⑦⑤ 勞思光：《文化問題論集新編》（香港：香港中文大學出版社，1999 年），頁 256、260。

⑦⑥ 余英時：《知識人與中國文化的價值》（台北：時報文化出版，2007 年），頁 82。

前文述及，周之始祖「后稷」神話「原型」的文化模式：

　　稷（自然／禾穀）－后稷（農藝之官／聖王）－稷神（穀神）

　　－社稷（土穀神－家國象徵）

孔門儒生長期擔任宗廟祭祀之專職，對於巫祝傳統之損益，以及天人交感模式之革新，實有極為迫切的憂患意識。由五穀之「穀神」信仰，甚至於結合「社（土地）神」崇拜，延申為後世的「土穀神」祭壇信仰，最後更以「社稷」作為家國的代稱。在此一整體儀式的繁文縟節當中，如何轉化「獻祭」的形式以及神聖性？透過榮格心裡學對於神聖性的探索，有助於探勘「仁」學與「儒」學，兩者內在理路的關係。儒的原型為術士的名義，又特別與求雨的巫術攸關；儒之名蓋出於需，而需者乃雲上於天，說穿了乃將儒者賦與通達天文氣候、作法祈雨的術士，義近於祝史或史巫的角色。再者甲骨文中的「濡」當為儒字的初文，其原義乃指齋戒沐浴，狀似以水沖洗沐浴濡身之形；徐中舒認為當是商代扮演宗教性的神職人員，與巫祝相似。白川靜更具體指出，往昔犧牲係用巫祝，亦即被當作斷髮而請雨的犧牲者，亦即為需求降雨而所需之巫祝而言，此所以言需。同時此一扮演犧牲者的巫祝，有時甚而會有為求祈雨而被焚殺的命運。❼

　　「仁」之本能與原始「興象」開啟的成果，一方面著重生命本能「內在具足」的必然性，復次，仁之開顯又必須兼具潛移默化與因材施教的相對性，才能確保個體的獨特性與應然的價值取向。屈

---

❼　吳文璋：《巫師傳統和儒家的深層結構──以先秦到西漢的儒家為研究對象》（高雄：復文圖書出版社，2001 年），頁 25。

此牟宗三亦概括仁的兩大特質：「覺」與「健」。並指出仁當以「感通」為主，並以「潤物」為用。[78]榮格即認為「穀物的靈」當與吾人的「內在法則」之間彼此相應，構成有機的象徵。藉由獻祭的行為，得以將祭品裡的自然與人和神「合而為一」；透過獻祭隱喻著「自我犧牲」，並證明了「擁有自我」。所謂的自己，其實就是獻祭者也是祭品的象徵，並準此構成「個體化」的實現歷程。[79]

肆、結論

　　本文希望對於中國的「道德－哲學－宗教－文學綜合意識」的原型模式，這一文學人類學的議題進行深度的探勘，同時將神聖經驗與文化人格的論述，進行理論的建構。例如透過前述「聖巫關涉」與「文學人類學」的初步探勘，以接受美學而觀，仍有豐富而多向度的「語義潛能」尚未窮盡，仰賴在不斷延伸的「接受之鍊」中，才能在不同視野之間發生「視野交融」的現象，具體調節歷史與現實的接受效果。[80]

　　事實上由接受美學轉為文學人類學的向度，是可以理解的意圖，特別是伊瑟爾的「召喚結構」觀與「虛構行為」的探討，對於

---

[78]　牟宗三：《中國哲學的特質》（台北：台灣學生書局，1989 年），頁 35、36。

[79]　參見榮格（C.G. Jung）著、林宏濤譯：《人的形象和神的形象》（台北：桂冠圖書公司，2006 年），頁 179、182、183。

[80]　金元浦：〈接受美學與中國文學批評〉，《中國文學新思維》下冊（嘉義：南華大學出版，2000 年），頁 349。

文學中的文學性、以及詩歌中的詩意為何物的探勘,試圖對於文學中的崇高、優美這些特質的形成,以溯源與自我啟蒙的方式,密切與人類學的根源接榫;作為持續不斷「揭示」我們自身境域的前提、亦即揭示出形成我們見解的東西。**⑧**亦即所謂的「潛在的文化心理結構」,有賴於後續深入探勘的研究,企圖闡釋此一擺盪於**道德-哲學-宗教-文學綜合意識**之間,「整體交感」文化模式的存在之道。

---

⑧ 葉舒憲:《文學與人類學——知識全球化時代的文學研究》(北京:社會科學文獻出版社,2003 年),頁 93-95。

「淡江大學第 12 屆社會與文化國際學術研討會」會議議程

（Ａ 場地）

2008 年 5 月 23 日（星期五）
地點：SG317（紹謨體育館會議室）

時　間	主持人	發表人	論　文　題　目	特約討論人
09:00~09:30	報到（地點：SG317）			
09:30 ｜ 09:50	開幕式（地點：SG317）			
09:50~10:00	中場休息、茶敘			
10:00 ｜ 12:00	馬銘浩	陳貞竹 （日本廣島大學）	論朱熹之詩及其禮樂論的總體關係	周德良
		高婉瑜 （淡江大學）	試論〈觀世音菩薩普門品〉的譯經語言	盧國屏
		何金蘭 （淡江大學）	從一首歌謠談起——試探越南文化中的哀矜美學	楊晉龍
		陶禮天 （北京首都師範大學）	審美心官論	王金凌
12:00~13:00	午餐、休息			

13:00 ｜ 15:00	陳仕華	趙衛民 （淡江大學）	〈人間世〉：生活的智慧 ——莊子的風神	蕭振邦
		上原一明 (日本國立山口大學)	美術表現之文學性——從雕 刻作品看文學的世界	馬銘浩
		羅雅純 （淡江大學）	論朱熹孟子學詮釋之意涵	周德良
		王　青 （南京師範大學）	漢唐之際海上歷險故事的宗 教文化功能	鍾宗憲
15:00~15:30	中場休息、茶敘			
15:30 ｜ 17:30	張雙英	馬銘浩 （淡江大學）	重估王鐸在中國書法史上的 意義與價值	王仁鈞
		徐興無 （南京大學）	「王者之跡」與「天地之 心」——漢代詩經學中的兩 種文化闡釋傾向	黃復山
		胡月霞 (馬來西亞新紀元學院)	情感支撐的詩意世界——東 南亞華文詩歌中的聲情	呂正惠
		陳慶煌 （淡江大學）	李白詩傳	崔成宗
17:30~	晚宴			

主辦單位：淡江大學文學院中國文學學系
贊助單位：行政院國家科學委員會、教育部

（B 場地）

2008 年 5 月 23 日（星期五）
地點：SG319（紹謨體育館會議室）

時　間	主持人	發表人	論　文　題　目	特約討論人
09:00~09:30	報到（地點：SG317）			
09:30 ｜ 9:50	開幕式（地點：SG317）			
09:50~10:00	中場休息、茶敘			
10:00 ｜ 12:00	陳慶煌	張雙英（淡江大學）	「文學世界」的深化與開拓——綜論廿世紀西方文學批評的貢獻	顏崑陽
		黃麗卿（淡江大學）	論《聊齋誌異》中的女性主體意識	陳葆文
		岡崎由美（日本早稻田大學)	唐代豪俠小說與散樂	林保淳
		陳瑞秀（淡江大學）	《紅樓夢》的神話美學——以神話描寫涵攝美學思想與藝術構思的美學功能	倪台瑛
12:00~13:00	午餐、休息			
13:00 ｜ 15:00	曾昭旭	翁聖峯（台北教育大學）	日治時期臺灣孔教宗教辨——以臺灣文社及崇文社為論述中心	崔成宗

		陳大道 （淡江大學）	風雨斷腸人——試析《儒林外史》王惠以降明朝寧王案衍生情節的寫作動機	李志宏
		王幼華 (聯合大學華文系)	「泰利斯曼」式的創作——以鍾理和為例	黃文成
		郭澤寬 (花蓮教育大學)	表演工作坊作品中的社會、政治批評	胡衍南
15:00~15:30		中場休息、茶敘		
15:30 | 17:30	盧國屏	李康範 (韓國中央大學)	王國維之死了解陳寅恪之文化本位論	蔣秋華
		毛文芳 （中正大學）	圖寫行跡：清初釋大汕(1637-1705)《自述圖》及其題辭探論	陳仕華
		洪瑀欽 (韓國嶺南大學）	理學家李滉詠物詩所呈現的物我觀和目前的環境問題	徐佐銘
		林中明 (美國張敬國學基金會)	從薛地到矽谷：地理、歷史對文化、文學的影響	殷善培
17:30~		晚宴		

主辦單位：淡江大學文學院中國文學學系
贊助單位：行政院國家科學委員會、教育部

2008 年 5 月 24 日（星期六）
地點：驚聲國際會議廳

時　間	主持人	發表人	論　文　題　目	特約討論人
09:10~09:30			報到	
09:30~11:30	吳哲夫	鄭幸雅（南華大學）	論劉辰翁評點《世說新語》的文化意蘊	殷善培
		林明昌（佛光大學）	狡獪的演奏家——林紓之韓愈文接受研究	連文萍
		連清吉（日本長崎大學）	日本近代的文化維新主義	馬耀輝
		謝靜國（清華大學）	世紀初中國都會文學與文化空間的再現	蘇敏逸
11:30~13:00			午餐、休息	
13:00｜15:00	陳文華	黃錦樹（暨南大學）	盆栽境遇：Negaraku 與馬共	呂正惠
		蘇偉貞（成功大學）	鴉片床・診療椅：張愛玲、歐文・亞隆對照記——〈金鎖記〉、《診療椅上的謊言》的心理治療圖示	鍾正道
		陶玉璞（暨南大學）	書體演進與不同場合的書體應用	張炳煌

		周慶華 （台東大學）	果茶與奶蜜：中西抒情詩中愛情「濃度」的比較——一個以文學文化學為基底的研究模式	趙衛民
15:00~15:30			中場休息、茶敘	
15:30 | 17:30	王邦雄	李嘉瑜 （台北教育大學）	上京紀行詩的邊塞書寫	陳文華
		林素玟 （華梵大學）	折翼的天使—賈寶玉的心理創傷與自我療癒	辜琮瑜
		陳旻志 （南華大學）	原型與召喚—神聖性作者觀與文化人格的文學祭儀	曾守正
		江淑君 （臺灣師範大學）	「神解」之外：江澂《道德真經疏義》對宋徽宗御注《老子》之闡發	趙中偉
17:30~18:00			閉幕式	

主辦單位：淡江大學文學院中國文學學系

贊助單位：行政院國家科學委員會、教育部

國家圖書館出版品預行編目資料

文學視域

殷善培主編. – 初版. – 臺北市：臺灣學生，2009.03
面；公分

ISBN 978-957-15-1452-9(精裝)
ISBN 978-957-15-1451-2(平裝)

1. 文學 2. 文化 3. 文集

810.7   98004503

文 學 視 域 (全一冊)

主　　　編：殷　　　善　　　培
出　版　者：臺 灣 學 生 書 局 有 限 公 司
發　行　人：盧　　　保　　　宏
發　行　所：臺 灣 學 生 書 局 有 限 公 司
　　　　　　臺 北 市 和 平 東 路 一 段 一 九 八 號
　　　　　　郵 政 劃 撥 帳 號：00024668
　　　　　　電　話：(0 2) 2 3 6 3 4 1 5 6
　　　　　　傳　眞：(0 2) 2 3 6 3 6 3 3 4
　　　　　　E-mail：student.book@msa.hinet.net
　　　　　　http：//www.studentbooks.com.tw

本書局登
記證字號　：行政院新聞局局版北市業字第玖捌壹號

印　刷　所：長 欣 印 刷 企 業 社
　　　　　　中 和 市 永 和 路 三 六 三 巷 四 二 號
　　　　　　電　話：(0 2) 2 2 2 6 8 8 5 3

定價：精裝新臺幣九〇〇元
　　　平裝新臺幣八〇〇元

西 元 二 〇 〇 九 年 三 月 初 版